KB111749

가면 쓴 여자

가면 쓴 여자 vol.1

초판 1쇄 인쇄일 2018년 05월 02일
초판 1쇄 발행일 2018년 05월 15일

지은이 | 민(MIN)
펴낸이 | 김기선

편집장 | 김은지
편집부 | 박지은, 김지현, 김아름, 박신혜, 김에너벨리, 유기웅
디자인 | 금장미

펴낸곳 | 와이엠북스(YMBOOKS)
출판등록 | 2012년 7월 17일 (제2014-17호)
주소 | 서울시 도봉구 노해로 379, 802호(창동, 대성빌딩)
전화 | 02)906-7768 / 팩스 | 02)906-7769
E-mail | ymbooks@nate.com

ISBN 979-11-322-4536-0 (04810)
ISBN 979-11-322-4535-3 (set)

© 민(MIN) 2018 Printed in Korea

값 12,800원

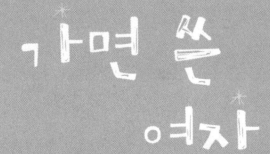

가면 쓴 여자

vol.1

민 (M I N) 장편소설

BOOKS

차 례

1화. 가면 쓴 여자

청소와는 담을 쌓았는지 자로 잰 듯한 방은 어수선하고 어지러웠다. 무질서한 방에서 찾을 수 있는 질서라곤 오로지 책장에 가지런히 꽂힌 책들과 유리 진열장에 고이 모셔진 인형들이 전부였다.

이 방의 주인이 얼마나 그것들을 아끼는지 짐작할 수 있는 부분이었다.

-빨강 머리 앤~ ♬♪♩

아침 댓바람부터 경쾌하게 울려 퍼지는 벨소리를 배경으로 쑥대밭 머리를 한 보란이 모습을 드러냈다. 흡사 좀비에 버금가는 몰골을 한 그녀는 무의식적으로 벨소리를 따라 부르다 말고 신경질을 냈다.

"에잇, 매너 없이 아침부터 누구야?"

벌컥 할 때는 언제고 휴대폰 화면에 뜬 이름을 확인한 보란은 목을 가다듬었다.

"흐흠. 도레미미미미~ 여보세요?"

-엄 비서님! 저 정은인데요. 큰일 났어요. 2분기 매출 현황 보고서가 다 날아갔어요.

날벼락 같은 소리에 '미'를 유지하던 목소리 톤이 '솔'로 올라갔다.

"걔가 날개가 달린 것도 아닌데 갑자기 날아가긴 왜 날아가?"

-아침에 프린트하려고 보니까 파일이 손상됐다고, 아예 파일이 열리지가 않아요. 어쩌죠?

"백업 안 해놨어? 내가 그거 이틀 밤을 새워서 정리한 거 알지? 정은 씨는 정리한 거 저장해서 프린트만 하면 되는 거였잖아!"

-분명히 제대로 저장했었는데……. 저 정말 억울해요.

"그만."

하소연을 들어줄 시간 따위는 없다는 듯 가차 없이 말을 끊어낸 보란은 침대에서 욕실로 순간 이동하며 명했다.

"아무것도 건들지 말고 딱 기다려. 내가 이십 분 내로 갈 테니까."

욕실에서 나오는 데 오 분, 소파 위에 놓여 있던 옷들로 갈아입는 데 삼 분, 전화를 받고 집을 나서는 데까지 걸린 시간은 십 분도 채 되지 않았다.

"우쭈쭈, 아기들, 언니 돈 벌러 다녀올게요!"

그 바쁜 와중에도 유리장의 인형들에게 인사하는 건 빼먹지 않는 보란이었다.

"택시!"

마침 오는 택시를 잡아타고 차에 타자마자 파우치부터 꺼내 든 보란이 말했다.

"아저씨, 헨젤로 가주세요. 십 분 내로 가주시면 따불로 드릴게요."

따불이란 수단은 택시 아저씨를 춤추게 한다. 채찍을 맞은 말처럼 택시가 달리기 시작했다.

톡톡톡.

달리는 택시 뒷좌석에서는 파우더가 뽀얀 얼굴에 착착 달라붙고 있었다. 마스카라부터 립스틱까지 순식간에 해치운 보란은 가방에서 드라이 빗을 꺼내더니 머리 밑을 동그랗게 말기 시작했다. 쓱쓱 빗질 몇 번에 중구난방이던 머리는 단정한 단발로 탈바꿈했다.

"다 왔습니다."

택시는 정확히 구 분 만에 목적지에 도착했다.

"감사합니다."

시계를 확인한 보란은 약속대로 미터기에 나온 숫자의 두 배 금액을 지불했다.

뒷좌석에 어수선하게 벌여놓았던 것들을 가방에 허둥지둥 쓸어 담고 택시에서 내리는 그녀는 마치 새벽부터 일어나 준비하고 나온 사람처럼 완벽했다.

또각또각.

마치 딴사람인 듯 우아하게 변한 보란의 하이힐이 헨젤이란 회사의 넓은 로비를 지나 엘리베이터를 타고 위로 올라가고 있었다.

잠시 후, 꼭대기 층에 멈춘 엘리베이터에서 내리기가 무섭게 그녀를 반기는 사람이 있었다.

"엄 비서님! 컴퓨터 잘못이지 제 잘못이 아니에요."

언제 보란이 오나 목이 빠져라 기다리고 있던 정은이었다.

"알았으니까, 우선 상태부터 확인해 보자."

파일을 열자 삐- 하는 거슬리는 기계음과 함께 'ERROR'라는 메시지 창이 떴다.

몇 번 더 열어봐도 변함이 없다는 것을 확인한 보란은 맨 위쪽 서랍을 열어 USB 하나를 꺼내 들었다. 그리고 컴퓨터 단자에 USB를 꽂더니 복구 프로그램이라고 적힌 아이콘을 실행시켰다.

딸칵 딸칵 딸칵.

그녀의 클릭 몇 번에 그토록 열리지 않던 파일은 짠 하고 마법처럼 열렸다.

"우와! 엄 비서님, 컴퓨터도 고칠 줄 아세요?"

"나도 컴퓨터 기사님한테 배운 거야. 종종 있는 일이거든."

"우와, 대단하세요!"

이 정도 일쯤이야 하며 어깨를 으쓱한 보란은 정은을 향해 말했다.

"뒤는 부탁해도 되지?"

"네. 맡겨만 주세요."

이제 프린터 모양의 아이콘을 가볍게 클릭만 하면 되는데, 또다시 컴퓨터는 말썽을 부렸다. 하지만 다행히도 이번에는 정은의 선에서 해결이 가능한 일이었다.

"잉크가 없대요. 얼른 비품실에 갔다 올게요."

"그래."

정은이 나가자 재킷을 벗고 자리에 앉은 보란의 고개를 좌우로 풀었다. 준비운동이 끝난 손이 움직이기 시작했다.

다다다.

이내 일정하고도 빠른 자판 소리가 사무실을 메웠다.

사샤샥.

불필요한 동작은 버리고 군더더기 없는 움직임과 최소한의 동선으로만 움직이던 보란이 잠시 한숨을 돌리던 그때, 책상에 놓여 있던 휴대폰이 진동했다.

[나 빨간 머리야 님. 그거 아세요? 님이 찾으시던 1980년판 앤 리미티드 에디션이 오늘 경매에 뜬대요!!!]

노란 창을 확인한 손이 좀 전과는 비교도 안 될 정도로 빨라졌다.

[언제요? 언제?]

10

[정확히 오전 열 시. 덕후들의 경매 세상에서요.]

[감사해요. 얼핏 보면 길버트 님. 이번엔 무슨 일이 있어도 앤을 사수하겠어요!!!]

휴대폰을 내려놓고 시계를 응시하는 보란의 눈이 초롱초롱했다.

하지만, 문이 열리고 기척이 들리자 초롱초롱했던 눈은 빛을 잃고 무덤덤하게 변했다.

"잉크가 비품실에 없는 거 있죠? 그래서 지원실까지 가서 가져왔어요!"

정은이 잉크를 소중히 품에 안고 돌아온 것이었다.

"다행이네. 이제 보고서 올릴 준비는 맡겨도 되겠지?"

"물론이죠. 이거 빨리 끝내고 기획회의 준비 도울게요."

하지만 보란은 그럴 필요가 없다며 손을 흔들었다.

"기획회의 준비는 내가 다 끝냈어."

지원실에 갔다 오기까지 한 이십 분 흘렀나? 회의 때 쓸 문건 체크는 물론이고 상하반기 예산안 정리까지 아무것도 준비한 게 없었는데 그 짧은 시간 동안 준비를 다 마쳤다고 하는 게 정은은 믿기지가 않나 보다.

"네에? 예산안 정리도요?"

"그래."

별것인 일을 별것 아닌 것으로 만든 보란의 얼굴에는 여유로움이 흘러넘쳤다.

"차 준비는 제가 할게요."

"그것도 다 준비됐어."

자료 정리 실력은 한참 밑이니 몸으로라도 때우려고 했던 정은은 완벽하게 끝나 있는 일처리에 엄지를 치켜들었다.

"역시 엄 비서님. 선배 언니들이 엄 비서님을 비서계의 엄느님으로 모시는 이유가 있었어요."

새내기 비서의 존경을 한 몸에 받는 그녀.

그녀를 수식하는 말로는 비서 중의 비서, 비서계의 표본, 비서계의 능력자 등등이 있다.

그녀의 이름은 엄보란. 출근한 게 엊그제 같은데 벌써 입사한 지 삼 년 차로 헨젤의 수장인 권세후 사장을 모시는 비서였다.

* * *

-띵. 이십 층입니다.

오전 아홉 시 정각이 되기가 무섭게 밖에서 사장이 탄 엘리베이터가 도착했다는 소리가 들려왔다.

일동 동작 정지.

두 사람 모두 하던 일을 멈추고 자리에서 일어나 옷차림을 단정히 다듬었다. 비서실 총책임자인 최기준 실장이 유리문을 잡고 기다리자 권세후 사장이 그 열린 문 사이를 손 하나 꼼짝 않고 통과했다.

오늘도 사장은 파란색 넥타이와 깔 맞춤한 행커치프로 멋을 낸 완벽한 슈트 차림이었다.

"좋은 아침입니다, 사장님."

정은이 예쁘게 웃음 지으며 정답게 인사했지만 사장은 고개를 한 번 끄덕이는 게 다였다.

이제 그녀의 차례. 보란은 흠잡을 데 없을 정도로 단정하게 허리를 숙이며 사장에게 아침 인사를 건넸다.

"오셨습니까?"

인사말 대신 사장은 짧은 대꾸로 그녀의 아침 인사에 응했다.

"기획은?"

앞뒤는 다 잘라먹은 그의 말을 보란은 용케도 알아들었다.

"오전에 있을 기획회의는 차질 없이 다 준비됐습니다. 회의에 쓰일 자료는 사장님 책상 위에도 따로 올려두었습니다. 그리고 회의 참석자들에게 회의 시작 오 분 전까지 무조건 입실하라고도 일러두었습니다."

그녀의 대답이 만족스러웠던지 사장은 그대로 안으로 들어가는 것 같았다.

멈칫, 문고리까지 몸을 돌렸던 사장이 다시 돌아섰다.

"아, 그리고 엄 비서. 기술팀에 박. 대. 리. 좀 올라오라고 하지."

한 자 한 자 힘주어 말하는 박 대리란 소리에 평온하던 보란이 감전이라도 된 듯 움찔거렸다.

"네, 알겠습니다."

"킥킥. 박 대리, 오랜만에 들으니까 추억 돋네."

사장의 뒤를 따르던 최 실장이 작게 키득거렸다. 눈가가 파르르 떨려왔지만 애써 침착한 척 보란은 사장의 지시를 이행하기 위해 인터폰을 들었다.

"기술팀이죠? 여기 사장실입니다. 박 대리, 사장님 호출입니다."

후우, 잊고 있었는데 절대로 기억하고 싶지 않은 그녀의 입사 초기 흑역사가 다시금 수면 위로 떠올랐다. 지금이야 무슨 일이든 척척 해내서 뭇 사람들의 칭송까지 받는 보란이지만 입사 초기에는 전혀 아니었다.

'엄 비서, 지금 당장 기술팀 가서 박 대리 좀 찾아오세요.'

그 말을 잘못 알아듣고 보란은 기술팀까지 뛰어 내려가 배터리를 빌려다 가져다주었다. 또 딴에는 특별히 충전이 다 된 배터리로 고르고 골라서.

'지금 내가 휴대폰 배터리가 왜 필요합니까? 달려 있는 머리로 생각이라

는 걸 좀 하고 삽시다.'

사장이 배터리와 그녀를 번갈아 보던 얼굴을 아직도 잊을 수가 없었다. 그때 박 대리는 지금 승진해서 과장이 되었지만 어떻게 된 게 여전히 기술팀에는 그놈의 박 대리가 존재했다.

그녀의 실수담은 여기서 끝이 아니다. 말귀를 잘못 알아듣는 것은 기본이었고 스케줄 관리도 잘못하는 바람에 사장을 일요일에도 출근하게 했다.

그뿐이랴? 약속 대상과 장소를 헷갈리는 바람에 사장이 차를 타고 서울 시내 투어를 한 적도 있었다. 한두 번 정도는 사장이 참아줬던 것 같기도 하다. 하지만 그 두 번이 지나고 나서부터는 불같은 호통이 따라왔다.

'엄. 비. 서. 제대로 좀 할 수 없습니까?'
'엄. 비. 서. 정신은 챙기고 다니는 건 어떻겠습니까?'
'엄. 비. 서. 이런 식으로 일하면서 월급은 꼬박꼬박 잘도 받아 가는군.'
'엄. 비. 서. 차라리 사표를 써서 품고 다니는 게 좋겠군. 내가 언제라도 받을 수 있게.'

보란은 찍소리도 못 했다. 다 맞는 말이었기 때문이다. 일을 안 하면 안 했지, 대충은 하지 않는 사장이 그런 말도 안 되는 실수를 하는 걸 본 적이 없었으니까. 무턱대고 아랫사람들을 부리는 것이 아니라 모든 것을 인지하고 지시하는 사장을 어느 때는 우러러보기도 했으니 말이다.

사장도 출근했겠다, 이제부터 본격적인 비서실 업무가 시작된다. 아침부터 사장이 박 대리를 호출하는 바람에 기억하고 싶지 않던 과거가 떠올라 기분이 가라앉은 것도 잠시, 열 시로 향하는 시곗바늘은 보란의 가라앉았던 기분을 하늘로 올려놓았다.

"정은 씨. 나 준비실에 있을 테니까 사장님 호출하시면 바로 불러줘요."

준비실로 들어가기가 무섭게 경매 사이트에 접속한 보란은 회심의 미소를 지었다. 경매 아이디는 '빠른 손 엄지'. 회사에서나 발휘하던 능력을 모으고 모아 경매에 참여할 작정이었다.

오전 열 시 정각. 덕후들의 경매 사이트에 1980년판 리미티드 에디션 앤 인형이 등장했다. 최저 입찰가는 만 원부터. 만 원, 이만 원. 오만 원. 순식간에 가격은 이십만 원으로 뛰어올랐다.

높아진 가격에 머뭇거리기도 잠시.

'그래, 내가 왜 힘들게 돈을 버는데.'

그녀의 빠른 손은 계속해서 높은 가격을 부르며 입찰에 뛰어들고 있었다. 높아진 가격에 하나둘 경쟁자들이 떨어져나가고 올라가는 가격이 느릿느릿 해졌을 때, 그녀는 직감했다. 조금만 더 하면 앤을 모셔올 수 있을 것이라고.

그런데 그때, 삐삑 하고 휴대폰 화면이 꺼졌다.

"아아악! 얘가 왜 이래."

한두 번만 더 입찰에 참여하면 앤이 그녀의 것이었는데, 멈춰버린 화면은 움직일 생각이 없어 보였다.

그리고 서둘러 다시 사이트로 들어갔을 땐, 경매는 이미 끝나 있었다.

"이럴 순 없어."

다른 사람 품에 안긴 앤이 떠오른 보란은 벽을 부여잡고 좌절했다. 사장이 박 대리를 불러올릴 때부터 예감했었어야 했는데. 그때마다 작든 크든 안 좋은 일이 생기니 미리 조심했어야 했다.

"이게 다 그놈의 박 대리 탓이다. 아니지 박 대리를 소환한 죽일 놈의 사장 탓이지. 하여튼 인생에서 도움이 안 돼요, 도움이."

보란은 경매의 실패를 전부 사장의 탓으로 돌리고 있었다. 하지만 이 일을 가지고 사장한테 따질 수는 없는 노릇이었다.

애써 실망감을 감춘 얼굴로 탕비실을 나오던 보란은 그 자리에 굳어버렸다.

"……!"

그녀의 눈앞에 사장이 떡하니 서 있었다. 딱하고 눈을 마주쳤는데 사장이 자기를 보며 씩 웃는 게 아닌가?

"엄 비서, 나 좀 보지?"

꿀꺽. 가냘픈 목울대가 긴장으로 울렁였다.

'젠장……. 망. 했. 다.'

사장실로 따라 들어가는 그녀의 뒷모습은 흡사 저승사자를 따르는 망자의 모습이었다.

사무실 안은 커다란 유리창으로 햇빛이 들어오고 있었지만 온통 무채색인 통에 낮인지 밤인지 구분할 수 없을 정도로 모호했다.

"엄 비서."

설마 좀 전에 했던 말을 전부 들은 건가 싶어 보란의 가슴은 쪼그라들 대로 쪼그라져 있었다.

"네? 네에."

"내가 어제 말했던 안건에 대한 각 부서 피드백은 어떻게 됐나?"

"아, 그것 말씀이십니까?"

보란은 책상 위에 쌓여 있던 서류철들 사이에서 빼낸 파일들을 차례로 나열했다.

"초록색은 긍정적인 반응들을 모아 정리한 파일이고 빨간색은 부정적인 반응들을 모아 정리한 파일입니다. 노란색은 각 안건당 별도로 첨부한 내용들을 정리한 파일입니다."

사장의 입가가 살짝 올라가는 게 보였다. 그녀의 일처리가 만족스럽다는 표현이다. 본격적으로 파일을 검토하려는지 사장이 소매를 걷어 올렸다.

"더 시키실 일 없으시면 나가보겠습니다."

작게 고개를 숙여 인사한 보란이 사장실을 나왔다. 휴우, 하는 안도의 한 숨이 작게 나왔다 들어갔다.

'욕하는 건 못 들은 게 확실한 걸로. 근데 사장은 왜 날 보고 웃은 거지?'

하지만 그 생각은 자리에 앉기가 무섭게 시작된 정은의 호들갑에 얼마 가지 못하고 잊혀졌다.

"어머, 어머. 선배님, 오늘 우리 사장님 너무 멋지지 않으세요? 볼 때마다 느끼지만 슈트발이 정말."

보란은 잠시 흐트러졌던 정신을 가다듬었다. 그리고 눈을 반짝이며 들뜬 정은을 단 한마디만으로 가라앉혔다.

"업무 시작됐어."

못내 맞상구쳐주지 않는 그녀가 야속한 표정이었지만 다 그녀를 위해 하 는 말이었다.

"어쩜 선배님은 사장님 같은 남자를 보고도 아무런 감흥이 없을 수가 있 는지 모르겠어요."

굳이 대꾸할 필요성을 느끼지 못했다. 이 빌딩에 근무하는 모든 미혼 여 성들이 권세후 사장과의 로맨스를 꿈꿀지도 모르나, 그녀는 그 사안에 대해 서는 '해당사항 없음'이었다.

물론 외적으로만 본다면 권세후 사장은 모든 여성들이 말하는 이상형의 조건을 모두 가지고 있었다. 180이 넘는 키에, 딱 벌어진 어깨 하며, 끝이 보 이지 않는 긴 다리, 가던 사람도 뒤돌아보게 만드는 엘리트한 마스크까지. 거기다 직장 구하기가 하늘의 별 따기라는데 그 직장을 가지고 있는 남자라 니, 모든 여성들이 한 번은 꿈꿔보는 남자일 것이다.

하지만 그녀는 아니었다. 권세후 사장을 그냥 싫어하는 정도가 아니라 아주 많이 싫어했다. 가끔 꿈에 배터리를 들고 화난 얼굴을 하고 있는 사장이 등장하는 날에는 소스라치게 놀라 잠에서 깨곤 했다. 귀신? 유령? 사탄의 인형? 화난 사장이 배터리를 들고 등장하는 악몽에 비하면 그것들은 아무것도 아니었다.

조용하던 비서실에 삐 하고 인터폰이 울렸다. 중저음의 목소리가 인터폰을 통해 들려왔다.

-기획회의, 십 분 앞당기지.

"알겠습니다."

평소와 다름없는 하루가 시작되고 있었다.

* * *

예정된 시간보다 일찍 앞당겨진 탓에 직원들은 하나같이 헐레벌떡 회의실로 뛰어 들어왔다. 마지막으로 사장이 자리에 앉기가 무섭게 회의는 시작됐다. 상반기 제품들의 단점 보완과 함께 하반기 새로 선보일 제품들까지 선보이는 기획 회의는 이번 달 들어 가장 중요한 회의였다.

거기다 이번 회의가 중요한 또 다른 이유는 헨젤을 업계 선두자로 만드는 데 혁혁한 공을 세운 '꿀맛칩'의 새로운 광고 시안이 발표되기 때문이었다.

-입이 가요. 입이 가. 꿀맛칩에 입이 가요. 아빠 입, 엄마 입, 누나 입. 온 가족의 입도둑, 꿀맛칩!

발표 전, 일주일 밤을 꼬박 새웠다고 하더니 기대 이하인 결과물에 사장의 입가가 씰룩이고 있었다. 결국 광고가 끝나지도 않았는데 그의 손이 올라갔다. 더 이상 볼 것도 없다는 거였다.

"그만하지."

불이 켜지고 가장 먼저 보인 건 고개 숙인 마케팅부 직원들의 모습이었다.

"겨우 가져온 결과물이 이겁니까? 어디서 들어본 것 같은 익숙함은 저만의 착각입니까?"

사장의 한 소리는 이제부터 시작이었다. 뒤에 서 있던 보란은 한 귀를 열었다.

"광고 제작비로 돈을 그렇게 들였으면 결과물이 있어야 하는 거 아닙니까? 그리고 상품과 전혀 어울리지 않는 저 여배우는 또 뭡니까? 제가 몇 번을 이야기하지 않았습니까? 유명인을 내세울 게 아니라 제품에 어울리는 사람을 찾으라고."

블라, 블라, 블라.

한동안 사장의 잔소리는 끝날 줄을 몰랐다. 회의실에 있는 모두가 사장의 폭풍 지적질에 고개도 못 들고 울상이었다.

단 한 사람. 미동도 없이 구석에 서 있는 보란만 빼고.

'훗, 아마추어들 같으니라고.'

보란은 이미 사장의 지적질 챕터를 마스터한 지 오래였다.

chapter1. 사장의 지적질을 견디는 법.

마음을 비우고 한 귀로 흘려듣되 중요한 부분은 새겨들을 것. 나중에 사장이 되물을 수도 있으니까.

"왜, 헨젤 남매가 마녀를 따라갈 만큼 맛있는 꿀맛칩이라고 하지 그럽니까?"

저 멀리 마케팅부의 황 부장이 슬그머니 고개를 드는 게 보였다.

'제발, 황 부장님, 가만히 있으세요. 가만히 있으면 반은 간다고요.'

하지만 황 부장의 입이 꿈틀거리고 있었다. 보란이 작게 가슴에 십자가를 그렸다.

"좋, 좋은 생각이십니다. 사장님의 아이디어대로 회사 이름과 연관 지어서 다시 콘티를 짜볼까요?"

황 부장의 눈치 없는 소리에 사장은 최후 통보를 내리는 걸로 회의를 마무리했다.

"다시 해 오십시오. 기한은 다음 주까지입니다."

저 한마디에 포함된 의미는 엄청난 것이었다. 다음 주까지 사장의 마음에 드는 콘티를 짜 온다면 살아남을 수 있을 것이고, 그것도 아니면 살아남지 못하리라.

탕탕탕.

황 부장에게 조건부 선고가 내려졌다.

* * *

기획회의를 마치고 올라온 세후가 입고 있던 남색 재킷을 벗어 던졌다. 날렵하고 단단한 몸의 라인이 하얀 셔츠 아래로 고스란히 드러났다.

하지만 옷을 벗어도 열이 식지 않는지 그가 인터폰으로 지시했다.

"엄 비서, 냉수."

그를 따라 들어와 앞에 서 있던 최 실장이 고개를 흔들었다.

"진정하시죠. 회의 들어가기 전만 해도 기분 좋은 일 있는 것 같으시더니?"

"그랬지. 왜냐고? 우빈이가 받아쓰기에서 백 점을 받았거든. 누굴 닮아서 참 똑똑하다고."

그러니까 오전 내내 실실 웃을 정도로 기분이 좋았던 이유가 조카가 쪽지 시험을 백 점 받아서란다. 휴대폰을 뒤져 백 점 시험지를 들고 웃고 있는 아이의 사진을 자랑하는 세후는 둘도 없는 조카 바보였다.

"너도 그 광고가 식상하다고 생각하고 있잖아? 안 그래?"

감자칩이라고 하면 짭짤한 맛밖에 생각 못했던 때, 달달한 감자칩을 만들어 내 대한민국을 달달함 열풍으로 몰아넣은 권세후 사장은 모든 직원들이 자신과 같을 것이라는 잘못된 비교의 오류를 범하고 있었다.

"어떻게 매번 잘할 수 있겠습니까? 모든 직원들이 사장님과 같다고 생각하시는 건 잘못된 생각입니다."

"왜? 엄 비서는 아니잖아."

세후의 반박에 기준은 할 말을 잃어버렸다. 엄 비서는 사장처럼 완벽하다. 엄 비서는 헨젤 직원이다. 고로 헨젤 직원들은 사장처럼 완벽하다. 이게 지금 그의 논리였다.

"엄 비서는 예외죠."

대체 뭐가 다르다는 건지 모르겠다는 세후의 얼굴에 기준은 설득을 아예 포기해버렸다.

"지시하실 일 있다고 하지 않으셨습니까?"

지시를 기다리며 반듯하게 서 있는 기준은 어떤 임무든 맡겨만 달라는 눈을 하고 있었다.

그런 그에게 처음으로 내려진 임무는 조금은 생뚱맞은 것이었다.

"사람 한 명 찾아야겠어."

"어떤 사람을 말씀하시는 건지?"

세후가 서랍에서 책 한 권을 꺼내더니 책상 위로 올려놓았다. 얼핏 보기에도 알록달록 바탕에 캐릭터가 그려진 동화책은 이 삭막한 사무실과는 전혀 어울리지 않는 조합이었다. 세후의 기다란 손이 표지에 그려진 보라색 단발머리의 여자아이를 콕 짚고 있었다.

"설마, 동화책에 나오는 이 아이를 찾으라는 건 아니시죠?"

"장난해?"

천하의 권세후 사장이 동화책이라니.

동화책은 세상에 존재하는 책들 중에 가장 현실적이지 못하다고 말하는 사람이 그의 상사였다. 예를 들면 흥부와 놀부 중에 본받아야 할 사람이 누구냐고 그에게 묻는다면 재테크를 잘한 놀부가 더 본받을 만하다고 할 인물이었다. 그런 그가 가면을 쓴 여자아이가 나오는 동화책이라니.

터져 나오려는 웃음을 참아보려 했으나 결국 기준은 터져 나온 웃음을 참을 수가 없었다.

"푸하하."

"……."

한참을 웃고 나니 그를 노려보고 있는 상사가 보였다. 그가 손으로 앞의 명패를 가리켰다. 자신의 위치를 알려주는 문구가 한눈에 들어왔다.

<사장 권세후>

"흠흠."

이 무거워진 분위기를 어쩌려나 싶었는데 노크 소리가 들려왔다. 엄 비서가 세후가 말한 냉수를 가지고 왔나 보다.

기준이 얼른 문으로 달려갔다.

"보란 씨, 들어와요. 참 잘 왔어요."

심상치 않은 분위기를 느낀 보란이 문 앞에서 멈칫했지만 그대로 뒤돌아나갈 수는 없는 일이었다.

'……!'

결국, 사장 앞에 최 실장과 함께 선 보란은 두 눈을 의심했다. 최 실장이 집어 드는 책이 이상하게 눈에 익었기 때문이었다.

'벌써 노안이 오나. 헛게 다 보이네.'

책을 들고 이리저리 살피던 기준이 세후에게 물었다.

"『가면 쓴 아이』, 유명한 책입니까?"

책의 제목까지 듣고 나니 보란의 가슴은 세게 쿵쾅대기 시작했다. 눈을 다시 크게 뜨고 다시 봐도 그 책이었다. 아무것도 모르는 척 위장한 그녀가 두 사람의 이어지는 대화에 귀를 쫑긋 세웠다.

"그런 건 모르겠고 우빈이가 좋아해."

"우빈이가요?"

"그래, 이 동화책의 작가를 찾아봐."

명령이 떨어졌다.

권세후 사장의 오른팔인 최 실장이 충직하게 고개를 끄덕이며 동화책을 받아 들었다. 맨 앞에 당당히 새겨진 지은이의 이름이 선명했다.

<그림: 보라 글: 보라>

그림과 글 모두 보라라는 작가가 지은 책이었다. 보라라는 이름이 실명인지 필명인지 모르겠지만 뒤에 출판사의 연락처까지 떡하니 인쇄되어 있는데 작가 연락처 정도 찾는 거야 그에겐 식은 죽 먹기였다.

그런데 갑자기 이 작가는 찾아서 뭐하려는지 기준은 문득 궁금해졌다.

"이유를 여쭤봐도 되겠습니까?"

대체 어떻게 하려는가에 대한 그의 대답은 상상 이상의 것이었다.

"아, 이 작가랑 한번 사귀어 보려고."

두둥.

그 소리에 보란이 들고 있던 쟁반이 바닥으로 떨어졌다.

* * *

손은 자판을 두드리고 있었지만 보란의 눈은 맞은편 자리를 훔쳐보고 있었다. 맞은편 자리의 주인은 최 실장. 그의 행동을 은밀히 주시하는 눈은 잠복근무 중인 형사의 눈과 흡사했다. 그 어떤 사소한 행동이라도 놓치지 않겠다는 결의마저 보였다.

한동안 자리에서 꿈쩍 않던 최 실장이 자리에서 일어났다.

"바람 좀 쐬고 올게요."

최 실장이 비서실을 나서자 이번엔 보란이 최대한 자연스러운 척 일어났다.

"정은 씨, 나 법무팀에 갔다 올게."

빠른 걸음으로 사무실을 나선 그녀는 앞에 가고 있던 최 실장의 뒤를 밟기 시작했다. 이리저리 벽 뒤로 몸을 숨기는 모습은 누가 봐도 수상쩍었다.

'아, 이 작가랑 한번 사귀어 보려고.'

또다시 떠올라 머릿속을 휘젓는 소리에 보란은 고개를 흔들며 애써 자신이 잘못 들은 거라며 불안한 마음을 달래고 있었다.

'어, 어디 갔지?'

잠깐 한눈을 팔았더니 앞에 가던 최 실장이 보이질 않았다. 놓친 건가 싶어 실망감이 이만저만이 아닌데, 불쑥 옆에서 무언가 튀어나왔다.

"보란 씨?"

놀란 보란이 그녀답지 않게 음성을 높였다.

"최 실장님! 놀랐잖아요."

"하하. 놀라게 했다면 미안해요. 괜찮아요?"

"네, 괜찮아요."

"근데 여기서 뭐 하는 거예요?"

보란이 핑곗거리로 들고 나온 파일을 들어 보였다.

"법무팀에 가져다줄 서류가 있어서요. 최 실장님은요?"

최 실장이 머리를 긁적이며 사람 좋게 웃었다.

"나요? 커피 한잔하려고요."

보란은 고개를 끄덕이며 수긍했다. 커피라면 비서실에 차고도 넘쳤지만, 최 실장이 즐겨 마시는 커피는 비서실에서 마실 수 없는 커피였으니까.

"자판기 커피요?"

"딩동댕."

"저도 갑자기 커피가 마시고 싶네요? 제가 살게요."

"보란 씨 커피 싫어하지 않아요?"

아차, 자신은 커피를 싫어했지? 주절주절 긴 변명이 절로 나왔다.

"그, 그랬죠. 그런데 졸리거나 할 때는 마셔요. 커피란 게 한번 마시니까 은근히 중독이더라고요."

"맞아요. 한번 마시면 못 끊는 게 커피긴 하죠. 가요."

두 사람은 사장실 바로 아래층에 위치한 직원 휴게소로 향했다. 직원들은 쉬지도 않고 일만 하는지 휴게소는 개미 한 마리도 보이질 않았다. 보란이 의아한 눈으로 텅 빈 휴게소를 훑었다.

"사람이 아무도 없네요?"

기준이 손으로 천장을 가리켰다.

"이 위가 어딘 줄 잊은 거 아니죠?"

다른 층이면 모를까 바로 위가 사장실인 이 직원 휴게소를 찾는 직원들이 있을 리가 없었다. 그러고 보면 사장은 부러 이걸 노리고 여기에 휴게소를 만든 건 아닌가 하는 생각도 들었다.

기준이 자판기에서 뽑아 온 커피를 보란에게 건넸다.

"자요."

"감사합니다."

좋아하지도 않는 커피를 웃으며 한 모금 넘긴 보란이 은근슬쩍 물었다.

"저기, 최 실장님. 아까 사장님께서 하신 말씀 말인데요."

"아까 사장님께서 무슨, 아! 그 동화책 작가? 보란 씨도 같이 있었죠?"

"사장님께서 그냥 하신 말씀이시죠? 최 실장님도 그 작가라는 분 찾고 그러실 건 아니시죠?"

제발, 제발. 전부 헛소리라고 해라.

하지만 기준의 입은 그녀의 소망과 반대를 말했다.

"아닌데? 찾아야죠. 사장님 명령인데 어떻게 안 찾겠어요?"

최 실장의 확인에도 여전히 그녀는 현실을 부정하고 싶어 했다.

"말도 안 돼."

"보란 씨가 들어도 황당하죠? 그런데 어쩌겠어요. 조카라면 껌뻑 죽는 사장님이신데. 사장님의 사생활이다 보니 자세히는 말 못하지만, 사장님과 조카 사이가 각별하다는 것만 알고 있어요."

사장에게서 최 실장에게로 명령이 떨어졌단다. 그 동화책의 작가를 찾으라고.

"그래서 최 실장님은 그 작가를 어떻게 찾으실 건데요?"

"우선 출판사로 연락을 해봐야겠지요?"

보란은 좋아하지도 않는 커피를 원샷 했다. 아무래도 정신을 바짝 차리려면 카페인의 도움이 절실할 것 같아서.

* * *

최 실장보다 먼저 비서실로 돌아온 보란이 뼈대 없는 풍선 인형이라도 된 듯 비틀거렸다. 의자로 풀썩 앉는데 미처 피가 머리까지 가는 걸 잊어버리기라도 한 것처럼 생각 회로가 멈춰버렸다.

허나 지금 머리 따위를 신경 쓰며 멍하니 정신을 놓고 있을 때가 아니었다. 그녀는 지금 입사 이래 최대의 위기에 놓여 있었으니까.

"정, 정은 씨. 나 잠깐 나갔다 올게."

바닥에 아무렇게 놓여 있던 가방에서 휴대폰을 꺼내 드는 손이 부들부들 떨리고 있었다. 그녀답지 않게 당황하는 모습에 정은이 걱정하는 소리를 했다.

"방금 나갔다 오셔놓고 또요? 무슨 일이라도 있는 거예요?"

"일, 일은 무슨."

"아니, 선배님 이렇게 허둥거리시는 거 처음 봐서요."

"허둥거리다니! 나 완전 멀쩡하거든?"

"이렇게 목소리 높이시는 것도 처음이시고."

아무렇지 않다는 것을 보여주려 당당하게 말했지만 오히려 그게 더 의심을 샀다.

"갑, 갑자기 미리가 아파서 그래."

"정말요? 병원이라도 가보셔야 하는 거 아니에요?"

"아니. 그 정도는 아니고. 요 앞에 약국이라도 갔다 올게."

몇 번이나 손에서 미끄러지는 휴대폰과 약국 핑계로 딸려온 지갑을 겨우 잡아 든 보란이 휘청거리며 사무실을 나섰다.

그런데 약국에라도 갔다 오겠다던 그녀가 향한 곳은 엘리베이터 쪽이 아니라 비상계단 쪽이었다. 계단을 뛰어 내려가며 찾아간 곳은 두 층 밑에 위치한 화장실이었다.

또각또각, 일정한 소리를 내던 구두 소리가 빨라졌다가 다시 그녀를 알아보는 소리에 멈췄다.

"아이고, 엄 비서님 아니세요?"

건물 청소를 맡은 청소부 아주머니였다. 마음은 급해 죽겠는데 내색도 못하고 보란은 가볍게 웃으며 묵례를 했다.

"안녕하세요. 날씨도 더워지는데 수고가 많으시네요. 힘내세요. 그럼, 저는 이만 가보겠습니다."

차분히 인사를 마치고 돌아서서 목적지인 화장실로 향하는 그녀의 뒷모습을 본 아주머니가 칭찬을 아끼지 않았다.

"참 참하단 말이야. 얼굴도 귀염상에다가 성격도 차분한 게 천생 여자인데, 아들만 하나 있다면 며느리 삼고 싶다니까."

사뿐사뿐…… 두다다.

며느리 삼고 싶을 정도라던 참한 발걸음은 화장실을 들어서자마자 요란스럽게 바뀌었다.

"아무도 없겠지?"

누구에게도 방해받지 않고 급하게 통화를 해야 할 때 여기보다 좋은 곳은 없었다. 회의실만 있는 이 층의 화장실은 사용하는 사람이 별로 없었기 때문에 사람들에게 비밀 이야기 장소로도 통하는 곳이었다.

보란은 화장실 칸, 칸마다 아무도 없는 것을 확인하고 맨 안쪽 칸으로 들어가 문부터 걸어 잠갔다. 그러고는 주소록을 바삐 뒤져 어딘가로 전화를 걸었다. 신호음이 가는 그 짧은 순간도 초조함을 어쩔 수 없는지 그녀의 이마가 화장실 칸막이벽과 콩콩 박치기를 하고 있었다.

-여보세요?

"수아 언니? 언니, 제가 누구죠?"

뜬금없이 전화해서 다짜고짜 제가 누구냐고 묻는데 수아는 이게 대체 무슨 소린가 했다.

-애가 뭘 잘못 먹었나?

하지만 보란은 머리라도 다친 것처럼 같은 말을 반복했다.

"언니, 제가 누구죠?"

-누구긴 누구야. 엄보란이지. 네 이름도 몰라?

"제가 또 불리는 이름 있잖아요."

본명 말고 불리는 이름이라. 수아가 머리를 굴려댔다.

-엄보란 말고 네가 불리는 이름이 어딨…… 아!

"제가 불리는 이름이 하나 더 있잖아요."

-네 필명? 보라지. 보라. 동화 작가, 보라.

보란의 고개가 밑으로 떨어졌다. 이 모든 일이 꿈이길, 제 필명이 보라가 아니길 바랐는데. 자신이 보라 작가라는 게 그녀만의 착각이길 간절히 바라고 바랐다. 하지만 그녀가 보라 작가라는 걸 유일하게 알고 있는 단 한 사람의 확인은 이 모든 게 꿈이길 바랐던 그녀에게 이 모든 게 현실이라고 이야기하고 있었다!

"언니…… 나 이제 어떻게 해요?"

-왜, 왜?

"자세한 건 나중에 따로 설명 드릴게요. 우선은 제 연락처를 알고 싶다고 찾아오는 사람이 있으면 절대로 알려주시면 안 돼요! 그 부탁을 드리려고 전화했어요."

세상이 끝나기라도 한 것처럼 긴박하게 굴기에 엄청 중요하고 긴박한 일인 줄 알았던 수아는 조금은 황당해했다.

-네 연락처?

"팬이라고 해도 절대로 알려주시면 안 돼요. 그, 그거 뭐지? 그래! 사생활 침해 그거 아시죠?"

얼씨구. 유명 아이돌도 아니고. 팬도 모자라 사생활까지.

-사생활 침해? 개인정보 보호겠지.

"아, 그래. 그거요. 그러니까 절대로 알려주시면 안 돼요. 아시겠죠?"

아침 댓바람부터 법까지 운운하며 연락처를 절대 알려주지 말라는 황당한 그녀의 요구에 수아는 그저 웃을 수밖에 없었다.

-보라 작가야, 이런 말 하기 미안한데, 책이 팔려야 팬도 있는 거지. 네 책은 별로 안 나가서. 그리고 아직까지 너한테 온 팬레터는 한 장도 없어서 안심해도 될 것 같은데?

하지만 무슨 일이 있긴 있는 건지 누가 뒤에서 쫓아오기라도 하는 것처럼 보란의 음성은 다급해졌다.

"저도 잘 알고 있는데요. 누가 찾아갈 거란 말이에요. 설령 원빈이 찾아와서 가르쳐달라고 해도 안 돼요. 알겠죠?"

-원빈 님이 이 누추한 곳에 오신다고? 야, 원빈 님께서 물으시면 당연히 가르쳐드려야지.

이럴 줄 알았다. 언제고 수아의 외모지상주의가 문제가 될 줄 알고 있었다. 잘생긴 남자라면 사족을 못 쓰는 수아가 보란은 영 못 미덥고 불안했다. 그래서 보란은 수아의 정신이 바짝 들 정도로 빽 하고 소리를 질렀다.

"언니!"

-아야! 귀청 떨어지겠다. 알겠어.

"절대 알려주지 마세요. 아시겠죠? 약속해주세요. 얼른 새끼손가락 걸고 약속해줘요!"

수아는 다급하고 절실해 보이는 보란의 음성에 저도 모르게 알겠다며 고개를 끄덕였다. 하지만 그 정도의 수긍으로는 보란을 안심시킬 수 없었다.

"언니, 지금 새끼손가락 안 걸었죠? 다 보여요."

-어? 어. 지금 걸려고 하고 있어.

"약속했어요?"

-어어. 절대로 말 안 할게.

그녀의 우격다짐에 허공에다 새끼손가락까지 걸고 약속을 하고 나서야 보란은 수아를 통화에서 놓아줬다.

"아침 일찍부터 전화해서 이런 부탁드려서 죄송하고 고마워요. 들어가세요."

통화를 끊기가 무섭게 다리에 힘이 빠져버린 보란이 변기 위에 눌러앉았다. 이게 다 무슨 일인지. 얼마 안 팔렸다는 그녀의 동화책이 왜 하필이면 권세후 사장의 손에 들어갔는지. 운이 없어도 이렇게 없을 순 없었다.

그리고 동화책을 재밌게 읽었으면 됐지 그 사이코 같은 사장은 왜 뜬금없이 나 같은 작가를 찾아서 사귀어 보겠다고 하는 건지!

"아아악! 재수가 없는 나는 뒤로 나자빠져도 사장과 엮이는구나."

보란의 처절한 비명이 빈 화장실 공간을 가득 채웠다.

"혹시나 사장이 그 사실을 눈치채기라도 하는 날에는……. 절대 들켜선 안 돼!"

2화. 가면 쓴 아이

세후가 얼굴도 모르는 작가를 찾게 된 데는 며칠 전에 있었던 뜻밖의 일 때문이었다.

저녁 여섯 시, 촉각을 다툴 정도로 급하거나 회사의 존망이 걸린 중요한 일이 아니면 조카와 저녁을 함께하기 위해 퇴근하는 시간이었다. 그런데 그날은 조금 달랐다. 온 집 안에 초인종 소리가 울리면 어디서 무슨 일을 하고 있든지 상관없이 우빈이 달려 나와야 정상이었다. 하지만 신발까지 벗고 집 안으로 들어갔는데도 아이는 코빼기도 보이질 않았다.

"권우빈? 외삼촌 왔는데?"

세후의 부름에 정작 달려 나온 건 우빈이 아니라 주방에서 저녁을 준비 중이던 도우미 아주머니 복숙이었다.

"오셨어요?"

"우빈이는요?"

오자마자 아이를 제일 먼저 찾는 그에게 복숙은 쉬이 말하기를 꺼려 했다. 하지만 우빈에 대한 일이라면 아무리 사소한 것이라도 날을 세우는 그의 날카로운 눈빛에 복숙은 하루 동안 있었던 일을 있는 그대로 낱낱이 고했다.

"어휴, 오늘 유치원 친구들끼리 율우네 집에 놀러 갔다 와서 저러네요. 계속 무슨 일이냐 물어봐도 대답도 않고 오자마자 방에 들어가서 안 나오네요."

삼 년이 넘게 함께한 아주머니가 물어봐도 대답을 안 했다는 건 아이가 다른 사람에겐 쉽게 말할 수 없는 큰 고민이 있다는 것을 의미했고, 그건 다른 누구도 아닌 자신이 직접 나서야 한다는 말이었다.

"알겠습니다. 저녁은 다 됐습니까?"

"그럼요. 밥만 푸면 되는 걸요."

"오늘은 집에 가시는 날이죠? 저녁은 제가 알아서 챙길 테니 이제 가보셔도 됩니다."

우빈이가 걱정이라며 쉬이 발걸음을 떼지 못하던 복숙은 설거지거리는 싱크대에 담가놓기만 하라는 당부를 남기고 퇴근을 했다. 옷도 갈아입지 못한 세후가 조카의 방문 앞에서 한참을 서성이다 방문을 조심히 두드렸다.

"권우빈, 외삼촌인데, 문 안 열어줄 거야?"

아무런 대답이 없었다. 하지만 그는 문을 두드리며 어서 열라고 재촉하지도, 닫힌 문을 억지로 열기 위해 비상 열쇠를 가지고 오지도 않았다. 다만 문에 기대어 잔잔하게 이야기를 할 뿐이었다.

"외삼촌 오늘 회사에서 많이 힘들었는데? 외삼촌은 일 끝나고 우리 우빈이 보는 게 유일한 낙인데 우빈이가 얼굴도 안 보여줘서 힘이 하나도 없네?"

시간이 얼마나 흘렀을까? 굳게 닫혀 있던 문이 스르륵 열리고 또랑또랑한 눈을 가진 남자아이가 쭈뼛쭈뼛 모습을 드러냈다. 세후가 세상에서 가장 아끼고 사랑하는 조카 권우빈이었다.

훌쩍였던 눈물의 흔적은 숨기지 못한 아이의 두 눈이 그의 마음을 아프게 했다. 세후가 두 팔을 넓게 벌리자 우빈이 그의 품으로 쏙 하고 들어왔다. 그리고 언제나처럼 고사리 같은 손으로 세후의 등을 토닥였다.

"많이 힘들었어?"

"아니야. 우빈이가 안아주니까 이제 하나도 안 힘들어."

"정말?"

"그래. 정말."

서로를 껴안고 있기를 한참, 세후는 아이를 천천히 품에서 떼어낸 후 눈을 맞췄다.

"율우네 집에 가서 무슨 일 있었어?"

"아, 아니."

말을 더듬는 걸로 모자라 눈까지 피하며 대답하는 걸 보니 무슨 일이 있긴 있는 거였다. 결국 세후는 주방으로 가서 흰 우유 한 잔과 재작년 그의 회사에서 만들어 히트를 친 초코 과자를 들고 왔다. 특별한 경우가 아니면 절대 자기 전에 군것질을 허락하지 않는 그가 상태의 심각성을 고려해 꺼낸 최후의 카드였다.

'아이의 비밀을 알고 싶으세요? 헨젤과 함께하세요.'

그가 직접 아이디어를 낸 광고의 한 장면처럼 세후는 초코 과자를 반으로 떼서 우유에 살짝 담가 아이에게 건넸다.

"먹어봐."

입맛이 없다고 고개를 저을 때는 언제고 입에 들어가자마자 사르륵 녹는 쿠키가 천상의 맛이었는지 아이는 행복하게 눈을 반짝였다. 절로 미소가 지어지려는 것을 꾹 참은 세후는 크림이 묻은 나머지 반대쪽도 우유에 담가 건네며 슬며시 물었다.

"율우가 또 괴롭혔어?"

크림까지 사르륵 녹으며 입안에 달콤함이 가득하니 아이는 절로 기분이 풀렸는지 광고의 한 장면처럼 순순히 입을 열었다.

"아니. 율우는 이제 나 안 괴롭혀. 오늘은 율우가 아니라 다른 애가 나 엄마 없다고 놀렸어."

세후의 모든 동작이 정지했다. 엄마라는 소리가 나오면 두 남자는 말이 없어진다. 아이는 본 기억도 없는 엄마를 사진으로만 확인하는 것이 현실감이 없어서였고, 그는 그대로 누나를 빼다 박은 우빈에게서 엄마라는 소리를 들을 때마다 가슴이 아려왔기 때문이었다.

'만약 그때 내가 그러지 않았다면 누나가 살아 있지 않을까?'

세후는 하루에 수십 번도 후회의 쳇바퀴 위를 돈다. 그가 조금이나마 죄책감을 덜기 위해 할 수 있는 일이라곤 최선을 다해 우빈을 키우는 것밖엔 없었다. 우빈이 어렸을 땐 이 넓은 세상에 두 사람밖에 없다는 건 별것 아닌 일이었다.

하지만 아이가 점점 자라 비교란 걸 할 수 있게 되면서 다른 집과는 그들의 집이 조금 다르다는 것을 인지하게 됐다. 그리고 가장 먼저 물었던 것이 '우빈이 엄마는 어디 갔어?'라는 것이었다. 그 말을 들을 때마다 세후가 했던 대답. 오늘도 그는 언제나처럼 아이의 오른쪽 가슴에 손을 가져다 대곤 말했다.

"우리 우빈이가 왜 엄마가 없어? 우빈이 엄마 여기 있다고 했잖아."

"알아. 아는데……."

세후는 언제나 우빈에게 세진이 그의 엄마였다는 것을, 너를 너무 사랑했다는 것을 날마다 이야기해주는 것으로 하여금 우빈이 세진을 기억하게 했다.

하지만 어쩌면 그것만으로는 이제 부족하다는 것을 깨닫기 시작하고 있었다. 세후로서는 최선을 다하고 있지만 아이가 점점 더 많이 엄마의 손길을 필요로 하는 건 어쩔 수 없는 일인가 싶었다.

"우리 우빈이 엄마가 보고 싶었구나?"

쿠키를 든 우빈이 세차게 고개를 끄덕이며 작은 목소리로 말했다.

"응. 엄마가 내 가슴에 있다는 건 외삼촌이 말해줘서 아는데 진짜 볼 수는 없잖아. 그래서 말인데, 외삼촌. 외삼촌은 여자 친구도 한 명 없어?"

나름 심각하고 예민한 분위기에서 갑자기 화제가 그의 연애사로 튀는지 알 수 없는 일이었다.

"없는데? 그건 왜?"

"율우가 그러는데 이제 학교에 가면 엄마 같은 여자 어른이 많이 필요하대. 그래서 율우가 외삼촌한테 여자 친구는 없냐고 물어보라고 했어. 외삼촌, 더 착한 어린이가 될 테니…… 안 돼?"

"……."

세후는 말문이 막혔다. 하루아침에 어디서 없던 여자 친구를 구해 온단 말인가?

"네가 원한다면 한번 생각해볼게."

"야호! 진짜지? 잠시만."

방금까지 울며 우울해했던 게 동일 인물이 맞는가 싶을 정도로 쌩쌩해진 아이는 방으로 달려 들어가 책 한 권을 들고 나왔다. 아이의 손에는 그가 제일 좋아하는 동화책 『가면 쓴 아이』가 들려 있었다. 표지에 그려진 보라색 단발머리를 한 주인공 퍼플을 가리키며 우빈이 말했다.

"외삼촌! 퍼플은 어때?"

"……."

또 막혀버린 말문. 동화에 나오는 이 작은 아이랑 진지한 교제를 생각하는 것 자체가 우스운 일이 아닌가.

"꼭 퍼플이어야 해? 다른 사람은 안 될까?"

"다른 사람은 안 돼. 꼭 퍼플이어야 해."

입을 꼭 다문 채 결의에 차서 이야기하는 조카는 꽤 단호했다. 레드나 옐로우를 데리고 와도 소용이 없을 것 같은 느낌이 들었다.

그래, 내 조카의 전폭적인 지지와 사랑을 받는 퍼플. 세후는 그 퍼플을 만든 사람을 찾아 얼굴이라도 한번 보자 싶었다.

"외삼촌이 퍼플을 찾아서 물어는 볼게. 근데 퍼플이 외삼촌 싫다고 하면 어쩔 수 없는 거다?"

"에이, 누가 외삼촌을 싫어해? 나는 세상에서 외삼촌이 제일 멋있고 좋은데."

몇십억짜리 수출 계약을 따냈을 때에도 포커페이스를 유지하는 그가 조카의 한마디에 하얀 이가 보일 정도로 큰 미소를 지었다. 그의 미소에 우빈도 그를 닮은 똑같은 미소로 그를 마주했다. 웃음을 되찾은 우빈을 들춰 안은 세후는 주방으로 향했다.

"권우빈. 이제 저녁 먹어야지."

아이는 과자 때문인지 저녁을 안 먹겠다고 떼를 썼지만, 안 먹으면 퍼플이 싫어할 거란 회유 아닌 회유에 밥 한 그릇을 뚝딱 해치웠다. 양치질까지 다 마치고 자기 위해 침대에 누운 아이는 또 『가면 쓴 아이』를 읽어달라고 했다.

"퍼플은 이제 가면이 없어도 후세가 무섭지 않았습니다. 그녀보다 더 가면이 필요한 아이에게 가면을 보내준 게 정말 잘한 일이라고 속으로 몇 번을 생각했습니다. 그런데 가끔 가면이 그리워지는 건 어쩔 수가 없었습니다. 자, 이제 끝. 권우빈, 이제 자야지?"

스탠드 불을 끄고 이불까지 잘 덮어주는데, 또 우빈은 퍼플 이야기를 꺼냈다.

"응. 얼른 퍼플이 외삼촌 여자 친구가 됐으면 좋겠다."

오늘 저녁 동안 들은 퍼플이라는 단어만 세어본다면 적어도 한 백 번은 된 것 같았다. 하도 들어서 이젠 퍼플이 동화 속에서만 존재하는 게 아니라 그들의 집에서 같이 살고 있는 것처럼 느껴질 정도였다.

"권우빈, 이제 그만 자야지."

"네에."

"좋은 꿈 꾸고."

"외삼촌도 잘 자."

불을 끄고 조용히 문을 들고 나온 그의 손에는 동화책이 들려 있었다. 책 꽂이에 꽂힌 책이 셀 수 없을 정도로 많았지만 자기 전에 읽어줄 책을 고르라 하면 우빈은 늘 이 책을 집어 들었었다.

소파에 풀썩 앉은 세후가 동화책을 한 장 한 장 넘겼다. 대체 어느 부분이 아이의 마음을 홀라당 사로잡았나 하고 찾는 중이었다. 색연필의 터치가 고스란히 묻어난 섬세한 그림 때문인가? 아님 내용이 특별한 건가?

매일 밤 읽어줘서 이제는 내용을 외워버릴 정도인 동화책의 내용은 평범했다. 나쁜 아이가 약한 아이를 괴롭히는데, 그 약한 아이에게 짜잔! 하고 가면이 나타나고 이 가면 쓴 아이가 나쁜 아이에게 대항하는 용기를 얻게 된다는 특별할 것 없는 전형적인 동화였다.

그가 무심코 책을 덮으려는데 맨 끝장의 작가후기가 눈에 들어왔다. 수백 번도 읽어줬던 동화인데 작가후기를 읽어보는 건 처음이었다. 본문인 동화는 짤막하더니 작가후기는 길게도 적혀 있었다.

<어릴 때부터 제 꿈은 동화작가가 되는 것이었어요. 하지만 시간이 흘러 저는 아침에 눈을 뜨면 일하러 가야만 하는 어른이 되어 있었어요. 그리고 저도 퍼플처럼 반복되는 일상 속에서 후세를 만나게 됐답니다. 무서운 후세

를 상대하기 위해 겁도 많고 소심한 저는 퍼플처럼 가면을 쓰기로 했답니다.

저는 동화를 어린이 여러분만큼이나 좋아해요. 아직은 제게 여러분과 같은 순수한 마음이 있다는 것을 확인하게 해주거든요. 그런 의미에서 이 책은 저를 견디게 하는 최고의 선물이었어요. 혹시나 힘들어하고 있을 우리 어린이들에게 간밤에 퍼플의 가면이 찾아가길 간절히 바라요. 부족한 글을 출판해주신 포도송이 출판사와 예쁘게 다듬어 주신 이수아 편집자님 정말 감사해요.>

"작가가 투잡을 뛰나 보군. 그나저나 직장에서 얼마나 시달렸으면 작가 후기에 별말을 다 적어놨네."

세후는 책을 덮으며 피식 웃었다. 얼마나 힘들었으면 이랬을까 싶고 직장인의 애환이 짙게 묻어나는 작가후기였다.

막상 이 동화작가를 만나게 되면 묻고 싶은 거라곤 '대체 내 조카를 어떻게 홀렸나?'가 전부일 것 같았는데, 문득 물어보고 싶은 게 하나 생겼다. '대체 어디서 무슨 일을 합니까?' 하고.

* * *

퇴근 후, 집으로 돌아오고 나서도 내내 계속된 불안감은 가실 기미가 보이지 않았다. 보란은 불안감에 잠까지 설쳤다. 당장이라도 초인종 소리가 들리고 문을 열고 나가면 사장이 눈을 부릅뜨고 서 있는 것이 자꾸 상상되는데 쉬이 잠이 올 리가 없었다.

폭풍이 온다고 해도 잠만 쿨쿨 잘 잤던 그녀가 잠을 이루지 못하다, 결국 침대에서 일어나 책장에 고이 모셔둔 동화책을 꺼내 들더니 절규했다.

"으아앙! 난 몰라! 이거 쓴 작가가 나라는 거 들키는 날에는…… 난 그대로 저승길로 가는 하이패스 당첨이라고."

어렸을 적 다른 아이들이 대통령, 의사, 선생님 이런 꿈들을 이야기할 때 그녀의 꿈은 동화책을 쓰는 작가가 되는 것이었다. 학창 시절 다른 아이들이 스트레스 해소용으로 만화책을 끼고 다닐 때 그녀는 동화책으로 그 힘든 고등학생 시절을 견뎌냈다. 그녀는 동화책을 좋아하는 정도가 아니라, 그 무엇보다 사랑했고 동화에 나오는 캐릭터들을 제 몸보다 더 아꼈다. 수능이 끝나고 가야 할 대학의 학과를 고민할 때 당연히 문예창작과를 지원하고 싶었지만 어머니가 반대하셨다.

'학교 백일장에서 상도 한 번 못 타본 게 글은 무슨. 거기 나와서 쫄쫄 굶을 일 있냐? 안 된다. 무조건 취직 잘 되는 데로 가라. 안 그러면 학비는 꿈도 꾸지 마!'

그래서 보란은 취직이 잘된다는 비서행정학과로 갔다.

'여러분, 저희 비서행정학과는 졸업 후 백 프로 취업을 보장합니다. 왜냐고요? 회사의 인원이 사장님 혼자뿐이더라도 비서는 꼭 뽑는 게 바로 우리나라 사장님들이니까요.'

대한민국의 특이점을 어필한 입시 설명자의 호객 행위에 넘어가 보란은 그곳을 지원했고 운 좋게 이름만 들으면 다 안다는 식품 회사의 비서가 됐다.

하지만 성격 자체가 느긋느긋하고 천천히 하자 주의인 보란은 처음 맡는 비서 일이 손에 익지 않아 서툴고 어눌했다. 그 덕분에 처음 한 달 동안 사장에게 빠짐없이 매일 지적을 당했고 하루라도 혼 안 나는 날이 있는 게 더 이상한 그런 비서였다.

매일 저녁, 몸과 정신까지 피폐해져 집으로 돌아올 때마다 당장이라도 때려치울까도 생각해봤지만, 청년 실업률이 하늘을 찌르는 이 시점에서 따박따박 안정적인 월급이 나오는 직장을 그만두는 것이야말로 어리석은 일이었다.

어떡하든 회사에서 받은 스트레스를 해결해야 했던 보란은 책상에서 분출구를 찾아냈다.

바로 그녀의 오랜 꿈이었던 동화!

그녀는 세후에 대한 불만을 불살라 회사에서 받은 스트레스를 예술의 혼으로 승화시켰다. 그렇게 나온 동화책이 『가면 쓴 아이』였다. 『가면 쓴 아이』의 첫 장은 이렇게 시작한다.

"야! 너 그 과자 어디서 샀어!"

퍼플이 먹고 있던 과자 봉지를 떨어뜨렸어요.

소리치는 아이는 동네 동글이네 가게 아들 후세였습니다.

"퍼플! 너 설마 밑에 슈퍼마켓에서 사먹은 거야?"

지금껏 한 번도 후세에게 들킨 적이 없는데.

오늘은 정말 운이 없게도, 정말정말 운이 없게도 후세에게 딱 걸리고 말았습니다.

"내가 저 밑에 큰 슈퍼마켓에서 과자 사먹지 말고 우리 가게에서 사먹으라고 했잖아."

"이 과자는 너희 가게에서 안 파는 거야."

에이, 아까워 죽겠네.

퍼플은 아직 다 못 먹고 땅에 떨어져버린 과자를 보는데 아주 조금 눈물이 날 것만 같았습니다.

소시지같이 통통한 후세의 다리가 떨어진 과자를 발로 뻥 하고 차버렸습니다.

"너…… 두고 봐."

후세의 못생긴 얼굴이 더 못생겨졌습니다. 아차차! 큰일 났습니다.

그녀의 동화가 회사생활의 스트레스를 통해 탄생한 작품이라 하지 않았던가? 이야기를 시작하는 이 첫 장면도 마찬가지였다. 책을 넘기는데 문득 예술혼을 불태워 처음 동화를 쓰기 시작했던 날이 떠올랐다.

매일 전쟁을 치르고 돌아와 쓰러지기 일쑤, 출근하기 위해 일어나는 아침은 언제나 부은 눈과 전날의 과도한 업무로 뭉친 어깨가 그녀의 피곤이 얼마나 쌓였는지 알려주고 있었다. 그 바쁘고 잠이 부족하다는 고3 때도 아침밥을 빼먹은 적이 없었는데 회사를 다니고부터는 아침을 챙겨 먹기는커녕 지각이나 안 하면 다행이었다.

그날도 빈속에 만원인 출근 지하철에 이리 치이고 저리 치이고 나서 회사 근처 역에서 겨우 내렸었다. 매일 개찰구에서부터 사무실로 뛰어 올라가기 바빴는데 웬일로 늘 간당간당하던 출근 시간이 오 분 정도 여유가 있었다.

꾸르륵.

빈속에 나는 소리는 그렇다 치고, 남다른 그녀의 위는 먹은 것도 없는데 위액을 흘려보내고 있었다. 아무것도 먹은 게 없는 속은 쓰리기까지 했다.

"안 되겠다. 빵이라도 하나 사먹어야지."

편의점으로 잽싸게 뛰어 들어간 그녀는 가판대에서 손에 집히는 아무 빵이나 집어서 계산을 마치고 재빨리 사무실로 뛰어 올라갔다. 아직 사장이 출근하기 십 분 남짓 남은 걸 확인한 그녀는 우걱우걱 빵을 먹기 시작했다.

빈속에 먹는 모닝 빵! 맛이 끝내줬다.

하지만 그 모닝 빵의 여유도 사장이 그녀의 이름을 부르기 전까지만이었다.

"엄보란 비서?"

부르는 소리에 놀라 빵이 목에 걸린 보란은 기침을 하면서도 인사 안 한다고 꼬투리라도 잡힐까 싶어 폴더 인사를 했다.

"크윽, 컥컥. 네, 사장님. 오셨습니까? 좋은 아침입니다."

"내가 지금 좋은 아침이 될 수가 있을 것 같습니까? 삼진이 또 매출 1위 자리를 가져갔는데."

저번 분기에 낸 신제품들의 반응도 꽤 괜찮았고 직원들이 열심히 일한 결과로 매출도 많이 올랐지만, 헨젤은 아쉽게 저번 분기는 2위 자리에 머무르는 것으로 그쳤다. 아직 업계에서 가장 오래된 역사를 가졌을 뿐만 아니라 헨젤의 두 배나 되는 크기를 자랑하는 삼진을 무너뜨리기에는 무리가 있다는 내부 평가가 있었다는 것을 보란 역시 들어서 잘 알고 있었다.

유독 이 업계 1위를 고수하는 삼진만을 라이벌로 삼는 사장이 이해가 안 되기도 했지만 보란은 아침부터 사장의 비위를 거스르게 하는 것보단 맞춰 주는 것이 그녀의 신상에 좋을 것이라는 걸 너무나 잘 알고 있었다.

"그러게요. 참 아쉬운 일이 아닐 수……."

"이제 보니 당연히 헨젤이 1위를 못 할 수밖에 없겠군요!"

"네? 무슨 말씀이신지……."

사장이 무슨 소리를 하는 건지 전혀 감도 잡지 못하는 보란을 매서운 눈으로 노려봤다.

"헨젤 사장실 비서부터가 아침부터 삼진 식품을 애용하는데 어떻게 우리가 1위를 합니까? 안 그렇습니까?"

"……!"

툭, 보란의 왼손에 들려 있던, 먹다 남은 빵이 바닥으로 떨어졌다.

그리고 땅에 떨어져 뒹굴고 있는 먹다 남은 빵을 고이 감싸고 있는 비닐에는 '삼진'이라는 로고가 커다랗게 찍혀 있었다.

그날, 보란은 태어나 처음으로 먹은 것도 없는데 단단히 체했다. 먹던 빵이라도 다 먹고 체했다면 억울하지라도 않지. 몇 입 먹지도 않았는데 억울했다.

거기다 보란이 부러 헨젤은 1위를 절대로 하지 못하게 고사 지내는 마음으로 삼진 빵을 사먹은 것도 아니었다. 가판대에서 잡히는 대로 가져온 거였는데.

아니, 고르는 취미가 없는 저 같은 무취향족까지 잡고 싶은 거면 아예 편의점에 헨젤 빵만 다 깔아놓으시든가?

그날 그녀가 잘못 가져온 빵 하나 때문에 비서실은 살얼음판을 걷는 것과 다름없는 긴장감이 흘렀다.

결국 하얗게 사색이 돼서 눈치만 살피는 보란을 보다 못한 최 실장이 나섰다.

"보란 씨, 내가 대신 사과할게요. 사장님이 요즘 특히나 예민하셔."

최 실장의 부드러운 말을 들으니 보란은 속에 꾸역꾸역 넣어두었던 억울했던 감정들이 속절없이 흘러나왔다.

"제가 빵 하나 먹은 게 그렇게 죽을죄 취급을 받을 일인가요?"

"설마요. 사장님이 삼진이랑 특별히 더 안 좋은 관계라는 것만 알아줘요. 사장님이 삼진을 왜 그렇게 싫어하시는지 알면 보란 씨도 이해할 거야."

그 싫어하는 이유 어디 한번 들어나 봅시다! 라는 말을 하고 싶었지만, 소심한 보란은 체한 가슴만 두드릴 뿐이었다.

이후 속이 더 안 좋아져서 조퇴를 하고 집에 일찍 들어온 보란은 사장에게 받은 서러움을 바탕으로 동화 속 나쁜 조연, 자기네 구멍가게에서가 아니라 길 밑에 있는 큰 슈퍼마켓에서 과자를 사먹었다고 친구를 괴롭히는 후세를 만들어냈다.

* * *

사장의 말도 안 되는 명령이 떨어진 후, 어렵게 쌓아온 보란의 성에 작은 균열이 가기 시작했다. 그리고 그 미세한 균열이 가져온 효과는 대단했다.

시작은 사장이 부탁한 커피와 결재가 필요한 서류들을 들고 사장 앞에 섰을 때부터였다. 크게 심호흡을 하고 침착하자! 하고 들어갔지만, 사장 책상 위에 고이 놓여 있는 자신의 동화책을 보고도 침착할 수 있다는 건 불가능에 가까웠다. 동화책 옆에 결재 서류를 내려놓는 그녀의 손끝이 떨리고 있었다.

　"오늘 중으로 결재하셔야 하는 서류들입니다."

　결재 파일을 올려두기가 무섭게 그대로 나가려는데 사장이 그녀를 불러 세웠다.

　"엄 비서?"

　"네, 사장님."

　"일하면서 힘든 점 같은 건 없나?"

　그냥 물은 걸 수도 있는데 보란은 사장이 왜 이 질문을 하는지 끊임없이 생각했다.

　"갑자기 그런 건 왜 물으시는지……."

　"혹시 이 동화책 읽어봤나?"

　꿀꺽하고 마른침이 넘어갔다. 읽기만 했겠나. 그 책을 쓴 게 그녀인데.

　하지만 보란은 생전 처음 본다는 얼굴을 했다.

　"저는 책을 라면 받침대로만 씁니다."

　"그래?"

　한 장, 한 장 동화를 넘기던 세후의 손이 맨 마지막인 작가후기에서 멈췄다.

　"작가가 직장인인가 보더라고. 꽤 고약한 상사 밑에 있나 봐."

　보란의 얼굴이 새하얗게 질려갔다. 작가후기를 깜빡하고 있었다.

　겁도 없이 거기다 뭐라고 지껄였더라? 갑자기 생각하려 잘 기억이 나질 않았다. 아! 본래는 '이 글을 후세 같은 저희 사장님께 바칩니다.'라고 적어서 사장의 면상에다 사표를 끼운 책을 던져주고 도망치려고 했지. 다만, 간이 콩알만 해서 차마 그렇게는 못했다.

사장을 욕하는 것까지는 아니었지만 부정적으로 언급했던 것 같기도 했다. 후기에는 작가가 하고 싶은 이야기나 감사할 사람들의 이름을 적는 거라 해서 그랬는데, 이럴 줄 알았으면 감사한 사람들 이름만 언급하고 말 걸, 땅을 치고 후회 중이었다.

"나도 고약한 상사인가?"

제 발에 저린 보란은 마음에도 없는 거짓말을 했다.

"그, 그럴 리가요. 사장님은 제가 존경할 정도로 멋지십니다."

"표정을 보니 아닌 것 같은데?"

보란은 입가에 경련이 일어날 정도로 미소 지었다.

"더 하실 말씀 없으시면 그만 나가보겠습니다."

"엄 비서?"

급하게 돌아서서 사장실을 나오는데, 다시 '엄 비서' 하고 사장이 부르는 소리가 들렸다.

하지만 그녀는 못 들은 척하고 문을 닫아버렸다. 그리고 사장이 왜 불렀는지는 뒤늦게 사장 험담을 하는 최 실장 덕에 알아차렸다.

"사장님 커피 안 드신대요? 하여튼 변덕쟁이 같으니라고. 방금 전까지만 해도 가지고 오라고 하더니, 고새 또 마시기 싫다고 들고 나가라고 했나 보죠?"

보란의 손에는 입도 대지 않은 커피 잔이 들려 있었다.

그날 점심시간이 끝날 무렵, 세후와 함께 점심을 먹고 들어온 최 실장의 양손에는 커피 캐리어가 들려 있었다.

한 손에 네 잔씩 해서 총 여덟 잔. 아이스 아메리카노부터 해서 카라멜 마끼야또까지 종류도 다양했다. 제 손은 주머니에 꽂아 넣은 세후가 고갯짓으로 보란의 책상을 가리켰다.

"최 실장, 전해 줘."

여덟 잔의 커피가 책상 위에 나란히 놓였다. 쭉 늘어진 커피를 한번 쳐다본 보란이 영문을 모르는 얼굴을 했다.

"이게 다 뭡니까?"

"다음부터는 커피가 마시고 싶으면 얘기를 하라고."

"네에?"

"내 커피 뺏어 가지 말고. 좋아하는 걸로 골라 마셔."

"자, 잘 마시겠습니다."

무슨 일이래? 보란은 여전히 커피를 싫어했지만 일부러 커피를 사다 준 성의가 참 고마웠다. 사장의 선심을 나쁜 뜻으로 오해할 만큼 그녀의 마음이 꼬여 있진 않았으니까.

'훗, 작가후기를 보고 찔리기는 했나 보지?'

한번 마셔볼 작정으로 세일 달아 보이는 커피를 들었을 때였다. 사장실로 들어가던 세후가 문득 멈추더니 말했다.

"아, 그 커피는 족쇄야. 마시고 더욱더 정신 차려서 나한테 충성하라는 의미의 족쇄."

그럼 그렇지. 보란이 마시려고 들었던 커피를 다시 내려놓았다. 책상 앞에 줄 맞춰 서 있는 커피를 보며 그녀는 주먹을 불끈 쥐었다.

'내 다시는 오늘 같은 실수는 하지 않겠다고 사장한테 전해라~'

* * *

"형, 대체 보란 씨한테 왜 그러는 거야?"

퇴근하고 집으로 돌아가는 차 안, 기준이 세후에게 묻는 말이었다.

"내가 뭘?"

대꾸하는 세후의 표정은 자신이 한 짓 따위는 전혀 모른다는 얼굴이었다.

"아까도 그래. 일부러 그 많은 커피를 사갔으면 잘 마시라는 말을 못 할 거면 그냥 아무 말도 하지 말지. 본전도 못 뽑을 말을 왜 하는 거야?"

창밖으로 시선을 돌린 세후는 아무 말이 없었다.

점심 먹고 나오는데 어떤 여자들이 커피를 들고 가며 하는 소리를 들은 게 시발점이었다. 새로 생긴 커피점 커피가 꽤 괜찮다며, 맛도 깔끔하니 여자들이 좋아할 맛이라고 했다. 분명히 짚고 넘어가자면 일부러 그 커피점을 찾아간 건 아니다. 그래, 마침 회사로 돌아가는 길에 그 커피점이 보였을 뿐이었고 때맞추어 커피가 한잔하고 싶었을 뿐이었다. 그래, 자신이 마실 커피 한 잔을 사면서 엄 비서 것도 챙긴 것뿐이었다.

"보란 씨만 못 괴롭혀서 안달인 사람처럼 구냐고."

"글쎄."

"형 진짜 이상한 거 알지?"

"시끄러. 운전이나 똑바로 해."

"네, 네."

지나가는 창밖으로 커피점이 보였다. 그의 말과 동시에 커피를 다시 내려놓으며 얼굴을 굳히던 엄 비서가 떠오르자, 입이 피식거렸다. 좋았던 기분도 잠시, 잘 울릴 일이 없는 휴대폰이 울리기 시작했다.

-띠리리링.

발신지는 집이었다. 좀 있으면 도착하는 걸 알 텐데 무슨 일인가 싶어 얼른 전화를 받았다.

"여보세요?"

-아이고, 사장님. 큰일 났어요. 우빈이가 갑자기 열이 펄펄 올라서 택시 잡아타고 병원 가는 중이에요.

"곧장 서울병원으로 가세요. 제가 연락해놓겠습니다."

굳이 말하지 않아도 급 유턴한 차에 세후의 몸이 휘었다. 창밖을 지나가는 풍경이 빨라졌다. 덜덜 떨리는 손에 겨우 힘을 준 세후가 전화를 걸었다.

"김 박사님, 우빈이가 병원으로 가고 있습니다. 네, 저도 금방 도착할 겁니다. 잘……."

저한테 남은 건 그 아이가 전부인데. 최악을 먼저 생각해버리는 제 머리 때문에 목이 메어왔다.

"잘 부탁드립니다."

눈치가 빠른 기준이 액셀을 거침없이 밟았다. 그 짧은 순간 동안에 수많은 최악들이 떠올라 세후는 문득 두려워졌다.

끼익.

병원 앞에 차가 멈추기가 무섭게 내린 세후가 병원으로 뛰어 들어갔다. 멈춰서 오지 않는 엘리베이터를 기다리지 못하고 계단으로 뛰어 올라간 병실. 김 박사가 알은체를 해왔다.

"왔는가?"

제 가쁜 숨도 제대로 가누지 못한 채 세후는 아이부터 찾았다.

"우빈이는요? 괜찮은 겁니까?"

"괜찮아. 아이들이야 하루에도 여러 번 열이 올랐다 내렸다 하니까 큰 걱정은 하지 말게."

작은 손에 꽂힌 링거 바늘이 너무 커 보여 세후의 마음은 힘없는 모래성처럼 무너져 내렸다.

"입원한 김에 전체적으로 검사 부탁드립니다."

"그냥 열이라는데도."

하긴 의사 열 명이 달려와 그럴 필요까진 없다고 이야기해도 믿지 않을 사람이지. 우빈에 대한 세후의 걱정이 어느 정도인지 아는 김 박사는 수긍했다.

"알겠네. 내 조치 취해놓지."

병실에 있던 사람들이 전부 나가고 나서야 세후는 의자로 쓰러졌다.

"권우빈. 너마저 잘못됐으면, 나는 어쩌라고."

침대 머리맡에는 『가면 쓴 아이』 동화책이 놓여 있었다. 아파서 병원으로 오면서도 손에서 놓지 않았나 보다.

얼굴을 쓸어내리며 마른세수를 하고 있는데 우빈이 눈을 비비며 잠에서 깨어났다.

"으으음, 외삼촌?"

옆에 앉아 있던 세후가 벌떡 일어났다.

"권우빈, 괜찮아?"

"걱정했어?"

환자복을 입고 있는 건 저면서, 아이는 제가 걱정했을까 봐 그게 걱정인가 보다. 세후가 장난스럽게 우빈의 코를 비틀었다.

"그래, 인마. 걱정했지."

"나 괜찮아. 걱정하지 마. 응?"

언제 이렇게 훌쩍 커서 어른스러워졌을까? 세후는 입을 다물고 조막만 한 아이의 머리를 연신 쓰다듬었다. 서로를 보는 눈이 포근하고 따뜻했다.

"우빈아! 삼촌 왔어!"

둘의 애틋한 분위기를 비집고 들어온 사람은 기준이었다.

"기준이 삼촌!"

"우리 우빈이, 얼마나 아픈 거야?"

"이제 하나도 안 아파."

정신 연령이 비슷해서 그런가, 우빈은 기준을 제 또래의 친구처럼 대했다. 기준이 있으니 잠시 자리를 비워도 될 것 같아 세후는 재킷을 챙겨들었다.

"나, 잠시 나갔다 온다."

"네. 걱정 말고 다녀오십시오."

세후가 어딜 가든 말든 두 사람은 벌써 뭘 하며 놀까 머리를 맞대고 있었다. 기준이 우빈을 보고 물었다.

"우리 우빈이 삼촌이랑 뭐 하고 놀까? 저번에 했던 절대딱지 만들기 할까?"

"아니, 책 읽어줘. 책."

환자복을 입은 우빈이 가장 먼저 찾은 건 침대맡에 놓여 있는 동화책이었다. 우빈이 고른 책은 기준도 잘 알고 있는 『가면 쓴 아이』였다. 문득 기준은 궁금해졌다. 왜 하필 이 책일까 하고. 왜 하필 이 작가일까 하고.

"우빈아, 세후 삼촌한테 퍼플 보고 싶다고 했다면서? 정말 퍼플이 외삼촌 여자 친구가 됐으면 좋겠다고 했어?"

"응!"

"왜에?"

"당연히 외삼촌한테도 좋은 친구가 있었으면 좋겠으니까. 퍼플이라면 내 친구가 돼준 것처럼 외삼촌의 진짜 친구가 돼줄 수 있을 것 같단 말이야."

"……"

기준의 능글거리던 웃음이 싹 자취를 감췄다.

하아, 이 두 사람을 어쩌면 좋을까?

대외적으로 잘 알려져 있지 않지만, 권세후 사장에겐 서류상으로 권우빈이라는 아들이 하나 있다. 그의 하나뿐이었던 누나, 세진이 죽었을 때 모든 것을 포기하려 했던 그를 다시 살아가게 한 힘이 바로 그녀가 마지막까지 목숨으로 지켜내고 간 선물, 조카 권우빈이었다.

하지만 세후는 우빈에게 자신을 아빠라고 부르도록 하진 않았다. 한 번은 기준이 세후에게 물었던 적이 있다. 왜 아이에게 외삼촌으로만 남아 있는지. 그 때 세후가 희미하게 웃으며 한 대답.

'나를 아빠라고 부르는 순간 누나에게서 우빈이를 뺏어 오는 것 같아서 말이야. 누나가 자기 자리가 사라졌다는 걸 알면 저 위에서 많이 슬퍼할 거 아니야. 그리고 호칭이 중요한 게 아니잖아? 뭐라 불리는 게 뭐가 중요해. 같이 있으면 그걸로 됐지.'

그는 오로지 두 가지만을 위해 산다.

사랑하는 조카를 지키는 것. 그리고 그 조카를 행복하게 만드는 것. 그것만이 그를 살게 하는 이유였다.

그런데 이제 보니 세후가 우빈을 아끼고 걱정하는 만큼, 아니 그보다 더 많이 우빈도 세후를 아끼고 걱정하고 있었다. 아파도 아프다고, 슬프면 슬프다고 할 줄 모르는 세후는 혼자 견디고 버티는 게 익숙한 사람이었다. 더 나아가 그것이 당연하다고 여기는 사람이었다. 굳이 말하지 않아도 아이는 제 외삼촌이 많이 외롭고 쓸쓸하다는 걸 알고 있었다.

그래, 어쩌면 우빈의 말처럼 이 책의 작가가 세후의 친구가 되어줄 수 있지 않을까?

기준이 우빈의 머리를 쓰다듬었다.

"우리 우빈이 참 착하다."

"응, 나 착한 어린이야. 근데 기준이 삼촌, 나 목 말라."

"어? 어. 물? 잠시만."

급히 물을 찾았지만 탁자에 놓여 있는 물병은 텅텅 비어 있었다.

"삼촌이 얼른 가서 가져올게."

빈 병을 들고 물을 가지러 가려고 병실 문을 열었을 때였다. 그곳에 아픈 눈을 한 세후가 서 있었다.

"기준아, 무슨 수를 써서라도 그 작가 찾아."

걱정하지 말라며 고개를 끄덕이는 것밖에 기준이 할 수 있는 건 없었다.

* * *

이튿날, 보란은 정체 모를 두통에 시달리고 있었다. 안 그래도 신경 쓸 게 많은데 사장이 저를 찾는다는 걸 안 뒤로 예고 없는 두통이 찾아왔다. 진통제를 먹어봤지만 그때뿐, 사그라지지 않았다.

지극히 정상이라는 판정을 받은 우빈은 아침에 퇴원을 했고 어제 회사에 출근하지 않은 세후는 오늘도 점심때가 돼서야 출근을 했다. 자리에 앉기가 무섭게 세후가 보란을 불러들였다.

"부르셨습니까?"

"월마트 납품 계약서 말인데."

최 실장이 초안을 작성할 때 보란도 참여하기 했지만 그 일은 전적으로 최 실장의 담당이었다. 들어올 때보니 최 실장의 자리가 비어 있었던 것 같았는데 그가 자리에 없으니 사장이 그녀를 부른 것이리라.

"그 건은 최 실장님이 맡고 계신 건입니다. 최 실장님을 호출할까요?"

하지만 사장의 손은 놔두라며 그녀를 말렸다.

"최 실장 지금 바빠. 그 작가 찾으러 갔어."

사장이 직접 지시한 일인데 최 실장이 안 움직일 리는 없고, 충분히 예상할 수 있었던 일임에도 막상 닥치고 보니 그녀는 당황스러움을 감출 수가 없었다.

"네에?"

너무 크게 반응하는 보란을 보며 세후는 의아한 눈을 했다.

"뭘 그렇게 놀라? 내가 그 동화 작가 찾는 건 엄 비서도 알고 있었잖아."

단정한 치마 아래로는 다리가 덜덜 떨리고 있었지만 보란은 애써 침착한 척했다.

"최 실장님께서 그런 사소한 일을 직접 하실 줄은 몰랐습니다. 저를 시키지 그러셨습니까?"

의자 뒤로 몸을 기댄 세후가 피식 웃었다.

"엄 비서한테 어떻게 그런 일을 시키나?"

그런 일이라니. 하긴 자신이 자신을 찾는다니. 그건 어찌 보면 자살 임무나 다름없었다.

'여기까지 오는 데 얼마나 힘들었는데. 완벽한 비서 코스프레를 하기 위해 얼마나 각고의 노력을 했는데.'

매일 철저히 감정을 숨기고 무표정과 매 순간을 실수하지 않겠다는 긴장으로 무장하고 완성한 비서 가면이었다. 혹시라도 최 실장이 그녀의 정체를 알아차리기라도 할까 봐 몸이 덜덜 떨려오기 시작하고 머리는 어질어질 현기증까지 일었다.

"월마트 건 말인데, 맨 밑에 부대 조항 말이야."

보란은 자리에서 일어난 세후가 서류를 들고 자신에게로 다가오는 것도 모르고 있었다. 진하고 시원한 남자 스킨 냄새가 훅 하고 그녀의 코를 건드렸다.

"이 부분이 아무리 봐도 꿍꿍이가 있는 것 같단 말이야. 엄 비서는 어떻게 생각하나?"

세후의 질문이 이어졌지만 보란은 이미 다른 곳에 정신을 뺏겨버린 지 오래였다. 중심을 잃은 몸이 휘청거렸다.

"……!"

"엄 비서? 엄 비서!"

그녀를 부르는 소리에 정신을 차려보니 커다란 손이 그녀의 어깨를 단단히 지탱하고 있었다.

"사, 사장님?"

그제야 그녀의 얼굴이 평소보다 더 하얀 걸 알아차린 세후의 눈이 굳어갔다.

"몸이 안 좋은 거야?"

세후의 손이 그녀의 이마에 닿았다. 이마에 닿은 서늘한 기운에 소스라치게 놀란 보란이 한 발자국 물러났다.

"아닙니다. 괜찮습니다."

그녀의 이마를 짚고 있던 손이 허공에서 갈 길을 잃고 밑으로 떨어졌다.

"아프면 조퇴하고 병원이라도 가는 게 어때?"

"그 정도는 아닙니다."

멋쩍게 손을 내린 세후가 시선을 뒤돌려 다시 자리에 앉으며 말했다.

"당장 병원부터 가."

"아닙니다."

보란은 아프지 않다고 했지만 이미 마음을 정한 세후는 물러설 생각이 없었다.

"내 말대로 해. 또 누가 아픈 거 보고 싶지 않아."

어째, 몸이 안 좋은 건 그녀인데 그가 더 힘들어 보였다. 저를 응시하는 그의 눈이 아파 보인다고 해야 하나? 그래서 보란은 그러마 할 수밖에 없었다.

"오늘 중으로 해야 할 일만 마무리하면 그렇게 하겠습니다. 나가보겠습니다."

세후의 묵직한 목소리가 보란이 나가고 닫힌 문 위로 닿았다.

"아프지 말라고. 엄 비서는 나한테 꽤 중요한 사람이니까."

* * *

한번 일을 시작하면 꼼짝없이 앉아 몇 시간을 훌쩍 보내고 하는 세후가 사장실을 나선 건 늦은 오후였다. 아직 볼 자료가 남아 있었지만 자료는 따로 챙긴 참이었다. 아무 이상이 없다곤 했지만 집에 혼자 있는 우빈이 걱정이 돼서 더는 사무실에 남아 있을 순 없었다.

재킷을 들고 나오던 세후는 아직도 자리에 남아 있는 보란을 보고 우뚝 발을 멈췄다. 저를 보자마자 일어나 하얗게 질린 얼굴로 잘도 인사를 한다.

"퇴근하라고 했을 텐데?"

"아직 일을 마무리하지 못했습니다."

그대로 못 본 척 지나칠 수도 있었다. 그러나 이대로 두면 계속 일을 하고 있을 거란 걸 세후는 너무도 잘 알고 있다. 다른 직원은 몰라도 엄 비서가 그리하는 건 이상하게 허락할 수가 없다.

"가방 챙겨."

"네?"

단도직입적인 말에 보란은 영문을 모를 얼굴을 했다. 하지만 세후는 제 할 말만 할 뿐이었다.

"내가 끌고 나갈까? 아니면 순순히 따라올래?"

그의 말이라면 척하면 척하고 알아듣는 보란. 짧게 한숨을 쉰 그녀가 컴퓨터를 끄고 자리를 정리했다.

"바로 병원에 가보겠습니다."

그녀가 그의 말을 척하면 척하고 알아듣는 것처럼 세후도 척하면 척이었다. 그 말에는 병원에 가볼 테니 세후는 그만 퇴근해도 된다는 의미가 포함되어 있다. 하지만 세후는 꿈적도 하지 않았다.

"사장님?"

"따라와."

그 말만 하고 나가버린 세후를 따라 가방을 챙겨 든 보란이 급히 그의 뒤를 따랐다.

주차장으로 성큼성큼 걸어간 세후가 차 문을 열었다. 하지만 보란은 차에 타는 걸 극구 사양했다.

"병원은 꼭 갈 테니 저는 신경 쓰지 마시고 퇴근하십시오."

"안아서 태우기 전에 순순히 타는 게 좋을 거야."

세후의 경고가 경고에만 그칠 게 아니란 걸 아는 보란은 순순히 차에 올랐다. 주차장을 벗어난 그의 하얀 애마는 병원을 찾아 달리기 시작했다. 차가 도착한 곳은 어제도 왔던 병원이었다.

하얀색의 커다란 건물을 올려다본 보란이 물었다.

"사장님 여긴 왜?"

"병원에 왜 왔겠어?"

설마 병원인 줄 몰라서 보란이 물었겠나. 아프면 오는 곳이 병원은 맞지만, 경미한 두통인데. 약 먹고 집에서 충분히 쉬면 괜찮아질 일이었다. 그런데 세후는 당장 그녀를 입원시키기라도 할 기세였다.

보란을 끌고 접수도 하지 않은 채 세후가 향한 곳은 김 박사의 방이었다. 주머니에 넣고 있던 손을 뺀 세후가 툭 하고 문을 두드렸다.

"들어와요."

안으로 들어가는 세후는 제 집인 것인 양 자연스러웠고 거침이 없었다.

"저 왔어요."

"아니, 우리 너무 자주 보는 거 아니야? 우빈이가 또 아파? 아니면 이번에는 네가 아프냐?"

세후가 그의 뒤에 서 있던 보란을 끌어다 앞에 놨다. 김 박사의 눈이 궁금증으로 반짝였다.

"오, 이 아가씨는 누구냐?"

"……."

대답 없는 세후 대신 보란이 자신을 소개했다.

"안녕하십니까? 사장님을 모시고 있는 엄보란이라고 합니다."

두 사람을 번갈아 쳐다보며 무슨 사이인지 궁금해하는 김 박사의 눈을 피한 세후가 무심하게 말했다.

"머리가 아프답니다."

일이 점점 커지고 있음을 직감한 보란이 손사래를 쳤다.

"아닙니다. 가벼운 두통인데 사장님께서……."

하지만 김 박사는 그녀의 손을 잡아끌어다 자리에 앉혔다.

"아무리 가벼운 증상이라도 아프면 진찰을 받아야지. 진료비는 네가 내는 거냐?"

주머니에 손을 꽂은 세후가 여전히 무심하게 대답했다.

"네."

빙그레 입을 올린 김 박사가 너털웃음을 지었다.

"무조건 비싼 걸로 해야겠구나."

몇 시간 뒤. 서울병원 VIP 병실에 보란이 누워 있었다. 예쁘기만 한 게 아니라 친절하기까지 한 간호사 언니가 그녀의 팔에 바늘을 꽂고 있었다.

"다 맞으시면 여기 벨 눌러주세요. 제가 바늘 빼드리러 올게요."

"네, 감사합니다."

이것저것 검사를 끝내고 나온 결과는 현대인들의 고질병인 신경성 두통이란다. 최대한 마음을 편히 가지고 스트레스를 받지 말라는 처방이 내려졌다. 체력이 좀 떨어진 것 같은데 영양제라도 한 대 맞겠냐는 김 박사의 말에 보란은 괜찮다고 사양했지만 처음부터 그녀의 의견은 중요하지 않은 거였다. 결국은 돈 내는 사람의 의견만 중요한 거였다.

"제일 비싸고 좋은 걸로 놔주십시오."

영양제 한 대 맞겠다고 VIP 병실에 누워 있는 보란은 저 멀리 다리를 꼬고 앉아 서류를 넘기고 있는 세후를 응시했다.

'두통이 생긴 이유가 누구 때문인데, 사장님께서 저를 찾는 것만 포기하신다면 저는 다시 건강한 엄 비서로 돌아갈 거라고요!'

하지만 말도 못하고 보란은 답답한 가슴앓이만 할 뿐이었다.

"사장님, 이제 그만 가보셔도 될 것 같습니다. 다 맞으면 제가 알아서 가도록 하겠습니다."

세후는 묵묵히 서류만 넘기고 있었다. 더는 대꾸할 힘이 없는 보란은 에라 모르겠다 하고 눈을 감아버렸다. 필요하지도 않는 검사를 한다고 지칠 대로 지쳐버렸으니까.

링거를 다 맞을 동안 눈만 감고 있을 생각이던 보란이 편안한 침대를 못 이기고 잠에 빠져들었다.

쌔쌔.

곤한 숨소리에 서류를 넘기던 세후의 손이 멈췄다. 그리고 오후 내내 그를 따라다니던 물음이 고개를 들었다.

'권세후, 너 대체 왜 이렇게까지 하는 거냐?'

빨리 퇴근하라고 하고 끝냈으면 될 일이었다. 아니면 김 박사님 아저씨가 있는 이 병원이 아니라 근처 가까운 병원에 데려다주는 걸로 끝내도 될 일이었다. 그도 아니면 병원비만 지불하고 돌아가도 될 일이었다. 그런데 그는 지금 이 순간에도 발을 떼지 못하고 엄 비서가 깰 때까지 기다리고 있다.

왜 이렇게까지 하는 건지, 지금 당장 그가 내놓을 수 있는 그럴싸한 대답이라곤 엄 비서는 그에게 중요한 사람이라는 것밖에 없다.

'엄 비서가 아프면 당장 내일부터 누가 그가 볼 자료들을 정리하고 그의 스케줄을 관리하겠어? 어디 가서 엄 비서 같은 직원을 또 구할 수 있겠어? 안 그래?'

정말 그것뿐이냐고 그의 마음이 물었지만 지금, 그의 머리는 이것 말고 다른 대답은 생각해본 적이 없었다. 결론을 내린 그의 손이 다시 서류를 넘기기 시작했다.

얼마 만에 이리 푹 잤던가? 낯선 곳에서 눈을 떴을 땐 컴컴한 어둠이 보란을 맞이하고 있었다.

"여기가 어디? 아! 병원이지."

그 낯선 어둠 속에서 낮고도 익숙한 음성이 그녀를 안도하게 했다.

"일어났군."

밖이 어두운 게 시간이 꽤 지난 것 같은데 아직도 집에 가지 않은 건가? 앓고 나서 조금 느슨해졌는지 자신이 아프다고 병원까지 데리고 온 것도 모자라 지금까지 곁에 지키고 있었던 사장이 보란은 좀 많이 고마웠다.

"감사합니다."

"말했잖아. 엄 비서 나한테 꽤 중요한 사람이라고."

누가 묻지도 않았는데 세후는 스스로를 위한 변명처럼 도출한 결론을 덧붙였다.

"내가 또 어디 가서 엄 비서만큼 일 잘하는 사람을 구하겠어? 안 그래?"

그의 마음씀씀이가 고맙다고 생각하던 것도 잠시. 보란은 도로 고맙다는 말을 주워 담고 싶어졌다. 역시 사장은 일밖에 모르는 천하의 일 중독자였다.

3화. 보라 작가를 찾아라

차에서 내린 기준이 7층 건물을 올려다봤다.

탐스러운 포도송이가 그려진 간판에는 [어린이 도서출판 포도송이]라고 적혀 있었다.

"기어이 오게 만드는군."

이름만 대면 알 만한 유명 작가도 아니고, 아는 거라곤 작품과 필명밖에 모르는 작가를 찾기 위해 기준이 가장 먼저 한 일은 책 뒤에 인쇄되어 있는 출판사로 전화를 거는 거였다.

–어린이를 사랑하는 도서출판 포도송이입니다.

'안녕하십니까? 다름이 아니라 포도송이 책 중에 『가면 쓴 아이』라는 동화책 있지 않습니까?'

하지만 통화의 상대편에서는 되레 그에게 물어왔다.

–『가면 쓴 아이』? 그런 동화책도 있었나요?

'네, 그림 글 모두 보라라는 작가님이 쓰신 책입니다. 뒤에 포도송이라고,

그쪽 출판사 로고가 찍혀 있는데.'

-그, 그래요? 잠시만요.

당황한 남자가 허둥거리는 소리가 휴대폰을 타고 넘어왔다. 미처 수화기를 손으로 가릴 생각도 못했는지 직원들이 대화하는 소리까지 고스란히 들려왔다. 우리 출판사에 『가면 쓴 아이』라는 동화가 있었냐며 남자가 큰 소리로 물었고, 그 소리를 듣고 등장한 여자가 남자를 나무라고 있었다.

본의 아니게 대화를 엿듣게 된 기준은 끊지도 못하고 마냥 기다리고만 있었다.

-어이, 낙하산 신입. 아무리 그래도 다니는 출판사에서 낸 책 정도는 알고 있어야 하는 거 아니야?

-대충 다 알고는 있습니다. 웬만한 건 다 아는데 『가면 쓴 아이』라는 제목은 처음 들어봐서.

-셧 더 마우스. 비켜봐.

그들끼리의 대화가 끝이 나고 드디어 그에게 제대로 된 대답을 해줄 수 있는 사람이 전화를 받았다.

-전화 바꿨습니다. 제가 『가면 쓴 아이』 담당 편집자입니다.

'다름이 아니라 『가면 쓴 아이』를 쓰신 보라 작가님의 연락처를 알고 싶어 전화드렸습니다. 그래서 말인데.'

뒤에 따라오는 말은 들어보지도 않고 담당자는 똑 부러지는 목소리로 기준의 부탁을 단칼에 거절했다.

-가르쳐드릴 수 없습니다.

그로서도 묻기만 하면 '아, 그러십니까? 당장 가르쳐드리겠습니다.' 하고 금방 알아낼 거라고 생각하진 않았다. 요새 안 그래도 개인정보 유출이다 뭐다 해서 시끄러운데, 충분히 이해가 되는 부분이었다. 그러나 왜 그가 작가의 연락처를 알고 싶은지 이유라도 말하면 수월해질 줄 알았다.

'제가 모시는 분의 조카분이 책의 팬이라 작가님께 편지라도 부치고 싶어 하십니다. 그래도 안 되겠습니까?'

-네. 편지는 출판사로 보내주시면 제가 작가님께 전해드리도록 하겠습니다.

딱 부러지는 목소리로 짐작했어야 했는데. 단호한 목소리만큼 말이 안 통하는 여자였다. 비집고 들어갈 틈도 없는 철벽 수비를 자랑했다.

'안 가르쳐주시는 겁니까, 못 가르쳐주시는 겁니까?'

-둘 다입니다. 저희 포도송이 동화를 사랑해주셔서 감사드립니다. 바빠서 이만 끊겠습니다.

'여, 여보세요? 여보세요? 이 여자가⋯⋯.'

기준이 든 전화기에서는 삑삑 기계음이 흘러나오고 있었다. 전화기를 붙든 그의 눈이 불타올랐다. 그가 누군가? 대 헨젤의 비서실장이었다. 여기서 포기한다고 생각하면 오산이었다. 전화로 안 된다면 직접 찾아가는 수밖에.

회상을 마친 기준이 출판사가 있는 건물로 들어섰다.

엘리베이터가 내려오는 잠시도 기다리지 못하고 두세 계단씩 뛰어 올라가는 발걸음이 단단히 작정하고 찾아온 티가 났다.

도서출판 포도송이라 적힌 문 앞에서 호흡을 한 번 가다듬고 유리문을 열고 들어갔다. 헨젤의 비서실보다 1.5배 정도 큰 크기의 출판사 안은 생각 외로 아담했다.

사무실에 찾아온 낯선 손님을 알아본 남자 직원이 무슨 일이냐고 물어왔다.

"『가면 쓴 아이』 동화를 쓰신 작가님 담당자를 찾아왔습니다."

"아까 전화하신 분?"

이 남자가 자기 출판사에서 낸 동화도 모르는 그 신입 직원인가 보다. 여기까지 찾아온 기준을 보는 직원의 눈에는 궁금증이 가득했지만 그를 신경 쓸 시간 따위는 없었다.

"저와 통화하셨던 담당자분을 좀 만나고 싶은데요."

직원이 담당자를 부를 필요도 없이 작은 사무실은 소리 전달에 탁월했다. 곧 안쪽에서 부스스한 머리에 뿔테 안경을 쓴 여자가 그에게로 걸어왔다.

"제가 담당자 이수아 편집자입니다."

당장 몇 마디로 끝날 말도 아니었고 이 자리에 서서 할 이야기는 아닌 것 같았다. 따로 조용히 이야기를 나눴으면 좋겠다는 그의 말에 여자는 회의실이라 적힌 곳으로 그를 안내했다.

중앙에 놓인 동그란 탁자를 사이에 두고 수아와 기준이 마주 보고 앉았다.

전화도 모자라 직접 찾아오기까지 한 남자를 바라보는 수아는 남자를 꿰뚫어 보겠다는 각오로 그를 유심히 주시했다. 의자가 작아서인지, 아니면 다리가 길어서인지 모르겠지만, 남자의 다리가 책상 밖으로 삐져나와 있었다. 그녀의 시선이 기다란 다리를 따라 점점 위로 올라가더니 그의 얼굴에서 멈췄다.

'거참, 누구 집 자식인지 자알 생겼네.'

그녀는 이렇게 훈남인 줄 알았으면 아까 전화를 그렇게 정나미 없이 받는 게 아니었는데 하며 후회 중이었다.

빤히 쳐다보는 수아의 시선이 부담스러웠는지 기준이 헛기침을 했다.

"흠흠. 저기."

수아가 훑던 시선을 거두고 재빠르게 사과했다.

"제가 너무 빤히 쳐다봤나요? 죄송합니다. 전화로 목소리만 들었을 때는 몰랐는데 생각보다 너무 잘생기셔서. 아까 전화하신 분 맞으시죠? 그나저나 무슨 일로?"

잘생겼다는 말을 들었는데 기분이 나쁠 수가 있을까? 모든 면에서 잘난 세후 옆에만 붙어 다녀서 그렇지, 따로 떼어놓고 보면 그도 꽤 괜찮은 축에 속했다. 살다 보니 외모 덕을 보게 될 줄은 몰랐던 그로서는 편집자라는 수아의 호의적인 말이 반가웠다. 잘하면 일이 쉽게 풀릴 수 있을 것 같기도 했다.

한껏 멋있는 웃음을 무기로 장착한 기준이 목소리까지 깔아가며 용건을 이야기했다.

"전화로도 말씀드렸지만, 보라 작가님의 연락처를 알고 싶습니다."

남자의 얼굴을 봐서 당장이라도 가르쳐주고 싶은 수아였지만, 개인정보를 당사자의 허락도 없이 가르쳐주는 건 안 될 말이었다. 거기다 보란의 신신당부도 있지 않았던가.

'언니 절대로 알려주면 안 돼요. 설령 원빈이 찾아와서 가르쳐달라고 해도 안 돼요. 알겠죠?'

원빈 님이 오셔도 가르쳐주지 않겠다고 손가락까지 걸고 그녀와 약속했는데, 절대 가르쳐줄 수는 없었다.

"아쉽지만, 안 됩니다."

쉽게 풀릴 것 같던 그의 예상은 보기 좋게 빗나갔다.

"제가 필요해서 그럽니다. 정말 안 되겠습니까?"

"네. 안 되겠는데요?"

잘생겼다고 호의까지 보였으면서 넘어가질 않는 여자라. 전략을 바꿔 청하는 기준의 말이 이번에는 간곡하기까지 했다.

"저 작가님 연락처 못 알아 가면 저희 사장님께 죽을지도 모릅니다. 네? 가르쳐주시면 안 되겠습니까?"

"다시 한 번 말씀드리지만, 알려드릴 수 없습니다."

"대체 왜 안 된다는 겁니까?"

"그러니까 대체 왜 작가님의 연락처가 필요하신 건데요?"

우리 사장님 조카분께서 중매를 서셨다고. 상대는 바로 우리 사장님이라고. 사실대로 말할 수는 없는 노릇이었다.

"저희 사장님 조카분께서 작가님의 열렬한 팬이십니다. 무슨 일이 있어도 보라 작가님의 연락처가 꼭 필요한데 정말 안 되겠습니까?"

기준의 간곡한 눈을 보는 수아의 눈이 점점 게슴츠레해졌다. 아무리 생각해도 수상함을 지울 수가 없었다. 별로 유명하지도 않는 동화 작가의 연락처가 복권 당첨 번호도 아닐 텐데 이리 애타게 찾는 걸까? 아침 댓바람부터 걸려온 전화에 절대로 그녀의 연락처를 물어보는 사람은 없을 거라 했던 게 무색하게 진짜 연락처를 물어보러 오는 남자가 나타났다.

잘생긴 얼굴에 혹해서 전화번호를 불러줄 뻔하긴 했지만, 그래도 허벅지까지 찔러가며 지조를 지켜서 다행이긴 한데. 하도 수상하다 보니 검은 양복을 받쳐 입은 남자의 잘생긴 얼굴이 흉악범처럼 보이는 거였다. 자기를 바보로 아는지 모시는 사람의 조카가 팬이라고 연락처를 알려달라는 어설픈 거짓말이 너무 티가 났다. 출판계에 몸담고 있는 게 지금 몇 년째인데, 간혹 팬레터가 오긴 하지만 한 번도 동화책의 팬이라며 작가의 연락처를 물었던 적은 없었다.

인상착의 하며 풍기는 분위기를 보건대⋯⋯

그녀의 날카로운 눈썰미로 유추해보건대⋯⋯.

보란이 아침부터 그렇게 긴박하게 쫓기듯 전화 와서는 절대로 연락처를 가르쳐주지 말라고 신신당부하던 게 그럼? 수아는 이제야 이 모든 일의 윤곽이 조금씩 보이기 시작했다.

"혹시 작가님이 제3금융이라도 당겨쓰셨나요?"

"제가 어디를 봐서 빚 받아내러 온 사람처럼 보입니까!"

"아니면 아니지, 왜 소리를 지르고 그러세요?"

지금 화를 내야 하는 사람이 누군데. 되레 화를 내는 수아를 보는 기준은 기가 찼다. 여전히 의심을 못 버리고 게슴츠레하게 응시하는 수아에게 기준은 명함 한 장을 꺼내 내밀었다.

<헨젤 비서실장 최기준>

테두리에 금테까지 둘러진 명함에 적힌 글자만 보면 될 일인데 수아는 명함을 들고 이리저리 살피기 시작했다. 살짝 구부려보기도 하고 명함에 있는 글자를 손톱으로 긁기도 했다.

"뭐 하는 겁니까?"

"이 명함이 가짜일 수도 있잖아요."

"이봐요!"

기준이 폭발하자 그제야 수아는 조심히 명함을 내려놓았다.

"비싼 종이로 만들긴 했네요. 명함에 적힌 대로 비서실장이라고 합시다. 대기업 비서실장이라는 분이 어째서."

"계속 말씀드리지 않았습니까? 저희 사장님 조카가 작가님 팬이라고 말입니다."

억울해 죽겠다는 남자의 얼굴을 보니 거짓말은 아닌 것 같았다. 그럼 그 어설픈 말이 정말이라는 말인데. 연락처를 얻어내려고 둘러댄 말인 줄 알았지.

"죄송해요. 저는 너무 연락처를 원하시기에."

"마지막으로 한 번만 더 묻겠습니다. 작가님의 연락처를 아는 방법이 없겠습니까?"

"글쎄요."

지금까지 남자가 했던 말이 모두 사실이라면 그녀의 마음을 돌릴 만한 방법이 하나 있는 것 같기도 했다. 수아가 명함을 빙그르르 돌리며 장난스럽게 웃었다.

"하나 있을 것 같기도 한데……."

"그게 뭡니까?"

"저랑 데이트 한 번 하시면 가르쳐드릴 수도 있을 것 같기도 하네요."

"……."

난생처음으로 여자에게서 데이트 신청을 받아본 기준이 기가 막혔는지 입만 벙긋거렸다.

"하하. 농담이었어요, 농담. 함부로 개인 정보를 유출할 순 없죠."

여자가 농담이라는 소리를 조금만 늦게 했더라면 그는 그녀의 제안에 오케이를 했을지도 모르겠다.

'기준아, 내가 세상에서 제일 원치 않는 게 뭔지 알아? 저 아이가 내 걱정을 하는 거야.'

병실 밖에서 아이의 진심을 들어버린 세후가 아픈 눈을 하고 한 말이었다. 비록 조카 때문이라 할지라도 여자들에게 눈길 한 번 주지 않던 세후가 한번 만나보기라도 하겠다는데 그것이 무엇보다 중요한 거였다.

"작가님께 꼭 만나고 싶어 한다고 전해주십시오."

할 수 없이 기준은 수아에게 연락처가 적힌 명함만 남기고 돌아올 수밖에 없었다.

* * *

매주 수요일 오후, 세후가 신제품 개발 상황을 체크하기 위해 연구소로 가는 시간이었다.

뒷좌석에서 세후가 서류를 검토하는 척하고 있었지만 꽤 두께가 있어 보이는 서류는 뒤로 넘어가지 못하고 그대로였다.

결국 세후는 눈에 들어오지도 않는 서류를 내려놓았다. 조용한 내부에서 한 뭉치의 서류가 안착하며 내는 소리는 운전하고 있던 차 실장을 돌아보게 할 만큼 컸다.

"사장님?"

"아직도 연락이 없어?"

세후의 질문이 무엇을 의미하는지 파악하지 못한 최 실장이 되물었다.

"네?"

"그 작가 연락처 말이야."

"아직……."

"일부러 안 가르쳐주는 건가?"

"설마요. 편집자 같은 경우에는 개인정보를 함부로 발설하지 못하니 알려주지 않는 것이고 작가 같은 경우에는 직업상 사람들을 만나기를 꺼리는 게 아닐까요? 며칠밖에 안 지났으니 조금 더 기다리다 보면 연락이 올 겁니다."

"안 오면?"

그렇다면 최후의 수단을 쓸 수밖에 없겠지. 편집자라던 여자가 자기 입으로 데이트 한 번 해주면 연락처를 준다고 했으니까. 백미러로 세후를 보는 기준의 눈에 비장함이 가득했다.

"제가 몸이라도 바쳐야지요."

"실없는 소리는."

"우선은 연락을 기다려보죠."

차 안에 다시 침묵을 흘렀다. 세후는 생각을 정리하기 위해 창밖으로 시선을 던졌다.

기준이 생각 중인 세후를 백미러로 뒷좌석을 훔쳐보고 있었다. '당장 데이트하러 가겠습니다!'라고 대답할 걸 그랬나?

눈치만 보고 있던 최 실장의 눈과 다시 앞을 향한 세후의 눈이 마주쳤다. 방금 전까지만 해도 생각이 많아 보이더니 더 이상 그의 얼굴에서는 그런 기색은 찾아볼 수 없었다.

"우리 회사에서 매년 하는 기부 말인데."

"네, 사장님."

"이번에는 마음의 양식을 기부하지."

"네?"

무슨 마음의 양식? 이번에는 마음만 기부하자는 소리인가 싶었더니 생각도 못 한 소리가 따라왔다.

"출판사에 얘기해. 그 작가 책 전부 사겠다고."

예상도 못한 소리에 기준은 잡고 있던 핸들을 놓쳐버릴 뻔했다.

"네에? 전부 말입니까?"

"그래. 몇 권이든 상관없어."

"아니, 그 많은 책을 사서 어쩌시려고요."

"방금 말했잖아. 마음의 양식을 기부하자고. 어차피 기부하는 거, 이번에는 헨젤 이름으로 그 작가 책을 기부하지."

그가 모시는 상사에게는 수많은 신조가 있지만 가장 중요시하는 신조가 있다면 '이왕이면 두 마리의 토끼를 잡자'였다. 한 가지의 수를 통해 두 마리의 토끼를 잡는 방법. 어차피 해야 하는 기부인데 그 기부의 형태를 조금 바꿔 작가의 연락처까지 알아내는 수였다.

그야말로 절로 무릎을 탁 치게 만드는 비책이었다. 이런 점이 그를 상사로 모시고 있다는 것을 자랑스럽게 만드는 것이었다.

존경이 가득한 기준의 눈이 세후를 향했다.

"정말 좋은 생각이십니다."

"단, 팬 사인회를 하자고 해."

"팬 사인회요?"

"개인적으로 만나기 싫다는데 공적으로라도 만나야지."

"그렇게 조치하도록 하겠습니다."

"설마 책을 전부 사줬는데도 끝까지 얼굴 한 번 안 보여주는지 보자고."

세후의 손이 다시 서류를 집어 들었다. 하지만 그의 머릿속을 가득 채운 생각 때문에 정작 서류에 적힌 글자는 하나도 눈에 들어오질 않았다. 대체 어떻게 생긴 여자이기에 이리도 얼굴을 안 보여주는지 점점 흥미가 생기기 시작했다.

그러다 문득 어쩌면 작가의 얼굴이 동화 속 주인공인 퍼플을 닮아 귀여운 얼굴일지도 모르겠다는 쓸데없는 생각이 들었다. 누군지는 모르지만 그 작가라는 여자, 그의 관심을 끄는 데는 충분히 성공했다고 해도 과언이 아니었다.

'미끼를 물 수밖에 없는 상황을 만들어놨는데도 안 무는지 한번 보자고.'

* * *

다음 날, 기준은 세후가 내준 비책을 들고 직원들이 퇴근할 시간에 맞춰 또다시 포도송이를 찾았다. 마지막으로 퇴근하려고 가방을 챙기고 있던 수아가 기준을 알아보고 기가 찬 얼굴을 했다.

"오늘도 같은 용무인가요?"

"같을 수도 있고 아닐 수도 있습니다."

어제까지 마감에 시달리며 꼬박 밤을 새우고 겨우 제시간에 퇴근할 수 있게 된 수아는 남자의 말장난을 계속 듣고 있을 수가 없었다.

"다시 말하지만……."

절대로 작가의 연락처는 가르쳐줄 수 없다고 이야기하려고 했다. 그런데 웬걸, 치고 들어오는 말에 놀란 그녀의 말이 끊어졌다.

귀를 의심하게 만드는 소리였다.

"저희 사장님께서 작가님의 책을 전부 산다고 하십니다."

며칠을 집에도 못 가고 밤을 지새웠더니 결국 정신이 어떻게 됐나 보다.

"헛소리가 다 들리네?"

"제대로 들으신 것 맞습니다. 남아 있는 보라 작가님의 『가면 쓴 아이』 동화를 전부 사겠다고 말씀드렸습니다만?"

"네에?"

놀란 수아의 음성이 사무실을 울렸다. 그러니까 드라마에서나 보던 그 장면이 그녀의 신성한 직장에서 일어나고 있었다. 간단하게 설명하자면 지금 이 남자의 사장이라는 남자가 출판사에서 골든벨을 울린 거나 마찬가지였다. 턱까지 내려왔던 졸음이 싹하고 흩어져버렸다.

"자, 우리 편하게 앉아서 이야기를 계속 나눠볼까요?"

순식간 대하는 태도가 미묘하게 달라진 수아는 앉아 있기가 영 불편했던 회의실이 아닌 푹신한 소파가 갖추어진 사장실로 그를 데려갔다.

거기다 전에는 물도 한 잔 안 주더니 이번에는 직접 타다 주는 시원한 아이스티까지 대접받을 수 있었다.

"다시 물어볼게요. 진짜 작가님의 남은 책을 모두 사주신다는 말씀이세요?"

말길 참 못 알아듣는 여자네. 벌써 세 번째 같은 질문을 하고 있었다. 기준은 이젠 대답하기도 지친 얼굴을 했다.

"같은 동화책을 그렇게 많이 사셔서 어쩌시려고요?"

"저희 회사가 후원하는 곳에 기부할 예정입니다."

그제야 수아는 이 돈자랑이 진짜라는 것을 믿기 시작했다. 창고에 수북이 쌓여 있는 재고를 없앨 수만 있다면 이건 다시 안 올 하늘이 주신 기회였다.

보란이 쓰고 그린 동화에 잠재된 가능성 하나만 믿고 출판을 밀어붙였던 수아였다. 전에 글 쓰는 법을 배운 것도 아니고, 그렇다고 상을 받은 것도 아닌 보란의 동화를 출판하려고 했을 때 주위 사람들은 하나 같이 말렸었다. 뚝심 있게 밀어붙인 결과는 판매저조와 재고로 돌아왔다.

겉으로는 유명 작가가 아니어서 홍보가 잘 안 돼서 그렇다고 배짱 좋게 말했지만, 속으로는 그녀의 작품 보는 눈이 감을 잃은 건 아닌가 자책하기도 했었다.

하지만 수아의 눈은 틀린 것이 아니었다.

보라!

진정한 독자 한 명이 나타나 모든 재고를 구하지 않는가?

그런데 생각해보니 딱 하나 문제가 있었다. 분명히 책을 다 사주는 대가로 보란의 연락처를 가르쳐달라 할 거란 말이지.

"아무 조건 없이 책을 전부 사주신다는 건 아니실 테고. 따라붙는 조건이나 한번 들어보죠."

앞의 여자가 언제 물어보나 했던 기준이었다. 그로서는 속으로 하는 생각이 이리도 밖으로 티가 나는 여자는 또 처음이었다.

"팬 사인회를 했으면 하십니다."

"네?"

"강요하는 건 아니지만 이렇게 성의를 보이는 열혈 독자를 외면하는 건 작가님의 도리가 아니라고 봅니다만?"

말만 무조건이 아니라는 거지, 무조건이었다. 책까지 다 사줬는데 독자와의 만남인 팬 사인회라도 하지 않으면 도리도 모르는 작가라고 소문이라도 낼 기세였다.

그리고 곰곰이 잘 생각해보면 보란이 연락처를 절대로 가르쳐주지 말라고 했지, 팬 사인회를 하지 말자는 소리는 한 적은 없었다.

수아의 마음은 승부의 판가름을 내기가 힘든 팽팽한 줄다리기처럼 대치 중이었다. 한참을 계산기를 두드리며 양쪽으로 왔다 갔다 하던 마음이 살짝 쿵 한쪽으로 기울었다.

"정말 순수한 독자로서 만나고 싶으신 거죠? 막 작가님 해코지하고 그러시는 거 아니죠?"

"해코지라니. 상식적으로 생각해보십시오. 저희가 뭐가 아쉬워서 아이들의 꿈을 위한 동화를 쓰시는 작가님을 괴롭히겠습니까?"

남자의 말을 들어보니 틀린 말은 하나도 없었다. 그래, 이건 분명히 보란에게도 유익한 일이라고 수아는 좋은 쪽으로 생각했다.

하지만 여전히 마음 한구석에 알 수 없는 찜찜함이 그녀를 망설이게 했다.

"그래도 법적인 부분도 있는데 작가님께 한번 여쭤보고 알려드리면 안 될까요?"

다 된 줄 알았더니, 사실 세후의 기준에서 보면 이건 한 발자국도 아닌 열 발자국은 뒤로 물러선 거래였다. 거기다 세후가 전부 멍석을 깔아주고 정작 일만 성사시키면 되는 기준이 오늘도 결과를 가져가지 못한다면 철퇴를 맞을 것이 틀림없었다.

참다 참은 기준은 진지한 얼굴로 승부수를 띄웠다.

"아니요. 그 법적인 부분은 그쪽에서 충분히 해결할 수 있을 것이라고 생각합니다. 그리고 당장 결정하지 않으시면 지금까지 했던 이야기는 없던 걸로 하겠습니다."

협상에서 상대방이 이리도 단호하게 나오면 줏대 없이 어쩔 줄 모르고 휩쓸려가고 말아서 중요한 계약이 있을 때는 그 근처에 접근 금지명령이 내려지곤 하는 수아는 단번에 넘어가버렸다.

에라, 모르겠다!

"콜!"

마음 한구석이 조금 찔리긴 했지만 수아는 보란에게 잘 말하면 분명히 이해해줄 거라고 스스로를 납득시키고 있었다.

다른 것도 아니고 자기 책을 다 사준다는데, 한 명의 어린이 독자가 그렇게도 그녀를 좋아한다는데. 거기다 책을 기부까지 하는 좋은 일을 한다는데. 이런 말도 안 되는 일을 벌여서라도 그녀를 만나고 싶어 한다는데.

이 모든 일이 보란에게 좋은 일이면 좋은 일이었지, 나쁜 일은 아닐 거라며 수아는 찝찝한 마음을 애써 외면했다.

"팬 사인회의 구체적인 장소와 날짜는 저희 쪽에서 준비해서 알려드리겠습니다."

"저희 사장님께 그렇게 전하도록 하겠습니다."

드디어 협상을 마친 수아와 기준은 서로가 원하는 것을 얻게 된 데에 대한 악수를 하며 감사인사를 나눴다.

"그러면 우리의 데이트 이야기는 없던 게 되는 건가요? 아쉽네요."

당당하게 이야기히는 수아의 얼굴이 너무 해맑아 기준은 헛웃음이 나왔다. 이런 이야기를 아무런 내색도 없이 아무렇지 않게 하는 여자라. 처음에는 얼굴이 두껍다고 생각했는데 이제 신기하기까지 했다.

"모르죠. 하늘이 두 쪽 난다면 가능할지도."

하늘이 두 쪽이 나지 않는 이상 데이트를 할 일이 없다고 이야기한 건데 수아는 그냥 넘어가지 않았다.

"꼭 하늘이 두 쪽이 났으면 좋겠네요."

* * *

그 시각의 헨젤 비서실, 어디서 오는지 알 수 없는 한기로 보란이 떨고 있었다.

"으으윽."

갑자기 정수리가 주뼛 서면서 쫙 소름이 돋는 게, 보란이 연신 팔을 문질 렀다. 옆에 있던 정은이 놀라 물었다.

"엄 비서님? 어디 아프신 거예요?"

"아니야. 아프기는. 갑자기 오한이 들어서. 누가 내 얘기라도 하나 보다."

농담으로 넘어가려 했지만 정은은 걱정을 거두지 않았다.

"정말 괜찮으신 거죠?"

"괜찮다니까 그러네. 다음에 처리할 일이 뭐였지?"

아직도 몸을 떨고 있으면서 다음 일거리부터 찾는 보란이었다. 보란이 든 파일을 정은이 뺏어 들었다.

"기부 목록 체크요. 이건 제가 처리할 테니까 엄 비서님은 그만 퇴근하세요."

"아니야. 나 괜찮아."

하지만 정은은 무슨 특명이라도 받은 사람처럼 한사코 보란을 집으로 보 내려고 했다.

"이 정도는 제가 할 수 있다고요. 저도 이제 밥값은 충분히 할 수 있으니 걱정 마시고 얼른 퇴근하세요."

"어? 하지만 최 실장님이."

보란의 말을 정은이 가로막았다.

"알고 있어요. 이번엔 기부 물품이 바뀔 수도 있다고 하셨던 거 말씀하시 는 거죠? 제가 잘 확인하고 처리할게요."

정은은 단단히 준비한 얼굴이다. 이제 슬슬 스스로 일하고 싶어 하나 보 다고 보란은 여겼다.

"그래? 모르는 거 있으면 언제든지 전화해."

"네, 알겠어요. 얼른 퇴근하세요. 얼른요."

정은은 보란의 등까지 떠밀며 그녀를 퇴근시켰다. 보란이 엘리베이터까 지 타는 걸 보고 나서야 정은은 안도의 숨을 내쉬었다.

"후우, 엄 비서님, 얼른 집에 가셔서 쉬시는 게 절 도와주시는 거라고요. 엄 비서님 아프시기라도 하는 날에는 저 사장님한테 죽어요."

오한이 든다는 소리에 서둘러 보란을 집으로 보낸 건, 다 사장의 명령 때문이었다. 송곳이라도 숨긴 듯 찌를 것 같던 사장의 눈만 생각하면 아직도 정은은 오금이 저려온다.

'이정은 씨.'

'네, 사장님.'

'이 비서실의 일이란 일은 엄 비서 혼자 다 하나 봅니다?'

'네?'

'엄 비서는 일을 무리해서 하는지 두통을 달고 사나 보던데 이정은 씨는 너무 멀쩡해 보이는군요.'

그 말에, 정은은 찔려서 아무 말도 못했다. 보란의 업무량을 덜기 위해 늘어온 그녀인데 상상을 초월할 정도인 보란의 업무량은 여전했으니까. 자신이 제 몫을 못하는 바람에 보란의 업무량은 전혀 줄지 않은 걸 사장이 빙 둘러 말하는 것이라고 눈치가 없는 정은이라도 알아차릴 수 있었다.

'이제부터 시정하겠습니다.'

그날, 정은은 다른 선배들이 습관처럼 하던 말을 몸소 확인했다.

'이 세상에서 우리 사장님을 제대로 모실 수 있는 사람은 엄 비서님뿐이라고.'

그래서일까? 사장님이 엄 비서님을 꽤 많이 아끼시고 계신 듯했다. 정은이 다부진 각오로 주먹을 불끈 쥐었다.

"나도 엄 비서님처럼 돼서 사장님의 예쁨을 받아야지. 그러기 위해서 이 일부터 완벽하게 끝내야겠지? 파이팅!"

기부할 곳을 정리하고 물품을 나누던 정은이 마침 최 실장이 보낸 문자를 확인했다.

[정은 씨, 2번 파일대로 처리 부탁해요. 바뀐 목록이 포함된 파일이 2번이 거든요.]

[네. 알겠습니다!]

정은은 최 실장이 당부한 2번 파일을 열어 바뀐 물품들을 확인했다.

"어? 이번에는 책도 기부하는 건가? 제목이 『가면 쓴 아이』? 보라? 아, 작가 이름이 보라구나."

정은이 보란을 따라잡고자 열심히 일하고 있던 시각, 집으로 돌아온 보란은 여전히 한기에 시달리고 있었다. 오들오들 몸이 떨리는 데다가 코가 근질근질하고 재채기까지 나왔다.

"에취! 감기가 오려나?"

옷도 갈아입지 못하고 멍하니 앉아 있는데 그녀의 기분과는 대조적인 발랄한 벨소리가 울렸다.

-빨강 머리 앤~ ♬♪♩

화면에 뜨는 번호는 수아였다. 설마 하고 생겨나는 불안한 마음을 진정시키려 서둘러 전화를 받았다.

"여보세요? 언니?"

-보란아. 우리 엄보란?

그녀를 부르는 소리를 들었을 뿐인데 더 불안해졌다.

"뭐야? 언니 나한테 뭐 잘못했구나."

-잘못은 무슨. 내가 기쁜 소식을 전해주러 전화했다는 말씀.

"기쁜 소식이요?"

얼른 말해보라는 그녀의 재촉에도 쉬이 알려주지 않고 뜸 들이며 애태우던 수아가, 끝내 무슨 상이라도 탄 것처럼 자랑스럽게 이야기했다.

-네 동화책 다 팔렸어. 완판이라고.

"네에? 갑자기요?"

나온 지 일 년이 다 되도록 팔리기보단 반품으로 되돌아오기만 하던 책이 무슨 수로 하루아침에 다 팔릴 수가 있단 말인가. 이유를 알려주는 수아의 목소리는 날아갈 듯 가벼웠지만 가져온 파장은 엄청났다.

-아니, 자기 조카가 네 동화책 팬이라는 어떤 사장이 전부 사서 기부한다네?

차분하던 보란의 목소리가 급변했다.

"언니!"

그때야 보란은 종일 시달렸던 오한의 원인이 무엇인지 알 수 있었다. 그녀의 정체 앞으로 성큼 다가온 사장이 원인이었다. 그녀도 모르는 사이에 사장이 지척에 와 있었다.

두려움에 덜덜 떨려오는 손을 겨우 진정시키며 보란이 빠르게 물었다.

"설마 내 연락처를 가르쳐준 건 아니죠?"

-걱정하지 마. 네가 부탁한 것처럼 연락처는 안 가르쳐줬다고.

후우, 밖으로 튀어나올 것처럼 쿵쾅대던 가슴을 쓸어내렸다.

하지만, 여전히 놀라 뛰는 가슴이 이게 끝이 아닐 거라는 걸 예감하고 있었다.

"뭐예요?"

-응? 뭐가?

"그냥 책을 다 사준 건 아닐 거 아니에요. 조건이 뭐냐고요?"

수화기 너머 망설임을 더 이상을 못 참겠다 싶을 즈음 수아가 씹다 단물이 빠진 껌을 뱉어내는 것처럼 단번에 말을 내뱉어냈다.

─……그게 말이지. 보란아. 너 팬 사인회 한번 하자.

연락처나 팬 사인회나. 방법만 다를 뿐이지 사장에게 들키는 건 매한가지였다.

"우리 당장 좀 만나야겠어요. 언니 지금 어디예요?"

─하하. 나를? 나 이제 퇴근하는데? 밤도 늦었으니 내일 보는 게…….

"언니 회사 앞에서 딱 기다려요. 내가 지금 당장 거기로 갈 테니까."

지갑만 가지고 현관까지 달려가는 동안 휴대폰에서 다음에 보자고 하는 소리가 들려왔지만, 가볍게 무시한 보란은 슬리퍼에 발을 끼워 넣고 밖으로 튀어 나갔다.

* * *

출판사 건너편에 있는 버스 정류장에 택시가 끽 하고 멈췄다.

택시에서 내리자마자 보란은 출판사 앞에 서 기다리고 수아를 발견하고 쿵쿵 발소리를 내며 달려갔다. 오랜만에 만나 반갑다는 인사 따위는 건너뛴 보란은 수아를 붙잡고는 울먹였다.

"으아아. 언니 미워요. 언니는 방금 나를 죽인 거나 다름없다고요. 이제 그 못돼 처먹은 사장이 나를 죽일 거라고요."

씩씩거리며 발까지 동동 구르는 보란은 자못 심각했지만 그런 그녀를 보는 수아는 웃음을 터뜨렸다.

"푸하하. 너 꼴이 왜 그래?"

머리는 바람의 저항은 혼자서 견뎌낸 것같이 부스스했고 옷도 갈아입지 못하고 바로 나왔는지 검정색 정장 투피스에 전혀 어울리지 않는 분홍색 고양이 슬리퍼를 신고 있었다.

하지만 지금 외모 따위가 중요하랴. 수아의 팔을 더 세게 움켜쥔 보란은 울먹였다.

"몰라요. 언니 진짜 미워요. 나는 이제 죽었다고요."

"얘가 죽는다는 소리를 함부로 하고 있어. 진정하고 어디 가서 시원한 거라도 한잔하면서 이야기하자."

지금 진정하게 생겼냐며 펄쩍 뛰는 그녀를 데리고 수아는 근처 커피숍으로 들어갔다. 서늘한 내부가 흥분으로 열이 오른 보란을 진정시켰다.

하지만 아직도 타는 속은 그대로였는지 보란은 아르바이트생이 가져다준 시원한 물을 한 번에 들이켜고 있었다.

"자, 이제 자초지종을 이야기해봐. 네가 그렇게나 정체를 숨기는 이유나 들어보자."

실타래처럼 꼬이고 꼬인 이야기여서 어떤 말부터 먼저 꺼내야 할지 몰라 보란은 머뭇거렸다. 우선은 그녀가 무슨 일을 하고 있는지부터 밝혀야겠지.

"언니, 저 회사 다닌다고 했잖아요."

"그랬지."

"그 회사가 헨젤이에요."

보란이 다닌다는 회사가 헨젤이라는 소리에 수아의 반응 속도가 빨랐다.

"뭐? 헨젤? 그 네 책 다 사준다는 그 회사?"

"네."

보란이 다니는 회사가 헨젤이고, 그 헨젤 회사 사장이 보란을 찾고 있고. 어허, 대체 이야기가 어디로 가고 있는 거야? 수아가 이어질 보란의 이야기를 듣기 위해 귀를 쫑긋 세웠다.

"상사의 조카가 제 책을 너무 좋아해서 만나고 싶다고 왔던 분 있죠? 그

분이 저랑 같이 일하시는 최기준 실장님이세요."

"잠깐, 족보 좀 정리해보자. 그러니까?"

"네, 최 실장님이랑 제가 모시는 분이 바로 저희 회사 사장님이신 거죠."

놀라긴 했지만 이 정도야 뭐 어느 정도 예상이 가능한 이야기니 수아는 그리 대수롭지 않게 생각했다. 하지만 아직 그 정도에 놀라기는 이르다는 듯이 보란이 다시 말을 이었다.

"언니, 우리 회사 사장님 이름이 뭔 줄 알아요?"

"뭔데?"

"권세후예요. 세후."

"세후. 세후? 어디서 많이 들어본 이름인데."

아르바이트생이 가져다준 오렌지 주스를 한 모금 머금었던 수아가 떠오르는 생각에 놀라 주스를 뿜어냈다.

"푸핫! 설마 그 후세가 그 후세?"

보란이 맞다며 고개를 끄덕였다. 수아는 그녀의 담당 편집자였으니 동화에서 등장하는 후세를 모를 리가 없었다. 당시 후세라는 캐릭터가 글 속에서 갈등을 조장하며 활약상이 대단한 조연이라며 지나가는 우스갯소리로 극찬을 했던 수아였다.

"그러면 너희 사장의 이름이 세후인데 네가 동화 속의 악당을 이름만 바꿔서 후세라고 했단 말이야?"

"네. 저는 우리 사장이 제 동화책을 읽게 될 줄은 진짜 몰랐어요. 만날 영문으로 된 경제 서적 같은 거만 읽을 줄 알았죠. 이럴 줄 알았으면 후세가 아니라 후제라고 할걸. 세나 제나 한 끗 차인데."

수아는 모든 이야기를 다 듣고 보니 보란이 절대로 정체를 들킬 수 없는 이유도 이해가 됐다. 처음 만났을 때도 느꼈지만 이 아가씨는 겉모습은 어른 같았지만 아직도 속은 아이 같은 면모를 간직하고 있었다. 그런 아이같이 순수하고 엉뚱한 면모가 그녀의 그림과 글 속에 녹아 있기에 수아는 그녀의 동화를 좋아했다. 직장 상사의 이름을 따서 동화 속 악당을 만들어내다니, 보란의 상상력이 귀여웠다.

그녀야 이 상황이 너무 재밌다 보니 한바탕 웃어버리고 싶었지만, 앞에서 워낙 낙담하고 있는 보란이 너무 심각해 보여 차마 웃음을 삼키는 수아였다.

"너희 사장이 못 알아차릴 수도 있잖아."

차라리 낙타가 바늘구멍을 지나간다는 소리가 더 신빙성이 있지. 절대 일어날 수 없는 일이라는 듯 보란이 코웃음을 쳤다.

"우리 사장이요? 언니가 우리 사장을 몰라서 하는 소리예요. 머리가 얼마나 좋은데요. 제가 찾던 보라 작가라는 사실을 아는 것과 동시에 눈치챌걸요. 그래서 말인데, 언니……."

머리를 쥐어뜯고 있던 보란의 손이 탁자 위로 올라오더니 수아의 손을 꼭 잡았다. 밀은 없었지만 마주 잡은 손으로 간절함이 느껴졌다. 분명 팬 사인회를 안 하게 해줄 수 없냐는 말을 꺼내려 하는 것일 테지. 그녀가 부탁의 말을 꺼내기도 전에 수아가 먼저 선수를 쳤다.

"보란아, 내가 먼저 말할게. 너도 알다시피 우리 출판사가 많이 영세한 건 알고 있지? 이제 와서 말이지만 우리 출판사 사람들, 내가 네 동화책 만든다고 하니까 다 뜯어말렸다? 그런데 내가 밀어붙인 거지. 덕분에 나만 독박 썼지. 너도 알지만 업계가 하도 불경기라 한 번 쌓인 재고 없애기가 보통 어려운 게 아니야. 알지? 그러니까 이번에 나 살려주는 셈치고 이번 팬 사인회 하자."

아예 처음부터 안 하면 안 되겠냐는 말도 못 꺼내게 했다. 작가로서 독자를 만나는 팬 사인회야 당연히 탐나는 제안이었지만 선뜻 나서지 못하는 자신의 처지가 서글퍼 커다란 보란의 눈으로 몽글몽글한 눈물방울이 맺히기 시작했다.

"저보고 어쩌라는 거예요? 팬 사인회에 저 대신 다른 사람을 보낼 수도 없잖아요."

어린이들의 동화 작가라는 사람이 팬 사인회에 대타를 내보내다니. 말도 안 되는 소리였다. 혹시나 그렇게 했다가 나중에라도 대타를 썼다는 게 밝혀지면 그게 더 큰일이었다. 그쪽으로는 생각도 하지 말라며 수아는 단호하게 말했다.

"당연히 다른 사람은 안 되지."

"히잉. 그럼 어떡해요?"

"아니면 변장이라도 하든가. 왜 넌 줄 못 알아보게 선글라스나 마스크를 쓴다든가 그러는 건 어때?"

"그런다고 저를 못 알아볼까요? 더 이상하게 생각하지 않을까요? 차라리 가면이라도 쓸까요?"

막 대안을 찾으며 있는 대로 말하다 보니 변장에서 가면까지 튀어나왔다. 하도 답답하니 막 튀어나온 말이었다. 하지만 수아는 그냥 막 튀어나온 농담을 괜찮은 아이디어라고 생각하는 것 같았다.

"오, 그거 괜찮네. 동화책 제목이 『가면 쓴 아이』니까 작가도 가면을 쓰고? 그래, 가면 쓰자. 가면 쓰고 팬 사인회 하면 되겠네."

"말도 안 돼. 가면 하나 썼다고 안 들킬 수 있을까요?"

가면 같은 얕은 수로 권세후 사장을 속일 수 있을까? 보란은 회의적인데 수아는 무한 긍정적이었다.

"걱정 하지 마. 내 마음대로 팬 사인회 허락했으니 절대로 안 들킬 만한 가면을 구해다 줄 테니까. 그러니까 팬 사인회 하자. 너도 사실 네 책 좋아하는 독자 만나고 싶잖아?"

작가로서 팬 사인회라니. 거기다 그녀의 동화를 좋아하는 독자와의 만남인데 안 하고 싶다는 게 더 이상한 거였다.

"만나고야 싶죠."

"네가 만나고 싶으면 만나는 거지. 하기로 하자."

아직 결정을 내리지 못하고 갈팡질팡하는 보란 대신 수아가 시원하게 팬 사인회는 하는 것으로 결정해버렸다. 걱정하지 말라며 자신만 믿으라고 자신만만하게 이야기하는 수아를 믿어도 되는 건지.

평생 동안 할 고민을 겨우 몇 시간 동안 다 한 것처럼 커피숍 소파에 풀어져버린 보란이 측은해 보였는지 수아가 붙어 있는 메뉴판을 기웃거리며 물었다.

"저녁은 먹었어? 케이크라도 하나 먹을래?"

입맛이 없다고 사양할 것처럼 굴더니 보란이 축 늘어진 손가락을 들어 옆 테이블을 가리켰다.

"저거랑 똑같은 거 먹을게요."

"케이크 하나로 되겠어?"

말로만 영 입맛이 없는데, 하며 사양하던 보란의 눈이 메뉴판을 향했다.

"그러면 시나몬 롤도 추가할게요."

치즈 케이크에다 시나몬 롤까지 먹고 싶다는 걸 보니 더는 걱정할 필요는 없을 것 같았다. 수아가 직접 사서 가져다준 케이크와 롤을 냠냠 잘도 먹는 보란을 보고 있는데, 아까 죽을 것처럼 굴던 애가 맞나 싶어 헛웃음이 절로 나왔다.

"근데 보란아?"

순식간에 케이크 반쪽을 없애버린 보란이 포크를 입에 물고 수아를 쳐다봤다.

"최 실장이라는 사람 말이야. 혹시 여자 친구 있어?"

"최 실장님이요? 없으신 것 같던데, 왜요?"

없단 말이지. 수아는 호기심이 가득한 보란의 눈을 피해버렸다.

"아니다. 얼른 케이크나 먹어."

그냥 해본 소리라며 넘어갔지만 수아는 속으로 기준과 했던 대화를 떠올렸다.

'최기준 씨, 어쩌면 하늘이 두 쪽이 날 수도 있겠네요.'

* * *

"형! 우빈아! 제가 해냈어요!"

기준이 세후의 집 거실로 뛰어 들어오며 하는 말이었다. 거실에서 블록을 쌓고 놀고 있던 우빈이 기준을 반겼다.

"기준이 삼촌!"

들어오는 폼이, 누가 보면 꿀맛칩을 능가할 신제품이라도 성공한 폼이었다. 기준이 우빈을 번쩍 들어 하늘로 올렸다.

"우리 우빈이가 그렇게 만나고 싶어 하던 퍼플과 만날 수 있게 됐다고!"

"정말? 기준이 삼촌 최고!"

꺄르르 아이의 웃음이 그 동안의 맘고생을 다 날려버릴 정도로 맑고 높았다. 두 사람은 좋다고 손을 맞잡고 방방 뛰었다. 신문을 보고 있던 세후가 기준을 노려봤다.

"네가 한 게 뭐가 있다고?"

물론 세후가 비책을 마련해주긴 했지만 직접 발로 뛴 기준은 섭섭한 얼굴을 했다.

"흠흠. 제가 얼마나 이리 뛰고 저리 뛰고 했는데. 그렇게 말하시면 서운합니다."

"시끄럽고. 갔던 일은 어떻게 됐어?"

"말씀하신 팬 사인회는 출판사 쪽에서 알아서 준비한다고 합니다."

그럼 됐다는 듯 세후는 다시 신문으로 시선을 돌렸다. 출판사에 간다고 저녁도 건너뛴 기준이 허기진 배를 부여잡고 두리번거렸다.

"우빈아, 집에 먹을 만한 거 없어?"

"아줌마가 오후에 빵 만들어줬는데. 식탁 위에 있을걸?"

기준이 아이의 통통한 엉덩이를 토닥였다.

"어서 가서 가져와요."

"어!"

우빈이 다다다 주방으로 달려가 식탁 위에 있던 바구니를 들고 왔다. 기준이 먹음직스러운 머핀을 손에 들고 우걱우걱 먹기 시작했다.

"우암. 쩝쩝. 맛있네."

거실 바닥에 떨어지는 부스러기들이 눈에 거슬린 세후가 기준을 불렀다.

"최기준."

"왜요? 설마 쩨쩨하게 이거 한 조각 먹는다고 뭐라 할 건 아니시죠?"

"네가 먹은 건 네가 치우고 가."

"네, 네."

머핀으로 대충 배를 채운 기준이 잘 놀고 있는 우빈과 신문을 보고 있는 세후를 놀릴 작정으로 물었다.

"우빈아, 퍼플이 네 삼촌 여자 친구 안 한다고 하면 어쩔래?"

"왜?"

아이의 눈은 절대 그런 일이 없을 건데 어떻게 그런 걸 물을 수 있냐는 눈이었다.

"아니, 네 삼촌이 마음에 안 들 수도 있잖아? 너한테만 삼촌이 최고지 다른 사람들한테는 최고가 아닐 수도 있어요. 잘 생각해봐라? 우빈이도 유치원에 가면 싫은 친구가 있잖아."

"음, 그러면 퍼플한테 부탁할 거야. 우리 외삼촌이랑 여자 친구 해달라고."

기준이 피식 웃으면서 들으라는 듯 큰 소리로 이야기했다.

"아이고, 누구는 좋겠다, 조카가 여자 친구도 만들어주고. 형! 여자 친구 생기시면 그건 전부 우빈이 덕분입니다?"

여전히 신문에서 시선을 떼지 않은 세후가 한마디 했다.

"너도 마찬가지야. 우빈이 때문에 아직 살아 있는 줄 알아."

집에 있는 머핀을 다 먹어치운 기준이 손님방에서 자고 간다는 걸 억지로 돌려보낸 후, 세후는 우빈을 재우려고 침대에 눕혔다. 불을 끄고 문을 나서려는데 우빈이 세후를 불렀다.

"외삼촌?"

"왜?"

"있잖아. 퍼플 만날 때 최고로 멋있게 하고 가면 안 돼?"

지금 아이에게는 퍼플이 그의 친구가 되기 싫다고 할까 봐 그게 걱정인가 보다.

"기준이 삼촌이 한 말 때문에 그래? 퍼플한테 부탁한다더니?"

"할 거야. 할 건데, 그래도 삼촌이 너무 멋있어서 퍼플이 첫눈에 뿅 가면 더 좋잖아. 응?"

"그러지 뭐."

조카의 말을 잘 듣기로는 따를 자가 없는 그는 웃으며 대수롭지 않게 대답했다.

4화. 드디어 얼굴을 볼 수 있을 줄 알았지?

유리알처럼 부서져 내린 햇살이 눈으로 들어와 따끔거릴까 봐 위를 쳐다볼 수도 없는 화창한 날이었다. 사인회 하기 좋은 날이란 게 딱히 정해진 건 아니었지만, 오늘같이 화창한 날씨라면 더할 나위 없다고 수아는 생각했다.

사인회가 열리는 곳은 출판사에서 가까운 곳에 위치한 키즈 카페였다. 날짜 선택은 물론이고 장소 선택도 탁월했다고 그녀는 스스로를 칭찬 중이었다.

유명 작가도 아닌 데다 동화 속 주인공도 아닌 동화 작가의 팬 사인회는 보나 마나 썰렁할 것이 뻔했다. 하지만 키즈 카페라면 말이 달라진다. 부모님 손잡고 놀러 왔던 아이들은 앞에 커다랗게 세워진 풍선 기둥에 호기심을 가지고 기웃거릴 거고 책이라는 소리에 솔깃한 부모들 역시 한번 구경이나 하자면서 들락거릴 것이다.

그리고 무엇보다 오늘 보란이 보라 작가라는 것을 들키지 않기 위해 그녀가 준비한 것을 보면 아이들이 절로 그녀에게로 달려들 것이 분명했다.

간단하게 아이들이 좋아하는 과자며 음료수, 풍선까지 만반의 준비를 끝낸 수아가 마지막으로 가장 중요한 체크 목록인 보란을 확인했다.

"보라 작가님? 어때요? 괜찮아요?"

그녀의 소리가 잘 들리지 않는지 안쪽에서는 대답이 없었다. 다시 큰 소리로 보라 작가님, 하고 부르자 작은 웅얼거리는 소리가 들려왔다.

"우움. 네, 괜찮아요."

안에서 들려오는 소리가 뭉툭한 게 누가 보면 아프기라도 한 것처럼 들렸지만 수아는 상관하지 않았다. 왜 그런 소리가 나는지 다 알고 있었으니까.

이렇게 모든 준비가 끝났으니 이제 오늘의 손님만 도착하면 됐다. 시계를 확인한 수아가 밖으로 나가 특별 주문한 아치형 풍선 다리 밑에 섰다.

"올 때가 됐는데."

말이 끝나기가 무섭게 눈에 띄는 고급 외제차가 카페 앞에 멈춰 서더니, 전에 봤던 최 실장이 가장 먼저 모습을 드러냈다.

그 뒤로 묵직한 차 뒷문이 열리고 날아온 먼지도 미끄러질 것같이 번쩍이는 남자 구두가 부드럽게 땅에 안착했다. 최고로 멋있게 입었으면 좋겠다는 우빈의 의견대로 세후는 블랙의 정장 풀세트로 멋을 부린 차림이었다. 내리면서 풀어진 자켓의 가운데 단추 하나까지 말끔히 채운 세후의 뒤로 자체 조명이 뒤따라왔다. 잘생긴 사람이라면 사족을 못 쓰는 수아의 눈이 다시 반짝이기 시작했다.

'식품 회사라고 하더니, 사실은 모델 에이전시 아니야? 무슨 회사가 사장까지 잘생겼어?'

돈도 많은 사장이라면서 저렇게 생기는 것도 반칙이지. 최 실장이라는 남자가 부드럽고 서글서글하게 인상 좋은 사람 이미지라면, 이 남자는 강렬하고 날카로운 한 치의 오차도 없는 조각상같이 생겼다. 그녀에게 누가 더 잘

생겼냐고 묻는다는 건 김치찌개와 된장찌개 둘 중 하나를 고르라는 것과 같았다. 어느 쪽을 골라도 아깝지 않을 고민이었다. 얼굴만 놓고 본다면야 이 남자가 훨씬 잘생기긴 했지만, 그래도 꼭 선택을 해야 한다면 그녀의 취향은 역시 최 실장이라는 남자 쪽이었다.

그녀의 즐거운 망상도 잠시. 정신 차리라는 듯 그녀의 망상을 깨는 명랑하고 활기찬 외침이 들려왔다.

"외삼촌!"

잘 깎은 밤톨같이 생긴 아이가 모습을 드러냈다. 아무리 후천적인 노력을 들여도 물려받은 유전자를 이길 수는 없다고 새삼 느껴진 게 몇 살 되지도 않은 남자아이가 어찌나 귀티 나게 생겼는지, 지금 당장 왕관을 씌우고 왕자님이라 불러도 손색이 없을 외모였다. 밤톨같이 생겨서 음성은 또 어찌나 또랑또랑한지 귀에 쏙쏙 들어와 박혔다.

"퍼플은요?"

아이의 묻는 말에 세후가 수아에게로 눈을 돌렸다. 말은 하지 않았지만 마치 얼른 안내를 하라는 식이었다.

"안으로 들어가시기만 하면 됩니다. 모든 준비는 다 끝났고 작가님도 안에서 기다리고 계십니다."

무심히 그녀를 지나친 남자는 아이의 손을 잡고 안으로 들어갔다. 하다못해 알겠다고 고개라도 끄덕여주든가. 하나를 보면 열을 안다고 남자가 저렇게 싸가지가 바가지여서야. 보란이 사장이라는 남자한테 학을 떼는 이유가 조금은 납득이 되기도 했다.

"드디어 팬 사인회를 하긴 하는군요."

머리를 흔들며 안으로 들어가려는데, 뒤따라오던 기준의 말이 그녀의 발을 붙잡았다.

"우리도 먹고는 살아야 하니까요. 거기다 동화책을 다 사셔서 기부까지

하시는 좋은 일에 당연히 협조해야죠."

이게 끝인 줄 알겠지. 들어가자마자 그토록 찾던 보라 작가의 정체를 알 수 있을 거라 생각하겠지. 수아의 눈이 즐겁게 빛났다.

"오늘 하늘 한번 잘 봐요. 두 쪽이 날지도 모르니까."

"네?"

무슨 말을 하는지 전혀 감도 잡지 못한 기준을 두고 수아는 유유히 안으로 모습을 감췄다.

고개를 갸우뚱거리며 들어간 기준은 작가를 노려보고 있는 세후를 발견하고서야 그녀의 말이 무슨 의미였는지 깨달았다.

* * *

세후는 홀 중앙에 앉아 있는 형체를 보고 실소를 금치 못했다. 분홍색 원피스를 입고 있는 걸 보니 여자인 건 분명한데 그게 다였다. 얼굴을 안 보여 주려고 작정이라도 한 것처럼 커다란 인형탈을 쓰고 있었다. 어디서 맞춤 제작이라도 한 것처럼 동화책에서나 봤던 퍼플이 거기 있었다. 보라색 단발머리를 한 인형탈을 어디서 구해 왔는지 그게 더 신기한 일이었다. 드디어 그 잘난 얼굴을 한번 보나 했더니 쉬이 얼굴을 보긴 틀린 것 같았다.

물론 동화 속 퍼플을 현실 세계에서 만난 우빈이야 즐겁다고 방방 뛰었지만.

"우와! 퍼플이다! 외삼촌, 퍼플이야."

더 가까이 가고 싶었지만 부끄러운지 아이는 차마 발걸음을 떼지 못하고 망설였다. 그러자 인형탈을 쓴 여자가 아이에게 어서 오라며 손을 흔들었다.

"가봐."

등을 밀어주는 세후의 손에 밀려 나간 아이는 그 자리에서 발을 동동 구르다 겨우 결심이 섰는지 퍼플에게로 달려갔다.

"안, 안녕? 퍼플?"

바깥에 박혀 있는 인형의 커다란 눈과 달리 겨우 뚫린 구멍 사이로 인사하는 우빈을 발견한 보란은 기쁨을 감추지 못하고 자리에서 벌떡 일어났다. 무거운 인형탈의 무게에 다리가 휘청했지만 그런 건 문제가 아니었다.

"안녕? 나는 퍼플이야. 만나서 정말 반가워."

그러니까 이 아이가 그녀의 동화의 열렬한 팬일 호였다. 일어서 있던 보란이 아이와 눈을 맞추기 위해 무릎을 꿇었다.

"정말 만나고 싶었어. 나를 좋아해줘서 고마워."

커다란 퍼플의 얼굴을 받치고 있는 가녀린 목으로 아이의 팔이 둘러졌다.

"나도, 나두 진짜진짜 만나고 싶었어."

스스럼없이 안겨오는 아이의 등을 부드럽게 쓰다듬어줬다. 인형탈의 눈 구멍 사이에 작게 보이는 보란의 눈이 앞에서 유심히 그녀들을 관찰 중인 사장의 눈과 마주쳤지만 그녀는 개의치 않았다.

'지가 노려보면 어쩔 건데? 탈이라도 벗기시려고?'

단둘이 있을 때라면 몰라도 조카가 보고 있는데, 무력으로 탈을 벗겨내서 조카의 동심을 파괴할 생각이 아니라면 절대로 그녀를 건드릴 수 없을 거였다. 진짜 동화 속 퍼플이 된 것만 같았다. 이 인형탈 덕분에 막 용기가 솟는 게 사장이 하나도 무섭지 않았다.

인사를 마친 두 사람은 손을 잡고 나란히 자리에 앉았다. 우빈이 노란색 보조가방을 벌리더니 스케치북을 꺼내 내밀었다.

"사인해주세요."

"어? 어, 그래. 당연히 해줘야지."

우빈이 내민 스케치북에 사인을 하는데 펜을 잡은 보란의 손이 떨려왔다. 카드로 물건을 하나 사면서도 하는 평범한 사인이었는데 동화작가로서 하는 사인은 감개무량하기까지 했다.

보란이 사인 옆에 예쁜 퍼플까지 그려 넣어주자 우빈이 함박웃음을 지었다. 사인 종이를 고이 접어 가방에 집어넣은 아이가 한참을 망설이다 그녀에게 속삭이며 말했다.

"있잖아, 퍼플, 우리 외삼촌 여자 친구가 돼주면 안 돼?"

"응?"

우빈의 뒤로 팔짱을 끼고 그녀를 주시하고 있는 세후의 시선이 느껴졌다. 그의 눈빛이 그녀에게 강요하고 있었다. 당장 한다고 하라고.

'어림 반 푼어치도 없는 소리!'

무력적인 세후의 눈빛을 피해 보란이 우빈에 귓속말로 속삭였다.

"음, 우빈이 외삼촌이 날 무섭게 안 하면 그땐 한번 생각해볼게."

"진짜요?"

그녀의 인생에서 세후가 무섭지 않은 날이 올리는 없었다. 그러니 여자 친구 제안은 영영 안녕~

"진짜루~ 약속할까?"

"헤헤. 알겠어."

귓속말로 모자라 두 사람이 새끼손가락을 걸고 약속하는 걸 본 세후가 참지 못하고 결국 끼어들었다.

"권우빈, 약속 같은 거 함부로 하는 거 아니라고 했지? 둘이서 지금 무슨 약속 하는 거야?"

보란이 흠칫 놀라는 척 가냘프게 제 어깨를 감싸자 우빈이 세후를 나무랐다.

"외삼촌! 퍼플한테 무섭게 하지 마. 착하게 대하라고!"

저를 닮은 눈으로 호통을 치는 조카의 모습에 세후는 할 말을 잃어버렸다. 그런 사장의 모습이 어찌나 고소미인지 우빈의 작은 등 뒤에 숨은 보란이 킥킥댔다.

'큭큭, 당분간 참기름은 안 먹어도 되겠네.'

단 한 명의 독자를 위한 사인회였지만, 수아의 전략이 먹혔는지 사인회는 몇 시간이나 훌쩍 넘어서야 끝이 났다. 처음에는 그녀의 곁을 떨어지지 않으려던 우빈은 한자리만 앉아 기다리는 것이 지루했는지 반대편에서 새로 사귄 친구들과 미끄럼틀을 타고 있었다. 이제 더 이상 줄을 선 아이들이 없는 것을 확인한 보란은 오래전에 감각을 잃어버린 목을 부여잡고 자리에서 일어나 그 자리를 벗어났다.

카페 밖으로 나와 주위에 아무도 없는 것을 확인한 그녀는 탈을 벗었다. 땀에 젖은 머리카락이 달라붙은 얼굴이 그제야 숨을 쉴 수 있었다.

"으아. 힘들어. 목 부러지는 줄 알았네."

두 시간이 넘게 인형탈을 쓰고 있느라 힘들긴 했지만 권세후 사장을 완벽하게 속이고 팬 사인회까지 했으니 이 정도면 성공이라 불러도 될 것 같았다. 이제 숨도 돌렸겠다, 다시 탈을 쓰려고 하는데 뒤에서 인기척이 느껴졌다.

"드디어 얼굴을 보는군."

"……!"

멈칫, 그녀의 발이 덜 마른 시멘트에라도 빠진 듯 굳어버렸다. 굳이 뒤돌아보지 않아도 알아차릴 수 있었다.

이 따뜻한 날씨에도 그녀의 온몸에 닭살이 돋게 만드는 서늘한 중저음의 목소리!

사장의 목소리가 분명했다.

뒤로 성큼성큼 걸어오는 그가 느껴졌다. 아차 싶어 보란이 얼른 인형탈을 뒤집어썼다.

"아니면 못 보는 건가?"

그녀의 뒤로 바짝 다가온 그가 느껴졌다. 줄행랑이라도 치려고 발을 떼는데, 사장이 긴 다리로 그녀의 앞을 막아섰다.

"우리 어디서 만난 적이 있었던가?"

꿀꺽 하고 마른침이 긴장한 목을 넘어갔다. 설마 이리 어이없이 들키는건가 싶어 심장이 콩닥거리기 시작했다. 아니라며 보란이 인형탈을 좌우로크게 움직였다.

"아닌가?"

끄덕끄덕. 이번에는 맞는다고 인형탈이 아래위로 움직였다.

"이상하게 익숙하단 말이지."

아니라고 좌우로 목을 흔드는데, 하도 세게 흔들었더니 인형탈이 옆으로돌아가버렸다. 구멍이 보이질 않아 돌아간 탈을 앞으로 돌리기가 무섭게 사장이 손을 내밀고 있었다.

"인사라도 하지."

사장이 손을 내밀며 인사를 청하고 있었지만 보란은 그 어떤 말도 행동도 할 수가 없었다. 덜덜 손발이 떨려오고 정신을 차릴 수가 없었다.

어떡하지.

여기서 바로 도망이라도 가버릴까 싶었지만 무거운 탈을 쓰고 달리는 건무리수가 따랐다. 뛰는 거나 걷는 거나 별반 차이가 없는 그녀가 과연 이 무거운 탈을 쓰고 권세후의 손아귀에서 벗어날 수 있을 것인가.

뛰어가다가 넘어지지나 않으면 다행이었다.

가슴이 조마조마. 하늘이 무너져도 솟아날 구멍이 있다는데. 하늘에다 대고 기도 중이었다. 그 구멍 좀 만들어 달라고.

'제발, 한 번만 저를 이 상황에서 구해주십시오. 만약 이 불쌍한 중생에게 그리만 하신다면 이제부터 일주일에 두 번은 족히 했던 살생을 하지 않겠습니다. 각종 고기와 치킨들을 멀리하고 이제 채식주의자가 되겠습니다.'

보란은 빌고 또 빌었다. 그녀의 절박한 기도가 하늘에 닿았는지 기적처럼 들려온 구원의 소리!

"외삼촌!"

우빈의 부름에 세후가 등을 보인 순간, 이때다 싶은 보란이 전력으로 도망가기 시작했다. 멀리서 봐도 별로 빨라 보이지 않는 속도를 보니 웬만한 남자라면 충분히 따라잡을 수 있을 것도 같았지만 세후는 그녀의 뒤를 쫓아가지 않고 그 자리에 우뚝 서 있기만 했다.

그리고 갑자기 우빈까지 울음을 터뜨리기 시작했다.

"으아앙! 내가 퍼플한테 무섭게 하지 말라고 했잖아. 외삼촌이 퍼플 쫓아버렸어. 외삼촌 나빠!"

아이의 울음소리가 계속 들려왔지만 세후는 여전히 그 자리에서 꼼짝도 할 수가 없었다.

'이게 지금 무슨.'

세후는 지금 아주 우스운 꿈을 꾸고 있는 거라 생각했다. 눈앞을 가린 물체 때문에 아무것도 보이질 않아 잠시 멍한 상태였다. 정말 이것이 현실인가 확인하려고 머리 위로 손을 올리니 폭신하고 보들보들한 물체가 느껴졌다.

그러니까, 지금 여자가 쓰고 있던 인형탈이 그의 머리에 씌워져 있는 거? 저 이상한 여자가 나한테 인형탈을 씌우고 도망간 거?

"흑흑. 외삼촌이 쫓았으니까 외삼촌이 가서 퍼플 데려와."

우빈의 울음소리에 정신을 차린 세후가 쫓아가려 했을 때 이미 여자는 사라지고 없었다. 살다 살다 권세후가 인형탈까지 뒤집어쓰다니. 수많은 사람들에게 별것을 다 받아봤지만 인형탈은 처음이었다.

'이제 무조건 찾아내서 얼굴을 보고 만다. 나한테 감히 인형탈을 씌우고

달아난 여자는 당신이 처음이니까.'

* * *

월요일 아침, 헨젤은 난데없이 비상에 걸렸다. 출근하는 사장의 한 손에 들려 있는 정체 모를 물체 때문이었다.

"사장님, 제가 들겠습니다."

뒤따르는 최 실장이 손을 내밀었지만 세후는 손을 뿌리쳤다.

"됐어."

블랙 슈트를 쫙 빼입은 사장과 전혀 어울리지 않는 인형탈이라니. 한 손에 커다란 인형탈을 든 사장이 로비를 걸어가는 건 화젯거리가 되기에 충분했다.

엘리베이터에서 내려서 사무실로 들어갈 때도 인형탈은 그의 손에 들려 있었다. 출근한 사장을 보며 허리를 숙이던 보란의 눈이 경악으로 물들었다.

'저, 저건……'

보란은 그의 손에 들린 탈에 놀라 인사도 못하고 있는데 궁금한 건 못 참는 정은이 물었다.

"사장님? 혹시 손에 들고 계신 게 인형탈 같은데. 에이, 제가 잘못 본 거죠?"

"맞아. 인형탈."

사장이 손에 들고 다니는 거라면 신문, 커피 아니면 서류 가방 등 여러 가지를 상상할 수 있었지만 인형탈은 후보에도 없는 것이다 보니 정은이 놀라 반문했다.

"갑자기 인형탈은 왜 들고 다니시는 거세요?"

세후가 인형탈을 들고 노려보며 말했다.

"이거? 어떤 여자가 겁도 없이 이걸 나한테 씌우고 도망가서 말이야."

탈을 노려보던 세후의 눈이 보란에게로 향했다. 그의 눈을 마주하자 주저 앉아버릴 것만 같았다.

"커피."

그 한마디를 끝으로 세후는 사장실로 모습을 감췄다. 그리고 정은의 모든 궁금증의 화살들은 기준에게로 향했다.

"최 실장님, 이게 다 무슨 일이에요?"

자리에 앉은 기준이 긴 한숨을 쉬었다.

"다 말하려면 너무 길고. 사장님께서 저 인형탈의 주인을 찾고 계신다는 것만 알고 있어요."

기준의 짧은 설명에 정은이 두 손을 모으고 흥분하기 시작했다.

"어머머. 우리 사장님 완전 로맨틱하시다."

"어허, 대체 어떤 부분이 로맨틱한 겁니까?"

"왕자님이 무도회에 놓고 간 유리 구두 가지고 신데렐라를 찾는 거 같잖아요. 안 그래요, 선배님?"

"……."

"선배님?"

정은이 아무 미동도 없는 보란의 팔을 잡아 흔들고 나서야 보란이 반응했다.

"어? 뭐라고?"

"우리 사장님 완전 로맨틱하시지 않으세요?"

로맨틱이라고? 정은은 상상만으로 아름답다고 떨고 있었지만 그녀는 지금 사장이 자신을 찾아내기라도 할까 봐 두려움으로 벌벌 떨고 있었다. 누구에게는 장르가 로맨틱인데 누구에게는 신스릴러였다.

"나는 차나 준비해야겠다."

아무런 관심도 없다는 듯 보란은 차분한 걸음으로 준비실로 향했다.

하지만…… 차분했던 걸음은 준비실을 들어서자마자 무너졌다.

맙소사, 어떻게 사장은 저 인형탈을 가지고 출근할 생각을 다 했을까? 사장은 그녀의 머리로는 도저히 이해할 수 없는 또라이 중에 상 또라이였다.

혹시라도 사장이 왕자님 흉내를 내며 인형탈의 주인을 찾는답시고 보는 여자들마다 인형탈을 씌우는 건 아닌지. 그가 무슨 짓을 할지 모르는 보란의 불안감은 극에 달하고 있었다.

언제나 결재 서류들이 놓여 있던 세후의 책상 위에 인형탈이 자리해 있었다.

"어이, 대체 네 주인은 왜 그렇게 정체를 숨기나?"

하지만 인형은 커다란 눈망울로 웃을 뿐 대답이 없었다. 이것 때문에 한숨도 자지 못한 그다.

학창 시절, 아주 어려운 수학 문제를 며칠이나 들고 다니며 고민했던 것처럼 그는 인형탈을 들고 다니고 있었다. 손에서 놓지 않고 들고 다니다 보면 번뜩하고 실마리가 나올까 싶어서였다.

그러나 아무리 생각해도 작가라는 여자가 정체를 숨기는 그럴싸한 이유를 찾을 수가 없었다. 고작 생각한 거라곤 얼굴에 보면 놀랄 만한 상처나 흉터라도 있나? 그것도 아니라면 그냥 정체를 알리기 싫어하는 몹쓸 신비주의? 정도였다. 거기다 도망이라니.

"내가 언제 네 주인을 무섭게 했냐? 악수 한 번 하자고 하는 게 줄행랑칠 이유나 되냐?"

"들어가겠습니다."

복잡한 머리는 똑똑 노크 소리와 함께 들려온 기척에 생각을 멈췄다. 감고 있던 눈을 뜬 그는 커피를 가지고 들어오는 보란을 응시했다.

한 올도 흐트러지지 않은 단정한 단발머리에 무표정한 얼굴. 흰색 블라우스와 검정 스커트를 입고 있는 모습이 한눈에 들어왔다. 소리 내지 않고 다가오는 걸음걸이마저 흠잡을 것이 하나도 없었다.

'왜 처음부터 엄 비서에게 물어볼 생각을 못 했을까?'

어쩌면 골머리를 앓고 있는 문제에 대해 엄 비서가 도움이 될지도 모를 일이었다. 인형탈 옆에 커피 잔을 내려놓는 그녀를 세후가 불렀다.

"엄 비서."

"네, 사장님."

"어떤 여자가 나한테 인형탈을 씌우고 도망갔어. 저의가 뭘까?"

세후의 그 질문 하나에 괜찮을 거라고 수백 번은 자기최면을 걸었던 보란의 결심은 아무 소용도 없어져 버렸다. 혹시라도 들키는 건 아닌지 안 그래도 작은 새가슴이 사라져버릴 지경이었으니까. 그 저의라는 걸 누구보다 잘 알고 있는 보란이었지만 모른 척만이 살길이었다.

"잘 모르겠습니다."

"같은 여자니까 잘 알 거 아니야. 일부러 나를 열 받게 하려고 그러는 건가?"

열 받게 할 의도는 없었지만 사장은 열이 받았다니까, 보란은 변명 아닌 변명을 했다.

"절대 그럴 의도는 없었을 겁니다."

"엄 비서가 어떻게 알아?"

날카로운 세후의 지적에 보란은 금방 수그러들었다.

"그러니까요."

은근히 그녀에게 기대했던 세후였지만 그녀라고 뾰족한 수가 있을 리가 없었다.

인형탈에서 시선을 떼지 못하던 세후가 뜬금없이 말했다.

"엄 비서, 저 인형탈 한번 써볼 텐가?"

매번 당황했던 그녀였지만 이번만큼은 당황하지 않았다. 혹시라도 또라이 사장이 인형탈을 들고 왕자 흉내 낼 때를 대비해 준비한 말이 있었다.

"제가 사장님께 차마 말씀드리지 못한 것이 있습니다. 제가 사실 인형탈 공포증을 가지고 있습니다."

"인형탈 공포증?"

풋, 그럴 테지. 아무리 재무제표를 외울 만큼 똑똑한 사장일지라도 당연히 처음 들어보는 말일 것이다. 인형탈 공포증이라는 건 그녀가 지어낸 말이었으니까.

막간을 이용해 인터넷을 찾아본 결과 특정 대상에 공포를 느끼면 공포증이라고 부를 수 있단다. 지금 저 탈만 봐도 경기가 날 정도로 공포증을 느끼는데 당연히 인형탈 공포증이 아니면 뭐겠는가?

"네. 처음에는 탈을 쳐다보지도 못했는데 각고의 노력 덕분에 다행히 쳐다볼 수 있게는 됐지만, 쓰는 건 아직 무리가 있습니다."

그녀에게 인형탈 씌우는 것 자체가 불가능하다는 걸 인지한 세후가 커피잔을 들고 문 쪽으로 고갯짓을 했다.

"알겠어. 그만 나가보지."

더 붙잡고 질문을 해대면 어쩌나 했는데 사장이 나가도 된다고 했다. 걸음아 나 살려라 하고 나가는데, 사장은 또 그녀를 불러 세웠다.

"엄 비서."

"네, 사장님."

"여자가 정체를 숨겨야 하는 이유에 대해 찾아서 보고하도록."

난데없이 떨어진 지시에 보란은 속으로 울며 고개를 끄덕였다.

그녀에게 보고서를 작성하는 건 따위 발로도 가능한 일이었다. 하지만 이번만은 예외였다.

결국 그녀는 퇴근 시간이 다가올 때까지 자리에서 일어나지 못했다. 컴퓨터 앞에 앉아 깜빡이는 커서만 하염없이 쳐다보고 있어야 했다.

[정체를 숨겨야 하는 이유]

마음 같아서는 글자에 강조를 팍팍 줘서 '내가 보라 작가니까' 이렇게 적고 사표와 함께 던져버리고 나오고 싶었지만, 얇아진 통장 잔고 때문에, 집을 구하면서 어머니께 빌린 돈 때문에, 다음 달 구입 예정인 한정판 인형들 때문에 그럴 수도 없었다.

퇴근 시간에 맞춰 정은이 가방을 들고 일어났다.

"선배님은 퇴근 안 하세요?"

"먼저 가. 나는 아직 해야 할 일이 안 끝나서."

특별한 지시가 없으면 비서실 직원들은 사장이 퇴근하지 않아도 제시간에 퇴근할 수 있었지만, 지시한 일을 끝내지 못했는데 당연히 안 될 일이었다.

"무슨 일이신데요? 제가 도와드릴까요?"

"아니야. 내가 해야 하는 일이야. 어서 퇴근해."

남아서 도와주겠다는 정은을 보내고 나니 덜렁 보란만 혼자 남아 있었다. 그녀가 무슨 말로 보고서를 써야 하나 머리를 쥐어짜고 있는데, 사장실 문이 열리고 인형탈을 손에 든 사장이 밖으로 나왔다.

"퇴근 안 했나?"

보란이 얼른 자리에서 일어났다.

"네, 아침에 말씀하신 보고서를 아직 못 써서 퇴근 못 했습니다."

"무슨 보고서? 아, 그거. 그냥 해본 소리였는데."

자기가 시켜놓고도 잊고 있었다니. 이거 때문에 그녀가 얼마나 골머리를 앓았는데.

태평한 사장의 말에 보란은 저도 모르게 음성을 높였다.

"사장님, 아무리 그래도 그건 아니시죠. 제가 하루 종일 얼마나 이것 때문에 고민했는지 아십니까?"

"그래? 그럼 한번 보지."

세후가 보란의 컴퓨터로 다가갔다. 하지만 고민은 했지만 결과물이 없는 보란은 등으로 컴퓨터 화면을 가려버렸다.

그러자 그가 그녀의 가까이로 다가왔다.

"왜 이래? 한번 보자니까."

눈을 뒤로 돌리려는 세후를 막으며 보란이 등 뒤로 손을 뻗어 화면을 감싸고 저항했다.

"다 되면 정식으로 올리겠습니다."

"비켜보지?"

인형탈을 책상에 올려놓은 세후가 그녀의 팔목을 잡았다. 안 된다고 버티는 보란과 궁금하니 지금 봐야겠다는 두 사람이 대치 중이었다. 절대로 물러서지 않겠다는 의지의 보란에 결국 세후가 한 발자국 물러섰다.

"아직 완성 안 됐다는데 할 수 없지."

그녀의 얼굴을 가리고 있던 그림자가 사라지자 보란이 가슴을 쓸어내리고 안심했다.

"엄 비서."

"네?"

다시 그녀의 얼굴을 드리운 그림자. 고개를 드니 바로 앞에 사장의 얼굴이 와 있었다.

"아악."

언제 왔는지 코앞으로 다가온 그의 얼굴에 놀란 보란이 중심을 잃고 책상 뒤로 넘어가고 있었다. 세후가 한 손으로는 허둥대는 그녀의 팔을 붙잡고 다른 한 손으로는 부채처럼 펼쳐진 그녀의 허리를 받쳤다.

일어서서 중심을 잡은 보란이 그의 가슴을 밀어냈다.

그 순간!

세후는 자신의 가슴을 밀어내는 그녀의 손목을 다시 움켜잡았다.

"엄 비서."

숨결이 고스란히 느껴지는 거리까지 다가온 사장의 얼굴에 얇은 보란의 목울대가 긴장하기 시작했다.

"사용하는 향수가 뭐야?"

"향수요? 전 향수 같은 건 안 쓰는데……."

"내가 저 인형탈을 썼을 때와 같은 향기가 나. 바닐라 향기."

그녀의 몸이 사시나무 떨듯 떨려오기 시작했다.

퇴근하는 길, 눈을 감고 있는 세후의 미간이 찌푸려져 있었다. 개도 아니고 냄새로 사람을 찾을 수 없다는 걸 알고 있었다. 그럼에도 불구하고 그는 작은 단서라도 필요했다.

진하지 않고 은은하게 그의 코끝을 자극하는 향기.

인형탈을 뒤집어썼을 때와 유사한 향기가 엄 비서에게서 났다. 미세하지만 비슷했다.

엄 비서 말로는 요즘 여자들 사이에서 유행하는 보디 클렌저의 냄새라고 하던데. 그녀답지 않게 당황하던 모습 때문에 세후는 아직까지도 쉬이 의심을 거둘 수가 없었다.

"기준아, 서로 다른 사람에게서 같은 향기가 날 수가 있나?"

"네? 무슨 말씀이신지……."

"전혀 다른 사람이 같은 제품을 쓴다고 해서 같은 향기가 날 수도 있냐고?"

"당연하죠. 저도 지나가던 남자에게서 익숙한 향기가 나면 아! 나랑 같은 향수를 쓰는구나 하고 생각하는데요? 그런데 그런 건 왜 물으세요?"

"아니야. 내가 너무 예민했나 보군."

처음에는 우빈이의 소원을 들어주기 위해 시작한 작가 찾기였다. 하지만 인형탈을 쓰면서까지 그에게 정체를 숨기는 여자가 그의 흥미를 꽤 자극시켰음을 부정할 수가 없다. 인형 탈을 볼 때마다 인형 탈이 그를 놀린다. '메롱~ 못 찾겠지? 약 올라 죽겠지?' 하고.

이제 와서 포기하기에는 여태껏 해온 것들이 아까웠다. 무슨 일이 있어도 꼭 찾아내서 얼굴을 보고 말 테다. 그가 이리 집착하게 만든 건 온전히 다 그 여자의 탓이었다.

"그 작가 연락처는 어떻게 됐어?"

안 그래도 어떻게 보고를 해야 하나 싶었던 기준은 자신 없는 목소리로 대답했다.

"그게, 아직 알아내지 못했습니다. 작가가 낸 책이 그것뿐인 데다가 유명한 작가도 아니다 보니 연락처를 아는 사람이라곤 출판사 사람들뿐인데, 그 편집자라는 여자가 알려줄 수 없다고 워낙 강경하게 나와서 말입니다.

"……."

세후는 질책 없이 침묵했다. 하지만 그 침묵이 괜히 비서로서의 무능력을 질책하는 것 같아 기준은 붙이는 말이 많아졌다.

"처음에 책을 다 사들일 때 연락처를 조건으로 걸었어야 했던 건 아닌가 싶습니다."

"됐어. 누가 인형탈을 쓰고 나올 줄 알았나? 무슨 수를 써도 알려줄 수 없대?"

사실 수가 하나 있긴 했지만 그건 최후의 보류였다. 그 편집자라는 여자가 내건 말도 안 되는 조건을 세후가 아는 순간, 그를 질질 끌어다 데이트 장소로 내보낼 걸 누구보다 잘 알고 있는 기준은 그 건에 대해서는 입도 뻥긋하지 않았다.

"제가 다른 방법을 찾아볼 테니 조금만 기다려주십시오."

끝까지 안 된다면 그까짓 데이트 한 번 하러 가는 거였다. 세후를 위해서 못 할 것이 없는 기준이었으니까.

* * *

시간은 혼자서도 잘도 흘러갔다. 인형탈을 들고 출근할 정도로 집착을 보이던 사장은 더 이상 그녀를 찾으려 들지 않았다. 동화라든가,『가면 쓴 아이』라든가, 보라 작가라든가 하는 그녀의 정체와 관련된 단어는 더 이상 언급되지 않았다.

짐작하건대, 그녀를 찾다 찾다 결국 끝까지 찾아내야 할 필요를 못 느끼고 포기한 것 같았다.

'하긴, 조카가 좋아한다고 덜컥 그 작가를 찾아내서 사귄다니, 너무 현실성 없는 일이긴 했지.'

거기다 오늘 아침에 있었던 최 실장과 정은의 대화가 그녀가 그런 결론을 내리게 한 데에 결정적인 역할을 했다.

사장의 연애사에 지대한 관심을 둔 정은이 최 실장에게 물었다.

"최 실장님, 전에 사장님이 찾으시던 인형탈의 주인은 어떻게 됐어요?"

"못 찾았어요. 그리고 당분간은 안 찾으실 것 같기도 해요."

"그래요?"

자기 일보다 더 안타까워하는 정은이 웃긴지 최 실장이 웃었다.

"정은 씨는 별게 다 궁금하네."

"당연히 궁금하죠. 우리 사장님 눈빛이나 행동이 절대로 포기하지 않으실 것 같았단 말이에요. 왜 찾는 걸 그만두셨는데요? 네?"

보란은 오늘 따라 정은의 오지랖이 얼마나 고마웠는지 모른다. 솔직히 제일 궁금한 건 그녀였으니까. 끝까지 잡고 늘어지는 정은 때문에 결국 최 실장은 두 손 두 발을 다 들었다.

사실 오늘 아침 출근하는 길, 급한 불부터 꺼야 하는 세후가 그에게 새로운 지시를 내렸다. 물론 작가 찾기가 완전하게 끝난 건 아니었다. 작가 찾기, 그건 그것대로 진행 중인 사항이었다. 다만 우선순위가 바뀌었을 뿐이지. 그의 상사가 이번에 내린 지시는 작가 찾기가 아닌 작가 만들기였다.

"사장님이 보라 작가를 만드신다네요."

그 소리에 반응한 건 보란이었다.

"네에?"

두 사람의 대화도 듣지 않는 것 같더니 크게 반응하는 보란이 이상할 법도 하건만 최 실장은 고개를 끄덕였다.

"보란 씨가 들어도 이상하죠? 그런데 어쩌겠어요? 사장님 조카는 사장님이 퍼플을 겁을 줘서 쫓아버렸다고 생각하고 울며 밥도 안 먹고 보채고 있는데 작가는 절대로 모습을 안 드러내지, 비슷한 사람을 섭외해서라도 작가라고 해야죠. 다행히 사장님 조카도 인형탈 쓴 작가 모습밖에 안 봤거든. 작가 체격이랑 비슷한 사람 섭외해서 인형탈 씌우기라도 해야지, 안 그래요?"

그녀를 찾는 것을 멈추고 사장이 대타 작가를 구하기에 들어갔다는 소리에 보란의 마음을 옥죄고 있던 무거운 체인이 떨어져가는 걸 느꼈다.

"작가는 이제 안 찾으시는 거네요?"

"당분간은 그렇겠지요? 그런데 계속 이러다 보면 작가 찾는 걸 포기하지 않으실까 싶어요."

최 실장 말대로라면 더 이상 마음 졸이며 눈치 볼 필요가 없어진 것이었다.

그 시간 이후로 보란은 자유였고 제대로 된 숨을 쉴 수가 있었다. 일을 시작하려는데 산더미처럼 쌓여 그녀의 정리를 기다리는 서류들이 사랑스럽게 보이기까지 했다. 콧노래까지 나올 지경이었다.

그 모습에 옆에 있던 정은이 호들갑을 떨었다.

"어머, 엄 비서님? 지금 노래하시는 거세요? 무슨 기분 좋은 일 있으신가 봐요."

"기분 좋은 일? 있지."

사장이 그녀를 찾는 걸 멈춘다는데, 이보다 더 해피한 일이 있으랴. 일찌감치 해야 할 일을 다 끝낸 보란은 정은의 일까지 뺏어와 해줄 정도로 좋은 하루를 보내고 있었다.

* * *

퇴근 시간이 가까워 오는 시간, 사장과 해외 바이어들과의 통화가 길어지고 있었다. 혹시라도 급하게 시킬 일이 있을지도 모를 일이어서 퇴근하지 못하고 기다리고 있는데 기준이 나섰다.

"두 사람은 이제 그만 퇴근해요. 사장님 끝나시면 제가 마무리할 테니까요."

기준의 마음이 바뀌기라도 할까 봐 정은이 재빨리 일어나 보란을 잡아끌었다.

"저희 먼저 가보겠습니다."

"내일 뵙겠습니다."

정은에게 끌려 나간 보란의 마지막 모습까지 사라지자 사무실은 정적이 감돌았다.

조용하던 비서실에 인기척이 들린 건 시침이 한 칸이나 움직인 뒤였다. 긴 통화를 마친 세후가 재킷을 손에 들고 문을 나왔다.

"퇴근하자."

"네, 가시죠."

한 발자국 앞선 기준이 문을 열고 세후를 기다리고 있었다. 천천히 그곳으로 향하던 그의 발이 문득 멈췄다.

"사장님?"

왔던 길을 되돌아간 그의 발이 도착한 곳은 한쪽 벽에 일렬로 나란히 이어져 있는 책상이었다.

"여긴 엄 비서 자리지?"

"네, 맞는데. 갑자기 왜 그러시는지?"

"저건 뭐지?"

그냥 지나칠 수도 있었을 거다. 그러나 엄 비서라면 말이 달라진다. 결벽증이 아닐까 싶을 정도로 주변을 깔끔하게 정리하는 그녀가 흔적을 흘리고 다닌다고?

그저 평범한 포스트잇일 수도 있지만 노란 낙엽처럼 홀로 떨어져 있는 포스트잇이 그의 발을 붙잡았다.

기준이 떨어져 있던 포스트잇을 집어 들었다.

"별거 아닌데요?"

보지도 않고 기준이 쓰레기통으로 버리려는 것을 세후는 중요한 것이라도 되는 양 취급했다. 앞뿐만이 아니라 뒤도 살피던 그의 눈이 먹잇감을 발견한 맹수처럼 번뜩였다.

"기준아, 그 편집자라는 여자 연락처 아직 가지고 있지?"

"편집자라면. 아, 이수아 씨요? 가지고 있긴 하죠."

"확인해볼 게 생겼어."

한 번이라도 통화를 했던 연락처는 전부 휴대폰 주소록에 저장해놓는 기준은 수아의 연락처를 찾아냈다. 전화를 걸기가 무섭게 세후가 기준의 휴대폰을 뺏어갔다.

　-여보세요? 또 무슨 일로 전화를 다 하셨을까? 맞다! 아직도 보라 작가님 연락처를 알고 싶으신 거구나. 알고 싶으시면 저랑 데이트해야 된다는 거 아실 텐데요?

　전화를 건 게 기준이라고 생각하고 실없는 소리들을 늘어놓는 수아를 막으며 세후가 다짜고짜 말했다.

　"나 권세후인데, 이제부터 내가 묻는 말에 '예, 아니오.'로만 대답하시지.

　-뭐라고요? 나 원 참. 이 사람이 보자 보자 하니까. 권세후 씨! 내가 왜 그래야 하는데요?

　수아가 그러마 하든지 말든지 세후는 막무가내로 스무고개를 시작했다.

　"보라라는 이름이 필명이었나?"

　-아니, 내가 왜 그걸 말해줘야 하는데요?

　한두 번 거래를 해본 것도 아니었고 상대가 원하는 걸 읽어내는 게 그리 어렵지 않은 세후였다.

　"만약 기준이가 당신에게 정식으로 데이트를 신청한다고 한다면?"

　-…….

　세후가 불쑥 내건 조건에 수아는 망설이고 있었다. 옆에서 내가 언제 그랬냐며 기준이 펄쩍 뛰고 난리였지만 세후는 꿈쩍도 안 했다.

　-데이트라고요? 당신 말을 어떻게 믿어요?

　"내가 확실히 보증하지."

　역시나 상대는 세후가 조건을 말했을 때부터 이미 흔들렸던 거였다.

　-나는 절대로 보라 작가가 누군지 이야기해줄 생각이 없어요.

　"보라 작가가 누군지 직접적으로 말해달라고는 안 했어. 내 조건은 내 물음에 '예, 아니오.'로만 대답해주는 거야.

　-'예, 아니오.'로만 대답하면 되는 거예요?

"그래. 그럼 시작하지. 보라라는 이름이 필명이었나?

-그렇죠. 보통 작가들은 필명을 많이 써요.

"예, 아니오, 로만 대답하지."

-거참 빡빡하게 구시네. 예.

"전업 작가가 아니라 따로 다니는 직장이 있고?

-요즘 전업 작가로 해서 먹고살기 힘들어요. 아, '예, 아니오.'로만 대답해 라고 했죠? 예.

"보통 작가들은 자신의 자서전적인 이야기를 많이 쓰기도 한다는데. 혹 시 『가면 쓴 아이』라는 동화도 그런가?

-예, 그렇다고 볼 수 있죠.

"작가가 혹시 책의 주인공 퍼플과 동일 인물인가?"

-비슷해요.

"주인공 퍼플처럼 단발머리고?"

-…….

수아는 이상함을 감지하고 대답을 멈췄다. 막다른 코너까지 몰린 것 같은 이 느낌. 마치 이미 모든 걸 다 알고 확인을 하는 것 같은 이 느낌은 뭐지?

"대답이 없는 걸 보니 맞는가 보군."

세후의 머릿속의 퍼즐 조각들이 하나둘씩 들어맞아가고 있었다. 수상하 기 그지없었던 작가의 행동들, 그리고 엄 비서답지 않게 당황하던 모습. 마 지막으로 전체를 완성하기 위한 조각 하나가 남아 있었다.

"보라 작가의 본명이 엄보란이었나?"

-그, 그걸 어떻게……

정곡을 찔렸던 수아는 대뜸 수긍 비슷한 반응을 했지만 이내 아니라고 부정하고 나섰다.

-지금 무슨 말도 안 되는 소리를 하는 거예요!

"아니라고?"

-그, 그래요.

"보라 작가가 엄 비서라는 거 백 퍼센트는 아니지만, 한 구십 퍼센트는 확신하고 있어. 당신은 간단하게 예라고 확인해주기만 되는데?"

-어디가 간단한데요? 전혀 아니거든요?

끝까지 발뺌을 하는 게 우스운지 세후의 입가가 올라갔다.

"훗, 당신이 아니라고 한다고 엄 비서가 보라 작가라는 사실이 바뀌는 건 아니잖아?"

더는 빼도 박도 못한단 걸 인지한 수아는 아니라고 내밀었던 오리발을 거둬들였다.

-어떡해. 절대로 말하지 말라고 했는데…….

"당신이 말해준 게 아니잖아? 내가 알아낸 거지."

그게 그거였지만 세후가 둘러 하는 말은 수아를 흔들기에 충분했다.

-그, 그런가?

"자, 이제 확인해주지?"

어느 정도의 뜸을 들이다 결국 수화기 너머로 들려온 건 수아의 인정하는 소리였다.

-대체 어떻게 안 거예요? 보란이가 엄청 조심했을 텐데. 내가 뭐 확인해줄 필요도 없이…….

뚜뚜뚜. 말이 채 끝나지도 않았는데 세후는 전화를 끊어버렸다. 코앞에 두고서 멀리서만 뒤졌다니. 드디어 그토록 찾던 보라 작가를 찾아낸 그의 눈이 날카롭게 번쩍였다.

"기준아. 가서 직원들 주소록 뒤져서 엄 비서 집 주소 알아 와라."

"지, 지금요?"

세후가 어떻게 보란이 그 작가라는 걸 알아냈는지는 모르겠지만 옆에서 통화 내용을 다 들은 기준 역시 놀란 건 마찬가지였다.

거기다 당장 집주소를 알아 오라는 말에 기준은 문득 불안한 기운에 몸서리쳤다. 설마 이 저녁에 여자 혼자 사는 집에 찾아가려는 건 아니겠지.

"아무리 그래도 이 저녁에 찾아가는 건 아닌 같은데……."

그의 말에 토를 다는 기준을 세후가 노려봤다.

"너는 할 말이 없을 텐데?"

"네에?"

"데이트 한 번이면 그 편집자란 여자가 가르쳐준다고 했다면서? 왜 말 안 했어?"

그걸 어떻게? 조만간 마음의 준비가 되면 데이트 장소로 자진 출두하려고 했었다. 그러나 지금 그런 그의 변명 따위는 아무 도움도 안 되겠지.

정말로 보란이 보라 작가가 맞는다면 모든 것을 알아버린 세후를 맞닥뜨리기 전에 마음의 준비 정도는 할 시간을 주고 싶었다.

하지만 지금은 남을 걱정할 게 아니라 자신부터 살고 봐야 했다.

"당장 가서 가져오겠습니다!"

기준이 총알같이 사무실을 나갔다. 보란의 책상을 뚫어져라 응시하는 세후가 낮게 으르렁댔다.

"내가 찾아가서 묻고 싶은 게 너무 많아서 말이야."

세후는 이 밤에 예고도 없이 그녀의 집으로 쳐들어갈 작정인 듯했다.

5화. 드디어 들통 난 보라 작가의 정체

오늘은 그녀 스스로 생각해도 더할 나위 없이 완벽한 날이었다. 이게 다 사장이 그녀를 찾던 것을 멈춘 덕이었다.

"봐, 처음부터 포기하면 좀 좋았나. 결국 이렇게 포기할 거면서."

집으로 돌아오는 길. 후각을 자극하는 노릇노릇한 냄새에 보란은 자석에라도 끌린 듯 트럭 앞에 멈춰 섰다. 꼬챙이에 꽂힌 닭들이 맛있게 구워지고 있었다.

"어떻게, 한 마리 드릴까요?"

전 같았으면 벌써 사고도 남았을 텐데, 그녀답지 않게 망설이고 있었다. 전에 사장에게서 한 번만 구해주시면 살생을 하지 않고 채식주의자가 되겠다고 약속했던 게 마음에 걸렸기 때문이었다.

그동안 하늘에 감사하는 마음으로 고기를 멀리했었는데…….

하나 이리 좋은 날을 기념하지 않을 수가 없었다. 그래, 오늘은 내가 다시 살아난 날이나 다름없으니까. 딱 오늘 하루만, 하고 자기합리화를 한다.

"아저씨, 잘 익은 걸로 한 마리 주세요."

치느님 혼자 쓸쓸하실까 봐 근처 편의점에서 맥주까지 산 보란은 집으로 돌아오고 있었다. 오피스텔로 올라가는 엘리베이터 안은 그녀가 검은 봉지를 휘두르며 흥얼거리는 콧노래가 가득했다. 집으로 들어가서도 멈추지 않던 노래 소리는 욕실 문이 닫히고서야 흐려졌다.

꿀꺽꿀꺽, 샤워를 마치고 나와 자리에 아무렇게나 주저앉아 맥주를 들이켰다. 시원하게 목을 타고 내려가는 맥주가 그동안 남몰래 사장에게 시달렸던 속을 뻥 뚫리게 했다.

"캬. 죽이는고만."

배터리가 언제 다 됐던지 꺼져 있던 휴대폰을 켰더니 부재중 통화가 여섯 통이나 들어와 있었다. 두 통은 최 실장님에게서, 나머지 네 통 전부 수아에게서 온 전화였다.

수아에게서 네 통이나 되는 전화가 온 건 그렇다 치더라도 퇴근 후 최 실장님에게서 전화가 다 오다니 별일이었다. 그도 그런 것이 일이 아주 크게 잘못되지 않은 이상, 최 실장은 굳이 퇴근한 직원들이 쉬는데 전화해서 불편하게 하지 않고 그의 선에서 일을 처리해서 별명이 보살 상사였기 때문이다.

"나 오늘 일 완전 퍼펙트하게 끝내고 퇴근했는데? 이상하네? 근데 이 언니는 또 무슨 전화를 이렇게 많이 했어?"

요 며칠 마감 때문에 바쁘다고 전화가 뜸하더니 수아는 또 무슨 급한 일이기에 전화를 했나 싶었다. 전화를 걸려는데 아니나 다를까, 그새를 못 참고 문자가 왔다는 진동이 울리기 시작했다.

[야! 엄보란! 너 왜 전화 안 받아? 지금 큰일 났다고. 문자 보자마자 나한테 전화해. 알겠어?]

평소에 남발하던 이모티콘은 싹 생략한 심각해 보이는 문자에 급불안해진 보란은 얼른 수아에게 전화를 걸었다. 통화 연결음이 시작되기가 무섭게 전화가 연결됐다.

-왜 이렇게 전화를 안 받아?

"샤워하고 나온다고요. 무슨 일 있어요?"

-너 너희 사장한테 들켰어?

보란이 마시던 맥주를 뿜어냈다. 흘러내린 맥주가 바닥을 적시고 있었지만 닦을 생각 같은 건 할 겨를이 없었다.

"왜, 왜요?"

-뜬금없이 너희 사장이 전화 와서 네가 보라 작가인 거 알고 있다고 그러잖아.

혼자서 다 지나갔다고 예상하고 안심하고 있는 게 아니었다. 사장의 성정상 한번 찾으려고 한 걸 쉽게 포기하기는커녕 지옥 끝까지라도 따라가 찾아낼 것이라는 걸 간과하고 있었다.

완벽했던 날이, 최악의 날로 바뀌려고 하고 있었다.

"설마 언니 그걸 어떻게 알았냐? 같은 그런 대답을 한 건 아니죠?

-내, 내가 그랬을까 봐?

당황하는 수아의 목소리가 그랬다고 이야기하고 있었다. 분명 사장은 의심은 했을지 모르지만, 그녀가 보라 작가라는 것에 확신이 없었을 테다. 확실한 증거가 있었다면 당장이라도 들이닥쳐 그녀의 목덜미를 닭 모가지처럼 붙잡고 흔들며 다그쳤겠지.

"끝까지 아니라고 잡아뗐어야죠!"

-잡아뗐어. 잡아뗐는데 소용없었다니까? 벌써 알고 있더라니까? 그나저나 너희 사장은 네가 보라 작가라는 건 대체 어떻게 안 거냐?

"몰라요. 나 이제 어떡해."

-설마 죽이기야 하겠어? 그 사장 조카가 너라면 껌뻑 죽는데? 안 그래?

안심하라는 수아의 위로는 보란에게 하나도 도움이 되질 않았다. 말 그대로 죽이지는 않겠지만 더한 지옥을 그녀에게 선사하겠지.

"으아아. 언니 미워요! 미워! 언니, 조만간 나 죽었다는 소리 들리면 내 장례식에나 와요."

수화기를 붙잡고 원망을 쏟아내는 보란을 묵묵히 받아주던 수아가 뜬금없이 말했다.

-참 보란아? 내가 너한테 참 고맙고도 미안하다. 이번에 너 덕분에 시집가면 크게 한턱내마.

미안하다는 말은 그렇다 치지만 고맙다니, 대체 무슨 소리냐고 물으려는데 수아는 나중에 보자며 일방적으로 통화를 끊어버렸다. 끊긴 전화를 들고 보란은 더 크게 절규했다.

"아아아. 나 어떡해!"

아무 생각도 안 난다는 말은 이럴 때 쓰는 건지. 머리가 하얗게 변해서 정말 아무 생각이 나질 않았다.

대충이라도 어떻게 할지 생각이라도 나면 얼마나 좋겠나? 이건 정말 권세후 사장이라는 독 안에 든 쥐 엄보란이었다.

이제 잡히는 일밖에 남질 않은 이 상황을 어찌 빠져나가야 될지 앞날이 캄캄했다.

-띵동띵동.

초초하게 거실을 돌아다니고 있는데 누가 왔는지 벨소리가 울렸다. 이 시간에 그녀 집의 벨을 누르는 건 택배기사 아저씨뿐이었다. 얼마 전 홈쇼핑에서 품절이 임박했다는 쇼호스트의 말에 냉큼 주문한 군만두인 것 같았다.

이 상황에서도 택배는 오는구나.

보란은 크게 문 앞으로 다가가 소리쳤다.

"문 앞에 좀 놔둬주고 가세요."

"보란 씨?"

택배 아저씨가 물건을 문 앞에 놔두고 가시면 조금 이따가 물건을 가지고 안으로 들어오려던 보란은 문밖에서 들리는 익숙하고도 낯선 음성에 멈칫했다.

"누, 누구세요?"

"보란 씨, 나 최 실장이에요."

"헉!"

이런 맙소사였다.

그러고 보니 불현듯 생각나는 최 실장에게서 온 부재중 통화 두 건. 지진이라도 난 듯 불안하게 떨리던 다리가 멈추고 위기 상황을 인지한 머리가 재빠르게 회전하기 시작했다.

이 상황에서 살아남기 위해 번뜩 떠오르는 임기응변 두 가지가 있었다.

첫 번째는 최 실장님을 매수하는 거였다. 하지만 돈도 없고 미모도 안 되고 눈앞에 닥친 상황의 긴박성을 고려해봤을 때 너무 현실성이 없으니 패스.

그래도 현실성이 있는 두 번째는 여기는 보라 작가인 엄보란의 집이 아니고 이 순간 그녀는 보라도 엄보란도 아닌 거다. 두 번째로 밀고 나가기로 작정한 보란은 남자처럼 음성을 굵게 만들고 문에다 대고 소리쳤다.

"크음. 잘, 잘못 찾아오셨습니다. 여기에 그런 사람은 안 삽니다."

꽤 비슷하게 흉내 냈다고 생각했는데 소용 없는 짓이었다.

"문 열지? 따고 들어가기 전에."

얼마나 열이 받았으면 미천한 그녀의 집으로 직접 왕림까지 하신 권세후 사장이었다. 잘하면 이제 스물일곱밖에 안 된 엄보란의 인생 여기서 하직할 수도 있을 것 같았다.

* * *

그녀의 단란했던 스위트 홈은 장정 둘이 자리하고 나니 마치 비루한 쪽

방과 다를 바가 없었다. 혼자서 생활할 때는 이 정도면 타워 팰리스나 다름 없다고 자부했었는데 세 사람이 마주 앉아 있는 거실은 서로의 안전거리도 확보할 수 없을 만큼 좁았다. 작은 이 인용 소파에 혼자 자리를 차지하고 앉은 세후가 보란을 아래위로 훑었다.

"내가 아는 엄 비서가 맞아?"

안까지 들어와 한 자리를 차지하고 앉아 있으면서도 세후는 아직도 눈앞의 여자가 여태껏 알고 지내던 엄 비서가 맞는지 의심 중이었다.

문을 따고 들어가겠다는 그의 엄포에 빼꼼 문을 열고 얼굴을 내민 여자의 모습에 세후는 주소도 제대로 못 알아온 기준을 질책했다.

'잘못 찾아온 거 아니야?'

'아닌데요? 분명히 갤러리 오피스텔 602호 맞는데요?'

종이에 적힌 주소와 문에 적힌 호수를 비교 중인 기준도 보란을 못 알아보기는 그와 마찬가지였다.

단정했던 단발머리는 새 꽁지처럼 겨우 질끈 묶여져 있었고 얼굴을 다 가릴 만큼 큰 뿔테 안경을 끼고 있는 여자가 엄 비서라고?

그것뿐만이 아니었다. 유니폼은 아닌가 의심스러웠던 무채색의 정장을 벗어버리고 입고 있는 옷은 시장 좌판에서나 봤을 법한 화려한 꽃무늬 원피스였다.

'너 정말 일 똑바로 안 할래? 어떻게 이 여자가 엄 비서야?'

'잘 보시면 엄 비서를 좀 닮은 것 같기도 한데 말입니다. 아니면 엄 비서 어머니신가?'

엄 비서가 맞는지 아닌지를 놓고 두 사람의 의견은 분분했고 그녀가 직접 나서지 않았더라면 아직까지도 맞는지 아닌지 싸우는 중이었을지도.

'두 분 다 그만하십시오. 저…… 두 분이 아시는 그 엄 비서 맞습니다.'

회사 밖에서 보는 엄 비서의 모습이 놀랍긴 했지만, 복장이야 자기 집이니 편하게 있다고 하면 할 말이 없었다. 그런데 이 어지럽고 무질서한 집은 또 무슨 영문인지 모를 일이었다. 앞에 반듯이 앉아 있는 그녀를 두 눈으로 보고 있으면서도 세후는 아직도 기준이 집을 잘못 안내한 건 아닐까 의심하고 있었다.

바닥에 아무렇게나 내팽개쳐 있던 재킷과 치마를 구석으로 밀어놓은 보란이 답했다.

"맞습니다."

"회사에서와는 정말 딴판이군."

"사장님께서 정리 못하는 걸 질색하시니까요."

어차피 보라 작가라는 걸 들킨 판에 집에서 이러고 산다는 걸 들키는 것쯤이야, 아무렇지도 않았다. 다 들키고 나니 이렇게 시원한걸.

지금 그녀의 관심사라곤 거실 중앙에 너부러져 고운 자태를 뽐내고 있는 통닭뿐이었다. 저건 식으면 맛이 없을 건데, 하는 지극히 일차원적인 생각.

먹기는 글렀고 치울 작정으로 닭을 들고 일어섰다.

"손님으로 오셨는데 마실 거라도 가져오겠습니다."

하지만 그의 시야에서 벗어나는 것을 용납하지 않겠다는 그의 명령이 다시 그녀를 붙잡아 앉혔다.

"앉지."

"……네에."

일어나려던 보란이 통닭을 품에 들고 다시 자리에 앉았다. 소파에 다리를 꼬고 앉아 있는 세후는 앞에 앉아 있는 보란을 아주 나쁜 죄를 지은 죄인을 보는 것처럼 쳐다보고 있었다.

그런데 고개를 숙이고 있던 그녀는 문득 깨달았다.

'아니지. 내가 뭘 그리 잘못해서?'

보라 작가인 걸 숨긴 게 솔직히 법에 저촉되는 일도 아니었고 굳이 저촉된 법이라 하면 괘씸죄밖에 없었다. 당사자인 그녀가 실체를 밝히기 싫다는데. 그래, 이건 엄연히 그녀의 사생활이었다. 뭘 그리 잘못해서 이래야 하는 건가 싶었다.

거기다 이곳은 엄연히 그녀의 집, 그녀의 구역이었다.

보란이 떳떳하게 고개를 들었다.

"……!"

하지만 곧장 보란의 고개가 다시 숙여졌다. 용기는 가상했으나 사장의 서슬 퍼런 눈과 마주하자 용기는 사라지고 한없이 작아지는 것이었다.

덩달아 겁먹은 그녀의 가슴이 콩닥콩닥 뛰기 시작했다.

하지만 애써 용감한 척, 담담한 척 할 작정이었다. 지금 그것밖에 할 수 있는 게 없으니까.

"아무리 제가 모시는 분이시긴 하지만 이 밤에 비서의 집에 찾아오시는 건 경우가 아닌 것 같습니다."

"내가 왜 이 밤에 엄 비서를 찾아왔는지 엄 비서가 더 잘 알 것 같은데?"

"제가 어찌 사장님의 깊으신 의중을 헤아리겠습니까?"

끝까지 모른 척하는 보란의 말에 사장의 눈초리가 더 따가워졌다.

"왜 이야기 안 했어? 당신이 내가 찾는 보라 작가라고."

사장이 다 알고 왔다는 걸 알고 있었지만 보란은 잡아떼면서 모른 척할 생각이었다. 내가 아니라는데, 지가 더 이상 어쩔 건가 하는 심보였다.

"누가 그러던가요? 제가 보라 작가라고."

"이수아 편집장이 확인시켜줬는데도 아니라고 할 거야?"

"그분이 다른 사람이랑 착각이라도 하셨나 보죠. 저는 그런 사람 알지도 못하고 생전 만나보지도 못했습니다."

"끝까지 아니라고 해보시겠다."

억지를 쓰는 보란이 가소로운지 훗 하는 사장의 비웃음이 얼핏 들렸다. 하지만 여기서 물러서기에는 너무 먼 길을 와버린 보란이었다.

"제가 보라 작가라는 증거라도 있으십니까?"

"증거? 좋아. 원한다면 보여주지, 그 증거."

재킷 안쪽 주머니에서 부스럭대며 뭔가를 꺼내 든 세후가 보란의 눈앞에 노란색 포스트잇을 들이댔다.

"이, 이건."

그의 손에 들린 포스트잇을 확인한 그녀의 눈이 경악으로 물들어 갔다. 용감한 척 대담한 척하던 것도 거기까지. 콩닥콩닥 뛰며 겨우 붙어 있던 그녀의 가슴이 결국 제자리에 붙어 있지 못하고 바닥으로 떨어져버렸다.

"그래, 당신 책상 밑에 떨어져 있던 증거. 당신이 보라 작가라는 증거."

시간이 날 때마다 떠오르는 글이나 그림을 그려 다이어리에 붙이는 포스트잇이었다. 아마 다이어리에 붙여 놓았던 게 그녀도 모르는 사이에 떨어졌나 보다.

어제까지만 해도 혹시라도 들킬까 봐 적어도 세 번은 주위를 확인하고 퇴근했던 그녀였다. 사장이 그녀를 찾는 것을 포기했다는 소리에 긴장을 놓았던 게 화근이었다. 거기다 정은이 빨리 가자고 보채는 바람에 미처 주위를 확인하지 못한 게 이렇게 큰일이 되어 돌아올 줄은 몰랐다. 더 이상 빼도 박도 못하겠는 게 캐릭터 그림이 그려진 뒤에 버젓이 적혀 있는 출처 때문이었다.

<by 보라.>

안 들키기 위해서 별별 짓을 다 했는데 이리 허무하게 들키다니. 항복을

의미하는 흰 깃발이 흩날렸다.

"……축하드립니다. 드디어 보라 작가를 찾으셨네요. 네. 제가 바로 보라 작가랍니다."

소파 뒤로 등을 기대고 있던 세후가 허리를 꼿꼿이 세우고 보란을 응시했다.

"드디어 그 대단하신 얼굴을 보게 되는군."

많은 의미가 함축된 듯한 그의 말에 보란의 등을 타고 식은땀이 흘러내리기 시작했다.

비꼬는 사장의 말이 꽈배기보다 더 꼬여 있었다. 이번 연도까진 무슨 일이 있어도 회사에 붙어 있고 싶었는데. 이렇게 된 이상 잘리는 것보다야 스스로 그만두는 게 보기에도 좋을 것 같았다.

마지막 자존심은 지키고 싶은 보란이 빳빳이 고개를 들었다.

"내일 아침 바로 사표 제출하겠습니다."

당연히 내일 아침까지 왜 기다리나? 그냥 지금 쓰지?

……이런 말들을 상상했었는데. 그에게서 나온 말은 뜻밖의 말이었다.

"누구 마음대로."

"네?"

"내가 왜 엄 비서를 자르나?"

그야, 자기가 더 잘 알면서. 꼭 내 입으로 잘못을 시인하게 만들다니. 역시 그녀의 상사는 상사 중에서도 부하 직원이 스스로 잘못을 시인하게 만드는 고수 중의 고수였다.

"사장님께서 애타게 저를 찾으시는 줄 알면서도 아무 말도 안 한 것뿐만 아니라 최 실장님을 여러 번 수고하게 만들었습니다. 그리고 제가 사장님 머리에 인형탈까지 씌우고 도망갔습니다."

"알긴 아는군. 대체 왜 그런 건지 이유나 좀 들어보지."

이유가 너무 복합적이라서 콕 하고 하나 찍어서 말하기가 애매했다. 내가 너를 동화책에 악당으로 등장시킬 정도로 싫어한다는 것 외에도 셀 수 없을 만큼 여러 가지 이유가 있었지만, 이 사실을 이실직고할 수는 없는 노릇이었고 보란은 두루뭉술하게 잘 포장해서 말하는 수밖에 없었다.

"제가 밖에서는 헨젤에서 일하는 비서이지만 동화는 제가 집에 와서 몰래 쓰는 일기장 같은 겁니다. 혼자 간직하고 싶은 비밀 같은 거란 말입니다."

"그러니까 당신이 작가라는 어쭙잖은 사실을 비밀로 남겨놓고 싶었다?"

"네, 그렇습니다."

틀린 말도 아닌 게 회사에 있을 때, 엄보란이란 제 이름보다 엄 비서라고 더 많이 불리는 그녀였다. 회사에서는 누군가의 비서였지만 집에 돌아와 동화를 쓰고 그림을 그릴 땐 전혀 다른 사람이다. 물론 이건 몇몇 이유 중 하나일 뿐이었고 더 크고 중요한 이유가 있었지만 그건 우선 접어두기로 하고.

고개를 끄덕이는 사장도 수긍하는 섯 같고 이렇게 잘 넘어가나 싶어 안심하는데 아니었다. 또 다른 복병이 그녀를 기다리고 있었다. 날카로운 직관력과 서슴없는 충언으로 권세후 사장을 보필하는 최 실장이 분위기 파악도 못하고 끼어들었다.

"아닌 것 같은데요? 너무 설득력이 없는 이유 같습니다. 뭔가 더 직접적인 이유가 있을 것 같습니다."

다른 때는 잘도 속아 넘어가더니 꼭 이런 때만 발휘되는 최 실장의 능력. 난감했다. 보란은 아니라며 절대 다른 이유는 없다고 못 박았다.

"맹세코 다른 이유 같은 건 없습니다."

너무 격렬하게 부정하는 게 더 이상하다며 못 믿는 눈치의 최 실장이었지만 당사자가 그렇다는데 더는 밀어붙이지 못했다.

그렇다면 다행이라는 듯 세후가 본론을 이야기하기 위해 자세를 고쳐 앉았다.

"특별한 이유가 없다면 내가 이야기하는 게 수월하겠군. 이제부터 내가 왜 작가인 당신을 그토록 찾았는지 단도직입적으로 이야기해보도록 하지."

보란은 잠시 잊고 있었다. 전에 최 실장이 작가는 왜 찾으시냐는 물음에 그녀를 기겁하게 만들었던 사장의 대답을 말이다.

'아, 이 작가랑 한번 사귀어 보려고.'

차갑고 무심한 사장과 연애라니, 보란의 대답은 당연히 노! 였다. 차라리 머리 깎고 절로 들어가는 게 더 나았다. 생각해볼 것도 없이 단칼의 거절이었다.

"저는 사장님과 공적인 관계가 아닌 사적인 관계는 생각해본 적이 없습니다."

"사적인 관계란 건 뭘 말하는 거지?"

"저한테 사귀자고 하실 거 아니셨습니까?"

보란의 당찬 말을 받은 세후의 눈은 한 치의 미동도 없었다. 그러니까 절대로 그와 사적으로 엮이고 싶지 않다는 건데. 본래 그의 의도는 작가를 찾아낸다면 꼭 사귀는 건 아니라도 우빈의 소원처럼 친구라도 될 수 있지 않을까? 하는 것이었다. 우빈이 자신을 걱정하는 건 죽어도 싫었으니까.

그런데 본론은 꺼내지도 않았는데 처음부터 아예 싹을 잘라버리는 보란의 말에 세후는 기분이 슬슬 언짢아지고 있다.

"누가 엄 비서랑 사귄대?"

에엥? 보란의 동공이 커졌다. 딴에는 큰 용기를 가지고 한 말이었는데 정작 세후는 저랑 사귈 마음 같은 건 없다고 한다. 보란은 널뛰기하고 있던 가슴을 쓸어내렸다.

하긴 요즘 유행하는 말마따나 썸이라도 있어야지. 썸이 아니라 쌈도 없었는데, 괜히 나서서 설레발친 게 머쓱해지는 순간이었다.

"기준아, 너 밑에 가 있어. 이야기 다 하고 내려갈 테니까."

"알겠습니다."

갑자기 최 실장을 밖으로 내보내는 세후였다. 보란의 가슴속에 불현듯 불안감이 몰려왔다. 설마 둘밖에 없을 때 멱살을 잡고 협박하는 건 아니겠지?

"그냥 여기 계시지요. 사장님을 손발처럼 보필하시는 분이 어디를 가십니까?"

나가는 최 실장을 어떻게든 막아보려 했지만 소용이 없는 짓이었다.

최 실장이 나가고 두 사람만 마주하고 있는 이 순간, 보란은 아까 왜 겁도 없이 그런 말을 했을까 후회 중이었다.

"나와는 절대 사적인 관계를 생각해본 적이 없다라. 엄 비서, 나를 엄청 생각하는 줄 알았는데, 의왼데?"

자신이 언제 또 사장을 엄청 위했던가 하며 기억을 더듬어 봤지만 상사로 모실 때 사무적으로 깍듯한 적은 있었어도 엄청 위했던 적은 아무리 생각해도 없었다. 반대로 엄청 위하지 않았던 적은 많았지만.

아무래도 그의 말이 진짜 내포하고 있는 바는 그녀가 생각하는 것과는 전혀 다른 의미인 듯했다.

"무슨 말씀이신지 모르겠습니다."

"나를 자기 작품에까지 등장시켰기에 꽤 생각하는 줄 알았지."

헉 하고 보란의 숨이 멈췄다. 드디어 올 것이 온 것이었다. 역시나 모르쇠로 일관하기 작전. 작가가 아니라는데 지가 어쩌겠냐 싶었다.

"하하. 무슨. 사장님은 제 비루한 동화에 단 한 번도 등장하신 적이 없으십니다."

"그래? 아무리 생각해도 나는 동화에 나오는 후세라는 이름이 내 이름과 연관이 있다는 느낌이 계속 드는데?"

여전히 의심이 가득한 세후의 검은 눈동자가 보란을 살 떨리게 했다. 살아오는 동안 이렇게 큰 위기에 내몰린 적이 있었던가? 이 위기 속에서 그녀에게 생명줄처럼 떠오른 건 한 번도 본 적도 없고 어렴풋이 이름만 들어봤던 먼 나라의 존재였다.

"아, 아닙니다. 제가 감히 사장님 이름을 빌려 쓰다니요. 절대로 아닙니다. 후세는 저기 저 중동에 있는 어떤 사람 이름을 따온 겁니다."

"그래? 아쉽군. 혹시나 그런 거면 그걸 빌미로 당신을 옭아매려고 했는데."

세후는 별것 아닌 것처럼 말하고 있었지만 인질처럼 그의 옆에 밧줄로 꽁꽁 묶여 앉아 있는 자신이 상상되자 보란의 등골이 서늘해졌다.

너와 사귀는 일 따위는 없을 거라 당당하게 말했던 그녀였건만, 혹시나 사장이 동화책을 빌미로 명예훼손이라며 책임지라는 건 아닌가 싶어 움츠러들고 있었다.

"하하, 아닙니다. 절대로 아닙니다. 제가 어찌 감히 사장님을. 절대로 아닙니다."

눈도 못 마주치고 변명하는 보란을 세후는 팔짱을 낀 채 느긋하게 응시하고 있었다. 아무렇지 않은 듯 보이지만 지금 세후의 속은 출처를 알 수 없는 기분 나쁨들이 돌아다니고 있었다.

'내가 어디가 어때서? 다른 사람은 몰라도 엄 비서는 나한테 이러면 안 되는 거 아니야?'

세후는 이 불쾌함을 뭐라 정의해야 할지 모르고 있었다. 자신이 얼마나 저를 아끼고 위했는데. 일부러 커피도 사다 줬지, 아플 때 병원까지 데리고 가서 그 늦은 시간까지 곁에 있어주기도 했는데. 은혜를 끊임없는 거절로 갚다니 배신감도 이런 배신감이 없었다. 세후가 다시 물었다.

"아직도 나와는 사적인 관계가 안 될 것 같아?"

더 이상 그 이야기에 대해서 언급하진 않았지만 다시 묻는 그의 제안은 그녀에겐 네가 한 일을 알고 있으니 순순히 다시 생각해보라고밖에 느껴지지 않았다. 하지만 차마 그러겠다고 대답할 수 없는 보란은 끝까지 입을 다물고 있었다.

"……."

아마 그로서는 당장 '예'라는 대답은 못 듣더라도 '조금 더 생각은 해보겠습니다.' 같은 대답 정도는 들을 거라 생각했을지도 모르겠다.

그래, 사장의 입장에서 보면 충분히 기분이 상한 건 이해할 수 있었다. 옛날로 치면 왕 같은 남자가 나 같은 일개 무수리를 좋아한다는데 당연히 얼씨구나 감사합니다! 큰절이라도 하면서 간택을 받아들여야 하는 게 당연할 수도 있었다.

역시나 끝까지 대답이 없는 그녀를 보다 못한 세후는 이해할 수 없다는 듯 이유를 물었다.

"대체 왜 싫은 거야?"

"죄송하지만…… 사장님은 제 이상형이 아니십니다. 물론 사장님은 멋지시고 카리스마 넘치시고 어느 여자든 바라는 이상형이실 겁니다. 그런데 저는 아닙니다. 저는 인간미 넘치면서 푸근하고 저한테만 자상하고 인자한 그런 남자가 이상형입니다. 죄송합니다."

길게 둘러서 이야기했지만 한마디로 정리해보면 너는 성격이 뭐 같아서 싫다는 거였다.

고작 그따위 이유가 날 거절하는 이유가 될 것 같아? 엄 비서, 당신이 방금 무슨 짓을 했는지 알아? 여러 번 기회를 줬는데도 끝까지 싫다 말하다니. 나에 대해 이것밖에 모르고 있다니 실망인데?

활활 타오른 세후의 눈이 그녀의 대답은 상관없다는 듯 번쩍였다.

"엄 비서. 사람 일이란 게 한 치 앞도 모르는 건데 너무 장담하지 않는 게 좋겠어."

"네?"

"팬 사인회 때도 만났겠지만 나한테는 권우빈이라는 조카가 하나 있지. 그 아이의 엄마가 죽고 그 애한테 남아 있는 피붙이는 나밖에 없어. 마찬가지로 나한테 남아 있는 피붙이도 걔밖에 없지."

아, 이제 보니 우빈이가 부모님이 안 계셨구나. 너무 밝아 보여서 전혀 몰랐는데.

아이가 안쓰럽다는 생각도 잠시, 보란은 난데없이 웬 가족 이야기인가 싶었다. 지금이 자기 가족 소개 시간도 아니고. 그가 이야기를 계속하는데 보란은 뜬금없는 그의 가족사가 대체 어떤 숨은 의도가 있을까 머리를 굴리기 시작했다. 그녀가 겪어본 바에 의하면 사장은 절대 쓸데없는 말을 하지 않는 사람이었으니까.

"나한테 제일 소중한 건 그 아이의 행복이야. 그 말인즉 나는 걔를 위해 못 할 게 없다는 말이지. 알겠지만 우빈이가 당신이 쓴 동화를 너무 좋아해. 얼마 전 그러더군. 동화책에 나오는 퍼플이 외삼촌의 여자 친구가 됐으면 좋겠다고. 그게 소원이라고."

보란의 눈이 동그래졌다. 슬슬 사장의 이야기가 어디로 치닫는지 명백해지고 있었다.

"아시다시피 퍼플은 동화 속의 아이라서 사장님이랑 진지한 관계를 생각하기에는 너무 어립니다."

"그러니까 말이야. 그래서 나는 생각을 전환했지. 아무리 생각해도 퍼플과 교제를 하는 건 불가능할 것 같으니 퍼플을 만들어 낸 작가하고라도 해야겠다고."

"하지만 사장님, 아까도 말씀드렸지만 저는 사장님과 사귈 마음이 추호도 없는데요?"

자리에서 일어난 세후가 앉아 있는 그녀에게로 가까이 다가가기 위해 긴 허리를 접었다. 그리고 그녀의 귓가에다 대고 으르렁거렸다.

"함부로 장담하지 마. 이제부터 내가 전력으로 당신을 꼬셔볼까 하니까. 기대해도 좋을 거야."

보란의 눈이 충격으로 물들었다. 갓 스물일곱의 그녀, 엄보란. 스물일곱 해 동안의 인생에서 난생처음으로 잘생기고 멋진 남자가 그녀를 꼬셔보겠다고 나섰는데 하나도 기쁘지가 않았다. 사실 당장 내일 아침부터 눈을 뜨는 것 자체가 두려워졌다.

* * *

돌아가는 차 안, 세후의 머릿속은 생각들로 가득했다. 말없이 꾹 다문 입만이 그의 머릿속이 얼마나 복잡한지 알려주고 있었다. 코앞에 두고도 못 알아봤다니. 그가 그토록 찾던 보라 작가는 매일 그와 얼굴을 마주하는 엄 비서였다.

만나면 '대체 어디서 무슨 일을 합니까?'라고 물으려고 했던 그는 굳이 물을 필요도 없었다. 그의 밑에서 일하는 사람이었으니까.

'저는 사장님과 사적인 관계는 생각해본 적 없습니다.'
'싫습니다. 죄송한 말씀이지만 사장님은 제 타입이 아니십니다.'

그녀가 그에게 한 말이라곤 전부 명백한 거절의 말들이었다. 말을 꺼내기도 전에 거절이라니. 얼마나 기분이 나쁜지, 엄 비서가 사적으로 엮이기 싫어할 만큼 자신을 싫어한다니. 꽤 충격이었다. 거기다 세후는 아직도 충격의 여파가 가져온 불쾌함을 가누지 못하고 있었다.

어쭙잖은 변명으로 동화책에 그가 등장한 적은 없다고 말했지만 작가후기에서도 밝혔듯이 그녀가 다니는 회사에서 만나는 상사라면 기준과 세후가 전부일 텐데 기준은 동화 속 후세와 비슷한 접점이 하나도 없었다. 아무리 생각해도 동화책에 등장하는 후세는 그와 관련이 있는 것이 분명했다.

그것이 사실이라면 세후는 조카가 가장 좋아하는 동화책에 나쁜 역으로 등장하는 것에 대해 화가 나야 정상이었다.

그런데 그것보다 그녀가 일 초도 생각 없이 단칼에 그를 거절했다는 것이 더 기분이 상하고 화가 났다. 평소 다른 사람은 몰라도 엄 비서에게만큼은 합리적이고 괜찮은 상사라고 생각하고 있었던 세후로서는 그녀의 행동이 이해가 되지 않는 게 당연했다.

"기준아, 나는 어떤 상사냐?"

난데없이 튀어나온 출처를 알 수 없는 질문에 기준은 최대한 그의 신경을 건드리지 않게 거창하게 이야기를 늘어놓았다.

"사장님은 정말 좋은 상사십니다. 직원들 일하는 데 불편함이 없도록 환경도 많이 신경 쓰시고 직원들 복지 시스템 역시 여느 회사와 다르게 최고로 지원하려고 노력하시는 멋진 상사이십니다."

하지만 꾸밈이 많이 들어간 기준의 말은 세후에게 전혀 신뢰를 심어주지 못했다.

"계급 떼고 솔직히 말해봐."

"그러면 분부대로."

잠시 눈치를 보는 것 같더니 기준은 세후의 대답에 솔직하고 돌직구 같은 말들을 연이어 말하기 시작했다. 솔직히 말해보라고 안 했으면 억울해서 어쩔 뻔했을까 싶을 정도였다.

"형은 언제나 일에 있어서 깐깐하고 완벽을 추구하지. 물론 이건 형 혼자만 놓고 봤을 땐 좋은 점이지. 하지만 형의 그 완벽함 때문에 밑에 사람들은 죽어난단 말이지. 누구나 실수를 하는 건데 한 번쯤은 봐줄 수 있는 거잖아? 근데 형은 아직 손에 일이 익지 않은 사람들의 작은 실수도 용납하지 않잖아?"

"내가……."

언제 그랬냐고 말하려던 세후의 말은 이야기는 아직 끝나지 않았다고 그의 말을 잘라먹는 기준 덕분에 끝까지 이어지지도 못했다.

"지금이야 보란 씨가 일도 잘하고 하지만 입사 초기에 형이 얼마나 무섭게 다그쳤는지 기억 안 나? 아마 그때 보란 씨 울어서 아침마다 눈이 퉁퉁 부어 있지?"

"……."

내가 그랬던가? 특별히 엄 비서를 타깃으로 삼은 건 아니었다. 삼 년 전, 보란이 입사한 시기는 공교롭게도 그의 신경이 가장 날카로울 때였다. 차근차근 올라와 드디어 업계 1위라는 고지가 눈앞에 보였는데 번번이 도달하지 못하고 좌절했기에 스스로에 대한 실망으로 날마다 잠을 못 이루기도 했던 때였다. 기준의 말을 듣고 보니 어쩌면 그 시기에 가장 피해를 많이 본 건 그녀일지도 모르겠다는 생각이 들었다. 오래전부터 그와 함께한 기준이야 그의 지적을 받을 일은 없었을 테니까.

그만해도 될 텐데 기준의 솔직한 말은 끝날 줄을 몰랐다.

"형도 이제 스타일에 변화를 줄 필요가 있어. 요즈음 나쁜 남자가 대세니 뭐니 해도 여자들은 여전히 그네들에게 다정다감하고 자상한 사람을 좋아하거든."

"……."

"사실 나는 보란 씨가 형 싫다고 거절하는 게 이해가 되기도 해."

기준의 말을 가볍게 취급해버리고 싶었지만 그럴 수가 없었다. 마음은 은연중에 기준의 말을 곱씹고 있었다. 이상형이라 밝혔던 그녀의 말이 계속 머릿속을 맴돈다.

'저는 좀 인간미 넘치면서 푸근하고 저한테만 자상하고 인자한 그런 남

자가 이상형입니다.'

처음에는 조카가 걱정하는 게 싫어 작가의 얼굴이라도 한번 보자고 해서 시작했던 일이었다. 그런데 보이려고 하면 숨어버리고 닿으려고 하면 도망가 버리는 작가가 그의 호기심을 자극했음을 부정할 수 없다. 그리고 오늘, 믿었던 엄 비서의 단칼의 거절이 그의 기분을 상하게 했으며, 더 나아가 그의 승부욕을 건드렸음을 세후는 인정해야 했다.

'자상하고 인자한 남자? 그래, 내가 돼주지.'

전력으로 그녀를 꼬셔보겠다고 선전포고를 한 세후의 눈빛이 그의 다짐처럼 무섭게 빛났다.

* * *

정작 세후의 선전포고를 받은 보란은 정신을 못 차리고 한동안 앉아만 있었다. 사장 앞에서 배짱 좋게 담담한 척했지만, 사실 그녀는 남이 한 작은 말도 오래 담아두는 소심한 성격이었다. 장난이겠거니 하고 넘겨버리고 싶었지만 사장의 목소리가 그 어느 때보다 진지했기에 불안함을 감출 수가 없었다.

사장의 말이 진짜인지 아닌지 고민하던 보란이 자려고 침대에 누운 시간은 꽤 늦은 시간이었다. 쉬이 잠들지 못하고 뒤척이다 겨우 잠든 그녀는 꿈을 꿨다.

수백 번도 썼다 고쳤다 했던 그녀의 동화가 꿈에 등장했다. 꿈속에서는 『가면 쓴 아이』의 한 장면이 펼쳐지고 있었다.

'이제 어떡하지? 후세가 날 괴롭힐 텐데?'

퍼플은 걱정이 되어서 도저히 잠을 잘 수가 없었습니다.

다음 날, 퍼플은 늦잠을 자고 말았습니다.

매일매일 학교에 가는 게 즐거웠던 퍼플은 오늘만큼은 정말 학교에 가기가 싫었습니다.

'엄마한테 아프다고 해볼까?'

하지만 모든 것을 다 알고 있는 똑똑한 엄마는 퍼플이 꾀병을 부린다는 것을 다 알고 계셨습니다. 그리고 학교까지 퍼플을 데려다주기까지 했습니다.

스르륵 교실 문을 열고 들어가자마자 매섭게 퍼플을 째려보는 후세가 보였습니다.

퍼플은 후세의 눈과 마주치지 않으려고 땅만 쳐다보며 슬금슬금 자리로 가서 앉았습니다.

후세는 인사도 하지 않고 퍼플을 아예 투명인간 취급했습니다.

그렇게 무시하던 후세가 수업이 시작되자 돌변했습니다. 그녀 뒤에 앉은 후세가 그녀의 등을 연필로 찌르기도 하고 보라색 머리를 잡아당기기도 하는 게 아니겠어요?

선생님께 후세가 괴롭힌다고 말하고 싶었지만 겁이 나서 할 수가 없었습니다.

후세는 반에서 가장 덩치도 클 뿐만 아니라 힘도 세거든요.

두 살이나 많은 오빠들도 후세에게 꼼짝 못 하거든요.

다시금 후세가 머리를 잡아당기는데 머리가 다 빠져나갈 것 같았습니다.

이러다 아빠처럼 대머리가 되는 건 아닌지 걱정이었습니다. 안 그래도 아빠를 똑 닮았다는 소리를 많이 듣는데 대머리까지 닮을 수는 없어요.

'지금은 수업 시간이니까 안 되고 나중에 꼭 말해야지. 날 괴롭히지 말라고.'

굳게 결심한 퍼플은 학교가 마치고 집에 가는 길에 만난 후세에게 말했습니다.

"후세야, 나 괴롭히지 마. 이제 다시는 다른 슈퍼에서 과자 안 사먹을 테니까. 응?"

……함부로 장담하지 마. 이제부터 내가 어떻게 할지 기대해도 좋을 거야.

아니지. 이게 아닌데…….

마지막 말은 그녀의 동화와는 전혀 다른 전개였다. 본래 동화대로라면 퍼플이 사과하고 후세는 토라진 얼굴로 '치, 네 말을 어떻게 믿어?'라고 말해야 했다.

꿈은 정지 버튼을 누른 것도 아닌데 정지했고 순식간에 주인공인 퍼플은 보란으로, 후세는 세후로 바뀌었다.

"아아악!"

그와 동시에 보란은 소스라치게 놀라며 잠에서 깨어났다. 꿈은 현실을 반영한다더니 그 말이 딱 맞았다. 이젠 하다 하다 꿈에서까지 나와서 그녀를 괴롭히다니. 악몽도 이런 악몽이 없었다.

간밤에 뒤척인 흔적이 고스란히 묻어난 부스스한 머리카락을 움켜잡은 보란은 낙담했다. 벌써 아침이라니. 그 말인즉 회사에 출근할 준비를 해야 한다는 말.

침대에서 겨우 몸을 일으킨 보란은 시계를 확인했다. 아직 여섯 시 오십 분. 출근을 위해 알람을 맞춰 놓은 시간은 일곱 시였다.

"십 분이나 일찍 일어나다니. 더 잘 수 있었는데."

이게 전부 어제 집까지 쳐들어온 것도 모자라 꿈에까지 침입한 권세후 사장 탓이었다.

보란은 다시 침대에 누우려 했다. 하지만 그녀는 다시 침대로 누울 수 없었다.

-빨강 머리 앤~ 🎵🎶

머리맡에 두었던 휴대폰이 울리고 있었다. 시끄러운 벨소리는 마치 학창 시절 조금만 더, 조금만 더 하며 이불을 덮어쓰면 얼른 일어나라고 소리를 치던 엄마의 목소리 같았다.

"여보세요?"

-일어났군.

'누구세요?'라고 물을 필요도 없었다. 어찌 모를 수가 있을까? 쏟아지던 잠도 다 달아나게 만드는 목소리의 주인은 바로 권세후 사장이었다. 개인적으로 그녀의 휴대폰으로 걸려오는 사장의 전화는 처음이다 보니 화면에 뜨는 전화번호를 못 알아본 것이었다.

"사, 사장님? 아침부터 무슨 일로."

-이십 분 후 집 앞에서 기다리지.

"저를요?"

-그래. 같이 출근하지. 늦지 말고 나와. 나 약속 시간 늦는 거 싫어하는 거 알고 있겠지?

"저는 저대로 출근하면 안 되겠습니까?"

-기름도 안 나는 나라에서 같이 타고 가는 게 합리적인 것 아닌가?

더 이상의 거절은 용납하지 못한다는 듯한 단호한 목소리에 더는 그녀의 의견을 피력할 수 없었다.

"네에, 지당하신 말씀입니다."

-그리고 이건 모닝콜이야. 잠시 후에 보지.

자기가 할 말만 하고 전화는 끊어졌다. 휴대폰을 쥐고 있는 보란의 손에 힘이 들어갔다.

모닝콜? 이게 무슨 모닝콜인가 싶었다.

언젠가 미래의 연인이 사랑의 세레나데를 부르며 그녀를 깨워주는 유치한 모닝콜을 상상해본 적이 있었다.

예를 들면……

'아침에 눈을 뜨면 아름다운 그대 모습. 워우워워~'

혹시라도 그녀의 연인이 음치이거나 아침부터 이건 너무 과하다 싶으면.

'어이구, 우리 보란이 일어났어요?'

적어도 그녀의 이름을 불러주며 깨워주는 달콤한 모닝콜을 꿈꾸고 있던 그녀의 로망을 사장이 산산조각 내버렸다.

"설마 내일도 모닝콜이랍시고 전화하는 건 아니겠지?"

행여나 그런 일이 일어난다면 그녀는 사장의 전화를 받기 위해 아침마다 긴장하며 일어나야 할 것이 뻔했다. 매일 불안한 마음에 잠을 설치며 일어나 그의 전화를 기다리는 이분 대기조가 될 것이 분명했다. 깨우기도 전에 미리 일어나는 게 어떻게 모닝콜이 될 수 있겠는가?

휴대폰 화면에 찍힌 번호를 노려보던 보란은 손가락을 들고 망설였다.

"확, 차단해버릴까?"

세후의 번호를 수신 거부하려고 눈을 감고 손을 버튼에 갖다 댔지만 결국 누르진 못했다. 수신 거부한 걸 안 사장은 그녀를 불러다 앞에 앉혀놓고 말하겠지.

'당장 수신 거부를 푸는 게 엄 비서 신상에 좋을 거야.'

사장의 특급 모닝콜이 계속되는 이상 오늘부터 절대 늦잠 같은 건 자지 않을 것 같았다. 아주 깊은 곳에서부터 올라오는 한숨 소리가 무겁기만 했다.

사장이 넓으신 아량으로 준 시간은 고작 이십 분.

카운트다운이 시작됐다.

6화. 엄 비서는 그의 라인이다

아침에 하기만 하면 다 모닝콜인 줄 아는 세후가 하던 양을 다 보고 있던 기준은 작게 혀를 찼다.

"형, 그게 모닝콜이야? 나는 군대 선임이 후임한테 전화라도 하는 줄 알았다."

"깨워줬잖아?"

"헐, 이런 낭만도 모르는 일차원적인 남자를 봤나? 자고로 자상함이라 함은……."

기준의 일장연설이 계속됐지만 세후는 대꾸하지 않았다. 보란의 이상형인 편안하고 자상한 남자가 되겠다고 큰소리친 덕분에 생전 안 하던 짓까지 했다. 아침부터 전화를 걸어 깨워주면 그게 모닝콜이지 뭘 더 바라는 건지.

엄 비서도 노래까지 불러준다거나 하는 영양가 없는 짓을 바란 건 아닐 거다. 감정 따위는 전혀 섞지 않고 '네, 사장님. 알겠습니다.' 하고 단조롭게만 들리던 그녀의 목소리가 당황으로 물들어 있는 걸 듣는 건 꽤 신선한 일이었다.

'모닝콜이라는 거 꽤 재밌는데?'

다시 서류로 눈을 돌리는 세후의 입가가 미세하게 말려 올라가 있었다.

차는 약속한 시간에 딱 맞춰 보란의 집 앞에 도착했다. 머리도 제대로 말리지 못하고 허겁지겁 나온 게 티가 역력한 보란이 타기가 무섭게 차는 다시 회사를 향해 내달리기 시작했다. 회사까지 가는 동안 했던 말이라곤 간단한 아침인사가 전부였다.

세후는 신문을 보는 척하며 옆을 흘끔거렸다. 보란은 한시를 가만있지 못하고 손가락을 꼼지락거리고 있었다. 회사가 가까워질수록 안절부절못하는 게 더 심해지더니 고개까지 점점 밑으로 내려갔다. 누가 보면 죄를 지은 사람들이 카메라를 피하는 것처럼 그렇게 수그리고 있었다.

차가 주차장에 도착하고 나서도 그 자세 그대로였다.

"뭐 하는 거지?"

"신발 끈 묶고 있는데요?"

하지만 그녀가 신고 있는 검은 펌프스에 끈이 달려 있을 리가 만무했다.

"없는 끈 묶는다고 애쓰지 말고 일어나지?"

내 발은 또 언제 봤대? 고장 난 로봇처럼 삐거덕거리며 허리를 일으킨 보란이 뜬금없는 소리를 했다.

"저 먼저 올라가보겠습니다. 모시는 상사와 같이 출근한다는 건 비서로서 자격미달이니까요."

말이 끝나기가 무섭게 차 문을 열어젖힌 보란은 출발선에 선 단거리 선수처럼 뛰어나갔다. 잡을 겨를도 없었다.

땅 하고 튀어 나간 보란은 몸을 종이처럼 반을 접더니 냅다 뛰기 시작했다. 절대로 사장 차를 함께 타고 출근했다는 것을 들키지 않기 위한 그녀의 필사적인 몸부림이었다. 사장의 차가 주차되는 곳은 주차장에서 가장 안쪽 자리였고 그녀가 내리는 쪽은 차에 가려져 뒤에는 벽이 막고 있기에 잘만 몸을 숙이고 이동한다면 그녀의 존재를 들키지 않을 수 있었다. 가방으로 얼굴까지 가리고 죽을 둥 살 둥 뛰어가던 그녀는 순식간에 엘리베이터 안으로 모습을 감췄다.

"홋, 계속 이렇게 나오시겠다?"

차 안에 혼자 남은 세후의 입가가 씩 하고 올라갔다. 엄 비서의 말과 행동이 저와 조금이라도 엮이는 것을 거부한다고 이야기하고 있었다. 너무 쉽게 얻는 건 재미도 없을뿐더러 빨리 질리는 법이지.

"쉽지 않은 싸움이 되겠군."

한 사람은 잡으려고 하고 한 사람은 도망가려고 하고. 딱 만화 톰과 제리였다. 앞으로 두 사람을 지켜보는 재미가 쏠쏠할 것 같은 기준은 속으로 킥킥거렸다.

* * *

사무실은 어느 때와 다름없이 바쁘고 분주했다. 평소와 달라진 건 아무것도 없었다. 책상 위에 전화가 울리기만 하면 움찔거리는 보란을 제외하곤 말이다. 내선 전화가 울릴 때마다 움찔거리는 이유는 전화의 목적이 분명히 그녀를 안으로 불러들이는 것일 거라 생각했기 때문이었다.

하지만 전화는 전부 지극히 사무적이었고 일적인 것들뿐이었다.

-엄 비서, 오후에 중국 바이어들이랑 미팅 때 선물은?

"네? 네, 건강관리에 특별히 신경 쓰시는 따오 회장님을 위해서는 고려인삼으로, 사모님을 위해서는 천연 화장품으로 준비했습니다."

그녀보다 늦게 사무실에 도착한 사장의 눈빛으로만 봐선 당장이라도 그녀의 손목을 잡아끌고 밖으로 나갈 분위기였는데, 예상과 달리 그는 별 내색 없이 스케줄을 소화하며 일을 처리하고 있었다. 따로 무슨 이야기가 있었던지 모르지만 최 실장 역시 어제오늘 일에 대해 전혀 티를 내지 않았다.

오전의 일 처리가 마무리되어가고 점심시간이 다가오자 정은의 컴퓨터에 메시지 창이 튀어나왔다. 회사 여자 사원들끼리 정보도 공유하고 친목도모도 하는 메신저 창이었다.

여기서 가장 핫한 정보는 역시 뭐니 뭐니 해도 사내에서 누가 누구를 좋아하고 누구랑 누가 사귀는지에 관한 커플들에 대한 이야기였다. 자기 앞가림하기도 바빠 남들 연애사에 큰 관심이 없는 보란은 메신저를 설치하지 않았음에도 불구하고 사내 커플에 대한 웬만한 소문은 익히 알고 있었다. 옆에 정보를 하나도 빠짐없이 옮겨주는 정은이 있었기 때문이었다.

오늘은 또 메신저에 누구에 대한 정보가 떴는지 자판을 두드리는 정은의 손이 분주했다.

"어머머. 이게 무슨 일이야? 선배님, 그거 아세요?"

정은의 호들갑이 하루 이틀도 아니고 보란은 익숙한 듯 무슨 일? 하며 맞장구를 쳐줬다. 보란의 맞장구에 신난 정은이 무슨 극비사항이라도 되는 것처럼 속삭였다.

"아니, 글쎄, 오늘 아침 사장님과 함께 출근한 여사원이 있대요?"

"뭐어?"

귓속말하던 정은이 놀랄 정도로 화들짝 놀란 보란이었다. 정은의 눈이 날카롭게 빛났다. 당장 내일이라도 이 회사가 망한다면 차분히 다른 회사에 넣을 이력서를 준비할 거라던 사람이 이깟 일에 크게 놀라다니 의심스러울 수밖에.

"선배님이 왜 그렇게 놀라세요?"

"그야, 사장님이랑 우리 회사 여사원이라니. 안 놀랄 수가 없잖아."

"저도 처음에는 안 믿었는데, 마케팅부에 김 대리가 얼핏 사장님 차에서 누가 내리는 걸 봤대요."

무사히 안 들키고 내린 줄 알았더니 목격자가 있었다. 보란은 아무렇지 않은 척 물었다.

"잘못 본 거 아니래?"

"아니라던데요. 김 대리가 뒷모습만 봐서 정확히는 모르겠지만 단발머리에 스커트를 입은 게 여자가 분명하다고 그랬어요."

보란은 괜히 찔려 단발머리를 만지작거렸다. 다행히 회사 내 단발머리에 치마 차림이 보편적이어서 망정이지 안 그랬다면 영락없이 소문의 여자가 자신이라는 걸 들키는 건 시간 문제였을 것이다. 절대로 들킬 수 없었다. '조용히 물 흐르는 듯 살자'가 그녀의 인생 좌우명인데 이제부터 '눈에 띄지 않게 최선을 다하자'로 좌우명을 바꾸어야 될 정도로 인생이 송두리째 흔들리고 있었다.

"사장님께 한번 물어볼까요?"

"안 돼! 그러다 사장님이 화라도 내시면 어쩌려고. 뒷감당을 어찌하려고 그래?"

보란이 정은의 손을 붙잡으며 안 된다고 뜯어 말렸다. 그런다고 정은의 궁금증이 없어질 리는 없었지만 더 이상 소문의 진상에 대해 이야기를 나눌 수는 없었다.

"내가 왜 화를 내지?"

언제 나왔는지 권세후 사장이 떡하니 서 있었기 때문이었다.

정은으로서도 사장에게 물어보겠다고 한 건 순전히 그냥 해본 말이었을 것이다. 아무리 배짱이 좋다고 해도 사장의 사생활을 묻는 비서는 당장 짐을 싸야 할 것이 분명했으니까 말이다.

"아, 아무것도 아닙니다."

다행이다. 뒤에서 있던 보란이 가슴을 쓸어내렸다. 사장이 무슨 이야기냐고 캐물을까 봐 화제를 전환했다.

"바로 점심 드시러 가시면 됩니다. 해루로 예약해뒀습니다."

세후와 최 실장이 점심을 먹기 위해 사무실을 비우면 그때서야 식사를 할 수 있기에 두 사람이 나가기만을 기다리고 있는 중이었다.

그런데 오늘은 아니었다. 사장은 밖으로 나갈 생각이 전혀 없어 보였다.

"예약 취소하지."

"네?"

"두 사람 점심은 어떻게 할 건가?"

불길한 예감이 들기 시작했다. 설마, 하며 망설이는 사이 정은이 보란을 대신해서 대답했다.

"저희는 당연히 구내식당이죠."

"같이 가지."

사장은 직원들이 이용하는 구내식당을 잘 이용하지 않았다. 언젠가 최 실장이 언급하길 직원들이 식사하면서 불편해할까 봐 그런다고 했었는데.

역시나 의아한 최 실장의 물음이 따라붙었다.

"구내식당에서 드시겠다고요?"

"그래. 이번 기회에 직원들 밥은 잘 나오는지 한번 보는 것도 나쁘지 않을 것 같아서 말이야."

'역시 우리 사장님 최고!'라는 존경의 눈빛을 담은 정은과 달리, 보란의 얼굴에 '망했다!'라는 표정이 고스란히 떠올랐다.

"그리고 특별히 챙겨봐야 할 직원도 있고."

세후가 특별히 챙겨봐야 한다고 말한 직원이 보나 마나 그녀가 분명한 터. 울고 싶은데 울지는 못하고, 보란의 얼굴은 웃는 건지 우는 건지 알 수 없는 얼굴이 됐다. 그런 보란을 보는 세후의 입가만 보란 듯이 올라갔다.

세 명의 비서를 대동하고 구내식당으로 내려간 사장은 평화로웠던 식당에 비상이 걸리게 만들었다. 식사 중이던 과장, 부장 모두가 밥 먹다 말고 뛰어나와 인사를 했다.

"저는 신경 쓰지 마시고 편안하게 식사하십시오."

말이야 그렇게 했지만 어디 편안하게 식사가 되겠나? 줄을 서서 한 사람씩 식사를 받아 가야 하는 배식 시스템에서 최 실장이 세후에게 먼저 자리에 가 앉아 있으면 가져다주겠다고 했다.

하지만 세후는 보란의 뒤에 바짝 붙어 줄을 서서는 한 손으로 식판을 집어 들었다.

"다 줄 서서 받아먹잖아. 원칙대로 해."

최 실장이야 자기 밥은 자기가 알아서 챙겨 먹겠다고 하는 그가 고마울지 모르지만 보란은 아니었다. 뒤통수가 따갑도록 뒤에 바짝 서서는 시시콜콜 보란의 행동에 토를 다는 사장이 여간 불편한 게 아니었다.

꿈에서 후세가 괴롭히던 퍼플이 생각났다. 어제 꾼 꿈은 어쩌면 오늘 세후에게 시달릴 보란을 알려주는 예지몽이었을지도 모르겠다.

"엄 비서. 생각보다 밥을 너무 적게 먹는 거 아닌가?"

"반찬은 또 왜 그렇게 많이 담아? 짜게 먹으면 몸에 안 좋을 텐데?"

밥이 넘어갈 것 같지 않아 조금만 펐더니 적게 먹는다고 뭐라 해서 반찬은 또 많이 담았더니 또 많다고 뭐라 하고. 자율 배식이었지만 간섭이 가득한 강제 배식이었다.

식판을 든 사장이 앞으로 걷자 따르던 사람들은 기적을 경험했다. 그 붐비던 식당의 중앙에 레드 카펫 같은 길이 생겨난 것이다. 그 길 위를 걸어 직원들이 비켜준 명당자리에 네 사람은 자리를 잡고 앉았다. 직원들 복지에 신경 쓰기로 유명한 헨젤의 구내식당 밥은 꽤 맛있었다.

"나쁘지 않군."

"조리사 솜씨가 좋습니다."

"네, 사장님. 저희 회사 구내식당 밥 맛있다고 소문이 자자해요."

입맛 까다로운 사장이 직접 최 실장에게 면접을 보라 해서 뽑은 조리사가 어련할까. 국을 한 순가락 더 떠먹는 세후도, 밥을 가득 퍼서 입으로 나르는 최 실장도, 호호 웃으며 대꾸하는 정은도 즐거운 식사시간을 보내고 있는 것 같았다.

오직 한 사람.

젓가락으로 밥알을 세고 있는 보란만 빼고 말이다.

"엄 비서는 왜 이렇게 못 먹지? 닭다리 좋아하지 않나? 전에 보니까."

분명 어제 그녀의 집에 와서 봤던 닭을 보고 하는 소리 같았다. 누가 들을까 싶어 보란이 세후의 말을 막았다.

"아닙니다. 잘 먹습니다. 잘 먹고말고요."

밥알만 세던 보란이 허겁지겁 닭다리를 손으로 들고 먹기 시작했다. 사장에게 들켰던 그 순간부터 채식주의자가 되겠다던 약속은 물 건너간 지 오래였다.

꾸역꾸역 밥을 먹는 보란의 머릿속으로 며칠 전 인터넷에서 봤던 글이 생각났다. 부하 직원 괴롭히는 상사의 방법들이 나열된 글이었다. 업무지시를 이랬다 저랬다 하는 상사, 자기 밥그릇만 챙기는 상사, 개인 잡무를 시키는 상사 등등. 많은 예시가 있었지만 그녀와 같은 경우는 없었다.

바로 전력으로 그녀를 꾀어보겠다는 핑계로 부하 직원 괴롭히는 상사. 그래, 이건 신종 부하 괴롭히기임이 틀림없었다. 밥을 가득 입에 넣은 보란의 입이 불만으로 터질 것 같았다.

자상? 인자? 세후가 절대로 갖출 수 없는 덕목이었다.

* * *

요즘 들어 세후에게 새로 생긴 특이한 취미 하나가 있었다.

바로 바로 엄 비서 관찰하기.

신경 쓰지 않으려고 했지만 볼 때마다 새로운 모습을 보이는 그녀는 세후에게 꽤 흥미로운 관찰 대상이었다.

얼마간 엄 비서를 관찰해본 결과 알게 된 사실. 엄 비서는 '척'의 고수였다.

단정한 척, 실수한 적 없는 척, 항시 무표정인 척, 용감한 척. 이 모든 척들을 모아 그녀는 세상에 둘도 없는 완벽한 비서인 척을 하고 있었다.

평소의 눈이라면 절대 보지 못했을 것들이 달라진 그의 눈에 보이기 시작했다.

첫째, 지진이 났다고 해도 절대 뛸 것 같지 않은 엄 비서도 뛰긴 한다.

우빈이 율우와 함께 유치원을 가겠다고 나서는 바람에 보통의 출근 시간보다 일찍 집을 나선 날이었다. 회사가 가까워지자 기준이 차에 연결된 휴대폰으로 어딘가 전화를 걸었다. 갑자기 어디로 전화를 거나 싶었더니 엄비서에게였다.

-여보세요? 최 실장님?

"보란 씨? 오늘 사장님 일찍 도착하실 것 같아요."

-네? 이리 일찍요? 도착하시려면 얼마나 남았어요?

"한 오 분 정도?"

그가 평소보다 일찍 도착한다고 엄 비서에게 알리는 전화였다.

-일찍 알려주시지 그러셨어요!

원망을 끝으로 전화는 끊겼고 세후는 무심코 눈을 돌린 창가에서 엄 비서를 발견했다. 회사 근처 지하철역에서 나오자마자 뛰기 시작하는 그녀를 말이다. 한 번도 엄 비서가 저리 빨리 뛰는 건 본 적이 없었다.

아, 그러고 보니 한 번 있긴 했었다. 그에게 인형탈을 씌우고 도망갔을 때도 뛰긴 했었지. 그땐, 인형탈 때문에 그녀가 뛰는 모습을 제대로 못 봤으니 이게 그가 처음으로 엄 비서가 뛰는 걸 보는 것일 거다.

"기준아, 천천히 가자."

"네?"

"천천히 가자고."

무슨 영문인지도 모르고 기준은 그의 지시대로 속도를 낮췄다.

"네, 알겠습니다."

속도가 느려진 차와 같은 속도로 그녀가 달리고 있었다. 세후가 턱을 괴고 뛰고 있는 보란에게로 시선을 고정했다.

'저리 잘 뛰다니. 이제부터 회사 운동회 때 계주 대표는 무조건 엄 비서가 하는 걸로.'

세후는 구두를 신고 전력으로 뛰고 있는 그녀가 구경거리라도 된 듯 계속 쳐다보고 있었다. 그러던 그녀가 회사가 가까워지고 출근길의 직원들이 그녀를 알아보기 시작하자 끽 하고 멈춰 천천히 걷기 시작했다. 그러다 직원들이 안 보인다 싶으면 또 빨리 걷고. 직원들이 보이면 언제 뛰었냐는 듯 천천히 걸었다. 빨리 가고 싶어 하는 게 눈에 다 보이는데 다른 직원들의 눈을 의식하는 엄 비서가 세후는 신선하다 못해 신기하기까지 했다.

그렇게 빨리 걷다 느리게 걷다 하던 그녀가 회사 안으로 들어가는 게 보였다. 그리고 그가 탄 차도 주차장에 도착했다.

곧바로 내리지 않고 세후는 계속 차 안에 머물렀다.

"기준아, 조금 이따 들어가자."

혹시나 엘리베이터가 안 온다고 엄 비서가 극단적으로 계단을 선택하는 게 아닐까 싶어서 그는 한동안 차 안에 머물러 있었다.

둘째, 내일 회사가 망한다고 해도 얼굴색 하나 바뀌지 않을 것 같던 엄 비서도 얼굴을 붉힐 때가 있다.

어쩌다 한 번씩 급하게 옷을 갈아입어야 할 때가 있다. 갑자기 중요한 행사에 참석해야 된다든가, 아니면 뜻밖의 부고 소식을 들었다든가 할 때. 상황에 맞게 옷을 갖춰 입어야 하는데 집으로 갈 시간이 없을 땐 사장실에 준비되어 있는 옷으로 갈아입는 수밖에 없다.

대학 때부터 친했던 친구의 아버님이 돌아가셨다는 소식을 듣고 세후는 급히 검은 양복부터 찾았다. 다행히 검은 셔츠와 양복은 있었지만 그날따라 마땅한 넥타이가 보이질 않았다. 당연히 세후는 엄 비서부터 찾았다.

"엄 비서, 당장 검은 넥타이가 필요한데."

"구해서 가져다드리겠습니다."

엄 비서가 구해온다고 하니 세후는 별걱정 없이 입고 있던 하늘색 셔츠를 벗고 검은 셔츠로 갈아입고 있었다. 단추를 잠그려는데 문을 열고 그녀가 들어왔다.

"사장님, 이거면 되겠습니까?"

겨우 십 분이 지났을 뿐인데 어디서 구했는지 검은 넥타이를 들고 그녀가 서 있었다. 미처 셔츠를 잠그지 못한 세후가 그녀에게로 다가갔다. 그녀가 들고 있는 검은 넥타이를 세후가 확인했다.

역시 엄 비서, 이런 사소한 것도 실망시키지 않는군.

"이거면 될 것 같군. 어떻게 구한 거야?"

"그, 그게, 빌려온 겁니다."

그를 똑바로 보지 못하고 먼 곳을 보고 있는 그녀의 모습이 의아해 세후는 그냥 지나칠 수가 없었다.

"엄 비서? 왜 그래?"

왜 그러긴. 눈을 어디다 둬야 될지 몰라서 그러지. 잡지나 텔레비전에서 남자 연예인들의 벗은 몸을 본 적이 있지만 그건 온전히 그림에 떡 같은 거였다. 눈앞에 떡하니 보이는 사장의 몸을 그녀가 똑바로 볼 수 있을 리가 없었다.

'이건 살색 덩어리다. 살일 뿐이다.'

주문을 외워봤지만 사장의 몸은 보통 살이 아니었다. 단단한 근육들이 모인 살아 움직이는 명품 조각이지. 잠깐 본 것만으로도 이렇게 볼이 달아오르는데 제대로 보기라도 한다면 얼굴이 감당할 수 없을 정도로 시뻘게질지 모를 일이었다.

"옷, 옷 좀 제대로 입으십시오."

"노크도 없이 들어온 건 엄 비서였다고."

당황하는 보란을 즐기기라도 하듯 세후가 그녀를 앞에 두고 느긋하게 단추를 채우기 시작했다. 마지막 단추가 잠기는 것을 확인한 보란은 그제야 고개를 들 수 있었다.

"넥타이는 책상 위에 두고 나가겠습니다."

눈도 못 마주치고 땅으로만 시선을 둔 보란이 밖으로 나가려 하자 세후가 잡아 세웠다.

"어디 가? 매줘야지."

"네에?"

"못 들었어? 넥타이 매달라고. 나 넥타이 못 매."

사장의 맨가슴을 봤을 때보다 더한 당황이 그녀의 얼굴을 수놓았다.

"뭐 해?"

"지금까지는 어떻게 매셨는데요?"

"기준이 아니면 아주머니가 미리 매어두셨지. 설마 뭐든 다 할 줄 아는 엄 비서가 넥타이도 못 매는 건 아니겠지?"

"당연히 맬 줄 압니다."

사장의 도발에 보란은 결국 넥타이를 들고 사장 앞에 섰다. 넥타이를 목

150

에 두르려 팔을 뻗었지만 180은 족히 넘는 사장의 키에 160이 조금 넘는 그녀가 쉬이 닿을 리는 없었다. 까치발을 하고 낑낑대고 있는데 사장의 얼굴이 그녀의 앞으로 불쑥 내려왔다.

"……!"

떨리는 손으로 사장의 목에 넥타이를 둘렀다. 혹시나 싶어 연습해뒀던 넥타이 묶는 법이 이렇게 실전으로 쓰이다니.

넥타이 매는 동안 그녀의 얼굴에 고정된 사장의 시선이 느껴졌다. 원래대로 돌아갔던 얼굴이 다시 점점 달아오르기 시작했다. 긴장으로 손끝이 떨려오고 매듭이 삐뚤게 되는 건 아닌지 걱정이었다. 어떻게 맸는지도 모를 넥타이는 다행히 살짝 삐뚤어진 것만 뺀다면 성공적이었다.

살짝 삐뚤어진 매듭을 고친 세후가 싱긋 웃었다.

"사실 나 넥타이 맬 줄 알아. 오늘은 왠지 엄 비서가 매주는 넥타이가 매고 싶너라고."

그로서는 보란이 빨갛게 얼굴 붉히는 게 좀 더 보고 싶어 벌인 일이었다. 그녀가 아까 넥타이로 사장의 목을 졸라 벌일 걸 하고 후회 중인 줄도 모르고 그는 마냥 웃고 있었다.

셋째, 엄 비서는 용감했다. 아니, 굉장히 용감한 척한다.

한 번씩 우빈이 때문에 끊었던 담배 생각이 간절해질 때가 있다. 그때마다 유혹을 이기기고자 바람을 쐬러 옥상으로 올라간다. 직원들이 자주 출몰하는 곳을 지나쳐 그만의 아지트로 향했다. 사방이 벽으로 둘러져 있어 밖에서 잘 보이질 않는 이곳을 아는 이는 그와 기준 정도였다. 옥상을 직원들의 휴게소로 만들면서 특별히 그만을 위해 만든 곳이었다.

그가 벤치에 앉아 하늘을 올려다보고 있는데 인기척이 들렸다.

'기준인가?'

하지만 발소리는 그가 있는 곳까지 오지 않고 근처에서 멈췄다. 누군가 싶어 봤더니 이제 얼굴만 봐도 또 무슨 행동으로 그를 웃게 만들까 기대하게 만드는 엄 비서였다. 고개를 쉭쉭 돌리며 주위에 아무도 없는 걸 확인하더니 신고 있던 구두를 벗어 던졌다.

"아아~ 스트레스~"

한바탕 고함을 친 그녀가 입고 있던 재킷에서 주섬주섬 뭘 꺼내 들었다. 바삐 손을 움직이더니 입에 문 건 시커먼 초코바였다. 보기만 해도 입이 달아지는데 그걸 냠냠 잘도 베어 먹고 있었다.

"이놈의 후세 자식! 내가 다 먹어치워 줄 테다!"

다 먹어치워 버리겠다고 하는 초코바가 누굴 대신하는지 아는 세후는 이내 웃음을 참지 못하고 웃어버리고 말았다.

"풋!"

"어? 누가 있나?"

초코바를 입에 문 엄 비서가 뒤를 돌아 그가 있는 곳으로 걸어오고 있었다. 세후는 벽 쪽에 바짝 붙어 몸을 숨겼다. 왜 숨는지는 그도 알 수가 없었다. 다만, 여기서 그를 발견하면 엄 비서가 적잖이 당황해할 거란 것밖에는.

부스럭부스럭.

초코바를 든 그녀의 기척이 점점 더 가까이 다가왔다. 한 발자국만 더 오면 들키는 건 시간문제라고 느낀 그 찰나, 부스럭대던 소리가 멈췄다.

"김 부장님, 이것 좀 놓고 말씀하세요."

갑자기 들려온 인기척에 보란이 구석으로 숨었다. 배꼼 얼굴을 빼고 보니 기획팀의 김 부장과 여직원이었다.

"황미영 씨, 알 만한 사람이 왜 이래?"

손목을 움켜쥐고 있던 김 부장의 손을 애써 떨쳐낸 미영이 작은 목소리로 저항했다.

"싫, 싫다고 말씀드렸잖아요. 이러시는 거 정말 불편해요."

비릿하게 웃은 김 부장의 손이 슬금슬금 미영의 어깨로 올라갔다. 숨어서 상황을 보고 있던 보란은 속으로 혀를 찼다.

'저, 저런 개 같은 자식을 봤나!'

김 부장의 별명으로 말할 것 같으면 나쁜 손 김이다. 회식자리에서는 술에 취해 여직원들 다 들으라는 식으로 정상이라면 입에 담을 수도 없는 음담패설을 늘어놓는 것도 모자라, 은근슬쩍 여직원들의 손을 잡는다든가, 어깨를 껴안는다든가, 스치듯 엉덩이를 만지고 지나간다든가는 소문이 돌던데 실제로 보긴 처음이었다.

"잘 생각해보라고. 이번 달이면 계약 끝나는 거 아니었나? 내가 누구 라인인지 모르는 건 아니지? 내가 박 이사님한테 잘만 이야기하면 황미영 씨 정식 직원 만들어주는 건 일도 아니라고."

"이러지 마세요. 네? 부장님. 제발요."

김 부장의 성격상 타깃은 꼭 저런 약한 계약직 직원. 그중에서도 조용하고 소심해서 속으로 삭이는 유형들이었다.

"어허, 왜 이래? 전에 있던 회사에서도 다 해봤을 거 아니야?"

김 부장이 숙맥 없는 미영을 끌어안으려 하고 있었다.

"김 부장님."

스타킹만 신은 발로 뛰어나간 보란이 김 부장에게서 미영을 뺏어다가 그녀 뒤로 숨겼다. 갑자기 튀어나온 보란이 놀랍기도 하겠지. 김 부장은 말까지 더듬으며 손을 내저었다.

"엄, 엄 비서? 오해야. 오해라고. 방금 본 건 그냥 위로차 술이나 한잔하자는 거였지. 별말 아니었다고."

김 부장을 향해 얼굴을 든 보란은 침착한 목소리로 말했다.

"김 부장님, 방금 하신 행동이 사내 성추행으로 간주될 수 있다는 건 알고 계십니까?"

좋게 좋게 넘어가려 했었던 건지 김 부장은 성추행이라며 따지고 드는 보란이 어이가 없는지 되레 큰소리를 냈다.

"성희롱이라니! 엄 비서 말을 너무 함부로 하는 거 아니야?"

하지만 점점 험악해지기 시작한 김 부장을 대하는 그녀의 목소리는 한 치의 미동도 없이 침착하기만 했다.

"정작 함부로 행동하신 건 김 부장님 같습니다만?"

손만 더러운 줄 알았더니 김 부장은 성격도 더러웠다. 한 대 치기라도 할 기세로 씩씩거리며 흥분하기 시작했다. 마치 화가 나 날뛰려는 한 마리의 흑돼지 같았다.

"뭐야? 이게 비서 주제에 진짜 건방지게. 너 진짜 내가 누구 라인인 줄 몰라?"

김 부장이 시도 때도 없이 언급하는 라인이라, 보란이 담담하게 말을 이었다.

"김 부장님이 말씀하시는 라인이 누구신지 잘 알고 있습니다. 그런데 김 부장님은 혹시 제 라인이 누군지 알고 계십니까?"

"나 참, 누굴 바보로 아나. 엄 비서가 라인 같은 게 어디 있어?"

"제가 누굴 모시는지 잘 한번 생각해보십시오."

김 부장의 얼굴이 흙빛으로 변해갔다. 보란이 말한 라인이 누군지에 대해 알아차렸음이겠지.

"김 부장님께서 하루에 한 번 뵐까 말까 한 분을 저는 하루에도 수십 번을 만나 뵙니다. 제가 입을 한번 잘못 놀리기라도 하면 김 부장님의 그 자리를 보장하실 수 없으실 텐데요?"

"시팔, 이게 정말!"

화가 단단히 난 부장은 보란을 한 대 치기라도 할 기세로 손을 들었다. 하지만 꼿꼿하게 고개를 들고 눈도 깜짝하지 않는 그녀의 얼굴에 멈칫 손을 내리고 옆에 있던 애먼 화분을 뻥하고 차버렸다.

"에이 씨, 재수가 없으려니까."

더는 할 수 있는 게 없었던 김 부장은 육중한 몸을 끌고 옥상을 쓸쓸히 퇴장했다.

김 부장이 보이질 않자 그때서야 잘 참고 있던 미영이 조용히 울기 시작했다.

"흐흑. 정, 정말 고맙습니다."

"아니에요. 누가 봤어도 끼어들었을 거예요. 김 부장이 또 그러면 무조건 회사 측에 이야기해요. 알겠죠?"

"네. 정말 고맙습니다. 쉬는 시간이 다 돼서 저는 먼저 내려가야 될 것 같은데. 이 은혜 절대 잊지 않겠습니다."

"은혜는 무슨. 김 부장이 화가 단단히 닌 것 같던데 어서 내려가 봐요."

미영의 모습이 사라질 때까지 여유롭게 손을 흔들고 있던 보란은 그녀의 모습이 보이질 않자 그대로 자리에 주저앉았다.

"헐. 무서워 죽는 줄 알았네."

아까 김 부장 앞에서 똑똑하게 할 말 안 할 말 다 하던 사람과 동일 인물이 맞는 건지. 충격이 꽤 컸는지 엄 비서는 바닥에 아무렇게나 앉아서는 일어나지도 못하고 있었다.

"아직도…… 다리가 떨려. 그래도 안 맞아서 다행이다. 아까 그 무지막지한 손에 맞아 봐. 전치 이 주는 기본으로 나왔겠다."

바닥에 아무렇게나 주저앉아 구시렁거리기를 한참, 좀 진정이 됐는지 보란은 일어나 옷에 묻은 먼지들을 털어내고 옷매무새를 단정히 했다. 부스스하게 일어난 머리를 손으로 다듬은 그녀는 바닥에 뒹굴고 있는 구두를 신고 아무 일도 없었던 듯이 멀어져갔다.

그녀가 사라지고 텅 빈 자리를 채운 건 기다란 그림자였다. 보란이 있었던 그 자리에 선 세후는 웃음을 터트렸다.

"홋, 엄 비서는 용감했다, 인가? 아니지 엄 비서는 용감한 척한다가 더 정확한 표현이겠군. 그나저나 내가 당신 라인이었단 말이지."

내 밑에 당신 같은 비서가 일하고 있다는 거.

당신 라인이 나라는 거.

생각보다…… 나쁘지 않네.

한 손을 주머니에 넣고 그녀가 주저앉아 있었던 자리를 보는 그의 입가가 올라가 있었다.

"박 이사 아저씨가 썩은 팔을 하나 가지고 계셨군."

다시 돌아온 차가운 그의 눈이 뭐라도 베어버릴 듯 날카롭게 번쩍였다.

* * *

고급 한식집 해루, 칸칸이 들어선 방은 전부 예약이 된 방들이었다. 그중에서도 맨 안쪽 예약된 방은 정계인사들이 모임으로 자주 찾는 제일 비싼 방이었다.

그 방에 박 이사가 쩔쩔매며 세후를 기다리고 있었다. 헨젤에서 제일 하는 일 없이 날로 먹는 사람이 있다면 바로 박 이사였다. 사실 그가 달고 있는 이사라는 명함도 옛정이 아니었다면 절대로 달지 못했을 명함이었다.

그는 세후의 아버지가 식품 공장을 운영할 때 말단으로 일하던 직원이었다. 그러던 세후의 부모님이 갑작스런 사고로 죽고 공장은 세후의 누나였던 세진에게로 귀속됐다. 고등학생밖에 되지 않았던 세진이 공장의 경영을 맡을 수 있을 리가 없었다. 당시 공장장이 공장 경영을 이어받아 겨우겨우 운영을 이어갔다. 그러나 사장의 부재에 직원들은 하나둘씩 제 살길을 찾아

떠나갔다. 그도 천 번이고 그러고 싶었지만 막상 다른 직장을 찾기가 자신 없어 붙어 있었던 게 여기까지 왔다. 세진마저 죽고 공장으로 처음 출근하던 새끼 호랑이 같았던 세후의 눈을 그는 아직도 잊을 수가 없었다.

'이제부터 이 공장을 토대로 우리 헨젤은 기필코 이 업계 1위로 올라설 겁니다.'

겨우 스물여섯밖에 안 됐던 권세후가 팔 년 만에 다 쓰러져 가던 식품 공장을 업계 1위 식품 회사로 만들어 놨다. 공장을 버리지 않고 끝까지 붙어 있었던 공장장은 총공장장이 되었고 그는 이사로 승진했다. 그에게 아저씨라고 부르면서 예의를 갖추지만 처음 봤던 때나 지금이나 그는 세후의 눈을 정면으로 마주하는 게 어려웠다. 나이는 한참 아래였지만 막상 대면하면 주변을 압도하는 분위기에 주눅이 들기 일쑤였다.

"무슨 일이지? 설마 내가 외주 업체한테 뒷돈 받은 거 눈치챈 거 아니야?"

갑자기 연락이 와 점심이나 함께하자고 한 건데 박 이사는 알 수 없는 두려움에 떨고 있었다. 드르륵 문이 열리는 소리가 들리자 박 이사가 벌떡 일어났다.

"먼저 와 계셨군요. 제가 늦었습니다."

"아니야. 내가 일찍 나선 거지, 자네가 늦은 게 아니야."

"그렇다면 다행입니다. 앉으시죠."

세후가 권하는 자리에 앉은 박 이사는 그의 눈치만 보며 행여나 책잡히지 않도록 조심을 기하고 있었다. 정성들여 준비된 식사가 하나둘씩 나왔다. 하지만 박 이사의 눈에 차려진 진수성찬이 들어올 리가 없었다.

"안 드십니까?"

"어? 어 먹어야지."

허둥지둥 수저를 드는 박 이사를 확인한 세후도 식사를 시작했다. 식사는 조용하다 못해 고요했다. 문득 나온 세후의 말이 그 침묵을 갈랐다.

"별 탈 없이 잘 지내던 나무가 어느 날 보니 썩은 나뭇가지가 있는 걸 알게 됐습니다. 나무는 어떻게 하면 되겠습니까?"

입으로 들어가는지 코로 들어가는지도 모르고 밥을 먹고 있던 박 이사는 뜻을 알 수 없는 말에 사레에 걸려 헛기침을 했다.

"크흐흠. 갑자기 그게 무슨…… 썩은 나뭇가지는 잘라내야 되겠지?"

"잘 알고 계시네요. 저는 또 아저씨가 썩은 나뭇가지를 계속 껴안고 계실 줄 알았거든요."

"내, 내가?"

박 이사는 영문을 모르는 얼굴을 했지만 그의 이해 따위는 상관없다는 듯 그의 말은 계속해서 이어질 뿐이었다.

"썩은 나뭇가지를 잘라내시는 데 일주일의 시간을 드리죠. 아니면 제가 아저씨를 잘라내야 할지도 모르겠습니다."

"……."

말이 끝난 세후는 다시 식사를 시작했다. 하지만 박 이사는 난데없는 썩은 가지를 생각하느라 다시 수저도 들지 못했다.

대체 누구를 이야기하는 걸까? 그의 밑에 부리고 있는 사람이라 해봤자 몇 명 되지도 않았다. 말주변이 좋아 곁에 두는 회계팀의 천 대리? 하지만 천 대리는 간이 작아서 일을 벌일 군번도 되질 못하는데. 그렇다면 그의 비위를 제일 잘 맞추는 기획팀의 김 부장인가? 김 부장이 또 뭔 일을 친 건가 싶어 그의 머리는 복잡해졌다. 제일 수족으로 부리기 쉬운 사람이 김 부장인데, 차마 쳐내기가 아까웠다. 생각이 많아졌다.

하지만 식사를 마치고 수저를 내려놓은 세후가 물로 입을 헹구며 한 말에 그는 한 치의 망설임 따위는 없어졌다.

"외주 업체에서 받으신 돈 말입니다. 처리하시는 게 좋을 겁니다."

"알, 알고 있었어? 안 그래도 내가 돌려주려고 했어. 오늘 가자마자 바로 돌려줄 테니까 걱정하지 마."

김 부장이고 뭐고 당장 쳐내야겠다. 아니면 그가 내쳐질 판이었다.

"일주일입니다. 일이 있어서 먼저 일어나겠습니다. 마저 식사하시고 오십시오. 계산은 제가 하지요."

일어서서 나가는 세후의 뒷모습을 박 이사는 황망하게 바라보고만 있었다. 처음 봤을 때, 새끼 호랑이에 불과했었던 권세후가 어느새 다 커서 숲을 호령하는 진짜 맹수가 되어 있었다.

* * *

일주일 후, 이상한 일이 벌어졌다. 나쁜 손 김 부장이 회사에서 감쪽같이 모습을 감춘 것이었다. 돈을 더 많이 주는 다른 회사로 옮겨갔다느니, 지방으로 발령이 났다느니, 아니면 권고사직을 받았다는 둥 소문만 무성했다. 그러던 중 박 이사가 직접 잘랐다고 박 이사의 비서로 있는 강 비서가 확인해주는 터에 해고설이 사실로 들어났다.

보란이 있는 비서실에도 그 소식이 전해졌다. 소식을 물어오는 새처럼 정은이 아침부터 들은 소문을 부지런히 물어 날랐다.

"선배님 들으셨어요? 나쁜 손 김 부장 잘렸대요."

"뭐어? 정말?"

"네. 정말 잘된 일이지 뭐예요. 이제 기획팀 여사원들 마음 놓고 회사 다니겠네요."

"그러게."

소식을 들은 보란은 속으로 안도했다. 행여나 김 부장이 해코지라도 하면 어쩌나 싶어 기획팀이 있는 층 근처에는 얼씬도 하지 않았던 그녀다. 역시 하늘은 나쁜 자를 벌하신다니까. 뜻밖의 선물 같은 좋은 소식에 그녀는 물론이고 여사원들은 선물 같은 하루를 보내고 있었다.

그런데 김 부장 해고 소문이 다 잦아들지도 않았는데 보란을 둘러싸고 이상한 일이 일어나기 시작했다. 결재를 받으러 온 회계팀의 선호영 과장이 시작이었다. 평소 짠돌이로 유명한 그가 비싼 케이크를 몰래 보란에게 건네며 은근슬쩍 말하는 것이 아닌가.

"저기, 엄 비서. 나 좀 잘 부탁해. 와이프가 셋째 가진 거 알고 있지?"

"그렇다면 이 케이크는 선 과장님 아내분 갖다 드리셔야죠, 저한테 주시면 어떻게 해요?"

밀어냈던 케이크가 다시 그녀에게로 돌아왔다.

"에이, 알면서."

눈처럼 새하얀 케이크가 온통 불순해 보이는 이 느낌은 뭐지? 그녀도 모르는 사이에 일이 이상하게 돌아가고 있는 것 같은 느낌. 만나는 사람마다 잘 부탁한다며 은근슬쩍 커피나 간식거리, 영화표 같은 걸 찔러주는데, 보란은 점심시간이 돼서야 이 모든 일의 진상을 알 수 있었다.

점심 먹으러 내려간 구내식당, 고객 상담실이 지윤실 팀장이 같이 먹자며 접근해왔다. 그녀로 말할 것 같으면 모든 회사 소문의 근원지이자 출처 되시겠다. 그녀가 알면 회사 전체가 안다는 말이 있을 정도다. 밥은 안 먹고 윤실이 작정이라도 한 듯 보란에게 질문을 해대기 시작했다.

"엄 비서, 그 소문이 사실이야?"

"무슨 소문을 말씀하시는지?"

"나쁜 손 김 부장 잘리게 만든 게 엄 비서라면서?"

별생각 없이 밥을 먹고 있던 보란이 놀라 수저를 떨어뜨렸다.

"제가요?"

160

"아니야? 기획팀 황미영 씨 구해주면서 김 부장한테 그랬다면서? 엄 비서가 입만 한번 잘못 놀리면 바로 끽이라고."

손으로 목을 긋는 시늉을 하는 윤실이 어이가 없어 보란은 헛웃음이 나왔다. 직원들이 찔러주던 물건들과 잘 부탁한다는 말의 의미를 그제야 알았음이니. 무슨 말도 함부로 못하겠다. 우선 이 해괴하기 그지없는 괴소문을 바로잡을 필요가 있었다.

"후우, 그때는 김 부장님이 물러설 기미가 없어 보여서 그냥 해본 소리였죠. 그걸 믿으세요? 무엇보다도 저는 사장님께 아무 말씀도 드린 적이 없는데요?"

"그러면 김 부장은 왜 잘린 거야?"

"잘린 만하니까 잘린 거겠죠. 저번 프로젝트 건도 그렇고 잘못한 게 많잖아요. 그동안 붙어 있었던 게 용한 거 아니에요?"

타 회사의 프로젝트를 비슷하게 카피한 게 들통나는 바람에 목이 간당간당했던 김 부장이었다.

"맞아. 그때 바로 잘렸어야 하는데 박 이사 때문에 목숨 건진 거잖아."

"잘 생각해보세요. 제가 말씀드린다고 우리 사장님이 눈 하나 깜짝하시겠어요?"

"맞다, 맞아. 우리 사장님이 엄 비서 말에 흔들리고 그러시는 분이 아니시지. 암, 그렇고말고."

사장의 경영 철학을 한마디로 요약하자면 '마이 웨이'였다. 모든 사람들이 안 된다고 반대해도 자기만 옳다고 생각하면 밀고 나가는 사람이 사장이었다. 윤실이 수긍한 이상 이제 괴소문이 사라지는 건 시간문제였다.

"에이, 난 또 엄 비서랑 우리 사장님이랑 그렇고 그런 사이인 줄 오해했네."

그것만은 정말 말도 안 된다며 보란이 손까지 내저어가며 부정했다. 김 부장을 잘리게 만든 게 엄 비서라더라는 말도 안 되는 소문은 그렇게 해프닝으로 마무리되어 가고 있었다.

한시름 놓은 보란은 문득 궁금해졌다.

'김 부장은 갑자기 왜 잘린 거지? 정말 하늘이 나쁜 자를 벌하신 건가?'

여전히 '김 부장은 왜 잘렸을까?'에 대한 전말은 오리무중이었다. 밥 먹는 동안 쓸데없는 잡담이 길어지는 바람에 비서실로 올라오기가 무섭게 오후 업무가 시작됐다. 인터폰이 울리고 사장의 호출이 뒤따랐다.

-엄 비서, 내가 말한 자료는?

"다 됐습니다. 지금 들고 들어가겠습니다."

보란은 사장이 아침에 지시했던 자료 요약본을 들고 사장실로 들어갔다. 파일을 내려놓고 나오려는데 사장이 그녀를 불러 세웠다.

"엄 비서."

"네, 사장님."

"기획팀 김 부장 말이야. 아니지 지금은 회사 직함이 없으니까 김문팔 씨 말이야."

"네."

"별명이 나쁜 손이라며?"

"어떻게 아셨습니까?"

회사에 대해 모르는 것이 없는 사장이지만 그건 온전히 일적인 부분에서만이었다. 어떤 사장이 직원들의 세세한 부분까지 빠짐없이 알고 있단 말인가. 김 부장의 별명까지 아는 사장이 놀라울 따름이었다.

"내가 모르는 게 어디 있어?"

그 말을 하는 사장은 전지전능한 얼굴을 하고 있었다. 마치 자신이 하늘이라도 된 양 그렇게 말이다.

"혹시 사장님께서 박 이사님께 언질 하신 겁니까?"

사장의 고개가 긍정의 의미로 움직였다. 이제 보니 사장이 나쁜 손 김 부장을 벌한 거였다. 진짜 하늘이 누군지도 모르고 엄한 하늘에다 대고 감사하고 있었던 거였다.

"내가 김 부장을 왜 잘랐는지 알아?"

"그야, 저번 프로젝트 건도 그렇고 나쁜 손이라는 별명을 가질 만큼 회사 내 평판이 안 좋아서 아닙니까?"

깍지를 낀 세후가 그녀를 올려다봤다.

"그것도 있지만 내가 아끼는 어떤 사람을 위협하더라고."

그녀를 때릴 기세로 올라간 손에 그가 얼마나 화가 났는지 그 상황을 다 보고 있던 하늘만 아시겠지. 그만큼 세후는 엄 비서를 아꼈다. 여전히 옥상에서 느꼈던 그 분노를 오로지 아래 직원을 아끼는 마음이라고 그는 치부하고 있었다. 만약이라도 그가 엄 비서에게 손을 댔다면 해고와 함께 어디에도 재취업 못하게 하는 걸로 끝나지 않았을 거면서. 오로지 아랫사람으로만 그녀를 아낀다고, 세후는 아직까지도 제 마음을 속이고 있었다.

"……."

설마 그때, 사장이 옥상에서 있었던 건가 싶어 보란은 걱정이 되기 시작했다. 맨발로 정신 나간 여자처럼 막 소리치면서 사장 욕도 했던 것 같은데. 차마 사장의 눈을 정면으로 마주할 수 없는 그녀의 눈은 정처를 잃고 이리저리 굴러다녔다.

안 봤을 수도 있다는 실낱같은 희망은 사장실을 나설 때 들려온 말에 소리 소문도 없이 사라져버렸다.

"엄 비서는 계속 내 라인이었으면 좋겠어. 다른 사람이 당신을 데리고 있다는 거 생각만 해도 불쾌하거든."

7화. 누나 숙모설

누구나 쉴 수 있는 휴식의 자유가 있는 토요일이었다. 하지만 보란은 집에서 쉬지도 못하고 최 실장을 기다리고 있었다. 다른 것도 아닌 사장의 집에 방문하기 위해서였다. 절대로 그런 일은 없을 것이라 장담하고 있었는데 제 발로 그의 집으로 가겠다고 말하고 말았다.

며칠 전, 세후는 퇴근하려는 보란을 사무실로 불러들여 다짜고짜 물었다.

"이번 주 토요일 특별한 계획이라도 있나?"

"이번 주 토요일 말씀이십니까?"

집에서 뒹굴거리는 것 말고는 계획이 없었지만 사장이 묻는 순간 특별한 계획을 만들 작정이었다. 어디 멀리 여행이라도 간다고 할까? 절대로 사실대로 말할 생각이 없는 그녀는 다른 거창한 핑계를 생각해내 사장의 마수에서 벗어나려 머리를 굴리고 있었다.

"안 바쁘면 우리 집에 초대하지."

"네에?"

아주 큰 선심이라도 쓰는 것처럼 이야기한 세후였지만 그녀의 표정은 영 구미가 당기지 않는다고 말하고 있었다. 세후는 한숨을 쉬며 휴대폰을 들어 보였다.

"그때 누가 나한테 인형탈을 씌우고 도망간 덕분에 나는 조카에게 몹쓸 놈이 됐지."

"……."

인형탈 두 번 씌웠다간 아주 큰일 날 것처럼 이야기하네.

칫 하고 보란의 입이 작게 삐죽였다.

"내가 당신을 쫓아버렸다고 다시 데리고 오라고 난리라고. 방금 전에도 퍼플은 언제 볼 수 있냐며 닦달하는 전화가 왔어."

하지만 여전히 보란의 반응은 시큰둥했다.

"그러십니까?"

"당신의 열렬한 팬을 나시 안 만나고 싶은가 보지?"

사실 전에 제대로 된 인사도 못하고 헤어진 게 내내 마음에 걸렸던 그녀 는 다시 아이를 만날 수 있다는 것에 솔깃하긴 했지만, 선뜻 그러마 하고 하 지 못했다. 아이를 만나기 위해서는 사장의 집으로 가야 한다는 것이 심히 마음에 걸렸기 때문이다.

눈을 굴리며 이리저리 갈등하는 보란의 반응을 보다 못한 세후는 그녀를 구슬리기 시작했다.

"걔가 당신 만난다고 엄청 기대하고 있어. 명색이 어린이 동화 작가라는 사람이 순수한 어린이의 마음을 외면해서 되겠어? 수고비는 넉넉히 쳐줄 테니까 이번에는 일대일로 팬미팅이 한다고 생각하지."

하마터면 단번에 그리하겠다고 고개를 끄덕일 뻔했다. 다시 만나면 왜 그 렇게 내 동화를 좋아하는지 묻고 싶었는데……

하지만 이번 주 내내 사장한테 시달린 터라 주말에는 푹 쉬고 싶었다.

문득 요 근래 줄타기처럼 아슬아슬했던 하루하루를 떠올렸다. 그녀를 꾀게 만들겠다더니 사장은 그걸 핑계로 그녀를 괴롭히고 있었다. 그래, 이왕 가는 거면 수고비보다는 다른 것을 받아야겠다고 생각했다.

"수고비 말고 다른 걸 해주시면 생각해보겠습니다."

"다른 거? 어디 한번 들어나 보지."

여유롭게 이야기했지만 어떤 것을 말해도 다 들어줄 생각이었던 세후는 이어지는 보란의 말에 미세하게 미간을 좁혔다.

"아침에 데리러 오시지도 말고 점심도 같이 먹자고 하지 말아주십시오."

"왜? 자상하고 인자한 남자가 이상형이라고, 그래서 내가 하고 있잖아."

"사장님께서 계속 이러시면 회사 사람들이 금방 알아차릴지도 모르겠습니다."

"어떤 거 말인가?"

설마 몰라서 묻는 거냐는 보란의 눈빛에 세후가 느긋하게 입을 뗐다.

"내가 당신을 꾀려고 노력중인 걸?"

"네, 잘 알고 계시네요. 안 그래주셨으면 하는 게 제 조건입니다."

보란 딴에는 꽤 담대하게 조건을 피력했다고 생각했는데 세후는 꿈적도 않았다. 오히려 의자 뒤로 몸을 기댄 세후의 얼굴은 어느새 여유롭기까지 했다.

"기각. 내가 당신을 만날 수 있는 곳이 회사뿐이잖아?"

시종일관 차분한 얼굴로 조곤조곤하게 이야기하던 보란이 결국 폭발했다.

"저보고 어떡하라고요!"

쉽게 흥분하는 보란을 보는 세후의 얼굴로 웃음이 서리기 시작했다. 그동안 엄 비서를 쭉 관찰해본 결과 알아낸 또 다른 사실 한 가지. 항시 침착하고 냉정할 줄 알았던 그녀는 꽤 흥분을 잘하는 타입이었다.

'참다 참다 결국 이렇게 드러내고 말 걸. 정말 재미있단 말이야.'

하얘졌다 붉어졌다 반복하는 그녀를 보며 세후가 해결책이랍시고 말도 안 되는 제안을 내세웠다.

"이렇게 하는 건 어때? 당신의 토요일 중 일정 시간을 내게 주는 거지."

"……."

끝까지 밀어붙이고 싶었지만 그러면 더 역효과일 것 같아 세후는 한 발 자국 물러나 타일렀다.

"겪어보지도 않고 무조건 거절은 반칙이지. 밥도 같이 먹고 이야기도 해 봐야 나를 제대로 알 거 아니야?"

"사장님에 대해선 충분히 알고 있다고 생각했는데요?"

"엄 비서가 아는 나는 상사로서의 권세후겠지. 남자 권세후에 대해서는 모르잖아? 엄 비서가 말한 거니까 엄 비서가 선택해. 계속 나와 출근하고 점심을 먹든가, 아니면 토요일 일정 시간 동안만 그렇게 하든가?"

"제가 수락하면 이제부터 회사에서는 안 괴롭히시는 거죠?"

이것 봐라? 그 딴에는 잘해준다고 했던 그의 행동이 그녀에게는 괴롭히는 것으로 받아들여지다니. 그간 노력한 것들은 전부 말짱 도루묵이었다.

"그러지."

"좋아요. 대신 토요일마다 사장님 조카도 같이 만나는 거예요."

그 정도의 조건은 용납이 가능하다고 세후가 고개를 끄덕였다.

본의 아니게 토요일마다 사장과 만날 약속을 하고 만 보란이었다. 분명히 유리한 고지를 점하고 있었던 건 자신 같았는데, 이상하게 제 발로 걸어서 사장에게로 넘어간 것 같은 느낌을 지울 수가 없었다.

다시 생각해도 이상한 계약이었다.

집 앞에서 최 실장을 기다리고 있는 보란이 이제 와서 대체 왜 그랬을까 하며 땅을 치고 후회해봤자 다 소용없는 일이었다.

멀리 익숙한 외제차가 보였다. 생전 탈 일이 없다고 생각했던 저 차를 이리도 자주 타다니. 내심 차가 오다가 고장이라도 나서 길가에 퍼져버렸으면 하고 바랐지만 매끄럽게 미끄러져 그녀 앞에 서는 차를 보건대 한 이십 년은 끄떡없이 탈 것 같았다.

함부로 장담하지 말라고 했던 그의 말처럼 사람의 앞날은 함부로 장담하는 게 아니었다. 보란의 고개가 힘없이 밑으로 떨어졌다.

* * *

"보란 씨. 다 왔어요."

"네? 네."

목적지에 도착했음을 알리는 최 실장의 말에 보란은 겨우 정신을 차렸다. 차에서 내린 보란은 말로만 듣던 엄청난 높이의 펜트하우스 앞에서 입이 쩍하고 벌어졌다. 주차장에서 올라가는 지하만 해도 경비가 삼엄해 외부인이 함부로 들어갈 수 없는 것 같았다. 지하에서부터 위로 올라가는 엘리베이터까지 동행한 최 실장은 그녀가 가야 할 층수만 눌러주곤 타질 않았다.

"최 실장님은 같이 안 가세요?"

"네, 저는 이제 퇴근해야죠."

그도 쉬는 날이었는데 부러 그녀 때문에 토요일까지 출근한 거였다.

"괜히 저 때문에. 감사합니다."

"아니에요. 건투를 빌어요!"

주먹을 꼭 쥐고 파이팅을 외치는 최 실장의 응원을 뒤로하고 그녀가 탄 엘리베이터는 빠르게도 위로 올라갔다. 드디어 꼭대기 이십 층에서 엘리베이터가 멈췄다. 미처 몇 호인지를 안 물어봤다는 것에 난감해하기도 잠시, 십오 층에 있는 집이라곤 하나밖에 없었다.

호흡을 가다듬고 보란이 초인종을 눌렀다. 안에서 반응하는 목소리는 점잖은 여자의 목소리였다.

-누구세요?

"권세후 사장님 댁 아닌가요? 저는 엄보란이라고 합니다."

-아차차. 내 정신 좀 봐. 오늘 손님이 오신다고 했는데. 문 열어드릴게요.

철옹같이 보이던 커다란 문이 철컥 열렸고 보란은 처음으로 권세후 사장의 집으로 발을 들였다. 신발만 벗으면 바로 거실인 그녀의 집과는 달리 기다란 복도를 한참 걸으니 넓은 거실이 나왔다. 문을 열어준 분은 이 집에서 일하시는 아주머니 같았다. 그녀를 향해 인사하기에 보란도 얼떨결에 같이 인사를 했다.

"사장님, 손님 오셨는데요?"

아주머니의 부르는 소리에 편안한 흰 면 티에 추리닝 바지를 입고 방을 나오는 세후가 보였다. 집에서도 잘 다려진 정장을 입고 있을 줄 알았더니. 주름 하나 없이 짝 빼입은 정장만 입은 모습만 보다 이런 모습을 보니 조금 색달라 보이기도 했다. 사장도 사람이긴 하구나 싶어서.

"왔군."

그리고 세후의 다리 뒤에 숨어 동그란 머리를 내미는 작은 형상도 함께였다.

"안, 안녕하세요?"

"우빈아. 인사해야지? 만나고 싶어 했잖아."

설레는 마음으로 다시 만나는 꼬마 팬에게 웃으며 손을 흔들어 보이는 보란이었다.

"우빈이, 안녕? 우리 전에 한번 봤었지?"

부끄러워하며 숨어 있던 아이가 빤히 보란을 쳐다보기를 잠시, 아이는 갑자기 울음을 터뜨리기 시작했다.

"으아앙. 외삼촌 나빠! 퍼플이 아니야. 이 누나가 아니야. 세후 삼촌 거짓말쟁이!"

격렬하게 환영하는 걸 바라는 건 아니었지만 이런 반응은 예상 못했던 보란은 쩔쩔매기 시작했다.

"나 맞아. 내가 사인도 해주고 그랬잖아."

조카도 없을뿐더러 이 나이 또래의 친척도 한 명 없는 보란은 그렇다 치고 어린 나이에 덜컥 보호자가 된 세후도 이런 상황은 처음이라 어떻게 조카를 달래야 할지 모르는 건 매한가지였다.

"우빈아. 이 누나가 그 누나 맞다니까? 그래, 그때 썼던 탈 있지? 그 탈 가지고 와서 한번 씌워볼까?"

"아니야. 이 누나가 아니야. 퍼플은 더 예뻤단 말이야."

물론 그때야 얼굴을 인형탈로 가리기도 했고 지금은 예쁜 분홍 원피스 대신에 청바지에 펑퍼짐한 티를 입고 오긴 했지만 못 알아볼 정도라니. 아이들 눈은 절대 못 속인다고 하더니 설마 다시 살이 찐 걸 안 건가? 태어나 처음으로 한다는 사인회를 위해 단기 다이어트에 성공했던 그때와 달리 사장이 주는 스트레스로 잘 챙겨 먹은 덕분에 요요 현상이 오긴 했지만 다른 사람처럼 보일 정도는 아니었다.

"하하. 누나가 살짝 살이 찌긴 했지만, 잘 보면 그때 퍼플이 맞다?"

하지만 여전히 그때의 누나와 지금의 누나가 동일 인물이라는 걸 믿을 수가 없는지 아이는 더 크게 울 뿐이었다.

"그래, 우빈아. 이 누나가 그때 그 인형탈 쓴 그 누나라니까?"

안 되겠는지 세후는 홧김에 어딘가에 처박아 둔 인형탈이라도 가져와 보란의 머리 위에 씌워야겠다 싶었다.

"들어가서 탈 가지고 와야겠어."

"잠시만요."

급하게 가려는 세후를 말리며 아이 앞에 무릎을 꿇은 보란은 커다란 가방에서 무언갈 꺼냈다.

"어떻게 해야 우리 우빈이가 믿을라나?"

보란이 가방에서 꺼내 든 건 열두 색깔의 파스텔이었다. 어디 그림을 그릴 만한 종이가 없나? 하고 보라색 파스텔 한 개를 들고 주위를 두리번거리던 그녀는, 눈앞에 떡하니 보이는 하얀 천을 손으로 잡아당겼다.

"뭐 하는 거야?"

"잠시만 빌리겠습니다."

그리고 세후가 입고 있던 하얀 천 위에 파스텔이 춤을 추기 시작했다. 천 아래 살결에 닿는 간지러움에 세후가 움찔거렸다. 작은 미동에 파스텔이 빗나가기라도 할까 보란이 한 손으로 단단히 천을 고정했다.

"좀! 가만히 좀 있어보세요! 종이 주제에 이리 움직이면 안 되죠."

아이는 바로 옆에서 모습을 드러내는 퍼플에 울음을 멈추고 눈을 동그랗게 떴다.

"우와! 퍼플이다!"

우빈이 울음을 그치니 세후 역시 군말 없이 보란이 하는 양을 보고만 있었다. 그의 허리춤에서 열심히 그림을 그리고 있는 동그란 머리에 시선을 고정했다. 파스텔이 한 번 움직일 때마다 흰 티셔츠에 보라색의 단발이 매력적인 퍼플이 모습을 드러내고 있었다. 그러고 보니 동화의 글뿐만이 아니라 그림도 그렸었지?

간질간질.

그녀의 손길이 지나가는 곳마다 간질거렸다. 덩달아 그의 가슴도 간질간질거리기 시작했다. 간지러움에 세후는 저도 모르게 실실 웃어버릴 것 같아 있는 힘껏 배에 힘을 줬다.

'내가 간지럼을 이리 잘 탔던가?'

누가 제 가슴에 그림을 그리고 있는 줄도 모르고 체질 탓을 하다니. 당연히 가슴에 그려진 그림은 쉬이 지울 수 없다는 것도 세후는 모를 터.

손에 파스텔이 묻는 것도 개의치 않고 보란이 세후의 가슴에 지울 수 없는 그림을 그리고 있었다.

"짠! 다 됐다."

드디어 그림이 완성되었고 동화책에서나 봤던 퍼플이 모습을 드러냈다. 세후의 뒤에 숨어 있던 우빈이 어느 틈에 나왔는지 보란의 옆에 나란히 서서 티셔츠에 그려진 퍼플을 뚫어져라 보고 있었다. 티셔츠에 그려진 그림 속의 퍼플은 손을 흔들며 인사하고 있었다. 언제 울었냐 싶을 정도로 밝아진 우빈이 손을 흔들며 인사했다.

"퍼플 안녕?"

"전에 퍼플이 그려줬던 그림이랑 똑같지?"

울음을 뚝 그친 우빈이 보란의 품으로 쏙 하고 안겼다. 그녀는 아이를 품에 꼭 안고는 작은 머리를 쓰다듬어줬다. 엉엉 울 때는 언제고 이제는 세상에 둘도 없는 사이처럼 껴안고 있는 두 사람을 보는 세후는 어이없어했다.

"권우빈, 너무한 거 아니야? 외삼촌이 그렇게 맞다고 말했는데도 안 믿더니."

불만을 표출하는 그의 말에도 두 사람은 꿈쩍도 하질 않았다. 우빈을 안은 채 그에게로 고개를 향한 보란이 의기양양한 눈을 했다.

"어쩌겠어요. 제가 좀 매력이 넘쳐야지요."

머리를 흩날리며 그녀가 한 말은 얼음대마왕이라 불리는 그를 웃게 하기 충분했다.

요란했던 인사가 끝나고 우빈은 제 친구들도 잘 안 보여줬던 방으로 그녀를 초대했다.

"누나! 어서 들어와요."

아이의 손에 이끌려 방으로 들어간 보란은 장난감이 수북하게 담긴 바구니보다 책장에 꽂혀 있는 그녀의 동화가 먼저 눈에 들어왔다. 역시 동화책이 있어야 할 자리는 아이들의 책장 속이었다. 그녀의 책장 한편에 꽂혀 있던 것만 보다가 진짜 있어야 할 곳에 책이 자리해 있는 모습을 보는데 감동해서 눈물이 나올 것만 같았다.

저도 모르게 책장으로 다가간 보란이 동화책을 손으로 쓸어내렸다. 우빈이 옆에서 그녀의 옷을 잡아당기지 않았더라면 울었을지도 모르겠다.

"누나! 이것 봐요. 내가 그렸어요!"

언제 가져왔는지 우빈이 자랑스럽게 스케치북을 들어 보였다. 그림 속에는 서툴지만 정성이 묻어난 퍼플과 다른 남자 아이 한 명이 있었다. 퍼플과 꼭 손을 잡고 있는 아이는 얼굴도 동글동글하니 그린 이를 닮아 있었다.

"누나보다 훨씬 잘 그렸다. 우빈이 나중에 커서 화가 해도 되겠네?"

칭찬을 받고 좋아진 아이가 볼을 붉히며 배시시 웃음을 지었다. 그러고는 스케치북을 한 장 넘겨 흰 종이를 내밀며 눈을 반짝였다.

"우리 같이 그림 그려요!"

'어떤 걸 그려볼까?' 하는 보란에 물음에 우빈은 당연히 퍼플을 이야기했고 보란은 이왕 그리는 김에 두 사람이 만난 것을 기념도 할 겸, 그림 속에 퍼플, 그리고 그녀와 우빈이도 함께 있었으면 좋겠다고 생각했다.

"퍼플이랑 우빈이랑 누나랑 이렇게 그릴까?"

"좋아요!"

하지만 그들만의 세계에 빠져 있던 두 사람이 잊고 있던 한 사람이 있었다.

"나는 왜 빠져?"

세후였다.

아, 맞다, 사장도 있었지.

그제야 보란은 고개를 돌려 그의 존재를 확인했다. 세후가 팔짱을 끼고 방문에 기대서 그들을 주시하고 있었다. 사장이 그림을 그린다고? 이 조그마한 스케치북에 사장이 머리를 맞대고 그림을 그리는 게 전혀 상상이 되질 않는 보란은 믿기지 않는 눈을 하고 물었다.

"사장님도 끼시려고요?"

"왜, 못할 것 같아?"

"못한다기보다는 크레파스를 손에 묻혀가면서까지 사장님이 그림을 그리시는 게 상상이 안 돼서 말이죠."

"누가 내가 그린대? 두 사람이 그리는 거지."

그럼 그렇지. 자기는 감시를 하고 그녀에게 그리도록 시키겠다는 거였다. 어서 그리라며 그의 고개가 앞을 가리켰다. 그리고 세후의 눈이 말하고 있었다. 내가 지켜보고 있다고.

작업은 두 사람이 함께 힘을 합쳐 그리는 협동 작업이었다. 보란이 인물들의 선들을 그리면 그 안을 우빈이 색칠을 해서 채워 넣는 거였다. 시간이 지날수록 새하얀 종이 위에는 두 사람이 만들어낸 작품이 점차 모습을 드러내고 있었다.

심혈을 기울여 퍼플과 우빈, 그리고 자신을 그린 보란은 마지막으로 남은 인물을 그릴 때는 손목에 힘을 풀고 마지못해 그린다는 듯 대충 스케치를 했다. 다른 그림과 비교해서 확연하게 차이가 나는 그림에 세후의 눈이 날카롭게 빛났다.

"나만 대충 그린 거 아니야?"

"무슨 그런 큰일 날 말씀을. 아직 색칠을 안 해서 그런 겁니다."

"제대로 그려."

세후의 삼엄한 감시하에 다시 크레파스를 드는 보란이었다. 억눌린 감정 하나하나를 실어 힘을 주고 그림을 그리다 보니 쥐고 있는 크레파스가 보란 듯이 두 동강이 났다. 잠시만이라도 한눈을 팔기만 해봐라. 실수인 척 얼굴을 숯검댕이로 만들어 버릴 거라고 벼르는 보란이었다.

-띠리리링.

"여보세요? 무슨 일이야?"

때마침 눈을 부릅뜨고 감시하던 세후가 잠시 전화를 받으러 자리를 비우자 보란은 들고 있던 검정 크레파스로 얼굴을 칠해버리려고 했다. 얼굴까지 크레파스를 가져갔지만 보란은 끝내 하질 못했다. 나중에 사장이 발견하기라도 하면 그녀를 앞에 앉힌 후 자신의 초상화를 그리라고 명령할지도 모를 일이었다.

'다른 게 필요해. 다른 게.'

그가 없어진 쪽으로 눈치를 살피며 그의 통화하는 소리가 들리지 않자 보란은 우빈에게 작게 속삭였다.

"우빈아? 혹시 너희 외삼촌 사진 같은 건 없니?"

그림 그리다 말고 사진을 찾는 보란이 이상한지 우빈은 그리던 것을 멈추고는 궁금증이 가득한 눈을 했다.

"사진은 왜요?"

"외삼촌만 이상하게 그려져서 나중에 다시 그려주려고."

그림 속 다른 인물들에 비해 미묘하게 이상하게 그려진 세후를 빤히 쳐다보던 우빈은 그녀의 말도 안 되는 핑계를 있는 그대로 믿어주었다.

아하, 하고 고개를 끄덕인 우빈은 책상으로 달려가 서랍에 들어 있던 앨범을 꺼내 들었다. 그리고 앨범을 펼쳐 그중 고르고 고른 사진 한 장을 보란에게 가져다줬다.

사진을 든 보란은 회심의 미소를 지었다.

"우빈아, 이건 너랑 나 사이의 비밀이다?"

"네. 우빈이 비밀 진짜 좋아해요!"

보란은 새끼손가락까지 걸고 약속하는 것도 모자라 복사 코팅까지 하며 아이를 단속시켰다.

다시 우빈이 그리고 있던 그림에 집중하는 사이 그녀는 사진을 가방에 고이 집어넣었다.

'그림을 위해서는 개뿔.'

이 사진은 오늘부터 그녀의 표적이었다. 집에 가자마자 거실에 있는 다트 판에 사진을 붙여놓고 하루에 삼세 번 다트를 쏠 생각이었다. 아직 실력이 미약해 던지면 겨우 점수판에 꽂히는 그녀의 실력이 일취월장할 것을 믿어 의심하지 않았다. 워낙 동기부여가 강력하니까 없던 실력도 생겨날 것이 틀림없었다. 분명히 던졌다 하면 백발백중이겠지. 생각만으로도 즐거워 웃음이 비집고 나올 것만 같았다.

한창 색칠 중이던 우빈이 실실 웃는 그녀를 불렀다.

"누나, 우빈이랑 밥도 같이 먹고 갈 거지요?"

"글쎄……."

머무르는 시간을 한두 시간 정도 생각하고 왔던 보란은 잠시 망설였다. 밥까지 먹고 가려면 머무르는 시간이 늘어나는 건 당연했다. 거기다 우빈이와 같이 밥을 먹는다는 것은 곧 사장과도 밥을 먹어야 한다는 것을 의미했다. 고민하는 보란을 보더니 우빈은 그녀의 팔을 살살 흔들며 조르기 시작했다.

"같이 먹어요. 오늘 아줌마가 누나 온다고 맛있는 것도 많이 했어요!"

"어쩌지?"

"누나, 먹고 가요. 네? 제발요. 네에?"

소원이라며 조르는 우빈을 외면하기가 난감했던 보란은 끝내 고개를 끄덕이고 말았다. 그녀의 허락에 우빈은 세상을 다 가진 듯 웃었다.

* * *

"식사하세요."

"누나 가요! 밥 먹으러."

그녀의 침실보다 큰 주방에는 그녀의 침대만 한 식탁이 자리하고 있었다. 위에 누워서 밥을 먹어도 될 정도로 커다랗고 견고해 보이는 식탁에는 정성 가득한 음식들이 가득했다. 냄새만 맡았을 뿐인데 침이 절로 넘어갔다.

"먹지."

사장이 수저를 들자 식사가 시작됐다. 사장과 함께 밥을 먹다니 불편해서 영 못 먹을 거라 생각했는데 아니었다. 회사가 아니어서 그런지 아니면 그녀의 옆에 딱 붙어서 재잘거리며 식사를 하는 우빈 덕분인지는 모르겠지만, 생각 외로 식사 자리는 그리 불편하지 않았다.

"누나, 나 생선 주세요."

밥을 한 숟갈 뜬 우빈이 발을 동동거리며 보란을 보챘다. 그녀는 얼른 통통 오른 갈치 살을 발라 밥 위에 올려줬다. 반찬 투정도 않고 오물오물거리며 잘 먹는 우빈이 내견해 보란은 칭찬을 아끼지 않았다.

"우리 우빈이 생선도 잘 먹고 대단하네."

"히히, 누나. 나는 생선도 잘 먹는데 우리 외삼촌은 생선 못 먹어요."

놀란 보란이 고개를 돌리니 사장이 그녀의 눈을 피했다. 모든 면에서 완벽할 것 같던 사장이 생선도 안 먹는 편식쟁이라니.

"그으래? 우빈이도 먹는 생선을 다 큰 어른이 못 먹는다니. 또 못 먹는 건 뭐가 있을라나?"

재밌어하며 놀리는 그녀를 세후의 눈썹이 위로 올라갔다.

"그건 알아서 뭐하게? 왜? 이제 나한테 막 관심이 생기기 시작하나 보지?"

"관, 관심이라뇨! 물어보지도 못하나?"

"그런 거 아니면 밥이나 먹지."

더 이상 캐묻진 못하고 밥그릇으로 시선을 내린 보란은 갑자기 확 입맛이 돌기 시작했다. 맨밥만 먹어도 막 맛있을 것 같고 용트림 치듯 샘솟기 시작한 식욕. 보란의 본격적인 식사는 이제부터 시작이었다.

"나 다 먹었어요."

이제 식사를 시작한 보란과 다르게 우빈의 밥그릇은 어느새 싹 비워져 있었다. 다 먹은 우빈은 자리에서 일어나지도 않고 멀뚱멀뚱 세후와 보란이 말없이 식사만 하고 있는 것을 보고 있다 불쑥 질문을 던졌다.

"근데 누나는 언제 외숙모가 되는 거예요?"

"크윽."

잘 먹고 있던 보란이 놀라 캑캑거렸다. 사레에 걸려 얼굴이 빨개진 보란과 달리, 세후는 별로 놀라지 않은 것 같았다.

겨우 속을 진정시킨 보란이 우빈을 향해 어색하게 웃었다.

"하하. 누나가 왜 갑자기 외숙모가 되는 걸까?"

모르겠다는 보란을 보는 우빈의 눈빛은 다 큰 어른이 어떻게 그런 것도 모를 수 있냐는 눈빛이었다.

"누나가 우리 집에 인사도 왔고. 또 나랑 놀기도 놀았고. 또, 또 밥도 같이 먹었잖아요."

같이 시간을 보내기도 하고 밥도 먹어서 조금 친해진 건 맞지만 아무리 생각해도 이 정도만 가지고는 외숙모라 불릴 정도는 아닌 것 같았다.

망설이던 보란이 어렵게 입을 뗐다.

"그래, 알아. 아는데, 우빈아, 오늘 같이 그림도 그리고 밥을 같이 먹고 했지만, 누나는 우빈이 누나는 될 수 있어도 외숙모가 될 수는 없어요."

하지만 보란의 설명에도 우빈은 고개까지 저으며 단호했다.

"아니야. 율우가 그러는데 누나 누나 하다가 숙모가 되는 거래."

맙소사. 율우가 누군지는 모르겠지만 우빈은 누나가 숙모가 된다는 말을 굳게 믿고 있는 것 같았다. 보란이 왜 누나는 숙모가 될 수가 없는 건지 길게 예까지 들며 자세히 설명했지만 누나숙모설이라는 허무맹랑한 소리를 맹목적으로 믿고 있는 우빈에게는 그녀의 설명 따위는 통하질 않았다.

이 난감한 상황을 어떻게 수습해야 될지 엄두가 나지 않는 보란은 결국 세후를 향해 눈을 돌렸다. 어떻게 좀 해보라며 보란이 눈으로 말했다.

하지만 이 상황이 꽤 재밌는지 세후는 어깨를 으쓱하며 두 손을 들어 보일 뿐이었다.

"우빈이가 날 닮아서 좀 똑똑해."

이제 보니 똑 닮은 두 남자가 그녀를 잡기 위해 전력 질주하고 있었다. 세후 혼자 쫓아오고 있다면 도망갈 수 있을지 몰라도 우빈이까지 함께라면……. 글쎄, 보란이 끝까지 도망갈 수 있을까?

8화. 글세. 그도 모르는 그의 마음

그들이 했던 계약대로 사장은 더 이상 그녀와 같이 출근하겠다고 아침에 데리러 오지도, 점심을 같이 먹겠다고도 하지 않았다.

하지만 회사 이외의 시간에는 여전했다.

-따르르릉.

화장실을 가려다 또다시 울리는 휴대폰을 보며 보란은 이제 벨소리만 들려도 노이로제가 걸릴 지경이었다. 굳이 누가 전화했는지 확인하지 않더라도 알 수 있었다. 보나 마나 천하제일 악덕업주 권세후 사장이겠지. 아주 중요한 용건이라면 또 모르지만 별것도 아닌 것 같고 사장은 틈만 나면 전화를 해댔다. 그것도 시도 때도 없이 말이다.

막상 받으면 묻는 거라곤 정말 쓸데없는 것들이었다. 예를 들면, 좋아하는 음식이 뭐냐? 좋아하는 색깔이 뭐냐? 같은 것들. 귀찮아서 전화를 받지 않기라도 하면 어김없이 문자가 온다.

[일부러 안 받는 거 아니까 전화 받지? 아니면 찾아갈까?]

이러니 안 받을 수가 없었다. 그의 전화에 가려던 화장실도 포기한 보란
은 전화를 받았다.

"여보세요?"

-왜 이제 받아?

전화라는 게 받을 수도 있고 못 받을 수도 있는 거지.

"무음으로 해놔서 못 봤습니다. 이번에는 또 뭐가 궁금하신데요?"

-내가 궁금한 게 뭘까?

그의 말로는 모든 게 그녀를 꾀이려고 하는 거라고 하지만 그녀에게는
괴롭히려는 수작으로밖에 보이질 않았다. 퉁명한 목소리가 절로 나왔다.

"제가 어떻게 알겠습니까?"

-엄 비서는 나에 대해 궁금한 거 없어?

궁금한 기라. 당연히 없었다. 비서로서 사장이 선호하는 브랜드, 선호하
는 음식, 선호하는 색깔 같은 건 다 마스터한 지 오래였다.

"딱히."

-그렇단 말이지? 그럼 나에 대한 건 차차 알아가기로 하고. 어바웃 타임
이라는 영화 봤나?

영화 본 적이 언제였던가? 주중에는 회사에서 시달리고 주말에는 쉬느라
문화생활이라는 걸 접은 적이 오래였다. 영화 보러 간 적도 없는데 그가 말
하는 영화는 들어본 적도 본 적도 없었다.

하지만 그가 물어본 의도가 결국은 영화를 같이 보러 가자는 거라는 것
을 짐작한 보란은 거짓말을 했다.

"당연히 봤습니다."

-그래? 개봉도 안 한 영화를 무슨 수로 봤을까?

"헉!"

그녀가 아무리 잔머리를 굴려도 그의 손바닥 안이었다. 훗 하고 가소롭다는 듯 그의 코웃음이 들려왔다.

-이번 주 금요일, 같이 보러 가는 걸로 하지.

"잠시만요, 사장님. 저는 아직 같이 간다는……."

하지만 전화는 끊긴 후였고 그녀의 거절 따위는 혼잣말로 울릴 뿐이었다.

"으아악! 이 후세 같은 놈!"

언제쯤이면 사장의 손아귀 위에서 놀아나는 걸 벗어날 수 있을 건지. 그녀의 처절한 절규만 계속될 뿐이었다.

* * *

금요일, 사장이 일방적으로 영화를 보겠다고 했던 일이 잘하면 없던 일이 될 수도 있겠다 싶었다. 난데없이 찾아온 괴소문에 헨젤은 비상에 걸렸기 때문이었다.

헨젤을 업계 일 위로 만든 일등공신이었던 꿀맛칩이 괴소문의 주인공이었다. 꿀맛칩을 생산하는 공장에 불이 나서 생산이 중단됐다는 소문이었다. 회사 측에서는 근거 없는 소리라고 입장을 발표했지만 소문은 잦아들 생각이 없어 보였다.

이런 세세한 일까지도 일일이 챙기는 사장 덕분에 비서실도 덩달아 바빠졌다.

"어떻게 된 일이야?"

밑에서 올린 보고를 제일 먼저 받은 최 실장이 그의 물음에 답했다.

"생산량은 그대로인데 찾는 소비자들은 점점 늘다 보니 물량이 달려서인지 근거 없는 소문이 돈 것 같습니다."

"입장 발표는?"

"마케팅부에서 절대 그런 일은 없다고 입장을 발표했지만 SNS상으로 퍼져나가고 있습니다."

"회사 공식 SNS를 통해서도 아니라고 이야기하고 리트위트하게 하지."

"벌써 그렇게 하도록 조치를 취했습니다."

발 빠른 대응으로 꿀맛칩 생산 공장이 불이 나 생산이 중단된다는 소식은 근거 없는 소문으로 마무리가 되고 있었다. 죽어도 사장과 영화를 볼 생각이 없던 보란은 그 소식이 마냥 기쁘지만은 않았다.

'어쩌지. 무슨 좋은 수가 없을라나?'

하루 종일 영화 보러 가지 않을 핑곗거리만 찾던 보란에게 딱 맞춰 무슨 수가 생기기는 했다. 정은에게 일이 생겼다.

"하필이면……. 어쩌지? 이거 오늘 다 정리해야 하는데."

"정은 씨, 왜 그래?"

"저 오늘 이거 다 정리해야 하거든요."

책장에 막 꽂혀 있는 파일들이 보였다. 그때그때 정리하는 보란과 달리 정은은 한 번에 쌓아두고 정리하는 타입이었다. 한 달에 한 번은 남아서 싹 정리를 하는데 그게 오늘인 것 같았다.

"방금 연락이 왔는데 어머니가 허리를 삐끗하셨나 봐요. 그런 데다가 오늘 큰집 식구들까지 올라온다지 뭐예요? 조퇴하고 가서 집안일 도와야 할 것 같은데. 이거 다 정리해서 다음 주 월요일까지 마케팅팀으로 넘기기로 해서요."

곤란해하는 정은을 보는 보란은 이거다 싶었다. 정은이 하면 두 시간이 넘는 서류 정리일이 손에 익은 그녀에게는 삼십 분이면 끝나는 일이었다. 사장과 두 시간이나 되는 영화를 볼 바에야 이게 훨씬 더 이득이었다.

"내가 대신 해줄까?"

"선배님이요?"

"그래."

"불금인데 약속 없으세요?"

"약속이 있더라도 일이 더 중요하지."

"하지만, 이건 제 일이잖아요."

"됐어. 다음에 내가 급한 사정이 생기면 정은 씨가 대신 해주는 걸로 하자."

"정말요? 고맙습니다. 제가 나중에 두 배로 갚을게요."

일부러 정은의 일까지 떠맡은 보란은 퇴근 시간만 기다리고 있었다. 외근을 나간 최 실장도 돌아오지 않았고 조퇴를 한 정은마저 한 시간 일찍 퇴근하고 비서실에 남아 있는 사람은 보란뿐이었다.

퇴근 시간에 맞춰, 사장이 모습을 드러냈다. 보란이 자리에서 일어났다.

"가지."

"사장님. 오늘 제가 일을 다 끝내지 못해서 약속을 못 지킬 것 같습니다."

그건 바라던 대답이 아니라는 듯 세후의 눈썹이 치켜 올라갔다.

"무슨 일?"

따가운 사장의 눈총을 막기라도 하려는 듯 보란이 서류 뭉치들을 들어 보였다.

"다음 주 월요일까지 이 서류들을 정리해서 마케팅팀에 넘겨야 해서요."

"그건 엄 비서 일이 아니었던 것 같은데?"

"네. 본래 박 비서 업무인데 집에 급한 사정이 생기셔서 제가 대신 처리하기로 했습니다."

그리고 그 뒤에 보란 듯이 덧붙이는 그녀의 음성이 뿌듯했다.

"제가 일처리가 워낙 빠르지 않습니까? 저는 이 회사를 위해 금요일에도 야근을 불사하며 이 한 몸을 바칠 각오가 되어 있습니다!"

"그래? 설마 나랑 영화 보러 가기 싫은 건 아니고?"

"아닙니다. 당연히 아닙니다."

"그렇단 말이지……. 단도직입적으로 물어보지. 나랑 영화 볼래? 아님 야근 할래?"

"저야 당연히 야근이죠!"

너무 바로 대답했나? 잠시 뜸 들이며 그녀를 노려보던 사장이 입꼬리를 올리더니 섬뜩하게 웃었다.

"엄 비서가 나와 영화 보는 것도 포기하고 야근을 택할 만큼 우리 회사를 이리도 생각하는 줄 몰랐군. 이러다 과로사라도 하면 회사에서 공로비라도 세워줘야겠어?"

"어휴, 말씀만으로도 감사합니다."

"그런 의미에서, 내가 오늘 지시했던 건 말이야."

오늘 지시한 건이라면 하나밖에 없었다. 설마. 사장이 말한 것도 아닌데 손에 땀이 차오르기 시작했다.

"중, 중국 시장 경향 분석표 말씀이십니까?"

"정답. 엄보란 씨의 빠른 일처리 능력이라면 다음 주 월요일에 받아볼 수 있겠군."

보란의 얼굴이 그 자리에서 돌이라도 된 것처럼 굳어졌다. 맙소사, 그건 기한이 일주일도 더 남았던 거라서 손도 대지 않았는데. 오늘 야근은 물론이고 집에까지 일감을 가져가서 주말 동안 꼬박 일만 해야 할 판이었다.

"수고해."

돌이 돼버린 그녀를 두고 세후는 유유히 손까지 흔들며 사라졌다. 자기 꾀에 자기가 넘어간 보란은 또 사장에게 당했다는 생각에 망연자실했다. 차라리 영화 보러 간다고 할 걸. 땅을 치고 후회해봤자 권세후 버스는 떠난 뒤였다.

* * *

컴컴해진 밤, 더 이상은 버티지 못하고 회사를 나온 보란은 근처에 문을 연 아무 포장마차나 찾아 들어갔다.

"이모! 여기 소주 한 병이랑 우동 하나랑 꼼장어 하나. 그렇게 주세요."

보통은 집에서 가볍게 맥주 한 잔으로 스트레스를 풀지만 오늘은 집에 도착할 때까지 참을 수가 없었다. 제일 먼저 나온 우동 한 젓가락으로 배를 채운 그녀는 잔 가득 술을 채웠다.

"캬악."

얼마나 힘들었으면 술이 절로 넘어갔다. 아무리 생각해도 억울해 죽을 것 같았다. 그저 하루하루를 조용하게 사는 게 삶의 목표이자 좌우명이었던 그녀의 인생이 어쩌다 사장에게 찍힘을 당했을까? 목을 타고 넘어가는 알싸함에 분풀이가 절로 나왔다.

"불타는 금요일 밤에, 그것도 이 시간까지 일을 하게 만들다니."

양념이 잘 밴 꼼장어가 사장이라도 되는 양 젓가락이 장어를 난도질을 했다.

"악당 후세 같으니라고. 너는 저기 중동에 그놈보다 죄질이 더 나빠."

꽉 채워진 잔은 잘도 그녀의 입으로 술을 퍼 날랐다.

"어떻게 사람이 그러냐? 응? 나를 꼬셔보겠다더니? 이게 꼬시는 거냐? 만날 전화해서 괴롭히는 것도 모자라서 자기랑 영화 안 보러 갔다고 산더미 같은 일을 하게 만들어? 아니지. 이놈의 사장 놈이 내가 거절한 게 괘씸해서 일부러 나를 괴롭히는 거?"

소주 한 병이 주량인 보란은 벌써 아슬아슬한 정신을 겨우 붙잡고 있었다. 마지막 잔이라고 생각하고 그녀가 들이켠 술은 아슬아슬했던 그녀의 정신을 더 희미하게 만들어버렸다. 그녀의 술버릇이 발동이 걸리기 시작했다. 아무에게나 전화 걸기. 꾹꾹 하나하나 누른 번호는 다행히 정확했는지 신호음가 갔다.

-여보세요? 엄 비서가 먼저 전화를 하다니 별일이군.

"여보세요?"

-목소리가 왜 이래?

술기운에도 그녀는 알아차릴 수 있었다. 꿈에 나올까 두려운 악당의 목소리를. 보란이 휴대폰에 대고 소리를 질렀다.

"야, 이 악당 후세야!"

-술 마셨어?

"네, 마셨습니다. 네놈 후세가 이렇게 괴롭히는데 제가 어떻게 안 마실 수가 있겠느냐."

-후우, 거기 어디야?

"여기? 안 갈쳐주지."

-엄보란!

낮게 다그치는 목소리에 주눅이 들었는지 보란은 한없이 작아졌다.

"사장님, 저 좀 그냥 내버려두면 안 돼요? 넹? 설마 제가 사장님 싫다고 그래서 복수하려고 그러시는 거면 제가 백 번이고 잘못했다고 사과할게요. 넹?"

-…….

그리고 보란의 고개는 풀썩 앞으로 내려갔다. 종료 버튼을 누르지 못한 휴대폰 사이로 세후가 소리치는 소리가 새어나왔다.

-여보세요? 엄 비서? 엄보란? 이 여자가 정말!

취해서 정신을 잃은 보란의 휴대폰을 대신 받은 건 포장마차 이모였다.

"여보시오? 이 아가씨 애인인가 보지?"

-아직은 아니고…….

"애인이면 애인인 거지, 아직 아닌 건 또 뭐래? 아가씨가 취해서 정신을 잃었어. 여기? 헨젤이라고 큰 과자 회사 있잖여. 거기 바로 옆에 포장마차. 알겠네. 내가 잘 지키고 있을구만. 얼른 오쇼."

잠시 후, 회사 앞 포장마차에 세후의 하얀 세단이 멈춰 섰다. 무섭게 차에서 내린 세후가 안으로 들어갔다. 작은 포장마차였기 때문에 손님이 앉아 있는 테이블은 몇 개 되지 않았다. 그 속에서 세후가 보란을 찾아내는 건 어려운 일이 아니었다.

그와 영화를 볼 바에야 차라리 야근을 하겠다니, 그게 영 마음에 들지 않아 심술을 부렸다. 당장 필요한 것도 아니면서 그렇게 해서라도 벌을 주고 싶었다.

속은 또 왜 이렇게 짜증이 나고 불편했던지. 체한 것 같은 속은 그렇다 치고 어디가 어긋난 것처럼 삐걱거리는 마음은 당최 무슨 일인지 알 수가 없었다.

마음대로 약속을 취소해린 그녀가 괘씸해서 그런 거라고 마음속 불편함을 별것 아닌 것으로만 치부했다. 하지만 수화기를 뚫고 들려온 웅얼거리는 목소리에 미친 듯이 엑셀을 밟았다는 건 비밀이었다.

'이 아가씨 애인인가 보지?'

그 물음에 세후는 순간 멈칫했다. 그와 그녀가 대체 무슨 사이인가 싶었다. 두 사람을 정의하는 말은 상사와 비서였다. 그런데 그가 보라 작가인 그녀를 찾은 순간부터 두 사람의 관계가 달라지기 시작했다. 그리고 이제는…… 그 상사와 비서라는 말만으로는 두 사람의 사이를 정의하지 못할지도 모르겠다.

세후가 쓰러져 있는 보란에게로 발을 옮겼다.

"가관이군."

그는 빨간 테이블 위에 얌전히 머리를 숙이고 있는 그녀를 흔들어 깨웠다.

"엄 비서, 이봐. 정신 차려."

부스스 몸을 일으킨 보란이 천천히 눈을 감았다 떴다 했다. 눈앞에 보이는 세후의 모습에 그녀는 실제인지도 모르고 꿈을 꾸는 걸로 착각했다.

"어? 우리 후세 왔어? 또 나 괴롭히려고 꿈에 나타난 거야?"

보란이 노려보는 세후의 팔을 잡아 제 옆에 앉혔다. 실제라면 절대로 하지 못했을 일이었지만 그녀에게는 지금 술기운이라는 핑계가 있었고 꿈이라는 방패가 있었다.

"후세야, 내가 너 주려고 꼼장어도 시켰다? 한번 먹어볼래?"

얼마나 쑤셨던지 형체를 알 수 없는 꼼장어를 집어 들고 그의 입으로 가져다주는 보란을 보며 세후가 할 수 있는 말이라곤 없었다.

"……."

노려보는 그의 눈빛에 주눅이 든 보란이 꼼장어를 내려놓고 울먹였다.

"흑흑. 아 맞다! 우리 후세 생선 못 먹지? 왜 이 맛있는 걸 못 먹을까?"

"엄 비서, 나중에 후회할 일 만들지 말고 일어나지."

더 이상 참을 수 없었던 세후는 그녀를 데리고 일어났다. 돈을 지불하려는데 아주머니가 보란의 편을 들었다.

"아이고, 그래도 애인이 술버릇이 얌전해. 다른 사람한테 시비도 안 걸고."

다른 사람한테 시비는 안 걸지만 저한테는 시비를 건다? 이걸 좋은 뜻으로 해석해야 할지, 나쁜 뜻으로 해석해야 할지 세후는 도통 알 수가 없었다.

얌전하다고 칭찬했던 아주머니의 칭찬처럼 보란은 차에 타서도 별일 없이 조용히 잠들어 있었다. 전에 한 번 간 적이 있었음에도 그녀의 집이 어디였는지 정확히 생각이 나질 않은 세후는 그녀의 어깨를 흔들어 깨웠다.

"일어나 봐. 정확히 집이 어디야?"

아무리 깨워도 일어나지 않을 것 같던 보란이 갑자기 번쩍 눈을 뜨더니 외쳤다.

"노량진으로 가요. 노량진."

정확한 위치를 모를 뿐, 대충은 알고 있었던 세후는 그가 생각하는 방향과 정반대를 말하는 그녀의 말에 다시 물었다.

"노량진? 거기는 당신 집으로 가는 방향이 아니잖아."

"네, 아닙니다. 이제 우리는 이 차를 가야지요. 이 차는 노량진 수산 시장으로! 물고기가 많은 곳으로!"

또박또박 대답을 하고 다시 눈을 감아버린 보란. 그런 그녀를 보는 세후의 얼굴이 어이없어 보이는 것도 잠시, 그는 작게 웃음을 터뜨리고 말았다.

"엄 비서, 내일 일어나서 이 모든 일을 감당할 수 있겠어?"

가방을 꼭 안고 잠든 그녀의 말간 얼굴을 꽤 오랫동안 응시하던 세후는 이내 차를 출발시켰다. 차는 정확한 위치를 알 수 없는 그녀의 집도, 그녀가 이 차로 가고 싶다고 외쳤던 수산 시장도 아닌 그의 집으로 향하고 있었다.

지하 전용 주차장에 차를 댄 세후는 잠든 보란을 안아 들었다. 굳이 이 밤에 잘 자고 있는 우빈이나 아주머니를 깨울 필요는 없었기에 집 안으로 들어오는 세후는 발소리를 죽였다. 그녀를 안은 그의 발이 향한 곳은 우빈의 방 옆에 있는 게스트 룸이었다. 최대한 조심스럽게 문고리를 아래로 내렸지만 딸깍하고 나는 소리는 막을 수 없었다.

"외삼촌?"

파란 곰돌이 잠옷을 입은 우빈이 눈을 비비고 그를 부르고 있었다.

"어? 우빈이 왜 깼어?"

"쉬, 하고 싶어서. 근데 외삼촌한테 안겨 있는 사람은 누구야?"

숨긴다고 숨겨질 일도 아니고. 그에게 안겨 있는 사람이 누구인지 직접 확인하라는 듯 세후가 그대로 뒤로 돌았다. 잘 떠지지 않던 눈을 다 뜨고 나서 겨우 확인한 사람이 믿기지가 않는지 우빈이 그에게로 바짝 다가왔다.

"보란이 누나?"

세후가 맞는다는 듯 고개를 끄덕여줬다.

"누나 어디 아파?"

"아픈 건 아니고. 술 마셔서 그래."

술이라는 소리에 우빈이 숨을 들이켰다.

"헉. 술? 외삼촌이 힘들 때 먹던 그거?"

딱 한 번, 늦은 밤에 깬 우빈에게 술 마시는 걸 들킨 적이 있었다.

'외삼촌 이건 뭐야?'

'이거? 술이라는 거야.'

'술? 우유 같은 거야? 나도 마실래!'

'안 돼. 이건 어른들이 힘들 때나 마시는 거야.'

'힘들 때? 외삼촌 힘들었어? 왜 나한테 말 안 했어. 나한테 안아달라고 했어야지.'

그리고 우빈은 그를 있는 힘껏 안아줬다. 그날 이후로 무슨 일이 있어도 집에서는 술을 입에 대지 않았다.

꽤 전에 했던 이야기였는데도 잘 기억하고 있는 우빈이 대견해 세후가 미소 지었다.

"그래, 그거."

"보란이 누나한테 힘든 일이 있었던 거야?"

"우빈이 화장실 간다고 하지 않았어?"

"그랬어."

그때서야 볼일이 급해졌는지 우빈이 화장실로 달려갔다. 세후는 방으로 들어가 빈 침대에 그녀를 조심스럽게 내려놓았다.

"당신이 힘든 이유가 나 때문인 건가? 조금만 힘들어하라고. 나는 아직 시작도 안 했는데 이러면 어쩌나. 엄보란, 이제부터 내가 보이는 관심에 익숙해져야 할 거야."

그대로 입고 자기에는 불편해 보이는 재킷을 벗기고 이불을 덮어줬다. 그만 불을 끄고 방을 나가려는데 우빈이 베개를 들고 들어왔다.

"우빈아?"

그대로 세후를 지나친 우빈이 침대로 올라가 보란의 옆에 자리를 잡고 누웠다.

"누나랑 같이 잘 거야."

"우빈이는 우빈이 침대가 있잖아."

타이르는 말에도 우빈은 꼼짝도 안 했다. 되레 아이는 잠든 보란을 세게 껴안았다.

"내가 누나 꼭 안아줘야지. 누나가 오늘 힘들었으니까 우빈이가 꼭 안아줘야지."

결국 우빈을 말리지 못한 세후는 그대로 나올 수밖에 없었다. 자려고 침대에 누웠음에도 잠은 오지 않았다. 그를 잠들지 못하게 하는 이는 그의 집에 갑자기 찾아온 손님 때문임을 부정할 수는 없었다.

그의 온 신경이 손님이 잠들어 있는 건넛방으로 향해 있었으니.

* * *

이마가 간질간질, 볼이 간질간질. 간지러움에 웃음이 나올 것만 같았다.

간지러움을 참지 못하고 겨우 눈을 떴을 때, 보란의 눈을 마주한 건 새까맣고 초롱초롱한 우빈의 맑은 눈동자였다.

"우와. 진짜 뽀뽀하니까 누나가 일어나네?"

"우, 우빈이?"

아직도 꿈을 꾸고 있나 싶었지만 와락 안겨오는 작은 형체의 생생함은 꿈이 아니라는 것을 알려주고 있었다.

"잘 잤어? 누나?"

우빈이가 있다는 소리는 사장도 있다는 소리고, 두 사람이 같이 있다는 것은 여긴 사장의 집이라는 소리였다. 대체 이게 어떻게 된 일인지 짐작조차 할 수가 없었다.

"우빈아? 누나가 어제저녁에 어떻게 여기에 왔을까요?"

"외삼촌한테 공주님처럼 안겨 왔어."

헉! 분명히 어젯밤에 포장마차에서 술을 마셨던 건 기억이 나는데…….
더는 기억이 나질 않았다. 숙취로 머리가 깨질 듯이 아파오고 속도 쓰려서 죽을 것만 같았기 때문이었다.

"아, 꿀물 한 사발만 했으면."

괴로운 듯 인상을 쓰며 한 보란의 혼잣말에 우빈이 벌떡 문으로 달려갔다.

"꿀물? 알았어. 내가 얼른 가서 가져올게."

"아니야. 우빈아. 괜찮아. 괜찮다니까!"

하지만 우빈을 벌써 방을 나갔고 밖에서는 꿀물을 달라고 큰 소리로 소리치는 우빈의 목소리가 들려왔다.

"잘한다, 엄보란. 네가 지금 꿀물 밝힐 때더냐! 지금 꿀물을 받아야 하는 게 아니라 사약을 받아야 할 판인 것 같은데. 어제 대체 무슨 일이 있었던……. 맙. 소. 사!"

불현듯 짧은 기억의 파편들이 파노라마처럼 그녀의 머리를 스쳐 갔다. 사장에게 전화해서 했던 술주정들, 포장마차까지 찾아온 사장에게 겁도 없이 들이밀었던 꼼장어, 집이 어디냐고 묻던 사장에게 이 차로 노량진 수산 시장으로 가자고 했던 미친 짓까지.

"누나! 꿀물 가져왔어."

우빈이 문을 열고 혹시나 쏟을까 싶어 총총걸음으로 쟁반을 들고 들어왔다. 흰 사발에 담긴 꿀물이 그녀를 부르고 있었다. 안 된다고 마음을 다스렸지만 결국 보란은 흰 사발으로 손을 뻗었다. 염치 불구하고 한 모금만 할 생각이었다.

"꿀물 마실 정신이 있나 보지?"

문틀에 팔짱을 끼고 서서 그녀를 쳐다보는 권세후 사장이 보였다.

"커억."

그녀의 입으로 들어갔던 달달하고 따뜻한 꿀물이 다시 밖으로 튀어나왔다.

* * *

"아줌마! 꿀물 주세요!"

우빈의 외침에 세후가 문을 열고 나왔다. 간밤에 게스트 방에 머문 손님 때문에 잠을 설치는 것 같더니 거실로 나온 그의 얼굴은 푹 자고 난 사람인 양 말끔했다.

주방에서 꿀물을 받아 조심조심 걸어가는 우빈의 뒤를 세후가 따랐다. 우빈이 건네는 걸 받아 든 그녀의 얼굴에 마실까 말까 망설이는 게 빤히 드러났다. 갈등하다 겨우 꿀물을 마시는데 또 사춘기 소년처럼 놀리고 싶어졌다.

"지금 꿀물 마실 정신이 있나 보지?"

조금 마셨던 것도 뱉어낸 보란이 침대에서 일어나 옷차림을 손으로 정돈했다. 그리고 반듯하게 서서 인사했다. 마치 이곳이 월요일 아침의 사장실이라도 되는 것처럼.

"사장님, 좋은 아침입니다."

"회사도 아닌데 딱딱한 인사는 됐어. 어제 무슨 일이 있었는지 기억은 나나?"

어젯밤 무슨 만행을 저질렀는지 스스로 알고 있었지만 차마 알고 있다고 말할 수는 없었다.

"사실은…… 잘 기억이 나질 않습니다."

"그래? 기억이 안 난다고? 엄 비서가 어제 술에 취해서 나한테 막 사귀자고 고백까지 했는데?"

터무니없는 소리에 보란이 버럭 했다.

"제, 제가 언제 그랬습니까?"

"기억 안 난다면서?"

아차, 전혀 기억나질 않는다고 해놓고 사장이 놓은 덫에 영락없이 걸린 거였다. 보란은 세후의 눈을 피해 딴 곳으로 시선을 뒀다.

"잘은 기억나진 않지만 그런 말을 안 한 건 분명히 기억합니다."

어떻게 벗었는지 기억이 나질 않는 재킷을 들고 보란이 세후의 앞에 반듯하게 섰다.

"비서로서 실격이 될 짓을 했다는 걸 알고 있습니다. 사표를 쓰라고 하시면 당장이라도 쓰겠습니다."

어제 술에 취했을 때는 잘도 본모습을 보여주더니 그새 딱딱하게 변해 말하는 그녀가 마음에 들지 않는지 세후의 이맛살이 찌푸려졌다.

"됐어. 아침이나 먹지."

사표를 쓰라고 하지 않은 게 이상하긴 했지만 더 이상 다른 이유를 생각하며 이곳에 머물 순 없었다. 보란은 나가려 발을 뗐다.

"괜찮습니다. 저는 이만 가보겠습니다."

아침이나 먹자는데, 생각할 것도 없이 단번에 그어버린 선이 세후의 마음에 들 리가 없었다. 안 그래도 하얗던 얼굴이 더 새하얀 게 괜찮지 않다는 게 눈에 뻔히 보이는데도 괜찮다고 하는 건 더 마음에 들지 않았다.

세후가 우빈에게 눈짓했다. 척하면 척하고 알아듣는 우빈이 보란을 손을 잡고 늘어졌다.

"누나, 같이 밥 먹어요. 아주머니가 누나 준다고 시장까지 갔다 왔어요."

"우빈아, 미안한데 다음에 같이 먹자."

"안 돼요. 거기다 오늘은 토요일이잖아요."

"잊지 않았겠지? 우리가 했던 거래?"

매달리는 우빈도 모자라 계약을 들먹이는 세후까지 합세하니 그녀는 꼼짝달싹할 수가 없었다. 어떻게 이 두 남자가 힘을 합쳤다만 하면 천하무적이었다.

결국 보란은 우빈의 손에 이끌려 사장네 식탁에 앉게 됐다.

그녀 때문에 아주머니가 시장까지 갔다 왔다는 우빈의 말이 괜히 한 말이 아닌 듯 아침으로 먹기에는 과해 보이는 많은 것들이 상에 올라 있었다. 우빈이 이끄는 손에 따라 식탁에 앉고 보니 쓰린 속이 더 아우성이었다.

급한 마음에 숟가락을 들었다 아차 싶어 다시 내려놓았다. 뭐, 잘한 게 있다고 손님 주제에 남의 집 식탁에서 제일 먼저 수저를 든단 말인가. 코앞에 보이는 북엇국을 쳐다보고만 있는데 식사를 시작해도 된다는 집주인의 허락이 들려왔다.

"먹지."

그 소리가 호루라기 소리라도 되는 듯 국으로 달겨든 보란이 국을 후르르 마셨다. 살 것 같았다.

흰 쌀밥까지 말아서 정신없이 먹고 있는데 우빈이 놀라 물었다.

"누나? 배가 많이 고팠어요?"

국그릇에 코를 박고 있던 보란이 고개를 들었다. 네 개의 눈동자가 신기한 구경거리라도 되는 양 그녀를 보고 있었다.

"국이 너무 시원하고 맛있어서. 사장님도 얼른 드십시오. 우빈이도 얼른 먹어야지? 아침을 많이 먹어야지 키도 크고 잘생겨지지."

"우리 외삼촌처럼?"

"어? 어, 그래."

바로 대답하지 못하고 잠시 뜸을 들이다 나온 대답이 마음에 들지 않는지 사장의 눈매가 또 세모꼴이었다. 못 본 척 보란은 다시 국그릇으로 시선을 내렸다.

"우리 외삼촌처럼 되려면 나도 누나처럼 먹어야지."

그녀처럼 국에 밥을 말아 푹푹 먹던 우빈이 또 물었다.

"누나 근데 어제 무슨 힘든 일 있었어?"

"힘든 일? 그건 왜?"

"어른들은 힘든 일 있을 때 먹는 게 술이잖아요."

"누가 그런 소릴 해?"

"우리 외삼촌이요."

아이가 별걸 다 알고 있다고 생각했더니 사장이 가르쳐준 거란다.

살짝 곁눈으로 사장을 힐끔거렸다. 정작 그녀를 힘들게 만들어서 술을 마시게 한 사람은 미동도 없이 식사 중이었다. 그 모습이 그리 얄미울 수가 없었다.

"누가 힘들게 하긴 했지."

"누가요?"

네가 영웅으로 생각하는 네 외삼촌. 이 말이 목구멍까지 올라왔지만 차마 내뱉을 용기는 없었다. 직접적으로 말은 못 하고 소심하게 젓가락으로 오른쪽의 사장을 가리켰다. 그녀의 젓가락이 지목한 사람을 확인한 우빈이 심각하게 허리에 손까지 얹고 사장을 나무랬다.

"외삼촌 때찌 할까?"

"괴롭힌 적 없어."

전에 팬 사인회 때도 느꼈지만 세상에서 무서워할 거라곤 하나도 없을 거라 생각했던 사장이 여섯 살 조카에 쩔쩔매는 건 굉장한 볼거리였다. 사장이 아이를 달래며 변명했다.

"누나가 선택한 거야. '영화 볼래? 일할래?' 했더니 일한다고 해놓고 힘들다고 술 마신 거야."

이번에는 대체 왜 그랬냐는 우빈의 눈이 보란을 향했다. 더 안 좋은 걸 선택하게 양자택일 상황을 만든 게 누군데.

"같이 영화 보러 안 간다고 속 좁게 그 많은 일까지 시키시면 안 되죠. 그렇게 일이 많을 줄 알았으면 당연히 영화 보러 가는 걸 선택했죠."

"그래? 그럼 다시 물어주지. 영화 보러 갈래? 아니면 주말 동안 지시한 일마무리할래?"

이리 바로 물어보기는 반칙이었다. 느긋하게 팔짱을 끼고 묻는 사장의 질문에 그녀는 자존심이 상해 죽을 것만 같았다. 또다시 놓인 양자택일의 상황에서 그녀가 선택할 수 있는 거라곤 하나뿐이었다.

"당연히…… 영화 보겠습니다."

"탁월한 선택이군."

피식, 그녀에게서 항복을 얻어낸 사장의 얼굴이 웃음이 스쳐 지나가는 것도 같았다. 그 모습이 그리도 얄미울 수가 없어 보란은 더 열심히 밥을 먹기 시작했다. 밥심이라도 있어야 한 번은 사장을 이겨먹을 수가 있을 것 같아서.

다시 식사가 시작된 식탁 위로 커다란 접시가 놓였다.

"잘 드시네. 이것도 한번 드셔보세요. 사장님께서 특별히 부탁하셔서 내가 새벽 수산시장까지 다녀왔어요."

뭔가 봤더니 빨간 양념을 입은 장어 구이였다. 어제 포장마차에서 봤던 삐쩍 말랐던 장어와는 비교도 안 될 정도로 두툼했다. 아침 메뉴로는 어울리지 않는 음식에 목구멍이 막혀왔다.

"……"

더 이상 밥을 먹을 수가 없었다. 장어 접시가 그녀의 앞으로 다가왔다.

"왜, 좋아하는 거 아니었나? 내가 특.별.히 부탁했다고. 다른 것도 아니고 노.량.진에서 사온 장어라고."

장어를 집어 드는 그녀의 손이 부들부들 떨리고 있었다.

새삼 오늘에서야 알게 된 사실 한 가지. 사장은 참 신기한 재주를 가지고 있었다. 하루아침에 식성도 바뀌게 하는 재주.

사장은 하루아침에 그녀가 좋아하던 음식 중 하나인 장어를 싫어하는 음식으로 만들어버렸다.

* * *

"저는 이만 가보겠습니다."

식사가 끝나고 디저트로 과일까지 먹고 나서 보란은 집에 갈 요량으로 가방을 챙겨 들었다.

"어디 가? 영화 본다고 하지 않았나?"

사장이 그녀가 못 가게 앞을 막고 있었다.

"네?"

이른 시간부터 영화라니, 억지도 이런 억지가 없었다.

"극장에 가기엔 이른 시간인 것 같은데요?"

"누가 극장에 간대?"

"외삼촌! 우리 영화 보는 거야?"

우빈이 좋다고 방방 뛰었다.

"전에 보다가 다 못 본 거 볼까?"

"응. 좋아!"

영화를 보는 것도, 어떤 것을 볼지를 정하는 데도 그녀의 의사는 중요하지 않았다.

극장에 가지도 않고 영화를 볼 수 있는 방법. 집에 극장이 있다면 가능한 일이었다. 가장 멀리 떨어져 맨 구석에 있던 컴컴한 방에 불을 켜자 작은 극장이 드러났다. 한쪽 벽에 빼곡히 들어선 DVD들, 그리고 프로젝트가 하얀색으로 칠한 벽을 스크린 삼아 영화 볼 수 있게 꾸며져 있었다.

"우리 누워서 보자. 누워서."

우빈을 따라 보란이 나란히 누웠다. 천장으로 화면이 시작됐다. 우빈의 다른 쪽, 저 건너편에 세후가 눕는 게 느껴졌다. 익숙한 노랫소리가 귀를 쫑긋하게 했다. 하울의 움직이는 성. 그녀가 빨간 머리 앤 다음으로 좋아하는 애니메이션 주제가였다. 유리장의 한 칸을 영화에 나오는 인형들로 채울 정도로 좋아하는 애니메이션이었다.

"이거 내가 좋아하는 건데……."

"누나도 좋아해요? 나도 좋아해요."

"그래? 설마 누나 동화보다 더 좋아하는 건 아니겠지?"

옆에 누워 있던 작은 손이 그녀의 손 속으로 쏙 하고 들어왔다.

"아니에요. 난 누나 동화가 더 좋아요."

기분 좋으라고 하는 소리라고 해도 좋았다. 두 사람은 귓속말도 하고 킥킥거렸다. 영화관에 있었다면 매너 없는 관객이라며 한 소리를 들었을지도 모르겠다.

아니나 다를까, 건너편에서 한소리를 했다.

"쉿. 다른 사람 생각도 좀 하지?"

"죄송합니다."

사방이 조용해졌다. 소피를 데리고 하늘을 나는 하울. 마녀가 건 저주로 할머니로 변한 소피. 그리고 제목대로 하울의 성이 움직이고 있었다. 누워서 보는 영화는 의자에 앉아서 감상하는 영화보다 편하다는 장점이 있었지만 의자에 앉아서 감상하는 영화보다 잠이 더 잘 든다는 단점이 있었다. 거기다 밥 먹은 지 얼마 되지도 않았는데 누워서 영화를 보니 잠이 안 올 수가 없었다. 눈꺼풀에 힘을 줘 봐도 무거워진 눈꺼풀을 감당할 수는 없었다.

새근새근.

'녀석, 전에도 여기까지밖에 못 보고 잠들어서 다 못 봐놓고는 또 잠들었네.'

작은 숨소리의 주인이 우빈이라 생각하고 고개를 돌린 세후가 그대로 멈췄다.

잠든 보란의 얼굴이 그를 향해 있었다. 우빈을 품에 안고 그녀가 그렇게 잠들어 있었다. 이리 무방비한 엄 비서는 처음이었다. 까도 까도 또 새로운 모습을 보이는 엄 비서는 양파같이 참 신기한 여자였다. 저도 모르게 피식 웃음이 나왔다.

'너무 잘 먹더라니. 잘 때는 또 아이 같네.'

아무도 없는 어둠을 핑계로 꿈틀꿈틀 생겨난 생각이 길게 늘어진 속눈썹을 만져보고 싶다고, 살짝 벌어져 옅은 색을 띤 입술도 만져보고 싶다고 속삭였다. 차마 그러지는 못하고 세후는 마냥 잠든 모습을 쳐다만 보고 있었다. 입가에 웃음을 띠고 세상모르게 잠들어 있는 그녀를 보는데 그도 모르게 한숨이 나왔다.

'후우, 엄 비서, 대체 나한테 무슨 짓을 한 거야?'

괴롭히고도 싶고 놀리고도 싶고. 술 마시고 정신을 잃었다는 소리에 머리 끝까지 화가 나기도 하고, 어디 잘못된 건 아닌지 걱정도 되고, 어떤 때는 잘 해주고 싶기도 하고. 이게 대체 무슨 감정인 건지. 제 맘을 저도 알 수가 없었다.

대놓고 그가 싫다고 말하는 그녀가 괘씸해 시작했던 마음이, 호기심과 승부욕에 시작된 마음이 어디로 향하고 있는지 알 수가 없었다.

보는 사람도 없는데 영화는 멈추지 않고 계속됐다. 황무지 마녀가 소피를 보고 물었다.

-사랑에 빠진 거지?
아까부터 자네 계속 한숨만 쉬고 있거든.

글쎄, 그의 마음을 그도 도통 알 수가 없었다.

9화. 가면이 필요해

다시 시작된 월요일, 출근한 세후에게 커피와 신문을 가져다주는 보란은 완벽한 비서의 모습이었다. 그래서 주말 동안 있었던 많은 일들이 다 거짓말 같은 착각마저 들었다. 그가 빤히 쳐다보는데도 오늘의 일정을 읊는 보란은 흐트러짐이 없었다.

"오전에는 해외 사업부와 한차례의 전체 회의가 있습니다. 그리고 오늘 중에 TY기획사 쪽에서 만나고 싶다고 먼저 연락이 왔습니다."

"TY기획사?"

"전에 모임에서 부영의 윤철준 이사님께 소개받으시고 명함을 받으셨습니다."

"TY이라면 연예 기획사 아니야?"

"그렇습니다."

"무슨 일이라는 소리는 없고?"

"광고와 소속 연예인에 대해 이야기를 나누고 싶다는 말밖에 없었습니다. 어떻게 할까요?"

"오후에 특별한 일 없으면 약속 잡지."

"그러면 오후 두 시쯤으로 하겠습니다."

더 이상 볼일이 없다는 듯 보란은 그대로 돌아 나가버렸다. 서류를 보는 척하며 한 번만 돌아보라고 속으로 되뇌었지만 그녀의 모습을 감춘 문은 이내 닫혀버렸다. 나머지 주말은 잘 보냈냐고, 아침은 먹었냐고 묻고 싶었지만 공과 사는 구분하기로 약속한 게 있어 말도 꺼내지 못한 그다.

"오전 회의 들어가실 시간입니다."

"알겠어."

바로 이어진 회의에서는 해외 사업부, 박 대리의 프레젠테이션이 길게 이어졌다. 주제는 중국이나 일본, 필리핀 등 아시아 지역에 헨젤 제품을 효과적으로 홍보하는 방법이었다.

"한류 스타를 활용한 마케팅을 계획하려 합니다. 스타를 통한 직접적인 광고뿐만 아니라 방송에 노출되는 간접적인 광고 또한……."

ppt가 보이는 화면으로 향해 있어야 할 세후의 눈은 구석에 앉아 중간중간 메모를 하고 있는 보란에게로 향했다. 볼펜을 입에 물고 곰곰이 생각하는 모양이 누가 보면 자기가 사장인 줄 알 만큼 열심이었다.

"사장님?"

부르는 소리에 정신을 차리니 벌써 발표가 끝나 있었다. 회의실의 모든 이들이 그의 입에서 나올 오케이 사인만 기다리고 있었다. 제대로 들은 게 없었지만 나중에 올라올 보고서를 확인하면 될 일이었다.

"보고서부터 올리지."

그 말은 곧 1차는 통과했다는 소리와 같은 거여서 회의실에 있던 모든 이들이 반색했다. 내내 무표정하던 그녀의 얼굴에도 살짝 입가가 올라갔다 내려가는 게 보였다. 덩달아 그의 입가도 올라갔다 내려왔다.

회의실을 나와 사장실로 올라가는 길, 세후가 보란의 손에 계속 들려 있는 다이어리로 시선을 고정했다.

"회의 내내 뭘 적던데, 뭐지?"

신입 때 한 번 회의 시간에 졸았다가 세후가 묻는 질문에 답하지 못해 낭패를 본 뒤부터 무엇이든 메모하는 보란의 다이어리였다.

"회의 때마다 거론된 중요한 문제를 간단하게 기록하는 겁니다. 제가 종종 깜빡깜빡하는 게 있다 보니."

별것 아닌 것처럼 이야기하지만 손때가 가득한 다이어리는 꽤 오랫동안 해왔던 일임을 보여주고 있었다. 회사가 아닌 곳에서는 자유분방하고 잘 웃고 심지어 빈틈도 많던 그녀가 회사에 있을 땐 전혀 다른 사람이었다. 보란을 이리 만든 게 어쩌면 자신일지도 모르겠다고 세후는 생각했다. 다이어리를 덮은 그녀가 말을 덧붙였다.

"해외 사업부팀의 계획대로라면 오늘 오후에 있을 TY기획사 대표님과의 미팅이 중요할지도 모르겠습니다."

"……그런가?"

회의 내용을 잘 듣지 않아 확답을 줄 수가 없었다. 그런데도 그녀는 다이어리를 다시 펼치더니 별을 그려 넣었다. 그러고 보면 그의 생각을 그보다 더 잘 아는 사람이 그녀일지도 모른다. 그러니 한번 물어나 볼까? 당신만 보면 눈이 가는 이유가 뭐냐고. 당신만 보면 밥은 먹었는지, 어제는 뭐 했는지 같은 시답잖은 걸 묻고 싶은 이유가 뭐냐고.

오전 동안 회의에 참석한 것 빼고는 한 일도 없는데 시간은 그냥 흐르더니 점심시간이었다. 다른 시계는 정확하지 않아도 밥 시계는 정확한 기준이 딱 맞춰 사장실로 들어왔다.

"사장님, 식사하러 가셔야죠? 사거리에 유명한 냉면집이 생겼다는데 거기 어떠세요?"

슬슬 더워지기 시작한 날씨 때문인지 모르겠지만 안 그래도 입맛이 없었는데 기준의 제안에 세후는 그러마 했다.

사장실을 나서는데 일어서서 구십 도로 인사하는 보란이 눈에 들어왔다. 그 모습이 백화점 앞에서 손님들한테 인사하는 주차 요원처럼 보여 그게 또 마음에 들지 않았다. 말이라도 맛있게 드시고 오십시오, 라고 해주지. 행여나 잘 먹고 오라는 소리도 안 하냐고 한마디 하면 그 후로는 꼬박꼬박 기계적인 말을 덧붙이겠지. 그건 더 싫은 세후는 조용히 사무실을 나섰다.

세후가 나가기가 무섭게 보란이 한숨을 내쉬며 의자에 앉았다.

"후우."

"선배님, 오늘따라 사장님 신경이 더 곤두선 것 같지 않으셨어요?"

눈치 없는 정은이 알아챌 정도니, 눈칫밥으로 이 자리를 지켜온 보란은 어련했을까? 사장의 불편한 심기를 건드리지 않으려고 머리부터 발끝까지 긴장으로 무장하는 게 보통 힘든 게 아니었다. 집에서 사적으로 봤을 땐, 그래도 사장도 사람이구나 싶었는데 회사만 오면 사장은 사장이었다. 혹시나 주말에 했던 실수로 그녀를 놀리거나 곤란하게 만드는 건 아닐까 싶었는데 그러지는 않았다. 오히려 더 날카로워지고 뾰족해졌을 뿐이었다. 당최 알 수 없는 사장의 기분은 잠시 뒤로 미뤄두고 밥이나 먹자 싶었다.

"오늘 점심 메뉴는 뭐야?"

"비빔밥인 것 같던데요?"

"잘 됐네. 안 그래도 기분도 별론데 누구 생각하면서 팍팍 비벼서 먹으면 되겠네."

웃기지도 않는 소리에 정은은 호호 소리까지 내며 웃어줬다.

지갑을 챙겨 들고 내려온 구내식당은 벌써 줄이 길게 늘어서 있었다. 빨리 와서 줄을 서고 싶어도 사장이 나가야 식사를 할 수 있는 그녀들은 늘 줄을 서야 했다.

다행히 줄이 빨리 줄어들어서 오래 기다리지 않아도 됐다. 자리를 잡고 한

창 식사를 하고 있는 중이었다. 보란의 휴대폰이 울렸다. 모르는 번호가 떴지만 받아야 했다. 혹시라도 급한 전화가 올지도 몰라 비서실 전화를 휴대폰으로 연결해놓기에 아무리 모르는 번호가 뜨더라도 우선은 받고 봐야 했다.

"네, 헨젤 비서실입니다."

-TY기획사입니다.

"네. 안녕하십니까?"

-대표님께서 곧 있으시면 도착하시는데 바로 사장실로 올라가도 되겠습니까?

보란은 시계를 확인했다. 오후 한 시. 약속 시간이 한 시간이나 남아 있었다. 곤란한 듯 그녀의 미간이 찌푸려졌다.

"약속 시간이 두 시였던 걸 알고 있습니다만."

-네, 알고 있습니다. 앞에 일정이 빨리 끝나는 바람에 일찍 도착하실 것 같습니다.

"저희 사장님께서는 밖에서 일정을 소화 중이십니다. 일찍 도착하신다고 하셔도 약속 시간까지 기다리셔야 할 것 같은데 괜찮으시겠습니까?"

중간에 텅 비어버린 스케줄이 곤란했던지 대표의 비서라는 남자가 물론이라고 얼마든지 기다린다고 하는데 안 된다고 할 수가 없었다. 전화를 끊기가 무섭게 보란은 식판을 들고 일어났다.

"정은 씨, 올라가자. TY기획사 대표가 일찍 도착한다네."

"어우, 뭐야. 저는 약속에 늦는 사람도 싫지만 약속보다 일찍 나오는 사람도 싫어요."

차 한잔할 여유도 없이 곧바로 두 사람은 비서실로 올라갔다. 정리할 것도 없는 주위를 다시 한 번 정리하고 손님을 기다렸다.

한 시가 조금 넘은 시간, 약속 시간보다 일찍 도착한 손님이 들어왔다.

"어서 오십시오."

그녀의 인사에도 머리에서부터 발끝까지 명품으로 치장한 남자는 비서실 곳곳을 눈으로 훑었다. 보란은 사장실이 아닌 안쪽에 준비된 응접실로 그를 안내했다. 사장실이 아닌 작은 응접실의 실내를 보곤 남자는 대뜸 화를 냈다.

"사장실은 어쩌고, 나를 이런 데로 안내해?"

아무리 그녀가 어려 보이고 아랫사람처럼 보인다고 해도 처음 보는 사람에게 다짜고짜 반말이라니. 세후도 그녀가 일 년 차가 되고 나서야 말을 놓았다. 사장을 찾아오는 수많은 손님을 접해본 그녀는 오 분 이내에 파악한다. 이 사람이 진국인지 진상인지. 이 남자는 진상 쪽이었다. 어쩌면 지금까지의 진상들과는 비교도 안 될 정도의 진상일지도 모를 일이었다.

"저희 사장님께서 빈 공간에 손님을 들이시는 걸 싫어하십니다. 사장님께서는 약속 시간에 맞춰서 도착하실 겁니다. 차를 한잔 준비해드릴까요?"

사장이 싫어할 거란 말에 곧바로 꼬리를 내린 남자는 명령했다.

"아이스 아메리카노로."

"알겠습니다."

인사를 하고 나오는데, 누가 진상 아니랄까 봐 한 소리를 덧붙였다.

"어이, 얼음 많이."

그래, 인정. 네가 진상 오브 진상이다. 이런 진상을 상대하는 방법은 적당한 무시와 만약에 발생할 발악을 예방할 조심뿐이었다. 진상 손님 갖다 줄 커피를 만드는 정은을 보며 보란은 주의를 줬다.

"정은 씨, 안에 손님 조심해야 될 것 같아. 작은 실수 하나에도 물고 늘어질 것 같으니까 커피 갖다 줄 때도 조심. 아니다. 그냥 내가 갖다 줄까?"

"에이, 제가 커피 하나 못 갖다 주고 나올까 봐요? 걱정하지 마세요."

얼음을 많이 넣은 커피를 들고 정은이 자신 있게 응접실로 들어갔다.

잠시 후, 그녀의 자신 있던 목소리는 울먹이는 목소리로 변해 커다란 고함 소리와 함께 들려왔다. 놀란 보란이 응접실 문을 열고 들어갔다.

"야! 너 이게 얼마짜리 옷인 줄 알아?"

정은이 남자 앞에서 고개를 숙이고 죄송하다는 말만 반복하고 있었다. 남자의 하늘색 정장 바지에 커피 자국이 보였다. 결국 덜렁이다 커피를 쏟았나 보다. 얼른 두 사람 사이에 끼어든 보란이 울먹이는 정은을 등 뒤로 숨겼다.

"죄송합니다. 제가 책임지겠습니다."

남자의 화풀이가 이번에는 정은을 숨긴 보란에게로 향했다.

"네가 어떻게 책임질 건데?"

"세탁비는 저희가 물어들이겠습니다."

"허? 세탁비? 이게 어떤 옷인 줄 알아? 전 세계적으로 딱 백 벌만 있는 한정판이라고. 네 몇 달 월급보다 비싼 거라고. 이런 옷을 망쳐놓고 세탁비만 물어주겠다? 오호라, 세탁비만 물어주면 끝인 거야?"

화가 잔뜩 난 남자가 갑자기 남아 있던 커피를 들더니 그녀의 어깨에서부터 천천히 부었다. 짙은 갈색의 액체가 하얀 블라우스를 타고 흘러내렸다. 커피와 함께 들어 있던 얼음이 돌멩이처럼 그녀의 몸을 때리고 내려갔다. 남자의 예의 없는 행동이 너무 당황스럽고 수치스러워 보란은 아무 말도 못했다.

참다못한 정은이 뒤에서 끼어들었다.

"이봐요!"

"됐어. 정은 씨. 정은 씨는 나가봐."

"하지만……."

"상황 악화시키지 말고 나가보라니까. 직속 선배 말 안 들을 거야?"

직속 선배라는 소리에 정은의 입이 꾹 다물어졌다. 다른 때는 엄하지 않으면서 꼭 한 번씩 직속 선배라는 소리와 함께 눈물이 찔끔 나게 혼내던 보란이었다. 결국 아무런 도움이 되지 않는다는 걸 안 정은은 그녀의 말대로 할 수밖에 없었다. 보란이 다시 남자에게 정중하게 사과했다.

"정말 죄송합니다."

"이 정도 사과로 되겠냐고."

그리하고도 화가 풀리지 않는지 남자는 그녀의 어깨를 손가락으로 밀기 시작했다. 뒤로 맥없이 밀려나지 않으려 그녀는 발끝에 힘을 줬다. 젖어버린 구두로부터 타고 올라온 수치심에 울지 않으려고 입술을 있는 힘껏 깨물었다. 터져버린 입술 사이로 나온 피 맛이 썼다. 어떻게든 견뎌야 하기에 보란은 속으로 다른 생각을 했다. 다른 생각을 하면 이 거지 같은 상황을 버틸 수 있을 것도 같았다. 그녀의 동화. 그리고 힘없고 용기 없는 퍼플을 구해줬던 가면.

'그래, 가면이 필요해.'

생각이 깊어지면 착각에 빠진다더니 거짓말처럼 어깨를 감싸는 따뜻함이 느껴졌다.

"바보같이 왜 이러고 있어."

눈물을 참느라 빨개진 두 눈을 들었을 땐 셔츠만 입은 사장이 서 있었다. 여태껏 한 번도 본 적 없는 무서운 눈을 하고 그가 그녀를 내려다보고 있었다.

* * *

"역시 사람들이 줄 서서 먹는 데는 이유가 있었어. 그런데 사장님은 영 못 드셔서 어떡해요?"

"너라도 잘 먹었으면 됐다."

냉면 국물까지 말끔히 비운 기준과 달리 세후는 먹는 둥 마는 둥 하고 식사를 물려버렸다. 다 먹고 나가는 손님들이 하나같이 맛있다고 입이 닳도록 칭찬했지만 세후는 그저 그랬다. 아무 맛도 느낄 수가 없다는 게 더 정확한 표현이겠지만.

아무 일도 없다는 듯 인사하던 보란의 얼굴을 본 이후로 계속 이 상태다. 누구는 밥도 제대로 못 먹을 정도로 혼란스러워하고 있는데 정작 그를 이리

만든 이는 점심을 잘도 먹었을 것 같아 심통이 난다.

그러다가 뜬금없이 눈을 동그랗게 뜨고 당황해하는 모습이 보고 싶어 부러 자극해볼까 싶기도 했다.

'우빈이도 안 할 짓을.'

어린 제 조카도 유치하다고 안 할 짓을 하려고 하는 자신이 우스운지 세후가 피식거렸다.

1층, 2층. 엘리베이터를 타고 올라가는 층수에 눈을 고정했다. 오늘 점심은 뭘 먹었는지, 맛은 있었는지. 사장실로 들어가면서 최대한 자연스럽게 물어볼 요량으로 몇 번을 속으로 중얼거렸다.

사장실까지 생각보다 오래 걸리는 시간이 좀처럼 좁혀지지 않는 그녀와의 거리 같아 마음에 들지 않았다.

"왜 이렇게 느려? 고장 난 거 아니야?"

잘만 올라가는 빨간 숫자를 보고 기준이 대꾸했다.

"아닌데요? 잘만 움직이는데요? 혹시 화장실 급하신 거?"

"아니야."

"에이, 저한테는 부끄러워하지 않으셔도 됩니다."

"아니라고."

맞네, 안 맞네 기준과 실랑이를 하다 보니 어느새 맨 꼭대기 층이었다.

-띵, 이십 층입니다.

도착한 엘리베이터에서 기준이 내릴 생각도 않고 버튼을 누르더니 장난스럽게 말했다.

"급하신 분 먼저."

"최기준 비서실장, 회사야. 넘치지 말고 여기까지만 해."

낮고 분명한 음성으로 직책까지 붙여 부르는 소리에 기준은 장난기를 거두어들였다.

"네."

정신을 차린 기준이 엘리베이터에서 먼저 내렸다. 앞서 가던 기준이 안으로 들어가진 않고 사장실 유리문에 붙어 섰다. 기준이 앞에 버티고 서는 바람에 부딪힐 뻔한 세후가 참지 못하고 그의 다리를 발로 툭 하고 쳤다.

"그만하라고 했지."

"아야. 이건 정말 일부러 그런 게 아닙니다. 안에 분위기가 이상해 보여서 그럽니다."

여전히 유리문에 붙어 눈을 뗄 줄 모르는 기준이 안을 좀 보라며 고갯짓을 했다.

"분위기?"

기준의 시선을 따라간 사무실에는 정은이 고개를 숙이고 흐느끼고 있었다.

"설마 정은 씨가 우는 건가? 제가 잘못 보고 있는 거 아니죠? 무슨 일이지?"

기준이 조심스럽게 문을 열고 들어갔다. 문을 열고 들어온 사람을 확인한 정은이 벌떡 일어나 달려왔다.

"흑흑, 최 실장님. 어떡해요! 제가 실수로 커피를 쏟았는데 손님이 선배님께 화풀이를 하고 있어요. 저 때문에…… 흑흑. 엄 비서님이…….'

엄 비서라는 소리에 먼저 반응한 건 정은과 대화하던 기준이 아닌 뒤에 서 있던 세후였다.

"엄 비서는?"

"네에?"

"엄 비서는 어디 있나 물었잖습니까!"

한 번도 들어본 적 없었던 사장의 호통에 정은의 어깨가 움츠러졌다. 언젠가 사람들이 말했던 정면으로는 절대로 받아낼 수 없다는 사장의 화난 눈빛이 이건가 싶었다.

"접, 접대실에…….'

"기준아, 오 분 뒤에 들어와서 나 말려."

그대로 돌아선 세후가 접대실로 성큼성큼 걷기 시작했다. 기준이 시계를 응시하고 시간을 재기 시작했다. 더도 말고 덜도 말고 꼭 오 분 뒤에 그가 들어가서 해야 할 일을 누구보다 잘 알고 있는 기준이었다.

* * *

세후는 어떤 일에든 이성적일 수 있다고 자부했었다. 무슨 일이든 침착하게 본질을 꿰뚫어 보고 손익을 따지는 것이 그가 제일 잘하는 일이었다. 하지만 고개 숙이고 있는 그녀를 본 순간 그의 빛나는 자부심들은 개나 줘버리는 것이 돼버리고 말았다.

세후가 재빨리 재킷을 벗어 떨고 있는 그녀의 어깨에 둘렀다.

"바보같이 왜 이러고 있어."

울지 않으려고 힘을 준 빨개진 눈, 피가 날 정도로 깨문 입술.

겨우 잡고 있던 그의 이성의 끈이 끊어지려 하고 있었다.

"권 사장님, 초면에 이거 미안하게 됐습니다. 그런데 아랫사람 교육을 잘 시키셔야겠습니다. 커피를 엎지르질 않나, 버릇없이 끼어들지를 않나? 그래서 제가 교육 좀 시키고 있었습니다."

그의 등 뒤에서 들려오는 지껄이는 소리에 고여 있던 그녀의 눈물이 뺨을 따라 흘러내렸다. 결국 겨우 붙잡고 있던 이성의 끈이 끊어져버렸다.

"눈 감고 백까지만 세."

흘러내리는 눈물을 연신 손으로 훔치며 그녀가 고개를 들었다. 물기가 가득한 눈이 대체 무슨 소리냐고 묻고 있었다.

"명령이야. 눈 감으라고."

명령이라는 소리에 마지못해 눈을 감는 그녀를 확인한 세후가 뒤로 돌았다.

좀 전까지 기세등등하던 모습은 어디 가고 세후를 정면으로 마주한 남자는 풍겨오는 압박감을 이기지 못하고 뒷걸음질 쳤다. 이제부터 지극히 감정적이게 된 그가 뭣 모르고 흥분을 주체 못 하던 스무 살에나 하던 짓을 할 생각이었다.

"너 뭐야?"

"TY 기획사 대표……."

세후가 더 들을 필요도 없다는 듯 주먹으로 남자의 얼굴을 가격했다. 저만치 날아간 남자가 요란한 비명소리를 냈다.

"으아악!"

저벅저벅 걸어간 세후가 남자의 멱살을 움켜쥐고 귓가에다 대고 낮게 읊조렸다.

"네가 뭔데 저 여자를 울려. 네가 뭔데 저 여자를 울리냐고!"

으르렁대는 그의 목소리에 남자의 어깨가 한껏 움츠러들었다.

세후의 주먹이 다시 위로 올라갔다. 하지만 올라갔던 주먹은 그 자리에 멈출 수밖에 없었다.

"사장님! 그만. 그만하십시오!"

그의 팔을 잡고 죽을 듯이 말리는 보란을 보는 세후의 미간이 마음에 안 든다는 듯 찌푸려졌다.

"왜 말려."

"저는 괜찮습니다. 그만하시는 게 좋을 것 같습니다."

눈물이 그렁그렁한 눈을 하고 목소리까지 미세하게 떨리고 있는 주제에, 이 상황에서도 남 생각은.

하지만 이 모든 게 또 저를 위한 거란 걸 알기에 세후는 마지못해 옷을 털고 일어났다.

"너, 이 여자 때문에 산 줄 알아."

얻어맞은 얼굴을 부여잡고 일어난 남자가 씩씩댔다.

"너. 너희들! 내가 폭행죄로 고소할 거야. 헨젤 사장이 나를 폭행했다고 신문에 대대적으로 인터뷰할 거라고."

아직도 정신을 못 차리고 까부는 남자를 보며 세후가 다시 뒤로 돌았다.

"어차피 이렇게 된 거 하던 거 마저 할까?"

"또 때리시려고? 허, 잘됐네. 이참에 드러누워버리지, 뭐."

맞은 얼굴을 들이밀며 객기를 부리는 남자를 본 보란이 사과했다.

"커피를 쏟은 일은 정말 죄송합니다. 드릴 말씀이 없습니다."

사과의 말도 모자라 보란은 고개까지 숙이려고 했다. 화가 머리까지 난 세후가 고개를 숙이려는 그녀의 손목을 잡아끌었다.

"따라 나와."

뭐가 불만인지 도통 알 수 없는 세후가 그녀의 팔목을 붙잡고 걷기 시작했다. 접대실을 나가는데 남자가 분하다는 듯 뒤에서 소리쳤다.

"내가 가만히 둘 줄 알아!"

"기준아, 처리해라."

정확히 오 분이 지나고 마침 들어오려는 기준에게 세후가 뒤처리를 맡겼다.

"걱정하지 마십시오."

충직하게 고개를 끄덕인 기준이 사장실 문을 닫았다.

* * *

세후가 보란의 손을 끌고 향한 곳은 옥상이었다. 이미 업무 시간이 시작된 옥상은 사람 한 명 찾을 수 없이 횅했다. 얼떨결에 옥상까지 끌려온 보란이 시큰거리는 팔목에 정신을 번쩍 차렸다.

"사장님, 아픕니다."

그제야 화들짝 손을 놓는 세후가 답답하다는 듯 넥타이를 풀어 헤쳤다.

"후우, 엄 비서는 자존심도 없어?"

붉게 부어오른 팔목을 매만지고 있던 보란의 손이 멈췄다. 누구는 자존심이 없어서 그 수모를 겪고 있었겠나. 사장이 굳이 콕 집어 이야기하지 않아도 억울하고 서러운 데다 비참하기까지 한 그녀였다.

"제가 제 자존심 하나 지키자고 그 손님께 따지고라도 들었어야 한단 말입니까?"

"그래. 그랬어야지."

안 그래도 마음이 바닥을 치고 있는데 사장의 말이 그녀를 더 바닥을 치게 만들었다.

"사장실에 찾아온 손님이셨습니다. 거기다 장차 중요한 파트너가 될지도 모르는데 일개 비서인 제가 어떻게 대들 수 있겠습니까?"

또박또박 내뱉는 보란의 말에는 가시가 돋아나 있었다.

사장은 마음 편하게 그렇게 말할 수 있겠지. 평생 갑질만 하고 산 사람들이 을들의 서러움을 알 수가 있겠는가. 그래, 너같이 좀 있는 놈들은 다 똑같지. 대들면 쥐뿔도 없으면서 자존심만 세다고 하고, 정작 굽실거리면 자존심도 없다고 비웃고.

순간 세후의 얼굴이 방금 전 그 나쁜 놈과 겹쳐 보였다. 정작 사장은 잘못한 것도 없는데 보란은 또다시 뾰족한 말을 내뱉고 말았다.

"일개 비서일 뿐인 제가 사장님 같으신 분들께 따지고 든다는 것 자체가 말이 안 되는 소리입니다."

딱딱하다 못해 부러질 것 같은 그녀의 말이 그를 마구 후려치고 있었다. 그러면 그럴수록 세후의 화가 난 음성은 높아질 뿐이었다.

"왜 못 해? 그 쓰레기 같은 놈한테 엄 비서가 뭐라 한다고 우리 회사가 망하기라도 한대?"

헨젤이라는 이름에 작은 흠집 나는 것도 용납하지 않는 그가 왜 이리 구는지. 주먹을 날리는 게 아니라 오히려 그 거지 같은 상황을 잘 참았다고 칭찬을 해주는 게 정상이었고 사장다운 거였다. 이리 흥분하는 그를 바라보는 그녀의 눈이 알 수 없음으로 가득했다.

"망하지는 않겠지만 안 좋은 잡음은 생기겠죠. 무엇보다 방금 전에 있었던 일은 비서로서 충분히 경험할 수 있는 일인데 사장님께서 왜 이렇게 흥분하시는지 알 수가 없습니다."

"……."

세후의 입이 붙어버렸다. 그러니까 말이다. 모든 자료의 요점을 정확하게 정리해내는 그녀의 특기처럼 보란의 말이 다 맞는 말이었다. 충분히 일어날 수 있는 일인데, 주먹까지 날릴 정도로 흥분한 이유가 뭘까.

엉망이 된 옷을 입고도 아무 일도 없었다는 듯 서 있는 보란을 보는 세후의 눈이 깊어졌다.

"그러니까, 내가 왜 그랬을까?"

뚫어버릴 것같이 집요하게 닿은 시선을 피해 보란이 뒷걸음질 쳤다.

"……."

그러면 그는 멀어진 거리만큼 그녀에게로 다가섰다. 더 이상 도망갈 곳 없이 등이 벽에 닿았을 때에야 보란은 그의 눈과 마주했다.

하지만 이내 그의 눈을 피한 보란이 겨우 한 자 한 자 힘주어 내뱉은 말.

"불편합니다."

"불, 불편하다고?"

사장의 목소리가 떨리고 있는 것 같은 착각이 들었다. 하지만 얼핏 본 그의 눈에서 그 어떤 미동도 찾을 수 없었던 보란은 잘못 들은 거라 치부해버렸다.

"솔직히 아까 그 손님이나 사장님이나 저한테는 모셔야 할 분들일 뿐입니다. 사장님의 이런 행동들 정말 불편합니다."

그 소리에 그녀를 가두고 있던 팔이 아래로 떨어졌다.

"그렇단 말이지? 알겠어. 더 이상 엄 비서 불편하게 할 일 없을 거야. 가봐."

옥상 문이 닫히는 소리에 세후의 고개가 바닥으로 떨어졌다. 문이 닫히는 소리가 마치 그녀의 마음의 문이 닫히는 소리 같아서 더 답답해졌다.

불편하다고.

자기가 불편하단다.

'아까 그 손님이나 사장님이나 저한테는 모셔야 할 분들일 뿐입니다. 사장님의 이런 행동들 정말 불편합니다.'

보란이 했던 말이 그를 마구 건드리고 있었다. 그 말이 왜 이리 그를 거슬리게 하는지 모를 일이었다. 한 발자국이라도 가까이 가기 위해 애쓰는 그의 행동들이 그녀에게는 마냥 불편한 것들이었다니.

"제기랄!"

욕지거리와 함께 그의 발밑에 있던 죄로 애꿎은 돌멩이만 반대편으로 날아갔다.

커피를 뒤집어쓰고도 아무 말도 하지 못하는 그녀를 봤을 때 꼭지가 돌아버리는 줄 알았다. 자신에게는 잘도 안 된다고, 싫다고 잘도 말하면서. 그 쓰레기 같은 놈한테는 한마디도 못 하고 있는 게 왜 그리도 화가 나던지. 마치 자신이 당한 것 같은 착각마저 들었다.

그때 세후의 가슴이 설마 하고 두근거리기 시작했다.

다른 직원들과 달리 엄 비서가 아프다면 걱정부터 되고 억지로 병원까지 데리고 가는 건 어쩌면.

밥은 먹었는지, 주말에는 뭘 했는지 이런 시답잖은 게 궁금한 이유는 어쩌면.

그녀만 보면 사춘기 소년처럼 놀리고 싶고, 괴롭히고 싶은 건 어쩌면.

그녀의 일에 이리도 이성을 잃고 날뛰는 건 어쩌면…….

불편하다고 밀어내는 그녀의 말에 가슴 한쪽이 떨어져 나가는 것처럼 이리 아픈 건 어쩌면.

어쩌면, 어쩌면…….

그의 인생에서 절대로 일어나지 않을 거라 생각했던 일이 일어나려 하고 있었다.

누군가를 좋아하고 마음에 담는 일.

지금 세후가 자신의 마음을 알아차리려 하고 있었다.

10화. 틀어진 관계

옥상에서 도망치듯 내려온 사무실. 울었던 얼굴을 말끔히 정리한 보란이 안으로 들어갔다. 발만 동동 굴리고 있던 정은이 냉큼 달려와 꼬리를 흔들었다.

"으엉! 엄 비서님. 죄송해요."

보란은 미안한 기색이 가득한 정은의 등을 가볍게 두드려줬다.

"괜찮아. 근데 그 손님은?"

"흑, 최 실장님이 데리고 나가셨어요."

"그래?"

아무 일 없었다는 듯 자리에 앉는 보란을 따라 정은도 자리에 앉았다. 그 일을 겪고도 밀린 업무를 시작하려는지 보란이 컴퓨터를 켜고 있었다.

옆에서 눈치만 보던 정은이 조용히 물었다.

"저기요. 엄 비서님?"

"응, 왜?"

"전에도 느꼈지만 사장님께서 엄 비서님을 엄청 아끼시나 봐요. 막 엄 비서님을 데리고 나가시는데 꼭 백마 아니지, 흑마 탄 왕자님 같았어요."

정은의 말에 보란의 얼굴이 딱딱하게 굳어갔다.

"그런 거 아니야. 내가 아닌 누가 그 상황에 처해 있었더라도 그렇게 하셨을 거야."

"아닌 것 같은데……."

정은이 말끝을 흐렸다. 전에도 느꼈지만 사장님이 엄 비서님을 대하시는 건 다른 부하 직원들과는 달랐다. 전에는 막연히 일 잘하는 아랫사람을 아끼는 것 같았는데, 오늘은 사장님의 행동으로 미루어 봤을 때 엄 비서님을 아무래도…… 러브러브하시는 것 같았다.

"아마도 사장님께서, 엄 비서님을……."

정은은 자신이 깨닫게 된 사실을 보란에게 알려주려 했지만 그럴 수 없었다.

벌컥 문이 열리고 세후가 들어왔기 때문이었다. 보란과 정은이 자리에서 벌떡 일어섰다. 미처 지우지 못한 커피 흔적이 가득한 보란의 어깨를 째려보던 세후가 곧바로 사장실로 들어가 버렸다.

쾅!

어찌나 문을 세게 닫았는지 문 앞에 있던 화분이 흔들거렸다. 때문에 잘못한 게 있는 정은만 잔뜩 겁을 먹었다.

"화가 많이 나신 것 같은데……. 저 어쩌죠?"

"별일 없을 거야. 일 시작하자."

정은을 달랜 보란이 다시 컴퓨터로 눈을 돌렸지만 일이 손에 잡힐 리가 없었다. 얼핏 본 사장의 얼굴 본 탓이었다. 화가 단단히 나 보이는 건 그렇다 치더라도 이 넓은 세상에서 저 혼자만 있는 양 쓸쓸해 보이는 표정은 또 뭔지.

'고맙다는 말부터 했어야 했는데.'

이성을 찾고 나서 생각해보니 그녀의 실수였다. 따박따박 따지고 들 게 아니라 고맙다는 말을 먼저 했어야 했다. 그 더럽던 진흙 같은 상황에서 짠 하고 나타나 구해준 걸 고맙다고 했어야 했는데. 엄한 사람에게 화풀이를 해버리고 말았다. 이래서야 아까 그 남자와 다를 게 뭐란 말인가.

'후. 엄보란. 이 일을 어떻게 수습할 거냐.'

순식간에 상황은 틀어져 있었다. 제대로 틀어져버린 것 같은 상황에 보란의 머리가 지끈거리기 시작했다.

한편, 쾅 하고 문을 닫아버리고 안으로 들어온 세후도 일이 손에 잡히지 않는 건 마찬가지였다.

마음 같아서는 당장이라도 그녀를 끌고 나가 억지로라도 집에 데려다주고 싶었다. 하지만 또 불편하다고 싫다고 하겠지. 하고 싶은 대로 하고 사는 게 익숙하던 그였는데 엄 비서에게만은 제 맘대로 굴 수가 없었다. 마음대로 되지 않는 상황이 짜증이 나 세후는 눈을 감아버렸다.

잠시 후, 똑똑 하는 소리에 세후의 눈이 떠졌다.

"사장님, 들어가겠습니다."

일을 처리하고 온 기준이었다.

들어오라고 말한 세후가 흐트러져 있던 옷가지를 바로 했다.

"어떻게 됐어?"

"병원으로 데려가서 치료받게 하고 진단서도 끊었습니다. 고소하겠다고 날뛰는 걸 석 변호사님께 데려다주고 오는 길입니다. 석 변호사님께서 잘 마무리하실 겁니다. 그쪽에서 먼저 무례하게 군 게 있으니 군소리 없이 합의하겠죠."

"알겠어."

할 말이 끝났음에도 기준은 그 자리에 버티고 서 있었다.

"더 할 말 있어?"

늘 장난스런 얼굴이던 기준의 얼굴이 이번만큼은 진지했다.

"형…… 좋아하는 거지?"

"……."

세후는 바로 대답할 수가 없었다. 한 번도 누군가를 진심으로 좋아할 수 있을 거라 생각해본 적이 없었다. 그에게 그런 감정은 사치였으니까. 그에게는 책임져야 할 우빈이 있으니까.

"쓸데없는 소리 하지 말고 나가봐."

아니라는 소리는 못 하고 기준을 내보내던 세후는 또 어쩔 수 없이 제 마음을 드러냈다. 문을 열고 나가려는 기준을 세후가 불러 세웠다.

"빨리 퇴근해라고 해. 많이 놀랐을 텐데, 네가 좀 태워다주고."

* * *

아무 일도 없었던 척, 괜찮은 척 비서실을 지키고 있던 보란은 결국 퇴근을 권하는 비서실 식구들을 이기지 못하고 퇴근을 했다. 택시를 이용해도 될 일이었는데 최 실장이 집까지 데려다주는 길이었다.

"보란 씨, 푹 쉬고 내일 봐요."

"일부러 데려다주시고, 감사합니다."

최 실장을 보내고 집으로 돌아온 보란은 문을 열고 들어오자마자 차가운 현관 바닥에 무너져 내렸다. 꾹 눌러 참고 있던 눈물이 볼을 타고 흘러내렸다. 연신 손으로 볼을 훔쳤지만 눈물은 멈출 생각이 없었다. 오늘 하루 동안 겪었던 일들을 없었던 일로 치부하고 싶었지만 그녀의 머리는 계속해서 일련에 있었던 일들을 되새김질하고 있었다.

'처음부터 일찍 방문하겠다던 그 전화를 받지 않았다면.'

'정은 씨 대신 내가 커피를 가지고 들어갔다면.'

'그때 사장이 나타나지 않았다면.'

수많은 가정들이 그녀를 괴롭히고 있었다.

그리고 인정하고 싶지 않았지만 기가 막힌 타이밍에 나타난 세후는 가면 같았다. 그녀의 동화 속 후세의 괴롭힘에 울고 있던 퍼플에게 찾아온 그 가면 말이다.

하굣길, 후세와 마주치고 싶지 않아 퍼플은 빠른 걸음으로 집으로 오는 길이었습니다. 하지만 집으로 가려면 할 수 없이 중간에 떡하니 있는 후세네 구멍가게를 지나치지 않을 수가 없었습니다.

아니나 다를까, 구멍가게 앞에 후세와 그의 추종자들이 옹기종기 모여 있었습니다.

"자, 이거 하나씩 먹어. 그리고 뽑기도 한 판씩 해도 돼."

퍼플의 귀가 쫑긋 섰습니다. 후세가 아이들에게 나눠주는 건 퍼플이 제일 좋아하지만 엄마가 못 먹게 하는 아폴로였습니다. 거기다 저 뽑기는 퍼플이 제일 갖고 싶어 하는 요괴 워치 뽑기였습니다.

'후세야, 나도 한 번만 하게 해주면 안 돼?'

'공짜는 안 돼. 하고 싶으면 돈 내고 해.'

이랬던 후세가 지금 다른 아이들에게 아폴로도 모자라 뽑기를 하게 해주고 있었습니다.

씩씩거리며 집으로 돌아온 퍼플은 방문을 걸어 잠갔습니다.

"이아이잉. 후세 나빠. 나만 빼고. 나도 요괴 워치 갖고 싶은데."

이불 속으로 들어간 퍼플은 닭똥 같은 눈물을 흘리고 있었습니다.

"퍼플, 나와서 간식 먹으렴. 네가 좋아하는 쿠키 구워놨어."

똑똑이 엄마가 불렀지만 퍼플은 이불 속으로 더 들어갈 뿐이었습니다.

"안 먹어!"

'후세 나빠. 나빠. 나빠. 나만 괴롭히고 나만 따돌리고. 나 정말 슬프다고. 딱 한 번만 후세를 혼내줄 수 있으면······.'

씻지도 않고 누워서 후세를 원망하던 퍼플은 그대로 잠으로 빠져들었습니다.

'퍼플? 퍼플?'

꿈속에서 누군가 그녀를 부르고 있었습니다. 눈을 비비고 일어난 퍼플은 눈을 동그랗게 떴습니다. 침대 위에 웬 가면이 그녀를 부르고 있지 않겠어요?

"누, 누구세요?"

'나? 네가 불렀잖아. 내가 네 소원을 들어줄게.'

그날 밤. 그렇게 가면이 퍼플을 찾아왔습니다.

힘들기만 했던 직장 생활을 견디기 위해 적었던 동화였다. 그리고 이 동화가 완성되어갈 즈음 그녀도 퍼플처럼 가면을 쓰기 시작했지.

깐깐한 사장을 견뎌내기 위한 완벽한 비서의 가면.

그런데 오늘 아이러니하게도 가면이 된 후세가 그녀를 구해줬다. 또다시, 옥상에서 보았던, 어딘지 모르게 쓸쓸해 보이던 그의 눈빛이 떠올랐다.

"사과해야 되겠지?"

얼마를 앉아 있었던 걸까? 꽤 오래 앉아 있었나 보다. 밑에서부터 올라온 차가운 공기에 엉덩이에 감각이 없는 걸 보니.

"으, 추워. 이제 그만 일어나자."

보란이 얼얼한 엉덩이를 털고 일어났다.

그때였다.

찰칵.

현관문 고리가 움직였다. 다행히 수동이 아닌 디지털 키여서 열리지는 않았지만, 고리가 움직였다는 건 밖에서 누가 문을 열려고 했다는 것.

'설, 설마 도둑?'

덜컥 겁이 난 보란은 신발장 옆 방범용으로 준비해둔 야구 방망이를 들었다. 그리고 조심스레 문에다 귀를 가져다 댔다.

"……."

다행히 문밖은 조용했다. 옆집 사람이 잘못 문고리를 돌린 건가? 이상하게 여긴 보란이 밖을 볼 수 있는 구멍으로 눈을 가져갔다.

'최, 최 실장님?'

얼핏 지나가며 살짝 보인 옆얼굴이 그가 분명했다. 밖에서는 멀어져가는 발소리가 들렸다.

"무슨 일이시지?"

집 앞까지 왔으면 왔다고 벨을 누르시지 현관 문고리만 한 번 잡아당기고 가는 건 또 뭔가?

보란이 서둘러 문을 열고 밖으로 나갔다. 하지만 벌써 엘리베이터를 탔는지 복도에는 최 실장의 모습이 보이질 않았다.

그리고 그녀는 발견했다. 문고리에 걸려 있는 커다란 종이 백들을 말이다.

"이건?"

뭔가 싶어 종이 백을 열어봤더니, 안에는 약국이라도 털어 왔는지 청심환부터 시작해서 비타민제, 종합 감기약까지 각종 약들이 들어 있었다. 그리고 다른 종이 백에는 죽은 기본, 간단하게 요기할 수 있는 것들이 들어 있었다.

얼른 집으로 들어온 보란은 주차장이 보이는 베란다로 달려갔다.

"……!"

가로등 밑 차에 기대고 선 실루엣은 사장이었다. 몇 시간 만에 그 멀쩡하던 얼굴은 며칠 밤을 내리 새우기라도 한 듯 피곤해 보였다.

팔짱을 끼고 차에 기대고 있던 세후는 안쪽 주머니에 숨겨두었던 담배 한 개비를 꺼냈다.

"끊었는데. 도저히 못 견디겠군."

불을 붙이려고 무심코 올려다본 하늘. 거기서 세후는 아래를 내려다보고 있는 보란을 발견했다. 피우려고 입에 문 담배를 부러뜨려버렸다. 그녀를 보고 나니 못 견딜 만큼 간절했던 담배가 더 이상 필요가 없어진 것이다.

어둠 사이로 삐져나온 불빛들을 전등 삼아 두 사람은 서로를 응시했다.

"……."

"……."

마주하고 있던 눈을 먼저 거두어들인 건 세후였다. 더 이상은 미련 없다는 듯 고개를 돌리는 그는 가차가 없었다.

보란의 집으로 올라갔던 기준이 내려왔다.

"형, 갔다 왔어. 형이 하라는 대로 문고리에 걸어놓고만 왔는데 문자라도 한 통 넣어야 하는 거 아니야? 죽 식을 텐데."

"식으면 식으라지."

차에 올라타는 세후의 모습이 매몰찼다. 웬만해선 일찍 퇴근하지 않는 그가 일찍 퇴근한 것도 모자라 약국, 마트, 죽집까지 찾아다녔다. 그 정성은 누가 알아주나. 옆에서 보는 기준만 애가 탔다.

"이런 건 형이 딱 올라가서 멋있게 전해줬어야 하는데."

"받으면 됐지, 누가 전해주는 게 무슨 의미가 있어."

더는 볼 것 없다는 듯이 차에 탈 때는 언제고 정작 차에 탄 세후는 휴대폰을 만지작거리고 있었다. 전화번호 같은 건 외우지 않는 세후가 유일하게 외워버린 몇 개 되지 않는 번호 중의 하나. 외우려고 하지 않았는데도 자연스럽게 외워버린 번호가 화면에 찍혀 있었다.

[엄 비서. 010-xxxx-xxxx]

통화 버튼을 누르기만 하면 신호가 갈 텐데. 세후는 차마 누르지 못하고 있었다.

"형, 그러지 말고 연락을 해봐."

백미러로 뒷좌석을 흘끔거리던 기준이 보다 못해 하는 말이었다. 전화하고 싶어 하는 게 다 보이는데 무엇 때문인지 모르나 그가 아는 세후답지 않게 망설이고 있었다.

아직도 손에 휴대폰을 놓지 못한 세후가 대답했다.

"내가 불편하단다."

기준의 눈이 놀라움으로 커졌다. 그가 아는 세후는 이리 남을 배려하는 캐릭터가 아니었다.

"무조건 밀고 나가는 권세후는 어디 갔어? 형답지 않아."

창가로 시선을 옮긴 세후가 씁쓸하게 웃었다.

"엄 비서는 다르니까."

기준의 입이 침묵했다. 지금 세후가 약도 없다는 열병을 시작하고 있었다.

* * *

다음 날, 보란은 다시 신입으로 돌아갔다는 마음가짐으로 출근을 했다. 그런데 사장이 이상해졌다. 그녀를 괴롭히던 재미로 사는 사람처럼 굴던 사장이 그녀와 눈도 마주치려 하지 않았다. 전에는 너무 자주 마주치던 눈이 하도 안 마주치니 일부러 그녀를 피하는 건가 하는 같은 생각마저 들었다.

거기다 일적인 것 말고는 묻지도 따지지도 않는 사장은 전으로 돌아간 것만 같았다.

다시 예전으로 돌아간 사장을 두 팔 벌려 환영해야 마땅한데 마음 한구석의 찝찝함은 어쩔 수가 없었다.

'화난 건가? 솔직히 내가 너무 심하게 말하긴 했지?'

사과와 함께 고맙다는 말도 해야 하는데, 틈을 주지 않는 사장 때문에 보란은 눈치만 보고 있는 중이었다.

결재를 받기 위해 들어간 사장실, 보란이 결재 서류를 확인하는 사장을 보며 언제 말을 꺼낼까 눈치만 보고 있었다.

'지금? 어떤 말부터 꺼내지? 그때 구해주셔서 고마웠다고 먼저 해야 하나? 아니면 함부로 말해서 미안하다고 먼저 해야 하나?'

하지만 그 짧은 시간 동안 빨리도 사인을 마친 사장이 보란을 향해 파일을 내밀고 있었다.

"여기."

입도 한 번 떼지 못하고 이렇게 기회를 날리는구나. 우두커니 서 있는 보란을 보며 세후가 물었다.

"더 결재할 서류가 있나?"

"없습니다."

"없으면 나가보지."

사과할 기회를 놓쳐버린 보란이 사장실을 나왔다. 후우, 하고 한숨을 내쉬었다. 어떻게 입사 초기 때보다 사장은 더 날카로워졌고 더 무서워졌다.

'회사에서는 내내 저 모드니 안 되겠다.'

보란은 다가오는 토요일에 말해야겠다고 계획을 변경했다. 편한 자리에서는 좀처럼 떨어지지 않는 입이 떨어질 것도 같았다. 그녀의 사과는 다가오는 토요일을 기했다. 그렇게 다가오는 토요일을 사과 디데이로 잡고 눈치만 보고 있는 중이었는데 그 기회 역시 쉬이 주어지질 않았다.

목요일, 오늘은 꼭 준비한 말을 꺼내야겠다고 단단히 결심하고 출근한 보란은 말을 꺼낼 좋은 타이밍만 기다리고 있었다.

이른 오후, 보란은 비서실에 떨어진 물품들을 채우기 위해 업무 지원실에 갔다 돌아온 길이었다. 정은이 사장의 전용 커피 잔을 들고 있었다. 박스를 내려놓은 보란이 서둘러 다가갔다.

"정은 씨."

쟁반을 들고 문 앞에서 머뭇거리고 있던 정은이 뒤로 돌아섰다.

"오셨어요."

보란이 정은이 들고 있던 쟁반을 건네받을 작정으로 손을 내밀었다.

"안으로 들어가는 거지? 내가 들고 들어갈게."

그 소리에 정은이 반색했다. 며칠 전 있었던 일 때문에 커피 심부름 트라우마가 생겼기 때문이었다.

"그래도 돼요? 사실 그 일 때문에 아직도 손이 떨리거든요. 고맙습니다. 대신 탕비실 정리는 제가 전부 다 할게요."

"그래, 그렇게 하자."

쟁반을 건네받은 보란이 노크와 함께 커피를 들고 사장실로 들어갔다. 인기척에도 세후는 고개 한 번 들지 않고 제 할 일을 하고 있었다. 조심히 커피 잔을 책상 위에 내려놓은 보란이 나가지 못하고 망설이고 있었다.

"······사장님."

여전히 결재 서류에 눈을 고정한 세후가 대답했다.

"할 말 있나?"

"이번 주 토요일은."

'언제쯤 댁에 가면 될까요?' 하고 물으려고 했었다. 하지만 세후는 보란의 말을 끝까지 들어보지도 않고 잘랐다.

"올 필요 없어."

이번 주가 안 된다고 하니 다음 주에나 사과를 할 수 있겠다 싶었다.

"그럼 다음 주는······."

이번에도 세후는 그녀의 말을 다 듣지도 않고 잘라버렸다.

"이제부터 올 필요 없어."

"……."

왜냐고 묻지도 못했다. 싫다고 불편하다고 사장을 밀어내놓고 왜 갑자기 쌀쌀맞게 구냐고 이유를 묻는 것도 우스울 것 같아서.

"알겠습니다."

보란은 그리 대답을 하고 돌아서 사장실을 나갔다.

"하아."

문이 온전히 닫히는 걸 확인한 세후가 숙이고 있던 고개를 들었다. 집중해서 일하고 있는 척했지만 사실 한 시간째 같은 페이지만 들여다보고 있는 중이었다.

그녀의 목소리에 반응하는 자신을 억누르기 위해 꽉 쥐고 있던 주먹이 그제야 펴졌다.

며칠 전부터 아프던 머리는 더 심한 두통으로 바뀌어 일도 못하게 방해하고 있었다. 세후는 지금 견디는 중이었다. 싫다는 저 여자를 끌어다가 제 옆에 두고 싶은 제 이기심을 견뎌내고 있는 중이었다.

'권세후, 견디기만 하면 될 것 같아?'

그의 마음이 물었다. 정말 그걸로 되겠냐고. 아니, 버틸 수나 있겠냐고.

"견디는 걸로 안 된다면 마음을 잘라내야지. 안 그래?"

그의 자조적인 말이 빈 공간을 허무하게 울렸다.

* * *

토요일 이른 아침, 보란의 눈이 번쩍하고 떠졌다. 머리맡에 시계를 확인하더니 다시 누운 그녀가 아쉬운 소리를 했다.

"아, 계속 자도 됐는데……."

더 자려고 눈을 꼭 감았지만 잠이 오질 않았다. 토요일마다 일찍 일어났더니 습관이 되어버렸는지 더 이상 잠이 오질 않았다.

결국 보란은 침대에서 몸을 일으켰다. 저번 주까지만 해도 부지런히 일어나 씻고 사장의 집으로 가야 할 시간이었다. 그러나 오늘부터는 그럴 필요가 없었다.

"치, 누가 오지 말라면 겁먹을 줄 알고? 나는 하나도 아쉬운 게 없네요."

일찍 잠에서 깨게 된 보란이 침대에서 일어나 크게 기지개를 폈다.

"으차. 모처럼 자유를 얻게 됐는데, 하고 싶었던 거 다 해버려야지."

우선은 미뤄두었던 청소부터 하고 늘어지게 누워서 못 봤던 만화 영화도 몰아서 볼 계획이었다. 그동안 사장과의 약속 때문에 누리지 못한 것들을 할 생각으로 보란은 들떠 있었다.

가장 먼저 발에 걸리는 수건과 옷가지들을 몽땅 세탁기에 집어넣은 보란은 수건을 하나 발가락에 끼웠다. 그러곤 얼마간 거실을 어슬렁어슬렁 돌아다니더니 외쳤다.

"청소 끝!"

거실 청소를 그리 끝내고 침대가 있는 방으로 들어간 보란은 먼지라곤 보이질 않는 유리창을 열어젖혔다.

"우리 아가들, 잘 있었어요? 이 언니가 요즘 소원했지요?"

하얀 면장갑을 낀 손으로 진열대에 놓여 있던 인형들을 만지는 손길이 누가 보면 명품 백이라도 만지는 손길인 줄 알겠다.

인형들을 전부 꺼내 침대 위에 앉히더니 보란이 떠들기 시작했다.

"언니가 너희가 보고 싶지 않아서가 아니에요. 우리 사장이란 놈, 너희도 알고 있지? 후세? 토요일마다 그 놈한테 불려 다니느라고 어쩔 수가 없었어. 이제부터 걱정하지 않아도 돼요. 왜냐고? 이제 이 언니는 후세에게서 해방됐거든."

인형들을 전부 유리창에 도로 집어넣더니 이번엔 잘만 꽂혀 있는 책장으로 목표가 변경됐다. 동화책은 빨주노초파남보 무지개 색깔로 정렬되어 있었다.

"이번에는 가나다순으로?"

잘 꽂혀 있던 책들을 전부 꺼내더니 가나다순으로 정렬하기 시작했다. 자고 일어난 침대의 이불들은 아직도 제각각 흩어져 있건만 그녀는 또다시 자랑스럽게 외쳤다.

"대청소는 끝났고 이제부터 텔레비전 시청이다."

거실로 나가 리모컨으로 다시보기를 누르는 모습이 처음부터 소파와 하나가 된 것처럼 자연스러웠다. 보란은 제일 먼저 애니메이션을 방영해주는 채널을 틀었다.

"어디까지 봤더라. 어?"

마침 저번 주에 사장의 집에서 우빈과 함께 봤던 뒷부분이 나오고 있었다. 볼까 말까, 리모컨을 들고 그녀가 망설였다.

'누나! 꼭 나랑 뒷부분 같이 보는 거야.'

우빈과 새끼손가락까지 걸고 했던 약속이 계속 생각나는 바람에 결국 궁금한 뒷부분은 차마 보지 못하고 미뤄뒀다. 끝내 수많은 프로 중에서 그녀의 선택을 받은 건 무모한 도전으로 큰 웃음 주시는 인기 예능 프로였다.

"하하하. 웃기다."

한참을 웃고 났더니 배가 고팠다. 무엇을 먹을까 냉장고를 뒤져봤지만 장을 안 본 지 오래라 먹을 수 있는 거라곤 생수밖에 없었다.

"토요일에는 배달 요리지."

냉장고에 붙어 있던 전단지를 들고 이것저것 살피다 늦은 점심으로 채택된 건 중국 요리였다. 주문한 지 십 분도 안 돼 식사가 배달됐다.

배달된 자장면과 군만두를 들고 텔레비전 앞에 자리 잡은 그녀는 허겁지겁 비빈 면을 한 입 먹었다. 그런데 자장면 한 입에 고개를 갸우뚱하더니 군만두 하나도 다 먹지 못하고 젓가락을 내려놓았다. 맛이 없어도 이리 없을 수가 없었다. 자장면은 느끼했고 군만두는 너무 오래 튀겼는지 딱딱했다.

"이상하네? 사장님이 바뀌었나?"

자주 시켜 먹었던 단골집이었는데 영 별로였다. 거의 손도 되지 않는 음식들을 내놓으며 그녀는 한숨을 내쉬었다.

"사장님 집에 갔으면 맛있는 거 먹는 건데……."

솜씨 좋은 세후네 아주머니의 음식이 눈앞에 아른거렸다. 깔끔하면서도 계속 손이 가게 만드는 손맛. 이런 배달 음식과는 비교도 되지 않는 맛인데……. 토요일마다 사장 집에서 먹던 점심이 그리워질 줄이야.

이내 보란은 번쩍 정신을 차렸다.

"아니지, 엄보란. 그깟 음식과 네 자유를 바꿀 셈이냐! 남은 시간을 더 알차게 보내야지. 정신 차리라고."

대충 아무 옷이나 주워 입고 모자를 푹 눌러쓴 보란은 나갈 채비를 했다. 지갑과 휴대폰만 챙기고 슬리퍼를 대충 신은 후 집을 나섰다.

성큼 다가온 초여름의 해가 하늘 중간에 떡하니 걸려 있었다. 근처 대여점에서 한동안 못 봤던 애니메이션을 왕창 빌리고 오는 길에 간식거리도 산더미처럼 사올 생각이었다.

대여점에 들어가자마자 주인 아저씨가 그녀를 반겼다.

"오랜만이야. 왜 이렇게 뜸했어?"

"좀 바빴어요. 아저씨, 신간 나온 거 있어요?"

아저씨가 밑에 숨겨두었던 DVD들을 꺼냈다.

"아파트 초딩들이 찾았는데 혹시나 아가씨 올까 봐 챙겨두고 있었어."

"역시 아저씨, 센스쟁이! 감사합니다. 전부 주세요."

그동안 사장의 집에 간다고 못 본 DVD를 빌리고 오는 길에 보이는 분식집에서 떡볶이, 순대, 튀김 떡순튀를 산 것도 모자라, 마트에서 커다란 봉지 과자까지 사서 집으로 오는 길이었다.

아이스크림을 입에 물고 거의 집으로 도착했을 때였다.

-빨강 머리 앤~ ♬♪♩

화면에 뜨는 번호를 보니 사장이었다. 그녀의 얼굴에 얼핏 웃음기가 서렸다 사라졌다. 목소리를 가다듬은 보란이 반가운 기색을 숨기고 전화를 받았다.

"오늘은 안 와도 된다고 하지 않으셨습니까?"

당황하는 사장의 목소리를 예상했었는데 들려온 건 울음소리였다.

-누나! 흐흑. 으아아앙. 보란 누나!

"우빈이?"

그녀의 목소리를 들은 우빈이 더 크게 울기 시작했다.

"우빈아, 울지 말고 무슨 일인지 이야기해봐."

우는 아이를 차근차근 달래며 물으니 울음이 섞인 아이의 대답이 들려왔다.

-흐아앙. 외삼촌이 아파!

그녀가 들고 있던 막대 아이스크림이 바닥으로 떨어졌다.

-띵동띵동.

초인종을 누르기가 무섭게 눈물 콧물 범벅이 된 우빈이 문을 열고 나왔다. 보란을 보자마자 달려온 우빈이 그녀의 다리부터 껴안았다.

"누나! 으아앙."

"많이 무서웠어?"

영차 하고 우빈을 안아 든 보란이 이젠 꽤 익숙해진 집으로 들어갔다. 집에는 늘 계시던 아주머니도 보이질 않았다. 이 큰 집에 아프다는 어른 하나와 겁먹은 아이 하나가 전부였다.

"우빈이 밥은 먹었어?"

울음을 그치긴 했으나 여전히 울음기가 묻어난 목소리로 아이가 답했다.

"……아니."

"누나가 죽 좀 사왔는데 이거라도 좀 먹자."

우빈이 싫다며 고개를 흔들었다.

"세후 삼촌이 아파."

배고픔보다 외삼촌을 먼저 걱정하는 조카라. 두 사람 사이가 각별한 건 알고 있었지만 새삼 더 각별해 보였다.

"외삼촌 괜찮으실 거야. 잘 먹고 우빈이가 으쌰으쌰해서 외삼촌 간호해야지? 그러니까 이거부터 먹자."

계속 그가 있는 방 쪽으로 고개를 돌리는 아이를 달래 식탁에 앉히고 사 온 전복죽을 덜어주었다. 고개를 저으며 안 먹겠다고 하더니 고소한 참기름 냄새를 참지 못하고 우빈이 숟가락을 들었다.

동그란 머리를 한 번 쓰다듬어 주고 보란은 사장 몫으로 사온 죽을 들고 일어났다.

"우선은 냉장고에 넣어둬야겠지?"

냉장고 문을 여니 웬 케이크 상자가 하나가 보였다. 낙엽이 떨어질 무렵에 탄생하신 사장의 생일은 아니고. 우빈이 생일인가?

"혹시 오늘이 우빈이 생일이야?"

우빈이 죽을 먹다 말고 대답했다.

"음, 아니? 우빈이 엄마 생일."

우빈이 엄마라면……. 보란은 더는 묻지 못하고 입을 다물었다. 괜한 걸 물어가지고 아이의 상처를 건드리는 건 아닐까 조심스러운 탓이다.

그러나 아이는 변함없이 죽을 먹고 있었다.

"이건 그냥 하는 말이 아니라, 우빈이 참 의젓하네."

옆에 앉아 아이의 머리를 쓰다듬으며 한 칭찬에 우빈은 밝게 웃으며 말했다.

"내가 슬퍼하면 세후 삼촌이 안 괜찮으니까."

"그랬구나."

아이나 어른이나 가만히 들어주는 사람이 있다면 마음에 있는 말도 툭하고 나오는 법이었다.

"근데, 누나. 생일인데 후도 안 한다?"

우빈의 말을 유추해보면 생일이면 무조건 하는 건데 안 하는 거라는 건데. '후.' 하는 거라.

답을 찾은 보란의 눈이 반짝였다.

"소원 빌고 촛불 끄는 거?"

"응. 거기다 외삼촌이 케이크도 못 먹게 해. 왜 그러는 거야?"

그야, 많이 그립고 보고 싶으니까? 보란은 돌아가신 아버지의 생신날마다 어머니가 끓이셨던 쇠고기뭇국을 떠올렸다. 살아생전 아버지가 제일 좋아하시던 음식이었다. 며칠을 내리 먹어도 남을 만큼 잔뜩 끓여놓고도 어머니는 한 숟갈도 드시질 못하셨다. 결국 국은 다 버릴 수밖에 없었지만 그 후년에도 그 후후년에도 어머니는 계속 쇠고기뭇국을 넘칠 정도로 많이 끓이셨다.

아마, 사장도 비슷한 감정이 들었던 건 아닐까?

"많이 보고 싶어서 그러시는 걸 거야."

아직 죽이 반이나 더 남아 있었지만 숟가락을 내려놓은 우빈이 말했다.

"나도 엄마한테 생일 축하 노래 불러주고 싶어."

"해주면 되지. 우빈아, 가끔은 말로 전하지 않으면 전해지지 않는 것들이 있어. 그러니까 외삼촌한테 우빈이가 하고 싶은 걸 말해보는 거야."

"정말?"

"그럼."

고민하는 우빈의 얼굴을 따뜻하게 보듬어주던 보란이 벌떡 일어났다. 이제야 중요한 것이 생각난 참이었다. 사장이 아프다고 해서 여기까지 와놓고는 이러고 있었으니.

"아! 사장님! 우빈아, 죽 마저 먹고 있어. 누나는 외삼촌한테 좀 들어가 볼 테니까."

서둘러 주방을 나온 보란이 여러 번 왔지만 한 번도 들어간 적이 없던 방문을 열었다. 조심스럽게 들어간 방은 아무것도 보이지 않을 만큼 어두컴컴했다. 간간이 들려오는 신음소리만이 이 방에 사람이 있다는 것을 확인해주고 있었다. 살금살금 침대 머리맡으로 다가간 보란이 침대 옆에 있는 스탠드 등을 켰다.

"정말이네. 후세가 아프네……."

사실 우빈의 전화를 받고도 내심 설마했었다. 삼 년 동안 그의 밑에서 일하면서 한 번도 아프다고 결근하는 걸 본 적이 없었으니까. 아니면 아픈데도 아픈 티를 내지 않아서 그녀가 몰랐던 것일 수도 있고.

살짝 손을 갖다 대니 이마가 불덩이였다. 몸살감기인 것 같은데…….

"119를 불러야 하나? 아니면 주치의?"

그래. 전에 봤던 그 김 박사님?

근데 전화번호를 알아야 연락을 하든지 말든지 하지. 비서라고 하지만 사장의 사적인 부분들은 전부 최 실장의 담당이었다.

보란은 휴대폰을 뒤져 최 실장의 전화번호를 찾아냈다. 얼마의 신호음 뒤에 기준이 전화를 받았다.

"여보세요? 최 실장님?"

-보란 씨?

쉬는 날에 걸려온 전화에 역시나 기준은 의아한 듯했다. 보란은 상황이 급한 만큼 요점만 간추려 이야기했다.

"저 지금 사장님 집인데요, 사장님이 아프십니다."

-어디가 어떻게 아픈데요?

"열이 많이 나시는데, 주치의 선생님이라도 불러야 하는 거 아닌가 해서요."

-열이요? 아, 그러고 보니 오늘이 7월 1일이었지. 나도 참, 깜빡하고 있었네.

"네?"

열이 나는 거랑 날짜랑 무슨 상관인지. 기준은 보란이 알아듣지 못할 말만 했다.

-이번에는 잘 넘어갈 줄 알았더니. 어쩌지? 제가 멀리 나와 있거든요. 보란 씨. 부탁 좀 할게요. 차가운 물수건 같은 걸로 열만 내려주면 돼요.

이러는 게 처음이 아니라는 소리 같은데. 열에 취해 신음하는 사장이 보통 아픈 게 아닌 거처럼 보여 보란은 덜컥 겁부터 났다.

"병원에 안 모셔가도 될까요?"

-어차피 병원 가도 별다른 거 없어요. 몸이 아니라 마음에 병이 난 거라. 우선 열만 내리면 괜찮아지니까. 내가 될 수 있는 대로 빨리 갈 테니까 그때까지만 부탁해요.

"네, 알겠습니다."

꼭 좀 부탁한다는 기준의 말을 끝으로 전화는 끊겼다. 아파만 봤지, 누굴 간호해본 적이 없는 보란은 허둥대며 수건부터 찾았다.

"수건, 수건이 어디 있지?"

열부터 내려야겠다는 생각에 보란은 방과 연결된 욕실로 들어가 찬물이 담긴 대야와 수건을 들고 나왔다. 그 후 빠르게 찬물에 적신 수건을 사장의 이마에 올려놨다.

차가움을 느꼈는지 그의 입에서 신음소리가 새어 나왔다.

"으음."

보란은 금세 뜨거워진 수건을 다시 차갑게 만들어 이마에 올렸다. 또다시 꾹 다문 입 사이로 열에 취한 사장의 신음이 흘러나왔다.

"누, 누나…… 미, 미안해."

몸이 아픈 게 아니라 마음이 아픈 거라더니. 이 집 남자들한텐 대체 무슨 사연이 있어서, 큰 남자는 마음의 병을 이기지 못하고 앓아누워 있고 작은 남자는 돌아가신 엄마한테 생일 축하 노래도 못 불러준다냐?

신음을 띤 사장의 얼굴이 더 고통스럽게 찡그려지고 있었다. 무슨 꿈을 꾸는지 모르겠지만, 아주 힘들고 끔찍한 꿈일 것일 것이라고 보란은 짐작할 뿐이었다.

"악!"

인상을 쓰며 허공으로 손을 휘젓는 그의 손을 보란이 조심스럽게 잡았다.

"쉬, 사장님. 괜찮아요. 괜찮아질 겁니다."

악몽을 꾸는 그에게 괜찮다고, 괜찮을 거라고 이야기해주는 것 말고는 그녀가 할 수 있는 건 없었다.

"하아. 하."

그녀의 말을 들었던 걸까? 그의 얼굴이 조금은 편안해져 갔다.

그때, 어두컴컴한 방으로 한 줄기 빛이 들어왔다.

"누나, 외삼촌은?"

빼꼼 고개를 내밀고 걱정스런 눈을 하고 문틈에 서 있는 우빈이었다.

"아직 열이 있긴 한데, 이제 괜찮아지실 거야."

"정말이지?"

불안한 얼굴을 한 아이를 보란이 손으로 불렀다. 문턱을 넘지 못하고 망설이던 아이가 용기를 내어 어두컴컴한 방 안으로 들어왔다.

"봐, 어때? 코 자고 있잖아."

"진짜네. 아까는 되게 아파했는데."

편안해진 세후의 얼굴을 확인한 아이의 얼굴도 환하게 펴졌다.

"외삼촌 쉴 수 있게 우빈이는 밖에 나가서 놀까?"

"계속 있으면 안 돼?"

"음, 우리 두 사람 다 있으면 외삼촌이 푹 못 잘 수도 있으니까. 푹 자고 일어나야지 빨리 낫지."

"알았어."

그의 옆에 있고 싶다고 웅얼거리더니 이내 보란의 말대로 아이는 세후의 이마에 입을 맞추고 문을 닫고 밖으로 나갔다.

밖에서 우빈이 켠 텔레비전 소리가 들려왔다. 보란은 다시 대야를 들고 욕실로 향했다.

몇 번을 수건을 갈았는지 모르겠지만, 커튼 틈 사이로 보이는 창밖에 지는 노을이 얼핏 보였고 꽤 시간이 흘렀음을 느끼고 있었다. 덩달아 신음소리도 잦아들면서 사장의 얼굴도 편안하게 돌아오고 있었다.

보란이 다시 이마로 손을 대보니 미열이 남아 있었지만 그래도 열이 많이 내린 것 같았다.

열이 내리지 않으면 어쩌나 걱정이었는데, 정말 다행이었다. 조금은 안심해도 되겠다 싶어 보란은 한시름을 놓았다.

"아이고, 허리야. 병간호라는 거 아무나 하는 게 아니네."

긴장이 풀린 보란이 의자에 등을 기댔다. 총총거리며 왔다 갔다 했더니 팔과 어깨가 아픈 게 몸이 꽤 무겁고 피곤했다. 동시에 몸이 무거운 만큼 눈꺼풀도 무거워졌다. 무거워진 눈꺼풀을 이기지 못하고 잠시만 눈을 감았다. 이내 방은 거친 숨소리와 새근거리는 숨소리가 섞여들기 시작했다.

보란이 다시 눈을 떴을 땐, 커튼 사이로 보이는 밖은 컴컴했다.

"눈만 붙이려고 했는데 깜빡 졸았다."

의자에서 일어나자마자 보란은 사장의 이마부터 짚었다. 그녀의 이마 온도와 비슷했다.

"열은 다 내렸네. 걱정했는데 다행이다."

열은 확실히 내린 것 같은데……. 아까까지만 해도 거칠게 내쉬던 숨소리가 너무 조용했다.

"숨은 쉬고 있는 건가? 설마 죽은 건 아니겠지?"

그의 얼굴로 보란이 얼굴을 가까이 가져가기 시작했다. 웬만큼 가까이 가서는 좀처럼 들리지 않는 숨소리에 더 가까이 다가갔을 때, 그의 눈이 스르

242

륵 떠졌다.

서로의 숨이 닿은 것 같은 거리에서 마주한 검은 눈동자에 그녀는 그대로 굳어버렸다.

"사장님, 깨셨습니까? 열이 많이 나서 우빈이가 저한테 연락을 했습니다. 그래서 제가 간호를……. 엄마얏!"

순식간에 보란은 침대 위에 누워 있었다. 그리고 그녀의 위에는 그가 있었고, 아직도 열기가 가득한 눈이 그녀를 내려다보고 있었다.

"나는 기회를 줬어."

위험하다. 정확히 무엇 때문인지는 모르겠지만 본능이 위험하다고 그녀에게 얘기하고 있었다.

"무, 무슨……"

벗어나려 버둥거리는 가녀린 팔을 두 팔로 단단히 고정시킨 그의 눈빛이 짐승의 것처럼 검었다.

"나에게서 도망칠 기회."

그녀를 가두고 있는 팔이, 그녀를 내려다보고 있는 그의 눈빛이 너무 견고해서, 벗어날 수가 없었다.

검은 눈이 번쩍였다.

"안 되겠어. 당신, 내 옆에 둬야겠어."

세후가 두 번째로 선포하고 있었다. 당신을 꾀여보겠노라고. 하지만 이번에는 전과 다를 거라고 그의 눈이 말하고 있었다.

* * *

컨디션이 바닥이었다. 혹시나 싶어 날짜를 확인하니 역시나 그날이었다. 일 년 중의 대부분은 그럭저럭 사는 그가 차마 견딜 수 없는 날들 중의 하루.

바로 죽은 누나, 세진의 생일이었다.

그래도 이 정도로 몸을 가누지 못할 정도는 아니었는데 이상하게도 이번에는 더 힘들었다. 정신뿐만 아니라 육체까지 견딜 수 있는 한계치 턱 밑에 있었다. 아직 한계치를 벗어나지 않아 다행이긴 한데, 조금만 더 가면 견딜 수 없을지도 모르겠다.

물에 들어갔다 나온 솜 같은 몸을 이끌고 세후가 밖으로 나갔다. 요구르트에 꽂은 빨대를 입에 물고 주방에서 나오는 우빈이 그를 보고 달려왔다.

"외삼촌, 늦잠꾸러기."

"그러게. 오늘은 외삼촌이 늦잠을 다 잤네. 언제 일어났어?"

"아까 전에. 나 배고파."

요구르트를 물고 있으면서도 배가 고프다고 하는 조카가 세후는 마냥 사랑스러워 웃음이 나왔다. 떨어질 것 같은 팔에 힘을 주고 아이를 안아 들었다.

"아주머니는?"

"에이, 오늘은 아주머니 안 계시는 날이잖아."

그것도 모르냐는 우빈의 눈총에 세후는 웃음으로 무마했다.

"삼촌이 깜빡했다. 아침으로 계란밥 어때?"

"좋아!"

순식간에 주방에는 고소한 냄새가 진동했다. 커다란 식탁 위에 잘 구워진 계란과 버터, 따뜻한 밥, 그리고 간장, 마지막으로 참기름 몇 방울을 넣은 그릇이 놓였다.

이름만 그럴싸한 계란밥이 세후의 눈에는 조졸해 보이기만 했지만 우빈은 엉덩이까지 들썩이며 좋아했다.

"우와! 계란밥, 진짜 맛있겠다."

"녀석도 참. 먹자."

움푹 팬 은색 볼로 작은 숟가락이 연신 들어왔다 나갔다. 입에 밥풀까지 묻히고 허겁지겁 먹던 우빈이 숟가락을 멈추더니 물었다.

"보란이 누나는 언제 와?"

"안 와."

그 소리에 우빈이 들고 있던 숟가락을 내려놓았다. 동그란 눈이 여간 실망한 게 아니었다.

"왜? 나랑 같이 만화영화 보기로 약속도 했단 말이야."

"누나도 좀 쉬라고. 토요일마다 여기 온다고 힘들었을 것 같아서 이제 오지 말라고 했어."

잔뜩 기대하고 있었던 아이의 큰 눈이 실망감을 넘어 좌절감으로 물들어 갔다.

"누나가 나랑 노는 게 힘들었대?"

그럴 리가.

문제는 우빈이 아니라 자신이었다.

그를 대하는 게 힘들다고 하는데, 억지로 데려다가 앉혀놓을 수가 없었다.

더욱이 오늘은 죽은 세진의 생일, 분명 그녀로 인해 이 집에 웃음소리가 넘쳐날 텐데 그건 그의 죄책감을 더 크게 만드는 일이다.

오늘은 그의 죄책감이 시작된 날이기도 했다. 세진의 생일이라고 모처럼 밖에서 외식을 하기로 했던 날이었다.

'누나, 밥 먹으러 나랑 친한 형도 같이 가도 돼? 왜 이번에 동아리 하나 들어갔는데 거기서 어떤 형이랑 친해졌다고 했잖아.'

'물론이지.'

그때 혼자 갔어야 했다. 그 자식을 데리고 가지 말았어야 했다.

기억하고 싶지 않은 기억의 파편 조각에 누가 돌을 얹어놓은 것처럼 무거워졌다.

아무래도 다시 들어가서 누워야 할 것 같았다. 그리고 세후는 보란을 오지 말라고 하길 백번이고 잘한 거라고 스스로를 납득시키고 있었다.

그러나 만에 하나라도 그녀가 있었다면 무겁기만 한 오늘이 조금 달라졌을지도 모르겠다고, 조금은 덜 힘들었을지도 모르겠다고. 세후는 쓸데없는 생각을 했다.

"아니, 우빈이가 아니라 외삼촌. 외삼촌 때문에 힘들었대."

쓸쓸한 그의 대답에 우빈이 숟가락을 들고 눈을 게슴츠레하게 떴다.

"혹시 둘이 싸웠어?"

따끔하게 혼내는 아이의 눈빛을 피해 세후의 눈은 먼 곳을 바라봤다.

"아니야. 싸우기는. 얼른 밥 먹고 방에 들어가서 숙제해야지. 어제도 만화 본다고 숙제 안 했지? 권우빈, 요즘 텔레비전 너무 많이 봐."

숙제라는 소리에 우빈의 입이 삐쭉였다.

"치사해."

만날 불리할 때마다 숙제 이야기를 꺼내는 세후가 우빈은 그리도 치사할 수가 없었다. 우빈은 세후의 눈을 피해 애꿎은 밥만 입으로 퍼 날랐다.

'보란 누나랑 외삼촌은 왜 싸우고 그러는지. 잘못을 했으면 미안하다고 사과만 하면 될 텐데.'

자기도 아는 걸 모르다니. 이제 보니 보란이 누나도 외삼촌도 덩치만 큰 바보였다.

우빈이 숙제를 하는 걸 확인한 세후는 방으로 들어와 침대에 쓰러지듯 누워버렸다. 잠들지 않고 눈만 감고 있겠노라 했다.

하지만 무거운 몸은 무거운 꿈으로 그를 데려갔다.

'누…… 누나.'

세진을 만났다. 꿈에서라도 한 번만이라도 만나려 무의식중으로 무던히도 노력했던 그다. 번번이 실패였는데…… 참으로 오랜만에 보는 얼굴이었다.

그는 벌써 서른을 넘겼는데 세진은 여전히 이십 대에 머물러 있었다. 꿈에서라도 만나면 하고 싶은 말이 있었다.

'미안해.'

기껏 하고 싶은 말을 했는데 그의 말을 듣지 못한 세진은 들것에 실려 수술실로 들어가고 있었다. 머리가 둘로 쪼개질 것처럼 아파왔다. 수술 중이란 네온사인에 빨간 불이 들어오자 세후는 눈을 감아버렸다.

더 이상 보고 싶지 않았다. 이 뒤에 어떤 일이 일어나고 결국은 세진이 자신을 떠날 것임을 누구보다 잘 알고 있는 그였다.

눈을 감고 있으면 시간이 멈출 줄 알았다.

그런데 아니었다. 그만 눈을 감고 있었을 뿐, 다른 일들은 멈출 수가 없었다. 꿈속에서도 그에게 소식을 전하던 의사의 담담했던 목소리는 여전했다.

'죄송합니다. 산모는…….'

이런 꿈이라면 차라리 깨고 싶었다. 하지만 누가 밑에서 발끝을 잡아당기는 듯 움직일 수가 없었다. 그 자리에 박혀서 더 깊은 곳으로 내려가고 있었다.

그때, 바람처럼 흘러온 따뜻하고 밝은 소리가 그를 구했다.

'쉬, 사장님. 괜찮아요. 괜찮아질 겁니다.'

그 말대로 정말 괜찮아질 것 같았다. 터질 것같이 뜨겁던 이마가 시원했다. 숨 막힐 듯 그를 짓누르던 공기가 사라졌고 편하게 숨을 쉴 수 있었다. 묶여 있던 몸도 한결 가벼워짐을 느꼈다.

이번에 편안한 잠이 그를 부르고 있었다.

몇 시간을 자는지 모를 일이었다. 눈을 떴을 때, 희미한 스탠드 불빛만이 그의 눈을 밝히고 있었다.

그리고 그 불빛 안에 그녀가 있었다. 세후가 몸을 일으켜 의자에 기대 잠든 보란을 응시했다.

'이 바보 같은 여자. 나 같은 놈 아파서 죽든 말든 신경도 쓰지 말지. 기껏 도망가라고 놔줬더니.'

그의 뜨거운 손이 동그랗고 반듯한 그녀의 이마를 가리고 있는 머리카락을 건드렸다.

"으으음."

뒤척이던 보란이 잠에서 깨려고 했다. 세후는 얼른 눈을 감고 처음부터 일어난 적이 없는 것처럼 다시 자리에 누웠다. 그의 얼굴 위로 그녀가 만들어낸 그림자가 느껴졌다.

이내 보드라운 손이 이마 위에 느껴졌다.

"열은 다 내렸네. 후우, 걱정했는데. 다행이다."

쿵쿵쿵.

그의 심장이 쿵쿵대기 시작했다. 이마에 느껴지는 그녀의 손이 너무 많이 따뜻해서, 걱정하는 목소리가 너무 좋아서, 깬 걸 들키는 건 아닐까 세후는 잘 쉬고 있던 숨을 참았다.

"숨은 쉬고 있는 건가?"

힘들어하는 그녀를 놓아주는 게 별것 아니라고 생각했었다. 마음을 접는 것 따위 식은 죽 먹기라 생각했다. 견뎌내고 마음을 잘라내는 것 정도는 할 수 있을 줄 알았다.

하지만, 며칠밖에 되지 않았건만 그의 결심들은 이미 와르르 무너져 있었다.

그녀에게로 향하는 시선을 참고 일정한 거리를 두며 마음을 다스리면 전처럼 돌아갈 수 있을 줄 알았다.

사장과 비서.

그 이상도 그 이하도 아닌 사이 말이다. 허나 정신 차려보니 마음은 이미 이 여자에게로 향해 있었다. '어쩌면'이라는 가정으로 마음을 속이고 있었지만 꽤 오래전부터 '진짜로'가 돼버렸을지도 모르겠다.

그에게도 다가오는 그녀가 느껴졌다. 세후가 천천히 눈을 떴다.

"나는 기회를 줬어."

도망가려는 보란의 팔을 잡아챈 세후가 그의 아래에 그녀를 가둬버렸다. 놀란 보란이 벗어나려고 버둥거렸지만 단단하기 그지없는 그의 팔에서 벗어날 수는 없었다.

그녀를 응시하는 세후의 눈빛이 점점 더 깊어졌다.

여기까지 찾아온 당신이 잘못한 거라고.

나에게 그렇게 따뜻한 말을 건네면 안 되는 거였다고.

내 심장을 쿵쿵거리게 만들면 안 되는 거였다고.

나는 분명히 줬어. 나에게서 도망칠 기회.

"안 되겠어. 무슨 수를 써서라도 당신, 내 옆에 둬야겠어."

"……"

어디에다 시선을 둬야 할지. 옆으로 시선을 피한 보란의 눈이 금붕어의 입처럼 끔뻑이고 있었다. 그녀를 가두고 있는 팔이 힘들지도 않은지 사장은 그 자세 그대로 그렇게 있을 뿐이었다.

금붕어도 아닌데 삼 초마다 사장이 했던 말을 보란은 계속해서 되새김질하듯 인지하고 있었다.

어둠 속에서 그녀에게만 시선을 고정한 그의 눈은 위협적이기까지 했다. 사장의 멱살을 잡고 정신 차리라고 하고 싶었지만 그럴 수 없으니 그녀는 그의 팔을 잡고 흔들었다.

"사장님, 부디 정신을 차리십시오."

위협적이던 그의 눈이 언제 그랬냐는 듯 부드럽게 휘어졌다.

"그 어느 때보다 제정신이야. 그리고 제정신이 아니면 또 어때?"

말로는 잘도 제정신이라고 했지만 사실은 제정신이 아닌 듯했다. 왜냐면 사장이 그녀를 보고 말도 안 될 정도로 멋지게 웃고 있었으니까.

'사장이 저렇게 웃다니. 너무 아파서 어떻게 된 거 아니야?'

이젠 열에 머리가 어떻게 된 건 아닌지 걱정까지 될 정도였다. 제정신이 아닌 사장에게서 벗어날 구실이 필요했다.

"제가 사장님 생명의 은인인 건 알고 계십니까?"

"알아."

"생명의 은인을 깔고 눕는 건 아니지 않습니까? 좀 비켜보십시오."

보란이 그의 가슴을 밀었다. 아까는 꿈쩍도 않던 가슴이 쉽게 뒤로 물러났고 잔뜩 힘을 준 보란만 앞으로 고꾸라졌다.

침대에 파묻힌 얼굴을 드니 언제 일어났는지 침대에서 벗어난 그가 웃고 있었다.

"일부러 그러신 거죠!"

"비키라고 해서 비킨 건데? 아님 비키지 말까?"

다시 그녀를 덮칠 것같이 침대로 팔을 짚는 그의 모습에 보란이 기겁해서 물렀다.

"아, 아닙니다."

하지만 그런 소리로는 그가 그녀에게 다가가는 것을 막을 수가 없었다. 성큼 다가온 그와 그녀의 거리는 닿기 일보직전이었다. 제 것과 달리 튀어나온 목젖이 미세하게 울렸다. 덩달아 보란의 목도 긴장했다.

미묘하고 아슬아슬한 공기가 두 사람을 에워싸고 있었다.

하지만 그때, 벌컥 열린 방문을 통해 들려온 소리가 두 사람을 에워싸고 있던 공기를 갈라버렸다.

"보란이 누나! 외삼촌은?"

우빈이 동그란 눈을 하고 문고리를 잡고 서있었다.

"두 사람 지금 뭐 하는 거야?"

가까이 붙어 있던 두 사람이 얼른 떨어졌다. 어색함을 감추지 못한 둘이

동시에 대답했다.

"아무것도 아니야."

"아무 짓도 안 했어."

심상치 않은 두 사람의 모습에 우빈이 허리에 두 손을 얹더니 엄한 눈을 했다.

"누나랑 삼촌이랑 또 싸웠어? 싸우는 건 나쁜 거야. 같이 의자에 앉을까?"

그들이 앉아야 할 의자가 무엇인지는 이내 알 수 있었다. 우빈이 가리키는 손을 따라가 보니 거실 벽을 보고 있는 작은 의자가 보였다. 우빈이 잘못할 때마다 앉는 생각의자였다. 다 큰 어른 둘이 조그마한 의자에 벽을 보고 앉아 벌을 받고 있으면 참 볼만한 장면일 거다.

"아니야, 우빈아. 싸우기는. 안 싸웠어. 맞죠? 사장님? 우리 안 싸웠잖아요?"

생각하는 의자에 절대로 앉을 생각이 없는 보란이 세후를 올려다보며 물었지만, 그는 웃을 뿐 대꾸도 하지 않았다. 보란이 우빈이 보지 못하게 입을 손으로 가리고 속삭였다.

"사장님, 아니라고 하셔야죠. 저 의자에 쪼그려 앉고 싶으신 건 아니시죠?"

"왜? 나는 나쁘지 않을 것 같은데."

세후의 태평한 소리에 다문 이 사이로 보란의 꽉 다문 소리가 나왔다.

"사. 장. 님?"

고개를 살짝 돌리니 있는 대로 인상을 쓰고 있는 우빈이 보였다. 이내 까랑까랑한 독촉하는 소리가 들려왔다.

"두 사람 얼른 화해해!"

그러고 보니 세후에게 사과할 것이 있는 그녀였다. 며칠 전에 구해줘서 고맙다고, 기껏 구해줬는데 기분 나쁜 말을 해서 죄송했다고 사과해야 했다. 잊고 넘어갈 뻔한 걸 우빈이 알려준 것이었다.

보란이 사과할 요량으로 반듯이 앉았다.

"그때는 제가 너무 말이 심했던 것 같습니다. 구해주셔서 고맙다고 말씀 드려야 했었는데……. 정말 죄송했습니다."

보란은 진지하게 사과하는 중인데 세후의 얼굴은 시종일관 웃고 있었다.

"정말 미안해?"

그렇다고 보란의 고개가 아래위로 끄덕였다.

"미안하면 다시 토요일마다 우리 집에 오는 걸로."

며칠 만에 두 사람의 관계는 다시 원점으로 돌아갔다.

하지만 이번에는 전과는 다를 것이다.

출발선에 선, 자신의 진심을 알아차린 세후가 달라져 있었으니까.

* * *

-띠리리리.

누가 왔다고 초인종이 요란하게도 울려댔다.

-나예요, 보란 씨.

"잠시만요."

찾아온 사람이 기준이란 걸 인터폰 화면으로 확인한 보란이 얼른 현관으로 달려 나갔다. 문이 열리기가 무섭게 기준은 세후의 안부부터 물었다.

"형은, 아니 사장님은 좀 어떠세요?"

"이제 괜찮으세요. 열도 다 내리셨고, 지금 샤워하러 들어가셨어요."

"휴우, 다행이다. 보란 씨 정말 고마워요."

"아닙니다, 저는 한 것도 별로 없습니다."

한시름 놓은 것처럼 보이는 기준이 거실 소파에 쓰러지듯 앉았다. 걱정을 많이 했는지 지친 기색이 역력한 기준에게 보란이 넌지시 권했다.

"물이라도 한 잔 갖다 드릴까요?"

"아니에요. 내가 갖다 먹죠, 뭐."

직접 물을 먹을 작정으로 기준이 일어서기가 무섭게 주방에서 우빈이 부르는 소리가 들려왔다.

"누나! 빨리빨리."

"어? 어, 갈게."

무슨 일인가 싶어 기준도 보란을 따라 주방으로 향했다. 열린 냉장고 문이 얼굴을 가리고 있는 바람에 우빈은 보이질 않았다. 냉장고 안에 나올 생각이 없는지 튀어나온 작은 손이 이리 오라고 두 사람을 불렀다.

보란과 기준은 열린 냉장고로 다가갔다. 우빈이 가득한 음식 재료 사이에 홀로 외롭게 있는 케이크 상자를 가리켰다.

"아직 엄마 생일 안 지났어. 우리 초 켜고 생일 축하 노래도 부르자."

세진이 죽고 난 뒤로 이 케이크가 매년 어떻게 됐는지 누구보다 잘 아는 기준은 난감한 얼굴을 했다. 아무리 우빈이라면 껌뻑 죽는 세후지만 이것만큼은 용납이 안 될지도 모른다. 열병이 날 정도로 이날을 힘들어하는데. 초를 켜고 즐겁게 생일 축하 노래라니 말도 안 되는 소리였다.

"우빈아, 안 될 것 같은데?"

"왜? 누나가 된다고 했어."

우빈을 향했던 화살이 경로를 바꿔 보란을 향했다.

"보란 씨, 정말 그랬어요?"

"네. 우빈이가 생일 축하 노래도 부르고 싶고 다 같이 케이크도 나눠 먹고 싶다고 해서 제가 괜찮을 거라고 하긴 했죠."

"얼른 세후 삼촌한테 말해서 하자고 하자."

잔뜩 기대한 우빈이 두 사람의 바짓가랑이를 붙잡고 늘어졌다.

"후, 보란 씨가 책임져요. 세후 형이 화내도 난 몰라요."

"이게 화까지 낼 일인가요?"

"아마도요. 아니, 백 프로 화낼 거예요."

아까까지만 해도 잘도 어른 같은 소리를 했던 보란은 최 실장의 말 때문에 망설이기 시작했다. 사장이 화를 낼지도 모른다는데 조금 겁이 나는 거였다.

"……우빈아, 네가 하면 안 될까?"

"누나, 나는 어린이야."

우빈이 어디서든 먹힌다는 어린이 카드를 꺼내 들었다. 괜히 나서서는 일을 크게 만들고 말았다는 생각에 보란은 후회했지만 자기가 벌인 일은 자기가 수습할 수밖에 없었다.

"에잇, 내가 말한다. 말하겠습니다. 그게 뭐가 어려운 소리라고."

두 사람에게 자신 있게 호언한 보란은 당당한 발걸음으로 주방을 벗어났다. 세후의 방문 앞에서 말할까 말까 망설이던 보란이 결심이 섰는지 노크도 않고 벌컥 문을 열었다.

"사장님! 드릴 말씀 있……."

호기롭게 외치고 들어간 보란의 말이 정지했다. 막 샤워를 마치고 나왔는지 흰 타월만 걸친 세후가 수건으로 젖은 머리를 털고 있었다. 본의 아니게 사장의 세미 누드를 훔쳐보게 된 보란의 얼굴이 새빨개졌다.

"옷 갈아입으시는 줄 모르고 죄, 죄송합니다."

당황한 보란이 그대로 돌아서 나가려는데 저절로 문이 닫혔다. 안간힘을 쓰고 열어보려 했지만 문은 열리지 않았다. 눈을 들어보니 그새 순간이동이라도 했는지 사장의 긴 팔이 문이 열리지 않도록 막고 있었다.

그리고 제 것과는 달리 단단한 팔에 튀어나온 힘줄이 도드라져 보였다.

미처 닦지 못해 그의 얼굴을 타고 내려온 물방울이 그녀의 머리를 적셨다.

톡.

물방울이 떨어질 때마다 보란이 움찔거렸다. 동시에 그녀의 얇은 티셔츠 등 뒤로 벽처럼 단단한 가슴이 느껴졌다. 뒤로 돌면 맨가슴이 그녀를 맞이할 거고, 옆으로 비켜나려고 해도 단단한 팔이 그녀를 가두고 있었다.

"사장님, 이건 참…… 바람직하지 못한 자세 같습니다."

하지만 비킬 생각이 없는지 그 자리, 그 자세를 고수한 세후가 그녀의 귓가에다 대고 말했다.

"나한테 할 말 있다고? 해봐."

말해야 하는데 이 상태에서 입을 열 수 있을 리가. 어찌 매번 사장의 맨가슴을 보게 되는지. 누가 보면 일부러 이 타이밍을 노렸다고 의심하는 건 아닐까 모르겠다.

목덜미로 사장의 숨결이 닿았다 사라졌다. 덩달아 오소소 하고 솜털이 일어섰다.

"할 말이 뭔데?"

또다시 묻는 세후의 말에 보란이 덜덜 떨리는 목소리로 겨우 말했다.

"나와서…… 죽, 죽 좀 드시라고요."

"난 또 뭐라고. 알겠어."

잠시 세후가 팔을 느슨하게 한 틈을 타고 보란이 그에게서 도망쳤다. 팔 안에 가두고 있던 것을 잃은 세후의 얼굴로 커다란 아쉬움이 서렸다 사라졌다.

잠시 후, 젖은 머리에 편안한 티셔츠와 바지로 갈아입은 세후가 방문을 열고 나왔다. 주방으로 들어가니 보란뿐만 아니라 언제 왔는지 기준과, 늦었는데 아직도 잠자리에 들지 않은 우빈이 나란히 식탁에 앉아 있었다.

세후를 알아본 보란이 벌떡 일어났다.

"오셨습니까? 제가 얼른 죽을 가져오겠습니다."

죽을 꺼내겠다는 핑계로 일어난 보란이 냉장고 문을 열더니 누가 봐도 어색한 말투로 이야기했다.

"어. 머? 케. 이. 크. 가. 여. 기. 있. 네. 누. 구. 생. 일. 인. 가. 보. 다."

"헐."

보란의 발연기에 우빈과 기준이 동시에 하는 소리였다. 기준과 우빈이 서로의 눈을 보고 같은 생각을 했다.

'대실패다!'

차마 방에서는 말을 못 했다면서 다 생각이 있다고 맡겨만 달라고 하더니.

우빈의 기준의 고개가 아래로 떨어졌다. 세후의 낮은 음성이 물었다.

"세 사람, 지금 뭐 하는 거지?"

냉장고 속에서 나오지도 못하고 보란은 찬바람을 맞으며 그렇게 얼어 있었다. 기준이 그런 보란을 대신해서 대답했다.

"우빈이가 세진이 누나 생일을 축하해주고 싶답니다."

무슨 생각을 하는지 알 수 없는 세후의 눈이 우빈에게로 향했다. 세후에게 혼이라도 날까 싶어 우빈이 기준의 등 뒤로 숨었다.

"엄마 생일인데 나도 축하 노래 불러주고 싶어."

이때다 싶어 냉장고에서 나온 보란이 우빈을 감싸며 지원 사격을 했다.

"사장님, 케이크가 없으면 모를까, 축하해드리면 안 될까요? 우빈이도 최실장님도 저도 축하해드리고 싶은데."

점점 굳어가는 세후의 얼굴에 보란은 괜한 말을 꺼내 분란을 일으키는 건 아닌가 슬슬 걱정이 되기 시작했다.

'망했어!'

아무 말도 없이 꾹 다문 입, 조금 위로 치켜 올라간 눈썹. 지금 세후의 심기가 심히 불편하다는 걸 알려주는 것들이었다.

이내 세후가 의자를 잡았다. 의자의 윗부분을 잡는 손에 꽤 힘이 들어가 있었다. 세 사람 모두 꿀꺽하고 침을 삼켰다. 그대로 의자라도 던져버리고 주방을 나갈 줄 알았기 때문이었다.

그런데 아니었다. 세후는 의자를 빼더니 늘 앉는 제 자리에 앉았다.

"가지고 와."

불호령 대신 단번에 떨어진 허락에 세 사람의 얼굴이 벙벙해졌다.

"어? 외삼촌 진짜지?"

"사장님, 정말이시죠?"

"내가 제대로 들은 거 맞지?"

각자 동시에 한마디씩 정말이냐고 되물었다. 세 사람 다 고민하고 걱정했던 게 무색하게 일이 너무 쉽게 풀렸음이.

"속고만 살았어?"

그새 세후의 마음이 바뀔까 싶어 보란이 얼른 케이크를 꺼내 왔다. 먹음직스러운 치즈 케이크가 식탁 위에 자리했다. 케이크를 보는 세후의 눈빛이 생각했던 것보다 편안해 보였다.

세진이 제일 좋아해서 매번 입에 달고 살던 치즈 케이크.

생일이 다가올 때마다 사다놓았지만 차마 꺼내지 못했던 케이크.

촛불을 켜기가 무섭게 세 사람은 기다렸다는 듯이 축하 노래를 부르기 시작했다.

"생일 축하합니다. 생일 축하합니다."

"사랑하는 엄마."

"사랑하는 우빈이 어머님."

"세진 누나."

"생일 축하합니다."

축하 노래가 끝난 세 사람이 세후를 빤히 쳐다보았다.

"왜?"

대표로 기준이 세후에게 일렀다.

"노래도 안 부르셨는데 촛불이라도 끄셔야죠."

"그래, 외삼촌. 후 해."

기준과 우빈의 닦달에 마지못하고 세후가 후, 하고 촛불을 껐다.

"우와! 한 번에 껐어."

우빈이 박수까지 치며 좋아했다.

주방에서 접시와 포크를 가져온 보란이 케이크를 잘라 우빈 앞에, 그리고 기준 앞에 놓아줬다. 기준은 연신 케이크를 입으로 집어넣었다.

'다시 이런 날이 올 줄 몰랐는데……'

물론 세후가 세진과 그놈을 만나게 한 건 맞지만, 어디까지나 두 사람은 두 사람의 의지대로 사랑했다. 그리고 한쪽이 한쪽을 버린 게 어찌 세후의 탓이란 말인가.

하지만 세후는 자신을 탓했다. 세진의 생일날 혼자 약속 장소에 갔어야 했다고 말도 안 되는 핑계로 쭉 자신을 괴롭히고 있었다. 세진의 생일마다 아플 정도로 힘들어하던 그가 지금 다시 세진의 생일을 축하하고 있었다. 주책없이 눈물이 흐르는 걸 막으려 기준은 연신 포크질을 했다.

기준의 맞은편에 앉은 우빈 역시 그토록 먹고 싶어 했던 케이크를 열심히 퍼먹고 있었다. 이번에도 아깝게 못 먹고 버릴 줄 알았는데 엄마한테 생일 축하 노래도 불러주고 완전 기분이 캡 짱이었다. 이게 전부 보란이 누나 덕분이다.

'분명 보란이 누나는 엄마가 보내준 선물일 거야.'

우빈은 보란을 하늘에서 내려온 선물이라고 여기고 있었다.

한데, 세후 앞에는 케이크 대신 보란이 전자레인지에 데워 온 죽이 놓였다.

"사장님은 아프셨으니까 케이크 대신 죽을 드시는 게 좋을 것 같습니다."

"알았어."

말 잘 듣는 아이처럼 세후가 죽을 떠먹었다. 목을 타고 내려가는 죽이 따뜻했다. 사온 죽이 분명한데 그에겐 특별한 맛이었다. 거기서 거기인 죽이 그에게 스페셜한 맛을 느끼게 한 건 아마 저 여자 때문일 테지.

아이의 순수한 생각처럼 어느 날, 선물처럼 그들에게 찾아온 여자.

죽을 먹다 말고 세후가 눈을 들었다. 앞에서는 우빈과 보란이 사이좋게 케이크 한 조각을 나눠 먹고 있었다.

"누나, 맛있지?"

"어. 역시 비싼 건 다르구나 싶은 맛이야. 유명하다고 말로만 들었지 나도 여기 거 먹는 건 처음이거든."

금세 비어버린 접시를 보고 우빈이 보란을 보며 눈을 찡끗했다.

"한 조각 더?"

"살찔 텐데……. 에이, 모르겠다. 오늘같이 좋은 날은 먹어줘야지. 한 조각 더 하자."

피식, 세후의 입꼬리가 올라갔다. 다시는 누나의 생일을 이리 보내지 못할 줄 알았다. 노래도 불러주고 축하도 해주는 누구에게는 지극히 평범한 것들이 그에게는 아픈 것들이었다. 그런데 이 여자가 그의 상처를 아무것도 아닌 것들로 만들어 버렸다. 무턱대고 덮어뒀던 상처들에 호, 하고 불어주는 것만 같았다.

'이 여자가 좋다. 미쳐버릴 만큼 좋다.'

12화. 좋아해

맞춰놓은 알람이 울리기도 전에 세후가 눈을 떴다.

주말에 호되게 앓았다는 게 믿기지 않을 정도로 몸이 가벼웠다. 눈 뜨면 바로 보이는 회색 천장도, 혼자 쓰기에는 큰 침대도 여전했다. 그를 둘러싼 것들 중에 달라진 거라곤 없었다.

다만, 그 모든 것들의 중심인 그가 바뀌었을 뿐.

실실 나오는 웃음을 끝내 참지 못한 세후가 웃고 있었다.

'이런 아침 오랜만이네.'

아침 식탁에 앉아서도 그의 상태는 그대로였다. 좋은 의미로 밥을 먹는데 아무 맛도 느낄 수가 없었다. 기분이 좋으니 아무리 맛없는 반찬도 꿀 반찬이었다. 방금 먹은 게 무슨 맛인지도 모르고 세후가 연신 젓가락을 놀리고 있었다.

"으아, 매워! 물물물!"

얼굴이 빨개진 우빈이 물을 찾아댔다. 갑자기 왜 저러나 싶어 봤더니 우빈이 그의 앞에 있던 고추 장아찌를 집어 먹은 거였다. 아이에겐 꽤 매웠던지 우빈이 물 한 컵을 다 마시고도 손으로 부채질을 하고 있었다.

"권우빈, 지금 이걸 먹은 거야?"

"헤에. 매워. 외삼촌 뭐야, 뭐야. 맵기만 하고 맛도 없잖아. 외삼촌이 이거 먹으면서 웃기에 엄청 맛있는 건 줄 알았잖아."

"내가 이걸 먹으면서 막 웃었어?"

"응. 전에 햄버거 먹을 때도 안 웃었는데 이거 먹으면서 막 이렇게 웃었어."

우빈이 입꼬리를 잡아당겨 헤벌쭉한 입 모양을 만들었다.

내가 저렇게 웃고 있었다고? 말도 안 된다.

"잘못 본 거야. 밥이나 먹어."

"진짠데……. 봐, 지금도 웃고 있잖아."

세후가 우빈의 통통한 볼을 쭉 늘어뜨렸다.

"이건…… 네가 귀여워서 웃은 거야."

식사를 마치고 옷을 갈아입으러 드레스 룸으로 들어갔을 때, 세후는 깨달았다. 얼굴에 나사라도 빠진 것처럼 웃어대는 이유를 말이다. 무채색으로 정렬된 날이 선 셔츠와 정장들 속에서 혼자 알록달록 존재감을 뽐내고 있는 티셔츠가 그가 웃는 이유였다.

아니, 정확하게 말하자면 티셔츠를 이렇게 만들어 놓은 여자 때문이겠지.

세후의 손이 티셔츠를 만지작거렸다.

"어쩔 거야? 당신이 날 이렇게 만들었다고."

또 입꼬리를 올려 웃는 그의 얼굴이 반짝반짝거리고 있었다.

옷을 갈아입고 집을 나선 뒤에도 세후의 상태는 여전했다.

출근하는 차 안, 난데없이 들려오는 허밍 소리에 기준이 수상하다는 눈으로 물어왔다.

"사장님, 무슨 좋은 일 있으십니까?"

"좋은 일? 내가 또 웃고 있기라도 했나?"

"그건 아니고. 휘파람을 부시는 것 같아서요."

뭐, 놀랍지도 않았다. 시도 때도 없이 웃는데 휘파람 정도야. 오히려 못 볼 것이라도 본 것처럼 구는 주변 사람들이 더 의외였다. 정작 그를 이렇게 만든 그녀도 이리 반응할까?

떠오르는 보란의 얼굴에 세후가 또 참지 못하고 피식거렸다.

그 모습에 기준이 부하로서가 아닌 친한 동생으로서 걱정하며 심각하게 물었다.

"형? 어디 아파?"

이미 정답을 알고 있었지만 아직 그녀도 모르는 자신의 마음을 다른 사람들이 알게 하고 싶지 않았다. 세후는 마지못하는 척 다른 이들이 보편적으로 하는 대답을 했다.

"오늘 날씨가 좋은 것 같아서."

하지만, 그 보편적인 대답은 기준을 기겁하게 만들었다.

"에엥? 오늘 날씨 엄청 흐린데?"

창문을 내리고 밖을 보니 금방이라도 비가 내릴 것 같은 날씨였다.

"왜? 이런 날씨 좋잖아?"

휘파람을 불질 않나 보기만 해도 우중충해지는 먹구름 가득한 날씨를 좋다고 하질 않나. 사장의 건강까지 자신의 책임이라고 생각하고 있는 기준은 머릿속으로 리스트를 추가했다.

'이번 건강검진에는 몰래 정신과 진료도 집어넣기.'

주위 사람들이야 어떻게 받아들이든 세후는 자신의 변화를 자연스럽게 받아들이고 있었다.

* * *

월요일 오전, 전체 임원 회의가 잡혀져 있었다. 사장이 참석하는 전체 회의다 보니 비서실이 신경 써서 준비해야 할 것들이 많았다.

"정은 씨, 다 챙겼어?"

"네. 근데……."

정은이 말끝을 흐리며 망설였다. 보니 다과가 든 상자를 꼼지락거리고 있었다.

"또 쏟기라도 할까 봐?"

"네에……. 아직도 커피 잔만 들면 손이 떨려서요. 또 실수할까 봐 무서워 죽겠어요."

차를 준비하는 일은 본래 보란의 일이었다. 그런데 정은이 들어오고 나서 그녀에게로 넘어간 일이었다. 손을 달달 떠는 정은을 보니 오늘도 실수를 할 것 같아 보란은 그녀가 한다고 나섰다.

"알겠어. 내가 할 테니까 컵이랑 다 꼼꼼하게 챙겨서 내려가 있어."

"정말요? 정말 죄송하고 고맙습니다. 그리고 선배님, 제가 얼른 극복해서 차 심부름이란 심부름은 다 할게요."

할 일을 계속 미루지 않고 얼른 극복한단다. 이래서 정은을 미워할 수가 없었다.

"알겠어. 얼른 내려가. 조심해서."

정은이 씩씩하게 상자를 들고 내려가는 게 보였다.

"상자 하나는 됐고."

이제 보란은 나머지 상자를 들고 내려가야 했다. 회의 자료가 정리된 서류가 담긴 상자. 꽤 무거웠는지 상자를 드는데 허리가 휘청거렸다.

"어쩐지 정리할 자료가 많더라니."

시간을 보니 얼추 사장이 회의실로 내려갈 시간이었다. 서둘러야 했다. 무거운 상자를 든 보란이 낑낑거리며 아래로 내려갔다.

회의실이 있는 층에 도착한 엘리베이터 문이 열리자 보란은 이내 후회했다. 위층, 비서실에서 엘리베이터까지는 금방이었지만 아래층, 회의실에서 엘리베이터까지는 거리가 꽤 멀다는 걸 간과하고 있었다.

"후우, 내 이런 식으로 운동을 할 줄이야. 시간을 맞추려면 할 수 없지."

크게 심호흡을 하고 내려뒀던 상자를 번쩍 드는데 다리까지 휘청거렸다. 가다가 쏟는 건 아닌지 팔에 온 힘을 주고 앞을 향해 걷는데, 뜬금없이 팔이 가벼워졌다.

"도와드리겠습니다."

앞에는 그녀가 들고 있던 상자를 뺏어 들고 웬 남자가 웃고 있었다. 처음 보는 얼굴이었다. 이 회의에 참석할 만한 직원들의 얼굴 정도는 다 알고 있는데 이 남자의 얼굴은 한 번도 본 적이 없었다.

보란이 목에 걸고 있는 직원증을 보니 '마케팅부 인턴 유영석'이란 글자가 보였다. 얼마 전, 마케팅부에서 인턴들을 새로 뽑았다더니 거기 소속인가 싶었다.

"고마워요."

"꽤 무거운데요? 이런 건 남자들이 들고 해야 되는 거 아닙니까?"

사람 좋게 웃으며 너스레를 떠는데, 보란은 있지도 않는 남동생이 있으면 이럴까 싶었다.

"비서가 이 정도도 못 들면 어떡해요?"

"뒷모습도 예사롭지 않으시더니 완전 연륜이 묻어나십니다. 저는 아직 사회 초년생입니다. 하하하. 실수도 많고 해서 매일 제 사수한테 깨져요."

이번이 처음 해보는 회사생활인지 많이 힘든 모양이었다. 자신도 그런 때가 있었기에 보란은 괜스레 더 안쓰러웠다.

"많이 힘들죠? 열심히 하면 좋은 결과 있을 거예요."

"감사합니다. 실례가 안 된다면 성함이 어떻게 되시는지."

"제 이름이요?"

"저한테 이리 따뜻하게 말해주신 분은 비서님이 처음이라서요. 제가 회사생활 하다 힘든 점이 있거나 하면 조언이라도 구하고 싶습니다."

조언쯤이야. 보란은 자신의 이름 정도는 가르쳐주려고 했다.

그때, 두 사람을 사이로 갈색 구두가 끼어들었다.

"회의 안 들어갈 거야?"

반지르르 광이 나는 구두가 눈에 익다 했더니 목소리도 귀에 익었다.

눈을 들어보니 역시나 사장이었다. 보란은 차고 있던 시계를 확인했다. 회의가 시작하려면 오 분 남짓 여유가 있는 줄 알았더니 그 정도의 여유도 없었다. 한 이 분 남았나? 잡담이 길어진 걸 간과하고 있었다. 영석에게 인사를 할 겨를 따위는 없었다.

"죄송합니다. 금방 준비하도록 하겠습니다."

보란이 영석이 들고 있던 상자를 뺏어 들고 회의실로 뛰어갔다.

쿵!

차를 준비하고 있던 정은이 보란이 책상에 내려놓는 박스 소리에 기겁했다.

"이 무거운 걸 혼자 들고 오신 거예요? 절 부르시지요."

"후우. 지금 그게 문제가 아니야. 곧장 사장님 들어오실 거야. 이거 한 부씩 먼저 나눠서 자리에 놓아야겠어."

"숨이라도 돌리고 계세요. 나머지는 제가 할게요."

정은이 빠르게 서류를 내려놓는 걸 보는 보란이 거친 숨을 진정시켰다. 정은의 말마따나 이걸 들고 어떻게 뛰어왔나 모르겠다. 사장의 굳은 눈을 보는데 없던 힘도 생기더라. 잊을 만하면 그녀의 팔이 무쇠팔이라는 걸 확인시켜주는 사장이 놀라울 따름이었다.

그리고 놀란 팔이 아픈 걸 느낄 새도 없이 회의가 시작됐다.

"시작하지."

곧이어 들어온 사장이 자리에 앉기가 무섭게 회의가 시작됐다. 출근할 때만 해도 좋은 일이 있는지 호조인 것 같더니 그새 세후의 기분은 난조로 바꿰어 있었다.

인상을 쓰고 서류만 넘기는 사장 덕분에 회의에 참석한 직원들만 서로 눈치를 보고 있었다. 이런 분위기에서 말 한마디 잘못 꺼냈다간 혼자 독박 쓸 게 분명했기에 누구도 먼저 입을 떼진 못했다.

세후의 입만 바라보고 있는 직원들은 정지화면과 다름이 없었다. 그곳에 있는 누구도 잠시 후, 사장이 지금까지의 '권 사장 독설 어록'에 한 획을 그을 줄은 예상도 못하고 있었다.

그 일은 조용한 회의실 문이 열리고 카트를 밀고 들어온 보란이 조심스럽게 내려놓는 찻잔 소리가 시발점이었다. 그냥 물을 원하는 사람도 있고, 커피나 녹차, 생강차 등 다른 걸 원하는 사람들도 있었다. 그때그때 달라지긴 하지만 보통 평소에 마시는 걸로 준비하는 게 기본이었다. 평소 기관지가 안 좋다 보니 생강차를 즐겨 먹는 방 이사가 찻잔을 내려놓는 보란을 보며 작게 지시했다.

"아니, 나는 오늘은 커피로."

"네, 알겠습니다."

찻잔을 가져가고 커피가 담긴 찻잔을 방 이사 앞에 내려놓는데 서슬 퍼런 날벼락이 떨어졌다.

"뭐 하는 겁니까!"

무서운 질책 섞인 사장의 고함에 방 이사가 들고 있던 커피 잔을 덜덜거리며 내려놓았다.

"대체 여기가 회의실입니까! 커피숍입니까!"

그 소리에 직원들이 너도나도 자신 앞에 있는 잔을 슬쩍 들어 책상 밑으로 숨겼다.

"지금 한가하게 차를 마시자는 건지 회의를 하자는 건지 모르겠군요."

사장이 자신 앞에 있는 물병을 들어 보였다. 그러고 보면 커피를 입에 달고 사는 사장이 회의실에서만큼은 무조건 생수였다. 사실 그것도 뚜껑이 그대로였으니 아예 입에 대지도 않았던 것 같다. 아마 물도 한 모금 마시지 않고 회의에 집중한다는 뜻이겠지.

이윽고 사장의 최종 통보가 이어졌다.

"다음 회의 때부터는 회의에만 집중하십시오. 안 그러면 평생 느긋하게 차나 마시고 사실 수 있게 배려해드릴 테니까."

그 말인즉, 좋아하는 차나 마시고 살 수 있게 당장 잘라버리겠다는 것이었다.

얼음판을 걷는 것같이 아슬아슬하던 회의가 끝나자 세후는 곧바로 다음 스케줄을 소화하기 위해 움직였다.

흐리던 하늘은 결국 비를 토해내고 있었다. 빗줄기가 굵은 게 제법 많이 내리고 있었다.

"여기서 기다리십시오. 차를 가져오겠습니다."

주차장으로 뛰어간 차 실장을 기다리며 보란이 커다란 검은 우산을 펼쳐 들었다. 제 키보다 큰 저를 비를 맞지 않게 하기 위해 그녀는 있는 힘껏 팔을 뻗고 있었다.

우산 무게가 꽤 무거운지 우산이 점점 내려오며 그의 얼굴을 가리고 있었다. 무거운 상자를 들고 뛴 지 얼마 지나지도 않았는데 이제 제 허리까지 오는 우산을 하늘 높이 들고 서 있는 게 팔이 아플 만도 했다.

'하여튼 요령도 없고, 미련하기는.'

세후가 우산을 뺏어 들었다. 그를 올려다보는 눈이 동그랬다. 차마 우산으로도 막지 못한 빗방울이 그녀의 얼굴을 타고 내려오고 있었다.

묻고 싶었다.

나는 지금 당신 때문에 하루에도 감정의 기복 롤러코스터를 수십 번도 넘게 타고 있는데.

다른 남자와 웃고 이야기하는 당신을 보는 게 미칠 것같이 화가 나는데.

전에 당신을 울린 그 쓰레기가 생각나 회의실에서 그 미친 짓을 했는데.

내가 왜 그랬는지 당신은 혹시 짐작이라도 하고 있냐고, 세후는 묻고 싶었다.

"내가 회의실에서 왜 소리를 쳤는지 엄 비서는 알고 있나?"

역시나 그녀의 입에서는 지극히 그녀를 닮은 표본적인 말이 흘러나왔다.

"직원들이 회의 시간에 온전히 집중하길 원하신 거 아닙니까?"

눈치 없는 대답에 누가 숨 쉬는 구멍이란 구멍은 죄다 꿰매버리기라도 한 것처럼 세후의 가슴은 답답해졌다.

"……."

세후의 침묵에 대답을 잘못한 건가 싶어 보란은 눈을 바닥으로 내렸다.

"……."

땅이 흠뻑 젖을 정도로 비가 오는데 그녀의 펌프스 위로만 비가 비켜가고 있었다.

"이제부터 이런 건 최 실장 시켜. 죄 없는 놈 직장 잘리게 하고 싶지 않으면."

비를 타고 들려온 음성을 따라 눈을 드니 한쪽 어깨가 흠뻑 젖은 그가 그녀를 내려다보고 있었다.

* * *

점심때가 한참 지난 시각, 밖이 잘 보이는 편의점 시식대에 서 있는 수아는 종일 아무것도 못 먹은 것처럼 허겁지겁 삼각김밥을 입으로 털어 넣고 있었다. 순식간에 김밥을 먹어치우고 다음으로 손을 뻗은 건 컵라면이었다.

초록색 조끼를 입은 앳된 알바생이 물건들을 정리하다 말고 그녀에게로 다가갔다.

"수아 언니, 좀 천천히 먹어요."

라면 때문에 김에 서린 안경을 벗고 나니 퀭한 눈을 한 수아는 자주 이 편의점에 들러 식사를 해결했는데, 알바생에게는 보기 드문 사람이었다. 말로는 고상하게 책상에 앉아서 일하는 화이트칼라 직군에 속한다고 했지만, 그 말을 도통 믿을 수 없는 게 멀쩡한 행색을 하고 있는 날을 손꼽을 정도였다.

"내가 배가 고파서 제정신이 아니에요."

유통기한이 다 된 물건들을 골라내고 있던 알바생이 불쑥 그녀에게 김치를 건넸다.

"볶음김치 드실래요? 이거 유통기한 한 시간밖에 안 지났거든요."

"너는 어쩌고? 내가 네 저녁 뺏어 먹는 거 아니야?"

"오늘은 도시락이 한 개 남아서 그걸로 때우면 될 것 같아요."

"내가 또 사양 같은 건 안 하는 거 알지? 잘 먹으마."

알바생이 주고 간 김치를 두 손으로 받아 든 수아가 다시 라면으로 정신을 집중했다.

그때, 편의점 시식대가 휴대폰 진동으로 덜덜거렸다.

"여보세요?"

-이수아. 네 애미다.

그녀의 어머니였다. 백이면 백, 잔소리가 대부분임을 알기에 보통은 잘 받질 않는다. 하지만 라면 먹는다고 안경을 벗어놓는 바람에 발신자 표시를 자세히 안 본 게 실수였다.

오늘의 잔소리 주제는 그녀는 기억에도 없는 그녀의 선자리에 관한 거였다.

-너 이번 주 일요일 알지?

"이번 주 일요일? 잘 모르겠는⋯⋯."

-애가 또 이럴 줄 알았어. 너 선보기로 했잖아. 일요일에 알겠다고 해놓고 또 딴소리야!

저번 주말에 아침 식탁에서 잠결에 그런 소리를 들었던 것도 같았다. 이번 주 내내 마감에 시달려 피곤해 죽겠는데 일요일에도 쉬지도 못하고 밖으로 나가야 한다는 게 마음에 들 리가 없었다.

"그거 그냥 해본 소린데? 안 나가면 안 돼나?"

-안 돼. 이번에도 안 나가면 집에서 쫓아낼 줄 알아. 이수아, 나 진심이다.

어머니에게서 진심이라는 소리가 나오면 게임 끝이었다. 이렇게 된 이상 선을 보러 나가든지, 아니면 집을 나가든지 둘 중 하나였다.

"알겠어. 나가기만 하면 되는 거지? 그 이상은 바라지 마."

-잘 생각했어. 엄마 친구 아들인데. 성격도 좋고 유학 갔다 와서 그 뭐라더라? 외국말 바꿔주고 하는 거?

"통역사?"

-그래, 그거. 통역사란다. 나가서 만나보면 너도 마음에 들 거야.

"엄마, 사장님이 부르시네. 끊는다."

-오늘 일찍 들어와. 선보러 가는데 관리도 좀 해야지. 귀한 오이 썰어서 네 얼굴에 붙여줄 테니까.

"웬일이야? 먹는 걸로 장난치는 걸 질색하시는 분이. 알았어. 최대한 일찍 들어가도록 해볼게. 네네, 들어가요."

통화를 끊고 다시 라면을 먹으려고 했지만 라면은 다 불어터진 후였다.

선자리라. 그런 만남은 영 별로였다. 세상의 반은 남자인데, 그 반 중에 그녀의 인연 하나 찾기가 이리 힘들어서야.

낙심한 수아의 시선이 창밖으로 향했다.

마침 파란불이 켜졌는데, 리어카를 끈 할머니가 횡단보도를 건너고 있었다. 그런데 하필 뒤에서 급하게 달려온 사람이 리어카를 세게 치고 지나갔다.

'넘어가는 거 아니야?'

역시나 수아의 예상대로 충격에 비틀비틀하던 리어카가 옆으로 넘어가

버렸다. 횡단보도는 리어카에서 떨어진 양말들로 뒤덮였다. 할머니가 허둥지둥 리어카를 일으키고 양말을 주워 담았지만 그런 사정 따위는 봐주지 않는 신호등은 파란불은 어느새 빨간불로 바뀌었다. 움직이지 못하는 차들이 빵빵 클랙슨이 울려댔다.

"거참, 좀 기다려주지. 사람들이 너무 인정머리가 없어."

수아가 그를 발견한 건 그때였다. 밖으로 나가려고 발걸음을 옮기던 그녀가 차에서 내리는 남자를 보고 멈춰 섰다.

차를 갓길에 세운 남자가 횡단보도로 달려가더니 빵빵거리는 차들에게 양해를 구하고 할머니를 돕기 시작했다. 양말들을 전부 주워서 실은 그가 리어카를 끌고 횡단보도를 건넜다.

편의점 창문 바로 앞으로 보이는 남자의 얼굴이 눈에 익었다.

"어디서 봤더라? 아! 보란이네 회사 실장이라던 남자네. 이름이 최기준이었던가?"

할머니와 몇 마디 주고받는 듯하던 남자가 두리번거리더니 갑자기 편의점으로 뛰어 들어왔다. 잘못한 것도 없는데 수아는 과자 진열대 뒤로 몸을 숨겼다.

기준은 계산대 바로 앞에 진열된 음료수 한 상자를 집어 들었다.

"계산해주세요."

"삼만 원입니다."

"여기 오만 원요. 죄송한데 천 원짜리로 거슬러 주실 수 있습니까?"

"네? 네."

천 원짜리 스무 장을 거슬러 받은 그가 편의점 밖으로 나갔다. 거기서 덩치와 어울리지 않는 노랑색 캐릭터 양말 한 뭉치를 집더니 할머니에게 돈을 건넸다.

그가 사겠다고 집어 든 양말로 눈이 갔다. 안 어울리게 노란색을 엄청 좋아하나 싶었더니, 일부러 저걸 집어 든 거란 걸 알 수 있었다. 떨어졌을 때, 뭐가 묻었는지 양말은 팔 수 없을 만큼 엉망이었으니까.

"이제 보니 마음이 더 잘생겼네."

수아가 피식 웃었다. 그녀의 눈이 그를 따라가기 시작했다. 손에 검은 비닐을 들고 유유히 걸어가는 그가 보이지 않을 때까지 수아는 그의 뒷모습을 좇고 있었다.

눈요깃거리가 보이질 않자 수아도 자리에서 일어났다. 소시지 하나를 집어 들고 편의점을 나왔다. 뒤에서 알바생이 긴박하게 소리쳤다.

"언니, 거스름돈요. 팔천 원 가져가야죠."

"김치값이야. 유통기한 지난 도시락만 먹지 말고 국밥이라도 한 그릇 해."

수아가 유유히 손을 흔들었다. 바로 가도 될 걸 부러 방금 전까지 그가 있었던 횡단보도를 건너 출판사로 향하고 있었다.

그렇게 부러 빙 돌아서 그녀는 신성한 직장으로 향했다.

"다녀왔습니다."

인사하기가 무섭게 책상에 앉은 수아는 서랍을 뒤져 안에 처박아두었던 명함을 찾아냈다. 금테가 둘러진 명함을 한참을 응시하던 수아가 전화기를 들었다. 다이얼을 누르는 그녀의 손이 살짝 떨리고 있었다.

"오랜만이네요, 최기준 실장님. 저 이수아 편집장인데요."

잊고 있었던 빚을 받을 생각이었다.

* * *

모처럼 찾아온 빨간 날에 보란은 커피숍에 나와 있었다. 집순이가 웬일이냐 하니, 오랜만에 수아를 만나기로 했기 때문이다.

약속 기간보다 일찍 도착한 보란은 얼음이 가득한 주스를 시켜놓고 그녀가 오기만을 기다리고 있었다. 본격적으로 시작된 여름 덕분에 입안에 느껴지는 얼음이 더 시원했다.

"보란아!"

창에 고정하고 있던 눈을 돌리니 수아가 손을 흔들며 뛰어오는 게 보였다. 소파에 풀썩 앉은 그녀의 손은 덥다고 연신 부채질이었다.

"어우, 덥다. 더워."

"많이 덥죠? 시원한 거라도 마실래요?"

"아이스티로."

주문을 받은 종업원이 사라지기가 무섭게 수아가 대뜸 물었다.

"그래서 너랑 너희 사장이랑은 어떻게 됐어?"

"어떻게 되기는요."

수아가 무슨 대답을 바라는지 모르겠지만 정작 보란은 빨대를 빨아들일 뿐, 시큰둥했다.

답답했던지 수아가 보란을 보챘다.

"그 후로 무슨 진전이 있었을 거 아냐?"

"음, 평일에는 회사에서 열심히 일하고 토요일에는 사장님 집에 가서 우빈이랑 놀고 그러고 있어요."

"그게 다야?"

다만, 세부적인 것들이 조금 달라졌다고 해야 하나? 사장은 여전히 일처리에 철두철미했고 실수가 있으면 봐주는 것 없이 독설을 서슴없이 날려댔다.

그런데 미묘하게 콕 집어 말할 수 없는 무언가가 달라졌다. 그녀를 보는 눈빛이 많이 부드러워졌다고 해야 하나? 누가 쳐다보는 것을 느끼고 뒤를 돌아보면 그곳에는 사장이 있었다.

물론 이건 그녀의 주관적인 생각이었다. 잘못 본 것일 수도 있었고 너무 의식한 탓에 잘못 느꼈을지도 모를 일이었다.

"음. 그런 것 같아요."

"에이. 뭐냐? 나는 또 그 사장이라는 남자가 너 좋아하는 줄 알았네."

"설마요. 그런 일이 가당키나 하겠어요?"

"얘는. 왜, 그런 일이 일어날 수도 있지."

보란은 얼음만 남은 컵을 두 손을 감싸 쥐었다. 차가움에 설마 했던 정신도 냉정해졌다.

잘난 사장이 뭐가 아쉬워서 자신을 좋아한단 말인가. 오로지 사장이 저를 제 옆에 두겠다고 하는 이유는 그가 끔찍이 아끼는 조카 때문이다.

"절대로 아닐 거예요."

"그러면 잘됐다. 보란아. 너 선 한번 볼래?"

"네? 선이요?"

"말만 선이지, 소개팅이라고 보면 돼. 우리 엄마 친구 아들이라는데. 성격은 물론이고 직업도 좋다? 유학 갔다 와서 유명한 통역사라네?"

가정환경은 말할 것도 없고 아파트도 한 채 준비되어 있다는 둥, 구구절절 수아의 말이 길어졌다. 이건 누가 봐도 그녀 대신 자신을 내보낸다는 걸 알 수 있었다.

"언니가 보시면 되잖아요."

"얘는, 나는 마음에 품은 사람이 있으니까 그러지."

갑자기 선을 보라는 소리보다 수아가 좋아하는 사람이 생겼다는 사실이 더 보란의 관심을 끌었다.

"네에? 언니 사귀는 사람 생겼어요? 대체 언제부터요?"

"아직은 나 혼자 관심 있어 하는 거긴 한데, 사실 너도 아는 사람이야."

"제가 아는 사람이요? 혹시……."

"맞아. 너랑 같이 일한다는 최기준 씨."

일이 언제 이렇게 진전된 건지. 수아와 기준이 만난 적이라고 해봤자 다섯 손가락에 꼽을 정도일 텐데.

"대체 언제부터요? 최 실장님이랑 몇 번 만나지도 않았잖아요."

"얘는. 만남의 횟수가 무슨 상관이야. 첫눈에 반할 수도 있는 거지."

"최 실장님께 첫눈에 반한 거예요?"

"그건 아니고. 처음에 봤을 땐 잘생겼다, 내 스타일이다 이 정도였는데, 얼마 전에 그 남자를 우연찮게 봤는데, 얼굴만 잘생긴 게 아니더라고. 마음도 잘생겼더라고."

기준을 이야기하며 살짝 볼을 붉히는 수아는 이제 막 사랑에 빠진 얼굴을 하고 있었다. 눈을 아래로 깔고 손을 꼼지락거리며 부끄러워하는 그녀가 예뻐 보였다.

"솔직히 말할게. 나 그 남자한테 반했어."

보란이 수아의 손을 덥석 잡았다.

"언니, 내가 있는 힘껏 응원할게요. 그리고 도울 수 있는 건 뭐든 도울게요."

사실 수아는 그 사장이란 남자와 보란 사이에 무언가 있을 줄 알았다. 하도 작가를 찾아대기에. 그런데 그토록 찾던 작가가 자기 밑에서 일하는 비서였단 말이지. 우연이라고 치부하기에는 두 사람의 관계가 너무 절묘하게 맞아떨어졌단 말이다. 하지만 당사자가 아니라는데……. 안 그래도 선자리 대타를 구하고 있었는데 이게 웬 떡이냐 싶었다.

"정말 뭐든 해줄 거야?"

"네."

이번엔 수아가 잡고 있던 보란의 손을 힘주어 잡았다.

"그러면 나 대신 나가주라. 나 이번에 그 선자리 안 나가면 집에서 쫓겨나. 너도 우리 엄마 성격 알지?"

"알죠."

편지를 전해주는 사랑의 매신저 역할 같은 건 얼마든지 할 수 있었다. 하지만 대신 선을 보러 가는 거라니. 보란은 영 내키지 않았다.

"아무리 그래도 그건, 좀."

"나가서 앉아만 있다가 나오면 된다니까. 내가 나가서 싫다고 말하면 좋을 텐데, 하필이면 그날 최기준 씨랑 데이트하기로 해서."

"데이트요? 언제 그렇게 일이 진전된 거예요?"

수아가 전에 보라 작가의 정체에 대한 거래로 맞바꾼 데이트권이었다. 자신은 그런 약속 한 적 없다고 내빼는 기준 때문에 결국 수아가 데이트를 보증했던 그 사장이라는 남자까지 닦달해서 어렵게 얻어낸 기회였다.

"그렇게 됐어. 그냥 나가서 나인 척하고 삼십 분만 앉아 있으면 돼. 나가기만 하면 된다고 했으니까. 응?"

"나가서 앉아 있기만 하면 되는 거예요?"

"당연하지. 정말 고마워. 잘되면 다 네 덕분이야."

보란이 밉지 않게 눈을 흘겼다.

"쳇, 점심은 언니가 사요."

"당연하지. 점심이 뭐냐, 저녁까지 내가 거하게 쏜다."

보란도, 수아도 모르고 있었다. 별생각 없이 했던 이 약속이 후에 어떤 일을 불러올지.

……진정 두 사람은 꿈에도 모르고 있었다.

* * *

"어? 시간이 이렇게 됐네?"

시계가 다섯 시를 가리키고 있었다. 사장의 집에만 오면 시간은 누가 빨리감기라도 하는 양 순식간에 지나갔다.

우빈에게 동화책을 읽어주고 있던 보란이 자리에서 일어났다.

"우빈아, 여기까지만 하자. 누나는 이제 그만 가봐야겠다. 못 읽어 준 부분은 다음 주에 마저 읽어줄게."

소파에 앉아 신문을 읽고 있던 세후가 시간을 확인했다.

"벌써 가려고?"

벌써라니, 열 시쯤에 와서 여태껏 있었으면 됐지. 이 집에만 오면 한 시간은 금방 두 시간이 되고, 두 시간은 또 금방 반나절이 됐다.

보란이 가방을 챙겨 들었다.

"네, 그만 가보겠습니다."

"저녁 먹고 가지?"

"그래, 누나. 저녁 먹고 가."

매번 이런 식이다. 어영부영 대답을 망설이다 정신을 차려보면 그녀는 식탁에 앉아 있었다. 저녁을 먹고 나면 또 영화를 보자고 한다든가, 아니면 게임을 하자는 구실에 넘어간 그녀는 밤늦게까지 머무르게 된다.

하지만 오늘은 안 됐다. 내일은 수아 대신 선자리에 나가기로 한 날이었다.

"내일 약속이 있어서 안 될 것 같습니다."

세후의 눈이 날카롭게 빛났다. 어느덧 그는 보란에 대해 꽤 많은 걸 알고 있었다. 회사에서는 부지런을 떠는 그녀가 사실은 굉장한 게으름뱅이라는 것도 그가 알게 된 수많은 사실 중의 하나였다. 토요일은 그와 한 약속 때문에 할 수 없이 이리 집 밖으로 나오지만 일요일에는 누가 돌아가시지 않는 이상 집에서 꼼짝도 않는 사람이 약속이라고?

"약속? 자고로 일요일은 무조건 집에 있는 거라면서?"

"네, 그랬죠. 그런데 중요한 약속이라서요."

십 년 만에 한 번, 어쩌다가 있는 약속일 수도 있었다. 그냥 넘어갈 수도 있었다. 그런데 이상하게 마음에 싸하고 걸리는 게 세후는 그냥 넘어갈 수가 없었다.

"중요한 약속? 누구 만나는 건데?"

보란이라고 콕 집어서 말할 수가 없는 게, 성격이 좋다더라, 직업이 뭐라더라 등등 두루뭉술한 것들만 알지, 얼굴도 한 번 본 적이 없는 남자가 어떻게 생겼는지도 그녀는 전혀 몰랐다.

"저도 처음 만나는 거라서요. 버스 올 시간 다 됐네요. 그럼 안녕히 계세요."

현관으로 향하는 보란의 팔을 세후가 잡아 세웠다. 일요일에 처음 만나는 사람과의 약속이라. 여러모로 의심스러운 그녀를 그가 이대로 보낼 일은 없었다.

"기다려. 데려다줄게."

"아닙니다. 우빈이는 어쩌시고요? 저는 요 앞에서 버스 타고 가면 됩니다."

하지만 마음을 정한 세후에게는 씨도 안 먹힐 소리였다.

"권우빈, 우리 드라이브나 할까?"

"드라이브? 차 타고 달리는 거? 좋아, 좋아."

결국 세후는 그녀를 데려다주는 겸 드라이브까지 한답시고 우빈이까지 대동하고 나섰다.

사장의 차를 타고 그녀의 집으로 가는 길, 평소와 다른 길로 들어서는 차를 보고 보란이 화들짝 놀라 물었다.

"이 길은 저희 집 가는 길이 아니지 않습니까?"

"이 길로 가도 당신 집은 나와."

"하지만."

하긴 모로 가도 집에만 가면 되는 거니, 편하게 얻어 타고 가는 주제에. 보란은 항의하려던 걸 그만뒀다. 시간이 적게 걸리는 길을 두고 굳이 둘러 가는 사장의 의도를 이해할 순 없었지만 이미 든 길을 어쩔 수는 없었으니까.

일찍이 단념한 보란은 옆 좌석에 앉은 우빈과 가위바위보를 하며 놀았다.

"히히. 누나가 졌다. 이마 대요, 이마!"

"살살 부탁해."

엄살을 부리는 그녀의 이마를 가볍게 때린 우빈이 창밖으로 지나가는 다리를 보고 소리쳤다.

"어? 다리다, 다리. 근데 우리 어디 가는 거야?"

그때서야 보란은 차가 그녀의 집과는 전혀 다른, 아니 집과는 아주 먼 곳으로 가고 있다는 것을 눈치 챘다. 조금만 더 가면 서울을 벗어날 기세였다.

"사장님? 설마 저기 보이는 고속도로를 타시려는 건 아니시죠?"

"글쎄? 엄 비서가 어떻게 대답하느냐에 따라 달라지겠지."

운전대를 잡고 있는 세후의 폼이 잘하면 곧장 고속도로를 탈 기세였다.

"네! 뭐든 대답해드릴 테니, 무엇이든 물어보십시오."

그가 얼마나 진지한지 인지한 보란을 확인한 세후가 갓길에 차를 세웠다.

"내일 만난다는 사람이 누구야?"

"그, 그게."

무엇이든 대답한다고 해놓고 망설이는 보란을 보며 세후가 다시 운전대를 잡았다.

"이대로 부산까지 갈까?"

부산이라는 소리에 저 멀리 부산 갈매기가 아른거린 보란이 재깍 대답했다.

"솔직히 저도 모릅니다."

"모르는 사람을 만나러 나간다고?"

"사실은 수아 언니 대신에 선보러 나가기로 했습니다. 수아 언니 아시죠? 제 동화 편집장인 언니."

하여튼 마음에 안 드는 여자 같으니라고 세후는 팬 사인회 때 보란에게 인형탈을 씌운 인간이 그 여자라는 걸 알았을 때부터 그 여자가 마음에 들지 않았었다.

"웃기는 여자군. 자기가 나가면 되지, 왜 당신보고 나가라는 거야?"

시시콜콜 사장에게 이런 걸 이야기하고 있어야 되는지는 모르나 우선 보란은 수아 편을 들고 볼 일이었다.

"안 나갈 수 없는 선자리인 데다가, 하필이면 내일 최 실장님이랑 데이트가 있어서 어쩔 수 없어서 제가 대신 나가게 됐습니다."

그러고 보니 며칠 전 이수아라는 여자에게서 걸려온 안부를 빙자한 빚독촉 전화가 생각이 났다. 자기는 죽어도 싫다고 내빼던 기준이 세후의 눈총 한 방에 데이트를 받아들이면서 이날밖에 시간이 없으니 이날이 아니면 절대로 안 된다고 못 박았었지. 그게 내일이었단 말인가?

"그래서 그 선자리에 대타로 나가겠단 말이야?"

"나가겠다고 약속했는데 당연히 나가야죠."

세후의 미간이 찌푸려졌다. 도와줘도 모자랄 판에, 판을 흔들어놓으려고 하다니. 이수아란 여자, 내가 가만히 두나 봐라. 회사 아니면 집밖에 모르는 보란이었기에 마음을 놓고 있었던 게 화근이었다.

"나가지 마."

"네?"

"제가 왜 그래야 하는데요?"

"잘 생각해보라고. 내가 왜 이러는지."

수수께끼 같은 말만 남긴 세후는 보란에게 왜 그 자리에 나가지 말아야 하는지 정확한 이유는 말해주지 않았다.

멈춰 있던 차가 부르릉 하고 출발했다. 약속대로 묻는 말에 잘 대답한 덕에 차는 더 이상 부산으로 가는 길로 향하지 않았다.

끽 하고 유턴한 차는 왔던 길로 다시 돌아가기 시작했다.

"그런데 선이 뭐야?"

어른들이 하는 대화를 가만히 경청하고 있던 우빈이 중간중간에 들려온 생소한 단어에 불쑥 질문을 했다. 갑자기 사장이 왜 이러는가에 대해 생각 중인 보란 대신에 세후가 대답했다.

"누나가 절대로 해서는 안 되는 거."

둘러둘러 드디어 도착한 그녀의 집 앞, 차에서 내리려는 그녀를 보며 세후가 다시 한 번 경고했다.

"나가지 말라고 했어."

"……."

차마 안 나간다고 거짓말을 할 수 없는 보란은 꼭 입만 다물고 있었다.

* * *

보란을 데려다주고 집으로 돌아온 두 남자는 늦은 저녁을 먹었다. 배가 고팠던지 잘도 먹는 우빈과 달리 세후는 한 숟가락도 뜨지 못하고 밥알을 세고 있었다.

우빈이 먹고 싶다고 노래를 부른 계란 프라이를 해 온 복숙이 자리에 앉으며 의아해했다.

"저녁은 영 못 드시네요. 점심때는 한 그릇 뚝딱하시더니."

"입맛이 없네요."

결국 세후는 식사 자리에서 제일 먼저 일어났다.

"저는 들어가 보겠습니다."

식탁에서 일어나 방으로 들어가는 세후를 보다 못한 복숙이 한숨을 쉬었다. 이 집 젊은 사장은 차갑기가 저 어디냐, 한겨울의 강원도 산골 매한가지로 냉랭하기가 이루 말할 수가 없다. 남자가 좀 서글서글한 면이 있고 해야될 텐데, 너무 깍듯하다 못해 거리감이 느껴져 사람 냄새가 안 난다고 해야하나. 아무튼 대하기가 어려웠다.

그러던 사장이 토요일마다 어떤 아가씨 하나를 데려오더니 바뀌기 시작했다. 간혹 웃기도 하고 무서운 농담도 하면서 사람처럼 보여서 좋았는데 또 그새 고드름이 된 게 도통 모를 일이었다.

"아줌마, 나 김치 주세요."

밥 한 숟갈을 뜬 우빈이 그녀를 올려다보고 있었다.

"어? 김치? 여기 있네."

잘 익은 김치를 작게 찢어 밥에 올려주니 우빈이 오물오물 잘도 먹었다. 분명 그 아가씨가 가기 전만 해도 괜찮았던 것 같은데. 복숙이 우빈이 계란프라이 다음으로 좋아하는 메추리알을 밥에 얹어주며 물었다.

"우빈아, 아까 누나 데려다주면서 무슨 일이라도 있었니?"

"으음. 몰라요."

볼록 튀어나온 볼로 고개를 갸우뚱하는 게 귀여워 또 메추리알을 밥 위에 얹어준 복숙이 잘 생각해보라며 아이를 꾀었다.

"그러지 말고 잘 한번 생각해봐봐."

"차 타고 멀리멀리 갔고, '가위바위보' 해서 누나 이마도 때리고……. 아! 누나가 선이라는 걸 한대요."

"선?"

"네. 외삼촌이 그러는데 누나가 절대로 보면 안 되는 게 선이라는데, 아줌마, 선이라는 게 나쁜 거예요?"

"호호호."

우빈의 물음에 복숙은 웃음을 터뜨렸다. 그러니까 그 아가씨가 선을 본다고 해서 사장의 기분이 오뉴월 서리만큼 차가웠단 말이지. 감정 따위는 없을 줄 알았던 사장이 한결 사람처럼 보여 복숙의 기분이 좋아졌다.

"나쁠 수도 있고 안 나쁠 수도 있지. 잘하면 우리 우빈이 조금 있으면 외숙모 생기겠네?"

"진짜요?"

"그래. 언제 이 아줌마가 말해서 안 된 거 있었어?"

"아니요. 전에 아줌마가 우리 별님반 선생님 유치원 안 오는 것도 맞았잖아요."

전에 유치원 선생이 애가 들어선 것 같아 잘하면 그만둘 수도 있겠다고 했더니 일주일 뒤 입덧이 너무 심했던 선생이 정말 그만둔 걸 말하는 거였다. 그 후론 복숙의 말이라면 우선은 믿고 보는 우빈이었다.

"얏호! 신난다."

우빈의 엉덩이가 하늘로 날아갈 것처럼 들썩였다.

한편, 밝고 환한 주방의 분위기와는 달리 굳게 닫힌 다른 방의 분위기는 어둡고 칙칙하기가 그지없었다. 한곳에 있질 못하고 방을 서성이고 있던 세후에게서 검은 아우라가 뿜어나오고 있었기 때문이었다. 침착해보려고 노력했지만 그게 잘 안 됐다. 언젠가부터 그녀의 일이라면 세후는 이성 따위는 어디다 버리고 흥분부터 하게 된다.

"선이라."

천천히 가도 된다고 생각했다. 그녀를 당장이라도 옆에 끌어다 두고 싶었지만 조급함은 애써 내려놓았다.

차근차근. 살랑살랑.

가랑비에 옷 젖듯이, 봄바람에 설레듯. 그렇게 그녀를 잡을 생각이었다. 공든 탑이 쉽게 무너질 리는 없으니까.

보란은 긴 시간을 들인다고 해도 하나도 아깝지 않을 단 한 사람이었다. 그런데 어디서 나타난 복병이 그의 계획을 흔들고 있었다.

"감히…… 선을 보게 만들어?"

이수아라는 여자, 그를 방해한 대가를 치르게 해줄 작정이었다. 휴대폰을 드는 그의 주위로 검은 아우라가 풍겨 나왔다.

가면 쓴 여자 283

"기준이냐? 내일 데이트한다는 장소가 어디냐?"

* * *

일요일 놀이동산의 인파 속에 수아가 기준을 기다리고 있었다. 출근할 때도 대충 입는 그녀가 스키니 진과 하얀 프릴 블라우스로 한껏 꾸미고 말이다.

개미떼 같은 사람들 속에 수아는 편안한 차림으로 걸어오는 그녀의 이상형을 발견했다. 못 보고 지나치기라도 할까 팔을 높이 들고 크게 손을 흔들었다.

"최기준 씨, 여기예요, 여기."

털레털레 땅만 보고 걸어오던 기준이 자신을 부르는 소리에 고개를 들고 그녀에게로 다가왔다. 반가운 마음에 수아는 인사도 건너뛰고 그의 팔부터 잡아끌었다.

"어서 들어가요."

"잠시만요."

그는 들어가지 않고 휴대폰을 만지작거리는 게 꼭 누굴 기다리는 폼이었다.

"누구 올 사람 있어요?"

"그게……."

저 멀리서 또다시 기준을 부르는 발랄한 소리가 들려왔다.

"기준이 삼촌!"

이름이 우빈이었던가? 아무튼 그 아이와 후세, 아니지 세후란 남자의 손을 잡고 그들이 있는 곳으로 오고 있었다. 수아는 일이 이상하게 돌아가고 있음을 직감했다.

초점을 잃은 수아의 눈이 기준을 향했다.

"우리 둘이서 노는 거 아니었어요? 설마 일부러 놀이동산으로 장소도 바꾼 거예요? 대체 왜요?"

실망감이 가득한 그녀의 물음에 답한 건 어느새 그들이 앞에 당도한 세후였다.

"그건 이수아 씨가 더 잘 알겠지."

전혀 모르겠다는 수아의 눈이 세후를 향했다. 놀이동산이 아니라 어디 시상식 레드 카펫이라도 걸어야 될 것 같은 베이지 슈트를 쫙 입고 있는 남자가 그녀를 죽일 듯이 노려보고 있었다. 이 남자는 전생에 저와 무슨 원수를 졌기에 이런 억한 일을 벌이는지 수아는 어이를 상실했다.

"전생에 그쪽한테 무슨 죽을죄를 지었기에 저한테 이러는 거세요?"

이 사달을 낼 정도로 큰 잘못이 아니기만 해봐라. 벼르고 있던 그녀에게 들려온 그의 대답이란,

"당신 대신에 엄 비서가 선본다는 장소가 어디야?"

전혀 예상 못한 소리에 수아의 입이 벌어졌다. 내 이럴 줄 알았다니까. 분명히 이 남자는 보란을 좋아하는데 정작 둔한 당사자는 모르고 있었던 거였다. 사태의 심각성을 파악한 그녀의 입은 잘도 대답을 뱉어냈다.

"L, L호텔 라운지요."

그러자 세후가 수아를 향해 낮게 경고했다.

"다시는 이런 어리석은 짓은 하지 않을 거라고 알고 있겠어."

원하는 것을 얻어냈는지 그대로 돌아선 그가 일부러 누구 들으란 듯이 큰 소리로 말했다.

"우빈아, 오늘 이 아. 줌. 마랑 기준이 삼촌이랑 재밌게 놀아."

거기서 그치지 않고 중요한 말인 듯 우빈의 귓가에도 속삭였다. 세후의 귓속 지침에 우빈이 고개를 힘차게 끄덕였다.

"나는 이만. 가볼 곳이 있어서."

주머니에 손을 넣은 그는 유유히 사라지고 있었다. 그의 등 뒤로 우빈이 어젯밤 봤던 만화의 한 장면처럼 크게 손짓하며 외쳤다.

"가랏! 삼촌맨! 어서 가서 누나를 구해!"

뒤로 올라온 세후의 손이 걱정하지 말라는 듯 O.K 사인을 보냈다.

같은 시각, 약속 시간보다 일찍 도착한 보란은 처음 접하는 생소한 풍경에 적응하지 못하고 두리번거리고 있었다. 이른 시간이라고 생각했었는데 호텔 라운지 커피숍은 군데군데 짝지어 앉아 있는 사람들이 생각보다 많았다. 한 잔에 삼만 원이나 하는 커피를 시켜놓고 보란은 얼굴도 모르는 상대방을 기다리고 있었다.

대학 다닐 때 소개팅을 한 번 해보긴 했으나 그게 다였다. 선도 처음인데 대타로 나온 선이라니 불편한 게 당연했다. 거기다 장소는 또 어떻고.

그것보다 화장으로 숨기고 있었지만 간밤에 한숨도 못 잔 얼굴이 푸석했다.

어제 사장이 한 말 때문이었다.

'나가지 마.'

사장이 했던 말의 의도가 무엇인지 생각하느라 밤을 꼴딱 새운 참이었다. 왜 그러는지 이유라도 알려주든가. 대체 왜 그러냐고.

'잘 생각해보라고. 내가 왜 이러는지.'

그 말뿐이었다. 밤새 생각해봤지만 이거다 할 만한 명확한 이유는 도통 생각나질 않았다.

"이수아 씨?"

누군가 그녀를 다른 이름으로 부르고 있었다. 깔끔한 회색 양복 차림의 남자가 대답 없는 그녀를 다시 불렀다.

"오늘 만나기로 한 이수아 씨 아니세요?"

아, 나 수아 언니 대신 나온 거였지. 보란이 자리에서 일어났다.

"안녕하세요?"

"제가 좀 늦었습니다. 진명수라고 합니다."

인사를 마친 남자가 맞은편에 앉았다. 첫인상은 나쁘지 않았다. 수아가 말했던 것처럼 성격도 누구와 다르게 좋아 보이고, 무엇보다 누구와 다르게 배려심이 많아 보이는 사람 같았다.

"사진이랑은 많이 다르시네요. 물론 실물이 훨씬 미인이시라는 말씀입니다."

만난 지 이십 분 동안 남자는 이야기를 하고 보란은 간간이 대답하는 식이었다. 시시콜콜한 이야기부터 요즘 사회와 정치 대한 이야기까지. 남자는 보란의 흥미를 끄는 화제가 무엇인지 알아낼 작정이라도 했는지 쉴 새 없이 말했다.

"저는 결혼 후에도 여자가 직장을 다녔으면 좋겠습니다. 여자도 커리어를 계속 쌓고 자아실현을 했으면 좋겠거든요. 물론 집안일이나 육아는 제가 많이 도울 거고요."

"네."

남자는 꽤 괜찮은 사람 같았다. 하지만 어느 순간부터, 아니 처음부터 남자의 괜찮은 조건 같은 건 하나도 눈에 들어오지 않았을지 모르겠다. 어젯밤부터 계속된 질문에 대한 답을 찾고 있느라 다른 건 신경 쓸 여력조차 없었으니까.

"수아 씨? 수아 씨?"

멍하니 있던 보란이 그제야 고개를 들었다. 너는 오늘 수아라고 되새겼던 게 방금 전이면서 또 이랬다.

"전화가 울리는 것 같은데요?"

가방에 넣어두었던 휴대폰이 진동하고 있었다.

"죄송합니다."

화면에 뜬 발신자를 확인한 보란은 받지 않으려 했다. 하지만 배려심이 많은 상대는 계속 괜찮다고 했다.

"아까부터 계속 울리는 게 급한 전화 같은데 받으셔도 됩니다."

받을 때까지 울릴 휴대폰이라는 걸 알기에 보란은 죄송하다고 양해를 구하고 전화를 받았다.

"여보세요?"

-내가 나가지 말라고 했을 텐데?

"사, 사장님?"

그녀가 선자리에 나왔다는 걸 알고 있다는 건…….

휴대폰을 든 채로 보란의 눈이 근처에 있을 것 같은 그를 찾기 시작했다. 그리고 창 너머 조금 떨어진 곳에 있는 세후를 발견했다. 차에 기대선 그가 그녀를 쳐다보고 있었다. 휴대폰을 쥔 손에 힘이 들어갔다.

"제가 왜 그래야 하는지 모르겠습니다."

-알고 싶어?

밤을 새우면서까지 고민했던 문제인데 당연했다.

"네."

-그럼 밖으로 나와. 오 분 준다. 오 분 뒤에도 안 나오면 내가 끌고 나올 테니까.

그 말을 끝으로 전화는 일방적으로 끊겼다. 손목을 들어 시계를 확인하는 사장이 보였다. 카운트다운이 시작된 것인 양 마음이 급해졌다.

"박명수 씨라고 하셨나요?"

"진명수입니다."

삼십 분이 넘게 마주하고 있었으면서 상대방의 이름도 제대로 모르고 있었다. 그만큼 그녀의 정신이 다른 곳을 향해 있었다는 거겠지.

"우선 사과부터 드리겠습니다. 정말 죄송합니다. 사실 저는 오늘 선 보러 나오기로 한 이수아 씨가 말 못 할 사정이 생겨서 대신 나왔습니다. 삼십 분만 앉아 있다 오면 된다고 해서…… 처음부터 사실대로 이야기했어야 하는데 정말 죄송합니다. 큰 실례를 범했습니다. 급한 일이 생겨서 저는 이만 일어나 보겠습니다."

서둘러 자리에서 벗어나려는 그녀의 손목을 명수가 낚아챘다.

"저는 그쪽이 이수아 씨가 아니라고 해도 괜찮을 것 같습니다."

"네?"

그의 손을 떼어내려는 손을 더 힘주어 잡은 남자가 말했다.

"이수아 씨 대신에 나온 그쪽이 마음에 든단 말입니다."

하지만 보란은 놀라기보단 오히려 조바심이 일었다. 곧 사장이 통보한 오 분이 다 될 텐데…… 그 사실이 그녀에겐 더 큰 부분을 차지하고 있었다.

"누구 마음대로 마음에 든다는 거야?"

그녀를 잡고 있던 손이 떨어졌다. 약속한 오 분이 채 되지도 않았는데 들이닥친 세후가 그녀의 손목을 잡고 있었다. 손목을 끌어다 그의 옆에 세운 세후의 머리가 살짝 흐트러져 있었다. 상대 남자가 일어나는 순간부터 전력으로 뛰어온 탓이었다.

"누구신지?"

"그건 당신이 알 것 없고."

맞선남을 가볍게 무시한 세후는 잡고 있던 보란의 팔을 더 힘주어 잡았다.

"정해. 나를 따라 나갈 건지, 여기 있든지. 여기 있으면 이유 못 들을 줄 알아. 어떻게 할래?"

이미 이 자리에서 일어났을 때부터 그녀의 마음은 정해져 있었다. 세후에게 팔이 잡혀 있는 채로 보란은 어정쩡하게 허리를 숙였다.

"오늘 일은 정말 죄송합니다."

그녀의 사과가 곧 대답이었고 그건 세후가 원하던 대답이었다.

세후는 그녀의 가방을 챙겨 들고 가차 없이 뒤로 돌았다.

"이봐요!"

부르는 소리에 보란이 한 번은 뒤를 돌아보며 죄송하다고 인사를 하려 했지만, 무작정 그녀를 데리고 무한 직진하는 세후 때문에 불가능했다.

빠르게 로비를 나와 차로 순식간에 도착한 세후가 그녀를 좌석에 말 그대로 던져 넣었다. 쾅 하고 차 문이 닫혔다.

마지막으로 세후는 저기 창 너머로 아직도 미련을 버리지 못하고 있는 남자를 향해 가진 자의 미소를 짓는 걸 잊지 않았다.

'이 여자는 내 거라고.'

보란을 보조석에 집어넣은 것과는 전혀 다르게 여유롭게 운전석에 오른 세후가 차를 출발시켰다.

그녀를 데리고 간 곳은 회사였다. 무료하게 아무도 없는 회사를 지키고 있던 경비원이 세후의 등장에 벌떡 일어나 인사를 했다.

"안녕하십니까?"

고개를 한 번 끄떡할 뿐 대꾸도 않는 사장이 갑자기 무슨 일인가 싶던 경비원의 눈은 뒤따라 들어오는 보란을 향했다.

"엄 비서님, 일요일에 회사에는 무슨 일이세요?"

하지만 무턱대고 끌려온 보란이라고 알 턱이 있나.

"저도 잘 모르겠네요."

"빨리 오지?"

벌써 엘리베이터를 잡아탄 세후의 독촉하는 소리에 보란은 얼른 그에게로 뛰어갔다. 그의 손이 사장실이 있는 꼭대기 층을 눌렀다. 위로 올라가는 엘리베이터 안에서 보란의 머릿속은 생각이란 걸 하기 시작했다.

'사장이 절대로 선을 보는 것을 사장이 반대하는 이유라…… 선, 사장, 그리고 결국 데려온 곳이 회사라니. 설마…….'

그녀의 머리가 결론에 도달하기가 무섭게 성격이 급한 세후가 닦달을 했다.

"뭐 해? 문 안 열어?"

"네? 네."

보란이 얼른 보안 번호를 누르고 잠겨 있던 유리문을 열었다. 자동으로 열린 문을 그가 유유히 통과했다. 보란은 가만히 그의 뒤를 따를 뿐이었다.

사장실로 들어가 검정 소파에 자리를 잡은 세후가 그녀에게도 앉으라며 고갯짓을 했다.

"앉아. 우리 할 얘기가 있잖아?"

"네."

세후의 건너편에 앉은 보란은 가지런히 손을 무릎 위에 올려뒀다.

"당신이 선을 보지 말아야 하는 이유."

세후가 말은 끝나지도 않았는데 보란이 그의 말을 가로막았다.

"굳이 말씀하지 않으셔도 알 것 같습니다. 사장님께서 절대로 선을 보지 말라고 하신 이유 말입니다."

"그래?"

혹시나 마음 한구석에 사장이 저를 좋아하는 건 아닌지 하는 의심이 티끌만큼 있긴 했었다. 그런데 회사에 도착하자 그런 생각은 가차 없이 날아갔다. 일 년 전인가. 연봉 협상 때 최 실장이 했던 말이 생각났기 때문이었다.

'보란 씨, 사장님께서 단 한 가지만 빼고 보란 씨 원하는 대로 다 맞춰주

라고 하셨어요.'

'한 가지라면 어떤 건지?'

'근무 기간이요. 일 년이 아니라 될 수 있는 한 많이 하셨으면 하시더라고
요. 하하. 한 백 년?'

어처구니없는 최 실장의 조건에 그녀는 웃으며 농을 했다.

'제가 결혼이라도 해서 회사 그만두면 어쩌시려고요.'

하지만 최 실장은 정색을 하며 대답했지.

'안 돼요. 보란 씨가 결혼해서 그만둔다고 하면 사장님이 그 결혼 훼방 놓
으실 겁니다. 모르죠. 행여나 사장님 앞에서 그런 소리 하지 말아요.'

결혼해서 회사를 그만둔다고 하면 드라마 한 편을 찍게 될지도? 결혼식
장에 난입한 사장이 그녀를 끌고 나가는 거지. 그 이유가 사랑 같은 거창한
이유가 아닌 마음에 드는 비서가 그만두는 걸 원치 않아서이겠지만.

왜 바보같이 그 사실을 잊고 있던 걸까. 캄캄했던 그녀의 머릿속으로 한
줄기 빛이 들어온 것처럼 모든 것이 분명해졌다.

"저는 결혼해도 회사를 다닐 생각이니 절대로 걱정하실 필요가 없으십니다."

이런 천하의 답답이를 봤나. 무슨 일이 있어도 당황 같은 건 하지 않을 것
같던 세후가 정답과는 한참 먼 대답에 당황이라는 걸 하고 있었다.

"뭐, 뭐라고?"

대답하는 기세가 하도 당당하고 자신 있어 보였기에 세후는 내심 기대하
고 있었다. 그녀도 그의 마음을 조금은 알고 있지 않을까. 어쩌면 그녀도 그

와 같은 마음이 아닐까 하고.

하지만 아직 갈 길은 멀고도 멀었다.

"제가 결혼하면 회사를 그만둘까 싶어 이러시는 거 아니십니까?"

왜 그러시느냐 영문을 모르겠다는 그녀의 얼굴에 세후는 후우, 하고 한숨을 내쉬기도 잠시 웃음이 나왔다.

"하하하."

시원한 그의 웃음소리가 사무실을 갈랐다. 이렇게 헛다리 집기 선수인 그녀도 좋은 걸 어떡하나.

이마에 손을 얹고 웃는 세후를 보란은 마냥 쳐다보고 있었다. 여기서 웃길 게 뭐가 있어서 저리 웃는가 싶었으니까.

한바탕 웃어버린 세후가 그녀와 눈을 맞추며 말했다.

"한 번만 말할 테니 잘 들어."

"……."

"좋아해."

기껏 고백했더니 상대가 하는 말이란.

"네, 그러니까 당연히 저를 좋아하시겠죠. 어디 가서 저 같은 비서를 또 구하시겠습니까?"

"비서로서도 당신을 좋아하지만 내가 지금 말하는 건 여자로서 좋아한다는 거야."

"네, 저를 여자로 좋아하시……. 네에? ……왜요?"

보란의 눈이 금방 튀어나올 것처럼 커졌다.

당최 알 수 없는 얼굴을 한 보란을 향해 근사한 얼굴의 세후가 대답했다.

"몰라, 그냥 당신이 좋아."

사람이 사람을 좋아하는 데 특별한 이유가 없다지만 세후의 고백은 뭐랄까? 마치 '일 더하기 일은 이'처럼 당연한 것을 말하는 말투였다.

13화. 남자가 사랑할 때

세후가 보란에게 고백하는 그 시각, 놀이동산에는 귀여운 방해꾼이 맡은 임무를 수행 중이었다.

분명히 보란이 사장과 아무 관계도 아니라고 했는데. 그 사장이란 남자의 눈빛만 본다면 저는 제 애인에게 고무신 거꾸로 신기를 종용한 몹쓸 아는 언니였다. 두 사람이 잘되고 있는데 자신이 끼어들어 훼방을 놓은 거라면 이렇게 억울하지라도 않지.

"어떻게 된 거예요?"

수아도 당황스럽겠지만 기준도 당황스럽긴 매한가지였다.

"어제 갑자기 사장님께서 전화 오셔서 데이트 장소를 물으시더니 전해줄 게 있다고 무조건 기다리라고만 하셨지 말입니다."

자신도 피해자라고 말하는 얼굴을 보니 거짓말을 하는 것 같진 않았다.

"어쩔 수 없죠. 믿어줄게요. 그나저나 아까운 데이트 기회를 이리 날리네요."

저를 죽일 듯한 그 사장의 눈빛을 미루어봤을 때, 어쩌면 이렇게 끝난 것을 다행스럽게 여겨야 할지도 모르겠다. 밑에서 수아의 블라우스 자락을 누가 잡아당겼다.

"아줌마!"

후세 같은 남자가 떨어뜨려놓고 간 이 귀여운 방해꾼만 해도 그렇다. 우빈이 수아를 칭하는 말에 그녀의 눈썹이 불쑥 뿔이 났다.

이것 봐라? 누군 누나고 누군 아줌마니, 그 사이의 갭이 너무 컸다.

"우. 빈. 아? 보란이는 누나라고 부르더니 난 왜 아줌마니? 알고 보면 보란이 누나랑 나랑 몇 살 차이 나지도 않아요."

우빈이 해맑은 눈을 하고 수아를 올려다봤다.

"하지만 외삼촌이 아줌마라고 부르라 했는데?"

맥이 탁 하고 풀린 수아는 웃어버리고 말았다. 마냥 맑기만 한 눈을 한 아이를 미워하려야 미워할 수가 없지 않은가.

수아가 우빈을 향해 손을 내밀었다.

"그래, 네가 부르고 싶은 대로 불러라. 이렇게 된 거 오늘 하루 동안 잘 부탁한다."

그녀가 내민 손을 말똥말똥한 눈으로 보던 우빈이 악수를 했다. 이로써 수아가 기대하고 기대하던 데이트는 꼬마 사람 친구 하나를 낀 친목도모의 장으로 바뀌었다.

"나도 놀이동산 온 지 한 백 년 만이거든. 우리 오늘 아주 뽕을 뽑고 가자."

아마 아이에게 백이란 숫자는 어마무시한 숫자일 거다.

"헉. 백 년요? 아줌마 나이가 백 살이 넘었어요? 그러면 아줌마가 아니라 할머니라고 불러야 하는 거 아니에요?"

수아가 놀란 우빈의 머리를 헝클였다.

"그만큼 놀이동산 온 지 오래됐다는 말이야."

"아하, 그렇구나. 근데 아줌마. 뽕? 그게 뭐예요?"

약속을 망쳐버린 미안한 마음에 기준이 부리나케 달려가 끊어 온 자유이
용권 표를 들어 보이며 수아가 말했다.

"이 표가 아깝지 않도록 신나게 놀자는 뜻?"

신나게 놀자는 말에 우빈이 좋다며 신나게 고개를 끄덕였다.

"가자."

수아가 우빈의 손을 잡고 놀이동산으로 입장했다. 물론, 뒤에 우두커니
서 있는 기준을 챙기는 것도 잊지 않았다.

"거기, 뒤에 최 실장님도 잘 따라오시죠."

손을 잡고 뽕을 뽑으러 놀이동산으로 입장하는 두 사람의 뒤를 기준이
순순히 따르고 있었다.

다시 봐도 웃긴 여자다. 충분히 화를 낼 수 있는 상황인데 화를 내기는커
녕 오히려 나쁜 상황을 유쾌하게 바꿔버린다.

'오늘, 생각했던 것보다 괜찮을지도.'

울며 겨자 먹기로 나온 데이트였다. 물론 지금은 본래의 목적을 상실한
데이트였지만 만약 일이 이리되지 않았다면 데이트가 저 여자처럼 유쾌했
을지도 모르겠다는 생각을 기준은 하기 시작했다.

입구에 파는 캐릭터 머리띠를 하나씩 나눠 낀 수아와 우빈이 놀이기구
투어 중이었다. 빙빙 돌아가는 다람쥐통부터 해서 아래위로 움직이는 어린
이 바이킹까지.

있는 놀이기구는 전부 탈 작정인지 이번엔 위에서 물이 가득한 밑으로
떨어지는 배였다. 우빈의 손이 마침 떨어지고 있는 배를 가리켰다.

"아줌마, 우리 저기 저거 타요!"

날씨가 꽤 더웠더니 이 놀이기구의 인기가 대단했다. 기다랗게 늘어진 줄
뒤에 서 있던 기준은 중도 포기를 선언하고 말았다.

"그만 좀 쉬죠? 힘들지도 않습니까? 그리고 일 분도 안 되는 저걸 타겠다

고 이 긴 줄을 기다리고 있는 건 말도 안 됩니다."

보조 배터리가 따로 준비되어 있는 몸이라도 되는지 여전히 팔팔한 수아가 흥분해서 대꾸했다.

"뭘 모르시네. 오래 기다릴수록 더 재밌는 거라고요. 그렇지, 권우빈?"

"당연하죠!"

마음은 벌써 저 그늘에 있는 벤치에 가 있었지만 나름 두 사람의 보호자라고 생각하던 기준이 두 사람만 두고 갈 수는 없는 노릇이었다.

땡볕에서 삼십 분이 넘게 기다린 결과 드디어 세 사람의 차례가 돌아왔다. 앞 사람의 뒤통수가 사라지기만을 기다렸던 두 사람의 얼굴에 화색이 돌았다. 세 사람을 태워 밑으로 내려갈 배가 기다리고 있었다.

"먼저 타요."

"그래. 기준이 삼촌 먼저."

지금까지 앞다투어 먼저 타려던 두 사람이 이번엔 웬일로 기준에게 앞을 양보하고 있었다. 심히 수상했지만 뒤에 보이는 대기자들의 눈총에 기준은 반항도 못 해보고 제일 앞에 앉았다. 그 뒤를 우빈과 수아가 의미심장한 눈을 하고 따라 앉았다.

"안전벨트 하시고, 배 운행 시작합니다."

진행 요원의 안내 방송과 함께 배는 천천히 앞으로 나가기 시작했다. 터널을 지나 빛이 보이나 싶더니 배는 그대로 아래로 떨어졌다.

"우와아!"

"아악!"

순식간에 물웅덩이로 떨어진 배와 함께 기준은 왜 두 사람이 그를 앞에 앉혔는지 알 수 있었다. 두 사람은 그런대로 멀쩡한데 기준은 물에 빠진 생쥐 꼴이었다. 이제 보니 앞에 앉은 기준이 물을 막는 방패막이였던 것이었다.

우빈이 킥킥거리기 시작했다.

"하하. 기준이 삼촌, 다 젖었어."

"앞자리를 양보할 때부터 알아봤어야 하는 건데……."

후회해봤자 물은 다 맞은 후였다. 그리고 수아가 일부러 그랬다는 걸 안 건 그녀가 십 년 체증이라도 내려간 듯 통쾌하게 웃고 있는 걸 보았기 때문이었다. 잘못한 게 있으니 기준은 싫은 소리도 하지 못하고 젖은 머리를 털어낼 뿐이었다.

"나 핫도그 먹고 싶어요."

오전 내내 놀이기구를 탄다고 돌아다녔더니 배가 고파진 우빈이 지다가 다 보이는 핫도그를 보고 칭얼거렸다. 지갑에서 천 원짜리 몇 장을 꺼낸 수아가 우빈에게 건넸다.

"아줌마랑 삼촌이랑 여기 앉아 있을 테니까 가서 사가지고 여기로 와. 할 수 있지?"

"네."

우빈이 핫도그를 받아 올 동안 얼마 떨어지지 않은 벤치에 수아와 기준이 자리 잡고 앉았다. 물기가 가득한 티셔츠를 손으로 짜며 기준이 말했다.

"일부러 그랬죠?"

"뭐가요?"

"나 물벼락 맞게 한 거 말입니다."

하지만 수아는 능청스러운 얼굴로 딴청을 피웠다.

"무슨 소리 하는 줄 모르겠네요."

타라고 의심도 않고 탄 제 잘못이지 싶어서 기준은 그 얘기는 접어두고 묵묵히 옷에 가득한 물기를 털어내고 있었다.

"자요."

수아가 가방에서 꺼낸 손수건을 건넸다.

"미안해요. 나름 최기준 씨 만난다고 들떠하면서 나왔거든요. 그래서 심술 좀 부렸어요."

손수건으로 얼굴의 물기를 닦아내고 있던 기준의 손길이 멈췄다.

"뒤에 머리도 다 젖었는데? 이리 줘봐요."

수아가 기준의 손에서 손수건을 뺏어 들었다. 기준은 그냥 웃어버렸다. 처음이나 지금이나 지나치게 솔직한 여자. 자신의 감정을 내보이는 걸 조금도 부끄러워하지 않는 여자. 이렇게 유쾌한 만남이라면 한 번 더 만나봐도 괜찮지 않을까? 그의 머리의 물기를 닦아내고 있는 손을 기준이 덥석 잡았다.

"오늘 데이트는 무효였으니 아직 우리 데이트권 하나 남아 있는 겁니다?"

"……."

그 순간 딩딩딩, 하고 수아의 머릿속에 종이 울렸다.

'이, 이건 로맨스 소설에서만 존재한다는 그 유명한 썸의 종소리?'

시간이 이대로 멈췄으면 좋겠다고 생각하는 그녀의 얼굴이 붉게 달아올랐다.

"아줌마! 기준이 삼촌!"

잊고 있었던 방해꾼의 등장에 그 아름답던 종소리가 사라졌다. 우빈이 핫도그를 손에 들고 두 사람 앞에 서 있었다. 나쁜 짓을 한 것도 아닌데 두 사람은 화들짝 놀라 떨어졌다.

그리고 그 틈으로 우빈이 비집고 들어왔다. 두 사람 사이에 자리를 잡고 앉은 우빈이 핫도그를 먹기 시작했다.

"냠냠. 맛있다!"

"그래. 맛있으면 됐다."

입에 케첩을 잔뜩 묻히고 핫도그를 먹는 우빈을 보던 수아는 문득 궁금해졌다. 놀이기구를 탈 때도 항상 중간을 고집하더니 이번에도 우빈은 비어 있는 옆자리를 두고 좁디좁은 두 사람 사이에 들어와 앉았다.

"근데 우빈아? 아까 전에도 그러더니 아줌마랑 삼촌의 중간 자리만 고집하는 이유라도 있는 거야?"

수아의 질문에 우빈은 천진난만한 얼굴로 대답했다.

"우리 외삼촌이 시켰어요. 무조건 아줌마랑 기준이 삼촌 사이에 앉으라고."

"……."

보통은 아니라고 생각했었지만 새삼 세후가 얼마나 치밀하고 무서운 사람인지 수아는 새삼 깨달아야 했다.

* * *

회사에서 오피스텔로 가는 길, 버스를 타고 가도 된다고 했지만 부득불 세후는 친히 집까지 데려다주겠다고 했다. 가는 동안 차 안을 지배하는 어색함을 어찌해야 할지 몰라 보란은 고개를 꺾은 채 창밖으로만 시선을 고정하고 있었다.

제발 길이 막히질 않길, 신호등에 걸리지 않길, 일 초라도 빨리 도착하길.

그렇게 그녀는 속으로 바라고 또 바랐다.

점점 오피스텔이 눈에 들어오자 보란은 이 어색한 공기에서 탈출할 준비를 하기 시작했다. 차가 서자마자 내릴 요량으로 핸드백의 손잡이를 꼭 잡았다. 차가 멈추기가 무섭게 좌석 문을 열고 나가려던 보란이 단발의 신음 소리를 내질렀다.

"억."

몸을 가로지르는 통증이 보란을 관통했다. 너무 긴장했던 나머지 안전벨트를 풀 생각을 못했던 것이었다. 안전벨트를 찬 상태로 내리려고 용을 썼으니…… 충격으로 벨트가 지나가는 부분이 고스란히 아파왔다. 고개를 숙인 보란이 처음 느껴보는 아픔에 울상이었다.

제 벨트를 푼 세후가 보란에게로 몸을 틀었다.

"괜찮아?"

아직도 통증은 가실 줄을 몰랐지만 보란은 속을 감추고 호탕하게 웃으며 답했다.

"하하. 그럼요. 끄떡없습니다."

"덜렁거리기는. 봐봐."

세후가 건너편의 안전벨트를 풀려고 긴 팔을 뻗었지만 보란이 더 빨랐다.

딸깍.

벨트가 풀리기가 무섭게 보란이 문을 열고 차에서 내렸다.

다다다.

뒤도 돌아보지 않고 빠른 걸음으로 걷던 보란이 우뚝 멈춰 섰다.

'맞다! 인사를 안 했다!'

어색한 얼굴로 보란이 삐걱대며 뒤를 돌았다. 그리고 그곳에 세후가 있었다. 마치 처음부터 그녀를 보고 있었던 것처럼 거기 서 있었다.

차 문에 기대서서 그녀를 하염없이 보고 있던 그의 눈과 보란의 눈이 마주쳤다. 보란이 허겁지겁 고개를 숙였다.

"데려다주셔서 감사합니다."

"잘 자두라고…… 엄 비서. 나는 이제부터 시작이니까."

피식 웃으며 세후가 하는 말을 듣지 못한 보란은 도망치듯 오피스텔 안으로 들어갔다.

엘리베이터는 어떻게 잡아탔는지, 또 무슨 정신으로 집으로 왔는지도 모르겠다. 옷을 갈아입을 생각도 못 하고 보란은 침대에 한참을 앉아 있었다. 아무것도 않고 숨만 쉬며 멍하니 그렇게 있었다.

그러다 좀 전까지 있었던 일들이 전부 꿈만 같아 볼을 꼬집어봤다.

"아아, 아프네."

아픈 걸 보니 꿈을 꾸고 있다는 건 아닌데, 진짜 사장이 자기를 좋아한다고? 워낙 스케일이 큰 사실이다 보니 무턱대고 믿기 힘든 그녀였다.

사장이 좋아한단다. 누구를? 엄보란. 자신을.

이 모든 것들이 부유하며 그녀 위를 두둥실 떠다녔다.

누구에게 이 사실에 관해 물어보고 싶어도 물어볼 사람이 없었다. 보란이 침대 옆 유리 진열장으로 다가갔다.

"길버트, 네가 한번 말해보지? 너도 같은 남자니까 알 거 아니야? 사장이 나를 정말 좋아해서 그러는 거니? 아니면 아직도 나를 괴롭히려고 이러는 거니?"

하지만 길버트는 당연히 바보같이 웃기만 할 뿐 대답이 없었다.

그러다 정신을 챙긴 보란은 노트북을 찾아 들고 다시 자리에 앉았다. 파란 검색창을 띄운 후 그녀가 빠르게 쳐내려간 검색어.

[남자가 여자를 좋아할 때 하는 행동]

같은 고민을 가진 사람들이 많은지 검색과 동시에 질문과 답들이 쏟아져 나왔다. 그녀의 사연과 제일 비슷해 보이는 질문을 빠르게 클릭했다.

[Q) 회사를 같이 다니는 남자 동료가 있는데 이 남자가 저를 좋아하는 건지 아닌지 헷갈립니다. 저를 좋아하는지 아닌지 알 수 있는 방법 없을까요? 남자가 여자를 좋아할 때 하는 행동 같은 걸 알려주시면 감사하겠습니다.]

['연애 고수' 님이 답합니다.)

남자 동료분이 님을 좋아하는지 아닌지 알고 싶으신 거군요. 남자가 여자를 좋아한다는 걸 알고 싶다. 가장 먼저 그 사람의 눈을 보세요. 눈만 봐도 알 수 있을 거예요. 당신을 보는 그 사람의 눈에 다 드러나게 되어 있어요. 좋아하는 감정은 숨기려고 해도 숨겨지지 않아 가장 먼저 눈으로 드러나게 되어 있거든요. 힐긋힐긋 쳐다보다 당신이 눈을 돌리면 바로 눈을 돌려버리죠? 그러면 백 프로 당신을 좋아하는 겁니다.]

"사장이 나를 어떻게 쳐다봤더라? 뚫어질 듯 쳐다보지. 이건 아닌 것 같고. 그렇다면 나와 눈을 마주치면 사장이 눈을 피했던가?"

사장이 눈을 피한다고? 사장과 눈을 마주할 때 드는 느낌이라곤 눈싸움하는 것 같다는 거다. 이건 아닌 것 같은데? 눈빛 같은 애매한 것이 아닌 더 구체적인 근거가 필요했다. 보란은 다시 자판을 두드려 물었다.

[아이디 '언니, 나 단발머리야' 님의 질문입니다.]
눈빛이라는 게 애매해서 잘못 볼 수도 있는 거잖아요. 눈빛 같은 거 말고 더 구체적이고 실제로 딱 보면 알아볼 수 있는 근거는 없을까요?]

인터넷 강국이라는 말이 무색하지 않게 질문을 단 지 얼마 지나지 않아 순식간에 답글이 주르륵 달렸다.

['연애가 가장 쉬웠어요!' 님의 대답입니다.]
다른 남자와 말하는 것에도 예민하게 반응한다면 그 남자는 당신을 분명히 좋아하고 있는 겁니다.]
['10년째 연애 중' 님의 대답입니다.]
남자들이 제일 질색하는 게 뭔 줄 알아요? 바로 쇼핑이에요. 쇼핑. 하루 날 잡아서 백화점을 한 바퀴 돌아요. 군말 없이 따라다니며 짐꾼을 자청한다면 무조건 당신에게 빠진 거예요.]
['만인의 남자친구' 님의 대답입니다.]
에이, 스킨십이죠. 스킨십. 남자들은 본능의 동물이거든요. 당신의 손을

잡고 싶어 하고 은근슬쩍 어깨를 감싸 안는다든가 하면 이미 그 남자는 당신을 좋아하고 있는 겁니다.]

좀 더 확실해지고 싶어서 물어본 건데 어떻게 게시판들의 대답이 그녀를 더 혼란스럽게 만들어 버렸다. 사장 앞에서 다른 남자와 잡담을 하고 사장을 끌고 쇼핑을 가는 것도 모자라, 사장과 스킨십을 한다?

미리 죽으려고 관을 짜놓지 않고는 불가능한 일들이었다.

만족할 만한 답을 얻지 못한 보란은 컴퓨터를 꺼버리고 벌러덩 뒤로 누워 버렸다. 갑자기 근사했던 사장의 얼굴이 뭉게구름처럼 둥실둥실 떠올랐다.

'좋아해. 비서로서 아닌 여자로서 당신을 좋아해.'

매 순간 끊고 맺음이 분명한 사장처럼 군더더기 하나 없는 고백이었다. 이유도 없이 그냥 좋단다. 너무 당연한 것처럼 이야기하는 바람에 보란은 '아, 그러십니까?' 하고 고개를 끄덕일 뻔했다. 하지만 이건 간단한 암산 문제보다 더 복잡한 문제였다. 하마터면 그의 고백을 곧이곧대로 믿을 뻔했다.

"오늘 밤도 잠은 다 잤네."

사장이 난데없이 투척한 고백 폭탄에 심란하기만 밤이었다.

* * *

월요일 아침, 한 주간의 스케줄 정리를 위해 기준과 보란이 세후 앞에 서 있었다.

까딱까딱, 힐끔힐끔.

더불어 보란은 목 운동과 안구 운동 중이었다.

어제 누구는 그가 떨어뜨린 핵폭탄에 잠 한숨 못 자서 얼굴이 푸석푸석 갈라지는데, 어떻게 사장의 얼굴은 빤지르르한 광채까지 난다.

보란이 잠까지 설치며 고민했던 건 '사장이 정말 나를 좋아하긴 하는가?' 하는 가장 근본적인 질문에 대한 것이었다. 갑작스런 고백에 보란이 할 수 있는 반응이라곤 의심하는 것밖에 없었다.

'대체 왜? 무슨 목적으로?'

이런 의심의 출발에는 사장이 정말 그녀를 좋아한다는 걸 믿을 수 없다는 것이 있었다.

물론 동화책에는 수두룩한 이야기였다. 왕자님이 위험에 처한 공주님을 구하고 함께하는 레퍼토리 말이다. 예를 들면 신데렐라, 잠자는 숲속의 공주, 백설 공주 같은 것들.

하지만 여기서 중요한 점. 사장은 성질 더러운 왕자님일지 모르나 그녀는 공주가 아니라는 점, 무엇보다 중요한 건 그녀가 처한 위험한 상황이라는 게 사장이 만들어낸 배경이라는 점이다.

이래서 보란은 빨간 머리 앤을 좋아한다. 예쁘고 아름다운 공주가 아닌 주근깨에 빨간 머리를 한 앤이 그녀는 그 어떤 공주님들보다 사랑스러웠고 훨씬 더 현실적이다.

그러니까 그녀는 덕후이긴 하지만 현실과 가상 세계를 너무 잘 파악하는 덕후란 말씀이지.

사장이 자신을 좋아한다는 사실을 그대로 받아들일 수 없는 보란은 지금 세후의 눈과 정면으로 마주할 기회만 노리고 있는 터였다. 밑져야 본전이라는데 파란 네티즌들이 가르쳐준 팁을 확인해볼 작정이었다. 거짓말은 할 수 있어도 행동은 감출 수 없는 거라던데, 큰맘 먹고 확인에 들어갈 작정으로 월요일 아침부터 본의 아니게 안구 운동과 목 운동 중이었다.

하지만 평소와는 다른 목적을 가지고 사장의 눈을 똑바로 보기는 번번이

실패였다. 전에는 잘만 마주쳤던 눈이었건만 마주칠 만하면 지레 겁먹고 자신이 먼저 눈을 피해버리고 있었다. 그러다 무심코 고개를 돌린 보란의 시선과 세후의 시선이 중간 어딘가 쯤에서 만났다.

"……."

"……!"

결국 눈을 먼저 피한 건 보란이었다. 팔짱을 끼고 그녀의 눈과 마주한 그의 시선은 물러서기는커녕 더 직설적으로 그녀를 응시했다.

'당신과 눈을 마주치면 눈을 피해버릴 거예요.'

개뿔. 눈을 마주치자 눈싸움이라도 할 것처럼 뚫어져라 쳐다보는데 무서워서 제가 먼저 눈을 피해버렸다. 이러니 사장이 자신을 좋아한다는 말은 더 신빙성이 없어지는 것이었다.

"마지막으로 중국 공장 설립 문제 말입니다. 부지 확보 및 허가까지 순조롭게 진행 중입니다. 그리고 어제 연락이 왔는데 IB 투자 따오 회장 측에서 저번에 의논한 투자 건으로 사장님과 만나고 싶어 하십니다."

저번에 칭 회장이 한국에 왔을 때 건넨 사업 계획서가 그의 눈에 들었나 보다. 중국의 거대한 자본줄인 따오 회장이 만나고 싶어 한다는 건 더할 나위 없이 좋은 기회였다. 최 실장의 보고에 세후가 대꾸했다.

"언제?"

"이번 주 목요일, 그쪽에서 만나고 싶어 하십니다."

"수요일에는 출발해야 되겠군. 스케줄은?"

보란이 얼른 다이어리에 빼곡히 적힌 스케줄 표를 확인했다.

"특별한 외부 스케줄은 없습니다. 내부 회의를 전부 다음 주로 미룬다면 수요일부터 금요일까지 비울 수 있을 것 같습니다."

스케줄이 괜찮다는 걸 확인한 세후가 말했다.

"참석한다고 해. 그리고 이번 출장은…… 엄 비서가 함께 가도록 하지."

사장이 자리를 비우는 동안의 스케줄을 미룰 생각으로 정신없던 보란이 예상도 못한 소리에 놀라 번쩍 고개를 들었다.

"네에? 최 실장님이 가셔야 하는 거 아닙니까?"

사장의 출장에 동행하는 건 대부분 최 실장의 일이었다. 특별한 일이 있지 않고서야 보란이 출장길에 동행하는 일은 거의 없던 터였다.

아니나 다를까. 세후가 기준을 대신해서 대답했다.

"최 실장은 인생이 걸린 중요한 약속이 있다네. 안 그래, 최 실장?"

인생이 걸릴 만큼 중요한 약속이라는데 정작 기준은 모르는 것 같았다. 되레 사장에게 되묻는 걸 보니.

"제가 말입니까?"

"어제 그랬잖아. 이수아 씨랑 다시 데이트한다고 했던 거 아니었어?"

당연히 사장과 함께 출장을 갈 줄 알고 있었던 기준이 떨떠름하게 대답했다.

"그러긴 그랬죠."

기준은 어젯밤 놀이동산에서 신나게 놀고 잠든 우빈을 데려다주며 했던 세후와 했던 대화를 떠올렸다. 제 기억에는 '인생 어쩌고저쩌고' 하는 그런 말을 한 기억이 없는데, 자신이 언제 그런 소리를 했던가 싶었다.

'형, 너무했어. 나한테 언질 정도는 줬어야지.'

너무했다고 질책하는 소리에도 세후는 제 잘못 따위는 없다는 듯 당당하기만 했다.

'너한테 말했으면 네 목소리나 얼굴에 다 티가 나서 안 돼. 당연히 그 이수아란 여자가 눈치챘을 거고.'

'약속은 약속이었잖아. 어찌 보면 형이 한 약속이었으면서 그렇게 방해하

면 어떡해?'

'그 여자가 한 짓의 대가였어. 그리고 너, 그 여자랑 데이트하는 거 싫은 거 아니었어? 왜 흥분하고 그래?'

세후의 날카로운 지적에 기준이 펄쩍 뛰었다.

'내가 무슨 흥분을 한다고. 미안해서 그러지.'
'미안하면 다시 약속을 잡든가?'
'안 그래도 그러려고 했어. 다시 한 번 만나기로 했어.'

물론 한번 만나보겠다고 했던 건 맞았다. 하지만 다음에 한 번 더 만나보기로 했다며 했던 말이 인생이 걸릴 정도로 중요한 일인 줄은 기준도 몰랐던 사실이었다.

'이 형이 또 무슨 수작을 부리려고!'

수아에게서 기준이 마음에 든다는 소리를 들었을 때부터 두 사람을 응원하고 있던 보란은 뜻밖의 소식에 눈을 반짝였다.

"최 실장님도 수아 언니가 마음에 드신 겁니까?"

회사라고 마냥 무표정하기만 하던 보란의 눈에 살짝 생기가 돌았다 사라지는 것을 세후는 놓치지 않았다.

"아직 거기……."

기준이 아직 거기까지는, 그 단계까지는 아니라고 이야기하려는데 세후가 기준의 말을 자르고 나섰다.

"당연하지. 민망하게 뭘 묻고 그래?"

기준이 억울한 얼굴을 했지만, 잠자코 있으라는 세후의 눈빛에 입도 벙끗하지 못했다.

"하지만 저는 중국어도 못하고 출장에 별 도움이 안 될 것 같은데. 차라리 정은 씨를……."

보란이 중국어를 할 줄 아는 정은을 데리고 가는 게 어떻겠느냐고 말하려는데 그 말도 세후가 잘라 먹었다.

"통역사 있잖아."

여전히 자신이 이 출장에 동행해야 되는 이유를 찾을 수 없는 보란은 쉽게 납득하지 못하고 있었다.

"하지만."

"거기까지. 최 실장의 인생을 위해, 두 사람의 사랑을 위해, 엄 비서가 가는 걸로."

역시나 세후에겐 파란 지식인들이 알려줬던 보편적인 것들은 적용되지 않는다. 혹시나 궁금하신 독자들을 위해 따로 준비된 권세후만의 별책 부록의 앞부분만 살짝 공개한다.

[남자가 여자를 좋아할 때 하는 행동 (권세후 편)
친한 동생을 팔아서라도 좋아하는 사람 출장길에 동행시키기.]

'내 인생을 위해서라니. 이제 보니 다 자신의 인생을 위해, 다 자신의 사랑을 위해서구만.'

세후의 진짜 목적을 알아차린 기준의 입만 불만으로 튀어나왔다.

* * *

수요일 오전 비행기로 베이징에 도착한 세후와 보란은 준비된 차를 타고 예약된 호텔로 향했다. 미리 앞에 나와 있던 호텔 지배인이 유창한 한국말로 두 사람을 반겼다.

"권 사장님, 어서 오십시오. 늘 묵으시는 방으로 준비해뒀습니다. 짐은 저희 직원이 가져다드릴 겁니다."

호텔 직원의 안내에 따라 엘리베이터에서 내린 보란은 멈칫했다. 아무리 찾아봐도 내린 층에 객실 문은 하나밖에 없었다. 그 말인즉 이 층에는 룸이 하나뿐이라는 소린데. 저는 어디에서 묵어야 하는 건지 알 수가 없었다.

직원이 짐들을 다 내려놓고 사라지자 보란이 제 트렁크를 챙겨 들고 섰다.

"그런데 사장님, 제 방은 어딥니까?"

세후가 별것 아닌 것처럼 이야기했다.

"지금 보고 있잖아. 엄 비서는 제일 안쪽 방 써. 나는 밖에 있는 방을 쓸 테니까."

하지만 보란은 아주 큰일이라도 된 것처럼 눈을 동그랗게 떴다.

"네에?"

"항상 이랬어. 물론 그땐 내가 안쪽 방을 썼고 기준이가 밖에 방을 썼지만."

최 실장이랑 그녀랑 같나? 번갯불에 콩 구워먹듯 결정된 출장이라 시간이 촉박하기도 했고 최 실장이 다 준비해뒀다고 해서 방심하고 체크하지 않았더니 본의 아니게 사장과 동침하게 생겼다.

뭐, 엄밀히 말하면 한 방을 쓰는 건 아니지만, 벽이 둘러진 네모난 공간에서 외간 남자와 밤을 지새우는 건 처음인 보란으로서는 여간 당황스러운 게 아니었다.

그녀는 아직도 그와 한 룸에서 묵는다는 사실을 받아들이지 못했는데, 세후는 당연하다는 듯 굴었다.

"짐 풀고 점심이나 먹으러 가지."

세후가 들어간 방문만 하염없이 바라보고 있던 보란은 이내 포기하고 안쪽 방으로 들어갔다. 낯선 땅에서 남자와 같은 공간에 머물러야 한다는 사실을 받아들이지도 못했는데 사장이 부르는 소리가 들려왔다.

"멀었어?"

짐을 다 풀지도 못했건만 보란은 재깍 밖으로 나왔다.

"가지."

왠지 이번 출장은 다른 출장과는 좀 다를 것 같은 예감이 들기 시작했다. 고개를 푹 숙인 보란이 세후를 따라 방을 나섰다.

점심은 간단하게 호텔 근처에 있는 중식당에서 해결하기로 했다. 메뉴판을 든 보란이 빼곡한 한자 앞에서 멈칫했다. 당최 읽을 수 있는 게 하나도 없었다. 영어는 가능하지만 중국어는 그녀의 능력 밖이었다. 직원이 정중하게 중국어로 물어왔다.

「무엇을 드시겠습니까?」

중국어를 포함 사 개 국어가 가능하다는 화려한 프로필이 거짓말이 아닌 듯 세후는 꽤 유창한 중국어로 주문을 마쳤다.

"엄 비서는?"

무슨 배짱인지 모르겠지만 보란은 아무 메뉴나 손으로 짚었다. 손으로 짚은 메뉴를 확인한 세후가 다시 물었다.

"나랑 같은 걸로 하지?"

여자가 한번 마음을 정했으면 끝을 봐야지. 보란은 단호하게 고개를 흔들었다.

"아닙니다. 저는 이걸로 하겠습니다."

"괜찮겠어?"

피식하고 웃는 사장의 웃음이 거슬려서 더욱더 바꿀 수가 없었다.

"네."

"정말 후회하지 않을 자신 있어?"

후회는 다이어트 중에 참지 못하고 야식을 시켜 먹었을 때나 하는 거고.

허기가 져 뭐든 먹을 수 있을 것 같은 보란은 끝까지 고집을 부렸다.

"아닙니다. 저는 이걸로 하겠습니다."

"엄 비서 생각이 그렇다면야."

주문을 받은 직원이 인사를 하고 밖으로 나갔다. 물 한 모금으로 주린 배를 먼저 달래는 보란이었다.

요리가 나오기 전, 비는 시간 동안 그녀가 검은 다이어리를 꺼내 들었다.

"오늘 일정은 특별히 잡지 않았습니다. 그리고 내일 점심에 칭 회장님 측과 점심 약속이 있습니다. 마지막 금요일 오전에 중국 공장 부지를 돌아보시고 한국으로 돌아갈 수 있도록 조치해뒀습니다."

"통역은?"

"전에 함께 일했던 이민지 통역사님은 출산 휴가 중이라고 하셔서 후배를 준비해놓으셨다고 합니다. 내일 약속 장소에서 바로 만나기로 했습니다."

"알겠어."

중국에 있을 동안의 일정을 다 정리하고 나니 주문한 음식이 하나둘씩 나왔다. 음식이 담긴 접시들이 돌아가는 원판 위에 자리 잡았다.

그리고 보란은 제 앞에 놓인 음식을 보고 눈을 동그랗게 떴다. 사장이 물었던 '괜찮겠어?'라는 말의 의미를 그제야 이해하기 시작했음이니.

'평범한 중국 음식 많잖아? 면 요리 아니면 딤섬 이런 거 말이다. 근데, 이건 대체⋯⋯.'

가리는 것 없이 뭐든 잘 먹는다고 자부했던 그녀였는데 선뜻 먹을 수 있을지 모르겠다 싶었다. 눈까지 그대로 박혀 있는 작은 새 한 마리가 통째로 구워져 나온 요리가 제발 저가 시킨 요리가 아니기를 보란은 속으로 빌었다.

"설마 이게 제가 시킨 요리⋯⋯ 입니까?"

"엄 비서가 안 시켰으면 누가 시켰을까? 전에도 느꼈지만 날개 달린 거라면 다 좋아하나 봐?"

웃는 사장이 얄미웠지만 먹겠다고 고집을 부렸던 게 있어 한번 시도는 해봐야 했다. 닭과 비슷한 같은 종류의 작은 오리까지는 어떻게 해볼 만할 것 같은데.

보란이 조심스레 물었다.

"사장님, 애는 어떤 아이인지."

"참새."

"허억."

전봇대 줄에 나란히 앉아 짹짹 노래하는 그 귀여운 참새? 먹을 수 있을 리가 없었다.

"식사하지."

세후가 젓가락을 드는 걸 본 보란이 젓가락을 입에 물었다. 그녀가 시킨 음식과 달리 건너편 원판에 놓인 음식들이 참 먹음직스러워 보였다.

사장이 시킨 요리는 빨간 소스에 버무려진 탕수육 비슷해 보이는 튀김 요리와 각종 야채를 굴 소스에 볶아낸 요리였다.

그래도 사장이 정상적인 음식을 시킨 게 얼마나 다행인지. 저거라면 그녀도 충분히 먹을 수 있을 것 같았다. 원판이 있는 중국 식당은 이게 좋은 점이었다. 다양하게 주문한 음식들을 조금씩 맛볼 수 있으니 이것보다 좋은 일이 있으랴.

세후가 앞접시에 음식을 더는 걸 확인한 보란이 원판을 돌렸다. 참새고기는 사장에게로, 그리고 사장이 시킨 탕수육이 그녀의 앞으로 왔다.

"……!"

소스가 적당히 발린 튀김을 집으려는데 원반이 돌아갔다. 아무것도 집지 못한 젓가락이 허공에서 허무하게 돌아왔다. 다시 그녀 앞에는 차마 먹을 수 없는 귀여운 참새구이가 놓여 있었다.

'먹는 것 같고 치사하게.'

그러면 저 야채 볶음이라도 먹어야겠다 싶어 다시 원반을 돌렸다.

"이씨!"

하지만 이번에도 집지도 못했는데 원반이 돌아갔다. 보란은 결국 젓가락을 내려놓았다.

'그럼 그렇지, 날 좋아한다고? 뻥치시네. 먹는 것도 양보 못 하면서 누가 누굴 좋아해?'

좋아한다는 말에 온갖 정보를 찾아보며 설레발 쳤던 게 부끄러워지는 순간이었다. 보란의 입이 삐죽 튀어나왔다.

결국 보란은 반강제적으로 세후가 식사하는 모습을 구경만 하고 있었다. 한 젓가락도 양보 안 하고 욕심을 부리던 세후는 반도 못 먹고 식사를 끝냈다. 하긴 입이 짧은 사장이 어련할까 싶었다.

냅킨으로 입을 닦는 사장을 보며 보란을 일어날 채비를 했다. 그런데 일어난 그녀를 잡아 앉힌 건 세후였다.

"어디 가? 식사 안 해?"

"네?"

그러더니 그가 벨을 눌러 다시 좀 전의 직원을 불러들여 유창한 중국어로 직원에게 지시했다.

「치워주시고, 메뉴판 좀 부탁합니다.」

보란은 정확히 무슨 말을 하는지는 모르겠으나 눈치상 뭘를 달라고 하는 것 같았다. 계산서를 달라는 건가?

"사장님?"

자리에 다시 앉은 보란은 중국은 나갈 때 입구에서 계산을 하는 게 아니라 여기서 계산을 하는 건가 싶었다. 하지만 막상 직원이 들고 들어온 건 계산서가 아닌 그녀를 골탕 먹인 메뉴판이었다.

메뉴판을 건네받은 사장이 그런 그녀를 보며 말했다.

"이번엔 고집부리지 않고 내가 시켜주는 걸로 먹을 거지?"

뜻밖의 말에 당연하다며 보란의 고개는 말 잘 듣는 아이처럼 끄덕였다.

그제야 만족한 눈을 한 세후가 유창한 중국말로 음식들을 주문하기 시작했다. 마지막엔 빨리 부탁한다는 말도 덧붙였다.

얼마 후, 다시 나온 음식들은 보기만 해도 군침이 돌 만큼 맛있어 보였다. 그녀 앞으로 절대로 올 것 같지 않던 원반이 돌아 그녀 앞에 멈췄다.

"먹어봐. 딤섬이야. 입에 맞을 거야."

보란이 얼른 딤섬을 입에 집어넣었다. 얇은 피를 뚫고 나온 풍부한 고기의 육즙과 향긋한 야채의 향이 가히 최고였다.

"이것도 먹어봐."

세후가 권하는 음식을 하나씩 먹고 있던 보란의 눈에 식당 정면에 떡하니 걸린 포스터가 눈에 들어왔다. 저거 들어올 때 입구에서도 본 것 같은데, 여기 가게 사장님이 특별히 좋아하기라도 하는지 곳곳에 비슷한 종류의 포스터가 붙어 있었다. 벽에 걸린 포스터는 우리에 갇힌 판다가 웃으며 조련사가 넣어주는 대나무 잎을 좋다고 받아먹는 모습을 담고 있었다.

'음식은 하나같이 맛있고 다 좋은데……'

뭐지? 저 판다와 악수라도 하면서 동병상련의 정을 나눠야 될 것 같은 이 느낌은. 그녀는 잘 받아먹고 있으면서도 사장한테 조련당하고 있는 것 같은 느낌을 지울 수가 없었다.

다시 호텔로 돌아온 뒤, 보란은 못 푼 짐을 풀기 위해 방으로 들어갔고 세후는 노트북을 켰다. 내내 켜져 있던 노트북은 잠자리에 들기 전이 돼서야 꺼졌다.

따오 회장 측의 전반적인 자료 탐색이 끝내고 났을 땐 밖은 벌써 어둠이 내려앉아 있었다. 세후가 기지개를 켜며 창문을 가리고 있던 블라인드를 걷어냈다. 창밖은 끝이 보이지 않는 대륙의 야경을 몸소 체험할 수 있도록 테라스가 펼쳐져 있었다.

찰칵하고 어디선가 플래시 소리가 들려왔다. 그리고 휘황찬란하기까지 한 불빛을 따라간 그곳에서 세후는 야경보다 더 마음에 드는 사람을 발견했다.

"역시, 중국은 야경도 스케일이 다르구나. 예쁘다."

보란이 불빛이 켜진 도시를 사진으로 남기고 있었다. 창가로 다가간 세후의 눈이 테라스 난간에 팔을 걸치고 선 그녀를 향했다.

'전적으로 동감. 엄 비서가 예쁘네.'

누군가는 야경을 눈에 담고 또 누군가는 야경을 눈에 담는 누군가를 눈에 담고 있었다. 오랜 컴퓨터 작업으로 피곤했던 세후의 얼굴은 편하게 풀리기 시작했다.

세후는 말도 안 되는 핑계와 억지로 엄 비서와 함께 출장 온 것을 후회하지 않는다. 사실 매번 출장길에 동행했던 기준이 왔었다면 더 수월하고 편한 출장길이 됐을 것임을 잘 알고 있었다.

하지만 그 어떤 수백 가지의 이유들도 저기 저 여자와 함께 있는 것에 비하면 하찮은 것임을 그는 보란의 웃는 얼굴을 통해 다시금 깨닫고 있었다.

인천 공항에서 베이징 공항으로 향하는 비행기 안에서 오는 졸음을 이기려 허벅지를 꼬집는 보란을 훔쳐본다고 서류를 하나도 못 봤지만 상관없었다. 출장에서 밀려난 이유를 납득하지 못하고 멘붕에 빠진 기준이 깜빡하고 호텔 예약을 변경하지 않았다는 사실도 이미 알고 있었다. 하지만 부러 아는 척하지 않았다.

물론 도착해서도 방을 두 개짜리로 바꿀 수 있었지만 그렇게 하지 않았다. 조금이라도 저 여자와 가까운 곳에 있고 싶었으니까. 식당에서도 보란이 시키는 음식이 뭔지 너무도 잘 알고 있었으면서도 알려주지 않았다. 당황하면서 눈을 동그랗게 뜨는 얼굴이 보고 싶은 것도 있었지만, 깨달음을 주고 싶어 가만히 지켜보고 있었다. 결국 그가 권한 음식을 받아먹는 보란을 보며 세후는 회심의 미소를 지었다.

'그러게, 처음부터 내 말 들었으면 좋았잖아.'

이제부터 이런 사소하고 작은 것들이 그녀를 물들여 갈 거다. 이상함을 감지하고 정신 차렸을 땐, 이미 그에게 빠져 있는 자신을 발견하겠지. 그리고 그녀의 성격상 빠져나가려고 할지도 모른다. 하지만 그땐, 이미 늦었을 거다.

너무 철두철미해 조금 무섭기도 한 세후의 계획이 착착 진행되고 있었다.

* * *

중국 출장의 둘째 날, 호텔에서 간단하게 조식을 해결한 두 사람은 따오 회장과의 약속을 위해 일찍 호텔을 나섰다. 따오 회장의 회사 근처 커피숍, 세후가 못마땅한 듯 다리를 꼬고 앉아 있었다. 시간관념이 투철한 그가 이리 못마땅해하는 이유는 일 분이라도 기다리는 걸 딱 싫어하는 성격이었기 때문이었다.

두 사람은 전에 일하던 통역사 대신 오늘 함께 일하기로 한 통역사를 기다리고 있었다. 하지만 통역사는 코빼기도 보이질 않았다.

"왜 이리 늦어?"

약속 시간보다 십 분이나 일찍 와놓고는 상대방을 약속 시간도 안 지키는 사람으로 만들어버리는 사장의 저 못된 능력.

"저희가 일찍 도착했습니다. 그래도 한번 전화해볼까요?"

불편한 심기의 세후를 일찍 감지한 보란이 전화를 들었다. 얼마 안 가 휴대폰 너머로는 반가운 한국말이 들려왔다.

"안녕하세요? 헨젤입니다. 네. 저희는 벌써 도착해서 기다리고 있는데. 어디쯤이신지. 네. 네. 알겠습니다."

전화를 끊은 보란이 세후에게 보고했다.

"일 분 후면 도착하신다고 합니다."

"일 분? 말만 그렇게 하는 거 아니야?"

세후의 비꼬는 말이 중요한 미팅을 앞두고 심하게 곤두선 신경을 대변하고 있었다. 일 분만 넘어봐라, 확 잘라버리겠다고 벼르고 있던 터인데 입구에서부터 뛰어오는 남자가 보였다.

점점 가까이 다가오는 남자의 얼굴을 확인한 세후의 얼굴이 전보다 더 찌그러졌다. 대신 온다는 통역사가 이 남자였어?

"헉헉, 아직 일 분 안 됐죠? 늦어서 죄송합니다. 통역사 진명수라고 합니다. 어? 우리 구면인 것 같은데?"

"아!"

"이수아 씨? 아니지. 이수아 씨 대타로 나오셨던?"

보란도, 세후도, 명수도 모두 서로가 서로에게 안면식이 있는 그들이었다. 한국 땅도 아닌 중국 땅에서 세 사람이 만났다.

얼떨떨한 얼굴로 보란이 일어났다.

"안녕하세요? 그때, 선보러 나오셨던 그분 맞으시죠? 그때는 정말 죄송했습니다."

그때의 만남이 기분 나쁠 수도 있었을 텐데 남자에게선 그런 낌새는 찾아볼 수 없었다.

"한국도 아닌 중국에서 또 만나네요. 그러고 보면 우리가 인연은 인연인가 봅니다."

"그런가요?"

"하하. 그럼요. 당연하죠."

호탕하게 웃어젖히며 보란의 손까지 잡고 흔드는 남자를 보는 세후의 눈썹이 누가 잡아당기는지도 않았는데 위로 치솟아 올랐다.

"잡담은 그만하지."

"제가 너무 반갑다 보니 본분을 잊었습니다. 죄송합니다."

"됐고, 우리가 만난 본래 목적으로 넘어가지."

일이라는 소리에 프로의 눈빛으로 바뀐 명수가 자리에 앉으려고 할 때였다.

"내 옆으로 와."

좀 전까지 앉아 있던 자리에 앉으려던 보란이 멈칫했다.

"네, 알겠습니다."

보란을 제 옆에 끌어다 앉힌 세후의 눈빛이 경고로 빛났다. 마치 이 여자의 자리는 자신의 옆이라는 것처럼 말하고 있었다.

하지만 받아치는 명수는 여유롭기만 했다.

"아, 두 분이 사장님과 비서 사이셨구나. 전에는 회사에 급한 일이라도 있으셨나 봅니다?"

만만치 않은 명수의 공격이 이어졌다. 두 사람의 신경전 사이를 가르고 들어온 건, 두 사람이 그러든 말든 무신경하기만 한 보란이었다. 그녀가 준비한 서류를 꺼내 명수에게 건넸다.

"이번 저희 계약에 대한 전반적인 내용을 추린 겁니다. 숙지하시고 이해되지 않는 부분은 제게 물어보시면 됩니다."

"감사합니다. 잠시 검토하겠습니다."

꼼꼼하게 서류를 훑어보던 명수가 고개를 들어 보란을 응시했다.

"그런데 성함이 어떻게 되시는지?"

보란에게 물어본 건데 대답을 한 건 세후였다.

"남의 이름은 알아서 뭐하게?"

"이제 일을 같이해야 하는데 통성명 정도는 당연한 거 아닙니까?"

기꺼이 이름을 말해주려던 보란을 또 세후가 막아 세웠다.

"이름은 무슨. 비서님이라고 부르지. 어차피 이 일이 끝나면 만날 일도 없을 것 같은데?"

"고객님이 원하신다면야, 그렇게 하죠. 근데 김 비서님이신지 박 비서님이신지. 아니면 이 비서님?"

그녀의 이름이 볼트모어도 아닌데 못 부르게 하는 세후가 이해가 안 되기도 했지만, 사장의 심술이 하루 이틀도 아니고 보란은 그러려니 했다.

"엄 비서입니다."

"성이 특이하시네요. 엄 비서님. 어감이 좋습니다. 절대 잊어버릴 것 같지도 않고요."

남자의 넉살이 마음에 들지 않은 세후의 얼굴이 굳어졌다.

'차라리 이름을 가르쳐주는 건데.'

다른 놈의 입에서 그가 그녀를 부를 때 가장 많이 사용하는 호칭을 듣는 게 이리도 기분이 더러울 줄은 몰랐다.

"엄보란이야. 당신은 엄보란 비서님이라고 부르지."

결국 다른 남자의 입에서 엄 비서라는 소리가 죽어도 듣기 싫은 세후가 그녀의 풀네임을 가르쳐주고 말았다. 어찌 보면 우여곡절이 많았던 세 사람의 첫 인사는 그리 막을 내렸다.

* * *

세 사람은 IB 투자 회사로 향했다. 직원의 안내를 받아 들어간 회의실에는 따오 회장과 그의 수족들이 기다리고 있었다. 세후를 발견한 따오 회장이 자리에서 일어나 반겼다.

"안년하십니까, 퀸 사장."

서툰 한국말로 인사하는 그는 높은 자리에 있는 사람이라고 보기에는 소탈해 보였다. 세후도 정중하게 인사했다.

"불러주셔서 감사합니다."

"앉지요."

따오 회장이 맞은편 자리를 권하며 자리에 착석하자 세후도 자리에 앉았다. 본격적인 회의가 시작되려 하자 통역을 위해 명수가 세후의 곁으로 다가와 앉았다.

"이 정도면 괜찮으십니까?"

통역한 말을 듣기 딱 좋은 거리였지만 세후는 괜한 심통을 부렸다.

"너무 가깝군."

큰 소리로 통역한 말을 전해줄 수 없는 노릇이었기에 명수는 엉덩이를 쭉 뒤로 빼고 본의 아니게 우스꽝스러운 꼴로 앉아 있었다.

회의가 시작되자 사람 좋아 보이던 따오 회장은 돌변했다.

「중국에 공장을 세우려는 목적이 뭐요?」

명수가 세후에게 회장의 말을 전했다. 세후가 대답을 하기도 전에 회장이 또 물었다.

「싼 노동력?」

방금 한 말을 명수가 말을 전하지도 않았는데 세후가 말을 하기 시작했다. 놀라기도 잠시 세후의 말이 시작되자 명수는 다이어리를 집어 들었다. 놓치는 말이 없도록 메모와 동시에 동시통역에 들어갔다.

"전혀 아닙니다. 예전의 중국은 지금의 중국과 다르지 않습니까? 값싼 노동력과 커다란 생산 체계가 중심이었던 예전과 달리 지금은 질적인 향상을 꾀하고 있지 않습니까? 오히려 요즘은 중국보다 더 싼 노동력이 있는 나라로 공장을 옮겨 가는 추세입니다. 값싼 노동력이 아닌 기술력도 무시할 수 없을 만큼 성장했다는 걸 잘 알고 있습니다."

세후의 말이 계속될수록 따오 회장의 얼굴이 풀리기 시작했다. 세후가 조사한 바에 의하면 그는 자신의 국가에 대한 자부심이 대단한 사람이었다. 중국은 무시무시한 인구와 값싼 노동력밖에 내세울 게 없다는 소리를 질색한다는 것 역시 인지하고 있는 사실이었다.

"맛도 좋고 건강도 생각하는 저희 헨젤 제품이라면 달라진 중국을 만족시킬 수 있을 거라 확신합니다."

세후의 대답이 대단히 마음에 들었던지 따오 회장은 허허, 하고 기분 좋게 웃었다. 방금 가장 중요하고 큰 관문을 통과한 거였다.

「어떻게 우리 중국 사람들을 만족시킬지나 한번 들어봅시다.」

닫혀 있던 문을 열었으니 들어가는 건 그리 어렵지 않은 터. 세후는 중국에 헨젤 자회사를 설립, 중국 직원 고용은 물론 제품의 현지화 전략의 방안 등 준비해온 것들을 풀어놓기 시작했다.

결국 따오 회장은 세후의 준비에 혀를 내둘렀다.

「대단한 사람이라는 건 알고 있었지만 이리 철두철미하다니, 무섭기까지 하군요.」

"칭찬으로 듣겠습니다."

결국 회장은 중국 내에 설립될 헨젤에 투자를 하기로 결정했다.

마라톤같이 길기만 하던 회의가 드디어 끝이 났다. 다시 사람 좋은 얼굴로 돌아온 칭 회장이 세후에게 악수를 청하며 말했다.

「오늘 나와 내 안사람의 결혼기념일입니다. 저녁에 파티가 있어요. 초대를 하고 싶은데?」

세후가 통역을 하라며 명수에게 눈짓을 했다.

'뭐지? 중국말을 할 줄 아는 것 같았는데? 아닌가?'

어리둥절한 얼굴로 명수가 말을 전하자 세후는 고개를 끄덕였다.

"물론입니다. 초대해주셔서 감사합니다. 그리고 실례가 안 된다면 파트너를 데리고 가도 되겠습니까?"

축하해주는 사람이 많으면 많을수록 더 좋다며 칭 회장이 흔쾌히 수락을 했다. 그의 허락 사인이 떨어지기가 무섭게 세후가 뒤편에서 조용하게 없던 사람처럼 서 있는 보란을 끌어다 그의 옆에 세웠다.

"오늘 파티에 참석할 제 파트너입니다."

일뿐만 아니라 사생활마저 철두철미한 권세후 사장. 그가 마지막으로 한 소리는 마치 누구에게 하는 경고 같았다.

미팅을 마친 후, 호텔로 돌아온 보란이 제 방으로 들어가 문을 걸어 잠갔다. 그녀는 난감한 표정으로 채 풀지 못한 트렁크를 뒤지고 있었다. 금세 트렁크는 바닥을 드러냈지만 난감한 얼굴을 그대로였다.

"어떻게 이런 것만 챙겨 왔을까?"

보란이 가져온 옷가지들이 바닥에 널브러져 있었다. 갑자기 파티에 참석하겠다고 하질 않나, 파트너로 자신을 데리고 간다고 하질 않나. 사장의 변덕이 도통 이해가 가질 않았다.

그도 그럴 것이 평소 사장은 모임 자체를 기피하는 경향이 있기 때문이다. 더군다나 혼자서도 가기 싫어하는 모임을 파트너까지 대동하고 참석한다고?

"어쩌지? 또 그때 꼴 나면 안 되는데……."

사장도 파티라면 질색을 하지만 보란도 마찬가지였다. 한번은 사장이 파트너 동반 모임 행사에 불가피하게 참여해야 했을 때가 있었다. 그때 사장의 파트너로 참석한 적이 있었는데, 그 파트너란 말을 단순히 동행하는 거라고만 생각하고 큰 실수를 했다. 난생처음 파티에 참석해본 그녀는 뭣도 모르고 평소 비서복장 그대로 참석했었다. 보란이 입고 간 옷은 공식 출근복인 하얀 블라우스에 블랙 투피스 차림이었다. 근데 하필이면 파티에 도우미들의 복장이 그녀와 비슷했다. 도우미와 그녀를 착각한 손님 중 한 명이 그녀에게 말했었지.

'아가씨, 여기 음식이 비었네요.'

명령을 들으면 수행하는 게 몸에 배어 있던 보란은 또 홀을 나가 음식을 들고 왔다. 거기서 그쳤으면 좋았을걸. 음식들이 담긴 전체 접시가 정리해야 할 서류도 아닌데 색깔별로 착착 정렬했지. 뿌듯한 얼굴로 뒤를 돌아서는데 굳은 얼굴의 사장이 그녀를 보고 있었다. 물론 사장은 아무 말이 없었지만 보란은 알 수 있었다. 사장이 하고 싶은 말은 아마도…….

'가지가지 하는군.'였을 거다.

그때의 민망함이란. 경험해본 사람이 아니면 모를 일이었다. 보란이 챙겨온 카드를 입에 물었다.

"이걸로 시양양(중국의 뽀통령) 시리즈 사가려고 했었는데……."

더구나 시양양을 포기하고 한 번밖에 안 입을 옷을 구입하려 하니 그게 또 그리 돈이 아까울 수가 없는 거였다. 하지만 또 한 번 옛 역사를 재현할 생각이 없는 보란은 지갑을 챙겨 방을 나섰다.

거실 소파에 떡하니 다리를 꼬고 앉아 있던 세후가 밖으로 나가려는 보란은 불러 세웠다.

"어디 가?"

"요 앞에 잠시."

"같이 가."

정말 같이 갈 작정인지 세후가 재킷을 들고 자리에서 일어났다.

"네에?"

"안 돼?"

안 될 건 없지만, 아무래도 많이 불편하겠지?

"사장님, 저 쇼핑하러 가는 겁니다."

"그러니까. 가자고. 쇼핑하러."

보란은 문득 남자가 여자가 좋아하면 하는 행동의 두 번째 항목이 떠올랐다. 정말 사장이 저를 좋아한다면……. 또다시 시험해보고 싶었다.

"같이 가시지요."

보란과 세후가 쇼핑을 위해 간 곳은 호텔에서 걸어서 두 블록 정도 떨어진 유명 백화점이었다.

제 능력으로는 감당이 안 되는 명품 브랜드는 자연스럽게 뛰어넘은 보란은 중저가 브랜드가 있는 곳으로 발길을 돌렸다.

"옷 사려고?"

"네. 오늘 저녁에 입고 갈 옷을 챙겨 오지 못했습니다. 사장님은 저기 라운지에 앉아 계셔도 됩니다."

호텔 라운지에는 벌써 여자들의 쇼핑에 나가떨어진 남자들이 옹기종기 모여 앉아 있었다.

"안 귀찮아."

인형 쇼핑이라면 몰라도 제 옷은 대충 깔끔하고 편한 걸 위주로 사고 마는 보란은 여자들의 특권이라는 쇼핑을 한번 해볼 생각으로 단단히 채비를 했다.

"나중에 딴말하지 않으시는 겁니다."

"안 해. 딴말."

세후가 보란의 뒤를 조용히 따르기 시작했다.

맨 처음으로 보이는 매장의 마네킹이 그녀를 부르고 있었다. 무릎까지 내려오는 빨간 새틴 원피스를 입고 있는 마네킹이 '어서 와, 처녀.'라고 말이다.

마네킹의 부름에 응답한 보란이 매장으로 들어갔다. 친절하게 인사하는 직원에게 보란은 마네킹에 걸린 원피스를 가리키며 영어로 한번 입어봐도 되겠냐고 물었다. 물론이라며 직원이 그녀에게 맞는 사이즈의 원피스를 건네주었다.

찰칵. 탈의실에 들어갔던 보란이 원피스를 갈아입고 나왔다.

'길이도 딱이고. 색깔도 예쁘고. 사이즈도 딱 맞고.'

다른 건 볼 것도 없이 이걸로 딱 사면 될 것 같았지만, 보란은 탈의실로 들어가 좀 전에 입었던 옷으로 갈아입고 나왔다.

"잠시 둘러보고 올게요."

미련 없이 매장을 나온 보란이 옆 매장으로 들어갔다. 이번엔 시폰 소재의 블라우스와 블루색의 플레어스커트를 골라냈다.

역시나 이번에도 한번 입어보고는 다시 매장을 나왔다.

다음 매장에서도, 그다음 매장에서도, 그다음 매장에서도. 보란의 되돌이표 쇼핑은 그 후에도 끝날 줄 모르고 계속됐다.

결국 일곱 번째 매장으로 들어가려 할 때, 심기 불편한 세후의 목소리가 보란을 잡아 세웠다.

"엄 비서. 지금 뭐 하는 거지?"

보란이 흠칫 몸을 떨었다. 목소리 톤으로 봤을 때 화가 난 정도가 상중하 중 '상상'은 될 것 같았다. 사태의 심각성을 제대로 파악한 그녀의 음성이 떨려왔다.

"쇼, 쇼핑이요?"

"계속 쓸데없는 시간낭비 할 거야?"

"시간낭비라뇨. 이왕이면 본 것 중에 가장 마음에 드는 걸 골라야 되지 않겠습니까? 나중에 돌아가서 봤는데 다른 걸 살걸, 후회하면 어떡합니까?"

"다 비슷비슷했어. 그러니까 지금까지 입어본 것 중에서 하나 골라."

말하는 본새 좀 보라지. 색깔이나 디자인이 같아도 소재가 다르면 다른 옷으로 치는데. 다 비슷비슷하다니. 그리고 내 돈 주고 사 입는 건데 이건 해도 해도 너무했다. 이래놓고 사장이 날 좋아한다고? 파란 지식인들의 말대로라면 사장은 절대로 그녀를 좋아하지 않는 게 분명했다.

'딴말 안 하겠다고 해놓고는……'

누가 따라오라 한 것도 아닌데 굳이 와서는 이리 훼방을 놓는 건 또 무슨 심보인가 싶어 보란은 울컥해서 물었다.

"정말 저 좋아하는 거 맞으십니까?"

팔짱을 낀 세후는 대답하는 걸 망설이지 않았다.

"어, 좋아해."

봐라, 봐라. 이리 쉽게 말하다니. 전혀 진심으로 들리지 않았다.

"남자가 여자를 좋아하면, 여자들이 쇼핑하는 데 군말 없이 따라다녀준 다는데. 그리고 저를 좋아하신다면 예쁘다는 말은 못 해줘도 제가 옷을 입 고 나왔을 때 어울린다는 말 정도는 해주셔야 하는 거 아닙니까? 다 비슷비 슷하다니요!"

보란의 억울한 얼굴에 세후가 피식 웃었다.

"나한테는 전부 비슷비슷하게 예뻐 보인단 말이었는데?"

"······."

그 뜻이 그 뜻이라니. 예상 못 한 뜻풀이에 보란의 입이 벌어졌다. 씩 웃 은 세후가 보란을 향해 경고했다.

"그러니까 하나만 골라. 안 그러면 입어봤던 옷 다 사버릴 테니까."

세후의 으름장이 그냥 하는 소리가 아님을 아는 보란은 더는 쇼핑하는 걸 포기하기로 했다.

"······알겠습니다."

보란은 맨 처음부터 사려고 했던 레드 원피스가 있는 매장으로 향했다. 계산하려고 꺼낸 그녀의 카드를 뺏어버리고 세후가 계산을 했다. 그러면서 말했다.

"어차피 처음 본 거 살 거면서."

그녀의 입이 불만으로 튀어나왔다.

매장을 나오는데 쇼핑백을 뺏어 든 세후가 보란의 팔목을 잡았다.

"사장님?"

"따라와."

세후가 한 층 밑에 위치한 명품 매장으로 향했다. 두리번거리던 세후가 그녀를 끌고 들어간 곳은 구두 매장이었다. 매장에는 빨간 밑창으로 유명한 구두들이 줄지어 진열되어 있었다. 그리고 그 구두들은 화려한 조명과 만나 스스로 빛을 내고 있었다.

"여긴 왜?"

"신발 매장에 신발 사러 왔지, 뭐하러 왔겠어?"

누가 그걸 모르겠는가. 다만, 여긴 여자 구두 매장이 아닌가 말이다. 어리 둥절해하는 보란을 세후는 중앙에 있는 자리에 억지로 앉혔다.

"앉아 있어."

세후가 진열대에 놓여 있는 구두들을 쓱 훑어보더니 반짝이는 은색 글리 터 힐을 들고 그녀 앞에 섰다.

"……!"

너무도 쉽게 그가 그녀 앞에 한쪽 무릎을 꿇었다. 보란이 신고 있던 낮은 단화를 벗기고 빛이 나는 힐을 그녀의 발에 조심스럽게 신긴 세후가 나지막 이 말했다.

"들어봤어? 좋은 구두가 좋은 곳으로 데려다준다는 말?"

"……."

나머지 한쪽을 마저 신겨준 그가 그녀를 올려다보며 웃으며 말했다.

"이거 신고 나한테 와."

"네에?"

"나만큼 좋은 곳은 없을 거야. 그러니까 헤매지 말고 그냥 나한테 와."

마치 자신의 천국이라도 되는 듯 말을 하는 그의 얼굴은 확신에 차 있었 다.

14화. 도망자 엄보란, 추격자 권세후

"이걸 신어? 말아?"

강제로 선물 받은 빨간 새틴 원피스를 입고 침대에 걸터앉은 보란이 고민하고 있었다. 침대 위로 원을 그리며 우아하게 퍼진 치맛자락이 한 떨기의 꽃잎 같았다.

붉은 원피스 때문인지 모르나 옅게 화장을 마친 그녀의 얼굴이 살짝 붉었다.

'나만큼 좋은 곳은 없을 거야. 그러니까 헤매지 말고 나한테 와.'

사장이 올려다보며 한 말이 떠올라 열이 오르려는 두 뺨을 손으로 감쌌다. 파란 지식인들의 팁과는 좀 많이 달랐지만 아무튼 저를 좋아한다는 사장의 말은 사실에 가까운 것으로 생각이 기울고 있다. 하지만 너무 현실감이 없다 보니 아직 실감을 못하고 있는 중이었다. 대체 왜냐고 물으면 사장은 또 이리 말하겠지.

'몰라. 그냥, 좋아.'

제 것이 아닌 것처럼 반짝이는 은색 힐이 마치 현실이 아닌 것 같은 제 상황 같았다.

한국에서 챙겨 온 평범한 검은색 펌프스인가, 아니면 화려하게 빛나는 은색 힐인가.

"어떤 것을 신을까요? 알아 맞혀보세요? 딩동댕동."

십 분째, 양쪽을 번갈아 보며 이 짓을 하고 있지만 보란은 여전히 결정을 내리지 못하고 있다.

"이 결정 장애 같으니라고."

밖에서 사장이 재촉하는 소리가 들려왔다.

"나가요. 나갑니다."

보란이 허겁지겁 구두에 발을 끼워 넣고 밖으로 향했다.

밖에서는 검은 턱시도 재킷을 걸친 세후가 손목의 카프 단추를 채우고 있었다. 몸에 딱 맞아 떨어지는 블랙 턱시도가 더할 나위 없이 잘 어울렸다. 하얀 와이셔츠 위에 나비처럼 내려앉은 보우타이가 그를 한층 멋지게 만들고 있었다. 시종일관 무표정한 얼굴이었지만 앞이 아닌 옆으로 비껴간 그의 눈은 시계를 향해 있었다.

늦지 않으려면 약속 장소로 향해야 하는 시각, 보란이 선물한 구두를 신고 그에게 오기를 기다리는 세후의 가슴은 미세한 긴장으로 뛰고 있었다. 보란이 어떤 것을 신을지 고르지 고민하던 그 짧은 시간이 세후에게는 길고도 긴 시간이었다. 결국 참지 못하고 세후는 재촉하는 소리를 했다.

딸깍, 하고 문이 열리고 그토록 기다리던 보란이 모습을 드러냈다. 단정한 단발머리는 살짝 웨이브가 들어가 있었고 세후가 사준 민소매의 빨간 새틴 원피스는 안 그래도 사랑스런 그녀를 더 사랑스러워 보이게 했다.

세후의 시선이 자연스럽게 발끝으로 내려갔다. 그녀가 신고 있는 구두는…… 그가 사준 은색 힐이 아닌 검정 펌프스였다. 그의 시선을 느낀 보란이 민망한 듯 발을 꼬았다.

"새 구두는 아직 불편할 것 같아서. 뒤에 발꿈치가 까질 것 같기도 하고. 죄송합니다."

구두가 불편하다고 한 것뿐인데 어째 여전히 그가 불편하다고 하는 것 같은지. 아직 갈 길이 멀다는 걸 새삼 확인한 가슴은 금세 실망감으로 물들어갔다.

실망이 이만저만이 아니었지만 세후는 차마 겉으로 티를 낼 순 없었다. 안 그래도 그의 눈치를 살피고 있는 이 여자에게 또 불편을 안겨줄 순 없었으므로.

세후는 큰일이 아닌 듯 대꾸했다.

"편해질 것 같을 때 신어. 가기나 하지."

"네."

보란이 멍한 눈을 하고 세후의 뒤를 조용히 따랐다. 당장이라도 들어가서 자신이 사준 신발로 갈아 신고 나오라고 할 줄 알았는데. 너무 쉽게 수긍하는 사장이 조금 이상한 것 같기도 하고.

제가 아는 사장은 이런 스타일이 아니었는데. 더군다나 그가 사준 구두를 신든 말든 별 상관이 없다는 얼굴은 또 뭐지?

'정말 나 좋아하는 거 맞아?'

그녀를 물고기, 그를 낚시꾼이라고 비유한다면, 호수에 낚싯대를 드리우고 물고기가 잡히든 말든 상관없이 유유자적하는 걸로밖에 보이질 않았다.

생각에 빠진 보란은 앞으로 하염없이 걷고 있었다.

"조심."

정신을 차리고 보니 아슬아슬하게 그녀의 옆으로 커다란 화분이 지나가고 있었다. 옆을 보니 그녀의 팔을 잡고 있는 커다란 손이 보였다.

"괜찮아?"

이리저리 그녀를 살피는 눈엔 걱정이 담겨 있었다. 무심하던 아까의 눈과는 또 다른 눈에 보란은 헷갈렸다.

"네, 괜찮습니다."

"안 다쳤으면 됐어. 가자고."

다시 앞서 세후가 걷기 시작했다. 보란은 그의 뒤를 조용히 따랐다.

"……!"

앞서 가던 발걸음이 느려지더니, 어느 순간 그녀의 속도와 같아졌다.

또각또각, 뚝뚝.

어느새, 큰 보폭이 작은 보폭에 맞춰 걷고 있었다. 보란이 제 발걸음에 맞춰 걷는 세후를 흘끔 옆눈으로 훔쳤다. 주머니에 손을 넣고 앞만 걷는 그의 얼굴은 한 치의 미동도 없었다.

'아! 진짜 사람 헷갈리게.'

좋아한다고 고백한 사람은 세후인데 어째 이리 미동도 없는지. 정작 고백을 받은 보란만 왔다 갔다 헷갈리고 있었다.

따오 회장의 파티는 그가 소유한 빌딩 건물 일 층, 홀에서 열렸다. 홀로 들어서자 함께 초대를 받은 명수가 보였다. 준비된 음식을 집어먹고 있던 명수가 보란을 발견하고 손을 흔들었다.

"엄보란 비서님, 여기예요. 여기."

커다란 홀에서 아는 사람이라곤 명수가 전부였던 게 꽤 반가웠던 보란이 발을 떼려는데, 세후의 손이 그녀를 붙들었다.

"어디 가? 내 옆에 있어."

"네, 알겠습니다."

하는 수 없는 보란은 세후 옆에 머물렀다. 보란이 움직이지 않는 걸 본 명수가 결국 두 사람이 있는 곳으로 왔다. 브라운 계열의 정장으로 멋을 낸 명수는 편안하면서도 격식에 맞는 차림이었다. 세후에게는 가볍게 고개를 끄덕이는 것으로 인사를 한 그가 보란을 보고는 반가움을 온몸으로 표현했다.

"보란 씨? 너무 아름다우시네요. 눈이 부셔서 눈을 못 뜰 정도입니다."

과한 칭찬에 보란이 몸 둘 바를 모르고 머쓱한 얼굴을 했다.

"다 옷발, 화장발이죠."

"에이, 본판 불변의 법칙이 있지 않습니까?"

"명수 씨도 멋있으신데요, 뭐."

하지만 화기애애한 대화는 거기까지. 세후의 인내심 역시 여기까지였음이니.

'자신에겐 저렇게 편하게 웃어준 적도 없으면서.'

질투가 그의 눈앞을 가린 지 오래였다. 살가운 두 사람의 대화를 계속 듣고 있을 세후가 아니었다.

"사장님?"

세후가 무작정 보란의 팔을 잡고는 자리를 옮겼다. 덜렁 홀로 남게 된 명수가 얼떨결에 두 사람의 뒤를 따랐다.

저 멀리 파티의 호스트인 따오 회장이 세후를 알아보고 서툰 한국말로 알은체를 하며 다가왔다.

"퀀 사장! 잘 왔써요."

세후가 간단한 중국말로 초대해주셔서 감사하다고 답했다. 애처가로 유명한 따오 회장이 중국말로 자신의 부인을 세후에게 소개했다.

[내 아내입니다. 사실 이건 비밀인데 내 아내가 권 사장네 물건들을 엄청 좋아해요.]

세후에게 밀려 뒤에 있던 명수가 중국말에 자연스럽게 무리 속으로 끼어들었다.

"회장님 아내 되시는 분이 사장님네 물건들을 특히 좋아하신다고 합니다."

"감사합니다. 특별히 좋아하시는 물품이 있으시면 따로 선물로 챙겨 보내드리겠습니다."

세후의 말을 명수가 유창하게 전했다. 선물이라는 소리에 기분이 좋아진 따오 회장이 샴페인 잔을 들었다.

「내 이번에 권 사장이랑 좋은 계약을 하게 돼서 기분이 참 좋습니다.」

"저도 마찬가지입니다."

악수를 마친 회장이 눈을 반짝이며 세후의 옆에 있는 보란을 보며 물었다.

「계속 궁금했던 건데, 파트너라던 권 사장 옆에 아가씨는 누굽니까?」

명수가 통역을 해준 것도 아닌데 질문을 완벽하게 알아들은 것 같은 세후가 중국말로 대답했다.

「약혼자입니다.」

그 소리에 중국말을 모르는 보란만 빼고 모든 사람들이 놀란 얼굴을 했다.

'뭐라는 거야? 비서라는 뜻인가? 사람들은 또 왜 이렇게 놀라는 얼굴을 하는 거고? 내가 비서처럼 안 생겼나?'

칭 회장이 보란을 향해 손을 내밀고 있었다. 무슨 영문인지도 모르고 보란은 칭 회장이 내민 손을 잡고 예의 바르게 응대했다.

「허허. 반가워요. 두 사람이 약혼한 사이라니. 나는 그것도 모르고.」

옆에 서 있던 명수가 자기 것을 표시하는 수컷처럼 구는 세후를 보며 웃었다.

'제 것이니 건들지 말라는 건가?'

세후가 보란 듯이 명수를 응시하고 있었다. 정작 당사자인 보란은 모르는데 그녀를 두고 두 남자가 보이지도 않는 힘겨루기를 하고 있었다.

꿰다놓은 보따리처럼 있던 보란을 이끈 건 따오 회장의 부인이었다.

「남자들은 일 이야기하도록 두고 나와 같이 가요.」

뭣도 모르고 따오 회장의 부인의 손에 이끌려 보란이 다른 곳으로 이동하고, 따오 회장도 손님을 맞이하러 자리를 떠나자 명수와 세후만 남았다.

먼저 말을 꺼낸 건 명수였다. 회의 때도 그랬고 좀 전에도 따오 회장의 질문을 알아듣고 답하는 게 보통 실력이 아니었다.

"중국어 할 줄 아시는 겁니까?"

"알아듣고 말할 정도는."

"왜 전혀 못 알아듣는 척하신 겁니까?"

세후는 영어, 일본어, 중국어, 그리고 한국어까지 사 개 국어를 모두 할 줄 안다. 하지만 간단한 인사말 외에는 거래 시 통역을 이용한다. 자신이 놓치는 부분이 있을 수도 있고, 다른 쪽에서 그가 못 알아듣는다고 생각하는 것이 그를 유리하게 만들기 때문이었다.

"거래를 할 땐, 자기가 가진 패를 쉬이 내보이지 않는 게 유리할 때도 있으니까."

"보란 씨는 방금 권 사장님께서 하신 말의 뜻을 모르고 있는 것 같던데요?"

몇 번의 경고에도 불구하고 깊이 관여하려는 명수의 질문에 세후의 미간이 모아졌다.

"그쪽이 상관할 바가 아닐 텐데?"

"약혼이라는 게 둘이서 하는 건데, 권 사장님 혼자서 약혼이란 걸 하신 것 같아서 말입니다."

이를 꽉 다무는 세후를 보는 명수는 속으로 웃음을 삼켰다. 보란에게 호기심이 있었던 건 맞지만 이 무시무시한 남자와 대결할 정도는 아니었다. 하지만 이런 사실을 모르는 세후는 약이 올라 죽을 지경이겠지.

'당한 게 있는데 이 정도쯤이야.'

생글생글 웃으며 명수는 오늘따라 달기만 한 샴페인을 들이켰다.

두 남자가 기 싸움을 하는 동안, 따오 회장의 부인을 따라 간 보란은 무리 속에 둘러싸여 있었다.

"건배. 쎄쎄."

그녀의 얼굴에는 친절한 비서 웃음이 장착되어 있었다. 중국말들 속에서 파묻혀 무슨 소리인지 모르고 웃으며 다 알아듣는 척하느라 곤욕이었다.

거기다 너도 나도 보란을 향해 잔을 부딪치며 건배를 외치는 바람에 연신 샴페인을 들이켜고 있었다. 아무리 도수가 낮은 샴페인이라 할지라도 술일진대 빈속에 들어가서 그런지 빨리 취기가 돌았다. 이러다 정신을 놓아버리는 건 아닌지 걱정이었다.

또다시, 예쁘게 수놓아진 흰 차파오를 입은 따오 회장의 부인이 보란을 향해 잔을 내밀었다. 이것까지 하면 내리 열 잔은 마신 것 같았다. 빈 잔을 내려놓고 보란은 애써 정신을 가다듬고 잔을 들었다.

"하하, 건배!"

어? 드디어 취했나? 들고 있던 잔이 입이 아니라 하늘로 향하는 걸 본 보란은 눈을 껌뻑거렸다.

「실례지만, 제가 좀 데리고 가겠습니다.」

번뜩 눈에 힘을 주고 뜨니 익숙한 음성이 중국말로 뭐라 하고 있었다. 사장이었다. 뭐라 양해를 구하는 것 같더니 그녀의 어깨를 감싸 안고 어디론가 향했다.

홀에서 벗어나 밖으로 연결된 테라스로 나간 세후가 보란을 의자에 앉혔다. 여름이 다가오는 밤이었지만, 중국의 저녁 바람은 조금 서늘했다. 세후가 입고 있던 턱시도 재킷을 벗어 보란의 어깨에 덮어줬다.

"괜찮아? 무슨 술을 그리 마셔?"

취하지 않으려 잔뜩 긴장하고 있다 풀어져서 그런가, 단번에 확 취기가 올라왔다. 보란이 제 앞에 서 있는 세후를 보기 위해 고개를 들었다.

"주는데 어떡합니까. 마셔야죠."

주머니에 손을 넣은 세후가 피식 웃었다. 전에 술에 취해 그에게 했던 그녀의 술주정들이 생각나자 절로 웃음이 나오는 것이었다. 다른 때는 그의 앞에서 쉬이 본모습을 보여주지 않지만 술에 취하면 조금은 풀어져 제 모습을 드러낸다.

"푸우우."

술을 깨려고 입을 푸는 보란이 귀여웠다. 앞에 서서 그녀를 응시하던 세후가 저도 모르게 발그스레한 볼을 긴 손가락으로 두드렸다.

톡톡.

그 작은 손짓 한 번에 보란의 얼굴은 막 봉우리를 피우려는 꽃처럼 터질 듯이 붉게 부풀어 올랐다. 보란이 달아오른 볼을 숨기려 두 손으로 감싸버렸다.

'또, 또 사람 헷갈리게.'

술에 취해, 열에 취해 제정신의 저라면 절대로 묻지 않았을 것을 보란이 호기롭게 물었다.

"사장님."

"왜?"

"정말 저 좋아하시는 거 맞으세요?"

이제까지 제가 한 짓들을 보고도 이런 소리가 나오는지, 세후가 답답하다는 듯 머리를 쓸어 올렸다.

"좋아하지도 않는데 내가 이런 짓을 할 것 같아?"

화가 난 듯 보이는 세후의 음성에 주눅이 든 보란이 고개를 숙이며 작은 소리로 대꾸했다.

"사장님이 저를 좋아한다는 사실이 실감이 안 난다고요. 실감이 안 나는데 어떡해요."

"실감이 안 난다고 하니."

허리를 숙인 세후의 손이 땅만 보고 있던 보란의 턱을 들어 올렸다. 그녀의 시선을 그에게로 단단히 고정시킨 세후가 그녀만을 보고 웃었다.

"실감 나게 해주지."

순식간에 입술로 찾아온 뜨거움에 보란의 동공이 팽창했다. 갑작스런 입맞춤에 놀라 벌어진 틈 사이로 그가 들어왔다. 도망가도 찾아와 잡아채는 입맞춤에 보란은 속절없이 실감하고 있었다.

'……정말이다. 사장이 정말 나를 좋아한다!'

* * *

스펙타클했던 중국 출장을 마치고 보란은 다시 집으로 돌아왔다. 더불어 며칠 동안 비워져 있던 집은 온기가 돌았다. 공항으로 마중 나온 최 실장이 데려다준다는 걸 거절하고 잽싸게 택시를 잡아타고 오는 길이었다.

"드디어…… 집이다."

출장으로 며칠 만에 비워뒀던 집으로 돌아오니 새삼 편안함과 아늑함이 느껴졌다. 이래서 집 나가면 개고생이라는 거다. 여느 출장들보다 백배는 더 힘들었던 출장이었다.

그 키스 사건 후, 남은 출장 기간 내내 보란은 세후를 피해 다녔다. 고백을 한 사람도 세후였고, 더 민망해해야 하는 사람도 그인 것 같았는데 어찌나 아무렇지 않고 당당하게 굴던지.

하긴 그래야, 권세후 사장이지. 정작 부끄러움과 어색함에 눈도 못 마주치고 피해 다닌 건 보란이었다.

"나도 모르겠다. 짐이나 풀자."

체념한 그녀가 회색 트렁크를 열었다. 빨간 원피스와 은색 글리터 힐가 떡하니 존재를 드러냈다.

또다시 입술이 화끈거린다. 여름밤의 입맞춤의 여운은 아직도 입술에 남아 그녀를 괴롭히고 있었다. 입술을 손으로 매만지던 보란은 이내 머리를 쥐어뜯었다.

"아아, 미쳤어. 사장과 키스라니. 나 이제 회사 어떻게 다니지? 제발 이 주말이 끝나지 않았으면……."

돌아오는 월요일이 이리도 두려울 줄이야.

재킷만 벗은 채 보란은 침대에 벌러덩 누워버렸다.

의욕 제로.

아무것도 하고 싶지 않았다.

-빨강 머리 앤~ ♬♪♩

제 기분과는 달리 경쾌하게 울리는 벨소리에 보란이 놀라 흠칫 몸을 떨었다. 혹시나 사장인가 싶어서. 다행히 발신자 표시를 보니 아니었다.

[서혜자 여사.]

그녀의 어머니였다. 무소식이 희소식이란 철학을 가진 어머니가 무슨 일이실까? 우선은 받고 볼 일이었다.

"여보세요?"

-보란이냐?

"어, 엄마. 무슨 일 있어?"

-아니, 얘가 무슨 일이 있어야만 전화하나. 잘 지내는지 궁금해서 전화할 수도 있는 거지.

다른 어머니들은 몰라도 서혜자 여사에게 안부 전화란 건 어쩌나 생각날 때마다 해보는 그런 흔한 것이 아니었다.

"엄마가? 무슨 일인데?"

안부는 그냥 하는 소리였고 역시나 어머니의 본론이 따라왔다.

-너 이번 여름휴가는 언제냐?

"아직 안 정했는데……."

그러고 보니 이제 슬슬 여름휴가철이 다가오고 있었다. 풀타임으로 사장을 보필하는 비서실은 한꺼번에 세 명이 빠질 수 없으니 돌아가면서 휴가 날짜를 정하고 있다.

겨울에는 아무 때나 상관없지만 여름에는 보란이 가장 먼저 휴가를 받는다. 왜냐, 그녀는 여름휴가 때마다 어머니 일을 도와드리러 하동으로 내려가야 했기 때문이다.

요즘 그녀의 신상에 하도 놀랄 일이 많아서 벌써 휴가 기간이 시작됐다는 것도 잊고 있었다.

-다음 주에 바쁠 것 같아서 말이야. 너 혹시 다음 주로 휴가 받을 수는 없냐?

안 그래도 회사에 안 나갈 구실이 필요했는데 보란은 딱 이거다 싶었다.

"엄마, 우선 회사에 말해봐야 되겠지만 나 다음 주 월요일부터 꼭 휴가 받을게요. 휴가 받으면 내일 바로 하동으로 내려갈게요."

-오냐, 잘됐다. 확실해지면 바로 연락 다오.

"네."

용건만 간단히 한 전화는 바로 끊겼다. 참 서혜자 여사다운 전화였다.

그녀가 여름마다 어머니의 일을 도와드리게 된 건 헨젤에 입사하고서부터였다.

중학생 때 아버지가 암으로 돌아가시고 어머니는 혼자서 그녀를 키우셨다. 그러다 그녀가 대학을 졸업할 때쯤 어머니는 잘하시던 가게를 모두 접으시고 돌연히 고향으로 내려가셨다. 이유인즉 이젠 좀 푹 쉬고 싶다는 것이었다.

한 몇 달을 자연에 둘러싸여 잘 지내시더니 하루아침에 마음을 바꾸셨다.

'베짱이처럼 지내는 것도 하루 이틀이지, 이것도 지루해서 못 해먹겠다.'

어머니는 근처에 계곡이 있는 크고 낡은 집을 하나 사서 개조한 후 펜션을 시작하셨다. 여름휴가철에만 잠시 문을 여는 펜션은 어머니의 용돈을 버는 소일거리 같은 일이었다.

처음에 보란도 어머니가 마냥 쉬시는 것보단 괜찮을 것 같다고 생각했었다. 하지만 그건 어머니의 용돈벌이에 그녀가 동원된다는 것을 몰랐을 때의 일이었다.

그럴 바에는 그냥 어머니께 용돈을 드리겠다고 했지만 어머니는 단호하게 고개를 저으셨다. 이 구실로 그녀의 얼굴을 볼 수 있다는 이유가 따라붙었다. 싫다고 반항도 해봤지만 전부 부질없는 일이었다.

'내려와서 일하는 만큼 네가 빌려간 돈에서 까준다. 그래도 싫다고 할 테야?'

대학 때까지의 그녀의 생활비와 용돈, 등록금은 어머니가 대주셨지만 거기까지였다. 시집 자금 정도는 스스로 벌어서 가는 게 맞는다고 누누이 이야기하시던 어머니는 그녀의 오피스텔 전세금을 그냥 주지 않으시고 이자까지 붙여서 빌려주셨다.

결국 자취라는 것이 얼마나 돈이 많이 드는 것인가를 몸소 깨닫고 있는 보란은 휴가 때마다 아르바이트를 하러 지방으로 내려갈 수밖에 없었다.

내일 바로 하동으로 내려가려면 우선 최 실장에게 휴가 허락부터 받아야겠지? 보란은 서둘러 최 실장에게로 전화를 걸었다. 얼마 가지 않는 신호음 뒤, 전화가 연결되기가 무섭게 그녀가 먼저 말을 꺼냈다.

"여보세요? 최 실장님."

-네, 보란 씨.

"주말에 쉬시는데 죄송한데 제 여름휴가 있잖아요. 다음 주 월요일부터 가능할까요?"

-다음 주 월요일이요? 휴가야 뭐, 아무 때나 내도 상관없지만, 무슨 일이 있는 건 아니죠?

미리 언질을 준 것도 아니고 갑작스런 휴가 계획에 최 실장이 걱정스럽게 되묻는 것도 당연했다. 당장 월요일부터 사장의 얼굴을 볼 자신이 없어서, 사장을 피할 작정으로 휴가를 떠나는 게 진짜 이유였지만, 그리 말할 순 없는 노릇이었다.

"특별한 일이 있는 건 아니고, 어머니께서 하동에서 펜션을 하시는데 성수기다 보니 일손이 부족하셔서 제가 내려가서 도와드리려고요."

"맞다. 여름마다 하동으로 내려간다고 했었죠. 알겠어요. 정은 씨도 있고 나도 있으니까 걱정하지 마요. 그러면 내일 바로 내려가는 거예요?"

"네. 별일 없으면 오전쯤이요."

-근데, 보란 씨 내일 여기로 오는 날 아니었어요?

"거기가 어딘데요?"

-아. 저 지금 사장님 댁이거든요.

아차, 정신머리 하고는. 토요일마다 사장의 집에 가기로 되어 있지. 사장을 피할 생각만 하느라 매주 정해진 약속도 깜빡 잊고 있었다.

'내가 일부러 그런 것도 아니고 휴가인데 어쩔 거야. 나중에 문자로 따로 통보해야겠다.'

직접 목소리로 대면하는 전화는 용기가 필요한 일이니 다 잠든 밤에나 문자로 약속을 못 지키게 돼서 정말 죄송하다고 알리는 것으로 꼼수를 부릴 작정이었다.

"사장님께는 제가 따로."

갑자기 수화기 너머에서 최 실장의 부드러운 음성과는 사뭇 다른 음성이 불쑥 튀어나왔다.

-지금 이야기해.

고새를 못 참고 최 실장의 수화기를 뺏어 든 세후였다.

약속 어기는 걸 굉장히 싫어하는 사장인데. 화내는 건 기본, 계약 위반이라며 소송까지 걸지 모를 일이었다.

어차피 약속을 못 지키는 건 정해졌다. 그래도 얼굴을 안 보고 얘기하는 게 어딘가 싶어 보란은 냅다 이야기해버렸다.

"사장님, 우선 정말 죄송하다는 말씀을 드리겠습니다. 내일 약속 못 지킬 것 같습니다."

-이유는?

이유를 묻는 사장의 음성이 생각 외로 괜찮아서 보란은 계속해서 말을 이었다.

"휴가를 가야 할 것 같습니다."

-갑자기 무슨 휴가?

"네, 그렇게 됐습니다."

-…….

대답할 말을 찾지 못한 세후는 침묵했다. 출장 내내 말이라도 걸라치면 돌 굳듯이 굳어지는 그녀를 보는 게 그로서도 편한 건 아니었다. 다가가 말을 걸고 싶었던 적이 수없이 많았지만 세후는 그러지 않았다. 적응하는 시간 정도는 주고 싶었으니까.

그리고 그에겐 토요일이 있지 않은가. 그리 여기고 안심하고 있었더니, 이 여자, 그에게서 미꾸라지처럼 잘도 빠져나가려고 한다.

-일부러 나 피하는 건 아니고?

"아닙니다."

조금 떨리는 그녀의 음성을 세후는 놓치지 않았다. 말만 아니라고 하지, 이건 무조건이다. 그를 피하는 거다.

그를 받아들이는 데 적응할 시간 같은 건 얼마든지 줄 수 있다. 하지만 그에게서 멀어지려는 건 절대로 용납할 수 없다.

'휴가 때문에 못 오는 게 이유라면 내가 당신을 따라가면 되지.'

본래 계획했던 그의 휴가는 아직 많이 남아 있었지만 앞당기면 그만이었다.

-어디로? 해외라도 나가? 그럼 같이 가지. 어차피 나도 휴가는 가야 하니까.

지구 끝까지라도 따라가겠다는 의지가 담긴 세후의 말에 보란은 사장이 얼마나 집념이 강한지 다시금 확인하고 있었다.

"오늘 중국에서 도착했는데 또 해외여행이라니요. 그리고 제가 왜 사장님이랑 해외여행을 같이 가야 할까요?"

-같이 가는 게 어때서? 혼자서 노는 것보다 세 명이 더 즐겁지 않겠어? 유급 휴가 두 배로 쳐줄 테니까 같이 가.

두 배란 소리에 살짝 솔깃하기도 했지만 사장과 휴가를 같이 간다는 것 자체가 말이 안 되는 소리였다. 거기다 그녀는 휴가 기간 동안 여행을 가는 게 아니었으니 애초부터 같이 갈 수 없는 게 맞았다.

"사장님. 사실 저 어디 여행 가는 게 아니라 지방에 계신 어머니 일을 도와드리러 가는 겁니다. 그리고 우빈이한테는 제가 두 배로 만회한다고 전해주세요."

놀러 가는 게 아니라 일하러 가는 거라니. 일하러 간다는데 따라갈 수도 없고. 더 이상 같이 가자고 할 명분이 없어진 세후는 끙 하고 입을 다물 수밖에 없었다.

"휴가 마치고 뵙겠습니다."

야속한 말을 끝으로 전화는 뚜뚜뚜 끊겼다.

* * *

한곳에 있질 못하고 세후가 왔다 갔다 방을 배회하고 있었다. 전화는 끊겼지만 여전히 휴대폰을 손에 든 세후의 얼굴은 심각해 보였다.

한발 물러날 것인가?

아니면 쭉 전진할 것인가?

……그것이 문제로다.

세후는 지금 그의 인생에서 가장 중요하고 심도 있는 고민에 빠져 있었다. 도망가려는 보란을 잡으러 가야 할지 말아야 할지.

한 시간이 넘도록 계속되던 고민이 드디어 끝이 났다.

'어디 도망가 봐. 나는 끝까지 당신을 쫓아가 옴짝달싹도 못 하게 잡아 채 버리고 말 거니까.'

가장 그다운 결론이었다.

방에서 나온 세후가 거실에서 우빈과 간식을 먹고 있는 기준을 불렀다.

"기준아."

입에 과자 부스러기를 털며 기준이 세후에게로 다가왔다.

"벌써 이야기 끝나셨어요? 보란 씨 휴가는 어떻게 하기로 했습니까?"

"뭘 물어. 네가 담당이잖아."

"네, 그렇죠. 제 담당이니, 다음 주부터 보란 씨 휴가 처리하겠습니다."

"그래, 엄 비서 휴가는 그렇게 처리해."

일이 그렇게 마무리된 줄 알고 뒤돌아서려는 기준을 세후가 불러 세웠다.

"기준아."

"네?

"다음 주 스케줄 전부 비워."

갑작스런 통보에 기준은 귀가 떨어져 나갈 정도로 큰 소리로 대꾸를 했다.

"네에?"

"내 스케줄 전부 비우라고."

두 번째로 듣는 말이지만 기준은 여전히 환청을 듣고 있는 것처럼 또다시 대꾸했다.

"에이, 장난하지 마십시오."

"장난 아니야."

하지만 세후의 얼굴에선 장난기는 찾아볼 수 없으니 기준은 그제야 상황이 파악되기 시작했다.

"뭐 잘못 먹었어? 하루 이틀도 아니고 다음 주 스케줄을 전부 비우라니."

기준의 반응에 비해 대답하는 세후는 참 편하게도 대답한다.

"나도 우빈이랑 휴가나 가려고."

"형 휴가는 한참 남았잖아!"

"알아. 그거 다음 주로 당겨줘. 아, 그리고 엄 비서 휴가 동안 어디 지방으로 간다는데 거기 어딘지 한번 물어보고 주위에 괜찮은 숙소 있으면 좀 잡아줘. 물론 엄 비서 모르게 알지? 너의 능력을 믿는다."

안 그래도 중국 출장 때문에 다음 주로 세후의 스케줄이 다 미뤄놓은 상태인데. 밀려버린 스케줄을 또 무슨 수로 미룬단 말인가. 물론 그의 능력은 우주 최강이지만 이건 해도 너무했다.

"사장님, 제발 이러지 마십시오."

"형, 이성을 찾으라고!"

"에라이, 빌어먹을 권세후!"

기준이 그를 부를 수 있는 모든 호칭들이 튀어나왔지만 세후는 거들떠보지도 않았다. 기준이 스케줄을 확인하며 머리를 쥐어뜯든 말든 관심은 없었다. 오직 내일부터 있을 휴가 계획만이 그에겐 중요했다.

세후가 거실에서 잘 놀고 있는 우빈을 불렀다.

"권우빈."

엎드려 있던 우빈이 세후에게로 쪼르르 달려왔다.

"왜?"

"내일 보란이 누나 못 온대."

잔뜩 기대하고 있던 우빈의 얼굴이 고새 울상으로 변했다.

"히잉. 누나 보고 싶은데?"

"그러니까 우리 보란이 누나 잡으러 갈까?"

"술래잡기 하는 거야?"

"그래. 우리가 술래야."

"야호! 신난다!"

"누나 잡으러 가야 하니까 들어가서 짐 싸자."

방으로 들어가는 두 남자의 엉덩이가 즐거움으로 실룩거리고 있었다.

* * *

토요일, 헨젤 본사 비서실에 출근한 이가 있었다. 바로 최기준 실장이었다.

"우선 월요일 회의는 전부 취소. 화요일 일정도 전부 딜레이. 수요일도. 목요일도. 금요일도."

갑작스런 보스의 휴가 계획으로 엉망이 된 스케줄을 관리하기는 엄청난 인내와 고급 스킬을 요했다. 도통 그림이 나오지 않는 스케줄에 결국 스케줄 표는 책상 저 구석으로 내팽개쳐졌다.

"아아악! 권세후! 이건 사장이 아니라 원수다, 원수. 싸우자!"

기준이 제 분을 이기지 못하고 씩씩대며 머리를 쥐어짜고 있을 때였다.

-Rrrrrr. Rrrrrr.

기준의 휴대폰이 울렸다. 혹시나 이 모든 일의 원흉, 세후면 받아서 원망이나 한 바가지 하려고 했더니 화면에 뜬 이는 다른 이였다.

"여보세요?"

-최기준 씨?

그 순간까지 기준은 수아와 했던 약속을 까마득히 잊고 있었다.

"네, 수아 씨."

-오늘 약속 잊지 않았죠? 혹시나 잊은 건 아닌가 싶어서 전화했어요.

그래, 나 약속 있었지? 완벽히 잊고 있었다. 그때서야 전에 세후 때문에 날려버린 데이트를 오늘 만회하기로 했던 게 기억이 났다.

어찌 보면 이번에도 세후 때문에 수아와의 데이트를 날리게 생겼다.

"오늘이었던가요?"

-네. 점심때 만나기로 했잖아요.

"어쩌죠? 제가 지금 제정신이 아니어서, 오늘 약속은 무리일 것 같은데."

-음, 무슨 일인데요?

지나가는 누구라도 붙잡고 하소연을 하고 싶었던 기준인데 수아가 물어 주니 기다렸다는 듯 속사포 하소연이 흘러나왔다.

"저희 사장님이 문제입니다. 휴가를 떠나신답니다. 그것도 예정에도 없이 말입니다. 이게 말이 된다고 생각해요? 그래요. 자기가 이 회사 주인이니 자기 가고 싶은 때 휴가를 간다니 할 말은 없어요. 그럼 나는요. 남아 있는 나는 오죽 힘들겠어요? 그런데 그 휴가를 누굴 따라, 어디로 가는지 압니까?"

기준의 긴 하소연을 묵묵히 들어주던 수아는 중간에 맞장구까지 쳐주었다.

-저야 모르죠. 누굴, 어디로 가는데요?

"보란 씨를 따라 휴가를 떠나신답니다."

-뭐, 놀랍지도 않네요.

그때, 놀이동산에서 노려보던 눈빛을 보건대 어느 정도 예상하고 있었던 수아였다. 그런데 보란의 여름휴가라면 어머니 일 도와드리러 하동으로 내려가는 걸 텐데.

'하다 하다 거기까지 따라가다니. 권세후 사장 당신을 이제부터 권토커로 임명합니다.'

기준의 하소연은 계속됐다.

"덕분에 저는 스케줄만 주구장창 정리하고 있는 거죠."

-그래서 지금 회사인 거예요?

"네."

-제가 거기로 갈게요.

"네에?"

-회사에 아무도 없을 거 아니에요. 그리로 갈게요. 제가 또 스케줄 정리하나는 잘하거든요. 작가님들 원고 독촉부터 편집, 책 낼 때까지 제가 또 스케줄 정리의 신이니까 도와드릴게요.

기준은 그러라고 승낙도 하지 않았건만 전화는 끊겼다. 설마 여기까지 찾아올까 싶어 기준은 끊겨진 전화를 들고 반신반의했다.

두 시간 후, 그냥 한 말이 아니란 듯 수아는 기준이 있는 곳으로 찾아왔다. 찾아온 손님이 있다는 경비실의 연락을 받고 내려갔더니 로비에 정말 수아가 손을 흔들며 서 있었다.

"기준 씨, 저 왔어요."

얼떨떨한 얼굴을 한 기준이 수아에게로 다가갔다.

"정말 왔네요?"

수아가 기준의 팔을 잡아당겼다.

"온다고 했는데 당연히 와야지요. 가요. 우리 할 일이 있잖아요?"

스케줄 표를 정리하는 걸 도우러 여기까지 오다니. 스케줄 정리하는 걸 광적으로 좋아하는 게 아니라면……. 진심으로 자신을 좋아하기라도 하나? 의문을 가지기 시작한 기준이었다.

자신을 돕겠다고 찾아온 사람을 돌려보낼 수는 없기에 기준은 수아를 데리고 비서실로 향했다.

비밀번호를 누르고 들어가자 수아도 뒷짐을 지고 안으로 들어가 구경하기 시작했다. 그녀가 커다란 책상을 손으로 한 번 쓸어보기도 하고 벽에 걸려 있던 액자들도 하나하나 살펴보다 감탄을 내질렀다.

"대기업 비서실이란 곳이 이렇게 생겼구나? 나 이런 곳 처음 와봐요."

기준도 처음이었다. 그가 일하는 곳에 여자를 데려온 건.

"내가 일하는 곳이랑은 비교도 안 되네요."

"일하는 사무실이 다 비슷하죠. 전에 갔을 때 보니까 수아 씨네 사무실도 비슷하던데요?"

끝에서 끝까지 중거리 경주를 해도 될 것 같은 이 사무실과 끝에서 끝까지 단거리를 뛰는데도 수많은 장애물을 뛰어야 하는 그녀의 사무실과는 전혀 비슷하지가 않다. 분명히 기분 풀라고 하는 소리다.

"입에 침이나 바르고 거짓말하시죠."

기분 좋으라고 하는 빈소리도 티가 나게 하는 기준이 멋쩍게 머리를 긁적였다.

"미안해요. 오늘 데이트도 이렇게 날려버려서."

하지만 수아는 신경 쓰지 말라며 기분 좋게 웃었다.

"아직 오늘이 다 가지 않았어요. 빨리 일 끝내고 밥 먹으러 가요."

"네, 밥은 제가 사겠습니다."

수아가 책상 위에 거미줄처럼 이리저리 엉켜 내팽개쳐 있는 스케줄 표를 들었다.

"이거예요?"

스케줄 표를 확인한 수아는 기준이 왜 그리 스케줄 표를 보고 고민했는지 알 수 있었다.

삼십 분 단위로 나눠진 스케줄은 많다 못해 빡빡했다. 그런데 그런 스케줄이 이 주나 뒤로 밀려 있는 데다가 이 남자, 제 상사를 너무 배려하고 있었다.

갑작스런 휴가로 땡땡이를 쳤으면 그만큼 잔업을 해야지. 어떻게 오후 여섯 시 땡 하면 나갈 준비를 하는 칼퇴근을 생각할 수 있단 말인가.

수아가 눈을 번뜩였다.

권 사장님, 감히 내 데이트를 또 방해하셨단 말이지요.

"펜 이리 줘 봐요."

수아가 거침없이 스케줄 표에 손을 대기 시작했다. 다시 고쳐가는 스케줄 표를 물끄러미 보고 있던 기준의 눈이 커졌다.

"이건 아무리 저희 사장님이시라고 해도 너무 무리한 스케줄 같은데……."

"자기도 한번 당해봐야 정신을 차리지요."

기준이라고 수아와 같은 생각을 안 해본 건 아니었다. 다만, 수아처럼 실천을 하지 못했을 뿐이었다.

이런 스케줄…….

'큭큭. 마음에 든다.'

일렬로 줄지어 가는 스케줄 표에 기준까지 펜을 들고 가세했다.

그 시각, 자신 때문에 무슨 일이 벌어진 줄도 모른 채 보란은 아침 일찍부터 집으로 내려갈 준비 중이었다. 일할 때 편하게 입을 수 있는 간단한 옷가지만 가볍게 챙긴 그녀는 편한 운동화를 신고 집을 나섰다.

햇볕이 수직으로 내리쬐는 게 얼굴을 들기조차 힘겨웠다. 얼마 전까지만 해도 봄이었는데 정신 차려보니 여름이었다. 날씨가 덥고 푹푹 찌는 게 올해도 펜션을 찾는 사람이 많을 것 같았다.

"후후, 이번에도 힘들겠네."

크게 한숨을 내쉰 보란은 이내 으라차찻 기합을 넣었다. 마침 택시가 지나갔다. 그녀는 재빨리 택시를 잡아타고 터미널로 향했다.

"아저씨, 버스 터미널로 가주세요."

택시를 타고 도착한 터미널은 주말이라 그런지 터미널은 사람들로 붐볐다. 배낭을 멘 젊은 청춘들, 아이의 손을 잡고 시골을 찾으려는 부부. 그 많은 이들 속에 하동으로 내려가려는 보란이 있었다.

"열한 시 삼십 분. 하동행 버스. 찾았다!"

미리 예약해둔 표를 가지고 탈 버스를 찾아 오른 그녀는 자리를 잡고 앉아 의자 깊숙이 몸을 기댔다. 경남 하동까지 도착하려면 한 네 시간 정도 걸리는데 그녀의 경험상 그 긴 시간 동안 견디는 방법은 자는 게 최고다. 부러 어제 저녁 늦게까지 안 자고 버텼던 참이라 본격적으로 자려고 자세를 잡았다.

'어디 숙면을 취해볼까?'

이내 버스가 출발한다고 잠시 덜컥거렸다. 하지만 깊이 잠이 든 보란은 몸을 작게 뒤척일 뿐 감은 눈을 뜨진 않았다.

버스가 잠시 쉬어가는 휴게소도 지나칠 정도로 깊이 잠들었던 보란이 눈을 떴다. 찌뿌듯한 몸을 달래려 기지개도 크게 켰다.

"으아, 잘 잤다. 어? 아직 도착을 안 했네?"

이 정도 눈을 붙이고 일어나면 버스에서는 곧 도착한다는 운전수 아저씨의 안내가 들려와야 했다. 그런데 올 때 길이 막혔는지 아직도 고속도로 위였다. 전 같으면 벌써 하동에 도착해서 택시를 타고 펜션으로 가고 있을 시간이었다.

차가 막히지 않았다면 벌써 도착했을 시간이 가까워 오자 진동으로 해놓았던 휴대폰이 어김없이 울렸다. 그녀가 터미널에 도착했는지 확인하는 혜자의 전화였다.

"어. 엄마."

-정류장에 도착했어?

"차가 밀려서 아직 도착을 못 했어."

-일찍 일찍 나서라니까. 어이구, 손님 도착하셨다. 끊는다. 조심해서 와.

그녀의 대답은 듣지도 않고 전화는 끊어졌다. 피식 웃음이 나왔다. 휴가 때마다 일을 시킨다는 명목으로 그녀를 부르시는 어머니지만 어쩌면 멀리 떨어뜨리고 온 딸의 얼굴을 보고 싶으신 건 아닌가 하는 생각이 든다. 정류장에 도착할 때쯤이면 언제나 이렇게 잘 도착했냐고 전화를 거시는 어머니셨으니까.

그녀의 마음이 분주해졌다. 손님이 벌써 들이닥쳤다면 어머니 혼자 힘드실 텐데 어서 가서 도와야 하지 하는 마음이 그녀를 조급하게 만들었다.

"도착했습니다."

버스 기사의 안내 방송에 보란은 자리에서 일어나 내릴 채비를 했다. 감사합니다, 하고 인사하며 버스에서 제일 먼저 내린 보란이 택시를 잡아탔다.

"택시!"

하동 시내에서 나와 굽이굽이 떨어진 길을 따라 안으로 들어가면, 산자락 밑에 드문드문 자리 잡은 집들 중에 혜자가 용돈벌이로 운영 중인 '쉬다 가는 펜션'이 보인다.

이층집을 개조해 만든 펜션은 이름처럼 쉬다 가는 펜션이었다. 홍보 같은 건 따로 하지 않았지만 여행을 하던 사람들이 어쩌다 쉬다 간 후 훗날 한 번씩은 다시 들르는 덕분에 이제 단골이 꽤 되었다.

택시가 자갈이 깔린 펜션 앞마당에 덜컹거리며 섰다.

"감사합니다. 잔돈은 안 주셔도 돼요."

몇천 원 남는 잔돈은 괜찮다며 내린 보란은 상쾌한 공기를 들이마셨다. 탁한 서울 공기에 없던 병도 생기겠다며 한탄하는 수아에게 담아 선물하고 싶을 만큼 정신을 맑게 하는 깨끗한 공기였다.

그녀가 짐 가방을 들고 펜션으로 들어서려는데, 입구에 눈에 익은 차 한 대가 보였다.

"에이, 설마."

대한민국에 저 외제차가 한 대뿐인 것도 아니고. 그래, 다른 손님이겠지.

보란은 애써 마음속에 스멀스멀 피어오르는 불안감을 씻어냈다.

쓸데없는 걱정이라며 고개를 흔들며 그녀가 입구로 들어서는데 마침 밖으로 나오는 혜자와 맞닥뜨렸다.

"이제 왔어?"

"엄마!"

보란이 혜자에게로 달려가 안기려는데 혜자가 징그럽다며 몸을 피했다. 혜자에게 짐 가방을 뺏긴 보란의 팔에 들려진 건 바짝 볕에 말린 이불이었다.

바짝 말린 이불에서는 햇빛 냄새가 났다. 덮고 있으면 절로 잠이 솔솔 오게 하는 이불이라며 다녀간 손님들이 칭찬해 마지않는 혜자의 특급 이불이었다.

"마침 잘됐다. 이거 이 층 별채 방에 갖다 주고 와."

오랜만에 만난 어머니와 반가운 인사를 나눌 새도 없었다.

"나도 숨 좀 돌립시다."

"숨은 나중에 돌리고 이것부터 얼른 갖다 주고 오라니까."

혜자는 그녀가 들고 있는 이불에다 베개까지 쌓아 올려줬다.

오자마자 일이라니.

그러려니 체념한 보란이 이불을 들고 나가려다 다시 돌아서서 물었다.

"어디? 이 층 별채라고 했어? 거기에 손님을 받았어?"

일 층에 네 개의 숙소와 차를 마실 수 있는 카페가 있는 것과 달리, 이 층에는 혜자가 사는 집과 옆에 붙어 있는 별채가 전부였다. 손님들이 이 층까지 올라올 일이 없게 별채는 잘 빌려주지 않는 혜자가 별일이었다.

"그래. 갑자기 연락이 와서 꼭 좀 묵어야겠다고 사정을 하기에 어쩔 수 없었어. 방값도 두 배로 지불한다는데 마다할 이유가 없지."

그럼 그렇지. 그 어머니에 그 딸이라고 유급 휴가를 두 배로 쳐주겠다는 세후의 말에 혹했던 그녀처럼 그녀의 어머니도 방값을 두 배로 쳐준다는 소리에 홀라당 넘어간 거였다.

"애도 한 명 데리고 왔더라고. 애가 똘똘하니 아주 귀엽게 생겼어."

"그래?"

아이를 데리고 왔다는 말에 보란은 설마설마하며 이 층 별채로 향했다. 아닐 거라며 애써 고개를 흔들며 이불을 가지고 계단을 올라간 보란은 별채 문을 똑똑, 하고 두드렸다.

"실례합니다. 이불 가지고 왔습니다."

아이와 함께 왔다더니 문밖은 작은 소음도 없이 조용했다.

"계세요? 들어가겠습니다."

한 번 더 노크를 했지만 안에선 아무 소리도 없었다. 이불을 밖에다 둘 수도 없고 어쩔 수 없지. 보란은 이불만 고이 내려놓고 나올 작정이었다.

"실례합니다."

문을 살짝 열고 들어간 보란이 이불을 내려놓고 그대로 나오려는데, 그녀를 잡아 세우는 소리.

"나 찾아봐라?"

나보고 하는 소리인가? 술래잡기?

그런데 이 목소리는…… 익숙한 목소리였다.

"우, 우빈이?"

서울도 아니고 경남 하동에서, 그것도 이 시골 펜션에서 우빈이 목소리라니. 잘못 들은 줄 알았더니 소리는 또다시 들려왔다.

"나 찾아봐라?"

그녀가 소리가 나는 곳으로 한 발자국씩 발을 옮겼다.

"킥킥."

방 안에 있는 옷장에서 웃음소리가 새어 나오고 있었다. 떨리는 손으로 겨우 옷장을 열려는데 뒤에서 누가 그녀의 어깨를 붙잡았다.

"잡았다."

동시에 옷장 문이 열리고 쪼그리고 숨어 있던 우빈이 짠, 하고 나타났다.

"워! 누나!"

동시에 그녀의 몸이 빙그르르 돌아 세워졌다.

"이제 보니 투 잡이 아니라 쓰리 잡 중이었군."

초점을 잃었던 눈을 바로 뜨니 그녀의 눈앞에는 세후가 즐겁다는 듯 웃고 있었다.

그녀 하나 잡자고 휴가까지 당겨가며 서울에서 하동까지 달려온 술래들이었다.

15화. 몹쓸 사장놈

보란은 터져 나올 것 같은 화를 겨우 참으며 세후에게 따지고 들었다.

"여기까지는 어떻게 오신 거예요?"

"차 타고 왔지. 밖에 차 세워진 거 못 봤어? 이럴 줄 알았으면 내려올 때 같이 올 걸 그랬나?"

세후의 느긋한 소리에 보란은 결국 참지 못하고 팩 소리를 질렀다.

"사장님!"

그러나 보란이 소리를 지르든 말든 세후는 눈 하나 깜짝하지 않았다.

"그러게, 누가 도망가래?"

"아니거든요. 도망 온 거 아니거든요."

분함에 힘주어 꾹 쥔 주먹 위로 아이의 작은 손이 다가왔다.

"누나? 우리가 와서 안 좋아?"

그때서야 세후를 노려보는 눈을 푸는 보란이었다. 한쪽 무릎을 굽히고 우물쭈물 걱정이 가득한 아이의 눈에 눈을 맞추는 그녀의 눈이 따뜻했다.

"당연히 우리 우빈이가 온 건 좋지."

너와 함께 딸려온 너희 외삼촌이 말도 없이 찾아와서 내 뒷목을 잡게 만들어서 그렇지.

하고 싶은 말이 너무도 많았지만 보란은 우빈을 생각해서 참았다.

집 자체가 통풍이 잘돼서 에어컨을 켜지 않아도 선선하긴 했지만 워낙 더운 날씨였더니 뛰어놀던 아이의 이마에는 땀방울이 송골송골 맺혀 있었다.

"우빈이 안 더워?"

"더워."

작은 손으로 부채질을 하며 대답하는 우빈이 귀여운 보란은 땀에 젖은 아이의 머리를 매만지며 일렀다.

"밑에 내려가면 카페가 하나 있는데, 거기 할머니 한 분 계실 거야. 가서 시원한 마실 것 좀 달라고 하면 주실 거야. 가서 마시고 있을래? 누나는 외삼촌이랑 할 얘기가 좀 있어서."

"알았어!"

보란의 말이라면 껌벅 죽는 우빈이 재빨리 밖으로 나갔다.

우빈이 나가자 보란의 눈이 다시 세모꼴로 돌아왔다. 화가 난 그녀의 눈과 달리, 세후는 여전히 즐거워 죽겠다는 눈을 하고 있었다.

느긋하게 팔짱을 끼고 있는 세후가 어찌나 미운지. 보란은 저 번지르르한 세후의 이마를 더도 말고 딱 한 대만 쥐어박았으면 소원이 없을 정도였다. 분명히 사장의 휴가는 8월 중순이었다.

"사장님 휴가는 한참 남았던 걸로 알고 있습니다."

"앞당겼어."

사장은 참 쉽게 이야기했지만, 서울은 지금쯤 난리가 났을 거다. 엉망진창이 된 스케줄을 처리하느라 지금도 고생 중일 것이 분명한 최 실장의 절규가 여기까지 들려오는 것 같았다.

"이러는 법이 어디 있습니까?"

"내가 사장이잖아."

마치 대답하는 폼이 '내가 곧 법인데 무슨 상관?' 하는 것 같았다.

"그러면 어디 해외라도 나가시지 이 촌구석까지, 그리고 이 펜션은 왜 찾아오고 그러십니까?"

"펜션에 왜 왔겠어? 휴가 보내러 왔지. 당신이랑 같이."

세후의 천하태평한 소리에 복장만 터지는 보란이었다. 마음 같아서는 빗자루로 먼지 나게 때리며 내쫓고 싶었지만 실천은 불가능한 일이었다.

한숨을 크게 내쉰 보란은 이 상황을 그냥 단념해버렸다.

"사장님! 아니지. 여기는 회사가 아니고 저는 휴가 중이니까 지금은 사장님 비서가 아니죠. 여기 머무시는 동안 손님이라고 불러드리죠."

안 그래도 그녀가 부르는 사장이라는 소리가 멀게만 느껴졌던 세후는 오히려 그녀의 제안을 반겼다.

"그거 좋네."

"좋아하시지 마시죠? 여기 있는 동안에는 저를 비서처럼 부리실 수 없다는 말이거든요."

"누가 뭐래?"

딴에는 '나 지금 엄청 화났음. 여기 있는 동안에는 비서 안 할 거임.' 하고 잠정 파업을 선포한 건데, 사장은 시종일관 여유만만 했다. 잔뜩 약이 올랐지만 모르는 척, 보란은 쌩하고 뒤를 돌았다.

"손. 님. 더 필요한 거 없으시면 이만 나가 보겠습니다."

"근데 엄 비서?"

"네, 사장님."

부르는 소리에 보란은 자동으로 뒤로 돌며 반응하고 말았다. 그녀의 얼굴로 '젠장, 망했음.' 하는 표정이 스쳐 지나갔다.

'이씨, 이래서 습관이 무섭다니까.'

일 초 전만 해도 비서 안 하겠다고 해놓고 사장이 엄 비서라고 부르는 소리에 재깍 돌아서다니. 보란이 제 머리를 제 손으로 쥐어박았다. 그런 그녀를 보며 세후가 세상에 둘도 없을 것 같은 감미로운 소리로 말했다.

"엄 비서라고 부르지 말라고 했으니 말인데…… 이제부터 보란아 하고 부른다?"

마시멜로처럼 말랑말랑한 그의 말에 보란이 대꾸할 수 있는 말이라곤 없었다.

* * *

"보란아? 방금 사장이 나보고 보란아, 라고 했어?"

별채를 나온 보란은 뒤를 돌았다, 앞을 봤다 했다. 사장이 그녀의 이름을 그리도 부드럽게 부르다니. 딴사람이 사장의 탈을 쓰고 있는 줄 알았다.

생크림 같던 사장의 목소리에 살짝 두근거리던 가슴이 아직도 제멋대로 엇박자로 두근거리고 있었다. 보란이 제 손으로 짝 소리가 나게 제 볼을 때렸다.

"정신 차려, 엄보란! 너는 퍼플이고, 저 남자는 후세라고!"

따가운 손맛에 정신을 차린 보란이 다다다 계단을 내려갔다. 그녀는 펜션 일 층에 있는 카페로 향했다. 펜션에 묵는 사람들뿐만 아니라 이곳을 지나가는 사람들도 잠시 쉬며 차 한잔을 마실 수 있게 마련된 카페는 각자 원하는 차를 타 먹을 수 있게 종이컵과 포트기, 커피 믹스나 녹차 티백 같은 것이 구비되어 있는 곳이었다.

안으로 들어간 그녀는 주위를 두리번거리며 찾을 필요도 없이 너무도 쉽게 창가에서 앉아 있는 혜자와 우빈을 찾을 수 있었다. 바람이 들어오는 창가에 마주 보고 앉은 두 사람은 오늘 처음 만나는 사람치곤 사이가 좋아 보였다.

"할머니! 맛있어요."

"그러냐? 이게 매실이라는 건데 이 할머니가 직접 담근 거야."

"진짜요? 우와. 할머니 왕 대단해요."

타준 매실을 한 방울도 남김없이 다 마신 우빈이 귀여운지 혜자의 얼굴에는 웃음이 만연했다.

세후와 할 말도 끝났으니 우빈을 다시 이 층으로 올려 보낼 작정이었던 보란은 아이를 불렀다.

"우빈아."

"누나! 여기 와서 앉아요."

하지만 그녀를 향해 어서 와 앉으라며 손을 흔드는 우빈 때문에 할 수 없이 그녀가 테이블에 남아 있던 자리에 앉았다.

그런데 보란을 쳐다보는 혜자의 눈빛이 심상치 않았다. 그녀의 눈을 피하며 보란은 괜히 날씨가 덥다며 딴짓을 했다.

"어휴, 날씨가 푹푹 찌네, 쪄."

오히려 눈을 피해 딴짓을 하는 그녀의 행동은 혜자를 더 의심스럽게 만들 뿐이었다.

"너는 왜 이 층 별채에 온 총각이랑 같은 회사 다닌다고 얘기 안 했어?"

"네에?"

어떻게 알았냐는 그녀의 눈빛에 우빈이 자랑스러운 얼굴을 했다.

"누나, 내가 이야기했어."

보란으로서는 우빈이 어디까지 말해서 혜자가 어디까지 알고 있는지 알 길이 없었다.

설마, 그 총각이 자신이 모시는 최종 보스라는 것도 아시나?

"우빈이가 그러는데 두 사람 같은 회사 다닌다면서? 저 총각도 너처럼 비서실에 근무하냐?"

"네에."

아직 그것까지는 모르시는구나. 비서실이나 사장실이나 옆에 붙어 있으니까 비슷하겠지 싶어 보란은 얼버무렸다.

"너는 미리 말을 하지. 방값을 두 배나 안 받았을 텐데."

"안 받긴 왜 안 받아요? 저 총각이 돈이 얼마나 많은데요."

"내가 방값도 더 받았잖니."

"괜찮다는데도 그러시네. 영 미안하시면 식사나 챙겨주세요."

여기까지 따라온 사장에게 방값 좀 더 받는다고 문제가 될 건 없을 것 같았다.

거기다 돌려준다고 해도 받을 사장도 아니었다.

보란은 한사코 반찬이나 더 신경 쓰는 걸로 하면 될 거라며 혜자를 말렸다.

더 낸 돈만큼 맛있는 것을 해먹일 생각으로 혜자가 어느새 자리에서 사라져 카페 한쪽에서 놀고 있는 우빈에게 물었다.

"우빈이 뭐 먹고 싶은 거 있니?"

혜자의 물음에 쪼르르 그녀에게로 뛰어온 아이는 기다렸다는 듯이 속사포로 이야기했다.

"김밥이랑. 고기랑. 잡채랑 케이크랑 아이스크림이랑. 또. 또."

만드는 거야 문제가 아니었지만 집에 우빈이가 말한 것들을 만들 만한 재료가 있을 리가 만무했다. 이왕 해 먹이는 거 제대로 해 먹어야겠다는 생각에 혜자는 손을 걷고 자리에서 일어났다.

"이렇게 된 김에 장이나 좀 다녀와야겠다. 마침 오늘이 오일장이 서는 날이거든."

"오이장? 그게 뭐예요?"

그녀의 말을 듣고 되묻는 우빈이 귀여운지 혜자는 아이의 머리를 쓰다듬으며 천천히 오일장에 대해 설명해줬다.

"호호. 오이장이 아니라 오일장. 시장이 오 일에 한 번씩 문을 여는데 그걸 오일장이라 부르단다. 우빈이가 먹고 싶어 하는 거 다 만들 수 있는 재료도 있고 예쁜 꼬까옷도 있지. 거기 가면 없는 게 없어."

자세한 혜자의 설명은 오일장을 디즈니랜드처럼 탈바꿈하게 만들기 충분했다.

"나도 갈래요!"

두 눈을 반짝이며 우빈은 말했지만 혜자는 안 된다고 타일렀다.

"데려가고 싶지만 너무 멀어서 버스 타고 가야 하는데 힘들어서 안 돼."

혜자의 안 된다는 말에 우빈의 안타까운 시선은 보란을 향했다. 우빈은 혜자와 같이 장에 갈 수 있게 말해달라는 의도였다.

하지만 오히려 보란은 장에 가는 것 자체를 반대했다. 시골이라 버스도 잘 다니지 않는 데다 그마저도 빙빙 둘러서 가는 바람에 시간도 오래 걸렸다.

거기다 더운 날씨에 장을 보고 나서 무거워진 장바구니를 혜자 혼자 들고 올 생각을 하니 당연히 말리게 되는 그녀였다.

"이 날씨에 장에 간다고요? 여기는 버스도 잘 안 오잖아. 그냥 평소대로 있는 걸로 대충 먹어요."

"양심이 있지. 돈을 그렇게 냈는데 우리 먹는 거로 상을 차릴 수야 있나."

"그러면 택시 타고 가요. 내가 택시 불러줄게. 응?"

"택시비 아깝게 뭐하러 그래."

아무리 말려도 소용이 없을 것 같은 혜자 때문에 보란의 머리만 더 아파왔다. 계속 따라가고 싶다는 눈빛을 한 우빈과 안 갔으면 좋겠다는 눈빛을 한 보란을 무시하고 혜자는 장에 가기 위해 자리에서 일어났다.

"할머니, 나도 가면 안 돼요?"

"엄마, 내가 택시 불러준다니까."

마지막으로 다시 이야기했지만 그들의 소리는 혜자에겐 바람 소리보다 못한 소리였다.

밖으로 나가는 혜자를 따라 두 사람도 카페를 나가는데 마침 이 층에서 내려오는 세후와 맞닥뜨렸다. 하마터면 몸이 부딪칠 뻔한 걸 잽싸게 피한 세후가 먼저 혜자를 알아보고 인사를 했다.

"안녕하십니까?"

"어어. 그래요."

세후의 커다란 키 덕에 고개를 위로 올린 혜자가 흐뭇하게 인사를 받았다. 혜자의 뒤에 있던 우빈이 그의 목소리를 알아보곤 앞으로 뛰어나가 세후의 팔에 매달렸다.

"외삼촌! 할머니가 나 시장 못 데리고 간대. 나도 가고 싶은데. 우리도 시장 따라가자. 응?"

앞뒤는 다 잘라먹고 말한 본론에 세후가 나쁜 할머니라고 오해라도 할까 싶었는지 혜자는 자초지종을 설명했다.

"내가 장에 가는데 버스를 타고 가야 되거든. 날도 덥고 버스도 잘 안 오고 해서 안 됐다고 했더니 계속 이러네."

"제 차를 타고 가시죠."

일 초의 망설임도 없이 곧바로 나온 제안.

혜자에게 한 말이었는데 정작 대답을 한 건 뒤에서 조마조마하게 상황을 주시하고 있던 보란이었다.

"안 돼요!"

하지만 그녀의 힘없는 외침 따위는 쉽게 무시됐다. 세후도, 혜자도 심지어 우빈까지도 그녀의 말을 신경 쓰지 않았다.

"아니, 쉬는데 귀찮게 하는 거 같아서."

"아닙니다. 우빈이도 가고 싶어 하는데 구경도 하는 겸해서 제가 모시겠습니다."

"그럴까요, 그럼?"

거절 한 번 않고 옳다구나 하고 세후의 호의를 받아들인 혜자였다.

* * *

세후의 차를 타고 네 사람은 오일장이 열리는 시장으로 가고 있었다. 운전하는 세후 옆에는 보란이 앉고 뒷좌석에는 혜자와 우빈이 사이좋게 앉아 장으로 가는 길이었다.

보란은 끝까지 함께 가지 않으려고 했지만 나머지 사람들의 성화에 어쩔 수 없이 따라가는 중이었다.

예약한 손님들이 올 시간인데 펜션을 지키고 있어야 하는 거 아니냐고 구실도 만들어 내봤지만 저녁 늦게 돼야 도착한다고 연락이 왔다며 만들어 낸 구실마저도 소용이 없게 돼버렸다.

거기다 혜자의 엄명까지 더해져 그녀는 할 수 없이 따라나서야 했다.

'따라나서! 총각이 운전까지 해주는데 짐까지 들게 하는 건 예의가 아니지.'

초면에 차까지 얻어 타고 가면서 이제 와서 예의 타령은.

운전하는 세후도 오일장 구경할 생각에 들뜬 우빈도 시원한 차를 얻어 타고 편하게 장을 볼 수 있게 된 혜자도 모두 제 목적을 이루었으니 만족하는 듯했다.

다만, 휴가까지 따라온 사장 덕분에 짐꾼 노릇하게 생긴 보란의 입만 오리 주둥이만 하게 튀어나와 있었다.

"괜히 초면에 신세 지는 거 아닌가 모르겠네요."

"아닙니다. 그리고 말 놓으십시오."

"그럴까, 그럼? 총각은 이름이 어떻게 되나?"

세후가 대답하기도 전에 우빈이 자랑스럽게 대답했다.

"우리 외삼촌 이름 권세후예요. 그지, 외삼촌?"

"네. 우빈이 말처럼 제 이름은 권세후라고 합니다."

"호호, 얼굴처럼 이름도 잘생겼네."

밖은 보기만 해도 현기증이 나는 햇볕이 내리쬐고 있었지만 시원한 차 안은 우빈의 재롱 덕분에 웃음소리가 끊이질 않았다.

마을 어귀를 나와 달린 차는 목적지인 오일장이 서는 입구 공터 주차장으로 들어섰다. 벌써 전국 각지에서 모여든 장사 트럭 하며 오 일 만에 열리는 장을 찾은 사람들로 인해 마땅히 주차할 곳을 찾을 수가 없었던 차는 주위를 여러 번 돌다 안 되겠는지 다시 멈춰 섰다.

"먼저 내리십시오. 주차하고 따라가겠습니다."

"천천히 가고 있을 테니 얼른 오게."

우빈의 손을 잡고 차에서 내린 혜자가 앞서 걷기 시작했다. 그리고 뒤이어 내린 보란이 앞서 가는 두 사람을 뒤따랐다.

마트는 가봤어도 이런 전통시장은 처음이었던지 우빈이 호기심 가득한 눈으로 두리번거리며 걷고 있었다.

"할머니! 저기 저건 뭐예요?"

"저거? 뻥튀기? 뻥이요, 하는 건데 보고 갈까?"

어디서 구수한 냄새가 난다 했더니 입구 초에서 뻥튀기 장수가 쇳덩이를 열심히 돌리고 있었다.

혜자의 손을 잡고 다가간 우빈을 기다렸다는 듯이 아저씨가 힘차게 소리쳤다.

"뻥이요!"

그 소리와 함께 열이 다 가열된 쇳덩이가 큰 소리를 내며 터졌다. 커다란 소리에 놀란 우빈이 귀를 막고 동그란 눈을 했다.

"우와!"

하얀 연기와 함께 뻥! 하고 터지며 튀어 나온 튀밥이 그물망에 가득했다. 고소한 냄새에 입맛을 다시는 우빈을 본 혜자가 장수에게 맛 좀 봅시다, 하고 갓 나온 튀밥을 한 주먹 쥐어 우빈의 손에 쥐여 줬다.

"입에 맞을라나 모르겠네. 한번 먹어봐."

얼마 되지 않는 튀밥을 한 번에 입에 털어 넣을 수 있었을 텐데 우빈은 조금만 맛을 보고 뒤에 뒷짐 서고 있는 보란에게 남은 전부를 건넸다.

"누나! 이거 완전 맛있어요! 과자 같아!"

귀여운 우빈의 말에 멍하니 뒤에 서서 아직까지도 심통 난 얼굴을 하고 있던 보란의 얼굴이 다 풀려버렸다.

그래, 짐꾼 좀 하면 어떠냐? 어머니가 편하게 장을 볼 수 있게 됐고 우빈이가 저렇게나 좋아하는데.

이왕 이렇게 된 거 보란은 피할 수 없을 바엔 즐기자고 생각을 고쳐먹었다.

"우빈이 말이 맞네. 진짜 맛있네?"

우빈도 보란도 좋아하니 혜자는 다리만 하게 기다란 봉지에 든 튀밥을 한 봉지 샀다.

"내가 요걸로 강정이나 만들어 주마."

혜자가 돈을 지불하자마자 짐꾼인 보란이 커다란 봉지를 건네받았다. 시장에 온 손님들을 반기는 인사 팻말이 보이자 이제 본격으로 시장을 둘러보기 위해 혜자는 우빈의 손을 꼭 잡았다.

"길 안 잃어버리려면 이 할머니 손 꼭 잡고 있어야 해."

"네!"

"자, 들어가 볼까?"

우빈이 껌딱지처럼 혜자 곁에 붙어 시장 안으로 들어갔다. 무게는 얼마 되지 않지만 크기가 큰 봉지를 다시 고쳐 든 보란도 뒤따라가려는데, 뒤에서 누군가 그녀의 짐을 낚아챘다. 설마 장터에 튀밥 소매치기가 있는 건 아닐 테고. 보란이 뒤를 돌아보니 언제 왔는지 세후가 한 손으로 봉지를 들고 있었다.

"내가 들게."

그녀가 들었을 땐 커다란 봉지가 땅에 끌리기라도 할까 싶어 팔을 들어야 했는데, 키가 큰 세후는 그냥 들어도 땅에 끌리기는커녕 커다란 봉지가 작아진 것 같은 느낌마저 들었다.

그래도 짐을 들기로 한 건 그녀였으니 보란은 짐을 달라고 손을 내밀었다.

"제가 들어도 괜찮은데요, 사장님."

말을 하고도 보란은 아차 싶었다. 여기 있는 동안 사장이 아니라 손님이라고 먼저 말한 것도 그녀였으면서. 습관처럼 세후만 보면 제일 먼저 튀어나오는 게 사장님이라는 소리였다.

그런데 세후도 사장이라는 소리가 듣기 싫었나 보다.

"여기 사장이 어디 있어?"

"네?"

"당신이 말했던 것처럼 여기 사장 권세후는 없어. 지금 여기에는 당신의 관심을 바라는 남자 권세후만 있을 뿐이야."

"……."

남자 권세후라니, 보란은 세후의 이름 앞에 붙는 호칭으로 '사장님'을 빼고는 생각해본 적이 없었다.

장난으로 치부하기엔 전혀 거짓을 찾을 수 없는 그의 얼굴에 보란의 눈은 굳을 대로 굳어버렸다.

* * *

헨젤 근처에 있는 분식집에는 스케줄 정리라는 전투를 장렬히 치르고 이른 저녁을 먹기 위해 기준과 수아가 마주 앉아 있었다.

"이걸로 되겠어요?"

수아는 대답 대신 젓가락을 기준에게 건넸다.

"왜요? 분식 안 좋아해요?"

아니, 기준의 입맛은 까다롭지 않았다. 약속도 하나 지키지 못했건만 찾아와서 앓던 골칫거리까지 해결해준 은인에게 대접하는 메뉴가 너무 약소했기 때문이었다.

"더 비싸고 좋은 걸로 드셔도 되는데. 칼 들고 식사하는 하는 곳 같은 데 말입니다."

제일 먼저 나온 김밥 하나를 입에 넣고 수아가 대꾸했다.

"저는 이게 더 좋아요. 칼 들고 식사하는 곳 같은 데는 영 거북해서."

대답하는 수아의 얼굴이 찡그렸다 펴졌다. 정말 그런 곳은 안 맞는다는 표정이었다. 기준이 피식 웃었다. 자신이 아는 여자들과는 다르다. 지금껏 알고 지내는 여자들이라 해도 비서실 식구들이 전부이지만. 부하 직원인 정은의 경우만 해도 비서실 회식을 하게 되면 장소는 대부분 조용하고 분위기 있는 레스토랑을 고집했다.

"다른 여자분들은 조용하고 분위기 있는 곳을 좋아하던데……."

잠시 젓가락질을 멈칫하는 것 같던 수아가 다시 김밥 하나를 입으로 넣었다.

"그런 곳은 대화하면서 편하게 웃고 떠들 수가 없잖아요."

하긴, 수아와 있을 때 기준은 쉴 틈이 없다. 수아가 즐겁게 떠드는 이야기를 듣거나 수아의 끊임없는 질문에 대답을 하고 있었으니까.

"그런데 한 번쯤은 가봐야겠어요."

기준이 반문했다.

"네에?"

"다른 여자들이랑은 다 가봤다는 거잖아요. 그러니까 다음에 기회가 생긴다면 나도 기준 씨랑 한 번은 그런 곳에 가봐야겠어요."

왠지 '전에 다른 여자들과 그런 곳에 많이 가봤나 봐요?' 하고 질책하는 것 같았다.

삐죽거리며 수아가 말을 이었다.

"다만, 교양도 없는 제가 교양 있는 척 조용하게 밥만 먹을 수 있을지는 장담 못 하겠네요."

한 손으로 이마를 짚으며 생각만으로도 난감하다는 수아의 얼굴에 기준은 웃어버리고 말았다.

"잘됐네요. 저도 여럿이서만 가봤는데 다음번에는 수아 씨랑 단둘이 가면 되겠네요. 정식 데이트 겸 해서."

"컥컥."

기준이 수락할 거라고 전혀 예상 못 했던 수아가 사레에 걸려 기침을 해 댔다.

"괜찮아요?"

기준이 내민 물로 놀란 속을 진정시킨 수아가 웃었다.

"좋아요."

"네?"

"기준 씨랑 간다면 어디든 좋을 것 같다고요."

얼굴을 분홍빛으로 물들인 채 그의 눈을 빤히 쳐다보며 하는 말은 기준을 당황시키기 충분했다.

"흠흠."

정작 거침없는 그녀의 눈빛에 헛기침을 하는 이는 기준이었다.

"주문하신 즉석 떡볶이, 떡라면 나왔습니다."

마침 시켰던 음식들이 하나둘씩 나와서 망정이지, 안 그랬으면 기준이 얼굴을 붉혔을지도 모를 일이다.

"먹죠."

한참 잘 먹고 있는데 조금의 침묵도 허락하지 못한 수아가 물었다.

"그런데 보란이 잡으러 간 권토커 아니, 권세후 씨 숙소가 어디예요? 거기 주위에 보란이네 펜션 말고는 마땅한 숙소가 없을 텐데?"

"안 그래도 마땅한 곳이 없어서 보란 씨네 펜션을 숙소로 잡았어요. 그것도 어렵게 잡았다니까요. 예약이 꽉 찼다고 해서 두 배 쳐드린다고 하고 별채? 하여튼 거기로 잡았어요."

"오호, 그래요?"

라면을 한 젓가락 후루룩 한 수아가 곰곰이 생각하더니 또 물었다.

"혹시 어머니께 권세후 씨가 사장이라는 소리는 했어요?"

"아니요. 너무 경황이 없어서……. 보란 씨와 아는 사이라는 소리도 안 했는데요? 보란 씨가 모시는 사장님이라고 말할 걸 그랬나요?"

수아가 급하게 젓가락으로 엑스 자를 만들었다.

"아니요! 말 안 한 게 신의 한 수였어요. 만약 그 소리 했다면 지금쯤 권세후 씨 머리카락은 하나도 남아나지 않았을걸요?"

"왜요?"

보란의 어머니에게 권세후 사장은 딸을 괴롭히는 천하의 몹쓸 사장 놈이었다. 보란에게 들었던 말을 많이 순화해서 이야기해보면 이랬다.

"보란의 어머니께서 말씀하시길 '내가 그놈의 사장 만나는 날에는 머리
털을 전부 뽑아 버리겠다!'고 하셨다죠?"

* * *

"외삼촌! 누나!"

멀리 리어카에 물건을 놓고 파는 아저씨 앞에서 혜자와 우빈이 두 사람
을 기다리고 있었다. 느릿느릿 걸어오는 둘을 보다 못한 우빈이 얼른 오라
고 보채기 시작했다.

"아이 참, 빨리 와."

세후가 먼저 도착했고 그와 나란히 걸을 수 없어 그의 그림자만 밟고 따
라온 보란도 연이어 도착했다. 쪼그려 앉은 혜자가 어린이용으로 나온 검정
고무신을 우빈의 발에 맞는지 신겨보고 있었다.

우빈이 세후를 올려다보며 자랑했다.

"할머니가 나 신발 사주신대!"

"안 그려셔도 됩니다."

"아니야. 고무신을 한 번도 신어본 적이 없다고 해서 내가 하나 사주려고."

계속 세후가 괜찮다고 사양했지만 쇠심줄보다 질기다는 혜자의 고집을
꺾을 순 없었다. 돈은 세후가 내려고 했지만 '그러면 선물이 아니지.' 하는
말에 세후는 도로 돈을 집어넣을 수밖에 없었다.

"우빈아, 고맙습니다, 해야지?"

"고맙습니다."

"호호, 그래. 예쁘게 신어야 한다."

"네에!"

배꼽인사까지 하며 인사하는 우빈이 대견한지 혜자는 에누리도 하지 않

고 고무신값을 쳐줬다. 신고 있던 좋은 운동화를 그 자리에서 벗어버린 우빈은 검정 고무신을 신고 시장 구석구석을 누빌 준비를 했다.

우빈이 혜자의 손을 꼭 잡았다.

"나온 김에 찬거리 좀 넉넉하게 사서 가야겠다."

혜자는 어디 피난이라도 떠날 작정인지 엄청난 양의 식재료를 사들이고 있었다. 신선한 야채부터 돼지고기, 생선, 과일, 기본적인 반찬거리까지 잔뜩 산 혜자가 이번에 들린 곳은 자주 들린다는 식료품 점이었다.

우빈이 좋아한다는 잡채와 어묵 볶음을 만들어 주기 위해 당면과 어묵을 사려고 들린 차였다.

그런데 식료품집 앞에서 혜자와 세후가 실랑이 중이었다.

"제가 내겠습니다."

"아니 이 사람이, 내가 방값도 많이 받고 해서 밥이나 해주려고 이러는데 자네가 전부 계산하면 어쩌나."

이것까지 하면 벌써 다섯 번째 실랑이다. 혜자가 뭐라도 집기만 하면 세후가 계산을 하는 통에 혜자는 돈을 꺼낼 겨를도 없었다.

"우빈이 고무신도 사주셨지 않습니까?"

혜자가 사는 반찬 재료들이랑 만 원밖에 안 하는 고무신이랑 셈이 될 리가 없었다.

"밥까지 해주시는데 재료 정도는 제가 사야죠."

두 사람이 하는 양을 보고 있던 가게 주인이 너스레를 떨었다.

"사윗감인가 보죠? 참 자상하네요. 좋으시겠어요."

뒤에 뒷짐을 지고 물러서 있던 보란이 아니라고 해명하기도 전에 혜자가 나섰다.

"이 사람도 참. 아니야. 우리 딸 회사 동료야. 그리고 할 줄 아는 거라곤 쥐뿔도 없는 내 딸에 비하면 이 총각이 아깝지."

가게 주인에게 말을 정정하며 혜자가 우스갯소리로 세후에게 물었다.

"안 그런가, 세후 총각? 우리가 애먼 총각 장가길 막는 소리 하고 있지 뭔가?"

하지만 세후는 웃자고 한 소리에 죽자고 진지하게 대답했다.

"장가길 막힌다고 해도 저는 괜찮을 것 같습니다."

세후로서는 괜찮은 정도가 완전 땡큐지.

"……."

순간 가게 주인도, 농을 했던 혜자도, 보란도 침묵했다.

저도 모르게 튀어나온 진심에 세후는 얼른 어색해진 분위기를 수습했다.

"어머님같이 좋으신 분의 따님이라면 저를 한번 맡겨도 되지 않겠습니까?"

"호호. 세후 총각. 그런 소리도 할 줄 아나? 참."

전부 저 기분 좋으라고 농을 한 거라고 혜자는 치부해버렸다.

하지만 보란은 두 손 가득 검은 비닐을 들고 넉살 좋게 대답하는 세후가 낯설었다. 군말 없이 따라다니며 짐꾼 노릇에 돈까지 다 지불하는 사장이 다르게 보인다.

'혹시 딴사람인 거 아니야?'

겁도 없이 보란은 눈앞에 보이는 세후의 팔을 꼬집었다.

"왜?"

"제가 아는 분 맞는가 싶어서요. 이렇게 넉살이 좋으신 분이신 줄 몰랐습니다."

"나도 오늘 처음 알았어. 그리고 이렇게라도 당신 주변을 흔들어 놔야지."

"무슨?"

"당신이 안 흔들리니까, 당신 주변이라도 흔들어야 할 거 아냐."

보란의 입이 쩍 벌어졌다. 그러니까 아까 실없는 농담으로 치부했던 말들은 전부 진심이었다. 복잡한 시장처럼 그녀의 마음이 복잡해졌다. 하지만 그것도 잠시, 애써 고개를 흔드는 것으로 보란은 복잡해진 심정을 털어내 버렸다.

혜자의 시장 투어는 계속됐다. 더울 뿐만 아니라 후덥지근한 날씨에 세후의 이마에서 땀이 흘러내리고 있었다. 보다 못한 보란이 그의 짐을 나눠 들려고 손을 내밀었다.

"이리 주십시오."

"이 정도는 괜찮아."

쉴 새 없이 물건을 사들이던 혜자도 땀이 흐르는 세후를 발견했는지 잠시 쉬어 가자고 했다.

"날도 더운데 우리 콩국수나 한 그릇 하고 가는 게 어떤가?"

대답은 들어보지도 않고 앞장선 혜자는 복작이는 시장 골목으로 향했다.

"내가 또 콩국수 기똥차게 하는 데를 알고 있거든."

혜자가 데리고 간 식당은 앉을 수 있는 테이블이 세 개가 전부인 전형적인 시장 식당이었다. 마침 다 먹고 일어나는 테이블로 부리나케 달려가 자리를 잡은 혜자가 큰 소리로 일행을 불렀다.

"여기야, 여기. 어서 와. 여기 콩국수는 처음이지?"

다들 자리에 앉기가 무섭게 각자 앞에 수저를 놓아준 혜자가 세후를 향해 엄포를 놨다.

"이건 무조건 내가 사는 거야. 알겠지?"

마음이야 그가 지불하고 싶었지만 이번만은 세후도 혜자의 뜻대로 그러겠다고 고개를 끄덕였다.

역시나 빨리 먹고 빨리 일어나야 하는 시장 식당의 특성상 자리에 앉기가 무섭게 콩국수가 나왔다.

"먹자."

"우와, 맛있겠다."

국수는 먹어봤어도 콩국수는 처음이라는 우빈은 맛있다며 얼굴에 면발을 묻혀가며 열심히도 먹었다. 국수에 곁들여 나온 거라곤 오이와 계란밖에 없었지만 국산 콩을 갈아 만들었다는 콩국수는 시원했고, 무엇보다 고소하고 진한 국물 맛이 일품이었다.

"어때? 먹을 만하지?"

"네, 맛있습니다."

세후도 입에 맞는지 별소리 없이 곧잘 먹었다. 시장에 오면 여기 콩국수는 무조건 먹고 간다는 혜자의 그릇은 벌써 바닥을 보이고 있었다.

그녀의 급한 성격을 따라 국물까지 한 번에 들이켠 혜자는 제일 빨리 다먹은 그릇을 내려놓고 다른 이들이 다 먹기를 기다리는 중이었다. 다른 사람들이 먹는 것을 멀뚱멀뚱 구경만 하는 것이 심심했던 혜자가 뜬금없이 세후에게 물었다.

"세후 총각이 우리 보란이랑 같은 사무실에서 근무한다고?"

입에 넣은 국수를 급하게 삼킨 세후가 얼른 대답을 했다.

"네? 네. 같이 일하긴 하는데……."

시종일관 인자하던 혜자의 얼굴이 무섭게 변했다.

"그럼 그 사장이라는 놈도 알겠네?"

국수 먹다 말고 혜자가 무슨 소리를 하나 조마조마하게 주시하고 있던 보란이 놀라 혜자를 불렀다.

"엄마!"

"깜짝이야. 얘가 왜 큰 소리야. 비서실에서 같이 일한다면서. 그러면 당연히 사장이라는 놈을 알 거 아니야?"

보란의 얼굴이 시한폭탄을 안고 있기라도 하는 듯 안절부절못하고 있었다.

입사 초기, 회사 생활이 너무 힘들었던 그녀가 딱 한 번, 혜자에게 전화한 적이 있었다. 제정신이었다면 절대로 어머니께 걱정을 끼칠까 봐 하지 않았을 전화였지만 그놈의 술이 문제였다. 술만 취하면 아무 데나 전화 거는 그녀의 술버릇은 그날 또 뜬금없이 빛을 발했다.

　-밤늦게 네가 웬 전화냐?

　"흐흐흑, 어머니."

　다 커서도 하던 버릇을 고치지 못하고 '엄마'로 부르는 딸이 어머니라니. 혜자는 밤늦게 전화한 제 딸이 제정신이 아님을 빠르게 파악했다.

　-이게 술 마시면 곱게 누워 잘 것이지. 만날 아무 데나 전화야, 전화가.

　"어머니, 펜션 일손은 부족하지 않으십니까?"

　-그건 또 왜?

　"저를 직원으로 써주십시오."

　-잘 다니고 있는 회사를 때려치우고 이 시골에 처박혀 있겠다고?

　"네. 그곳에서 어머니 일도 도우면서 글을 쓰겠습니다."

　술에 취한 주제에 발음은 정확했고 꼬박꼬박 존댓말이니, 혜자는 애가 일부러 이러는 건 아닌가 의심마저 드는 상황이었다.

　-이게 진짜, 네가 한석봉이냐, 글은 무슨 글을 써.

　혜자의 단호함에 보란은 수화기를 잡고 울먹였다.

　"으아앙. 사장이 나 엄청 괴롭힌단 말이야!"

　사회 초년생들 중 회사 생활이 안 힘든 이가 누가 있겠냐마는 자식이 힘들다는데 마음 편한 어미는 아무도 없을 것이다.

　"……."

　그 소리로 끝으로 술에 취한 보란은 전화기를 붙잡고 정신을 잃었다.

　딸의 술주정 전화에 한숨도 자지 못한 혜자는 다음 날 보란에게로 전화를 걸어 말했지.

　-사장이 얼마나 어떻게 괴롭히는데? 이 엄마가 너희 회사 찾아가서 왕년에 성질 한번 휘둘러야겠어?

아직도 숙취와 잠에서 헤어 나오지 못하고 이불 속에만 있던 보란이 벌떡 일어났다.

"아니야, 엄마. 내가 술에 취해서 그냥 한 소리였어. 회사 잘 다닐 거야. 아주 거기에다 뼈를 묻으려고."

-그래. 잘 생각했다. 요즘 그만한 회사 들어가기가 어디 쉬운 줄 알아?

"어. 그러니까."

-그래도 혹시라도 또 괴롭히면 사표 써가지고 너랑 나랑 같이 그 사장놈한테 가자.

"엄마도 같이?"

-너도 그만두는 판에 내가 못 할 게 뭐냐? 그 사장이란 놈의 머리털을 죄다 뽑아서 내 짚신이나 만들어 버리려고.

"하하."

조금은 우스운 혜자의 엄포에 보란이 한바탕 웃어버리는 것으로 그날의 소동은 마무리가 됐다. 그 후로는 그에 대한 이야기는 일절 꺼내지 않으시더니, 갑자기 무슨 바람이 불었는지 모를 일이었다.

그리고 그 죽일 사장놈을 눈앞에 두고 있는 이 상황은 그야말로 일촉즉발의 상황이었다.

"엄마도 참. 옛날 얘기는 왜 꺼내고 그래."

보란이 혜자의 팔을 잡고 말려도 봤지만 한번 물어보면 끝장을 보는 그녀에게는 소용이 없는 일이었다.

혜자의 눈빛에 젓가락질을 멈춘 세후가 대답했다.

"네, 알고 있습니다."

"그 사장이라는 놈이 그렇게 얘를 괴롭혔다면서?"

놀란 보란이 얼른 아니라고 부정했다.

"아니라니까. 그런 적 없어."

"시끄러, 이것아. 네가 전에 나한테 전화해서 질질 짜면서 그랬잖아. 회사 그만두면 안 되냐고."

"내가 언제! 지금 완전 잘 다니고 있잖아."

보란이 세후의 눈치를 살피며 혜자의 말을 재빨리 부정했지만 세후의 표정은 굳어만 갔다.

"그때 그만두지 말고 참아보라는 내 말 듣기를 잘했잖아."

"알겠어요. 그러니까 엄마, 이제 그만해요."

보란의 단호한 음성에 그제야 입을 다무는 혜자였다.

세후가 비서실에서 같이 근무하는 걸로만 알고 있는 혜자는 앞에서 국수를 먹는 총각이 그 사장 놈이라는 건 전혀 예상도 못하고 있는 것 같았다.

그러니 이런 소리를 막 하는 거지.

"알았어, 이것아. 세후 총각, 신경 쓰지 말고 얼른 먹어요."

다시 국수를 먹기 위해 세후가 젓가락을 들었지만 남아 있던 국수는 줄어들 생각이 없어 보였다.

아무 말 없이 젓가락만 움직이는 그를 흘끔거리며 보는 보란의 국수도 마찬가지였다.

그렇게 조용하게 상황이 마무리되는 줄 알았더니, 다시 혜자가 세후를 보며 묻는 말.

"그런데 그 사장이란 놈 설마 대머리는 아니지?"

"엄마!"

"아이고, 귀야. 알겠어. 안 물어보면 되잖아."

우빈과 세후, 그리고 그녀까지 해서 셋이 어울리는 것이 조금은 편해졌다고 생각했는데 다시 어색한 기류가 세후와 보란 사이를 흐르기 시작했다.

16화. 더 이상 그가 무섭지 않다

시장 다녀오기가 무섭게 혜자의 저녁 준비가 시작됐다.

탁탁탁. 치익치익.

복작되며 음식을 준비하던 소리는 해가 산으로 넘어가고 어두컴컴해지자 사그라졌다.

"저녁 다 됐다. 밥 먹읍시다!"

오늘의 저녁은 혜자가 제일 자신 있어 하는 고등어조림을 비롯해 우빈이 먹고 싶다고 했던 잡채까지 푸짐하게 차려졌다.

저녁이 다 돼서야 펜션에 도착한 손님들에게도 넉넉하게 만든 음식들을 나눠줬고, 우빈과 세후는 저녁을 같이 먹자며 혜자가 따로 집으로 불러들였다.

"차린 게 많으니까 꼭꼭 씹어 먹어요."

맛있겠다며 눈을 반짝이는 우빈이 우렁차게 대답했다.

"네! 할머니. 나 두 그릇 먹을 거예요."

"그래, 듣던 중 반가운 소리다."

그렇게 식사가 시작됐다. 간간이 이것저것 권하는 혜자의 말을 제외하곤 조용한 식사였다. 벌써 국수가 다 소화됐는지, 아니면 혜자의 음식솜씨가 좋아서인지는 몰라도, 우빈은 밥 두 그릇을 뚝딱하고 세후도 밥 한 그릇을 뚝딱 해치웠다.

그리고 식사를 마친 세후가 혜자에게 넌지시 말했다.

"잘 먹었습니다. 그리고 내일부터 저희 식사는 신경 쓰지 않으셔도 됩니다."

"남자 둘이서 밥을 해먹을 수나 있어? 매일 차 타고 나가서 사먹을 건 아니지 않는가. 우리 먹는 거에 숟가락만 얹으면 되니까 신경 쓰지 마."

혜자의 말대로 세후 혼자라면 몰라도 우빈이 문제였다. 세후는 식사비용이라도 지불하겠다고 했지만 혜자는 비싼 방값에 다 포함된 걸로 하겠다며 더는 말도 꺼내지 말라고 했다.

한쪽에서는 시끄러운 식사가 또 다른 한쪽에서는 찍소리도 없는 이상한 식사 시간이었다.

"할머니, 잘 먹었습니다."

"오냐."

식탁은 한바탕 식사하고 난 뒤라 어수선하고 지저분했다. 잠시도 이런 난장판은 두고 보지 못하는 성미인 혜자가 보란을 불렀다.

"보란아, 상부터 치워라."

"네."

식탁을 치우러 보란이 일어나자 세후도 덩달아 일어났다. 치우는 것을 도와줄 모양새 같았다. 치우는 건 두 명이면 됐지 세 명까지는 필요 없으려니 싶어 혜자는 치우려던 손을 거둬들였다.

"잘 됐네. 둘이 좀 치워. 나는 우빈이랑 티비나 보고 있을 테니까."

혜자가 우빈을 데리고 주방을 나가고 두 사람은 한마디의 대화도 없이 상을 치웠다.

주방은 간간이 부딪치는 식기 소리만 달그락달그락 들려올 뿐이었다. 말

없이 싱크대에 선 세후가 설거지를 시작했다.

행주로 식탁을 닦고 나니 할 일이 없어진 보란이 설거지가 끝날 때까지 세후의 등만 쳐다보고 있었다. 굳어 있는 그의 등이 화가 난 것처럼 보여 그녀는 쉬이 그의 곁으로 다가갈 수조차 없었다.

'엄마는 괜한 말을 해가지고는. 이 험악한 분위기 어쩔 거야.'

그의 굳은 얼굴에 말을 붙이는 것 자체가 힘들어 보란은 그 시간을 침묵으로 흘려보냈다.

한마디의 대화도 없이 설거지를 마치고 거실로 나왔을 땐 텔레비전에서는 영상만 나올 뿐 소리는 나오지 않고 있었다.

화면만 켜져 있는 텔레비전 앞에는 우빈이 혜자의 무릎을 베고 잠이 들어 있었다. 더워서 잠이 깰까 혜자는 아이에게 부채질을 해주고 있었다.

"많이 피곤했던 모양이야. 금방 잠이 들어버리네."

세후가 누워 있던 우빈을 안아 들었다.

"이만 가보겠습니다."

조심히 세후에게 우빈을 넘겨준 혜자가 멀뚱히 서 있는 보란에게 일렀다.

"손이 부족할 테니 네가 따라가서 문이라도 열어주고 와."

혜자의 분부대로 세후를 따라나선 보란이 우빈이 벗어놓은 고무신을 들고 현관문을 열었다.

별채 문을 열고 들어간 보란은 얼른 우빈을 눕힐 수 있게 재빠르게 이불을 꺼내 바닥에 깔았다. 조심히 우빈을 이부자리에 내려놓은 세후가 얇은 이불까지 잘 덮어주곤 방문을 닫고 나왔다.

눈을 마주쳐도 아무 말도 없는 세후만 보고 있던 보란은 집으로 돌아가지 못하고 망설였다. 전에 커피 사건에서도 느꼈지만 사과는 타이밍을 놓치면 안 된다. 지금 이야기하지 않으면 다시는 기회가 오지 않을 것만 같았다.

마음의 준비를 마친 보란이 우물쭈물하며 입을 뗐다.

"있죠. 사장님…… 오늘 엄마가…… 하신 말씀은……."

정말 죄송하다고 사과하려는데, 정작 사과의 말은 그녀가 아닌 세후에게서 먼저 나왔다.

"미안해."

"네에?"

잘못 들은 줄 알았다. 그가 잘못한 게 뭐가 있어서 사과를 하는지 그녀는 도통 알 수가 없었다.

눈을 들어 그의 눈을 마주한 보란은 그의 눈에서 진심을 읽을 수 있었다. 그는 진심으로 미안해하고 있었다.

낮고 무거운 세후의 음성이 다시 들려왔다.

"미안하다고."

대체 뭐가 미안하다는 건지 전혀 감을 잡지 못한 보란은 그에게 이유를 물을 수밖에 없었다.

"사장님이 왜요?"

"내가 당신을 힘들게 했잖아. 분명히 말하지만 절대로 그러려는 의도는 아니었어."

그의 사과라니. 그에게서 사과를 받을 수 있을 거란 생각은 단 한 번도 해본 적이 없었다. 그도 그럴 것이 그녀에게도 책임이 있었던 일이었기에. 그녀가 일만 제대로 잘했다면 세후는 절대로 화를 내지 않았을 거다.

"아닙니다. 제가 입사 초기에는 많이 미숙해서 실수도 많이 했고 사장님께서 충분히 화내실 만하셨습니다."

잠시 머뭇거리며 주먹이 쥐었다 폈다 하던 세후의 손이 보란의 볼 위로 닿았다. 볼에 닿는 뜨거운 온기에 보란이 움찔했다.

"왜 나는 당신에 대한 감정을 이리 늦게 깨달았을까? 처음부터 당신을 알아봤어야 하는 건데……."

"……."

얼굴에 닿은 그의 손을 뿌리치고 달아나야 하는데 그럴 수가 없었다. 그녀를 바라보는 그의 눈빛이 그녀를 그 자리에 있게끔 붙잡고 있어서, 그녀의 얼굴에 닿은 그의 손이 미세하게 떨리고 있어서, 도저히 달아날 수가 없었다.

귀뚤귀뚤.

멈춰진 두 사람 사이로 깊어가는 밤을 알리는 시계 같은 귀뚜라미 소리만 일정한 간격을 두고 들려왔다. 세후의 눈빛을 피해보고자, 어색해진 이 분위기를 바꿔보고자 보란은 이 상황과는 전혀 어울리지 않는 과장된 웃음을 터트렸다.

"하하하! 천하의 권세후 사장님께서 갑자기 사과라니요."

정신을 차리고 겨우 그에게서 떨어져 한 발자국 뒤로 물러선 보란의 얼굴이 티 하나 없이 순진무구하고 말겠다.

그게 또 예뻐 보였다.

나름 진지하고 심각한 상황인데 세후는 피식 웃음이 나오려 했다.

'이러니 당신을 좋아할 수밖에.'

자연의 소리만 가득한 시골 밤은 잠을 이룰 수 없게 할 뿐만 아니라 생각이 많아지게 했다. 지나간 일들을 후회하는 게 얼마나 어리석은 일인지 그는 너무도 잘 알고 있었다. 그래서 지나간 일 따위에 미련을 갖거나 후회할 바에는 아예 생각을 하지 말자는 게 그의 철칙이다.

그런데 오늘은 안 하려 해도 안 할 수가 없었다.

'질질 짜면서 회사 그만두고 싶다고 했잖아.'

국수를 먹다 말고 혜자가 했던 그 말이 아직도 그의 가슴 어딘가에 걸려 내려가지 않았다. 얼마나 힘들었으면 울면서 혜자에게 그런 말을 했을까 생각하니 세후는 시간을 되돌리고만 싶었다.

그럴 수만 있다면 그녀를 처음 만난 순간부터 새롭게 시작할 수 있을 텐데. 만약 처음으로 돌아갈 수만 있다면 첫눈에 이 여자를 알아보고 말 테다. 일 초도 망설이지 않을 거고, 매 순간을 쓸데없는 자존심과 자만들로 아까운 시간들을 낭비하지 않을 거다.

세후는 보란을 첫눈에 알아보지 못한 그게 못내 후회가 됐다. 그의 늦은 자각이 한없이 후회가 됐다.

'미안해.'

한참을 고민하고 어렵게 꺼낸 말이었는데. 세후의 무거웠던 마음은 정작 그녀의 웃는 눈 하나에 풀려버리고 말았다.

"미안하다고 하는데 좀 진지할 수 없어?"

다시 본래의 얼굴로 돌아온 세후가 정말 못 말린다는 듯이 보란을 응시했다. 그제야 제 것이 아닌 것처럼 두근거리던 심장도 조금 진정이 되는 보란이었다.

"사장님도 사과할 줄 아시네요?"

그의 어깨를 툭 치며 가볍게 말하는 보란을 어이없게 쳐다보던 세후의 얼굴이 짓궂게 변했다.

싹 바뀐 얼굴의 세후가 보란에게로 한 발자국씩 다가갔다. 더 이상 도망갈 수 없게 벽에 부딪힌 그녀를 팔 안에 가둔 그의 눈빛이 깊었다.

"그래서, 내 사과 받아주는 거야?"

그의 단단한 팔 안에 갇힌 보란은 꼼짝 없이 그의 사과를 받아줘야 할 모양새였다.

"당연히 받아드려야죠. 두 손 모아 공손하게 받겠습니다."

"그래? 그러면 이제부터는 나를 제대로 봐주는 건가?"

벽을 짚고 있던 그의 팔이 접히고 그의 얼굴이 그녀에게로 점점 가까이 다가오고 있었다. 긴장으로 몸에 잔뜩 힘이 들어갔다.

'이러다 또 저번처럼 키스하는 거 아니야?'

보란이 손으로 제 입을 막았다.

강렬하게 부딪쳐 오는 그의 시선을 피한 그녀가 겨우 손 사이사이로 말을 이었다.

"사장님이 하는 거 봐서요."

잡히려고 하면 또 이리 빠져나가는 보란을 보는 세후의 어깨가 김빠진 콜라처럼 처졌다.

하지만 그것도 잠시, 번쩍 고개를 들어 다시 그녀의 얼굴을 쳐다보는 세후의 얼굴은 백 번이고 도전하겠다는 의지가 담겨 있었다.

"내가 어떻게 하면 되는 건데?"

수직적이기만 했던 세후와 그녀의 관계를 수평적으로 바꾸려면 가장 먼저 그녀가 해야 할 일은 그에 대한 거부감을 없애는 것이 아닐까?

"화도 안 내시고 무섭게 안 하신다면 한번."

"알겠어."

그녀는 화도 안 내고 무섭게 안 하신다면 한번 생각은 해보겠다는 말을 하려고 했다. 그런데 세후는 '정말 그거면 되는 거지?' 하며 그녀에게서 멀어졌다.

"다시는 화도 안 내고 무섭게 하지 않을게."

다짐하듯 말하는 세후의 얼굴이 비장하기까지 했다.

* * *

여름 해는 일찍도 떠서 보란을 깨웠다. 간밤에 한숨도 못 잔 탓에 눈이 뻣뻣하고 피곤했다.

어젯밤, 세후가 했던 말이 계속 귓가를 맴도는 바람에 그녀는 쉬이 잠에

들 수가 없었다.

"하아."

오늘 하루 종일 마주치게 될 세후를 어떻게 대해야 할지 그게 제일 걱정이었다. 마주치면 무슨 말을 먼저 해야 할지 그의 얼굴을 쳐다볼 수나 있을지.

무거워진 몸을 일으킨 그녀가 이부자리를 정리하고 방을 나섰다. 이른 시간임에도 주방에선 아침을 준비하는 혜자의 분주한 소리가 새어 나왔다.

안으로 들어가 보니 식탁에는 벌써 아침 준비가 끝나 있었다. 반찬을 담은 접시를 식탁에 놓을 요량으로 돌아서다 보란을 발견한 혜자가 그녀에게 일렀다.

"이제 일어났어? 가서 세후 총각이랑 우빈이 아침 먹으러 오라고 해라."

하지만 보란은 대답도 없이 선뜻 움직이지 못하고 머뭇거렸다. 멍하니 서 있기만 하는 보란을 보다 못한 혜자가 다시 독촉했다.

"얼른 안 가고 뭐 해? 지금까지 자고도 잠이 덜 깬 거야?"

"깼어. 가요. 가."

혜자의 독촉에 마지못해 현관문을 나서는데 그녀의 걸음이 점점 느려졌다. 별채까지 기껏해야 열 걸음, 그 짧은 거리가 마라톤 경주 코스처럼 길게만 느껴졌다.

문 앞에 도착해서도 두드리지 못하고 그녀는 한참을 서성였다.

'잘 잤어요? 이건 너무 사적으로 들리는 것 같으니 패스. 평안히 주무셨습니까? 이건 또 너무 비서 같나? 그럼 절충해서 잘 주무셨습니까? 이게 나으려나?'

보란은 그를 만나게 되면 아무 일도 없었던 것처럼 지극히 평범한 아침 인사를 하자고 마음먹었다. 떨리는 손에 힘을 주고 겨우 문을 두드리려는데 안에서 벌컥 문이 열렸다.

"좋은 아침."

문을 열고 나온 세후에게서는 어젯밤의 흔적 같은 건 찾아볼 수 없었다. 그녀만 잔뜩 긴장하고 있었던 거였다.

누구는 한숨도 못 잤는데 그의 얼굴은 잘 자고 난 티가 났다. 푸석한 그녀의 얼굴에 비해 광채까지 나는 그의 얼굴이 얄미웠다.

"아침 식사하시랍니다."

톡 쏘듯 말하고 그대로 돌아서려는데, 세후의 손이 그녀의 팔목을 붙들고 돌려 세웠다.

"뭐가 이리 급해. 잘 잤어?"

방금 남성 잡지를 찢고 튀어나온 것 같은 그의 얼굴이 바짝 그녀에게로 다가왔다.

두근, 또다시 그녀의 가슴이 살짝 요동쳤다.

그것도 잠시, 세수도 안 했다는 사실을 깨달은 보란이 다른 한 손으로 얼굴을 가렸다. 세후가 피식 웃더니 그녀의 머리를 작게 헝클었다.

"얼굴이 부은 것도 같고."

잘생겼다는 말 취소. 두근거렸던 심장도 원상 복귀시키기.

'내 얼굴이 왜 부었는데요. 다 사장님 때문이라고요!'

전에는 좋아한다고 해서 숱한 밤을 지새우게 하더니 어제는 또 미안하다는 말로 잠도 설치게 만드는 세후가 약이 올랐다. 이럴 줄 알았으면 화내지 않고 무섭게 하지 않기에다 놀리지 말기도 추가시키는 거였는데.

놀리는 그의 말에 새침하게 쏘아붙이고 돌아서는 보란이었다.

"아침이나 먹으러 건너오십시오!"

빠른 걸음으로 돌아서 가는데 그의 웃음기 섞인 말이 그녀의 뒤로 따라붙었다.

"예쁘다고. 부은 것도 예쁘다고."

"……!"

잠시 멈칫하던 그녀의 발이 더 빨라졌다. 얼굴을 가리고 도망가는 그녀의 얼굴은 손톱에 들인 봉숭아물처럼 붉게 물들어 있었다.

현관문을 열고 집 안으로 들어온 보란은 주방이 아닌 욕실로 뛰어 들어갔다.

"보란아, 저게 어디 가? 수저 좀 놓으라니까."

소리치는 혜자의 소리가 들렸지만 보란은 그녀의 말대로 식사 준비를 도울 정신 같은 건 없었다. 욕실 문을 걸어 잠근 보란은 문에 한참을 멍하니 기대서 있었다.

'심장은 또 왜 이렇게 뛰고 난리야. 미쳤어.'

붉어진 얼굴을 감추기 위해 연신 찬물을 끼얹었다. 하지만 한번 열이 오른 얼굴은 나아질 기미가 보이질 않았다.

보란이 화장실에 들어가 있는 동안 현관문으로 우빈이 뛰어 들어왔다.

"할머니!"

혜자의 말을 못 들은 척했던 보란과 달리 우빈은 단번에 혜자에게로 달려와 안겼다.

"밤에 좋은 꿈꾸고 잘 잤어? 어디 불편한 데는 없었고?"

까치집을 한 머리를 긁적이며 우빈이 활짝 웃더니 배꼽에 손을 얹고 고개를 숙이며 아침 인사를 했다.

"네, 할머니도 평안히 안녕히 주무셨어요?"

고작 몇 살 되지도 않은 아이가 하는 애어른 같은 말이 신기한지 혜자가 놀란 눈을 했다.

"아니, 그런 말은 어디서 배웠어?"

"우리 집 아주머니가 가르쳐주셨어요. 아침에는 이렇게 인사하는 거라고."

"그래?"

기특하다며 우빈의 엉덩이를 토닥이던 혜자가 국 식겠다며 얼른 식탁에 앉기를 권했다.

혜자의 옆에 딱 붙어 앉은 우빈을 필두로 세후까지 자리에 앉았지만 욕실로 들어갔던 보란은 여전히 깜깜무소식이었다.

결국 얘가 뭐 하냐며 혜자가 큰 소리를 냈다.

"엄보란! 얘가 화장실에서 여태 안 나오고 뭐 해? 변기에 빠지기라도 했나?"

욕실에서 보란의 대답이 들려왔다.

"아니야! 나가요."

혜자의 재촉에 연신 마른세수만 하다 나온 보란의 머리가 물에 젖어 있었다.

보란까지 세후의 옆자리에 앉으니 아침 식사가 시작됐다. 진수성찬이었던 어제저녁과 비교해서 간단한 식사 차림이었지만 콩나물국은 시원했고 갓 무친 나물들도 아삭하고 향긋했다.

밥을 먹다 말고 혜자가 권씨네 남자들의 일정을 물었다.

"세후 총각은 오늘 계획이 어떻게 되나?"

"별다른 계획은 없습니다."

세후의 말에 혜자는 마을을 질러 흐르는 근처 계곡을 추천했다.

"밥 먹고 요 밑에 계곡에도 한번 갔다 와야지. 여기까지 와서 물놀이도 안 하고 가면 쓰나."

물놀이라는 소리에 우빈이 흥분해서 엉덩이를 들썩였다.

"물놀이? 외삼촌 물놀이 가자! 응? 누나도 갈 거지?"

보란이 쉬 대답하지 못하고 망설이는데 혜자가 그녀 대신 대답했다.

"휴가라고 와서 계곡에 발도 한 번 못 담그고 가면 되나. 보란이 너도 같이 다녀와."

그제야 세후가 혜자의 말대로 하겠다고 고개를 끄덕였다. 물놀이할 생각에 들떴는지 우빈이 국에 만 밥을 얼른 다 먹고는 다시 밥그릇을 내밀었다.

"할머니, 밥 더 주세요!"

그런 우빈의 먹성은 혜자를 기쁘게 하기에 충분했다.

"우빈이 잘 먹네."

"진짜 맛있어요, 할머니."

"그래, 많이 먹어야 쑥쑥 크지."

우빈의 그릇에 밥을 더 담아준 혜자가 이번에는 세후에게 물었다.

"어떻게, 먹을 만한가?"

"네, 맛있습니다."

세후도 이것저것 해서 잘 먹고 있었다. 그런데 그의 옆에 앉은 보란은 애꿎은 밥만 젓가락으로 찌르고 있었다.

보다 못한 혜자가 한 소리를 하고 말았다.

"너는 왜 이렇게 못 먹어? 아까부터 얼굴도 빨간 게 어디 아파? 이 여름에 감기라도 걸린 거야?"

찬물 세수를 그리 했는데 아직도 얼굴이 빨간가 보다. 보란이 열이 식을 줄 모르는 얼굴을 손으로 매만졌다.

"아니야. 아프기는……."

혜자가 딸이 좋아하는 반찬을 앞으로 내밀어 줬지만 역시나 먹는 게 영 신통찮았다.

"왜 입맛이 없어? 점심때는 네가 좋아하는 오이냉국 해줄 테니까 아침은 이거 해서라도 먹어라. 응?"

혜자가 한 술이라도 더 뜨라며 그녀를 타일렀다.

"아니야, 귀찮게 오이냉국은 무슨. 먹을게요."

먹고 있다며 보란은 억지로 밥을 입으로 집어넣었다. 밥그릇으로만 향해 있던 그녀의 시선이 옆으로 향했다.

"……!"

'괜찮아?'

식탁 아래에서 몰래 그녀의 손을 잡은 그의 손이 묻고 있었다. 놀라서 작게 저항도 해봤지만 그녀의 손을 움켜잡는 그의 힘은 더 강해질 뿐이었다. 아무 일도 없다는 듯 그는 한 손으로 다시 밥을 먹기 시작했다.

이렇게 예고도 없이 훅 들어오는 건 반칙이다.

화내고 무섭게 하지 않기.

놀리지 않기.

거기다 자기 맘대로 손잡지 않기도 추가다.

와락 올라온 열기에 보란의 볼이 열병에라도 걸린 듯 더 빨갛게 달아올랐다. 하지만 그녀는 손을 놓지 않았다. 더 이상 그가 무섭지가 않다. 손에 닿는 그의 손의 감촉이 생각했던 것보다 좋아서 보란은 차마 그의 손을 뿌리칠 수가 없다.

그리고 그대로 그의 손에 잡혀 있는 것밖에 그녀가 할 수 있는 건 없었다.

* * *

펜션에서 계곡으로 향하는 시골길은 여름 햇살이 닿은 푸른 나뭇잎이 무대 조명처럼 반짝이고 있었다. 허리에 튜브를 차고 검정 고무신을 신은 우빈이 어서 가자며 보란의 손을 잡아당겼다.

"누나! 빨리 가. 빨리."

"어어, 우빈아, 천천히 가. 넘어져."

앞서 가는 두 사람의 뒤를 세후가 따르고 있었다.

얼마쯤 걸었을까? 혜자가 알려준 계곡이 시야에 들어왔다.

세 사람 중 제일 먼저 계곡을 발견한 우빈이 소리쳤다.

"물이다. 물!"

길 옆으로 길게 흐르는 계곡은 산꼭대기에서부터 굽이굽이 휘어져 흘러 내리고 있었다. 올 때마다 지나가면서 얼핏 본 적은 있었지만, 이렇게 물놀이를 위해 직접 찾아와 보기는 보란도 처음이었다.

인근에 사람도 별로 없는 데다 이른 시간이었더니 계곡은 조용했다.

어서 들어가자며 발을 동동 구르며 그녀를 잡아끌던 우빈은 재빨리 아래로 내려갔다. 발목까지 오는 풀들을 지나고 크고 작은 자갈들이 깔려 있는 곳까지 지나, 드디어 보이는 물을 향해 우빈이 뛰어가고 있었다.

"우빈아, 조심해."

울퉁불퉁한 돌에 걸려 넘어지기라도 하면 어쩌나 싶어 보란이 아이의 뒤를 쫓아 뛰어갔다. 그대로 물로 뛰어 들어가려는 우빈을 붙잡고 준비 운동이라며 스무 번의 팔벌려뛰기를 시킨 보란이 그제야 우빈이 물에 들어가는 것을 허락했다.

"누나, 물고기가 헤엄치고 있어!"

우빈의 말대로 계곡은 바닥을 헤엄치는 작은 물고기들이 보일 정도로 깨끗했다. 검정 고무신을 신은 작은 발이 물속으로 침범하자 작게 떼를 지어 놀고 있던 물고기들이 순식간에 흩어졌다.

"진짜네? 우리 나중에 어홍 하고 물고기 잡아서 먹을까?"

"안 돼. 얘네는 아기잖아."

짐짓 보란이 잡아먹으려고 흉내를 내자 우빈이 손까지 저으면 안 된다고 보란을 말렸다. 생선은 그렇게 잘 먹으면서, 새끼 물고기를 위하는 게 귀여워 웃음이 나왔다.

"다리부터 천천히 물을 적시고."

보란이 알려준 대로 발부터 물을 적시던 우빈이 시원한 물의 유혹을 참지 못하고 그 자리에 그대로 앉았다 일어났다. 아이가 차가운 온도에 눈을 질끈 감더니 부르르 몸을 떨었다.

"으히히. 시원해."

흠뻑 젖고 나니 더 이상 꺼릴 게 없어진 우빈은 그대로 물속으로 들어갔다. 튜브를 허리에 차고 물에 둥둥 뜬 아이는 시원한 물속에서 물장구를 치기 시작했다.

"히히. 진짜 재밌다!"

"재밌어?"

보란의 물음에 대답하는 대신 우빈이 밖에 서서 구경만 하고 있는 그녀를 불렀다.

"누나도 들어와. 응? 얼른 들어와."

"누나는 됐어."

물에 들어가지 않고 적당한 자리를 찾아 앉은 그녀는 물에 발만 담그고 있었다.

"더운데 안 들어갈 거야?"

언제 왔는지 윗옷을 벗으며 세후가 물었다. 여기가 수영장도 아니고, 계곡물에 들어가는데 옷은 왜 벗는 건지.

'저, 저 어깨 봐라. 어깨 깡패다.'

딱 벌어진 어깨를 받치고 있는 탄탄한 상체는 세후가 얼마나 자기 관리에 철저한지 확인시켜주고 있었다. 몇 번을 봤으니 면역력이 생길 만도 한데 보란의 얼굴은 또 마른 장작이 되어 화르륵 타올랐다.

붉어진 얼굴을 들키지 않으려 서둘러 눈을 돌리며 그녀가 자리에서 일어났다.

"우빈이가 부르네요? 어서 들어가 보십시오. 저는 수박이나 좀 물에 넣고 오겠습니다."

"기다려. 내가 할게."

"아닙니다. 제가 하겠습니다."

기어이 세후의 손길을 거절하고 일어난 보란은 엉거주춤 수박을 들고 일어났다.

그리고 계곡 아래, 수박을 담가둘 만한 장소로 향했다.

"외삼촌! 얼른 들어와."

우빈이 보채는 소리에 세후는 할 수 없이 물에 들어갔다. 하지만 그의 눈은 멀어져 가는 보란을 따라다니고 있었다.

짧은 다리로 물장구를 쳐봤지만 제자리에 머물러 있던 게 우빈은 분했나 보다. 세후가 들어오기 무섭게 우빈이 그의 팔을 붙잡고 하고 싶었던 것을 맘껏 이야기하기 시작했다.

"외삼촌. 저쪽으로 가자."

우빈이 말하는 대로 튜브에 달린 줄을 끌고 움직이는 세후였다. 오른쪽으로 갔다가 왼쪽으로 갔다가, 우빈이 타고 있는 튜브가 배처럼 이리저리 떠다녔다.

그리고 세후는 우빈에게 혹시나 있을 사고에 대해 인지시키는 것을 잊지 않았다.

"우빈아, 깊은 곳으로 가지 말고 이 주위에서만 놀아야 해. 알겠지?"

"응!"

튜브에 몸을 맡기고 유유자적 물에 떠 있는 우빈의 얼굴이 세상을 다 가진 것같이 행복한 얼굴이었다. 더 속력을 붙이고 싶었던 아이가 물을 튀기며 물장구를 쳤다.

그런데 잠시 후, 하도 세게 치다 보니 어느 순간 발이 허전했다.

"내 신발!"

신고 있던 검정 고무신이 벗겨져 물 위를 떠다니고 있었다. 옆에서 우빈을 주시하고 있던 세후가 손을 뻗었지만 간발의 차로 신발은 점점 더 밑으로 물길을 따라 떠내려가고 있었다.

"어어. 누나 쪽으로 간다! 보란이 누나. 내 고무신!"

우빈이 큰 소리로 계곡 아래쪽에 발을 담그고 있는 보란을 불렀다. 멍하니 앉아 있다 벌떡 일어난 그녀가 떠내려 오는 신을 잡으러 물속으로 헐레벌떡 들어갔다.

"우빈아, 누나가 주워줄게. 내가 주울게요."

말이 끝나기 무섭게 보란이 고무신을 향해 첨벙첨벙 발을 옮기는데, 차가운 물이 몸을 적시며 위로 올라오고 있었다. 계곡 주위는 물이 얕은 대신 중앙은 깊이가 꽤 있는지 신발이 있는 곳으로 다가갈수록 물이 점점 위로 올라왔다.

깊이가 더 깊어지면 포기하고 나갈 생각이었던 보란은, 물이 가슴 아래까지 닿는 물 깊이를 확인하고 고민했다. 아직까지는 괜찮은 것 같고, 가슴 위로 물이 올라오면 포기하고 돌아가려고 했던 것이다.

조금만 더, 드디어 한 발자국만 더 가면 고무신을 잡을 수 있을 것 같았다. 조심스럽게 한 발자국 더 발을 내딛는데, 와락 발이 빠지는 느낌이 들었다.

"아악!"

바닥을 받치고 있던 돌이 빠지면서 움푹 파인 웅덩이 때문에 바닥에 발이 닿질 않았다. 다시 뒤로 돌아가려고 발을 움직여도 봤지만 꽤 깊은 웅덩이였는지 벗어날 수가 없었다.

"엄보란!"

"누나!"

그녀를 부르는 두 남자의 소리가 들리는 것도 같았다. 얼굴까지 물이 닿는 느낌이 들었다. 눈도 뜰 수가 없었고 입으로 코로 물이 들어와 숨을 쉴 수가 없었다.

수영을 할 줄 모르는 보란이 힘껏 발을 버둥거리고 팔을 허우적대봤지만 헛수고였다.

"푸하! 살, 살려주세요."

지푸라기라도 잡고 싶었지만 손에 잡히는 게 없었다. 절로 살려달라는 소리가 나왔다.

"으아아앙. 누나!"

멀리서 크게 우는 우빈의 소리가 들려왔다. 물 표면을 들어갔다 나왔다 하다 보니 더 이상 몸에 힘이 들어가질 않았다.

여기서 이렇게 허무하게 죽을 수도 있겠구나 싶어 덜컥 겁이 났다. 사람을 구하는 게 아니라 고무신을 구하다 죽는구나 싶었다.

"엄보란!"

세후가 물보라를 일으키며 헤엄쳐 그녀에게로 다가오고 있었다. 그리고 점차 의식을 잃어갈 때 그의 팔이 그녀에게 닿았다.

단단한 팔이 그녀의 목을 잡아드는 느낌이 들었다.

그리고 그녀를 데리고 헤엄을 쳐 밖으로 나오고 있었다.

'살았다!'

다행히 의식을 잃지 않았지만 보란은 쉬이 눈을 뜰 수가 없었다. 놀란 건 둘째치고 고무신을 구하러 들어갔다가 물에 빠진 게 부끄러워서.

세후가 보란의 어깨를 흔들기 시작했다.

"엄보란, 정신 좀 차려봐!"

하도 세게 흔드니까 보란의 눈이 저절로 살짝 떠졌다 감겼다.

물에서 뛰어 나온 우빈이 튜브를 낀 채로 그의 옆에 주저앉아 격하게 소리쳤다.

"외삼촌! 얼른 뽀뽀해. 뽀뽀해야 살지."

"뽀뽀? 아, 인공호흡? 아무래도 그래야겠지?"

우빈의 말대로 세후가 정신을 잃은 머리를 젖히더니 입을 맞췄다.

"……!"

보란의 몸이 뻣뻣하게 굳어갔다. 의식을 잃은 사람이라고 치기엔 그녀의 몸은 너무 의식 하고 있었다.

인공호흡이라기에는 너무 길고 깊은 입맞춤. 거기다 공기가 느껴지는 게 아니라 물컹한 것이 느껴졌다. 그러니까 이건 인공호흡을 빙자한 딥 키스였다.

'아까 살짝 눈 뜬 걸 본 거야. 그러니 이러지.'

숨이 차 더는 그의 키스를 견디기가 힘든 보란이 번쩍 눈을 뜨고 몸을 일으켰다.

"후아! 일부러 그러신 거죠?"

번들거리는 입술을 닦으며 웃는 세후가 일부러 그랬음을 굳이 말하지 않아도 알 수 있었다.

"그러게 사람 걱정하게 왜 정신 잃은 척하고 있어."

세후가 그녀의 상태를 확인하며 물었다.

"몸은? 괜찮은 거야?"

"네에."

다행히 물을 많이 마신 것도 아니었고 세후가 빠르게 구해주는 바람에 큰일이 날 뻔한 걸 무사히 넘겼다.

하지만 믿지 못하겠다는 듯 보란의 몸 구석구석을 살피며 그녀가 괜찮은 걸 확인한 세후의 눈이 그제야 무섭게 변했다.

"거기를 들어가면 어쩌자는 거야!"

"물이 그렇게 깊을 줄은 몰랐어요."

힘없이 대꾸하는 보란을 보는 세후의 음성이 더 커졌다.

"수영도 못하면서. 어쩜 그렇게 무모해!"

일부러 물에 빠지려고 빠진 것도 아니고 안 그래도 물에 빠졌다 나온 사람에게 다짜고짜 소리를 치는 세후가 야속해 보란의 음성이 한없이 작아졌다.

"안 그래도 반성하고 있으니까 너무 화내진 마요."

"흐어엉. 외삼촌 누나한테 화내지 마. 내가 고무신을 잃어버리는 바람에……. 어엉!"

누나가 잘못되기라도 하면 어쩌나 옆에서 잔뜩 겁에 질려 있던 우빈이 보란이 괜찮다는 걸 확인하고 엉엉 울기 시작했다. 그녀가 물에 빠진 게 다 자기 때문이라 자책하는 우빈을 얼른 달래야 했다.

보란이 우는 얼굴을 닦아주며 아이가 안심할 수 있게 웃었다.

"누나 아무렇지도 않아. 그리고 이건 우빈이가 잘못한 게 아니라 누나가 잘못한 거야."

"흐흑, 진짜?"

"그래. 진짜."

그제야 화가 난 음성이 두 사람을 무섭게 했다는 것을 알아버린 그의 얼굴이 자책으로 물들었다. 눈도 못 마주치고 있는 보란을 보는데, 세후의 마음이 울컥했다.

다시는 느끼고 싶지 않은 공포였다. 이렇게 쉽게 당신을 잃을 수도 있겠구나 싶어 두려웠다고, 당신을 잃는다는 건 자신이 감당할 수 있는 수준의 두려움이 아니라고, 그리 말해야 하는데 그게 안 됐다.

말 대신 세후가 보란을 와락 끌어안았다.

"당신이 어떻게 되기라도 하면 나는 어쩌라고……. 당신은 정말."

"죄송해요."

그녀를 끌어안은 그의 품이 따뜻했다. 그의 맨가슴에 쭉 안겨 있던 보란에게로 그의 심장 소리가 닿았다.

쿵쿵쿵.

이렇게 뛰어도 될까 걱정될 정도로 빠르게 뛰고 있었다.

입은 거짓을 말할 수 있지만 심장만큼은 거짓말을 하지 못한다고 했다. 그의 품에 안긴 보란은 다시금 세후의 진심을 확인한다.

이대로 안겨 있는 게 불편해질 즈음 보란이 벗어나려고 작게 움직였다. 하지만 그러면 그럴수록 그녀를 더 세게 끌어안은 세후였다.

"저 아무렇지 않은데 놔주시면 안 될까요?"

"가만있어."

"그래, 누나 가만있어. 놀랐을 때는 이러는 거야."

한술 더 떠 우빈이까지 세후의 편을 들었다. 기분이 안 좋은 일이 있거나, 무서운 꿈을 꾸고 나면 언제나 세후가 안아줬다며 기분을 낫게 하는 데는 이게 최고라며 우빈이 계속 세후에게 안겨 있게 했다.

시간이 좀 지나자 미친 듯이 쿵쾅대던 보란의 심장이 차츰 제 속도로 뛰기 시작했다. 동시에 그녀가 무사한지 확인하기 위해 그녀를 품에 안고 한참을 있던 세후의 심장도 제 속도를 찾아갔다.

그제야 빼꼼 얼굴을 들어 세후를 응시하는 보란이었다.

"근데 화 안 내신다고 하지 않았어요?"

"시끄러. 이건 예외야. 그리고 서울 올라가면 무조건 수영부터 배워."

무슨 수영이냐고 됐다고 말하려던 보란의 입이 꾹 다물어졌다. 이 상황에서 그런 말을 했다간 수영을 배우는 것에서 끝날 게 아니라 개인 구조대원을 붙이고 돌아다녀야 할지도 모를 일이었다.

더 이상 물놀이가 계속될 수 있을 리가 없었다. 세 사람 모두 놀란 가슴을 쓸어내리며 그늘이 진 나무 밑 자리를 차지하고 앉아 휴식을 취했다.

"저 신경 쓰지 말고 노셔도 되는데……."

"시끄러."

한마디로 그녀의 입을 닫히게 하는 세후였다. 두 남자는 그녀를 지키는 보디가드처럼 양옆에 붙어서 떨어지지 않았다.

결국 세 사람은 먼발치에 보이는 계곡을 구경만 했다. 뜨겁고 나른한 날씨에 보란의 손을 꼭 잡고 그녀의 무릎에 누워 있던 우빈이 졸기 시작했다. 많이 놀랐을 우빈을 편하게 재울 필요가 있었기에 보란이 먼저 돌아가자고 했다.

"돌아갈까요?"

점심시간이 다 돼서야 자리를 털고 일어난 세 사람은 펜션으로 연결된 길로 들어섰다. 세후가 울다 지쳐서 잠든 우빈을 등에 업고 있었다.

"이리 와."

등 뒤에 업힌 우빈을 한 손으로 받치고 세후는 다른 한 손으로 그녀를 끌어다 기어이 손에 깍지를 꼈다. 우빈이까지 업고 불편해서 안 된다고 보란이 말렸지만 소용이 없었다.

"불안해서 안 되겠어. 손이라도 잡고 있어야지."

손을 꼭 잡고 그녀의 작은 보폭에 맞춰 걷던 세후의 입에서 무거운 음성이 흘러나왔다.

"아까 화내서 미안해. 다시는 화 안 내겠다고 약속했는데 그게 잘 안 되네."

보란의 얼굴이 아니라고 작게 움직였다.

그가 불같이 화를 내는데 전과는 달랐다. 하나도 무섭지가 않았다.

'보호받는 것 같아. 소중하게 여겨지는 것 같아.'

세후는 더 이상 그녀에게 거부감을 일으키는 존재가 아니었다.

그리고 조금은 편해진 그를 힐끔거리는 보란의 얼굴이 조금 상기되어 있었다.

17화. 마음이 흔들리고 있다

늦은 밤, 도저히 잠이 오지 않아 뒤척이던 보란은 조용히 집을 나섰다. 그리고 살금살금 계단을 내려온 후 일 층 난간에 자리를 잡고 앉았다.

서울에 있을 때는 하늘 한번 쳐다볼 여유도 없었던 것 같은데 이곳의 고요한 적막은 없던 여유도 만들어 낸다.

그녀가 고개를 들어 밤하늘을 올려다봤다. 별이 보이는 하늘을 보는 게 얼마 만인지. 깜깜한 검은 하늘에 박힌 노란 점박이 별들은 넋을 잃고 볼 만큼 아름다웠다. 불어오는 여름 바람에 절로 눈이 감겼다.

얼마 동안 하늘을 쳐다보고 있었을까?

"뭐 해?"

적막을 뚫고 들려온 소리에 하늘을 향해 눈을 감고 있던 보란의 눈이 떠졌다.

"……!"

밤하늘을 배경으로 떡하니 주인공처럼 자리한 세후의 얼굴.

난데없이 그의 얼굴이 코앞에 있었다. 주머니에 손을 넣고 그녀를 내려다

보고 있었다.

"하늘 구경하고 있습니다."

"눈을 감고?"

뒤에 서 있던 세후가 보란의 옆으로 와 앉았다.

"눈으로 한번 보고 눈을 감고 봤던 걸 쭉 생각하고…… 그런 거죠."

그녀의 감상법이 웃기기라도 한지 그는 피식 바람 소리를 냈다.

나란히 앉은 두 사람은 아무 말이 없었다. 다시 보란의 눈은 하늘을 향했다. 그리고 세후의 눈은 자동적으로 하늘 위가 아닌 옆으로 향했다.

옆의 시선을 느끼고 고개를 돌린 그녀의 눈과 세후의 눈이 맞닥뜨렸다.

그의 눈이 웃는다.

이제 그녀를 향하는 그 눈빛이 꽤 편해져서 보란은 피하지 않고 같이 마주한다.

"별 구경은 안 하고 뭐 하십니까?"

여전히 그녀에게서 시선을 거두지 않은 세후가 말했다.

"내가 보고 싶은 거 구경하고 있었지."

"……."

어두움과 고요함. 그리고 이 주위에는 오직 두 사람만 있다.

보란의 심장이 또 제멋대로 움직이기 시작했다. 두근두근하고, 뛰는 가슴을 들키는 건 아닌가 싶어 그녀는 입고 있던 카디건을 단단히 여몄다.

뚝뚝.

갑자기 얼굴로 물방울이 떨어지기 시작했다. 물방울이 떨어지는 하늘로 고개를 올리기가 무섭게 비가 쏟아졌다. 예고도 없이 불쑥 찾아온 여름밤의 소나기였다.

쏴아악 퍼붓는 물줄기에 보란이 벌떡 일어났다.

"어? 소나기다."

비를 피할 생각도 않고 그녀는 팔을 벌린 채 비를 맞았다. 옷을 적실 만큼 내리는 빗줄기에 세후도 자리에서 일어났다. 아이처럼 좋다고 비를 맞고 있는 보란을 보는 세후의 눈빛이 걱정으로 물들었다.

"계속 이러고 있을 거야?"

하지만 보란은 마냥 비를 맞는 게 좋았다. 시원했고 청아함마저 느껴졌다. 서울에서는 미세먼지다 뭐다 걱정만 가득해서 절대로 하지 못했을 일이었다.

"네. 내키지 않으시면 사장님은 들어가세요."

비를 맞고 있는 보란을 두고 세후가 들어갈 수 있을 터가 없다. 그는 입고 있던 점퍼를 벗어 보란의 머리 위에 씌웠다.

"괜찮은데……. 사장님 입으세요."

보란이 세후의 팔을 밀어냈지만 그녀의 얼굴을 적시는 비를 막는 팔은 꿈적도 않는다.

"근데, 왜 자꾸 사장님이야?"

이 상황에서 그게 거슬리나 보다. 작게 미소 지은 보란이 답한다.

"사장님을 사장님으로 부르지 뭐라고 할까요?"

"호칭이라면 많잖아?"

작게 고개를 꺄우뚱하던 보란이 그를 부를 만한 것들을 열거하기 시작했다.

"우빈이 외삼촌? 보스? 아니면 ……후세?"

그녀의 입에서 나오는 것들이 마음에 들지 않은지 세후가 그녀의 말을 막았다.

"차라리 이름을 불러."

"에이, 제가 감히 어떻게 사장님 이름을……."

사장의 앞에서 건방지게 그의 이름을 입에 올릴 날이 올 거라 생각해본 적은 없었다. 근데 한번 불러보고 싶기도 했다. 언제 또 이런 기회가 올까 싶어서.

"정말 그래도 돼요?"

세후의 눈이 그렇다고 대답했다. 떨리는 목을 가다듬고 보란이 그의 이름을 불렀다.

"권세후. 세, 세후야?"

그녀의 목소리로 담아낸 그의 이름이 이리도 좋을 수가. 보란의 얼굴 위를 드리우고 있던 점퍼를 보란의 머리로 씌운 세후가 보란의 얼굴로 자유로워진 손을 올렸다. 비에 젖어 온기를 잃었던 뺨이 그의 손에 의해 열기가 돌기 시작했다.

"좋네."

무엇이 좋다는 건지 생각하는 보란의 눈이 이리저리 굴러다녔다.

"......!"

그러다 한순간 눈이 그대로 정지했다. 그녀를 향한 감정들을 참지 못한 세후가 입을 맞춰왔기에.

놀라 굳어 있는 그녀의 입술을 그의 입술이 세심하게 매만졌다. 긴장감이 사라지고 풀어지는 그녀를 놓치지 않고 단단히 붙잡은 세후가 더 깊게 입을 맞췄다.

촉촉한 보란의 입술에선 소나기가 섞인 청아하고 시원한 맛이 났다. 맛볼수록 더 갈증이 이는……. 그래서 세후는 더 멈출 수가 없었다.

그를 밀어내지 못하고 주먹을 말아 쥐고 있던 보란은 속으로 핑계를 댔다.

'이 소나기가 멈출 때까지만이야. 그때까지만…….'

투투투툭, 뚝뚝뚝.

거침없이 물줄기로 내리던 비가 물방울로 변했고 비는 자취를 숨겼다.

예고도 없이 찾아왔던 소나기는 그리 예고도 없이 돌아갔다.

소나기가 그칠 때까지만, 일 것 같던 두 사람의 키스는 계속되고 있었다.

이 소나기가 끝날 때까지라고 카운트다운을 하고 있는 보란이었지만, 세고 있던 숫자를 잊어버린 지 오래였으니까.

* * *

회사에서 일을 할 때는 일주일이 그리도 느리게 가더니만, 놀고먹고 했던 일주일의 휴가는 빨리도 지나갔다.

내려올 때는 혼자 내려왔지만 다시 올라갈 때 보란은 우빈과 세후와 함께 올라가기로 했다. 혜자가 버스를 타고 간다는 보란을 뜯어말린 것이다. 어차피 같은 서울에 살면 같이 올라가면 되지 뭐하러 고생해서 버스를 타고 올라가냐고 무조건 같이 가라고 밀어붙이는 바람에 할 수 없이 그렇게 됐다.

"타고 갈 차도 있겠다. 이참에 아주 잘됐어."

혜자가 작정하고 짐을 꾸리고 있었다. 전에는 반찬 같은 걸 싸주고 싶어도 버스를 타면 짐이 무거워 안 된다고 자제했지만 오늘은 달랐다. 혜자의 정성이 세후의 트렁크를 가득 채웠다.

"세후 총각이랑 우빈이 것도 따로 챙겼어."

"안 그러셔도 되는데 감사합니다."

"물에 빠져 죽을 뻔한 내 딸도 구해줬는데 이 정도 반찬쯤이야."

또 저 소리다. 남아 있던 휴가 내내 들었던 소리였다. 보란이야 혜자가 걱정할까 봐 그 일에 대해 입도 뻥긋하지 않았고 세후 역시 그녀가 말하지 않는데 굳이 나서서 말하진 않았다.

하지만 자다가 일어나 계곡에서 잘 놀고 왔냐는 혜자의 물음에 있었던 모든 일을 낱낱이 고해바친 우빈 덕분에 보란은 그날 혜자의 무서운 잔소리를 면치 못했다.

'할머니, 누나가 내 고무신 구한다고 물에 들어갔다가 빠졌어. 근데 외삼촌이 푸아푸아 헤엄쳐 가서 누나 구했어요. 그리고 외삼촌이 왕자님처럼 누나한테 뽀뽀하니까 누나가 짠! 하고 깨어났어.'

'이게 다 무슨 날벼락 같은 소리야? 보란이 너 물에 빠질 뻔했나? 개 헤엄도 못 하는 게 고무신 구한다고 물에 뛰어 들어갔나?'

그 후로도 잊을 만하면 그 이야기를 꺼내며 세후 총각이 네 목숨을 구했다고 잘하라고 강조하는 혜자였다. 그녀는 세후가 꽤 마음에 드는 눈치였다.

물론, 세후가 딸을 울린 못된 사장이라는 걸 알게 된다면 생명의 은인에서 죽일 놈이 될 테지만.

보란은 끝까지 그 사실을 이야기하진 않았다.

왜냐?

그럴 일은 없겠지만, 혹시나 저기 저 두 사람의 우정에 금이 갈까 싶어서였다.

헤어짐을 앞둔 우빈과 혜자는 이별이라도 하는 연인처럼 절절했다. 저렇게 절절한데 괜히 긁어 부스럼을 만들 필요는 없다고 생각해 입을 꾹 다물고 있었다.

이제 출발할 시간. 아주 영영 못 만날 사람처럼 우빈과 혜자가 작별 인사를 했다.

"할머니 우빈이 보고 싶어 어쩌지?"

"할머니, 제가 자주자주 전화도 하고 그럴게요."

겨울방학 때 다시 오겠다고 혜자와 새끼손가락까지 걸고 약속을 한 우빈은, 한참을 혜자의 품에 안겨 있다 겨우 발을 돌려 차에 올랐다.

"할머니, 꼭 전화할게요!"

차가 출발하고 나서도 펜션 앞에서 손을 흔들고 있는 혜자가 보이지 않을 때까지 손을 흔들었다.

펜션이 있는 마을을 나와서 하동 시내를 지나 고속도로로 진입하는데 차가 밀리기 시작했다.

"생각보다 오래 걸리겠어."

앞에는 멈춰 있는 차들이 길게 줄을 서 있었다.

"뻥튀기 있어요! 옥수수 빵 있어요! 군밤 있어요!"

꼼짝없이 차에만 앉아 있는데 도로 위에 정지되어 있는 차 사이로 어떤 남자가 왔다 갔다 하며 장사를 하고 있었다. 뒷좌석에 가만히 앉아 있던 우빈이 창밖에 보이는 익숙한 과자를 보곤 손을 번쩍 들었다.

"저거 시장에서 할머니랑 먹었던 '뻥이요'다."

밀리는 차 때문에 무료하게 창밖을 보고 있던 보란도 차 사이를 왔다 갔다 하며 창문으로 문을 두드리는 장수를 발견했다.

"맞네. 뻥튀기 아저씨가 여기까지 오셨네? 신기하다. 그지?"

"신기하긴. 출장 왔나 보지."

뻥튀기 출장이라니. 누가 회사 사장 아니랄까 봐.

세후의 나름 일리 있는 말에 보란이 웃음을 터뜨리고 말았다.

"참 못 말리십니다."

늦은 아침 겸 빠른 점심으로 밥 먹고 나온 지 얼마 되지도 않았는데 시장에서 먹었던 뻥튀기가 꽤 인상에 남았는지 우빈이 마침 그들이 타고 있는 차를 지나가려는 아저씨를 보곤 흥분해서 소리쳤다.

"외삼촌! 우리 저거 먹자."

차는 꽉 막혀 꽤 오랫동안 도로에 갇혀 있어야 할 것 같았다. 마침 입이 심심했던 세후가 고개를 끄덕였다.

"그럴까?"

세후가 창문을 내리고 지나가는 뻥튀기 장수를 불러 세우려는데 보란이 그의 팔을 잡고 말렸다.

"잠시만요. 엄마가 심심할 때 먹으라고 만들어준 쌀강정 있어요."

"그래?"

뒤로 돌아 뒷좌석에 실려 있던 커다란 쇼핑백을 뒤진 보란이 혜자가 직접 만든 쌀강정을 꺼내 들었다. 꽉 묶여 있던 매듭을 풀자 차 안에 고소하고 달콤한 냄새가 퍼져 나갔다.

"자, 우빈이 먼저 하나."

가장 먼저 우빈의 손에 쌀강정을 하나 들려준 보란은 옆에 앉아 운전대를 잡고 있는 세후에게도 강정을 하나 건넸다.

그런데 세후는 멀뚱멀뚱 그녀의 손을 쳐다보기만 했다. 먹을 생각이 없나?

"안 드실 게예요?"

"아니, 먹을 거야."

다시 보란이 손에 든 강정을 권했다. 하지만 당연히 먹을 거라던 세후는 미동 없이 그녀를 바라보기만 했다.

대체 어떻게 하라는 건지.

"먹여줘야지."

"네에?"

보란은 순간 잘못 들은 줄 알았다. 그런데 아니었다.

"나 운전 중이니까 먹여줘야지."

"지금은 운전 중이 아니잖아요."

"그럼 내가 운전 중이지 아니야?"

기가 막혀 말도 나오질 않았다. 운전 중인 건 맞지만, 엄밀히 말하면 차는 지금 움직이지 않고 도로에 정체되어 있으니 두 손이 꼭 운전대 위에 있어야 하는 건 아닐 거 아닌가.

그리고 남자들은 한 손으로 잘만 운전하던데. 다른 한 손으로 강정 하나 받아먹는다고 큰일이 날 것 같진 않았다.

"뭐 해? 나도 먹고 싶다고."

운전만 안 했어 봐라. 강정이고 뭐고 없는 건데. 먼 길까지 운전한다고 힘들 테니 내가 참아야지.

강정을 넣어주기 위해 보란이 손을 들었다.

"자요."

한입에 쏙 들어가는 강정을 입에 넣어주고 다시 그녀의 손이 제자리로 돌아오려는데, 운전 중이어서 움직일 수 없다던 그의 손이 덥석 그녀의 팔목을 잡았다.

그러더니 혀로 살짝 그녀의 손가락을 핥는 게 아닌가?

깜짝 놀란 보란의 눈이 세후를 향했다. 의도했다는 듯 그의 눈이 웃고 있었다.

"맛있네."

강정이 맛있다는 건지, 아님 그녀가 맛있다는 건지.

앞은 없이 뒤만 있는 말이 무엇을 의미하는지 그녀는 도통 알 수가 없었다.

우빈이 멍하니 있던 그녀를 큰 소리로 부르지 않았다면 그렇게 돌처럼 굳은 채로 서울까지 갈 뻔했다.

"누나! 하나 더!"

금방 강정을 먹어치운 우빈이 다시 손을 내밀고 있었다.

"아아? 어. 어."

다시 뒤로 돌아 건네고 제자리로 돌아오니 세후가 입을 벌리고 있었다.

하지만 이번에는 보란은 선뜻 그에게 손을 내밀진 못했다. 또 손가락을 핥아서 심장을 놀라게 할까 봐.

더 이상 심장이 놀라는 걸 바라지 않는 보란은 아예 쌀강정을 우빈에게 줘버렸다.

"이거 우빈이가 다 먹어."

세후가 아쉬운 얼굴로 보란을 응시했다.

"왜? 맛있었는데……."

그의 눈이 좀 전에 닿았던 그녀의 손가락을 뚫어져라 응시하고 있었다. 쌀강정을 아쉬워하며 입맛을 다시는 게 아니라 그녀의 손가락을 아쉬워하는 거였다.

흥! 어림도 없다며 보란이 손을 주머니 속으로 숨겨버렸다.

차란 차는 다 도로로 나왔는지, 어찌나 밀리던지 세 사람을 태운 차는 초저녁이 돼서야 보란의 집에 도착했다. 긴 이동시간에 지쳤지만 끝까지 자지 않고 버틴 우빈이 내리려는 보란을 붙잡았다.

"누나! 우리 집에 가자. 응?"

물론 보란도 우빈과 헤어지는 게 아쉽기는 했지만, 그렇다고 세후의 집으로 따라갈 수는 없는 노릇이었다.

"우빈아. 누나 집은 여기잖아. 그리고 유치원도 잘 다니고 하면 우리 돌아오는 다음 주 토요일 날 또 만날 거잖아. 그렇지?

"그래도……."

아쉬움이 가득한 아이의 눈은 보란의 마음을 약하게 만들 것이 분명했다. 넘어가지 않게 마음을 겨우 붙잡으며 그녀는 서둘러 차에서 내렸다. 세후가 차 문을 열어줄 새도 없었다.

"짐 들어다 줄게."

"아니에요. 우빈이 혼자 차에 두면 안 되죠."

트렁크에서 혜자가 싸준 보따리를 챙긴 보란은 창문을 통해 자신만 바라보고 있는 두 남자에게 인사했다.

"태워주셔서 감사합니다. 그럼, 월요일 회사에서 뵙겠습니다. 우빈이도 잘 가."

두 남자가 붙잡을 것을 예감했는지 돌아서는 보란의 발걸음은 재빨랐다.

황망히 사라지는 보란을 보는 두 남자의 얼굴에서는 그녀를 향한 그리움이 여과 없이 드러났다.

"외삼촌, 누나도 우리 집에 같이 갔으면 좋겠어."

"나도 같은 생각이다."

그러려면 그가 더 분발해야 할 터.

이번 휴가 덕분에 조금 가까워진 것 맞으나 그녀의 더 많은 것을 원하는 그로서는 아직 한참 모자랐다.

그녀를 향한 갈증에 세후는 다시금 내일을 다짐한다.

하루하루 더 많이 노력하리라. 그녀가 그의 사람이 될 수 있도록.

* * *

휴가가 끝나기가 무섭게 기다렸다는 듯이 일이 몰려들기 시작했다. 세후가 출근하기만을 기다렸다는 듯이 최 실장이 산더미 같은 서류를 들고 들어왔다.

"오늘 안에 다 보시고 사인하셔야 할 서류들입니다."

"나 아직 자리에 앉지도 않았거든?"

세후의 불만 따위는 가뿐히 무시한 최 실장이 책상에 툭 하고 소리 나게 서류 더미를 내려놓았다. 그 손길에 감정이 실린 것도 같았다.

"지금 자리에 앉을 시간이 있으실 것 같습니까? 사장님이 갑자기 휴가를 가신다고 하시는 바람에 제가 얼마나 고생했는지 아십니까?"

"어구, 그랬어? 우리 최 실장?"

생전 처음으로 접하는 세후의 말투는 최 실장을 당황하게 만들기 충분했다.

"왜, 왜 이러십니까? 적응 안 되게."

세후가 피식 웃었다. 또 그 모습에 최 실장은 놀라 입을 벌렸다. 비워져 있는 웃음이라 생각될 정도로 감정이 없던 웃음이 아니라, 그의 보스가 정말 기분이 좋아서 웃고 있었다.

그 누구도 아니고 권세후 사장이.

다시는 이런 웃음은 볼 수 없을 줄 알았는데. 잘 웃고 농담도 잘 하던 이십 대의 청년 권세후로 돌아간 것 같은 착각마저 들게 했다.

대체 휴가 동안 무슨 일이 있었기에 궁금해졌다.

"휴가는 잘 보내셨습니까?"

"어. 완벽했어."

무슨 일이 있었냐고 세세한 일들을 물어볼 필요도 없었다. 대답하는 세후의 얼굴이 너무도 좋아 보였기 때문에.

감정을 드러낸 것도 잠시, 다시 무표정한 권세후로 돌아온 그가 자리를 잡고 앉았다.

"수고했어. 이거 오늘 안에 검토하고 사인하면 되는 거야?"

휴가 동안에 얼굴이 좋아져서 온 거야 두 팔 벌려 환영할 일이지만, 자신을 괴롭힌 건 괴롭힌 거였다. 기준이 수아와 함께 정리했던 스케줄 표를 생각하며 회심의 미소를 지었다.

"네. 그리고 미리 말씀 드리지만 야근, 각오하셔야 할 겁니다."

"이미 하고 있어. 다른 비서들도 야근인가?"

"아마도요?"

"알겠어."

세후가 와이셔츠의 소매를 접어 올리고 펜을 들었다. 본격적으로 일을 시작하겠다는 의미였다.

보고를 마친 기준은 사무실을 나가기 위해 조용히 고개를 숙이고 뒤로 돌았다. 문을 열고 사장실을 나가려는 그의 뒤로 세후의 말이 따라붙었다.

"저녁은 해루에서 도시락 좀 사가지고 오지."

야근할 때마다 비서실 사람들이야 저녁을 시켜 먹곤 하지만 세후의 경우 간단하게 샌드위치나 빵 같은 걸로 때우는 편이었다. 그는 맛과는 상관없이 한번 서류를 보기 시작하면 흐름이 끊기는 것을 싫어했기에 간단하게 들고 먹으면서 서류를 볼 수 있는 것이면 무엇이든 상관없다는 주의였다.

그런데 도시락도 모자라 해루의 도시락이라니.

"네?"

그리고 이어서 덧붙여진 세후의 말은 의아했던 최 실장의 생각을 명확하게 하는 데 충분했다.

"비서들 것까지 해서."

"아, 네에."

'그럼 눈치껏 보란 씨가 먹고 싶어 하는 걸로 사와야겠군요' 하며 세후를 놀리듯 말하고 방을 나온 최 실장의 얼굴은, 더할 나위 없이 즐거워 보였다.

* * *

사장 자체가 늦게까지 자리를 지키고 있는 법이 없어 야근이 별로 없기로 유명한 헨젤 비서실이었지만 아예 야근이 없지는 않았다.

출근하자마자 갑자기 변동된 사장의 휴가 때문에 밀린 일이 많다고 정은이 귀띔을 하긴 했지만 이 정도일 줄은 몰랐다. 휘몰아치는 일을 대충 처리하고 정신을 차려보니 벌써 퇴근 시간이 지나 있었다.

잠깐 점심시간에 밖의 일정을 소화하고 들어온 세후는 사장실에서 다섯 시간이 넘도록 꿈쩍도 않고 있었다.

'오늘은 꼼짝없이 야근이겠네.'

또 야근이야? 하고 불평할 수 없는 게 한 달에 다섯 번 정도 야근이 있는 그녀의 회사는 다른 회사와 비교하면 회사명 헨젤처럼 동화 속이나 다름없기 때문이었다.

시계가 벌써 일곱 시를 넘어가고 있었다. 아무리 동화 속이라도 저녁은 먹어야 하니 정은이 보란을 보며 물었다.

"저녁 주문해야 되겠죠?"

"곧 최 실장님 들어오실 테니까 그때 다 같이 시키자."

"네."

식사 메뉴를 정해 주문하는 일은 보란과 정은의 일이었다. 그녀들은 오늘은 또 뭘 시켜야 하나 고민 중이었다.

사실 메뉴를 정하는 게 업무보다 더 고민되는 일이었다. 너무 과한 건 안 되고 너무 간단한 것도 안 된다. 적당한 메뉴를 선정했다고 해도 시키는 곳도 중요했다. 어느 정도의 맛이 있어야 했고 빠른 배달 역시 필수 조건이었다.

거기에 최 실장뿐만 아니라 세후의 저녁은 따로 주문해야 했다. 간단한 빵이나 샌드위치로 해결하는 세후의 저녁은 선택하기 좀 쉽지 않을까 싶었지만 아니었다. 빵이나 샌드위치도 종류가 워낙 다양해서 한 가지로 결정하는 게 보통 힘든 일이 아니었다. 배달 책자를 뒤적이는 보란과 정은의 손길이 사뭇 진지했다.

"다녀왔어요."

딱 배가 고파 못 참겠다 싶었을 때, 외근을 나갔던 최 실장이 돌아왔다. 그런데 그의 두 손이 빈손이 아니었다. 정체 모를 커다란 종이백이 들려 있었다.

"벌써 저녁 시킨 거 아니죠?"

보란이 멍하니 최 실장이 가지고 들어온 종이백을 응시했다.

"네. 아직."

최 실장이 두 손을 번쩍 들어 종이백을 들어 보였다.

"사장님께서 도시락 사오라고 하셔서 사가지고 왔습니다."

물론 야근하면서 먹는 밥값은 회사 돈으로 지불하는 거지만 간단하게 자기 저녁을 해결하는 사장이 직접 도시락을 신경 쓴 건 처음 있는 일이었다. 당연히 정은이 의아한 얼굴을 했다.

"사장님께서요?"

"아마 저희가 야근하는 게 마음에 걸리셨나 봅니다. 저희가 야근하는 게 하루 이틀 일도 아닌데 말입니다. 안 그래요, 보란 씨?"

그러곤 보란을 향해 눈을 찡긋하는 최 실장이었다. 마치 사장의 이상행동이 전부 그녀가 이유라고 말하고 있는 듯했다.

"네? 그런가요?"

속으로 뜨끔한 그녀는 최 실장의 눈을 피하기 위해 애꿎은 컴퓨터 자판을 손으로 만지작거렸다.

"보란 씨, 사장님께 도시락 좀 가져다줄래요?"

최 실장은 상냥하게 말하고 있는데, 보란은 왜 저 말이 내 말대로 안 갖다주면 모든 걸 다 말해버리겠다는 협박으로 들리는지 모를 일이었다. 그의 눈은 마치 '나는 네가 지난 휴가 동안 한 일을 알고 있다'고 말하고 있는 것 같았다.

"물론입니다. 제가 갖다 드려야죠."

보란은 재깍 일어나 두 손으로 도시락을 받아 들고 사장실로 향했다.

똑똑.

이 모든 일의 원흉인 세후를 향한 마음이 담긴 노크 소리가 묵직했다.

"들어오지."

보란이 문을 열고 들어서자 서류에 눈을 고정하고 있던 세후가 그녀를 향해 시선을 들었다. 뿐만 아니라 하던 일을 전부 멈추고 턱까지 괸 채였다.

그렇게 세후가 보란을 뚫어져라 응시했다.

"왔어?"

그녀를 보는 그의 눈빛이 전과 달리 녹아내리고 있어서 보란은 괜히 헛기침을 했다.

"흠흠. 도시락 가져왔습니다."

그러곤 무심한 듯 겨우 책상 위에 도시락을 내려놓고 그대로 사장실을 나가려 했다. 하지만 그대로 나가려는 보란의 손을 세후의 손이 붙잡아 세웠다. 갑작스런 그의 행동에 그녀의 동공이 팽창했다.

"사장님! 여기는 회사잖아요!"

"손쯤이야. 키스까지 한 사이에."

사장실 안에 있는 이라곤 두 사람뿐이건만 보란은 주위를 살피며 경계를 늦추지 않았다.

"누가 보기라도 하면 어쩌려고 이러십니까?"

보란이 손을 뿌리치려는데 세후는 오히려 깍지까지 끼며 그녀의 손을 움켜잡았다.

"손 정도는 잡게 해주지?"

"저는 아직 사장님과 사적인 관계를 시작하겠다고 한 적이 없습니다."

그녀는 아직도 고민 중인가 보다. 굳어 있는 보란을 풀어주고자 세후는 부러 가벼운 소리를 했다.

"우리 둘이 한 것도 있고 해서 시작한 줄 알고 있었는데?"

하지만 굳은 보란은 풀릴 줄 몰랐다.

"……."

지금 이건 연애의 고수들이 한다는 밀당 같은 게 아니다. 보란은 제 마음을 확실히 하고 싶은 거였다. 많이 고민하고 신중하고 싶었다.

상대는 그녀의 상사였고 두 사람이 시작하게 된다면 수많은 시선들과 구설수들이 따라붙을 게 분명했다. 용기가 필요한 일이었다.

보란이 진실한 눈으로 세후에게 답했다.

"저는…… 아직 갈등 중입니다."

그녀의 이런 망설임이 짜증 날 만한도 한데, 그에겐 그런 내색 같은 건 찾아볼 수 없었다. 고민하는 그녀의 손을 세후는 가만히 만졌다.

"괜찮아. 갈등한다는 거, 마음이 왔다 갔다 한다는 거니까. 그래도 마지막에는 나한테로 기울면 좋겠어."

그의 말 때문일까? 오뚝이처럼 왔다 갔다 하던 마음이 조금 그에게로 기울었다 바로 섰다.

"……."

잡은 손에 힘을 준 세후가 또 묻는다.

"마치고 데려다줄까?"

"아뇨."

"왜? 일 다 끝나면 늦을 텐데 데려다줄게."

"회사 사람이라도 보면 어쩌려고요. 혼자 가겠습니다."

겨우 그의 손을 뿌리치고 빠른 걸음으로 사장실을 나온 보란은 가슴을 쓸어내렸다. 하마터면 데려다주겠다는 세후의 말에 고개를 끄덕일 뻔했다.

계속 이런 식이면 사장에게 넘어가는 건 시간문제일지도 모를 일이었다.

* * *

주위에 있는 건물들도 다 불이 꺼지고 헨젤 건물만이 불이 켜져 있었다. 세후는 피곤함에 눈을 비볐다. 밑에 각 부서에서 올린 기획서는 물론이고 작은 계약 하나하나 전부 검토했고 외국에 있는 마트 체인점과의 수출 건 세부 사항들을 조율한 계약서에까지 마지막으로 사인을 하고 나니 드디어 오늘 할당된 일들이 끝이 났다.

열 시가 넘은 것을 확인한 세후는 그가 퇴근하기만을 기다리고 있는 밖의 사람들 생각에 퇴근 준비를 했다.

"모두 수고했습니다. 저 먼저 들어가죠. 최 실장 가지."

또다시 데려다주겠다고 우기는 건 아닌지 보란이 걱정한 것이 무색하게 세후는 곧바로 퇴근을 했다.

"정은 씨, 뒷정리는 내가 할 테니까 얼른 들어가."

책상 정리를 하고 있던 정은이 반색했다.

"그래도 될까요?"

"우리 집은 회사에서 가깝잖아. 정은 씨 집은 머니까 조금이라도 빨리 들어가."

보란의 마음이 바뀌기라도 할까 싶었는지 정은이 얼른 가방을 챙겨 들었다.

"감사합니다. 저 먼저 퇴근하겠습니다. 내일 뵐게요."

정은이 퇴근하고 보란도 대충 뒷정리를 마치고 사무실을 나섰다. 로비의 경비 아저씨에게 인사를 드리고 나오니 로비를 제외한 회사는 전부 불이 꺼졌다.

막차가 남아 있었지만 택시를 탈 생각으로 보란은 큰길가로 나섰다. 그런 그녀 앞에 모범택시 한 대가 멈춰 섰다. 그냥 택시도 있는데 비싼 모범택시는 당연히 패스였다.

모른 척 지나치려는데 누군가 그녀의 이름을 불렀다.

"엄보란 씨?"

택시 앞에는 운전수 아저씨가 아니라 운전수 아주머니가 그녀를 보며 서 있었다. 생전 처음 보는 아주머니가 그녀의 이름을 부르는데 덜컥 겁이 드는 것도 당연했다.

경계하는 보란을 보는 아주머니는 안심하라며 또 익숙한 이름을 언급했다.

"권세후 씨라는 사람이 아가씨 좀 데려다달라고 했어요."

"네에?"

"어서 타요."

아주머니는 쉬이 타지 못하고 탈까 말까 머뭇거리는 그녀를 안심시켰다.

"남자 친구가 여자 친구를 많이 아끼나 봐요. 콜센터에 전화해서 남자 말고 나 같은 여자 운전수로 부탁했어요."

이 일이 마쳐야 자신도 애들이 기다리는 집으로 퇴근할 수 있다는 아주머니의 말에 보란은 할 수 없이 차에 올랐다. 아주머니가 운전하는 택시는 처음 타보는 보란은 신기한 듯 눈을 굴려댔다.

집으로 가는 동안 한산한 도로에도 불구하고 과속도 않고 신호도 위반하지 않는 택시는 안전하게 그녀를 집 앞에 내려줬다. 내리면서 보란이 요금을 지불할 필요도 없었다.

"요금은 벌써 남자 친구가 넉넉하게 지불했어요."

처음부터 끝까지 세후가 그녀의 남자 친구라고 말하는 아주머니의 말에 아직은 남자 친구가 아니라고 정정해주고 싶었지만 보란은 그냥 그만둬 버렸다.

"고맙습니다."

인사하는 보란에게 오히려 자기가 고맙다고 인사한 아주머니는 택시를 타고 사라졌다.

예상도 못 한 세후의 배려로 편안하게 집에 도착한 보란이 오피스텔로 들어서려고 할 때였다. 휴대폰이 울렸다.

화면에 뜨는 번호는 당연히 지금 가장 많이 생각나는 사람, 세후의 번호였다.

"여보세요?"

-나야.

남자에게 받아보는 이런 호의는 처음이니 그녀로서는 얼떨떨하기도 하고 기분이 이상했다. 우선은 고맙다고 해야겠지.

"감사합니다. 덕분에 편하게 집에 도착했어요."

-알아. 잘 도착했네.

어떻게 그녀가 집에 도착한 걸 알았을까? 어떻게 이리 딱 맞춰서 전화를 했을까?

택시에 추적기라도 달아놓은 게 아니라면 분명히 근처에 있는 거다.

휴대폰을 든 보란이 혹시나 하며 그를 찾기 위해 두리번거렸다. 이내 조금 떨어진 곳에 익숙한 차 한 대가 눈에 들어왔다.

그의 차는 회사에서부터 그녀가 탄 택시 뒤를 따라온 것 같은 모양새였다.

"설마, 회사에서부터 따라오신 거예요?"

-어, 걱정돼서. 늦었어. 위험하니까 밖에 있지 말고 얼른 들어가.

멀찌감치 떨어져 전화로 대화하는 건데, 저 멀리에서라도 그의 얼굴이 보여서 그런가, 마주 보고 대화하고 있는 것 같은 착각마저 들었다.

"안 그러셔도 되는데. 괜히."

-정 마음에 걸리면 다음부터는 내가 데려다주는 차 타고 가든가.

툴툴거리는 말투에 보란이 작게 웃음을 터트렸다.

"피이."

-그렇게 웃고 있다 엄한 놈 반하게 하지 말고 얼른 들어가.

"어디 엄한 놈이 반하는 걸 보기라도 했으면 좋겠네요."

세후가 한 말이 농담이라고 여긴 보란도 농담으로 응수했지만, 다시 전화기 너머로 들려오는 그의 음성은 진지하기만 했다.

-그 엄한 놈은 나 하나면 족하니까 얼른 들어가.

"……."

-끊는다.

여기서 또 보란은 세후의 마음을 보고 만다.

몸 둘 바를 모를 정도로 그녀를 위하는 그의 진심. 그런 그의 진심들은 그녀를 잡고 흔들기 충분하다.

끊긴 전화를 한참 쳐다보다 보란은 세후가 있는 곳으로 작게 고개를 숙였다.

'당신을 향한 내 마음은 아마도……. 그러니까 조금만 더 기다려줄래요?'

고개를 숙이고 돌아서는 그녀의 얼굴에 예쁜 웃음이 서렸다.

그 웃음이 그의 마음고생이 이제 얼마 남지 않았음을 이야기하는 것 같았다.

18화. 불안하면 나 잡아

어김없이 다가온 토요일, 보란은 시간에 맞춰 집 앞에서 차를 기다리는 중이었다. 편안한 티셔츠와 청바지를 고수하던 보란이 오늘은 무릎까지 내려오는 하얀 원피스와 플랫슈즈 차림이었다.

'괜히 오버해서 입은 거 아닌가 몰라.'

이게 다 어제 제멋대로 날개를 펼쳐 든 쓸데없는 상상 때문이었다.

평소와 별다를 것 없던 금요일 저녁이었다. 금요일 다음 날이 토요일인 건 당연한 건데 소풍 가는 날 전날처럼 설레어 잠이 오질 않았다. 그녀의 마음의 변화가 만들어낸 결과였다.

잠을 이룰 수 없는 밤.

할 일 없는 보란이 꺼내 드는 건 그녀의 동화다.

늦잠꾸러기 퍼플이 웬일로 아침 일찍 일어났습니다.

똑똑이 엄마가 놀라 묻습니다.

"어머? 우리 퍼플이 이렇게 일찍 일어나고. 오늘은 해가 서쪽에서 떴나 보다."

"히히, 오늘은 일찍 나가야 해."

퍼플은 몰래 가방에 숨겨놓은 가면을 떠올렸습니다.

어젯밤, 찾아온 가면은 퍼플에게 엄청난 이야기를 들려주었습니다.

'퍼플, 나한테는 능력이 하나 있어. 그게 뭐냐면……'

가면이 속닥속닥 퍼플에게 이야기했습니다.

"정말?"

그거면 후세를 혼내줄 수 있을 거라고 퍼플은 생각했습니다.

일찍 준비를 마친 퍼플이 집을 나섰습니다.

"학교 다녀오겠습니다!"

평소보다 이른 아침 등굣길.

퍼플은 후세의 구멍가게 뒤 전봇대에 숨어 있었습니다.

드르륵. 가게 문이 열리고 책가방을 멘 후세가 모습을 드러냈습니다.

퍼플이 얼굴에 가면을 썼습니다.

평소였다면 절대로 후세 앞에서 이리 당당하게 나설 수 없었을 텐데. 가면 덕분인지 없던 용기도 막 생겨났습니다.

퍼플이 앞에 가는 후세를 당당하게 불러 세웠습니다.

"야! 후세!"

"누구야? 누가 아침부터 날 불러?"

신경질적인 후세가 뒤를 돌아섰습니다.

"으아악!"

동시에 후세가 바닥으로 넘어졌습니다. 그리고 허공에 팔을 내저으며 소리칩니다.

"몽, 몽달이 귀신…… 저리 가, 저리 가란 말이야."

퍼플은 놀라움 반, 즐거움 반으로 미소를 지었습니다.

'가면의 말이 정말이네? 자신을 쓰면 상대가 제일 무서워하는 것으로 변한다더니.'

후세에게는 가면을 쓴 퍼플이 그가 제일 무서워하는 귀신으로 보이는가 봅니다.

허리에 손을 얹은 퍼플이 엄하게 물었습니다.

"너 왜 퍼플 괴롭혀?"

-띠띠띠띠띠-

그 순간, 그녀의 쓸데없는 상상이 동화 속 장면으로 끼어들었다.

퍼플은 보란으로 변하고 후세는 세후로 변했다.

세후로 변한 후세가 한 대답.

〈좋아하니까, 좋아해서 괴롭혔어.〉

그녀의 상상이 만들어 낸 『가면 쓴 아이』 번외편이었다. 알고 보니 후세가 보란을 괴롭힌 진짜 이유는 과자 때문이 아니라 좋아해서인 거지.

'좋아해서라는데 확 용서해주고 받아줄까?'

그러면 이야기는 본격적인 원수와의 사랑으로 탈바꿈하게 된다. 본분을 잃게 된 동화는 이제 막장 도장을 찍게 되는 거지.

'그래도 좋아해서 괴롭혔다는데…… 정상참작 해줘야 되는 거 아니야?'

밤새 바뀐 동화 스토리로 웃었다 뒹굴었다 한 보란이었다.

오늘 아침, 이유 모를 설렘을 안고 일어난 보란은 옷장을 다 헤집었고 번들거리는 느낌이 싫어 잘 바르지도 않던 립글로스도 발랐다.

차를 기다리며 보란은 원피스의 치맛자락을 계속 만지작거리고 있었다.

'아무리 생각해도 너무 신경 쓴 티가 나는 것 같단 말이야.'

저기 멀리 눈에 익숙한 차가 골목 코너를 돌아 그녀의 오피스텔 입구로 들어서고 있었다.

토요일임에도 불구하고 출근해서 그녀를 태우러 와야 하는 최 실장에게 줄곧 미안했던 그녀는 버스를 타든 택시를 타든 혼자서 가겠다고 했다. 하지만 그러면 세후가 직무유기죄를 물을지도 모른다며 기어이 그녀를 데리러 오는 최 실장이었다.

딱, 정확하게 그녀의 앞에 멈춰 선 차의 조수석에 오른 보란은 운전수를 확인할 필요도 없이 인사부터 했다.

"매번 죄송해요, 최 실장님."

그녀의 얼굴 옆으로 두 형상이 바짝 다가와 붙었다.

"내가 어딜 봐서 최 실장이야?"

"짠, 누나!"

"깜짝이야! 놀랐잖아요."

툭 하고 튀어나온 두 남자 덕에 보란이 놀란 가슴을 쓸어내렸다.

"히히. 누나 놀랐어?"

우빈은 재밌는 장난이라도 친 것처럼 재밌어했다. 보란은 장난꾸러기 같은 우빈의 머리를 쓰다듬었다.

"엄청 놀랐어."

보란이 방심하고 있는 틈을 타고 세후가 훅 하고 들어왔다. 놀라 숨도 못 쉬고 얼어 있는 그녀의 귓가에 능글거리는 세후의 음성이 닿았다.

"매주기만 할 거니까 긴장 풀어."

안전벨트를 단단히 매준 세후가 차를 출발시켰다.

보란은 안전벨트를 붙잡고 적응시간을 가지는 중이었다. 조금의 시간을 거친 후 겨우 본정신으로 돌아온 그녀는 차가 그의 집으로 향하지 않는다는 걸 알아차렸다.

그러고 보니 오늘, 세후가 직접 운전한 것도 모자라 우빈이까지 함께 그녀를 데리러 오다니 별일이었다.

"오늘 무슨 일 있어요? 집에서 만나는 거 아니었어요?"

"내가 말 안 했나? 오늘 같이 운동하러 간다고."

운동? 무슨 운동? 어제 잠자리에 들기 전에 전화 와서는 했던 말은 분명 이랬다.

-잘 자. 아, 내일, 아니다. 평소대로 입고 오면 되겠네.

언제부터 평소대로 편한 옷 입고 오라는 말이 운동하러 가는 거랑 같은 뜻이 된 건지 당최 알 수가 없었다.

"말 안 했거든요!"

그녀는 그녀 나름대로 편하게 입고 온 거였지만, 누가 원피스를 입고 운동을 하나.

세후가 난감해하는 보란을 아래위로 보더니 씩 웃었다.

"오늘은 더 예쁜 것 같은데?"

그 말이 꼭 '나한테 잘 보이려고 이렇게 꾸미고 왔어?' 하는 것 같아 보란은 변명했다.

"일부러 꾸민 거 아니에요. 평소대로 입은 거예요."

눈을 피하며 대꾸하는 보란이 귀여워 세후는 새어 나오려는 웃음을 막으려 입술을 깨물었다.

"누가 뭐래? 예쁘다고."

지금 그녀의 옷이 예쁘냐, 안 예쁘냐가 중요한 게 아니었다. 그녀의 옷이 적절한가 적절하지 않느냐가 중요하지.

"그래서 우리 오늘 어디 가는 건데요?"

"운동하러. 우리가 갈 곳은 뛰고 구르고 해야 될 곳이라서 그 예쁜 옷은 안 되겠네."

뛰고 구르다니. 그냥 운동도 아니고 아주 격한 운동을 할 작정인 것 같았다. 그럼 당연히 이 차림은 아주 잘못된 선택이었다.

"다시 집으로 가요. 금방 갈아입고 올게요."

하지만 차는 왔던 길을 돌아갈 생각이 없는지 계속 달렸다.

"가다가 그냥 하나 사."

굳이 운동하면서 입을 편한 옷을 돈 주고 살 생각이 없는 보란은 고개를 저었다. 거기다 옷이야 어떻게 싼 걸 산다고 해도 신발 역시 문제였다.

한 번 운동하자고 옷도 사는 것도 모자라 운동화까지 살 생각은 추호도 없었다.

"돈 아깝게 사긴 뭘 사요. 그냥 집에 있는 걸로 입으면 되지."

"시간 없어. 내가 사줄 테니까 그냥 가."

애초부터 그녀의 허락 따위는 필요 없던 세후는 여전히 차를 내달렸다. 삐죽거리는 보란의 마음과 상관없이 차 안은 우빈이 만화주제가에 가사만 다르게 해서 부르는 노랫소리가 가득했다.

"오오우오, 가요! 같이 가요. 누나랑 운동하러."

어디로 가는지는 모르겠지만 우빈의 노래 가사에서 알 수 있듯이 운동하러 가는 건 분명한 것 같았다.

* * *

촉박한 시간 때문에 선호하는 브랜드 같은 건 전혀 고려하지 않고 세후는 무조건 가는 길에 보이는 한 스포츠 매장 앞에 차를 세웠다. 마지못해 내린 보란이 여전히 내키지 않는다고 이야기했다.

"돈 아까운데. 정말."

그녀의 말을 들은 척도 않고 세후는 매장 안으로 들어가 버렸다. 서 있는 보란의 손을 우빈이 잡아끌었다.

"들어가요. 얼른."

"어? 어."

다 자기 주머니 생각해서 그러는 건데. 그녀의 착한 마음도 모르고.

'돈이 남아도신다, 이거지? 그래, 이렇게 된 거 아주 올림픽 나가는 선수들처럼 풀장착 해버릴 테다.'

매장 안으로 발을 들인 세후가 주머니에 한 손을 넣고 마치 이 매장을 소유한 사람처럼 뭐든지 골라봐 하는 얼굴로 그녀에게 고갯짓을 했다.

들어오기 전에 왕창 골라버리겠노라고 다짐했던 보란은 어쩌다 든 운동복 바지에 얼핏 보이는 가격표를 보곤 기겁을 했다.

'일, 십, 백, 천, 만, 십만. 이 바지 하나가 만 오천 원도 아니고 십오만 원?'

그녀가 아울렛에서 세일할 때 샀던 정장 세트값이랑 동일했다.

"헉!"

추리닝 주제에 세트도 아니고 천으로 만든 바지 하나가 이 가격이라니. 보란이 가격에 놀라든가 말든가 세후는 민트색의 추리닝 세트를 골라 그녀에게 건넸다.

"색깔 예쁘네. 한번 입어봐."

못해도 아래위로 다 합쳐 삼십만 원은 넘어갈 것 같은 추리닝을 본 보란은 조용히 옷을 제자리에 갖다 두고 다시 매장을 나갈 생각이었다.

하지만 세후와 우빈은 얼른 갈아입고 나오라며 아예 옷과 함께 탈의실로 그녀를 집어넣어 버렸다.

"아직 멀었어?"

"누나? 옷이 작아?"

재촉하는 두 사람 때문에 할 수 없이 옷을 갈아입은 보란이 탈의실 문을 열고 나갔다. 그녀는 타이트하게 달라붙어 라인을 고스란히 들어내는 추리닝을 어색한 듯 매만졌다.

운동할 때 입는 거면 좀 펑퍼짐하고 넉넉해야 하는 거 아닌가? 딱 달라붙는 이 추리닝을 입으면 운동할 때 더 불편할 것 같은데.

대체 이런 걸입고 어떻게 운동을 하는 건지 미스터리였다.

"옷이 너무 달라붙는 것 같은데."

불편해하는 보란을 본 남자 점원이 얼른 다가와 아니라며 호들갑을 떨었다.

"요즈음은 운동복도 패션입니다. 전처럼 시커멓고 운동선수 같은 색보단 이렇게 화려한 색을 많이 찾으시죠. 거기다 펑퍼짐한 라인보다는 지금 입고 계시는 것처럼 몸에 핏 되는 라인을 더 선호하십니다. 하하, 워낙 날씬하셔서 잘 어울리시는데요, 뭘."

직업정신이 투철한 직원의 말은 아무리 생각해도 객관적으로 받아들일 수 없었다. 입고 있는 옷이 영 어색한 보란은 그녀의 앞에 있는 우빈에게 물었다.

"어때, 괜찮아?"

마치 그녀가 묻기를 기다렸다는 듯 우빈이 엄지손가락을 치켜들었다.

"응, 누나 짱 멋져. 호식이네 팀 매니저 누나보다 훨씬 더."

호식이네 팀 매니저 누나가 누군지는 모르겠으나 우선 한 명은 이겼다는 거니, 기분은 좋았다.

'나쁘지 않은 것 같기도 하고, 잘 어울리는 것 같기도 하고.'

보란이 거울에 비치는 제 모습을 연신 비교하고 있었지만 쉬이 결정을 내릴 수가 없었다. 그냥 만 원짜리도 아니고 몇십만 원은 하는 운동복을 고르는 데 더 많은 의견이 필요했다. 그런데 물건을 팔아야 하는 직원이나 그녀라면 껌뻑 죽는 우빈의 의견은 객관적이지 못할 것이 분명했다.

그래서 보란은 마지막으로 남아 있는 사람이자 그래도 제일 객관적일 것 같은 세후에게 다시 물었다.

"진짜 괜찮아요?"

"흠흠. 나쁘지 않아."

나쁘지 않다는 소리는 그럭저럭 봐줄 만하다는 소리인가?

"별로라는 소리예요?"

보란은 입고 있는 다시 벗으려했다. 그제야 진짜 그의 생각을 말하는 세후였다.

"아니야. 봐줄 만해."

이제 보니 세 사람 중에 그녀의 눈을 피하며 대답하는 세후가 제일 객관적이지 못했다.

'피이, 예쁘다는 거네.'

다른 종류로, 아니면 다른 색깔도 하나 더 사라는 세후를 말리고 나니 이제 운동복과 전혀 어울리지 않는 플랫슈즈 차례였다.

"이번에는 운동화 봐야지."

안 그래도 장사가 안 됐었는데 운동복도 모자라 운동화까지 팔 수 있다는 사실에 들뜬 직원이 친절하게 물었다.

"특별히 선호하시는 디자인이라도 있으십니까?"

신고 뜰 수만 있으면 다 똑같다는 운동화란 생각을 가진 보란의 기준에서 가격밖에 중요한 건 없었다.

"제일 싼 거로……."

"내가 고르지."

대화를 나누고 있는 보란과 직원 사이에 끼어든 세후였다. 그녀의 의견은 깡그리 무시된 채 세후가 딱 봐도 비싸 보이는 진열대 제일 위에 있던 운동화를 들고 왔다. 사이즈를 확인한 세후가 보란을 보며 물었다.

"235 맞지?"

꿔다 놓은 짐처럼 서 있던 직원이 얼른 직업정신을 발휘했다.

"저희 매장에서 제일 잘나가는 디자인입니다. 제가 한번?"

"제가 하죠."

운동화를 가져가려던 직원의 손을 멋쩍게 만들어 버린 세후는 점원에게 다른 할 일을 줬다.

"이 운동화 다른 사이즈들도 있습니까?"

"네, 당연히 있죠. 요즘 가족들끼리도 커플 운동화 많이 신으시거든요."

"같은 디자인으로 200, 285도 부탁합니다."

이게 웬 횡재냐 싶어 재빠르게 직원이 사이즈를 찾으러 갔다.

잠시 후, 뛰어갔던 직원이 동일한 디자인에 크기만 다른 운동화를 들고 왔다.

"우선 우리 꼬마 손님부터 신어볼까요?"

직원이 우빈을 뒤에 보이는 소파에 앉히고 신어보라며 신발을 신겨줬다. 세후도 신고 있던 운동화를 벗고 우빈과 동일한 운동화지만 사이즈만 훨씬 더 큰 걸로 갈아 신었다.

머뭇거리던 보란도 결국 구두를 벗고 여성용으로 나온 운동화로 갈아 신었다. 너무 딱 맞는 건 아닌가 이리저리 운동화를 살피는데 운동화 위로 세후의 손이 다가왔다.

"어디 불편한 데 있어?"

그새 언제 또 무릎을 꿇었는지, 그녀의 앞에 무릎을 꿇은 세후는 운동화의 앞부분을 손으로 만지기도 하면서 불편한 데는 없는지 사이즈는 맞는지 연신 물었다.

전에 구두도 그러더니 천하의 권세후가 시도 때도 없이 아무렇지 않게 그녀 앞에 무릎을 꿇는다.

"사장님, 무릎이 너무 가벼우신 것 같습니다."

보란의 걱정하는 말에 세후는 안심하라는 듯 이야기했다.

"당신 앞에서만 싼 무릎이야, 다른 사람들한테는 비싼 무릎이니까 걱정하지 마."

그녀를 올려다보는 그의 눈이 너무 따뜻하고 포근해 보란의 마음의 오뚝이는 또 그에게로 기울었다 돌아왔다. 양옆으로 번갈아 가면서 움직여야 하는데 한쪽으로만 계속 움직이니 아예 한쪽으로 넘어져 버릴 지경이다.

제 마음의 변화들이 낯선 보란의 굳은 얼굴을 오해한 세후는 또 자상하게 묻는다.

"왜? 너무 딱 맞아?"

아니라며 보란이 겨우 고개를 흔들었고 세후는 다시 그녀의 운동화를 확인하곤 풀려져 있던 운동화 끈을 예쁘게 묶어줬다.

"우와! 외삼촌이랑 누나랑 우빈이랑 똑같아."

우빈의 말처럼 나란히 선 세 사람이 신고 있는 운동화가 처음부터 한 세트인 것처럼 닮아 있었다. 같은 운동화를 신고 있다는 게 신기해 폴짝폴짝 뛰는 우빈도, 아무 말 없이 발끝을 쳐다보는 세후도, 태어나 처음 커플 운동화를 신어 본 보란도. 모두 웃고 있었다.

* * *

뛰고 구르는 운동을 한다더니 도착한 곳은 야구장이었다. 문이 열려 있는 야구장엔 우빈이 또래 아이들이 삼삼오오 모여 몸을 풀고 있었다.

"우리 오늘 야구하는 거였어요?"

"어. 가끔 친선 경기도 하고 해."

우빈을 발견한 무리들이 그들에게로 달려오더니 반듯한 차렷 자세로 서서는 세후를 향해 인사를 했다.

"감독님!"

감독님? 세후가 어린이 야구팀 감독이라는 것도 놀라운데, 뒤이어 그녀를 소개하는 하는 그의 말은 더 놀라웠다.

"너희들 부탁대로 매니저를 섭외해 왔다. 자, 오늘부터 우리 팀의 매니저인 엄보란 매니저."

아이들의 또랑또랑한 눈이 보란을 향했다. 우르르 다가와 그녀 주위를 에워싼 아이들 중 가장 개구지게 생긴 곱슬머리 남자아이가 가장 먼저 그녀를 향해 손을 내밀었다.

"오오오, 소문으로 들었습니다. 우빈이에게 누나가 생겼다는 걸."

마치 유명 가요의 가사처럼 그녀에게 말을 건 아이는 우빈에게 누나가 숙모가 된다는 누나 숙모설을 가르쳐준 율우라는 아이였다.

"그래, 반갑구나. 네가 율우구나."

처음 보는 사람에게 쉬이 말을 건네지 못하고 눈치 게임만 하고 있던 아이들이 율우의 말이 끝나기를 기다렸다는 듯이 그녀에 대한 이야기를 하기 시작했다. 아이들이 매니저가 된 보란에 대해 너도나도 한마디씩 했다.

"우리도 이제 매니저가 있어."

"우와. 예쁘다. 우리 집 강아지 닮았어."

아직 초등학생도 되지 않은 여자아이에게서 강아지 닮았다는 소리를 들을 줄이야. 보란은 너그러운 마음으로 그만큼 귀엽다는 말로 바꾸어 이해하기로 했다.

"근데 저쪽 팀 매니저 누나보다 덜 예쁜 거 아니야?"

빨간 야구 모자를 쓴 남자아이의 말에 우빈이 발끈했다.

"아니야. 우리 누나가 우주만큼 더 예뻐."

"아닌데……."

"아니긴 뭐가 아니야. 우리 누나는 예쁠 뿐만 아니라 그림도 잘 그린다고!"

대체 상대팀 매니저 누나가 누구기에 우빈이도 그렇고 아이들도 이러는 건지. 이러다 같은 팀끼리 경기하기도 전에 싸우는 건 아닌가 싶어 보란은 얼른 아이들을 뜯어 말렸다.

"하하. 얘들아, 싸우지 말자. 우리 같이 경기도 해야 하잖아? 응?"

겨우 아이들을 진정시키고 벤치로 간 보란은 싸움의 원인이었던 상대팀의 매니저를 눈으로 확인할 수 있었다.

멀리서 봐도 딱 한눈에 들어오는 매니저는 모델처럼 키도 그녀보다 한 뼘이나 컸고 다른 신체 사이즈들도 그녀보다 우월했다.

'얼굴이 낯이 익는다. 어디서 본 것 같은데……'

아! 그러고 보니 드라마에서 본 것 같다. 누구더라? 이름이 기억날 정도로 유명한 배우는 아니었지만 눈에 익었다. 유명 드라마에서 악역으로 이름을 날렸던 배우였다.

'저런 셀럽이 여기는 왜?'

연예인이어서 그런가 우월한 신체를 뽐내는 운동복 역시 범상치 않았다. 그녀가 입고 있는 운동복은 저 매니저가 입고 있는 거에 비하면 운동복 축에도 속하지 않는 거였다. 풀어헤친 흰 저지 안에는 배꼽이 다 보이는 스포츠 탑이 전부였고 입고 있는 레깅스는 기다란 다리에 쫙 달라붙어 있었다.

'뭐, 저 몸매에 저 얼굴이면 자신감 있을 만하네.'

스스로도 자기가 예쁜 줄 알고 있는 여자는 모든 행동에 자신감이 넘쳐 보였다. 그녀의 웃음이, 그녀의 몸짓이 자신이 마음만 먹으면 모든 세상 남자들을 꼬실 수 있다고 말하고 있는 것만 같았다.

처음에는 별생각 없었던 보란이었지만 이상한 감정에 휩싸이기 시작했다.

'아니, 근데 저 여자는 상대팀 매니저라면서 반대편 감독이랑 할 말이 뭐가 그렇게 많대?'

상대팀 매니저라면서 세후의 옆에 붙어서 떨어질 생각이 없어 보이는 여자를 보기가 불편했다. 그렇다고 가서 세후를 끌고 올 수도 없고 마냥 벤치에 앉아 있는데 머리를 양갈래로 묶은 여자아이가 옆에 앉더니 그녀를 향해 넋두리를 했다.

"저 언니는 만날 우리 감독님한테 저래요."

"그래?"

높은 의자 덕에 땅에 닿지 않는 발을 까딱거리며 여자아이는 우빈이보다 키도 컸고 더 나이가 있어 보였다. 우빈이 또래는 아닌 것 같았고 몇 살 더 많은 초등학생인 것 같았다. 보란이 물은 것도 아닌데 아이는 술술 잘도 상대편 매니저 여자와 세후에 대해 이야기해줬다.

"저 언니가 우리 감독님한테 관심이 있는 것 같긴 해요. 물론 우리 감독님은 무시하시지만요."

하지만 보란이 보기에는 세후 성격에 저렇게 듣고 있는 걸 봐선 아주 싫어하는 건 아닌 것 같은데. 역시나 남자들은 다 어쩔 수 없는 건가?

처음에는 알 수 없는 감정이 툭하고 튀어나오더니, 이제는 온갖 감정들과 뒤섞이면서 형체를 알아볼 수 없을 만큼 복잡해져버렸다.

"매니저 언니, 우리 엄마가 그러는데요, 우리 감독님 괜찮은 남자래요. 그러니까 나중에 후회하지 말고 잡아요."

"……."

뭣도 모르고 그냥 한 소리일 확률이 더 높은데 어린아이가 하는 말에 마음이 이렇게 복잡해질 줄이야.

상대편 매니저와 세후가 이야기하는 동안 보란은 벤치에 앉아 안 보는 척했지만 저도 모르게 계속 그들을 훔쳐보고 있었다.

대화를 마친 상대편 매니저가 그녀에게로 걸어오고 있었다. 괜히 잘 입고 있는 추리닝을 정리하고 머리도 단정히 다듬었다. 보란이 자리에서 일어나기가 무섭게 그쪽에서 먼저 손을 내밀었다.

"반가워요. 저쪽 팀, 매니저 정유라예요."

이름이 정유라였구나. 이름도 예쁘네……. 내민 손을 잡은 보란도 당당하게 가슴을 펴고 자기소개를 했다.

"반갑습니다. 엄보란이라고 합니다. 텔레비전보다 실물이 훨씬 예쁘시네요."

"호호. 그런 말 자주 듣지만, 들을 때마다 기분은 좋네요."

"바쁘실 텐데 어린이 야구팀 매니저도 하시는 거세요?"

"네, 제 조카가 저기 야구단 소속이거든요. 그런데 세후 씨도 참 특이하네요."

이상한 뉘앙스를 풍기는 말에 보란은 잘못 들은 줄 알고 되물었다.

"네에?"

"아니, 제가 이쪽 팀 매니저로 넘어온다고 농담해도 들은 척 만 척 하시더니 보란 씨 같은 매니저를 데리고 오셔서 놀랐어요."

좋게 웃으며 이야기하고 있지만 이상하게 말에 가시가 박혀 있었다. 자신이 매니저를 하려고 호시탐탐 엿보고 있었는데 어디서 굴러들어온 돌인 보란이 그 자리를 꿰찬 거라고 말하는 것만 같았다.

"그런데 어떻게, 야구에 대해 좀 알고 계세요?"

야구라는 게 공이랑 방망이로 하는 거란 것 말고는 아는 게 아무것도 없었지만, 보란은 냅다 지르고 보는 거였다.

"네, 아주 잘 알고 있지요. 집에서 야구 방망이를 손에서 놓지 않을 정도랍니다."

그 말 때문에 생전 처음 야구장에서 방망이를 손에 들게 될 줄 보란은 전혀 모르고 있었다.

* * *

드디어 경기가 시작되는 호루라기 소리가 들려왔다. 같은 팀이라는 표시로 빨간색 조끼를 입은 아이들은 경기에 나가기 전 감독인 세후가 하는 말을 귀담아듣고 있었다.

"내가 항상 하는 말이 뭐지? 져도."

그의 말에 약속이라도 한 듯 아이들은 구호처럼 그의 말을 이어갔다.

"상관없다."

"정정당당하게."

"이기자."

"다 알고 있겠지? 가장 중요한 스포츠 정신. 자, 전부 손을 모으고."

세후의 말에 아이들이 동그랗게 원을 그리고 서서는 파이팅을 외치려는 순간, 세후가 뒤에서 정신을 못 차리고 서 있는 보란을 불렀다.

"뭐 해? 당신도 같은 팀이잖아."

얼떨결에 그녀까지 손을 올리자 전부 모인 손들이 한 번 내려갔다 하늘 위로 올라갔다.

"파이팅!"

동전 던지기에서 앞면을 선택해 공격 먼저 할지 수비 먼저 할지 정할 수 있게 된 우빈이네 팀은 당연히 공격을 선택했다.

"1번 타자. 우빈이부터 가자."

빨간 헬멧을 쓰고 등판에 1번이라고 적힌 유니폼을 입은 우빈이 어린이용 야구 방망이를 휘두르며 늠름하게 그라운드로 나갔다. 상대편의 파란 조끼를 입은 어린이 투수가 어디서 본 건 있는지 손으로 이것저것 사인을 보내더니 공을 힘껏 던졌다.

"스트라이크!"

첫 번째 볼은 스트라이크였다. 우빈은 당황하지 않고 다시 야구 방망이를 잡았다. 상대 투수의 두 번째 공이 날아왔다. 우빈이 방망이를 휘둘렀다.

팽.

잘 맞은 소리를 낸 공이 중앙을 날아갔다.

"와아아!"

벤치에서 구경하고 있던 아이들과 보란이 환호성을 지르며 좋아했다.

경기는 아이들 경기답지 않게 엎치락뒤치락하며 순조롭게 흘러갔다. 결국 경기의 결과는 3대 3으로 동점이었다.

이제 경기가 끝났나 보다고 보란이 주위를 정리하고 있었다. 상대편 감독과 매니저가 뭐라뭐라 숙덕이더니 보란에게로 다가왔다.

"보란 씨, 승부 가르기로 번외 경기 한 판 어때요?"

"네에?"

승부 가르기란 소리에 아이들이 유라와 보란에게로 우르르 몰려왔다.

"무승부니까 아쉽기도 하고, 마무리 청소 내기 걸고 어때요?"

보란은 한다고 승낙하지도 않았는데 아이들은 벌써 결정이라도 난 것처럼 박수를 쳐댔다.

"해요! 해요!"

자신은 한다는 소리도 안 했는데 일이 이상하게 흘러가는 모양새에 보란은 반대 의사부터 표명하고 봤다.

"잠깐만요! 나는 한다는 소리 안 했는데요? 저 야구 잘 못해요."

보란의 거부에 유라가 묘하게 웃으며 대꾸했다.

"아까랑 말이 다르시네요? 집에서 야구 방망이를 손에서 놓은 적이 없다고 하지 않으셨어요?"

그거야 여자 혼자 사는 집에서 이상한 소리라도 나면 방범용 야구 방망이를 손에 먼저 드는 걸 얘기한 거지.

"별거 없어요. 내가 던지는 공 세 개 중에서 한 개만 방망이에 맞히기만 하면 그쪽이 이긴 건데요? 설마 자신이 없으신 거?"

보란의 머리는 빠르게 데이터를 수집하기 시작했다. 그래, 이 여자보다 키는 내가 좀 작지만 힘은 더 셀 거다. 다이어트를 밥 먹듯이 하는 이 여자보다 내가 밥도 몇 배는 더 먹었을 거고. 같은 여자가 야구공을 던져봤자 얼마나 빠르겠어?

그리고 이상하게 콧대 높게 구는 이 여자를 눌러주고 싶은 욕구를 무시할 수가 없었다.

"자신이 없기는요. 합니다. 해요."

보란의 대답만 기다리고 있던 아이들이 환호성을 내질렀다.

"와아아!"

어른이나 아이나 내기 구경만큼 재밌는 게 없는 거니까.

결국 도발에 넘어가고 만 보란은 건너편 구석에서 몸을 푸는 유라를 보고 슬슬 후회가 되기 시작했다. 몸을 푸는 폼이 전문 야구 선수 못지않아 보였다.

"사장님, 저 좀 보시죠."

세후의 팔을 붙잡고 구석으로 간 보란이 그를 보며 속에 있는 말들을 꺼내 들었다.

"사실은 저 살면서 야구 방망이는 집에서 방범용으로만 잡아봤어요. 저 어쩌죠?"

"저 여자 말처럼 별거 없어. 그냥 방망이에 공만 맞히면 돼."

보란의 고개가 아래로 떨어졌다. 자신이 한다고 했으니 이건 빼도 박도 못 하고 타석에 서야 할 팔자다.

"해주실 조언 같은 거 없으세요?"

턱을 매만지며 고민하던 세후가 그의 말만 기다리고 있는 보란에게 하는 말이란.

"무조건 이겨."

"사장님!"

짧은 시간 동안 야구를 마스터하는 요행 같은 건 바라지도 않았다. 적어도 어떻게 하면 방망이에 공을 잘 맞힐 수 있는 건지 정도는 가르쳐줘야 하는 거 아닌가? 하긴 바랄 사람한테 바랐어야지.

"근데 아까 승부는 상관없다고 하지 않으셨어요?"

"아이들 승부는 상관없지만 다른 승부들은 전부 중요해. 특히 당신의 승부라면 더더욱."

축 처진 그녀의 어깨를 두드린 세후가 이야기했다.

"그리고 내가 있는데 무슨 걱정이야."

하나도 힘이 되질 않는 위로에 보란의 어깨는 땅으로 파묻힐 것처럼 꺼졌다.

잠시 후, 보란은 덜덜 떨리는 다리를 겨우 지탱하고 타석에 서 있었다.

"보란이 누나! 잘할 수 있을 거야."

"매니저 누나! 파이팅!"

아이들의 응원이 타석까지 들려왔지만 긴장으로 보란은 애먼 야구방망이만 부서질 듯이 힘주어 잡았다.

마운드에 선 유라가 다리를 와이드 업으로 올리는 게 보였다. 보란의 입이 벌어졌다. 지금 야구를 하는 건지. 요가를 하는 건지. 머리까지 올라가는 다리가 위협적으로 느껴졌다.

'그래, 정신만 바짝 차리면……'

슈우웅. 바람을 가르고 그녀의 앞을 지나가는 정체불명의 물체.

"스트라이크."

뭐? 방금 뭐가 지나간 거지? 설마 공이 지나간 거?

눈 깜짝할 사이에 지나간 공에 보란의 눈이 믿지 못하겠다는 듯 끔뻑거렸다.

'뭐야? 왜 이렇게 잘 던져? 밥 먹고 야구만 했나?'

아직 첫 번째 스트라이크의 여운이 가시지도 않았는데, 경고장처럼 유라의 고개가 한 번 끄덕였다.

"두 번째 공, 갑니다."

유라의 긴 다리가 하늘로 올라갔다. 눈을 부릅뜨고 공만 노려보던 보란은 눈앞을 지나가는 공을 향해 냅다 방망이를 흔들었지만 공이 방망이에 맞은 소리가 아닌 심판의 소리가 들려왔다.

"스트라이크."

아이들의 응원소리가 들려왔다.

"괜찮아! 괜찮아!"

하지만 전혀 괜찮지 않았다. 마지막으로 유라의 다리가 하늘로 올라갔다. 마지막 승부를 두고 꿀꺽하고 긴장으로 사방은 조용했다.

유라가 공을 던지려는 순간.

"잠시 타임."

작전 타임을 외친 세후가 갑자기 타석으로 들어왔다. 그러더니 서 있던 보란을 뒤에서 껴안았다.

"잘 봐. 다리를 조금 벌리고 어깨 내리고."

"이렇게요?"

"그래."

자세를 고쳐주고 있는 세후를 보는 상대편 팀 감독이 한 소리를 했다.

"아니, 권 감독. 너무한 거 아닙니까?"

상대편 감독을 카리스마 넘치는 눈빛 하나로 제압한 세후가 뱉는 말이란.

"꼬우시면 그쪽도 하시든가."

그제야 자신이 아는 세후 같아 보란은 작게 웃음을 터뜨렸다.

"훗."

"왜 웃어?"

"이제야 제가 아는 사장님 같아서요."

그녀의 뒤에 버티고 선 그의 등이 너무 넓고 크게 느껴져 보란은 저도 모르게 안도했다. 한결 마음이 편해진 보란이 옆으로 얼굴을 돌려 물었다.

"이번에도 못 맞히면 저 지는 건데, 어쩌죠?"

"누가 당신이 졌대? 앞의 투수 얼굴을 봐."

그제야 마운드에 선 유라의 얼굴 보는 보란이었다. 세 번 중에 두 번을 이겼으니 승기를 잡고 있는 그녀인데 표정은 전혀 아니었다. 저러다 예쁜 얼굴에 주름이 생기는 건 아닌지 걱정이 될 정도로 얼굴이 일그러져 있었다.

완벽한 패배자의 얼굴이었다.

여전히 그녀를 뒤에서 껴안은 채 세후가 하는 말.

"처음부터 승자는 당신이었어."

* * *

내기의 결과는 당연히 보란의 패였다.

다시 생각해봐도 유라가 세 번째로 던진 공의 위력은 엄청났다. 조금의 과장을 보탠다면 류현진 선수가 등판한 줄 알았다. 방망이도 제대로 휘두르지 못한 채 보란의 내기는 그리 끝이 났다.

그리고 내기에 진 대가로 팀에게 남겨진 건 뒷정리였다. 자신이 지는 바람에 청소를 떠맡게 된 아이들에게 보란은 사과를 했다.

"얘들아, 미안해. 대신 누나가 청소 다 할게."

보란의 영원한 팬인 우빈이 나서더니 제법 의젓하게 대꾸했다.

"아니에요. 누나, 질 수도 있고 이길 수 있는 거죠. 청소는 같이해요."

우르르 몰려온 아이들도 하나같이 괜찮다고 이야기했다.

"그래요! 괜찮아요, 누나. 본래 그 매니저 누나가 공 던지는 거 좀 잘해요."

"누나도 최선을 다한 거 알아요."

"우리는 한 팀이니까 청소도 같이해야죠."

누가 아이들은 어리고 생각이 없어 저밖에 모른다고 하던가.

"너희들…… 고맙다."

그리고 흐뭇하게 보란과 아이들의 지켜보고 있던 세후가 뜻밖의 제안을 했다.

"자, 얼른 치우고. 아직 부모님께서 데리러 오실 시간이 남았으니까, 우리 햄버거나 먹을까? 감독님이 쏜다."

"우와와!"

햄버거를 먹을 수 있다는 게 좋다는 건지, 세후가 쏘는 게 좋다는 건지, 아님 둘 다 좋다는 건지 알 수 없지만 아이들은 엉덩이춤까지 추며 좋아했다.

한 명이서 했으면 오래 걸렸을 청소였지만 작은 손이라도 여럿이 하니 청소는 금방 끝이 났다.

배달시킨 햄버거가 오기 전까지 아이들은 각자 흩어져서 놀고 있었다. 보란은 벤치에 앉아 좀 전에 유라가 야구장을 떠나며 했던 말을 곱씹고 있었다.

'야구에는 이런 말이 있죠. 구회 말 투 아웃. 게임이 끝나기 전까지 승부는 끝난 게 아니다. 아직 끝나지 않았어요.'

유라의 말이 맞았다. 그녀들의 내기는 아직 끝나지 않았다. 아직까지 확실하게 정해진 것이 없는 세후와 보란의 사이는 분명한 것 없이 어정쩡했다. 그리고 그곳은 다른 누군가에겐 비집고 들어올 빈틈이었다.

보란이 팔짱을 끼고 서서 캐치볼도 하고 운동장을 뛰노는 아이들을 지켜보고 있는 세후의 등을 응시했다. 추리닝을 입고 있는데도 그에게서 풍겨 나오는 아우라가 남달랐다.

'쳇, 뒷모습마저도 우월해.'

그리고 보면 사장은 본디 그런 남자였다. 정유라뿐만 아니라 어떤 여자라도 탐내고 침을 흘릴 만한 그런 남자.

성격이 좀 지랄맞아서 그렇지, 얼굴, 키, 재력, 학벌, 그 어느 것 하나 빠지지 않는 사람이었다.

지금은 세후가 자신을 좋아한다고 하지만 언젠가 긴 기다림에 지친 그가 언제 자신을 향한 마음을 접을지도 모를 일이었다. 갑자기 그녀의 마음에 알 수 없는 불안감의 싹의 틔어나기 시작했다.

그 불안감의 싹은 두 사람이 다정하게 이야기하고 있던 모습을 떠올리게 했다. 번쩍 떠오른 장면에 불안한 마음을 애써 숨긴 보란이 그에게 물었다.

"정유라 씨와 친하셨습니까?"

뒤를 돌아선 세후의 얼굴은 대체 무슨 소리를 하는 건지 모르겠다는 표정이었다. 그의 성격으로 봤을 때 유라와 알고 지내는 사이가 아니라면 그렇게 오랫동안 이야기하는 것 자체가 이상한 거였다. 혹시 전에 사귀었던 여자 친구인 건 아닐까? 하고 엉뚱한 상상이 생각의 꼬리를 물었다.

"누구? 정유라가 누군데?"

그런데 세후는 되레 그녀에게 되묻는다. 보란의 눈이 동그래졌다. 친한 줄 알았더니 이름도 모르고 있었어?

"아까 그 여자 매니저분요."

"아, 그 여자 이름이 정유라였어? 오늘에서야 알았네."

그에게 있어 정유라라는 여자는 티끌만큼도 공간을 차지하고 있지 않다는 반응이었다. 그런 그의 반응에 보란은 저도 모르게 크게 안도했다.

"그런데 그런 건 왜 물어?"

보란은 말끝을 흐리며 어색한 듯 세후의 눈을 피했다.

"아니, 그냥 아까 보니까 두 분이 정답게 이야기도 하시고, 길게 대화하는 게 친해 보이셔서……."

세후의 시선이 보란을 뚫어져라 응시했다. 그녀가 그에게 정말 묻고 싶은 게 무엇일까? 그의 가슴에 피어나기 시작한 열망은 설마설마하며 혹시나 하고 기대하게 된다.

"설마 불안해하는 거야?"

"……."

정말이다. 그녀가 불안해하고 있었다. 그가 포기하고 다른 여자에게 눈을 돌릴까 봐. 이 바보 같은 여자가 그런 어리석은 생각으로 불안해하고 있었다.

'나는 당신밖에 없다고. 다른 어설픈 선택지 따위는 생각해본 적도 없다고. 아니, 아무리 좋은 선택지일지라도 당신보다 좋은 선택지는 나에게 없다고.'

그의 마음이 그랬다. 보란은 불안해하고 있는데 반대로 세후는 기분이 좋아져버렸다. 그녀가 불안해하는 만큼 그녀가 자신에게 오고 있는 거리는 줄어들고 있다는 것을 뜻하는 것일 테니까.

서 있던 세후가 한쪽 무릎을 꿇고 그녀와 눈높이를 맞췄다. 고개 숙인 채 아무 대답이 없이 손만 만지작거리는 그녀의 손 위로 그의 커다란 손이 다가왔다.

"불안하면 나 잡아."

세후의 단호한 음성에 보란이 고개를 들었다. 그가 그의 마음을 담아 그녀에게로 전한다.

"내가 전에 힘들게 한 것까지 잘할 테니까 나 잡아. 응? 한번만 잡아줘."

온전히 저만을 향한 눈을 보며 보란은 대답이 하고 싶었다. 부정적이거나 애매모한 그런 대답이 아니라 긍정의 대답이 하고 싶었다.

'잡고 싶다고. 여전히 겁은 나지만, 용기내서 나도 잡고 싶다고.'

보란이 입을 열려 했다. 기대감을 가득 채운 세후의 눈이 그녀의 입만 뚫어져라 쳐다보고 있었다.

"그러니까……."

꿀꺽 세후의 목울대가 긴장으로 떨렸다. 하지만 중요한 순간에 꼭 끼어드는 방해꾼의 목소리가 있기 마련이었다.

"주문하신 햄버거 왔습니다!"

배달 직원이 우렁차게 외치며 야구장으로 뛰어 들어왔다. 직원은 재빠르게 벤치에 햄버거 세트를 쭉 내려놓고는 카드 결제기를 꺼내 들었다.

"전부 해서 팔만 삼천 원입니다. 카드로 결제하신다고 하셨죠?"

기막힌 타이밍으로 좋은 기회를 방해한 직원을 대하는 세후의 말투는 불만이라도 품은 듯 딱딱했다.

"참. 빨리도 오네요?"

하지만 세후의 말을 칭찬으로 받아들인 직원은 자랑스럽게 대답했다.

"그럼요. 저희는 신속 배달로 이십 분을 넘기지 않습니다."

"여. 기. 있습니다."

순식간에 카드를 긁은 후 직원은 영수증을 건넸다.

"맛있게 드십시오. 감사합니다."

직원이 꾸벅 인사를 하고 운동장을 나가자 이번에 두 사람을 방해하는 건 아이들이었다. 각자 흩어져 놀고 있던 아이들이 맛있는 냄새를 맡고 벤치로 몰려왔다.

"우와! 햄버거다!"

"누나! 햄버거 주세요!"

"나도, 나도."

"내가 먼저야."

그녀에게로 한꺼번에 몰려와 다투는 아이들을 달래며 보란이 조건을 내걸었다.

"어? 싸우면 안 줄 거야. 벤치에 앉아서 질서를 지키고 있는 애들한테만 누나가 하나씩 나눠줄 거야."

먹는 것 앞에서 순한 어린 양이 된 아이들은 쏜살같이 벤치에 엉덩이를 붙이고 앉아 야구장이 떠나갈 정도의 목소리로 대답했다.

"네!"

먹기 쉽도록 종이 껍질을 벗긴 햄버거를 보란이 하나씩 나눠줬고, 툴툴거리며 그녀의 뒤를 따르는 세후가 콜라 대신 시킨 오렌지 주스를 나눠줬다.

"체하면 안 되니까 천천히 먹어."

고개를 끄덕이며 그녀의 말에 대충 대답은 했지만 운동 후 배가 많이 고팠던지 아이들 모두 허겁지겁 햄버거를 먹고 있었다. 아이들이 잘 먹을 수 있도록 다 챙기고 나니 그제야 두 사람도 식사를 할 수 있었다.

"자."

세후가 직접 껍질을 벗긴 햄버거를 그녀에게 건넸다.

"괜찮은데……."

"그래서 대답은?"

"무슨 대답이요?"

"이런다, 이거지."

아닌 척 아무렇지 않은 척, 보란은 속으로 웃었다. 그녀의 대답을 보채며 애가 타는 세후를 보는 게 이상하게 묘한 환희를 느끼게 했다. 알고 보면 그녀의 몸에 나쁜 여자의 피가 흐르는 건지도 모른다.

"조금만 더 기다려보세요."

좋은 날, 좋은 타이밍에 말할게요. 보란은 뒤에 말을 숨겼다.

"그래, 내가 지금껏 기다렸는데……. 그래, 기다린다. 기다려."

아닌 척, 아무렇지 않은 척, 보란은 우걱우걱 햄버거를 먹기 시작했다. 운동 뒤에 먹는 햄버거는 꿀맛이었다.

한참 먹고 있는 세후의 손이 그녀의 턱을 잡고 그를 마주 보게 했다.

"이리 좀 봐."

또다시 마주한 그의 눈앞에서 보란의 눈이 자연스럽게 눈웃음을 짓는다.

"왜, 왜요?"

"칠칠맞게 뭘 이렇게 묻히고 먹어?"

허겁지겁 먹느라 입가에 소스가 묻은 줄도 몰랐던 거였다. 들고 있던 햄버거를 무릎 위에 내려놓고 입가를 닦으려는데, 그녀보다 먼저 세후의 기다란 손가락이 그녀의 입술을 훔쳤다. 그리고 소스는 세후의 입으로 들어갔다.

동시에 주위가 어수선해졌다.

"어? 어?"

진즉에 다 먹어버린 햄버거가 아쉬워 입맛을 다시고 있던 율우가 두 사람이 하던 양을 보곤 흥분해서 소리쳤기 때문이었다.

"얼레리꼴레리. 감독님이랑 매니저 누나랑 뽀뽀했어."

그랬더니 옆에 있던 똘똘한 여자아이가 율우의 말에 반박했다.

"에이. 저게 어떻게 뽀뽀냐? 쪽 소리도 안 났는데?"

"뭘 모르기는. 간접 뽀뽀잖아. 간접 뽀뽀."

"헐. 대박. 감독님 진짜예요?"

"나도 잘 모르겠는데? 한 번 더 해보면 알 것 같기도 하고."

정말인지 묻는 아이의 말에 대한 세후의 대답은 사태를 더 크게 만들고 있었다.

아이들의 눈이 그대로 보란에게로 옮겨왔다. 세후가 한 번 더 해볼 수 있도록 입에 소스를 다시 묻히기라도 하라는 것 같았다. 보란이 두 손을 내저었다.

"하하! 얘들아. 간접 뽀뽀라니. 감독님이랑 나는 아직 그런 사이가 아니에요."

다시 세후에게로 옮겨간 아이들의 눈빛에 대꾸하는 그의 대답은 능글맞기까지 했다.

"아직은 감독님만 매니저 누나를 좋아하고 있는 중이다. 너희가 우리 감독님 괜찮은 사람이라고 누나한테 말 좀 해줘라. 얼른 감독님 마음 좀 받아달라고."

그러거나 말거나 아이들의 반응은 '그게 나랑 무슨 상관?' 하며 시큰둥했다. 다시 먹던 햄버거로 시선이 돌아간 아이들도 있었고 자기들끼리 장난이나 치자 하는 아이들도 있었다.

그런데, 다시 이어진 조건을 붙인 세후의 말은 천진난만한 아이들을 완벽한 그의 편으로 만들기에 부족함이 없는 것이었다.

"너희가 도와줘서 누나가 감독님 마음을 받아주는 날, 기념으로 감독님이 피자와 치킨 쏜다!"

"우와와와와아."

벤치는 좀 전의 햄버거 세트와는 비교도 안 될 만큼 커다란 함성으로 떠나갈 듯했다. 가장 먼저 응원군을 자처하며 달려온 우빈이 그녀의 목을 끌어안고는 귓가에 속삭였다.

"누나, 우리 외삼촌 받아주면 안 돼요? 우리 외삼촌 진짜 누나 좋아해요. 나도 누나가 우리 외숙모가 됐으면 소원이 없겠단 말이에요. 네?"

우빈도 모자라 율우, 해림이, 그리고 모든 아이들이 그녀 곁으로 다가와 세후의 편을 들며 그녀를 흔들었다.

"매니저 누나. 제가 정말 치킨이나 피자가 먹고 싶어서 하는 소리가 아니라, 같은 사나이로 봤을 때 우리 감독님 꽤 괜찮은 남자예요."

"언니, 내가 아까 말했죠? 우리 엄마 말 들으면 자다가도 떡이 나온대요. 그러니까 어서 잡아요. 얼른."

"그래요, 누나. 우리 감독님 잘 봐줘요."

어린아이들을 등에 업은 세후가 보란 듯이 그녀를 쳐다봤다. '이래도 안 받아줄 테야?' 하는 눈빛으로 그녀를 보고 있었다.

매달려서는 우리 감독님 좀 잘 봐달라고 그녀의 팔을 잡고 흔드는 아이들이 귀여워서, 그의 마음을 받아달라고 아이들까지 동원하는 세후에게 이미 마음이 가는 걸 막을 수 없음을 알아차리기 시작한 보란은 그냥 웃어버리고 말았다.

19화. 당신을 잡는다고요

월요일 아침, 헨젤은 한바탕 소동이 들끓었다.

그날따라 다른 날과 달리 어수선한 데다가 출근하는 직원들은 하나같이 스마트폰을 손에서 놓지 못하고 있었다.

"정유라 열애설 기사 난 거 봤어?"

"당근 봤지. 상대가 혹시……."

"나도 같은 생각. 얼굴은 모자이크 되어 있었지만 기사 사진 아무리 봐도 우리 사장님 같지?"

"어. 자수성가한 식품 회사 젊은 경영자. 거기다 이니셜이 S.H면 우리 사장님이지."

"우리 사장님 열애설 난 거 처음 아니야?"

"아마도 처음일걸? 사생활 깨끗하기로 유명하셨잖아."

직원들의 숙덕거림의 주범은 사장의 스캔들 기사였다.

[주말 드라마, 갔다! 장보리의 정유라, 핑크빛 열애 중]

[뛰어난 연기 실력으로 눈도장을 찍은 정유라 열애 중. 상대는 모 식품 회사 사장 S.H]

[개념 시구로 큰 인기를 얻은 정유라 야구를 통해 짝을 찾다.]

[두 사람을 이어준 건 야구.]

[정유라의 새 드라마 기자 회견장에 자리한 S.H로부터 온 화환.]

[결혼을 전제로 한 진지한 만남.]

하지만 스캔들 기사는 미처 확인하지 못하고 출근한 보란은 로비에서부터 평소와는 다른 분위기에 고개를 갸우뚱했다.

'왜 이렇게 어수선한 거지?'

숙덕이다가도 그녀와 눈이 마주치면 눈을 피하는 직원들. 심히 수상쩍었다.

비서실에 도착하고 나서야 보란은 그 이유를 알 수 있었다. 자리에 앉기도 전인데 한 걸음에 달려온 정은이 난리를 피웠다.

"엄 비서님! 큰일 났어요, 큰일!"

정은의 입장에서 큰일이라고 해봤자 보란에게는 별일이 아닌 것들이었다. 보란은 대수롭지 않게 대꾸했다.

"왜? 컴퓨터라도 고장 났어?"

"에이 참, 컴퓨터가 아니라 우리 사장님요, 사장님. 소식 못 들으셨어요? 사장님 열애설 나셨어요."

"뭐어?"

동시에 쿵 하고 굉음이 들렸다. 앉으려던 보란이 벌떡 일어나는 바람에 의자가 뒤로 넘어가며 만들어낸 소리였다.

그제야 저를 보기만 하면 피하던 직원들의 눈빛의 이유를 알 수 있을 것 같았다. 보란은 사장과 열애설이 난 사람이 자신일 거라고 한참 잘못된 짐작을 하고 있었다.

"정은 씨. 사실 그게 어떻게 된 거냐면……."

"어? 엄 비서님은 사장님이 정유라랑 사귀는 거 알고 계셨어요?"

"정, 정유라?"

김칫국을 대접째 들이켜려고 준비하고 있던 보란은 정은의 말에 대접을 고이 내려놓았다.

"네. 왜, 개념 시구로 뜬 연예인 말이에요. 공 완전 잘 던져서 이슈가 되기도 했었잖아요."

정유라가 공을 잘 던진다는 건 보란도 알고 있었다. 그녀가 던지는 공을 직접 받아보지 아니했던가. 하긴 연예인이나 되니까 사장과 열애설이 나지. 한낱 비서일 뿐인 자신이 뭐라고 온 세상이 떠들썩하게 열애설이 난단 말인가.

다행이다.

그런데 안도하는 것도 잠시, 입고 있던 옷이 다 젖은 것 같은 이 불쾌하고 찝찝한 기분은 뭐지.

정은이 표정을 알 수 없는 보란의 얼굴을 살피며 우물쭈물 말을 이었다.

"저는 사장님께서 엄 비서님 좋아하시는 줄 알았거든요?"

"말, 말도 안 되는 소리. 아니야."

"사장님이 회견장에 화환도 보내셨대요. 사장님이 꽃이라니. 저희 사장님이 정유라를 엄청 좋아하시기는 좋아하시나 봐요."

"……."

정은이 컴퓨터 검색창에 뜬 정유라의 사진을 보며 점점 현실을 수긍을 했다.

"같은 여자가 봐도 예쁘긴 예쁘네요."

화환이라고? 보란이 서둘러 관련 기사들을 검색하기 시작했다.

증거물로 올라온 엄청난 크기의 꽃바구니 사진. 보란은 살면서 이렇게 큰 화환을 본 적이 없었다.

식품 회사 사장. S.H.

이니셜뿐이었지만 딱 집어서 세후를 가리키는 말 같다.

물론 얼굴을 가렸지만 사진은 세후와 거의 흡사했다.

거기다 야구. 두 사람의 공통점도 맞았다.

결혼을 전제로 사귄다는 말은 깊은 사이라는 소리인데.

분명히 세후가 아무 사이도 아니라고 했단 말이다. 기사가 오보일 수도 있고 S.H가 세후가 아닐 수도 있다.

그런데 열애설이 났다는 것 하나만으로 걷잡을 수 없는 불안감과 불쾌함이 그녀를 휩싸기 시작했다. 마음이라는 곳을 자로 재듯이 정확하게 알 수 있으면 얼마나 좋을까. 그녀의 마음인데도 당최 알 수가 없었다.

-띵.

아홉 시가 되기 일 분 전, 어김없이 세후가 출근하는 시간에 맞춰 그가 도착했음을 알리는 엘리베이터 소리가 들려왔다.

잠시 후 문이 열리고 열애설의 주인공인 세후가 들어왔다. 먼저 정은이 웃으며 세후에게 아침인사를 건넸다.

"사장님, 좋은 아침입니다."

그러나 마음이 뒤죽박죽 엉망인 보란은 언제나의 구십 도의 인사가 아닌 고개만 까닥거렸다.

"오셨습니까?"

보란의 성의 없는 인사에 세후가 고개를 갸우뚱하더니 인사를 받는다.

"좋은 아침."

CF의 한 장면에 나오는 남자배우 저리 가라 할 정도의 멋진 미소로 화답한 세후는 곧장 사장실로 모습을 감췄다. 하지만 그 짧았던 장면은 꽤 큰 파급력이 있었나 보다. 정은이 물개 박수까지 치며 흥분을 한다.

"보셨어요? 저 사장님이 저렇게 완전 가슴 설레게 할 정도로 웃으시는 거

처음 봐요. 역시 남자도 사랑을 하니까 바뀌나 봐요."

"……."

정은의 사장 예찬론은 계속됐지만 보란은 입을 꾹 다물어버렸다. 복잡한 마음을 대변하는 정처 없이 움직이는 눈동자만 사장실을 향하고 있을 뿐이었다.

그녀의 착잡한 마음과 상관없이 비서실의 하루 일과는 계속됐고 처리해야 하는 일들은 끊임없이 들어왔다. 휘몰아치는 일을 어떻게 처리했는지도 기억이 나질 않는 오전이었다.

점심시간이 거의 다 되어갈 무렵, 삐 하고 그녀의 책상 위 내선 전화가 울렸다.

-엄 비서. 신제품 마케팅 분석 정리 다 됐으면 들고 들어오지.

정신을 놓고 있던 보란이 대답이 없자 인터폰에서는 다시 그녀를 불렀다.

-엄 비서? 보고서 아직 멀었나?

그때서야 정신을 차린 보란이 허둥지둥 자리에서 일어나며 책상에 마구잡이로 놓여 있던 문서들을 두서없이 뭉쳐 들었다.

"네? 다 됐습니다. 지금 들고 들어가겠습니다."

정리한 문서들을 파일에 가지런히 꽂아 가슴에 든 보란이 노크를 했다.

-들어오지.

허락과 함께 보란이 사장실로 들어갔다. 인기척을 들었을 텐데도 와이셔츠의 소맷단을 접어 올린 세후는 문서에서 눈을 뗄 생각이 없어 보였다.

"보고서 여기 있습니다."

"고마워."

조용히 그냥 두고 나와도 되는데 괜히 말까지 섞어 건넨 보고서였다. 여전히 세후는 문서에서 눈을 떼지 않고 있었고 그녀의 얼굴을 한 번 보는 척도 하지 않았다. 요즘 제 의지와는 상관없이 권세후로 가는 노선을 타고 있는 마음이 자기 마음대로 삐죽거리더니, 머리는 시키지도 않은 일을 해댔다.

"하나만 여쭈어 봐도 되겠습니까?"

그제야 그녀를 향해 고개를 드는 세후였다. 느긋하게 의자 뒤로 몸을 기댄 그가 물음에 대답이 아닌 물음으로 답했다.

"공적인 거야? 사적인 거야?"

작은 목소리로 겨우 대답하는 보란이 그녀답지 않게 말을 얼버무렸다.

"사…… 적인 거요."

의외라는 듯 세후의 눈빛이 반짝였다.

"회사에서는 오로지 비서로서만 대해 달라더니?"

"그, 그랬죠. 오늘은 정말 진…… 짜 궁금한 게 있어서 그렇습니다."

대체 뭐가 그리 궁금하냐며 무엇이든 물어보라는 듯 그의 손이 까닥였다. 그리고 뚫어져라 응시하는 눈은 어서 말해보라고 그녀를 독려했다.

쉬이 물어보지 못하고 한참을 뜸을 들였던 보란이었지만 세후는 끝까지 그녀를 기다려줬다. 손을 까딱까딱, 발을 까딱까딱 그러기를 한참. 겨우 보란이 꺼낸 말이란,

"사장님…… 혹시 며칠 전, 개인적으로 꽃 보내신 적 있으십니까?"

"꽃? 뭐야? 당신 꽃 받았어? 아침에 들어올 때만 해도 못 봤는데. 대체 어떤 놈이야? 어떤 놈이 겁도 없이 나도 못 보낸 걸 당신한테 보낸 거야?"

어렵사리 고민, 고민하다 꺼낸 말이었는데, 이상하게 세후는 다른 쪽으로 오해를 했다. 거기다 그녀는 받은 적도 없는 꽃을 보낸 사람을 찾아내겠다고 이를 갈며 팔까지 걷어붙이고 있었다.

아차, 번지수를 잘못 찾았다 싶은 보란이 얼른 수습에 들어갔다.

"아니요. 제가 받은 게 아니라요."

"당신이 받은 게 아니야?"

"네. 저는 꽃 같은 건 받은 적 없습니다."

겨우 진정된 세후가 다시 자리에 앉았다. 점점 이성을 찾기 시작한 세후

가 보란이 왜 이런 질문을 하는 걸까 하고 추측해보았다.

"근데 왜 그런 질문은 하는 거야? 설마 꽃이 받고 싶었어? 말을 하지."

이번엔 꽃이 받고 싶어 그런 질문을 했다고 오해한 세후가 바로 전화를 들었다. 분명 최 실장에게 전화를 넣으려는 걸 거다. 그의 눈빛이 비서실 전체를 꽃으로 도배할 기세였다. 그대로 뒀다가는 꽃에 파묻힐 수도 있겠다 싶었던 그녀는 얼른 손까지 내저으며 부정했다.

"아닙니다. 절대로 아닙니다. 저는 먹지도 못하는 꽃 같은 건 별로 안 좋아합니다."

"그래? 그런데 왜 그런 걸 묻고 그래?"

지금 정유라의 열애설이 터졌는데 아무래도 상대가 사장님 같아서 불안하다고, 그래서 그랬다고 사실대로 말할 수는 없었다.

"아무것도 아닙니다. 그냥 한번 물어봤습니다."

"회사에서 사적인 질문도 하고 별일이네? 나에 대해 더 물어볼 건 없어?"

정유라의 열애설 기사는 오보일 거란 생각 쪽으로 더 기울었다. 그래도 정확하게 한 번 더 물어봐?

차마 바로 묻지 못하고 그녀는 망설였다. 하지만 시키지도 않았는데 마음은 또 제멋대로 물었다.

"이것도 지극히 사적인 질문인데요."

"물어봐."

그녀가 묻는 거라면 무엇이든 상관없어 보이는 세후였다. 보란이 아침부터 계속 그녀를 뒤숭숭하게 만들었던 질문을 던졌다.

"사장님…… 결혼 계획 잡혀 있는 거 있으십니까?"

"아직은 없는데 곧 생길 것 같기도 해."

"……."

그 말은 조만간 결혼을 하긴 할 거라는 건데. 당장 사귀는 사이도 아닌 보란은 당연히 아니었다.

'나 좋다고 할 때는 언제고, 그사이에 다른 여자가 생겼어?'

어설픈 결론을 내린 보란의 입이 꾹 다물어졌다. 눈물이 핑 돌 것 같았다. 싫다고 밀어낼 땐 언제고 이제 보니 생각보다 그에게로 향하는 그녀의 마음은 부정할 수 없는 사실이었나 보다.

꼴사나운 꼴 따위는 보이기 싫어 돌아서려는데 세후가 돌아선 그녀의 손을 잡아당겼다. 단단한 힘에 이끌려 그의 허벅지에 안착하게 된 그녀의 얼굴이 당황으로 물들었다.

"사, 사장님?"

"무슨 생각 하는 거야? 이 바보야."

살짝 눈물 맺힌 눈가를 매만지는 세후의 손길이 다정했다. 그의 손길 하나에 울먹이던 보란의 얼굴이 화면에서 봤던 장미보다 더 예쁘게 물들었다. 세후가 살짝 뺨으로 내려온 머리를 귀 뒤로 넘겨줬다.

"마음 같아서는 당장이라도 하고 싶은데. 아직 내가 함께하고 싶은 여자가 내 마음을 받아주지도 않아서 말이야."

"……."

"그래서 말인데, 대체 언제 받아줄 거야?"

혼자 오해하고 혼자 다 풀어버리고. 울음기가 머물던 보란의 얼굴에 피식 웃음꽃이 피었다.

그의 물음에 대해 여전히 아무 말도 없었지만, 그의 마음일랑은 벌써 받아준 것 같은 보란이 환하게 웃고 있었다.

퇴근이 다가오는 시각. 특별한 볼일도 없으면서 기준이 눈앞에서 서성이고 있었다.

"뭐야?"

아까 보란도 그러더니, 기준도 할 말이 있는 것처럼 계속 망설이고 있었다.

"나 바쁜 거 안 보여? 할 말 있으면 얼른 하고 나가."

"어차피 한 번은 확인해야 하는 거니까. 형, 혹시 오늘 난 정유라 스캔들 기사 봤어?"

"관심 없어. 일개 연예인의 스캔들까지 내가 알아야 하는 거냐?"

"물론 몰라도 되긴 하는데……. 아무래도 그 스캔들 기사에 언급되는 상대방이 형 같아서 말이야."

결재 서류에서 눈을 떼지 않고 있던 세후가 천천히 고개를 들었다.

"무슨 소리야?"

"아니, 나야 형이 보란 씨한테 목매고 있다는 걸 알고 있으니까 그 기사가 말도 안 되는 소리란 걸 알고 있지만."

"요점만 빨리, 간단히 말해."

기준이 재빠르게 휴대폰으로 검색한 기사를 보여줬다.

"봐봐. 여기 정유라와 같이 찍힌 사진, 아무리 봐도 형 같단 말이야. 거기다 형의 이름이 언급된 건 아니지만 기사가 풍기는 뉘앙스가 딱 형이라고."

세후의 미간이 좁혀졌다. 그래서 아까 보란이 그런 질문을 했던 건가.

이런 시답잖은 스캔들 기사에 자신이 언급되었다는 사실보다 더 기분 나쁜 건 이 스캔들 기사가 그가 세상에서 제일 아끼는 사람을 불안하게 만들었다는 거다.

'감히.'

정유라가 미치지 않고서야 혼자서 이런 거짓 기사를 배짱 좋게 낼 리는 없을 거다. 기사에 박힌 사진은 주말에 야구장에서 두 사람이 이야기하는 장면을 교묘히 찍은 사진이었다. 어차피 거짓으로 밝혀질 건데. 뒤에서 봐주는 이가 없지 않고서야 이런 일을 벌일 수는 없었을 터.

"정유라가 혼자 벌인 일은 아닐 거고. 조사해봐."

"오케이. 알겠습니다."

기준이 충직하게 고개를 끄덕이고 돌아섰다. 그런 기준을 세후가 불러 세웠다.

"최 실장. 나 한 시간 정도 자리 비울 수 있나?"

"네, 가능하긴 한데. 무슨 일 있으십니까?"

"쇼핑 좀 해야겠어."

* * *

세후가 외출한 지 정확히 한 시간 뒤, 비서실로 예정에도 없는 퀵 서비스가 도착했다.

"엄보란 씨? 엄보란 씨 계십니까?"

급한 회사 문서야 퀵으로 많이 받아봤지만 그녀 앞으로 개인적인 퀵 서비스는 처음 받아본 탓에 어리둥절 자리에서 일어났다.

"제가 엄보란인데요?"

"엄보란 씨 앞으로 온 건데 서명 좀 부탁드립니다."

"저한테요?"

누가 보낸 건지 알려주지 않은 서비스 직원에게 사인을 해주고 나서 받은 건, 엄청난 크기의 바구니였다. 어찌나 무거운지 건네받는 순간 휘청하고 넘어질 뻔했다.

보란이 겨우 책상 위로 옮겨놓자 직원이 나가기 무섭게 달려온 정은이 포장된 바구니를 채우고 있는 안을 보고 놀라 탄성을 내질렀다.

"아니, 아니 이게 다 뭐예요? 오늘이 화이트데이도 아니고. 요건 사탕이고 이건 쿠키고 저건 초콜릿이고, 저기 저건 마시멜로우 같은데요?"

정은의 말대로 보라색 리본으로 잘 포장된 바구니 안에는 입안에서 새콤하면서 달달하고 부드럽게 녹아들어 기분을 좋게 만든다는 것들이 가득했다.

"그러게."

"누가 보낸 거예요?"

이런 바구니는 처음 본다며 구경하던 정은이 물었지만 보란 역시 모르는 일이었다.

"나도 모르겠는데?"

짐작 가는 사람이라도 없냐며 묻는 정은이 바구니 옆을 이리저리 살피더니, 본체와 손잡이 사이에 끼여 있던 카드를 발견했다.

"여기 카드 있네요. 얼른 읽어보세요. 얼른."

자신보다 더 흥분한 정은의 보채는 소리에 카드를 여니, 이름이나 이니셜은 없었지만 누가 보냈는지 충분히 짐작하고도 남을 글이 적혀 있었다.

<먹지도 못하는 꽃은 싫다고 해서. 마음에 들었으면 좋겠네.
그리고 빨리 대답해주면 좋겠어.>

흔히들 말하는 좋아한다, 사랑한다 하는 달달한 말이 적혀 있는 것도 아니었고, 오히려 그의 성격대로 딱딱하고 정 없는 말투인데도 글자 한 자 한 자가 다정해 보이는 것 같아 절로 미소가 지어졌다.

"누구예요? 누구? 엄 비서님이 이렇게 웃으시다니. 보통 사이는 아닌 것 같고. 설마 엄 비서님 남자 친구 있으셨어요?"

"아마도."

"에이. 있으면 있는 거고 없으면 없는 거지요, 아마도는 뭐예요?"

"그러게."

지금은 아니지만 아마도 하루가 더 지나가면 남자 친구가 생길 것 같으니까.

정은은 바구니 옆에서 사진도 찍으면서 떨어질 줄을 몰랐다.

"다시 봐도 진짜 엄청나네요. 대체 뭐 하는 사람이에요?"

"그냥 작은 구멍가게 사장."

그랬다. 보란에게 세후는 헨젤의 사장이라는 사실보다 동화 속 구멍가게 후세가 더 와 닿는 호칭이었다. 그리고 그녀의 고백이 그에게 잘 전달된다면 구멍가게 후세라는 호칭보다 더 와 닿는 호칭이 생길지도 모를 일이었다.

내일 저녁, 좋은 때에 그에게 이제는 말해줘야겠다. 예쁘게 웃으며 말해 줘야지.

지금도 애타게 대답을 기다리고 있을 그에게.

그녀가 준비한 대답을.

* * *

드디어 디데이였다. 바로 보란이 세후에게 자신의 마음을 이야기하기로 정한 그날이었다. 퇴근 후, 헨젤에서 몇 정거장이나 떨어진 정류장에서 두 근거리는 마음을 고이 접어 간직한 보란이 세후를 기다리고 있었다.

그런 그녀의 발에는 세후가 그에게 올 때 신고 오라고 했던 은색 힐이 신 겨져 있었다.

'피이, 알아보지도 못할 거면서.'

물론 긴 정장 바지에 가려서 은색 힐이 잘 보이지 않긴 했지만, 오늘 세후 는 제 얼굴만 들여다보느라 그녀의 발끝까지는 보지도 않았다.

이럴 줄 알았으면 대놓고 그의 눈앞에 발이라도 들이대는 거였는데…….

'보라고요. 내가 당신이 사준 구두를 신고 왔다고요!'

그러면 세후는 단번에 척하고 알아차릴 테고, 보란은 굳이 그에게 말을 하지 않아도 될 일이었다.

오늘을 디데이라고 정하고 단단히 작정하고 왔지만 막상 그의 얼굴을 마주하고 제 마음을 말하기가 부끄러웠다. 보란은 애꿎은 구두로 바닥을 툭툭 치고 있었다.

끼이익.

이젠 친근해진 세후의 차가 그녀의 앞에 급정거했다.

회사 사람들이 보기라도 할까 봐 첩보원처럼 잽싸게 세후의 차에 올라탄 보란을 보는 세후의 눈빛에는 불만이 가득했다.

"이렇게까지 해야겠어?"

"당연하죠. 사장님이 생각하시는 것보다 훨씬 더 직원들은 사장님의 사생활에 관심이 많으니까요."

어제오늘, 스캔들 기사 덕분에 어디서나 직원들의 흘끔거림을 몸소 경험한 세후는 고개를 끄덕였다.

"맞는 말인 것 같긴 하군. 그런데 직원들은 잘못된 사실을 알고 있단 말이지. 이 참에 정확한 사실을 알려줘야 하려나?"

"네에?"

"내가 매달리고 있는 여자가 당신이라고 말이야."

그러면 스캔들과는 비교도 되지 않을 직원들의 관심이 그와 그녀를 더 불편하게 할 거란 건 왜 모르실까.

"제발 그것만은 안 돼요."

"왜 안 된다는 거야? 전혀 상관없는 여자와 묶여서 입에 오르내리는 게 싫다고. 내가 좋아하는 당신이라면 몰라도."

"……"

시도 때도 없이, 이리도 쉽게 그의 마음을 말해버린다.

그녀도 그와 같은 말을 해야 하는데. 좋아한다고. 사실 나도 당신을 좋아하고 있다고.

좀처럼 떨어지지 않는 입 때문에 보란은 그의 눈치만 보고 있었다.

곰곰이 한번 생각이나 해보라며 말한 세후는 긴 팔을 뻗어 옆에 앉은 그녀의 안전벨트를 채워주고는 차를 출발시켰다.

"어디 가는 거예요?"

"가보면 알아."

별것 아닌 듯 세후는 묵묵히 앞만 보며 운전 중이었다. 하지만 힐끔힐끔 운전하는 그를 훔치는 그녀의 얼굴이 살짝 상기되어 있었다.

'무슨 일이 있어도 오늘은 꼭 말해야지.'

결심한 것을 말할 좋은 타이밍만 찾고 있는 그녀의 심장은 작은 콩닥거림으로 두근거리고 있었다.

"다 왔어. 내려."

차에서 내린 보란은 눈을 동그랗게 떴다. 그녀로서는 전혀 생각도 못한 곳이었기 때문이었다.

"여기가 어디예요?"

"보면 몰라? 수영장이잖아."

누가 수영장인 걸 몰라서 물었겠나. 갑자기 수영장이 웬 말이냐 말이다. 어디 근사한 레스토랑이나 야경이 잘 보이는 카페 같은 곳을 예상하고 있던 보란은 전혀 짐작 못한 곳의 등장에 당황하기 시작했다.

"대체 수영장은 왜 온 거예요?"

"수영장에 왜 왔겠어? 수영 배우러 온 거지."

동네 수영장 같은 곳과는 달라 보이는 풀장은 규모는 조금 작았지만 두 사람 말고는 아무도 보이지 않는 게 프라이빗이 철저히 갖춰진 곳처럼 보였다.

그녀의 고백 타이밍은 이리 물 건너갈 것인가? 보란의 고개가 아래로 떨어졌다.

심란해 보이는 그녀의 표정을 수영을 배우기 싫어해서라고 오해한 세후가 무작정 탈의실로 그녀를 집어넣었다.

"어서 들어가서 갈아입고 와."

탈의실에 세후가 준비해서 걸어놓은 수영복은 다행히 노출이 적은 반신 수영복이었다. 수영복이 잘 맞냐고 물어볼 필요도 없었다. 사이즈별로 다 구비해놓은 세후의 치밀함에 보란은 혀를 내둘렀다.

"아주 작정하고 준비하셨네."

빨리도 수영복으로 갈아입은 세후가 탈의실 밖에서 그녀를 불렀다.

"멀었어?"

"다 됐어요. 나가요."

옅게 한 화장을 지우고 수영복과 세트인 수영모를 든 보란이 어색함에 팔을 문지르며 모습을 드러냈다.

"……."

나오라고 해서 나갔더니 말이 없는 건 또 뭐람. 수영복 입은 보란을 응시하는 세후는 아무 말이 없었다.

"이상해요?"

아무것도 아니라고 그녀에게서 눈을 돌린 세후였지만 그의 눈은 또 그녀를 향해 돌아가고 있었다. 선수들이 입는 반신 수영복에 반응하는 그의 감각이 이 정도인데 원피스, 아니 비키니로 준비하지 않은 게 천만다행이라고 가슴을 쓸어내리는 중이었다.

살짝 볼륨감이 느껴지는 가슴 하며 잘록한 허리부터 해서 가느다란 허벅지를 타고 내려오면 한 손에 잡힐 것 같은 발목까지. 괜한 상상들에 그의 몸에 열이 돌기 시작했다.

조금 상기된 얼굴을 감추기 위해 세후가 수영장이 울리도록 헛기침을 해댔다.

"흠흠. 아무것도 아니야. 준비운동부터 하자고. 팔벌려뛰기 서른 번."

"네에? 서른 번이나요?"

"한 백 번 할까?"

"아, 아니요. 서른 번요. 서른 번 할게요."

"하나, 둘……."

세후의 구령에 맞춰 보란은 힘겹게 준비운동을 하기 시작했다. 평소 숨쉬기운동밖에는 해본 적이 없는 보란은 겨우 준비운동을 끝냈다. 동시에 고작 제자리뛰기 서른 번에 그녀는 숨 가쁨을 호소했다.

"헉헉! 맙소사. 너무 힘들어. 갑자기 제가 왜 수영을 배워야 하는 걸까요?"

"내가 저번 휴가 때 말했을 텐데? 서울 올라오면 무조건 수영 배워야 한다고."

"그냥 해본 소리 아니었어요?"

"내가 언제 그냥 말하는 거 본 적 있어? 혹시나 모르니까 수영은 무조건 배워야 해."

요즈음 달라진 권세후 버전에 적응하느라 깜빡 잊고 있었던 사실이 있었다. 권세후 사전에 그냥 한 말이라는 건 존재하지 않는다는 것. 한번 꺼낸 말은 꼭 지키고 마는 사람이라는 걸 잊고 있었다.

보란에게 수영을 제대로 가르칠 작정인 것 같은 세후는 초보자들이 쓴다는 킥판까지 준비한 상태였다.

'아주 작정을 한 모양새다. 이럴 순 없다. 고백하려고 정한 날, 수영을 배운다니. 이런 저주받은 타이밍이 또 있을까?'

운동에 소질도 없을뿐더러 흥미도 없는 보란은 수영이라는 두 글자가 얼마나 싫은지, 그녀의 기준으로서는 차라리 일주일 내내 야근을 하는 게 더 낫겠다는 심정이었다.

"사장님, 저 그냥 수영 안 배우면 안 돼요?"

험난한 길이 예상된 보란이 은근슬쩍 애처로운 표정에다 그의 팔까지 살짝 건드리며 말했지만 세후는 꿈적도 안 했다.

"안 돼. 나중에 또 그렇게 위험한 일 생기면 어떡할래?"

"그때는 사장님이 짠하고 구해주시면 되죠."

"물론 내가 있으면 그러겠지만 사람 일이라는 게 어찌 될지 모르는 일인데 내가 없으면 그땐?"

"그러면 이제부터 물 근처에는 얼씬도 안 할게요. 네?"

"안 돼."

"에이, 사장님."

난생처음 애교 비슷한 것으로 세후를 공략해보기도 했지만 전부 소용없는 짓이었다.

끝내 세후의 팔에 이끌려 물에 몸을 담그게 된 보란의 입이 불만으로 삐죽 튀어나왔다. 차가운 물 온도에 이제 적응할까 말까 하는데 그녀를 수영장 난간부터 잡게 한 세후가 가장 먼저 발차기를 가르쳤다.

"발부터 한번 차 봐."

물에 뜨지도 않는데 물속에 서서 어떻게 발을 차나 싶었더니 번쩍 그의 손이 그녀의 허리를 잡아 올렸다. 자력으로 물에 뜬 게 아니라 세후의 힘에 의해 물에 뜬 보란은 그 상태에서 그가 시키는 대로 발을 차댔다.

첨벙첨벙.

수영장 내부를 울리는 보란의 발차기 소리가 한참을 계속되다 멈췄다. 그리고 물장구 소리가 사라진 자리에는 그녀가 내쉬는 가쁜 숨이 그 자리를 대신했다.

"헉. 헉. 허억. 허벅지가 끊어질 것 같아."

물론 별로 한 것은 없었지만 운동 안 하던 사람이 갑자기 운동을 하려고 하면 힘이 부치고 온몸이 아프다고 아우성을 치는 건 당연한 이치였다.

"이 정도로 안 끊어지니까 걱정하지 마."

오늘 당장이라도 수영을 마스터하게 하겠다는 의욕적인 세후를 보는데 보란은 덜컥 겁부터 났다.

"사장님, 저 그냥 다른 사람한테 배우면 안 될까요?"

"안 된다고 했어. 내가 다른 남자가 당신 허리 잡고 수영 가르치고 하는 꼴을 볼 것 같아?"

보란의 입이 떡하니 벌어졌다. 어제 꽃도 그렇고 있지도 않는 수영 강사에게까지 불태우는 그의 질투심이 새삼 경이로울 지경이었다. 죄 없는 남자 수영 강사만 죽어나는 꼴을 미리 방지하기 위해 보란은 다른 수를 생각해냈다.

"여자 수영 강사한테 배울게요. 네?"

죽기보다 배우기 싫다는 얼굴을 하는 그녀에게 살짝 넘어가려는 마음을 다잡은 세후가 하던 행동들을 전부 멈췄다.

대신 보란을 번쩍 들어 수영장 난간 위로 앉혔다. 찬찬히 이유라도 들어 보자 싶은 거였다.

"대체 왜 배우기 싫어하는 거야? 수영은 배워놓으면 좋다고."

"아는데. 너무 힘들단 말이에요. 오늘 하루 종일 회사 일도 힘들었는데 수영까지 하면 저 오늘 밤에 몸살 나서 앓아눕는다고요."

밤에 아프기까지 할 것 같다는 말에 져줄까 싶다가도 휴가 때 있었던 아찔한 일을 생각하면 세후는 절대로 양보할 수가 없었다. 오늘 밤 잠깐 근육통을 앓는 게 물에 빠져 죽는 것보다 백 번은 낫다고 생각하는 그니까.

다시 대답하는 세후의 음성이 무 자르듯 단호했다.

"안 돼."

진짜 운동하기 싫은데. 보란이 배우기 싫다고 애교 아닌 애교도 부려봤지, 거기다 더해 수영하면 오늘 밤 아플 것 같다고 동정심 유발 작전까지 해봤지만, 전부 소용이 없었다.

그러다 보니 지금 보란에게 세후를 물러나게 할 수 있는 방법이라고 생각나는 거라곤 하나밖에 없었다.

'아, 정녕 이 방법밖에 없는 것인가!'

지금이 가히 좋은 타이밍이라고 딱 잘라 말할 수는 없지만 할 수 없었다. 보란이 물속에서 그녀를 올려다보고 있는 세후의 어깨에 손을 올렸다. 수영장 물이 깊었지만 워낙 키가 크다 보니 살짝 내린 그녀의 손이 금방 단단한 그의 어깨 위로 닿았다.

"……!"

처음으로 먼저, 거기다 살짝 닿았다 떨어지는 것도 아닌 계속 머무는 말랑한 감촉에 세후가 흠칫 몸을 떨었다. 그녀가 어쩌다 중심을 잃고 어깨를 짚었다고 생각했지만 아니었다. 가느다란 팔은 아예 그의 목을 감싸 안았다.

보란이 씩 웃으며 그에게로 다가와 속삭였다.

그 말 한마디에 웬만한 일이 아니면 긴장 따위는 해본 적이 없는 그의 모든 솜털들이 곤두서버렸다.

"뭐라고…… 했어?"

"내가 당신 마음 받아준다고 해도요? 그래도 안 돼요?"

"……!"

세후의 눈동자가 팽창했다.

꼭 듣고 싶었던 말이었고, 이 말을 듣게 된다면 어떨 것이다 막연하게 상상을 안 해본 것도 아니었다. 하지만 막상 듣고 나니 그의 머리의 퓨즈가 나가버리는 바람에 곧장 반응할 수가 없다.

눈을 감을 때마다 늘 꿈꿔오던 말이었다. 그래서 더 꿈만 같았다.

너무 간절히 바라다 보니 환청처럼 잘못 들은 건 아닌지, 세후가 되물었다.

"다시…… 말해줘."

"엄보란이 권세후를 잡는다고요. 그러니까 수영은……."

그녀의 뒤의 말은 세후의 입속으로 사라졌다. 기다란 팔로 그녀의 뒷목을 가로채서 끌어당긴 그가 곧장 입을 맞춰왔기 때문에.

당장 보란이 사라지기라도 할 것처럼 서둘러 그녀의 입술을 삼키던 세후가 조금 속도를 늦췄다.

갑작스런 키스에 놀라 굳은 보란을 달래기 위해 살짝 떨어진 그의 입술이 한없이 가벼운 입맞춤을 그녀의 입술 위로 퍼부었다.

"하아."

보란의 가쁜 숨이 얕게 그의 얼굴에 닿았다. 동시에 적응이 된 듯 살짝 벌어진 입술 사이로 들어간 세후의 혀가 마치 믿기지 않는 이 순간을 끊임없이 확인하려는 듯 그렇게 그녀의 혀를 빨아 당기며 안을 휘감고 있었다.

몸에 닿은 물 때문에 몸은 전체적으로 차갑고 시원했다. 하지만 열락을 품은 그의 입술과 그녀의 대답을 가슴에 새긴 그의 심장만은 터질 듯이 뜨겁기만 했다.

찰방찰방.

열정적으로 서로를 탐하는 두 사람이 만들어 낸 물소리가 수영장 안을 울리고 있었다.

"으으음."

분명히 그녀의 손은 그의 목에 둘려져 있었고 물에 잠긴 그녀의 다리에 닿는 그의 탄탄한 상체가 느껴지는데도 보란은 풍선이라도 타고 올라가려고 하는 느낌을 감출 수가 없었다.

'이대로 날아오를 것만 같아.'

보란은 팔에 더 힘을 줘 그의 목을 감쌌고 다리로는 물속에 잠긴 그의 상체를 더 세게 붙들었다.

물속에서 수영을 하고 있는 것도 아닌데 물속에 잠겨 있는 것처럼 숨이 가빠왔다. 그제야 한 치의 틈도 없이 맞물려 있던 그의 입술이 아쉽다는 듯 겨우 떨어졌다.

혼자 숨을 쉴 수 있게 된 보란이 한바탕 수영이라도 한 듯 거친 숨을 내쉬었다.

"하아. 하아."

가빴던 가슴이 진정되고 감고 있던 눈을 떴을 때, 그의 눈은 세상을 다 가진 듯 웃고 있었다. 그리고 그의 손은 아직도 키스의 열기에서 빠져나오지 못하는 붉어진 뺨을 계속해서 쓰다듬고 있었다.

"수영하기 싫어서 그냥 둘러댄 말 아니지?"

아니라고, 정말이라고 보란은 고개를 열심히 끄덕였다. 고맙다면서 전에 했던 말처럼 정말 잘하겠다고 그가 스스로에게 하는 다짐처럼 그렇게 그녀에게 말을 한다.

"하하. 정말이지? 내가 꿈을 꾸고 있는 건 아니지?"

기쁨을 주체하지 못하고 환호를 내지르던 세후가 다시 그녀를 와락 품에 안았다.

그리고 있기를 한참, 진정된 호흡으로 돌아온 그녀의 귓가에 세후가 속삭인다.

"그래도 수영은 배워야 해."

역시, 한 번 후세는 영원한 후세였다.

* * *

유난히도 뜨거웠던 여름이 지나가고 단풍을 물들이는 바람이 불어오는 가을 문턱으로 들어서고 있었다. 출근 준비를 하다 말고 보란이 창문을 활짝 열었다. 위로 눈을 올리면 연신 바라만 보고 있을 것 같은 맑은 하늘이 펼쳐져 있었다.

"날씨 한번 좋다."

옷도 다 입었고 화장도 다 했으니 머리만 말리면 됐다.

윙-

요란한 소리와 함께 머리를 말리고 있는데 진동으로 해두었던 화장대 위의 휴대폰이 움직였다.

[밑에 있어. 천천히 내려와.]

발신자는 세후였다. 그의 마음을 받아주겠노라고 말한 후로부터 얼마의 시간이 지났지만 그녀의 일상에 드라마틱한 변화가 있는 건 아니었다. 여느 때처럼 바쁘게 일어나 회사를 가고 하루 종일 발을 동동거리며 일을 하고 회사가 마치고 나서는 집으로 돌아오는 평범한 일상들이었다.

다만, 그 평범한 하루의 틈틈이 세후가 끼어들었다는 것만 빼면 말이다.

천천히 내려오라고 했지만 보란은 서둘러 재킷과 가방을 들고 집을 나섰다. 약속 시간에 늦는 걸 그 무엇보다 싫어하는 그를 알기에 총총거리던 그녀의 발걸음이 더 빨라졌다.

마침 내려오는 엘리베이터를 잡아타고 일 층으로 향했다. 문이 열리기가 무섭게 뛰어나간 보란은 입구에 서 있는 세후의 앞에 다다라서야 겨우 숨을 돌릴 수 있었다.

"헉헉, 저 안 늦었죠?"

가쁜 숨을 내쉬는 그녀가 불만인지 미간의 중앙이 깊게 파인다.

"내가 보낸 문자 못 봤어?"

보란이 접혀 있던 허리를 펴자 가쁜 호흡이 차츰 돌아왔다.

"후우, 봤는데요?"

"문자에 천천히 내려오라고 했잖아. 왜 뛰어오고 그래?"

472

"기다리시는 거 싫어하시니까."

그녀의 손에 들려 있던 가방과 재킷을 뺏어 든 세후가 재킷을 입기 쉽도록 펼쳐 들었다.

"이거나 입어. 아침이라 쌀쌀해."

세후가 들고 있던 재킷에 팔을 꿰어 넣으며 보란은 미소 지었다. 이런 작은 배려마저도 마냥 좋아서 그녀의 얼굴엔 미소가 떠날 줄 모른다.

"당신이랑 다른 사람들이랑 같아?"

"음……. 안 같아요?"

"당신은 날 기다리게 할 수 있는 유일한 사람이라고."

또 예고도 없이 훅 들어오기 기술. 어디 밤마다 '여자를 감동시키는 방법' 같은 강의라도 듣고 오는지 그의 멘트는 날로 일취월장이었다.

보란이 개구쟁이처럼 그의 팔을 살짝 쳤다.

"에이, 제가 막 두 시간씩 늦고 해도 화 안 내실 수 있겠어요?"

"까분다."

말과 다르게 단정한 그녀의 정수리 위로 닿은 그의 커다란 손은 다정했다. 이내 머리에서 내려온 손이 그녀의 앞에서 멈췄다.

"가자."

함께 손을 잡고 차로 향하는 길, 나란히 걷는 보란의 작은 보폭에 맞춰 걷는 세후의 발걸음이 제자리걸음을 하고 있는 듯 느리기만 했다.

* * *

누가 보스와 그 보스와 사귀는 부하 직원을 뒷좌석에 태우고 출근해본 적이 있을까? 경험해본 사람만 알 거다. 두 사람이 사귀기 시작하면서 중간에 샌드위치처럼 끼게 된 기준만 난감함이라는 웅덩이에서 허우적대고 있었다. 두 사람의 비밀 연애를 다 알고 있는 그로서는 누구한테 속 시원하게 털어놓을 수가 없어 속병이 날 지경이었다.

임금님 귀는 당나귀 귀라고 대나무 숲에 가서 외치던 신하의 마음이 이랬을까?

'답답함에 내가 병이라도 나게 되면 무조건 회사에서 산재처리 받는다.'

아직도 기준은 세후의 변한 행동들에 적응하지 못하고 있었다. 지금도 봐라. 세후는 창밖으로 시선을 두고 있는 보란을 집요하게 응시하고 있었다. 아예 몸도 옆으로 돌린 채 그녀를 보고 있다. 어쩌다가 그와 눈이라도 마주치면 '뭘 봐?' 하며 기준에게 눈을 흘긴다.

'에이, 노래나 들어야겠다.'

뻘쭘해진 기준은 라디오를 틀었다. 마침 라디오에서는 노래가 흘러나왔다.

노래에 먼저 반응한 건 세후의 집요한 시선이 어색해 눈을 돌리고 있던 보란이었다.

"어? 내가 좋아하는 노래다."

마침 기준도 좋아하던 가수라 즉각 맞장구를 쳤다.

"보란 씨도 이 가수 좋아해요?"

"네, 목소리가 완전 꿀 발라놓은 것 같잖아요."

낮으면서도 부드러운 노랫소리에 기준도 보란도 같은 생각이었지만 세후는 아닌가 보다.

"꿀벌이냐? 꿀은 무슨."

씰룩이는 세후의 얼굴은 심히 못마땅한 티를 내고 있었다. 하지만 제 애인의 불편한 심기를 눈치 채지 못한 보란은 여전히 흘러나오는 노래에 취해 있었다.

"왜요. 노래 잘하는 남자 얼마나 멋있는데요."

다른 남자의 음성이 멋있다고 하는 걸 참지 못한 세후가 결국 한소리를 하고 말았다.

"최기준. 조용히 가자."

"아니, 왜요? 좋기만 한데."

기준의 대꾸가 마음에 들지 않는지 세후의 눈이 찌푸려졌다.

"좋은 말 할 때 꺼라."

세후의 반응이 웃긴지 기준이 그를 놀렸다.

"네, 네, 어련하시겠습니까?"

노래가 끝나기도 전에 꺼진 라디오는 다시 차 안을 조용하게 만들었다. 좋아하는 노래를 다 듣지 못한 아쉬움에 보란이 혼잣말을 했다.

"좋았는데……."

세후가 몸을 숙이더니 보란의 귓가로 다가왔다.

"좋긴 뭐가 좋아. 당신은 내 목소리가 더 멋있다고 해야 하는 거 아니야?"

"아직 사장님께서 노래하시는 걸 못 들어본 관계로 섣불리 그런 결론은 내릴 수 없을 것 같습니다."

"내 목소리가 더 멋있어."

낮게 귓가를 울리는 목소리와 함께 다가온 손이 그녀의 귓불을 건드렸다.

"……!"

살짝 닿은 손길에 그녀의 목덜미가 곤두서기 시작했다. 반응하는 그녀를 보며 세후는 짓궂게 웃었다.

위험하다. 이 웃음 뒤에 언제나처럼 그는 그녀에게 입을 맞추려 할 거다.

보란은 재빠르게 그의 가슴을 밀어냈다.

"어! 최 실장님."

마침 시야에 회사 빌딩이 들어온 보란이 얼른 앞을 향해 손을 뻗었다.

"저는 요 앞에 좀 세워주세요."

"오늘도요?"

"네."

차는 회사에서 두 정거장 떨어진 갓길에 멈춰 섰다. 최 실장에게 고맙다고 인사하고 내리려는데 세후가 보란의 팔을 붙잡았다.

"매번 이래야겠어? 조금만 더 가면 회산데 그냥 타고 가지?"

왜 이러실까. 애초에 약속했던 일이면서.

보란이 아침마다 그의 차를 타고 같이 출근하는 대신 조건이 있었다.

회사 사람들에게 들키지 않기 위해 출근 시간을 이십 분 정도 앞당기는 조건과 회사 앞 두 정거장 정도 떨어진 곳에서 보란이 먼저 내린다는 조건이었다.

하지만 매일 아침, 세후는 불만이 가득한 얼굴로 내리려는 그녀를 붙잡곤 같은 말을 반복했다. 그때마다 보란은 약속을 상기시켰다.

"처음부터 이렇게 하기로 한 거잖아요. 저 내일부터 지하철 타고 출근할까요?"

"알겠어."

여전히 세후는 마음에 들지 않는 눈치였지만 약속한 게 있으니 순순히 잡고 있던 그녀의 팔을 놓아줬다.

"회사에서 뵐게요."

차 문을 닫고 내린 보란은 뒤도 돌아보지 않고 회사를 향해 걷기 시작했다.

쌩하고 그녀를 내려준 세후의 차는 그녀를 지나쳐 앞으로 달려갔다.

보란보다 먼저 회사에 도착하는 세후는 그대로 차에 머문다. 걸어서 도착한 보란이 회사 안으로 들어가고 나면 그때서야 그는 차에서 내렸다.

보란이 지각하는 것을 예방하는 세후의 배려였다.

'괜히 서두르거나 뛰지 말고 천천히 걸어와. 나는 차에서 기다렸다가 당

476

신 들어가면 그때 출근할 테니까. 알겠지?'

매일 그녀 때문에 불편함과 수고를 감수해야 하는것이 미안해 평소처럼 출근하겠다고 했지만, 세후는 절대로 허락하지 않았다.

'안 돼. 내가 안심이 안 돼.'

어디서 듣고 왔는지는 모르지만 요즈음 지하철에 출근하는 여성을 노리는 범죄가 극심하다는 소리까지 보태며 그녀를 할 말 없게 만들었다.

잠시 정신을 팔았더니 시간이 벌써 훌쩍 흘러가 있었다.

'이러다 지각하겠다.'

블랙 힐이 또각또각 소리와 함께 속도를 내며 앞으로 나갔다.

바쁜 걸음을 더 재촉하며 걷는데, 가방 안에 넣어둔 휴대폰이 요란하게 울렸다. 화면에 뜨는 발신자는 얼마 전까지만 해도 악당이라고 저장되어 있다 구멍가게 후세로 한 단계 업그레이드 된 세후였다.

같이 있다 헤어진 지 금방인데 그사이 무슨 일이라도 생겼나 싶어 얼른 전화를 받았다.

"사장님?"

-내가 뛰지 말라고 했지? 넘어져서 무릎이 깨져봐야 정신 차리지?

"네?"

내가 뛰고 있는 걸 어떻게 알았지? 근처에서 그녀를 보고 있는 게 아니라면?

보란의 발걸음이 우뚝 멈췄다. 휴대폰을 귓가에 둔 그녀의 고개가 주위를 두리번거리다 반 바퀴 정도 삥 하고 돌았을 때 찾던 이를 발견했다.

"먼저 가신 거 아니었어요?"

조금 떨어진 뒤에 세후가 있었다. 한 치의 흐트러짐도 없이 완벽한 폼을 하고 그녀를 보며 서 있었다. 무심한 듯 한 손은 주머니에 넣고 다른 한 손으로는 휴대폰을 들고 그녀와 통화 중인 그의 눈은 오로지 그녀만을 향하고 있었다.

-같이 가려고.

휴대폰을 든 채 그 자리에 멍하니 서서 세후를 보기만 하기를 한참. 그가 멍한 그녀를 깨웠다.

-출근 안 할 거야? 안 할 거면 같이 놀러나 가고.

"해야죠, 출근. 지금 합니다."

다시 돌아선 보란이 회사를 향해 걷기 시작했다.

그녀가 한 걸음 걸으면 뒤따라오던 세후도 한 걸음. 그녀가 총총 두 걸음 걸으면 그는 성큼 긴 다리로 그녀의 보폭에 맞춰 한 걸음. 일정한 거리를 유지하며 세후가 그녀의 뒤를 따라오고 있었다.

그녀의 시선과 몸, 발까지 앞을 향하고 있는데 그녀의 정신만 뒤를 향해 있었다. 뒤통수에 눈이 달린 것처럼 따라오고 있는 세후만 생각하며 무작정 앞으로만 걷고 있었다.

-앞에 조심해.

그녀의 발이 급정지했다. 눈을 내려다보니 횡단보도 옆에 세워진 봉이 보였다. 하마터면 부딪칠 뻔했다.

-정신 안 차리지? 한 번만 더 그러면 내가 옆에서 손잡고 걸을 거야.

"피이."

세후 딴에는 짐짓 심각하게 협박하는 건데 그녀에게는 왜 그 협박이 달콤하게만 들리는 건지.

장애물을 피해 다시 보란이 앞으로 걸었다. 떨어져 따로 걷고 있음에도 불구하고 그가 아침에 했던 말대로 같이 출근하는 것 같았다.

"사장님?"

그녀의 부름에 답하는 세후의 대답은 마치 눈앞에 두고 이야기를 나누고 있는 사람처럼 빨랐다.

-왜?

"이러니까 우리 꼭 영화에 나오는 스파이 같고 그렇지 않아요?"

-좋기도 하겠다.

세후의 전매특허인 툴툴거림이 가득한 말투였지만 그래도 보란은 보지 않아도 알 수 있었다. 그의 눈과 입이 예쁘게 웃고 있을 거란 걸.

"에이, 왜요. 회사에서 안 들키게 사귀려 하다 보면 막 첩보영화 같고 그럴 것 같은데……."

-진짜 첩보영화 찍는 것처럼 해줘?

하여간 농담도 못 하지. 대답하는 그의 말에 진심이 느껴져 보란은 본전도 못 건진 말을 다시 거둬들였다.

"하하. 아니요."

보란의 웃음 뒤로는 조용했다. 딱히 할 말이 있는 건 아니었지만 두 사람 다 휴대폰을 든 채로 걷고 있었다. 잘 가다가 한 번씩 돌아서서 그가 잘 따라오고 있는지 확인하는 보란의 모습이 어릴 적 단골 놀이였던 '무궁화 꽃이 피었습니다!'의 술래 같기도 했다.

그렇게 걷다 보니 어느새 회사의 입구였다.

"벌써 도착했네."

-먼저 들어가.

"저 먼저 들어갈게요."

세후는 멈춰서 작게 웃어주고 안으로 들어가는 그녀의 모습을 망부석처럼 지켜보고 서 있었다.

그날 아침, 출근하던 회사 직원들은 이른 아침부터 회사 입구에 서 있는 세후의 모습을 보고 경악을 금치 못했다. 출근하는 길에 만난 사장에게 구십 도로 인사하고 자기 부서로 올라온 직원들은 너도나도 입을 모아 이야기했다.

"봤어? 봤어? 입구에 사장님 서 있는 거?"

"후우. 당연하지. 그렇게 떡하니 버티고 서 있는데. 나는 학창 시절로 돌아간 줄 알았어."

"누가 아니래? 나는 학주가 서 있는 줄 알았어. 괜히 복장을 점검하게 되더라니까?"

두 사람의 비밀 연애에 헨젤 직원들만 난데없는 날벼락을 맞고 있었다.

-2권에서 계속-